月光白

小 兵 ◎ 著

YUEGUANGBAI

江西高校出版社
JIANGXI UNIVERSITIES AND COLLEGES PRESS

图书在版编目(CIP)数据

月光白/小兵著. ——南昌:江西高校出版社,2020.10
(2022.2 重印)
ISBN 978 - 7 - 5762 - 0347 - 9

Ⅰ. ①月… Ⅱ. ①小… Ⅲ. ①长篇小说—中
国—当代 Ⅳ. ①I247.5

中国版本图书馆 CIP 数据核字(2020)第 185780 号

出 版 发 行	江西高校出版社	
社 址	江西省南昌市洪都北大道 96 号	
总编室电话	(0791)88504319	
销 售 电 话	(0791)88522516	
网 址	www.juacp.com	
印 刷	天津画中画印刷有限公司	
经 销	全国新华书店	
开 本	700mm×1000mm 1/16	
印 张	24	
字 数	380 千字	
版 次	2020 年 10 月第 1 版	
	2022 年 2 月第 2 次印刷	
书 号	ISBN 978 - 7 - 5762 - 0347 - 9	
定 价	68.00 元	

赣版权登字 -07 -2020 -1044

品啜一杯佳茗，唇齿间芳香流连。

茶叶忘情地投入水的沸腾，

在聚散中舞蹈，分合里纠缠，最终与水的滚烫相亲相融。

这生长在天地间的灵物，

用一生来等待沥尽甘甜的时刻，

不求永生，

只缘为知己毫无保留地绽放一次。

目录

楔　子

皓　月

北京首都国际机场航站楼，飞机轰鸣，人来人往。无数个班次的客机不知疲惫地在这里起落，载着人间的冷暖来了又去，去了又回。

通往机场的高速公路，一辆轿车在疾驰。驾车的姑娘小脸、尖下巴，鼻尖和额头上沁出一粒粒晶莹的汗珠，两腮飞起两团红晕，手心的汗水湿了方向盘。她身旁坐着一个小青年。说是青年，那是从年龄上讲。当他默不作声的时候，有点儿老气横秋。青年双臂交叉环抱在胸前，一丝笑意挂在嘴角："你就是犟驴一头，刚拿到驾照就急着上高速，看你自个儿怎么往回开。"

"你以为我想啊！还不是为了送你。"姑娘一脸委屈，说话更加紧张，"你可一定要赶上婚礼呀！酒店订好了，请柬也发出去了，连自个儿婚礼都错过，那就闹笑话了。"

青年大笑："傻瓜，春宵一刻值千金！哈哈，放心，我会尽快回来的。"

终于，轿车在航站楼停靠下来。登机的时间紧迫，他俩深情地拥抱了一下，青年背上双肩包匆匆地跳下车。

一路向南，飞机稳稳地巡航在平流层。从舷窗望出去，飘浮的白云簇拥眼底，洁净的天空悬于云彩之上。天空湛蓝，不含一丝杂质，那种妙不可言的错位感让人产生无限遐想。飞机不紧不慢缓缓地腾驾于云朵之上，就像在一块玻璃上滑行，悄无声息地，一点儿痕迹都不留。

青年留着小平头，眼神深邃。他一直紧锁眉头，与年纪不相符的凝重爬满额头。

他坐在靠舷窗的位置，手上拿着一本《东方明珠》杂志，时而翻开，时而摊在胸前。这本杂志是昨天买到的，除了全彩页和时尚的设计，其他并没有什么特别之处。杂志的封面是一位漂亮的中年女企业家，穿着小翻领西装，露出自信的微笑。青年忍不住用手指摩挲女人的脸庞，指缝间一行显眼的字露了出来：全国优秀女企业家、中国茶叶协会理事。

这张脸是他从来不曾忘怀的，从五岁那时起便没日没夜地"温习"。因为他担心时间久了会把关于她的记忆抹去，便日日想，夜夜念，把她的容颜用力往心上刻,使劲往记忆里烙。二十多年过去,她的青春在光阴里流逝,但在他脑海里却是永恒。昨日偶然在街头报刊亭看到这本杂志,他一眼便认出了封面上的女人。女人已步入不惑之年,一双清澈美丽的大眼睛,嘴角挂着笑,笑意在她的双眸里荡漾着温柔和慈爱。青年双手捧着这本杂志,久久地望着女人。没错!她有着和妈妈相似的容貌,同样的笑容,一样的眼睛……不知不觉,他的眼里泛起泪,泪水毫无节制地往眼眶外涌,颗颗粒粒,成串地掉落了下来。

翻开正文,文章介绍说封面人物是全国优秀的妇女代表、云南省云西县凤鸣山原生生态茶厂厂长、云西县凤曼村生态茶园种植基地总经理。该茶厂生产的茶叶远销海外,在国内享有很高的知名度。"原生茶"的商标也很有特点,那是一位老人侧面的剪影头像。文章中所有关于女人的介绍都和茶有关,而家在他的印象中也与茶叶紧密相连,家人成天跟茶叶打交道,和小伙伴们在茶林里做游戏的场景还依稀记得。他确信照片上的女人就是他朝思暮想、苦苦寻找二十年的母亲,所以顾不上婚礼在即,跟未婚妻商量了一下便立即飞往云南。

除了对母亲的深刻印象,还有一段他怀念的特殊的时光。那段时光很突然,很短促。他人生中学会的第一首完整的歌曲是《我爱北京天安门》,是爷爷教的。有一天半夜,爷爷把他叫起来,带他到天安门广场上看太阳升起,看国旗飘扬。因为这段记忆,他曾经以为自己的家乡在北京。唐代茶圣陆羽在《茶经》中讲道:"茶者,南方之嘉木也。"自古茶树多生长在温暖湿润的南方,尽管20世纪50年代有过"南茶北引"的移植实验,由于气候和土壤等原因,北方茶区至今寥寥无几。青年最终把心目中那个朝思暮想的"家乡"定格在南方,那里有苍翠的山,古老的树,喊着"米贵阳"的小鸟,还有铺在茶林间的小石子路。为了寻找这幅家乡的"画卷",这些年他不知走了多少地方,踏破了多少双鞋,足迹遍布盛产茶叶的大山名川。可是中国茶山如此之多,要想寻找记忆中的那片茶园无异于大海捞针。

飞机下降,航空播报将在20分钟以后降落在昆明长水国际机场。邻座的一帮人是组团到云南旅游的,听说即将到达景色怡人的春城异常兴奋,纷纷将印有旅行社标志的小红帽戴在头上。飞机着陆,青年收起杂志,打开手机,微信提示来了。三小时前,未婚妻发来一行文字:你的女司机安全到家。

刚刚发来的:无论这次是否找到,都要赶紧回来娶我!

他回了一句:安全着陆,有你幸福!

下飞机询问路线,从昆明到云西县,客车是唯一的选择。青年打了一辆出租直奔客运站,买好开往县城的车票,要了一个靠窗的座位。青年不知道,二十多年前,昆明到云西县全是老路,要颠簸十来个小时才能到达。现在高速公路通了,大约三小时的车程。

一路上山峦苍翠,草木葳蕤,可谓处处是美景。青年久久地凝视着车窗外,却无心欣赏。客车行驶在高速公路上,穿越山洞,跨过高架桥,进入大山深处。越往里走,海拔越高,原本群山连亘的景色渐渐消失了,眼前的山林越发峭拔劲翠。客车穿山越岭,车窗外的景色也更迭不断,时而嵯峨黛绿,时而孤峰突兀。尽管彩云之南的美景热情似火地在他的眸子里不间断地投下斑斓的掠影,但丝毫没有得到他的回应。不知何时,他的眼睛里盛着满满的忧伤,那是被希望无数次点燃又无数次浇灭的失望与悲伤。他害怕,害怕这次又错了,害怕认定是妈妈的那位女士根本只是个"美丽的误会"。他在心里默念着什么,喃喃自语。他自己也不清楚,这是对不公命运的质问还是哀求?偶尔,他也双手捂住脸,重重地呼吸,让手掌之下的身体不至于抖得太厉害。不知过去多久,当他再次眺望窗外时,目光又被某种东西点亮。寻亲的这些年都这样,每次带着希望启程,最终都失望而归。事实摆在面前,大海捞针似的寻亲方式几乎没有可能。

不知不觉,客车进入茶区,茶区的山峰更加陡峭险峻。远远地望去,氤氲的雾气缭绕在山峰的顶端。清代冒襄在《芥茶汇抄》中记载:"芥茗产于高山,泽是风露清虚之气,固为可尚。"所以,人们常以"雾锁千树茶,云开万壑葱"来形容高山茶与环境条件的关系。青年的心里掠过一丝惊喜,这里山高雾浓,必定是出产好茶的地方。

到达云西县城已是下午,青年跳下车直奔月台,售票员说"生态茶基地"游览观光车每天只有两趟,现在已经收班了,要去的话可以坐过路小客车,在"凤曼村"站下。

青年上了车,到站下车。站台上竖着一块写着"凤曼村"三个字的路牌,牌子的箭头直指一条铺满碎石的小路。青年背着背包,踩着碎石,顺着小路延伸的方向走了一阵。这是一条安静的小路,路两旁全是茶林。茶林起伏,匍匐着山的线条绵延而去,像一幅美丽的水彩画。他注意到,这里的茶树比别处的高大,枝叶尤为肥厚茂盛,是云南独有的大叶种茶。茶林修枝的方式也很独特,不是传统的倒三角平面形,而是从未见过的梯形多面修剪。此时的茶树正在抽新芽,两片嫩叶中间含一个芽苞,有的苞儿冒了尖,有的羞羞答答还没有露出来。鹅黄的新芽吸引了不少蜻蜓和蝴蝶,它们误以为新芽是黄色的花朵,来来去去,不断往上面扑。青年很少见到生态这么好的茶园，内心涌起一阵阵喜悦。再往里走有一块标识有茶厂的指示牌，指示牌指向另一片美丽广袤的茶园。青年继续往茶园深处走，前方耸立着两棵高大挺拔的乔木大茶树，茶树枝繁叶茂，足有两层楼高。一群鸟儿躲在枝叶里嬉戏玩耍，它们不停地撩动着枝丫，有一声没一声地呢喃着。青年捡起一块石头扔了过去，石头擦着树权，一只鸟儿"嗖"地从枝叶里蹿了出来，扑棱了几下，钻进了另一棵树的茂密处。

青年捡起一块更大的石头，用尽全身力气向树干砸去，只听"嘣"的一声，躲在树荫里的鸟儿受到惊吓，扑棱着翅膀冲了出来，在青年头顶上空大声鸣叫。这里的鸟儿不会叫别的，只会重复喊三个字："米贵阳——米贵阳——"他清楚地记得，这样的鸟叫曾屡次出现在梦里，出现在稀疏远去的记忆里。小时候和小伙伴们拿弹弓打鸟儿，爬树掏鸟蛋，愤怒的小鸟总是嚷嚷着"米贵阳"向他们示威。此时的小鸟们也不能平息它们的愤懑，在两棵大树间飞来飞去，鸣叫声不绝于耳。青年站在原地，激动得不能自持，他把自己的脸埋进手掌，痛痛快快地大哭起来。

一双无形的手正悄悄探入他的记忆，沉入时间隧道的深处，为他拂去光阴里的尘埃，抚平心上的痛，将尘封二十多年的片段点点滴滴托起，清晰地浮现在他的面前。他看到一位年轻貌美的女子侧身挡在一抹残阳的前面，对着茶园喊道："皓月，快回家了。"路边一位身材壮实的汉子，偷偷指着一簇茶树道："小家伙跟我藏猫猫呢，就躲在里面。"

女子走过去，说："皓月，快出来吧，妈妈早看到你了。"

一个只有几岁光景的小男孩偷偷地探出脑袋，一把被男子揪住。他把可爱的孩子高高举起，让他坐在自己宽阔的肩膀上。一群鹰鹃从头顶飞过，啁啾地喊着："米贵阳——米贵阳——"

当年的男孩回来了！为了这一刻，仿佛有人在这里施了魔法，让这里的一切沉睡，让这里的一切醒来。

啊——青年狂叫起来，还在等什么！他清醒过来，倏地迈开步子奔跑起来。惊心动魄的幸福就在前方，为了朝思暮想的妈妈，为了二十多年来咽下的所有痛。这一刻，他从来没有像这样认识过自己，一个顶天立地、充满无比力量的男人回来了，即将站在亲爱的妈妈面前。

他边跑边喊，嘶吼声荡漾在茶林间。他的家在小路深处的某个地方，苦苦等待着久别的孩子。他不顾一切地往家的方向奔去，像一支拉满弓的箭，脱弦而出。

第 一 章

白 月 光

一

一辆裹着黄泥巴的中巴车颠簸在土路上,缓慢地摇晃着一车乘客,也摇晃着窗外的风景。路面凹凸不平,满满一车的人令老旧的客车不堪重负,时不时把车轮折磨得"嘎吱嘎吱"直叫唤。车子边走边喘,像一只老态龙钟的河马,随时都可能断气。这里是通往云南西南边境凤鸣山脉主峰唯一的路。颠簸之下,车上的旅客个个无精打采。

秦容香单手撑着瘦削的脸蛋,视线投向窗外,车窗灌进来的风把她整齐的刘海儿吹成一条半拉开的帘子。因为教学楼裂了几道缝需要加固,学校决定放几天假。秦容香本打算留在宿舍复习功课,怎奈阿爸在电话里催促她回家,心里多少有点怨气。还有这次调换座位,班主任把她的同桌调走了,换来一个戴大框眼镜的男生刘利铭。平时跟刘利铭话都不说,跟他坐同桌太没意思了。姑娘想着心事,不知不觉在嘴唇上咬出几道牙印儿。

女售票员扯着嗓门喊:"凤曼村有没有人下?"

"有。"只有秦容香一人应答。姑娘挎着一个帆布包匆匆下车,包里面装着课本和复习资料。她心里清楚得很,带这么多书回家根本没时间看,权当自我安慰罢了。

回家的路是一条乡间小道,到了春、秋两季,村里各家的拖拉机驮着堆得高高的鲜叶欢喜地在小路上奔跑。小路的另一边,茶厂的大货车在马路边排着队迎候他们。如今,村里只剩唯一一家"单干"户了,这户人从不卖鲜叶,采摘下来的茶叶在自家作坊加工,就是秦家。

这是一条铺满石子的乡间小道,秦容香在这条小路上从小跑到大,每一寸地、每一块石头都跟老熟人一样热络。无论离家多远,踩在上面,心就回家了。走在小路上,姑娘的心情分外舒坦,她甩开膀子,一副趾高气扬的样子,吹着响亮的口哨大步向前走去。小时候,她还没有茶树高,觉得茶林太广阔,好比天空一样神秘。如今,这位亭亭玉立的少女将茶林尽收眼底,放眼眺去,不过是一片柔情似水的海洋。仔细看,茶树一垄垄循着地势生长,仿佛一层被风撩起的水面,层层的涟漪勾勒着诗情画意。姑娘把自己置身其中,闭上眼睛,张开双臂,深深地呼吸,与这盎然的茶树林一道吐翠喷绿。刚才还埋怨阿爸耽误她功课,踏上乡土后,心里便安稳。她知道,父亲催促她回来因为时值清明前夕,采摘茶叶的时间到了。

清明之前采摘制作的茶叶叫"明前茶"。"明前茶"的制作工艺更加考究,出售的价格相对高,对于像秦家这样祖祖辈辈以茶为生的茶农来讲,这段时期最为重要。

"容香。"有人在身后喊她,姑娘停下脚步扭头看,是大俊从远处跑来。大俊说:"嘿,容香,我正要去你家呢。"

秦容香明知故问:"去我家干吗?"

"帮忙呗。"

"你家不也忙吗?"秦容香似笑非笑,滴溜溜地转着两个黑眼珠:"我看你呀,端着自家的烫稀饭吹别人家的碗。"

"嘿嘿嘿……"大俊只会傻笑。

秦容香问:"我说大俊哥,进展究竟怎么样了?"大俊被问得一抹红晕挂在脸上,硬着头皮回答:"我这嘴巴太笨了,哎!你说咋办?总有人去你家提亲,可把我急得睡不着。回去跟我妈讲,反倒被我妈骂了一顿,说我没出息。"

秦容香听到这些,咯咯地笑,说:"这样吧,我去帮你打探,本姑娘这次回来正好帮你吹吹风。不过,事成之后你得报答我。"

大俊知道她不是盏省油的灯,想了想还是点了点头。

"把你家'大黑'勒了给我吃。"秦容香说。

大俊大声抗议:"大黑是我家看门狗,你这不是存心的吗?"

"这狗是我秦容香的冤家对头,我非要吃它的肉不可。反正不是它死就是我活,不是我活就是它死。"

"嗨!说来说去,还不是你活它死。"大俊说,"大黑都是被你欺负的,人家还是小狗的时候被你活埋,差点儿连命都没有了。"话音刚落,一条短耳长嘴的大黑狗突然从岔道边蹿了出来,竖着尾巴,气势汹汹地对秦容香一阵狂吠。狗不仗人势,秦容香倒仗着大俊在,捡起地上的石头噼里啪啦地扔过去。

大俊牵住"大黑",让容香先走,他先回家拴狗。父亲和姐姐正在茶园里忙碌,秦容香撂下挎包,拿一块青花瓷碎纹方巾对折后裹在头上。通常,父亲带着两个女儿到附近山林收集经过多年沉积的腐殖土,运送回来堆在后院土窖池里发酵。这些前身曾是绿叶的"泥土"对于茶树来讲是很好的养料。另外,羊粪和菜饼也是极佳的"补品",但是收购价格高,买的时候怪心疼的,可是到了冬天给茶树施肥的时候,肥料还是被一车车地拉回来了。父亲平日里舍不得吃舍不得穿,买羊粪出手可大方了。

　　这些年,村里的茶农都使用上了复合肥,什么磷酸二氢钾专用肥、土壤营养改良肥、"迷你"茶树专业肥、叶面喷雾肥、多枝多芽满堂红肥,还有除草剂之类的。销售员用小卡车载来品种繁多的化肥送货上门。父亲从不让那些西装革履、挥舞着传单的推销员进门,说看到他们心里就堵得慌。

　　别家使用化肥,轻轻松松地往茶树根撒上几粒,再用一层薄土覆盖,或者把肥料溶解后直接浇灌在施肥沟里面,用不了多久长出来的叶子又肥又嫩。比如一种叫"催芽素"的叶面肥,只要在采摘前一段时期喷洒在叶片上,新抽的芽又多又嫩。茶厂愿意收购这样的鲜叶,叶大肉厚的外观既漂亮卖相又好。在村子里,秦家属于另类。他家的茶没施过化学肥,在外观上不占优势。厂家并不钟情秦家这样的茶叶,秦家也舍不得卖。所以每年春茶时节,秦家就自个儿忙碌,在自家的手工作坊加工茶叶。

　　看着村民的拖拉机高奏丰收的凯歌,把催长出来的茶叶运送出去的时候,秦家人并不羡慕。大家都心知肚明,送给茶厂的茶叶,茶农自己都不喝,各家留用的都是单独种植的。

　　对秦容香而言,使用除草机给茶园锄草并不难,只不过简单重复的劳动令人厌倦。姐姐秦容秋比她大四岁,二十出头,两弯烟眉,丹凤眼,乌云般的秀发。十里八村的谁都知道秦家漂亮的女儿还没有婆家,这阵子把门槛都踏破了。父亲对待登门说亲的态度一向冷淡,任凭媒人吹得天花乱坠,唾沫星子满天飞,还是头也不抬,眼珠子朝下,好像跟他说话的人在地上躺着似的。

　　干累了,父亲秦原生放下工具,抱着水烟筒坐在树荫下。水烟筒是云南本地人常用的抽烟工具,廉价的是铝皮做的,稍好的是竹制的,最考究的使用名贵木料雕刻。工匠把木头掏空,外面雕饰成龙凤鱼兽饕餮纹爵之类的图案。秦原生手上的烟筒叫"龙凤呈祥",一块整木雕刻而成,龙凤虬曲全镂空覆盖。虽然烟筒并非紫檀、黄花梨一类的名贵木料,但精湛的工艺也令这水烟筒赏心悦目,拿着这样的烟筒抽烟倍儿有面子。老人俯下身子，碗大的烟筒把嘴巴全部罩住，深吸一口，筒里的水就"咕嘟嘟"沸腾起来。远远看去，好像整张脸都在抽烟。稍时抬头，嘴边烟雾缭绕，正所谓："口舌烟香解开烦心事，眉间深纹舒展万千愁。"

不多时，大俊来了，他拿着工具往秦容秋那边走去。姐姐也扎着头巾，额上的汗涔涔而下。她有一双灵巧纤细的手，但出乎意料地有力气。姐姐干活时，手腕上有个亮晶晶的东西晃眼睛，那是一个刻着星月纹饰的手镯，是秦家祖上传下来的，叫"月光手镯"。秦家有两宝全村皆知，"月光手镯"和后院三棵千年古茶树。

四百年前，秦家的祖辈中有一位叫何耕田的逃难到这里，一眼相中了这块地。他毫不犹豫地掏出多年积攒下来的银两买了下来，也就是秦家房前屋后以及现在耕种的一百多亩茶园。何耕田之所以选择在此地落脚，不仅因为这里风景如画、土质肥沃，适合大面积种植茶树，还因为他辨认出这三棵树为世间罕有的千年古茶树。转让土地的那户人介绍说，这一带曾经全是古茶树，经历过一次千年难逢的虫灾后，只剩下这三棵了。这三棵古树生命力极其顽强，任凭旱涝、病虫等灾害都扛了过来，到如今都快3000岁了。从此，何耕田在此修缮居所，安居乐业，改姓秦。三棵古茶树养在秦家后院里，其中两棵树干挺拔，气势磅礴。另外一棵粗矮，主干之上分出许多个侧枝，像一只开屏的孔雀。

古茶树缓慢地生长着，悠然自得地将自己置身于时间之外。秦原生从孩童熬到老眼昏花，也没看到这几棵树有什么变化。不仅如此，产量还很低，只能在春天和秋天采摘两次，每次采摘的数量极少，357克一个的茶饼，一次只够做半个。去年有人骑着摩托车来家里游说，想用摩托车换走秦家攒下来的几个古茶饼，被秦原生拒绝了。

大闺女秦容秋长得最像亡妻。妻子长相甜美，特别爱整洁，每次进茶园先把自己收拾敞亮了，还要系上喜欢的头巾。几年前一个雷电交加的傍晚，狂风刮断高压电线砸在妻子身上，妻子不幸触电身亡。那一刻起，秦原生的天崩塌了，他几天几夜不眠不休。当他从妻子的灵堂走出来时，那个壮硕的硬汉子不见了，一位白发苍苍、风烛残年的老头出现在大家面前。如今，秦原生看着女儿们一天天长大成人，才在失去妻子的哀伤中得到一点安慰。和闺女一起干活的小伙是金家的小儿子金大俊，大俊体格健壮，忠厚老实，从小庇护着这两姐妹，秦原生非常喜欢他。金家和秦家相隔不远，三个孩子感情深厚亲如兄妹。想到

"亲如兄妹"，秦原生未免有些犯愁，正因为"亲如兄妹"，容秋总拿大俊当哥哥看待，这丫头是个实心眼，傻乎乎的不开窍。

秦容香放下农具，抹了一把汗，招呼大家过来休息。她问大俊："你家的茶咋样？"

大俊回答："还可以，我家也用上复合肥了，产量比去年高多了。"

她又问："还自己加工吗？"

"只有少量加工，大部分卖给茶厂。"大俊说，"做手工茶费事费力，除去工钱没赚头。"

秦容香掉过头对姐姐说："我说吧，卖鲜叶多省事，咱劝劝阿爸吧。"

姐姐摇摇头，说："你知道咱爸的个性，我可不敢。"

"阿爸也是，太较真了。大家都上化肥，就咱家逞能。"秦容香直起身子，伸了个懒腰，故意拉长音调想引起父亲的注意。父亲蹲在树下"吧嗒吧嗒"地抽水烟，根本不理会。她又问大俊："今年你家做'月光白'吗？"

"不做。"大俊害羞地答，"自从我妈喝过你家的'月光白'，不好意思再做了。"

"月光白"又称"月光美人"，是用传统工艺制作的一款白茶。这茶夜间采摘夜间加工，每道程序都要经女人之手。以前的"月光白"全由母亲亲手做，母亲去世后，任务落到了姐姐身上。姐姐同样能把"月光白"做得银毫显露，白光闪闪，尽管在旁人眼里已经是"茶中极品"，但她自己并不满意，始终觉得缺少某种神韵，不及母亲做得好。

抽完烟的秦原生起身招呼孩子们回家。远处一群鹰鹃穿梭在两棵枝繁叶茂的大茶树间，一只从树端腾空跃起，另一只垂直下冲。鹰鹃是一种奇特的鸟儿，千年不倦地叫着"米贵阳——米贵阳——"，多少年来它们独霸这两棵树，不允许其他鸟儿栖息。

夜幕降临，秦家三口人坐在堂屋的小木桌边吃饭。姐姐端上来几道小菜，秦原生呷着白酒，吃着花生米。秦容香则狼吞虎咽，嘴里塞满了饭，筷子夹着菜，神气活现地唠叨个不停："告诉你们吧，我们县里就要搞数学竞赛了，选拔前两名参加省里的比赛。"

秦容秋看了妹妹一眼，最喜欢她没心没肺的样子。

"我呀，不瞒你说，拿第二名都嫌丢人。"秦容香大口嚼着，瓮声瓮气。

姐姐说："我妹数学一直都好，将来说不定成数学家呢。"

"错！你妹是科科都好，门门拔尖。"秦容香赶忙补充，"告诉你们吧，对我而言，数学知识只不过是我秦容香通向目标的垫脚石，我的理想呀是当航天科学家，像钱学森那样。"说到科学家，这家伙的眸子亮了，接着啰唆一大堆："就在上个月22日，中国第一枚120公里高空低纬度探空火箭——'织女三号'发射试验成功，为我国火箭探空系统增加了120公里的探空手段，为我国空间环境探测做出积极贡献……"她越说越兴奋，全然顾不上旁人听得云里雾里。秦容秋盛了一小碗饭搁在父亲面前，说："阿爸，妹妹功课紧，以后就别叫她回家帮忙了。"

"不是明年才高考嘛，早着呢。"父亲的语气不重，但口气不容违逆，"采茶工都联系好了，一切准备就绪，明晚擦黑就开始。容香这次回来帮忙，正好跟你姐学学做茶。"

秦容香心里不情愿，对父亲说："别人家做'月光白'不也白天采吗？夜间花大价钱请工人，犯不着这样。"

秦原生说："好好跟你姐学就行了，其他事不要你操心。"

"那白天采摘和夜晚采摘有啥区别？除了你和姐姐，有几个人鉴别得出来？何必花那些冤枉钱，阿爸，你太落伍了。"

姐姐秦容秋有些担心妹妹说话没轻没重，在一旁使眼色，可妹妹却毫不在意，连珠炮般接着说："再说，用点儿化肥没啥大不了的。阿爸，都20世纪90年代啦，请注意，今年是1993年，卫星都上天了，四个现代化都快实现了。"说到卫星，秦容香意识到自己扯远了，然后把话题绕回来："为啥别人能用我们就不可以呢？我看还是把鲜叶卖给茶厂得了，犯不着这么辛苦。"

听到这里，秦容秋忍不住打断她的话，说道："妹妹，别人不值得咱们羡慕，施化肥长出来的茶叶对身体没有好处，茶叶泡出来也不是那个味儿。再说长期用化肥，茶树抵抗病虫害的能力也会下降，到时候还要喷洒农药来灭虫，这么一来把好端端的土质毁了，茶树也毁了。"

妹妹又把话抢回去，说："大家不都那样吗？连大俊哥家都那样。"

秦原生说："你阿爸一辈子种茶，虽没挣几个钱，还不是把你姐妹俩拉扯大了。别人怎么做我干涉不了，咱该怎么做还怎么做。"说完，他端起一杯酒，一仰脖，酒杯见了底。

见说服不了父亲，秦容香赌气地说："反正我将来上大学要远走高飞的，无论如何都不会回来守着这些茶园。"

话音刚落,父亲"啪"的一声将筷子拍在桌上,刚才的空酒杯震得掉地上摔碎了。姐妹俩从未见父亲动过肝火,吓得动都不敢动。

父亲指着容香说:"没良心的东西,这才出去几天就忘本了,别忘了是这些茶树养育了你。咱们是茶农,祖祖辈辈以茶为生,做茶农就要对得起良心,难道这点道理都不懂?读这么多年的书,我看是白读了。"

秦容香委屈得快要哭了,一溜烟跑了出去,爬到院子墙角边一堆高高的草垛上坐下来。

夜空如洗,一轮满盈的月亮悬挂在穹顶。月亮独自散发着幽幽的白光,没有一颗星星在身边。容香憋了一肚子的委屈,迎着东边吹来的风,硬把在眼眶里打转的泪水噎了回去。不一会儿,她听到姐姐在草垛下面唤她:"妹妹,天凉,快下来吧!"

草垛上面,秦容香默不作声。不一会儿,她好像发现了新大陆,大呼小叫地把姐姐唤来,大声说:"姐,你瞧天上,一颗星星都没有。哈哈,这东风呼啦啦地吹,我都闻到风里夹杂的潮味儿了,估摸着要下雨喽。哼! 咱阿爸还想做茶,看他怎么做。"

"快下来吧,啥都不懂的家伙! 天上一朵云彩都见不到,怎么下雨?你没看到那么大的月亮瞪着你吗?"秦容秋忍住没笑出声,"咱阿爸是谁呀,这辈子没挑错过日子。快卜来吧,就你那点儿小心思。"

二

湿润的山风吹开轻盈的雾气,夜幕即将隐去。东方遥远的天际幽蓝深邃,太阳钻出来的时候,朝霞的光彩向天空刺去。玫瑰色的朝霞像一根火柴棍,刚刚划出一道亮光,就把天空点着了。淡蓝色的天幕着火了,暗灰色的云着火了,山峦着火了,茶园也着火了。大俊无心欣赏朝霞的美,只知道埋头苦干,一趟一趟往家里挑水,将自家的大水缸灌得满满的。春茶采收时节,金家也忙得不亦乐乎,大家匆匆吃过早餐,拿上各自的工具往茶园走去。

秦容秋一大早起来生火,大铁锅里的水快开了。妹妹独自坐在院坝角落的小木凳上看书,嘴里嚼着什么东西,嘎嘣嘎嘣直响。秦原生看不惯小女儿,叮嘱她帮姐姐干活。她极不情愿地放下书,懒散地从小凳子上站起来,打量了一下四周,眼里也看不到啥活计。姐姐从厨房伸出头,喊道:"水开了,快洗澡。"

平常秦家的人沐浴都是在晚饭后,经过一天的劳作,洗个热水澡,疲劳就没了。而一早沐浴的意义与往日不同，这是秦家的传统。每逢春茶时节，采制第一批茶之前，秦家人都要沐浴更衣，然后把家里的茶具清洗一遍，到神龛前焚香祭祖。

远山的尖梢顶起了半个太阳，刺目的光晕给茶园披上了一件华贵的金衣裳。大俊和家人一起在地里干活，他今天看起来似乎有点儿心不在焉。金妈妈看穿了儿子的心事，悄悄跟他说："咱家有你爸和哥嫂在呢，秦家缺劳动力，去她家看看要不要帮忙。"

大俊放下手中的工具，抬头看看家人的身影又犹豫了。

金妈妈笑着跟儿子说："怂小子，快去吧，咱家大俊到说媳妇的年纪了，妈还等着你的好消息呢。"

大俊难为情地点点头，把工具交给母亲。走出去没多远，碰到容秋拎着个酒壶，往村委会方向走去。大俊跟上去与她并肩而行，寒暄了几句，表面上故作镇静，内心实则翻江倒海。此时的田园比平时添了几分恬静与浪漫，于是，他琢磨着如何开这个口。不远处，几只鹰鹃不知趣地嚷起来，鸟叫声打断了他的思路，这让他有些心烦。

村里流传着这样一个故事。古时候有同父异母的兄弟俩人，哥哥叫米贵清，弟弟叫米贵阳，小哥俩感情很好。有一年，父亲染上伤寒去世，后母便嫌弃米贵清。眼看两个孩子一天天长大，狠毒的后母担心米贵清将来分家产，遂起歹心。春天来临，后母取出两袋豆子和一些干粮对兄弟俩说："你们去山林小木屋那边种豆子，谁的豆子不发芽，谁就永远不要回来。"临走，后母悄悄对亲生儿子说："宝贝，不用担心，娘给你的是生豆子，给你哥的是煮过的豆子，豆子发芽了快回来。"母亲的做法让米贵阳非常难过，在去往小木屋的路上，他悄悄把自己的豆子和哥哥的调换了。结果可想而知，哥哥的豆子发了芽，弟弟的却没有动静。弟弟对哥哥说："你先回去吧，娘舍不得我，必定会叫你来接我。"哥哥把自己的干粮留给弟弟，高高兴兴地离开了。米贵清回家后，后母大动肝火，让他赶紧去小屋把弟弟接回来，等哥哥赶到时，发现弟弟被野兽吃掉了，只剩下残破的衣服碎片。哥哥悲痛欲绝，在山林里不知疲倦地呼唤着弟弟。日复一日，年复一年，哥哥化为一只鸟儿，年年岁岁呼唤着弟弟的名字。

听到鸟儿"米贵阳"的声声叫唤，秦容秋湿了眼睛。她回过头看看大俊，黝黑的脸庞，宽阔的胸膛，剑眉之下炯炯有神的双目，一个标准的农家汉子。秦容秋默默地问自己："青梅竹马长大的大俊哥，他会成为我的故事吗？"

与心上人四目相对，大俊被一股巨大的浪潮推动着。此时不说，要待何时？窖藏多年的爱恋早已发酵，开启这坛美酒的时刻就是现在。他终于鼓足勇气，满含深情，一步步走向心上人。正要敞开心扉的时候，突然身后传来"突突突"的拖拉机刺耳的声音，这不识时务的东西不知从哪儿钻出来的，呼啦啦往这边开了过来。拖拉机的车厢里站着几个同村的小伙儿，他们嬉笑打闹，携着发动机的噪声，连同地上扬起的沙尘一道扑来。秦容秋无处躲避，侧过身去。等拖拉机远去，大俊像个漏气的皮球，打不起精神了。

午餐还是在堂屋，一张普通的小方桌上摆着好酒好菜。堂屋一侧，供奉着茶神和老祖宗牌位的香火忽明忽灭。香烛即将燃尽，屋里还残留着香味。几杯白酒下肚，大俊问："秦伯，秦家种茶多少代了？"

"世世代代啊！"秦原生把小酒杯拈起来又放下，心算了一下，"家谱记载，19代了。"

大俊夸道："秦伯好记性。"

秦原生没吭声。他神神秘秘地钻进自个儿的房间，出来时手上掂着一本厚厚的册子。册子很重，由于年代久远，纸张泛着油亮的深褐色。翻开第一页，上面是密密麻麻的隶文，还有一些猜不出含义的古汉字，有的字不清晰，个别字还有损坏。这是秦家的家谱。

大俊把家谱捧在手上，磕磕绊绊地念道："明万历二年（1574）间，为避清河之乱，本族由何姓改秦姓，定居南蛮之地，继承祖业，以茶为生。饮之始，饮食同宗，鼻祖神农，得茶而解毒。茶之为用，精行俭德，与醍醐甘露抗衡也。吾辈制茶，百世流芳，目睹裔孙，为忠为良，后人勤之，光宗吾族，神则佑汝，汝福绵长。"祖辈的名字在后面几页，这些用墨汁画的线条相连接的名字盘结成一棵大树的树根，曲折逶迤的根茎源源不断地为每个名字输送养料。树根越扎越深，一页一页翻过去，到了末页，看到了秦原生的名字。

家谱拿出，秦原生好不得意，又喝了一杯酒，不紧不慢地讲述起家族的故事。他说："明朝万历皇帝登基不久，官方垄断了茶叶贸易。民间黑茶、私茶兴起冲击了官方的利益。首辅大臣张居正以万历皇帝的名义下了一道诏书，下令关闭边境贸易，禁止民间茶叶买卖，这样就完全切断了边贸茶叶的供给。要知道，游牧民族饮食多是牛羊肉奶一类燥热的食物，而茶可以调剂油腻饮食，刮油清火，因此，南方生活的调剂品，在边境的少数民族看来就像粮食和盐巴一样重要。清政府切断了茶叶的供应，等于卡着境外少数民族的脖子，所以战争在清河堡爆发了。这一仗打了三年。我们秦家原是清河城关口一家姓何的大户商贾,因跟少数民族部落交好,暗地里走私茶叶被人告发,殃及全族性命。"

故事讲到生死攸关的时刻,小屋里充斥着紧张的气氛,连窗户外面投进来的阳光都是凝固的。秦原生呷了一小口酒,声音更加洪亮:"何家秘传一种茶叫'月光白',形状奇特,奇香无比。叶片正面是素黑,反面却是绒白,犹如月光照在黑夜里。一经冲泡,香气四溢,回味无穷。这款茶在当时做得出神入化,深得万历皇帝母亲李太后喜爱。秦家出事后,朝中受过何家恩惠的一位茶官跑到太后面前求情。李太后念及此茶的好,在刀口之下挽救了何家几十条人命。从此以后,何家南迁,因为灾祸、疾病等原因,走的走,散的散。秦家这一支寻觅到云南适合种茶的地方定居下来,改了姓,秉承祖业至今。"

讲到这里,大俊联想到自家。金家做茶也有几代了,既没有家谱也没有传奇故事,虽然在村里还算手艺不错的,但跟秦家比相差甚远。大俊趁机向老人打探,问:"秦伯,秦家茶做得这么好,能告诉我诀窍在哪里吗?"

秦原生思考了一下回答道:"答案刻在容秋的手镯上。"

秦容秋戴的手镯是铜制的,正面布满星月的雕饰,内侧刻着两个古体篆字"元一",除此之外没有特别之处。

借着酒兴,老人给大家讲起手镯的来历,他说"月光手镯"是秦家的传家宝,不知传了多少代。一位先祖叫何巧月,巧月长得貌美如花,还会做一手好茶,可惜天生聋哑。有个铁匠爱上了她,铁匠听说一种在夜晚发光的草可以治聋哑病,于是经常在夜深人静时出入山林。有一次,他果真看到一处草丛荧光闪闪,扒开一看,原来是一块会发光的石头。铁匠把石头带回家和铜一起铸炼,打制成手镯送给心上人。

"月光手镯"和月光石一样,在夜晚也能发出荧光,巧月非常喜欢,戴在手上不离身。不久后的一天夜晚,铁匠在寻找仙草的时候失足坠入悬崖,巧月等不到铁匠回来,白天黑夜地跑到荒野寻找心上人。多年后的一天深夜,月亮奇亮,巧月走进一片茶林,当时又累又渴,便摘了一些嫩叶咀嚼,躺在茶树下睡着了。天亮醒来,她头脑清醒,听得见声音也会说话了。她认为是昨夜里吃掉的生茶叶治愈了自己的病。从此以后,巧月开始在夜间摘茶,在月光下制作,并将这种茶取名"月光白"。据说,巧月做出来的"月光白"极具神韵,只要在月圆之夜冲泡,月亮的影子就会神奇地出现在茶汤中。

盘里的菜凉透了,故事也讲完了,跨越千年的手镯从故事里走出来落到容秋的手上。不管故事是否虚构，手镯是实实在在的。一时间，孩子们心事重重，沉默不语，各人都在回味故事里的情节。秦原生一句响亮的话打破了沉默，他说："今天就这样吧，咱们好好休息半天，等到太阳落山，'月光白'开摘！"

傍晚，太阳躲入山坳，秦家请来的茶女们准时到来。面对辽阔的茶林，姑娘们放亮嗓子喊道："茶发芽喽！茶发芽喽……"

这是当地"喊山"的习俗，每年春茶开采之际，采茶的姑娘们对着茶山高喊，让蛰伏一冬的茶林醒来，告诉天地人神，秦家的春茶开采了。

并不是任何茶树都可以做"月光白"，方圆百里只有秦家东侧两亩"长叶白毫"最适合。"长叶白毫"是秦家自己培育的品种，这种茶叶叶面肥厚，脉络柔韧，茶绒纤纤，宛如月光照在茶芽上。按照秦原生的要求，"月光白"只可一芽一叶，损坏、虫蛀或不够饱满的一律不要。这样做成的茶头外形特别，一片娇嫩的叶托着含羞待展的芽，形成老雀伸舌、小雀待哺的小 V 字形。

皓月当空，秦容秋带着采茶的姑娘们沐浴在月光下。月亮纤尘不染，朗朗独悬在藏蓝色的夜空中。月光皎皎，蝉翼般薄透的白纱轻柔地爱抚着大地。背着背篓的姑娘们俏影丽容，洁净的脸迎着夜风微澜舒展着笑意。她们轻盈地穿梭在茶园中，屈身取叶，纤手摘芽，都是最娴熟的茶女。阳光下采茶，萎凋在重阳之下，茶叶香盈气盛。胧月下取芽，凋谢于阴柔之气，茶香馥郁缠绵。"月光白"之所以最具女人特性，是因为它至阴至柔。月光下采摘，不杀青，不揉捻，不晒不烘不炒更不焙。不经光火，不改特性，除了萎凋，不经任何破坏性加工，最完整地保持了茶叶的本味。它也是最具女人味的茶，采摘制作过程均经女人之手，不沾阳盛之物，干净纯粹不改初衷。

茶女们将嫩芽一篓一篓地倒入大竹筐。大俊负责运送竹筐，妹妹则负责把鲜叶铺在一层层的萎凋床上拾掇筛选。女人们在月光下忙碌的身影勾起秦原生对亡妻的思念。每年的这个时候，老人都无法自已。他独自走到茶园深处，蹲在茶树底下，在没有人的地方痛痛快快哭一场。

这天是农历三月十五，白玉般的圆月掌控着浩瀚的夜空。月光尽情地洒落，抛散在等待萎凋的鲜叶上，给茶叶镀上了一层薄薄的银光。"月光白"从采摘到制作不能见阳光，即在月亮隐去太阳出来之前必须把萎凋床搬入作坊存放。为了防止天气骤变，大俊连续守了三个通宵。他一心想看到容秋制作"月光白"的关键步骤，可每到重要环节，秦容秋就避开了。

月 之 韵

一

"清明断雪,谷雨断霜",清明以来,绵绵细雨把大地笼罩在缭绕的雾气中。午后的雨停了一阵,天气晴朗了一会儿。秦容秋一边嗔怪这天气,一边抖动已经收紧的雨伞,顺手把伞靠在堂屋门前的墙角边。

父亲的声音从里屋传来,让她把鞋换掉,赶紧吃饭。秦容秋一面应答,一面小心翼翼地脱掉沾着淤泥的雨靴,换了一双轻便干爽的布鞋。父亲问:"东西送去了吧?"

"送去了,大俊哥下午就进城。"秦容秋笑吟吟地看着父亲,"阿爸,你怎么不自己去一趟?"

"才不去呢。"秦原生鼓着腮帮子,吹胡子瞪眼,"我懒得看她那样。再说,收茶客陆陆续续地来了,你一个女儿家应付不了。"

外面有一辆微型货车往这边驶来,车厢糊着彩色的纸,四周插着五颜六色的彩旗。不仅如此,车身上还贴着显眼的标语,写的什么"生产发展、生活宽裕、乡风文明、村容整洁"。最特别的是车顶上挂着一个大喇叭,喇叭一刻不消停,一会儿说话,一会儿唱歌,十里八村都听得见。货车从秦家大门经过时,喇叭里念着打油诗:"插秧早,不如养秧老;养秧老,不如春耕早。种好管好,丰收牢靠;只种不管,打破金碗……"秦容秋拍着手叫道:"宣传车来了,放坝坝电影了。"

秦原生说:"放电影的地方在打谷场那边,大黑天的,来回几里地嘞,等大俊从县城回来让他陪你去。"

秦容秋没反驳,默默取来碗筷。秦原生坐下吃饭,心里暗自得意这天气赶得好,"月光白"在清明雨季来临之前已经全做完了。

大俊开着一辆崭新的手扶拖拉机驶向云西县城,紧锁的眉头挤出一个"川"字。身后半车厢成品茶叶是全家临时赶制出来的,别看卖出去这么多茶,其实就赚点儿手工钱。进县城,大俊把货交了,直奔秦容香的学校。这个时候云西县一中还在上课,大俊只能站在校门外等候。他把容秋交给他的包袱挂在肩上,透过学校大铁门的铁栏杆往里面张望。眼前是个不大的操场,操场上孤零零地立着两个掉漆的篮球架。两栋六层高的教学楼并排在一起,好像后面还有礼堂什么的,被教学楼挡住了。

"请问你找谁啊?"从值班室里走出一位身材矮小、戴着金丝边框老花镜的老头儿。大俊解释道:"我是高二(一)班秦容香的哥哥,捎点儿东西给她。"

"容香姑娘啊!"看门的老头儿笑了起来,好像跟秦容香特别熟悉。大俊正疑惑,老头儿说:"我孙子是秦容香的同桌,这孩子次次考试第一,是我们学校的明星,都知道她。"

大俊听到老头儿夸奖容香很高兴,顿时底气十足,腰杆也挺直了。老头儿让他进门直接去班上找,大俊便跨过大铁门,走进校园。教室很安静,同学们在上自习课。容香看到大俊,从后门走了出去。大俊从衣兜里掏出两张一百元的大钞递过去,说:"带给你的生活费。"

秦容香点点头,接过钱。大俊往兜里又摸了一次,拿出几张十元的钞票,说:"这是我给你的零花钱,想怎么花都行。"秦容香正要推辞,大俊索性把肩膀上的花布包袱都塞给她。说了几句话,大俊顾及容香上自习,匆匆忙忙地告别了。

秦容香只需要生活费,不需要别的。姐姐总这样,每次都"顺便"捎不少东西。她回到座位左塞右塞,包袱放不进课桌,只好搁膝盖上抱着。秦容香的同桌刘利铭正趴在"三八线"的另一边写作业,他悄悄放下手中的笔,把抽屉里的书腾了出来。

"三八线"是秦容香的杰作,规定谁也不准越界,不过从"疆土"的面积看,女生要了不少心眼。刘利铭是城里人,父亲是教育局副局长,按理说他的家庭条件不错,但是从平时的穿着一点儿都看不出来。刘利铭学习刻苦,但天资不高,尽管很努力,也只能在十来名徘徊。开学时老师在班会上讲,这学期调整座位,大家要发扬同桌之间的互助精神,特别是学习成绩好的要帮扶不如自己的,成绩差的要向成绩好的同学学习。老师调整刘利铭过来,秦容香打心眼儿里不乐意,横看竖看都不顺眼,学习上根本不帮助他。

收拾好抽屉,刘利铭轻轻地碰了碰秦容香的胳膊,小声说:"放我这里吧,我这儿空着呢。"秦容香只顾做自己的习题,装作没听见。被拒绝的刘利铭很难堪,脸上有点儿挂不住。想了一下,他不由分说把秦容香腿上的包袱抢过来,塞进自己的抽屉。

刘利铭做了好事,秦容香还是无动于衷,连瞅都没瞅,专心致志地做习题。

她灵巧的手握着钢笔,笔尖在作业本上"嗖嗖"地划着,写得飞快。

二

天还没亮,秦容秋便起来了,抢在父亲起床前去几里地外的竹林涧背山泉水。秦原生不允许使用井水制茶,说井水太硬,不如山泉水甘甜。对阿爸的做法,容秋从未反驳过。不反驳并非没有自己的想法,而是打心眼儿里认同。父亲十分顽固,从种植到采摘到制作,每一个环节都近乎完美地苛求。他爱茶,把自己的一生奉献给了茶,奉献给了这片茶林。如今,父亲脊背挺不直,双手关节弯曲,人也衰老了。每当想到这些,秦容秋的鼻子就发酸。

秦容秋背水回来天已经亮了,自家茶园里来了不少挎着竹篓的采茶女工。采茶女是从村里请的,也有少数外村的,都是动作娴熟、双手并用的采茶能手。

秦家的作坊不宽敞,进门左侧放着几口直径超过1.5米的斜铁锅。一排牢固的石制工作台正对着大门。工作台不高,台上摆放着各式做茶的工具,比如平顶秤、撮子、铁皮蒸筒等。一人高的脚踏紧压机安放在工作台一侧,几十个定型石模平放在地上。这些石模是普洱七子饼紧压成型的最后一道工序。作坊右侧进去是一间大棚,大棚是几年前秦原生和妻子一起搭建成的。大棚用铝合金搭架,钢化玻璃铺顶,这样阳光可以毫无阻碍地照射进来。有了大棚,茶叶进入晒青阶段不必担心下雨。可惜,大棚盖好后没多久,妻子就撒手人寰。从那以后,秦原生不太愿意进去,因为在大棚里待着,阳光总透过玻璃瓦灼痛眼睛,常常莫名地流下许多泪。

摊凉的茶叶一筐一筐送到小作坊,小作坊里热火朝天。作坊里的工人也都是秦原生从村里请来的做茶好手,年年就请他们几个人。

这天,一个陌生的身影走进小院,脚步谨慎地停留在院子中央,用当地极少听到的标准普通话朝作坊这边喊:"请问,是秦师傅家吗?"

秦容秋连忙往外望,窗户的雕栏外站着一个二十多岁的小伙子。小伙子身材高挑,剪着利落的平头,穿着暗绿色的细条纹汗衫,背着一个双肩行李包,肩上还斜挎着一个照相机。秦容秋正想回应,只见父亲走了出去,问:"请问你有什么事?"

"老伯,您好!"小伙子很有礼貌,"请问这里是秦原生家吗?"

秦原生听到小伙子喊出自己的名字,知道十有八九是慕名而来的"收茶客",他连忙点头答应:"我就是,快进屋。"

生意来了！秦容秋放下手上的活儿出去给客人泡茶。小伙子进屋后从兜里取出一张名片，双手递到秦原生的手上。秦原生老眼昏花，看不清上面的字，吃力地念道："程甘……"

"我叫程甘霖，北京来的，开茶楼的。"

"哦，好好。"秦原生请客人坐下，两人交谈起来。秦容秋泡了两杯绿茶，隔着门帘子看到小伙子的侧面。小伙子正用纸巾擦额头上的汗，告诉秦原生如何打听到这里的。他说："我找这'月光白'一连问了好几位老乡，有的只是摇头，有的干脆说没听过。"

秦原生心里明白，这十里八乡同村同寨的，谁不知道秦家的"月光白"呢？

"后来啊！我估摸寻不着了，不知道从哪儿蹿出一条大黑狗朝我扑来。"

"它叫'大黑'，金家养的，连我妹妹都咬。"门帘后面的人走了出来，给客人上茶。秦容秋的出现让程甘霖大吃一惊，想不到门帘后面有人走出来，最令他惊讶的是偏远的农家居然有这么漂亮的姑娘！姑娘身材匀称，端庄娴雅，弯眉似远山，玲珑高鼻梁，丹唇含笑。再仔细看去，五官极其精致协调，似乎经过艺术家的手雕刻。她的脸上没有涂脂抹粉，也没有时尚的穿着，却有着大城市摩登女郎没有的美感。看到仿佛从画中走出来的姑娘，小伙子有些心不在焉，说话有些语无伦次："有一位大婶五十开外，个子不高，拉住那黑狗。感激之余向她打听，她说找对了，指指你家的方向，告诉我找'月光白'只能去秦原生家，所以牢牢记住了秦伯的名字。"

秦容秋想，这位大婶肯定就是大俊的母亲金妈妈，金妈妈为人正直，大俊哥很像她。

招待客人的茶是今年的新茶，沏茶的水是山泉活水。客人透过剔透的玻璃杯观察茶汤，发现茶水清澈隐翠，汤色碧莹明亮。喝上一口，程甘霖就大加称赞："好茶！好茶！"

秦原生爱茶惜茶一辈子，可惜这几年被烟草和酒精过度侵蚀，嗅觉和味蕾严重退化，闻不确切也感受不到味道，品鉴茶叶只能凭眼睛和经验。他常说茶农最好的语言是茶，好不好让客人自己喝，不要为了卖茶夸夸其谈。

喝到容秋姑娘泡的茶，程甘霖心里非常欢喜。这些年他去过不少茶农家，没有哪家端上来的茶是不烫手的，别说直接入口，连杯子都掂不住。秦姑娘泡的这杯茶，烫杯不烫口，不浓也不淡，可见沏茶人体贴心细。再细观茶舞，芽尖饱满，青翠鲜嫩，喝上一口舌尖弥香，回甘生津。直觉告诉他，这次不远千里跋涉而来，找对地方了。

秦原生问客人："小程，你老家是北京的吗？"

程甘霖痛快地回答："是的，我是土生土长的北京人。我父亲在北京开有茶庄和零售店。"

"家里有几口人？"

"奶奶、父母和妹妹。妹妹在北京上大学，和这位姑娘年纪相仿。"

提到女儿，秦原生指了指杯子，自豪地说："这泡茶的水是我闺女容秋一大早从竹林涧背回来的活水。俗话说'八分之茶，遇十分之水，茶亦十分'，无水不论茶，好茶还需好水沏。不仅泡茶，我们做茶熏蒸也用山泉水，从不为图方便取井水。"

听到这番话，程甘霖心里有底儿。这绝不是城里人所谓的"营销手段"，只有嗜茶如命的人才会如此珍惜自己的茶。既然都苛求到这样的程度，茶的质量可想而知了。程甘霖观察这户人家，房屋老旧，家具平常，但收拾得整洁干净。堂屋中间墙上挂着一幅巨大的《神农尝百草》彩印油画，画上的神农氏牛头人面，嘴里嚼着一片树叶。画面的背景是山间瀑布，瀑布的效果很真实，仿佛那溅起的水花伸手就能触及。这里的茶农家家户户供奉神龛，不同的是别家供奉菩萨、财神爷，这家人供奉茶神和祖先。

喝完茶，秦原生带客人到手工作坊参观。秦家的作坊不大，位于正屋的西侧，尽管拾掇得干净妥帖，但依然掩盖不住风残月蚀留下的痕迹。作坊里，工人们正在做七子饼。大灶烧得旺，热腾腾的水蒸气从一个草帽形的锅盖顶部呼呼往外冒气。有位大妈把称好重量的干茶装进圆形的铁皮蒸筒，程甘霖走近一看，蒸筒底部錾着无数个小孔，蒸汽通过这些小孔把茶叶熏蒸得柔软潮湿。蒸筒放在喷着蒸汽的锅盖上，只用几秒钟茶叶就蒸好了。再把蒸得发烫的茶叶倒入一个纱布口袋进行揉捻整理，一个茶饼的形状初见端倪。动作熟稔的茶工把揉成饼的袋子放进手动压机压了一下，一个七子茶饼就做成了。茶饼光有形状还不够，最后还有一道定型的工序，就是放在一块沉重的石模下加力固形，之后才摆放在高木架上，推入库房晾干。

炒茶这道关口是把鲜叶制成毛料的第一步，这步掌握不好意味着全盘皆败。秦原生从不会把这道程序交给年轻人，说年轻人心急火燎容易炒不中意。经验丰富的老辈里，他也只认田老坎一个人。田老坎个子矮小，手臂很长，差不多能摸到膝盖。虽然他的长臂和身高看起来很不对称，但作为做茶的手艺人太合适不过了。这么说吧,一个熟练的采茶女采一芽一叶,一天下来摘 10—15 公斤鲜叶。可田老坎往那儿一站,不出半天工夫,15 公斤一两不少。以前大家都做手工茶的时候,田老坎很吃得开,出门在外,哪家都少不了好酒好菜款待他。近些年,手工茶行情走下坡路,他也不那么受欢迎了。

灶膛的火备妥,秦原生和田老坎各自站在大斜锅前,娴熟地用双手翻炒鲜叶。他俩各炒一锅,动作节奏都差不多,好像事先排练过。铁锅升温,受热的茶叶蒸腾出大量水气,秦原生一个"海底捞月"将鲜叶挑起,锅底立即腾起袅袅白雾。田老坎也不示弱,来个"燕回朝阳"从四周聚拢,让茶叶充分吸收锅底的热量。秦原生再一个"苍龙盘岭",将近处的鲜叶推到远处,之后就是"幻眼云烟"了,一锅茶翻了个遍,茶叶得以均匀受热。如此反复,鲜叶渐渐失去水分。这时火头要压着点,他俩翻动的速度不断加快。紧接着,两人使出"高山流水"的招数,将叶片高高地挑起,然后耍一把"仙女散花",茶叶全都抖散在云蒸霞蔚的雾气之中。如此反复,他俩高喊一声"出锅",炒好的茶叶一片不落地装进大簸箕里,接下来再将下一篓鲜叶倒入滚烫的斜锅之中。

炒茶这个过程叫"杀青",别看一招一式像打太极拳,这里边的学问可不小。火候时间掌握得不好,茶叶去不掉草腥味,泡出来的汤水又苦又涩。要是杀青过了火,茶叶焦脆,煳了。两位老人炒茶,是程甘霖见过最传神的一套"太极八卦"。动作刚柔相济,行云流水,让人看得酣畅淋漓,意犹未尽。

程甘霖越看越有意思,兴致盎然地从架子上取下一条围布围在身上,戴上一顶与自己的装束极不相称的工作帽,加入做茶工人的行列。

"揉捻"是杀青之后至关重要的一道程序,制作者用双手搓揉茶叶,起到破坏茶叶细胞表壁的作用,把茶叶的滋味揉捻出来,让香气更加悠长。"揉捻"这道关口由四位妇女负责,她们在一个大的簸箕里面将茶叶揉搓成篮球那么大的圆团。"揉捻"看起来容易,做起来难。过度揉搓容易把叶片揉破,泡出来的茶汤便混浊了。揉捻不足不利于溢出茶叶里面有利的物质,还损了香气。程甘霖以为很容易,上前试了一把,不是把叶片打了结,就是揉破了。他接连揉坏了两个茶球,实在过意不去,只好把"烂摊子"交给别人,找那种没有技术含量的活儿帮忙去了。

中午,二芹嫂送来午饭,油炸土豆伴油辣子,还有几片薄而肥大的回锅肉盖在白米饭上面。二芹嫂家离秦家不远,她家两代人都是乡厨子,专做杀猪菜,还可以包办红白喜事的宴席,秦家忙不过来时就在她家包餐。

夜幕降临，人已散去，晒青的毛料都加工成了"七子饼"。一天的劳动结束，容秋留在作坊打扫。秦原生毕竟上了年纪，看起来有些疲惫。程甘霖年纪轻轻，虽然只是打打杂，但依然觉得腰背酸软。

秦原生问客人："你从哪里得知'月光白'的呢？"

程甘霖回答："其实'月光白'不仅云南出产，西藏、福建、湖北很多地方都有，只是口感不尽相同。我父亲有位世交叫何正钦，是台湾著名的历史学教授，他对茶很有研究。有一次，他来家里做客，提及'月光白'。何叔一再强调，有机会来云南考察的时候一定要帮忙打听，还告诉我，他所要寻找的'月光白'是茶中之凤，好茶中的极品。传说在月圆的夜晚冲泡，能在茶汤里看到月亮的影子。秦伯，这是真的吗？"

秦原生很意外，关于"月光白"的传说只在秦家家谱上有记载，外人不可能知晓，除非这个人有同样的家谱。莫非——于是，他追问道："你刚才说的那位学者姓什么来着？"

"姓何。"程甘霖一字一句地答，"何正钦，我管他叫何叔。"

秦原生琢磨着，家谱上明确写着家族经历"清河之乱"，为避追杀之祸，颠沛到云南，从"何"姓改姓"秦"，我们祖宗原本姓何。难道这位学者与我同族？秦原生对这位姓何的学者产生了强烈的好奇心，对程甘霖说："我家的'月光白'的确有这样的传说，但是如此之高的境界难以达到，至少我这辈子都没见到过。这次等你回北京帮我带一些送给家人和这位何教授，顺便帮我打听一下他家是否有家谱，可知'清河之乱'？"秦原生拿手指在掌心比画："清朝的'清'，河水的'河'，'清河之乱'。"

程甘霖点点头，满口答应。秦容秋进屋，手上端着一个托盘，托盘里放着几个方形的小木匣子，匣里装着一些干茶。秦容秋把茶样递到客人手上，介绍道："灰绿色的是去年的普洱茶生茶，褐红色的是15年前的。另外两款是绿茶和'月光白'。"

程甘霖把托盘接过来，取出盛着"月光白"的匣子，木匣里匀称地散放着许多雀舌样的芽尖。芽尖全是一芽一叶的，黑的一面幽暗深沉，白的一面腴莹亮白。程甘霖把茶叶放在手心仔细观察，嘴里赞不绝口："这茶叶的形状也太绝了！正所谓'一叶一菩提，一花一世界'。瞧，一片小小的茶叶上包含着白天和夜晚的寓意，难怪叫'月光白'，果然好名字。"

秦容秋取出生茶给客人品鉴。一年期生茶自然陈化时间较短，汤色黄绿清澈，味道甘甜香醇，茶气厚足霸道。此茶虽有苦涩味，但苦不呛喉，涩不挂舌。茶水咽下去，从舌根到口腔生津回甘，回味悠长，有一种高山流水的清澈感，也有荡涤身心的撞击感。几杯下肚，程甘霖的额头微微冒汗，说："都说云南大叶种茶霸气，气韵极强，今天算是见识了，秦伯家的茶果然名不虚传。"

第二款，秦容秋取出 15 年的生茶。存放 15 年的茶已经由"生"转为半熟（自然条件下发酵，又称后发酵），茶汤黄中透红，亮泽温润。入口的感觉丝滑柔顺，还有轻微挂杯的现象。经过"后发酵"的茶，原来的清香味全消失了，取而代之的是幽雅沉淀的陈香，携着丝丝缕缕的木香。茶水咽下去，像一缕青烟在咽壁徘徊，然后陡然离去。

"五岳归来不看山，黄山归来不看岳。"程甘霖心想，山如此，茶亦如此。喝过秦家的茶，再也没有必要去别的茶农家了。

第三款，秦容秋刚取出"月光白"准备冲泡，程甘霖突然起身，走到院坝中央仰面朝天望去，遗憾地说："可惜，今晚没有月亮，等到月圆之夜，说不定真的可以看到杯中的月影呢。"

秦容秋"扑哧"一笑，告诉他那不过是传说，别当真。程甘霖站在院里等了一阵，始终没等到月亮出来，却看到向他走近的美丽姑娘。姑娘像磁石一般吸引着他，他说不清这种感觉是什么。她身上散发着淡雅清透的光彩，在别的女孩身上不曾见过。

夜深人静，程甘霖半躺在竹席上，容秋姑娘举手投足间的一颦一笑还在眼前。他微闭双眼，尽情地徜徉在难以释怀的感受中。窗外皎洁的月光透过窗栏倾泻而下，绵薄柔韧的光轻飘飘地披在他身上，把他笼罩在一种似梦非梦的境地里。这晚，他久久无法入睡。不知辗转多少次，不知过去多长时间，绵绵睡意才爬上额头。

三

在食堂吃过饭，秦容香打算去一趟大门值班室。刘利铭已经两天没来上学了，这家伙勤奋用功，从不迟到，更不会无缘无故缺课。还记得前天语文课，自己不慎将钢笔掉地上了，刘利铭探着身子帮她捡，眼镜不小心掉地上摔了个缺口。他还说不要紧，原本镜架就松了，正打算换新的，想不到第二天就没来了。

来到值班室问刘爷爷，刘爷爷告诉她刘利铭母亲病重，是尿毒症。听说这个病叫"尿毒症"，秦容香的心揪了一下。虽然她不清楚是什么病，但这个病带个"毒"字很可怕,令人畏惧。

刘爷爷一脸愁容,说:"我儿媳得这个病好多年了,一直在透析。不知怎的,突然爆发并发症,人一下子就不行了。"

秦容香问:"这个病没法治愈吗?"

"治愈?"刘爷爷放大声音:"小姑娘,这病只能拖时间,没听说谁治好过,除非换肾。"

天哪,肾怎么换呀! 秦容香惊愕万分。

"如果有人捐肾的话可以换,还得配型什么的,那可不是件容易事。配型本来就难,何况谁会把肾白白捐出来? 不过据说我孙子和她妈妈的匹配。"刘爷爷梗着脖子,显得有点激动,"我孙子那么年轻,缺一个肾怎么了得。再说——"他欲言又止,左右看看没人,压着嗓子跟秦容香说:"告诉你一件事,大师说,我孙子是鸡足山童子转世,不可以破了身体。我这些年呀都提心吊胆的……"

秦容香搞不懂这"童子转世"是怎么回事,但爷爷的意思她似乎有所体会,就是说鉴于刘利铭的"特殊身份",人身安全方面非同小可。第二天,班主任把秦容香和另一位班干部叫到办公室,告诉她俩刘利铭的妈妈生病住院的事,定好下午第三节劳动课与老师一起代表班级去医院探望。

班主任带着两名同学手捧鲜花,拎着水果和营养品来到病房。通过前几天的抢救,刘妈妈度过了危险期,从重症监护室转到普通病房。走进病房,秦容香看到病床上躺着一位极度虚弱的女人,脸色蜡黄,吸着氧气,手臂上扎着输液针。刘利铭爸爸请大家坐下,说了一些感谢的话。他毕竟是领导,说话既得体又和蔼,大家也就不那么拘束了。看到老师和同学们来,刘利铭给大家削水果,默不作声地站在一旁。

秦容香惊讶地发现,才几日不见,刘利铭成熟了许多。他还戴着那副摔坏的眼镜,破裂的镜片恰如其分地给他增加了几分沧桑感,居然为他毫无特色的形象加了分。

班主任对刘利铭爸爸说:"感谢刘副局长对学校的关心,感谢刘副局长对教师工作的理解和支持,学校的建设离不开上级领导的……"

刘利铭爸爸打断他的话,说:"今天不讲客套话,都是我们应该做的。我今天有个好消息透露一下,你们班秦容香同学在全县数学竞赛中拿到第一,比赛结果很快会通知学校。"

大家一起鼓起掌来,班主任兴奋地指着秦容香,说:"局长,这位同学就是您说的秦容香,我们班的。"

刘利铭的爸爸有点诧异,随即又笑了起来,跟秦容香打招呼,说:"原来你就是传说中的'秦容香'呀!"

听到刘副局长这么说,大家也跟着笑。秦容香很高兴,心里暗暗得意,但她并未表现出来。

刘利铭爸爸对秦容香说:"秦容香同学,你是我们云西县一中的骄傲,也是全县的骄傲,祝愿你接下来在省里的比赛中发挥更加出色。"

班主任说:"秦容香同学拔尖的不仅仅是数学,各科都名列前茅,我带了这么多届学生,像这样每科都优秀的还是头一个。我看呀,照这样下去,秦容香同学能冲刺清华!"

大家又为秦容香鼓起掌来,秦容香红着脸低着头,不回应班主任。

刘利铭爸爸说:"秦容香同学能否跟我们谈谈你的理想呢?"

秦容香思索了一下,回答道:"我的理想是当科学家,发射火箭,研究卫星。"

刘利铭爸爸说:"好!任何远大的志向,都要一步一个脚印地走。西方有句名言:我们因梦想而伟大,所有的成功者都是大梦想家。秦容香同学,只要你坚持不懈奋斗,我相信你一定会实现自己的理想。"

刘利铭的母亲静静地躺在病床上听大家说话,她对于秦容香的名字非常熟悉,今天见到很喜欢。开学之初,是她请班主任调整座位的,当时考虑到儿子性格内向、思维不活跃,希望班上最优秀的同学影响他。今天看来,秦容香不仅是班里最优秀的,更是全县学生中最优秀的。看来当初的策略是正确的,目前儿子的成绩已经有了明显提高。

第二天上课,刘利铭早早地进了教室,笨拙的大镜框不见了,一副斯文的棕色细边眼镜取而代之。俗话说得好,三分长相,七分打扮,刘利铭换了一副眼镜显得很精神,人也好看多了。他想跟容香说什么,欲言又止。他一会儿干咳,一会儿用钢笔敲桌子,一会儿戳秦容香的胳膊,希望秦容香看他一眼。秦容香就是不搭理,该干啥还干啥。

两　轮　月

一

晨光熹微，半璧下弦月掉进流动的浮云。太阳缓缓地钻出地平线，柔和的日晕，映丽的光晕，让人误以为天上挂着两轮月。

天不见亮，秦容秋钻进灶房做早饭。早上喝汤汤水水的不经饿，农村的早餐和正餐一样吃米饭。炒一个南瓜尖，割一块亮滋油嫩的"火腿肉"，蒸一碗猪油土鸡蛋，还能做点啥呢？对了，还可以熬一碗红豆酸菜汤。忙活了一阵还嫌不够丰盛，她又搜索一遍，实在找不到可做的了。为了保持温度，她把饭菜放在大锅的隔板上。隔板下有热水温着，只要火塘的柴不灭烬，饭菜就不会凉。

一切准备妥当，秦容秋背上木桶去竹林涧背泉水。路过客房，她发现房间的灯亮着，昏黄的灯光把一个男人的身影投射在窗户上面。人影离窗很近，男人的轮廓清晰可见。秦容秋忍不住伸手，隔着窗户去抚摸影子……突然，影子移动了一下，吓得她赶紧缩手。只听见咯吱一声，门开了，程甘霖出现在面前。

"这么早啊。"程甘霖见秦容秋背着空木桶，问，"你这是去哪儿？"

秦容秋羞涩地答："背水去。"

"远吗？"

秦容秋点点头。

"我陪你去行吗？"程甘霖问道。

秦容秋没有回答，顺势把背上的木桶取下来交给他，自己回房重新拿了一个。

他俩背着木桶，轻手轻脚地走出院门。其实秦原生这时已经起床，听到关门的声音追了出去，当看到两人并肩走在一起，禁不住皱了皱眉头。他进到灶房揭开锅盖，锅里热着四个菜。心里生出许多不快，埋怨起闺女来。

老人一边吃饭，一边犯嘀咕。虽然北京来的年轻人礼貌教养都不错，但毕竟不了解人家，一个闺女家跟客人有什么瓜葛总归不好。他扒拉了几口饭，喝了一口汤，就再也吃不下了。按理说，女儿和大俊青梅竹马，一切都顺理成章，可老也看不到进展，这是怎么回事呢？哎！秦原生长叹一声，心尖尖又一阵痛，要是孩子她妈在就好了。想到这里，秦原生不能自持，起身往房间走去。房间的台灯下压着几页白纸，他取来老花镜戴上，认真辨认上面的字。这几张纸是老顾客的订单，坐下来粗略合计了一下总数，然后去库房查验货量。

拂晓，茶岭冈峦刚刚苏醒，天边酱紫色的朝霞露出光亮，还没开始绽放，爱叫的鹰鹃早早地起床了，提高了嗓门放声歌唱："米贵阳……米贵阳……"乡间小道上，秦容秋和程甘霖并肩走在一起，静静地聆听着来自大自然的问候。

程甘霖先开口，问道："容秋，你是我见到的最与众不同的姑娘。只是我很纳闷儿，这么好的姑娘怎么甘心留在这样的地方？"

"有什么不甘心的。"秦容秋回答，"我在这里土生土长，这里是我的家呀。"

程甘霖说："你给我的感觉清新脱俗，总觉得你不属于这里。容秋，我建议你走出去看看，外面的世界多广阔啊，简直超乎你的想象。"

容秋红了脸，小声嘟囔："长这么大最远去过县城，没见过世面，也想象不了外面的世界。"

程甘霖停下步子，认真地说："离开这里之后，我要去一趟武夷山。假如可能，想邀请你跟我一起去。我在福建有几个玩得不错的哥们，他们会接待我们，吃住都不用操心。你知道吗？我国十大名茶中的安溪铁观音和大红袍都产自福建，而且武夷山的茶山同样壮观，那边的岩茶会给你不一样的感受。你要是去了，一定会大有收获。"

程甘霖发出的邀请对秦容秋而言无疑是一个巨大的诱惑，这个在小山村长大的姑娘多么渴望看看外面的世界。只可惜，秦容秋很清楚父亲是绝对不会同意的，一点儿可能性都没有。极短的时间内，她的眼睛闪闪发亮，也就那么一下子，而后光彩便暗淡下来。她垂下长长的睫毛，遮挡了通往心灵的窗户。她说："我很想去，可是春季正忙，即使不忙，阿爸也不会同意。"

竹林涧在秦家东面，一座山丘的脚下。青山作屏，翠竹作帐，一口莲花般大的青石泉眼掩映在山林苍翠处。没有人知道这口泉在这里多少年，也没有人知道它叫什么名字。凤曼村的人祖祖辈辈守着这泉水，视为圣洁之水。饮用、做茶、办喜事、祭祖，都来这里取水。在村里人的记忆里，泉水从来没有干涸过，哪怕干旱的季节也会清泉冒涌。除了青石泉，竹林涧还有一股自上而下的山泉，山泉涓流而下，与青石泉的水汇合之后形成一条涓涓的小溪，小溪蜿蜒盘旋在竹林间，远远地就能听到泉水叮咚的声音。

他俩在林间漫步，竹叶筛风箫歌，竹条新篁拱列。程甘霖想起吴承恩《西游记》第一回写的一句话,有感而发:"细观灵福地,真个赛天堂。"

秦容秋问他:"你知道'元一'吗?"

"元一?"程甘霖摇摇头,"从来没听说过,这两个字源自哪里?"

"我也不知道,阿爸说做茶的秘诀在这两个字里面,所以想搞清楚含义。"

程甘霖想了想,不确定地回答:"从字面解释的话,'元'是最初、开始的意思;'一'嘛,合二为一,九九归一,不知道对不对?"

秦容秋把手镯取下来给他看。程甘霖曾见过秦容秋泡茶时手镯在夜色中熠熠发光,现在拿在手上仔细辨别,才发现是件古董。他想起一个人,中学时代的好哥们儿王允强。允强当年读考古专业,博士毕业后分配到北京某研究所从事考古研究,听说还参加过秦始皇兵马俑的考古活动。想到这里,程甘霖扬了扬手里的镯子说:"我一哥们儿是从事考古的,我带回去找他看看,相信我不?"

秦容秋毫不犹豫地答应:"相信!"

程甘霖收起手镯说:"放心!这么重要的东西我会保管好的。"

程甘霖第一次背水,掌握不好平衡,回去的路上,水晃荡得满背都是。回到家换了衣服,秦容秋帮忙挂在院内的晾衣竿上。秦原生看到女儿帮客人晾衣服,心里不舒服。然而,在女儿的眼里,这件汗衫像一面迎风招展的彩旗,给院宅增添了不少青春活力。

太阳高高地升起,帮秦家采茶的女工送回来一筐筐鲜叶,她们把鲜叶摊晒在大簸箕里,嘻嘻哈哈地说笑打趣。她们是静谧茶园里来来回回的风声,还不见人影,身体掀起的热浪似乎就迎面扑来。

从采集、凋萎、杀青到揉捻,做茶的每一个步骤程甘霖都认真观察,作为茶商,这样的体会非常有意义。这天,程甘霖拿着一部相机到处拍,拍摄了一些劳动场景,转过来对着秦容秋猛按快门。

有位中年女工抗议:"嗨嗨,小伙子,虽然我们已经人老珠黄,你多少还是给我们意思一下呀!"

程甘霖尴尬地调转镜头,对着她拍了几张照片。

有人说:"小伙子,拍了照片可要洗出来送给我们哦。"

"没问题,下次一定带过来。"

院子外面的乡间小路上,宣传车的高音喇叭传来一首好听的歌曲:"在那遥远的地方,有位好姑娘,人们经过了她的帐房,都要回头留恋地张望……"歌曲结束,宣传员操着浓厚的云南普通话喊道:"只(今)日晚上八点,打谷惨(场)播放滕文骥导演的爱情故事片《在那遥远的地方》，灰（欢）迎各位父老乡亲来瞧（看），电影硬是好看得很，板扎（好）得很。"重复几次，高音喇叭改为宣传社会主义新农村政策方针："生产发展、生活宽裕、乡风文明、村容整洁、管理民主，这20 个字的目标充分表明，我们要建设的新农村……"

听说放坝坝电影，程甘霖特别兴奋，父亲年轻时候在云南西双版纳当过知青，听他讲看露天电影很有趣，想不到还真有机会。他把想法告诉容秋，容秋早就想去，两个人约好了时间。

夕阳衔山，作坊里的工人还没散去，秦容秋不顾父亲的反对，跟客人看电影去了。看坝坝电影若不想自己带凳子，就得早去，因为打谷场旁边的村委会议室有长木凳，去得早可以借到。去往打谷场的路上，不少熟人跟秦容秋打招呼，向她投去意味深长的微笑。一对并肩步行的男女，甜蜜而拘谨地保持着一定的距离。程甘霖的手指有意无意地碰姑娘的手，若即若离地跟她亲热一下。

容秋和程甘霖出门不久，大俊拎着个袋子赶到秦家，见秦原生就问："秦伯，我回来了。你们吃饭没有？我想约容秋看电影。"

秦原生放开卷着的两袖，掸了掸袖笼上的灰，埋怨道："都啥时候了，还吃饭？"

大俊憨憨地笑，把手中的礼品袋递过去，说："表妹结婚，好多年不见的表兄弟也回来了，硬把我留下来玩了几天。回来时给您老买了两瓶女儿红，给容秋选了一条裙子，也不知道合不合身？"

秦原生叹了口气，说："小伙子，来得太晚了，容秋已经出去了。"

大俊诧异地问："去哪儿了？"

"看——看电影去了。"

"她自己去的？"

"陪客人一起去的。"

"家里来客人了？"

"——是有客人——收茶的。"

大俊这才注意到，一件陌生男子的 T 恤挂在竹竿上。大俊啥也没说，转身大步流星地往打谷场走去。

这时候，天空阴沉下来，浮动的云彩像鱼儿一样在灰暗的天际游动。日光的余晖在没有完全被吞噬之前已失去光彩，等最后一点儿亮光落入地平线的时候，黑夜提前来了。

打谷场人头攒动，老人小孩特别多，壮劳力也来了不少。场上，一块长方形的白色幕布高高悬挂在临时搭建的木架上，银幕的正面和观看电影的人群形成一个封闭的圈子。圈子最里层的观众坐着小板凳、草垛子、木墩子，也有干脆捡两块砖垫在屁股下面的。中间一圈坐长凳的居多，外围的几乎站着，有的小孩子干脆骑在大人的肩膀上。秦容秋和程甘霖在圈内，因为去得早，占了一个不错的位置。其实电影屏幕悬挂得很高，在哪儿都看得见。

浓郁的乡村氛围、新鲜有趣的坝坝电影、美丽的姑娘，这些都令程甘霖兴奋不已。他比画着跟容秋说话，因为太嘈杂，两人凑得特别近。

电影终于开始了，放映机的光束打了出去，银幕上出现"西安电影制片厂"七个字。大俊站在高处，一个劲儿地往容秋坐的方向看去，故事情节怎么开始，如何发展，全都不知道。容秋与一个城里来的陌生男人坐在一条凳子上，那个男的借着说话，凑在她的耳朵边，还往她脸上喷热气，这让他心如刀绞。此时的大俊同样生秦伯的气，老人家太糊涂了，大晚上的居然允许容秋和陌生男子单独出门。

大俊足足煎熬了一个多小时，电影才接近尾声。屏幕上，女主角江雪依偎在男主角黄钟怀里，奄奄一息，用尽最后一丝力气对他说："黄钟……你……答应过，唱……支歌……给我听……"

黄钟搂着江雪虚弱的身体，悲怆地唱起那首老歌："在那遥远的地方，有位好姑娘，人们走过了她的帐房，都要回头留恋地张望……"

江雪在黄钟的歌声中，流下一滴泪，永远地闭上了眼睛。黄钟呼唤着江雪的名字，悲痛欲绝。这样的故事情节在 20 世纪 90 年代简直是一枚重磅催泪弹，江雪香消玉殒，黄钟孤独一生，在场的观众全都泪眼扑簌。秦容秋看得太投入，哭得梨花带雨。程甘霖掏出手帕递给她，容秋刚擦干泪，不知谁又把眼泪滴到她的脸上，滴答滴答，怪痒痒的。

人群突然涌动起来，接着一哄而散，大雨要来了。很快，空旷的天空被闪电划破，雨水倾盆而下。一时间，大家都缩着脖颈护着脑袋蜂拥"逃窜"，各自找躲雨的地方去了。附近是村委会，大部分人躲进了村委会的会议室。大俊焦急地在人群里寻找容秋，屋檐下没有人，会议室没人，里里外外找了几遍，还是没有人。忽然想起会议室后面几百米远有一个小院子，不过小院平时都锁着门，离这里也不近。实在无处可寻，他一头钻入滂沱大雨，绕过会议室往小院跑去。跑到离小院不远的地方，大俊看到小院的屋檐的墙角，容秋和那个小伙子拥抱在一起……这一幕像一个霹雳打在大俊身上,他被震得往后退了几个跟跄,身体剧痛无比。那一刻,他以为自己要死去了。

雨不停地下,烟雨笼罩的大地全都是灰蒙蒙的,让人分不清东南西北,看不到路在哪里。他转身往回跑,经过会议室时,屋檐下的年轻人看到雨中狂奔的大俊,兴奋地吹口哨起哄:"喔……喔……大俊,你洗澡啊! 爽歪了吧?"

跑出去很远,还是雷雨大作。大俊放慢了脚步,头脑清醒了一点,忍不住牵挂起容秋来。雨要是一直这么下,她就没法回家了。再说万一这小子坏,容秋岂不是更危险了。想到这里,他撒腿往家里跑,拿了一把雨伞再跑回打谷场。这么来回一折腾,到打谷场的时候雨已经停了。雨停人散,容秋和那人有说有笑地往回走,大俊不愿意让他们看见,远远地尾随,等他俩进了院门才放心离开。回到家,他没换下湿衣服,一个人坐在凳子上发呆,直至天亮。

清晨,经过雨水浣洗过的空气清新湿润,茶园嫩蕊摇黄,娇羞欲滴。金妈妈为全家做好丰盛的早餐,一钵热气腾腾的馒头,一锅绿豆稀饭,几个小菜。大俊的哥哥大伟不喜欢喝粥,母亲为他单独煮了一碗肉末酸辣面。六岁的小侄子平时不喜欢吃面条,今天非要吃爸爸的。大嫂取来一只小碗从大碗里夹面条给儿子。大哥"呼哧呼哧"吃着爽口的面,带着几分鼻音说:"再有一个月就忙完了,我看东屋那头地势好,干脆加盖一间给二弟娶媳妇。"

母亲说:"我看还不如攒足几年钱,干脆盖个小楼。"

父亲有自己的看法,说:"要不先盖两层,等大俊把媳妇娶了,以后咱家宽裕了再往高处加。"

"咯咯咯……"大嫂侯弟芬拿着馒头大笑,"爸,大俊丈母娘在哪儿都不知道呢,还说什么娶媳妇。"

母亲不高兴儿媳这番话,反驳道:"谁说的! 大俊中意容秋姑娘,我看快成了。"

侯弟芬阴阳怪气地接过话说:"对对,昨晚大俊跟秦容秋看电影去了,还回来拿过伞。大俊,等你把伞带过去恐怕雨都停了吧?"

话音刚落,大家看到大俊面部扭曲,脸色青紫,一股股红的鲜血从嘴角流了出来。家人不知道发生什么事了,吓得丢掉了筷子。

大俊说:"没关系,不小心咬到了舌头,不碍事。"

看到大俊痛得坐不住,母亲上去扶他,碰到他的额头滚烫滚烫的,问:"昨晚是不是淋了雨?"

大俊正要张嘴回答，又一口血涌出来。

大哥起身拉他，说："咬得这么重，你这是要把舌头吃了不成？走，赶紧去卫生所看看！"

大俊什么也没说，一把推开他，跑回房间去了。

二

一般的收茶客来家里，好客的主人会主动邀请客人留下来，通常住上一两宿。程甘霖来秦家已经有些日子了，从不提买茶的事，也没有要走的意思，这使秦原生倍感焦虑。北京这小子到底什么底细，谁都不清楚。如果他有所图谋，真的跟女儿好上了，那绝对不是什么好事情。他心里面早已认定大俊这个女婿，即便女儿不喜欢大俊，也可以在邻村的小伙子里面选择。女儿纯真善良，根本不懂得人心险恶，他不希望看到女儿上当受骗或在感情上受伤害。

有一天早餐，客人刚上桌，秦原生下了逐客令，开门见山地问："小程，你打算哪天走？"

问话太突然，程甘霖一时不知如何回答，只好生硬地应付："这个，我……打算过几天就走。"

秦原生说："我的意思是你买不买茶都不要紧，老住在我这里怕耽误了你的正事。"

程甘霖说本来早就打算预订一批茶叶，因为北京茶庄那边还没有回话，数量暂时不能确定。吃完早餐，秦原生故意当着客人的面问女儿："那天大俊从县城回来时给你买的裙子，试过没有？"

容秋回答："还没。"

"试试看，合不合身也要跟人家道声谢。"

秦容秋说："不急，等有空的时候吧。"

秦原生拉下脸，丝毫不给女儿面子："什么有没有空？试一条裙子要花多长时间？"

秦容秋不敢接话，知趣地收拾碗筷洗碗去了。洗干净碗，她悄悄对程甘霖讲了几句话，趁秦原生不注意溜出了门。不大一会儿，一位来秦家做工的大婶进了院子，看到秦原生就说："老秦头，我刚碰到你家姑娘和北京那小伙儿，他俩处上对象了吧？小伙子真不错，还是大城市的，跟咱们容秋真般配。你呀将来用不着这么辛苦了，等着闺女接你去大城市享福哟。"

秦原生不乐意听，赶紧解释："你误会了，那人是客人，收完茶要走的。"

大婶丢给他一个白眼："你这当爹的还蒙在鼓里吧，那天晚上人家手拉着手看电影，早就好上了。"

秦原生反驳道："怎么可能拉手？你一定是老眼昏花了，不要瞎说。"

"糟老头子！你才老眼昏花呢，大家都看到了。"

秦原生很生气，但人家说得有板有眼，也没底气争辩下去，气呼呼地走开了。

容秋和程甘霖往村子东南面的一座高山走去，到了春暖花开的季节，凤曼村最美的景色就在这里。这里来往的村民少，心情很放松，早上的不愉快早抛到九霄云外了。

山上静悄悄的，除了鸟儿的啁啾就他俩的说话声。程甘霖看惯了精心修整的草坪，见多了艺术造型的花园，自然风光的多姿多彩令他心旷神怡。

走了一段大路，沿陡峭的小道攀爬，穿过一片草地，到了梨树园林。初春的梨花开得正盛，雪白的花儿挂满枝头，走进梨树林就像走进白雪皑皑的梦幻世界。一阵风吹来，花瓣扬起，花儿翩跹起舞，纷纷扬扬往下落。"飘零纷飞"原本诗情画意，程甘霖却不寒而栗，冷不防打了一个冷战，身上起了一层鸡皮疙瘩。他紧紧拉住容秋的手，加快脚步，毫不留恋地穿过梨树林。程甘霖的直觉没错，这片梨树林阴气很重。多年前，这里有户人家的女儿为情所困，吊死在梨树下。从那以后，这边的农户都搬走了，梨树林再也没人管。

走出去一段路，往山上爬，终于来到高处，一个空灵幽静的山谷。如果说刚才是冬天，那么现在好似进入炎炎盛夏。山谷里漫山遍野开着一种叫"红宝珠"的茶花。普通的茶花白色或粉色居多，而这里的茶花却红艳艳的，色彩炫目，异常刺眼。花朵的外形也非同寻常，圆弧形的花瓣，层层旋转着往内包裹，像极了激流险滩上一个个旋涡。然而，这些花儿却是迷人的，不仅有着与牡丹类似的雍容华贵，也有和玫瑰、郁金香同样的妩媚娇艳。花朵开得特别大，大的可比男人的手掌，小的不亚于女人的拳头。这些鲜红艳丽的花儿团团簇簇布满山谷，让置身其中的人以为误入火海。程甘霖第一次见到这样奇异的景色，按捺不住内心的激动，对着山谷嗷嗷大喊。山谷收纳了他的声音，再把它们全部抛回来，一来二去，数个程甘霖的喊叫声在山谷里互相追逐。

程甘霖喊一声："秦容秋……"

容秋也对着山谷喊："程甘霖……"

"秦容秋——我爱你——"

"程甘霖——我——"

"秦容秋——我爱你——"

"程甘霖——我——"

程甘霖再也克制不住,一把将姑娘抱起,问:"我……我……我什么?"羞涩的姑娘只会略略笑。"快说!"他逼问,"再不说我就亲你了!"小伙子滚烫的嘴贴在姑娘的唇上,咬住她的呼吸,长驱直入闯进她的心房。两人相拥在花丛中,热烈地亲吻在一起。

"这里的茶花是我见过最美的,你是我见过最好的姑娘,和你在一起,整个人都陶醉了。容秋,跟我走吧,到我的世界去。"程甘霖把姑娘揽进怀里,小声地在她耳边呢喃。听到这话,容秋缓缓地抬起头,深情地望着他。

"还不明白吗?我的傻姑娘,我不能再这样赖下去了,就算你阿爸不赶我,我也有走的一天。"

"知道——"她低下头。

"你怎么想的?要不然,把我们的事告诉他?"

容秋摇摇头,她很清楚父亲的态度。

"这次去福建,咱们一起去?"程甘霖再次邀请。

容秋叹息了一声,回答道:"现在正是忙的时候,我不能去。再说我一个单身女子也不合适,何况去那么远的地方。以我对阿爸的了解,他绝对不会同意的。"

"要不等这一阵子忙过了,找个什么理由去北京。我家有两个茶庄、十来个茶叶零售店,荟萃了全国各地的名茶,茶叶这方面,在北京小有名气。"

"甘霖,能不能去北京,我真的不知道。自从遇见你,我整个人都变了。我是一个圈在高墙内的人,不能跟别人一样。这次你走了也就真的走了,我不敢奢望是否还能见到你。咱们的条件不一样,差距这么大,现实也不允许,未来的事根本不敢奢望。"

"我们将来是否在一起是一码事,但我想说,你这么个漂亮的姑娘窝在农村当一辈子农民,全世界都替你委屈!十年后我来看你,秦姑娘早已面目全非,那时候的你身材臃肿、皮肤粗糙、人老珠黄,背上背一个,手上牵一个,整天为农活操心。哎呀!我都不敢想象,那样的话最好不要再看到你,不然我会心疼死的。除非,那是你心甘情愿要过的生活。"

"不是我想要的生活!"容秋肯定地说,"不过,我们这里的女人都这样。你出现之前,倒没觉得有什么不好。只是——之后就不一样了。现在更不一样!我也说不清,发觉自己变了——"说到这里,容秋拦腰把程甘霖抱住,大声对他说:"我现在有你,只想跟你在一起。要是能和你在一起,去哪儿我都愿意。"

"那这次就跟我走呗。"程甘霖低下头,捧着她的脸,眼里满是期待。姑娘无可奈何,伤心地哭了起来:"甘霖,我对你没有任何要求,只要让我知道你好好的就可以。当你寂寞的时候,偶尔想起我这个人,我们这段短暂的时光在你心里是美好的,我也会觉得好。"

程甘霖不忍心再为难她,温柔地吻她,用手指拭去她脸上的泪滴,安慰道:"别难过,离开时我会订货,等到提货的时候一定会来看你。再说即使不能在一起,我们也可以通电话、写信,人走了心也不要分开。"他向泪光潋滟的姑娘表白:"你不知道我有多喜欢你,实话告诉你,第一眼见到你我便意乱情迷了。遇到你是我此生最大的惊喜,我本行走凡尘却误闯桃花源,你就是我的'世外桃源'。"说罢,他摘下一朵茶花,插在姑娘的发髻上。

两个人忘记了回去,在茶树林待了很长时间。他们谈了许多话题,工作、人生,探讨得最多的还是共同喜爱的茶叶。谈到茶文化,程甘霖简直就是茶叶专家,一部活生生的百科全书。程甘霖也很惊讶,容秋是茶农家的女儿,能做一手好茶,但并没有多少理论上的素养。她只了解普洱茶,关于茶马古道和普洱茶的历史并不清楚。

"茶马古道"源于美丽的古城普洱。乾隆年间,城里最大的濮姓茶庄被指定为朝廷供应茶叶。有一年春季,因为连绵雨天,毛茶没充分晒干就压饼了。濮家少庄主和押解官罗千总赶着马帮,一路躲避土匪、猛兽,克服疾病艰险,跋山涉水,日晒雨淋,走了三个多月才到京城。验茶时发现绿色的茶饼变成红褐色,茶叶全部变质了。濮少庄主知道自己闯了大祸,解下腰带悬梁自尽,被人救了下来。那以后,濮少庄主惶惶不可终日,觉得自己时日无多,即便自杀不成,早晚都会被朝廷处死。谁承想,在皇帝亲自主持的茶宴上,濮少庄主进贡的普洱茶令乾隆龙颜大悦。原来,没有干透的毛料压饼之后包裹在竹箬中形成密闭空间,驮在骡马的背上,加之途中遇大雨,又经过暴晒,马背的温度和变幻莫测的气候为茶叶发酵提供了适宜的温度和湿度。三个多月过去,等他们千辛万苦走到京城,茶叶已经从'生'转'熟',所以翠绿的汤色不见了,转熟后的普洱泡出来红浓发亮,香味醇厚沁人心脾,喝上一口绵软爽滑,好似清风拂绸缎。濮少庄主这次因祸得福,不仅保住了性命还得到丰厚的赏赐。更重要的是,这次的偶然事件创造了新的茶品。从那以后,人们以当地茶为原料,使用人工渥堆的方式让茶叶在短时间内发酵醇化,也就是云南最具代表性的茶——享誉中外的普洱茶。

普洱茶属于黑茶类,程甘霖向容秋介绍了其他如湖南的安化黑茶、广西的六堡茶、四川的马边茶、藏区的藏茶等。他讲道:"中国幅员辽阔,不同地区生活习惯不尽相同。即便都是黑茶,味道、口感截然不同。不仅如此,茶的功效也不一样。湖南安化黑茶有降血脂、降血糖、软化血管的功效,还会长'金花'。撬开茶砖,看似长满霉点,其实是加工过程中的一种优势菌种叫'冠突散囊菌'。有句话叫'茶好金花开,花多茶质好',金花越多越是好茶。从茶的外观看,广西六堡茶的汤色最漂亮,是喜庆的中国红,滋味有点槟榔或松烟的感觉。"

秦容秋很遗憾,并不知槟榔和松烟是啥样的味道。

"这种茶一般都煮着喝,还可以加入蜂蜜或冰糖进行调饮。当地人用来提神消暑,给小儿治疗感冒什么的。另外,四川雅安的'马边茶'和藏区的藏茶,有降脂减肥、减少心血管病发生的功效,适合牛羊肉为主食的少数民族地区。"

程甘霖还讲了一些有趣的事:"有一次和几个朋友到一哥们儿家做客,那哥们儿神神秘秘地拿出一个小瓶子,抖了一些黑色的颗粒泡开。这东西入水即化,汤色也很好,喝起来滋味独特,似茶非茶。问茶的名字,那哥们儿说叫'龙珠',还说价格老贵了,论颗买的。问怎么加工的?他说通过生物工程肠道微生物系统加工的,把大家绕得晕晕乎乎。问来问去,原来是茶虫排出来的粪便。当时大家被恶心得够呛,后来想想,虫子吃茶拉茶也不脏。这种茶叫'龙珠',营养价值高,被视为茶饮珍品,主要产自云贵川交界的苗寨。当地的茶农用淘米水浇湿干茶叶,吸引飞蛾来产卵。飞蛾产卵在上面,幼虫孵出来之后吃茶叶长大,拉出来的粪便经过筛选,再用蜂蜜翻炒,制成的就是'龙珠'。"

程甘霖讲了很多,容秋听得津津有味。外面的世界绚丽多彩,她并不太在意,但程甘霖所讲的关于茶文化方面的知识无疑具有强大的磁力,吸引着这个在山村长大的姑娘。她意识到自己的无知和局限,感到自己像一块干透的土,对雨露的期待如饥似渴。

三

大俊高烧不退,母亲请来乡下卫生所的医生到家里输液。输液期间,他的状态似乎好了一点儿,输完液又高烧。母亲日夜守在儿子身边,无微不至地照顾他。几天下来,大俊饱满的双颊瘦了下去,颧骨突出,嘴唇干裂,整个人瘦得变了形。高烧中的大俊迷迷糊糊呼唤着容秋的名字,母亲心疼儿子,悄悄地去了趟秦家,请容秋去看看大俊。

午后阳光灿烂,怡人的暖阳令人舒爽,秦容秋换上裙子去看望大俊。这条裙子是大俊送给她的,紫色的小花,宽大的裙摆,小翻尖领,一根深蓝色的带子系在腰间。金妈妈见到容秋很高兴,把她带进大俊的房间,叫醒儿子,凑耳边说:"看看,谁来了。"

大俊睁开眼睛,混混沌沌的瞳孔不太清晰,他似乎看到容秋站在跟前,穿着他买的裙子,拉着裙摆笑盈盈地在自己床前转圈,像一朵盛开的喇叭花。他自言自语道:"嗨,太好了,这梦跟真的一样。"

容秋陪大俊度过了整整一个下午,临走的时候给他喂了半碗面条。回去后,程甘霖很不高兴,埋怨道:"探望病人这么长时间,我在路边干等你好久,左等右等都不回来。"

容秋说:"大俊哥几天没吃东西了,今天下午好容易哄他吃了一点儿面条。"

"怎么一个大男人还会发烧? 我都不记得发烧是什么滋味了。"

秦容秋带程甘霖来到后院,后院是育苗渥肥的地方,平素少有人进出。院中间有一道小木门,掰开插销,门外是一片草坪。草坪平整而干净,二棵古茶树以不同的姿态站在草坪上。其中两棵长得很高,树干粗直枝叶茂盛。另外一棵树身矮小,树丫分散围成圆形,像一把大伞。三棵树尽管保持着一定的距离,但实际上它们亲密无间,相望了3000年,早已建立了不为人知的神秘默契。程甘霖做梦都想不到,小门外面原来别有洞天。

容秋二话没说,来到伞形茶树下摘嫩叶。她说:"别看我家的古茶树枝繁叶茂,能做茶的芽尖其实很少,一年加起来只能做两斤左右的茶。大俊哥病了,摘一些给他熬稀饭。平时乡里乡亲也有来讨要的,剩下的就不多了。"

物以稀为贵,程甘霖唏嘘不已。采摘完"大伞"那棵,容秋跑到另一棵笔直的古茶树前,双手抱住树干,噌噌地爬了上去。

姑娘爬树跟猴子一样快,程甘霖看呆了。容秋不理会他,迅速攀上树梢,轻盈地坐在一个三角形的树杈上。

"'云南十八怪',老太太爬树比猴快,听说过吧。"秦容秋居高临下,边说边把摘下来的鲜叶放进围兜。她的指头灵巧,动作麻利,这棵茶树采得差不多了,

第一章

又爬上另一棵。

容秋把三棵树的新芽摘了一遍才收集满一个小竹篓,然后靠近树身细细寻找,原来茶树上寄生着一种藤状植物,这植物被称为茶树的"精灵",扎入树皮茎脉交接的地方吸收营养。因为青绿色的根须很像螃蟹的脚,当地人称之为"螃蟹脚"。"螃蟹脚"很少寄生在茶树上,寄生在千年古茶树上更是罕见。用它泡水、炖鸡鸭、泡茶有很好的消炎驱寒的功效。两个人来到灶房,把茶叶连同"螃蟹脚"清洗干净和少许大米一道放进石臼捣碎。火生起来了,青绿的米浆慢慢黏稠,十多分钟后,米糊熬好了。容秋把滚烫的米糊装进瓷缸,趁热给大俊送去。

临出门,容秋把剩下的半篓茶叶带到作坊,恳请父亲做个茶饼。秦原生正在炒茶,看了一眼,说:"这点儿太少,炒出来没几两。"

容秋说:"也行,我想送人。"

"送谁?"父亲问。

容秋没好意思回答,秦原生明白女儿的心思,没再追问。她说:"阿爸,请把这些螃蟹脚也加进去。"

秦原生不乐意,僵硬着脸不回她话。

蓝 月 亮

一

凤曼村的景色一年四季都是美的,但在村民们的眼中,最美的季节莫过于春季。融融春色,茶树舒萌,新芽儿抽得水灵可人。娇嫩动人的芽儿预示着一年之初开门大吉,也昭示着这一年丰收在望。

一年之计在于春。春天,在这个最忙碌的季节,秦家的小作坊总是锣鼓喧天。这样的场面并没有招来多少人羡慕,因为大家都知道,忙也是"白忙"。这年头,手工作坊加工行情很差,干得辛辛苦苦,根本卖不出价格。

程甘霖这趟"考察"给秦家制造了不少麻烦,至少秦原生这么认为。关于女儿跟北京小伙子的流言蜚语在村子里传得沸沸扬扬,好多闲言碎语传到他耳朵里,扰得他心神不宁。秦原生对这个北京来的小伙子不再热情,越来越不待见。

程甘霖心里也很清楚,在秦家待了这么久,对一个普通的收茶客而言时间太长了。想起当年大学毕业时的情景,自己拿着毕业证去父亲那儿交差。父亲问这四年都学了什么,他绞尽脑汁说不出所以然。因为贪玩,大学四年基本没把心思放在学业上,不过这些风流韵事不便跟父亲汇报。这次邂逅容秋完全是意外,也不知道为什么,和她在一起感到轻松自在。虽然相处的日子不长,但在他的感情历程里似乎走了很长一段路。他舍不得离开姑娘,然而自己还有很多事要做,不得不走。

夜幕下的小村庄渐渐沉寂,稀稀拉拉的农家灯火点亮了黑暗。时间不早了,金妈妈从屋里走出来正准备关院门。不经意往天上瞥了一眼,整个人惊呆了。乌蓝的天宇中,一条银光闪闪的星河横贯中天,每一颗星星都特别亮,亮得令人目眩。金妈妈转身往大俊房间跑去,边跑边喊:"儿啊! 快出来看,今晚的星星好特别。"

大俊听到喊声走了出来,跟随妈妈到庭院,这么美的银河还是第一次见到。星星是送给穷人的钻石,它们是对人间无条件的馈赠,不分贫富还是贵贱,获得的惊喜和快乐一样多。此时此刻,大俊的内心充满着温情和美好。站在美丽的夜空下,大俊克制不住思念心上人。她此刻在做什么? 在想什么? 也在欣赏夜景吗? 那个人是否跟她在一起? 联想到"那个人",大俊的心跟刀绞一样痛,美好的体会转瞬即逝。

夜空的确很美,但美得残忍,美得痛心。他不想看,眼睛也看不到美好,内心被忧郁占据。正欲转身离开,他听到母亲惊呼:"看啊,蓝月亮,蓝色的!"

一个泛着蓝色光晕的圆月缓缓从一块乌灰的云中钻出来,轻飘飘地悬浮在云朵之上。月球的表面纵贯着清晰可见的沟壑,像一个巨大的水晶球。"水晶球"通体透明,笼罩着幽幽的蓝光,把周围的云彩也染成了蓝色,不过只是短短几分钟,蓝光变成一团混沌的雾气,和月亮一道消失了。看到蓝月亮没了,大俊妈妈很惋惜,家里没有照相机记录下这激动人心的画面。大俊对妈妈说:"这有什么了不起,月亮不就是一颗星星吗? 只不过离我们近一点罢了。"母亲听到儿子的言论,知道他心里不好受,什么也没说,痛在心里。

此时,容秋正在备茶具,然后到父亲的房间邀请。父亲躺着休息,说回头就来。转到客房,她见程甘霖正写着什么,原来是订货单。容秋明白,程甘霖要走了。

两个人一起来到小院子。程甘霖上衣兜里有东西闪了一下，容秋问："里面装了什么？"

程甘霖摸了一下，拿出"月光手镯"。

容秋说："我刚才看到它发亮，一定有流星雨。"

往天空望去，除了璀璨的银河悬挂，并没有看到流星。

容秋肯定地说："刚才一定有流星，因为流星雨出现的时候，手镯就会发亮。"说完这话，她的眼神忧伤，语调也伤感了。她说："流星很美，可惜跟烟花一样短暂。我奶奶说，一颗星星就是一个人的灵魂，流星坠落的时候这个人的灵魂就永远消失了。"

程甘霖笑了笑，捏了一把她的鼻子，说："傻瓜，这不过是传说。"

容秋摇了摇头，眼睛噙着泪水，说："不，我情愿相信，我希望阿妈在天上看着我们。"

夜色醉人。旖旎星月之下，容秋用盖碗泡茶，将一泡"月光白"滤出。茶杯里，一层绸白的雾气萦绕在茶水上面，隐约遮挡着茶汤。过了一会儿，水雾散去，茶汤呈现透亮的琥珀金。大家边喝茶边欣赏夜景，正在谈天说地的时候，一个圆形的影子倒映在茶碗里。程甘霖最先看到，先是一愣，慌慌张张抓起相机对准杯子拍。秦原生和容秋也看到了，他们下意识地往天上看，原来是虚惊一场，此时圆月当空，杯子里的影子只不过是月亮的倒影罢了。

大家一面品茶一面赏月，蓝月亮出现的时候，程甘霖抓住机会拍到不少照片。不一会儿，一块厚重的云朵御风飘来。月亮一点儿一点儿被兜了进去，最后全部落入云彩的"口袋"里。月亮消失了，一泻千里的银河渐渐挪到天边的一角，隐遁到黑暗里去了。星星不见了，月亮也躲了起来，一个非同寻常的夜晚不经意之间恢复了常态。

程甘霖品茶，就像一块好玉落到行家之手，彼此互为知音。小啜一口，茶汤从舌尖滚到舌根，待双腮填满，再顺喉管缓慢下咽。之后，深吸一口气，静静体味其中的滋味。

当他眯着眼睛回味的时候，看到静置的茶杯里，一个象牙形的影子从杯底缓缓浮现。月牙是金色立体的，跟刚才的满月完全不同，也就那么几秒，清晰地挂在汤水中间。程甘霖惊叫起来，赶紧往天上看，天上布满厚重的云彩，别说月亮，连星星都见不到。程甘霖激动万分，他的确看到了，可惜没有旁人见证，只是一瞬间。

直到茶味淡去，程甘霖向老人辞行，并将写好的订单恭敬奉上。秦原生看不清楚上面的字，容秋接过来念："生饼 2000 公斤，散装 500 公斤，'月光白'不限量。"

秦原生说"月光白"没有了，这茶产量不高，连老顾客都满足不了。

第二天一早公鸡还未打鸣，容秋摸黑起床。她来到小作坊生火烧水，把阿爸事先做成毛料的古茶树散料压制成了一个小茶饼。

吃过早餐，一位意想不到的客人登门，她是大俊的母亲金妈妈。金妈妈专程来道谢，说大俊喝了容秋送去的茶粥退烧了，精神也好了。听到这个消息，大家都很高兴。容秋又去后院采摘了一些茶叶，和金妈妈一起舂浆熬粥送给大俊喝。当容秋把熬好的粥交给金妈妈后，却怎么也找不到程甘霖，原来程甘霖早已不辞而别。她抓起刚做好的小茶饼飞快地跑了出去，顺着出村的小道一直追到大公路，跑得气喘吁吁，满头大汗，连个人影都没见到。一辆往云西县方向去的客车驶来，她一个箭步蹿出去把车拦住，刚要上车发现身上一分钱都没有。司机见她招手拦车不上车，嘴里骂骂咧咧，轰了一脚大油门走了。

秦容秋捧着小茶饼，眼巴巴地看着客车在视线里消失。程甘霖真的走了，这一走，她的心被掏了一样，空荡荡的。

二

秦容香取得全县数学竞赛第一名的好成绩，除获荣誉证书外还得了 800 元奖金。她美滋滋地把钱存进银行，打算将来上大学用。

学校数学教研组组长张老师是秦容香的指导老师，为了备战一个月后的省级比赛，张老师特意把她叫到办公室，从抽屉中取出几本练习册和一沓试卷，对容香说："这些是我托关系从清华附中搞来的，我打听过了，这次比赛会借鉴他们的题型，说不定连原题都有。五一节就不要回家了，利用假期把复习资料做一遍，遇到疑问随时来找我。另外再跟你透露一点，这次省竞赛非常重要，如果拿到前三名，不仅可以在高考中加分，还有保送名校的机会。"

这么多练习题摆在面前，秦容香的头都大了，本打算劳动节回去玩几天，看来是没戏了。等到放学，秦容香悻悻地往校外的电话亭走去，打算把数学竞赛获奖、五一假期不回家这些事告诉家里。刚走到校门口，刘利铭从值班室伸出脑袋喊她，说爸爸陪妈妈到省城看病去了，今天在爷爷这里。秦容香走进值班室，拿起刘利铭的数学作业翻看，发现选做题还空着。刘利铭红着脸，小心翼翼地跟秦容香说选做题可做可不做。

"你对自己要求这么低,难怪没长进。"容香就这样,总是劈头盖脸。

"我做不出来,不信你看……"他把草稿纸摊开,解析这道题的草稿足足用了一页纸。秦容香看了一眼,便知道问题出在哪儿。她拿起笔演练给他看,刘利铭老老实实地听着,不断点头,跟公鸡啄米似的。

经讲解,这道题很快弄清楚了。刘利铭收好书包,坚持要陪秦容香去街对面打电话。两个人有说有笑走出校门。过马路的时候,谁也没注意到,一辆小货车如脱缰的野马,发疯似的往这边闯。这是一辆失控的货车,司机把刹车踩到底也没控制住。为了避开一群行人,紧急之下猛打方向盘,对着刘利铭这边冲来。眼看刘利铭在劫难逃,秦容香反应敏捷,一把将他推开。货车车头不偏不倚撞在秦容香身上,把她抛出去十多米远。前方没有障碍了,车子冲向校园的外墙,只听"砰"的一声巨响,院墙垮了,砖块哗哗落下来砸在已经熄火的货车上。碰撞的瞬间,司机的头部重重地撞在挡风玻璃上,昏了过去。

秦容香躺在地上一动不动,刘利铭跪在地上抱着她撕心裂肺地喊,嗓子喊破了都没见反应。不一会儿,救护车带走了秦容香,也带走了司机。送到县医院,医生以最快的速度进行手术。手术室外,学校相关领导、张老师、班主任,还有刘爷爷都来了。

交警过来处理事故,跟学校保卫处的人交涉。孩子的家长已经得到通知,正在赶来的路上。大家焦急地守候在手术室外,尤其是刘利铭,时不时哭上几声,眼泪始终没干过。他实在太害怕了,秦容香要是有个三长两短,他觉得自己也支撑不下去了。没过多久,走廊的一头传来焦急的脚步声,秦容香的家人来了。班主任含着眼泪握住秦原生的双手说:"对不起!我们没能照顾好秦容香同学,作为老师有责任。"

秦原生说不出话来,身体佝偻着,坐在手术室外的座椅上老泪纵横。三个小时过去了,手术还在进行。大家在煎熬中等待,任何安慰的话在这时候都不起作用。又一个小时过去了,手术室的门缓缓打开。主刀医生走了出来,边走边摘口罩,说伤在胸部,三根肋骨断裂,肺破裂造成血气胸,已经修复,病人暂时脱离了危险。

从手术室出来,容香一直处于昏迷状态。病房里除了家属就是刘利铭。刘利铭坐在离病床很近的地方一言不发,始终耷拉着脑袋。大家劝他回去,他把头摇得跟拨浪鼓似的。秦原生无奈地看着这个泪痕已干、憔悴不堪的男孩,示意大女儿劝劝。姐姐说:"刘同学,你和容香是同桌,又是好朋友,你的心情我们理解。但你是学生,明天还要上课,应该回去休息了。"

刘利铭泣不成声,眼泪又哗哗地把脸洗了一遍。姐姐又说:"你不要有负疚感,我妹妹在紧急关头舍己救人,即使是别人,她也会这么做的。"

秦容秋这么一说,刘利铭哭得更伤心了。他不能接受姐姐的劝慰,秦容香就是为了自己才受伤的。

大俊说:"刘同学,还是回去吧,假如你不能好好上课,容香妹妹耽误的功课谁来补呢?"

大俊的话提醒了他。容香学习成绩拔尖,以她的个性要是落后了怎么接受得了? 更何况全省数学竞赛迫在眉睫。想到这些,刘利铭才答应回去,依依不舍地离开了病房。

日子一天天过去,秦容香的身体逐渐好转。每天放学,刘利铭都会来医院。除此之外,数学辅导老师张老师也常来医院探望。

刘爸爸给秦容香换了间安静宽敞的病房,小单间带独立卫生间和电视。刘妈妈常为秦容香送来煲好的营养汤,时常加一些名贵药材在里面。刘妈妈炖的汤很滋补,但是时间一长,就有些腻了。到后来,秦容香只负责喝汤,剩下的干货都给了刘利铭。半个月下来秦容香没啥变化,刘利铭倒胖了一圈,还自嘲这"月子"坐得蛮见成效。

不久之前,秦容香曾经看望过住院的刘妈妈,当时刘妈妈很虚弱,躺在床上没说话。当刘妈妈穿着漂亮的裙子和刘爸爸一起来病房探望时,秦容香几乎不敢相信自己的眼睛。眼前这位个子高挑、身材窈窕、脸庞娇美的女人竟是身患重病的刘妈妈。原来,刘妈妈是声乐教师,曾是音乐学院毕业的高才生,天籁般的嗓音,弹得一手好钢琴。那时候的刘爸爸还只是小县城中学的一名普通教师,为了和刘爸爸在一起,她不顾家庭反对放弃了大城市的优渥生活,放弃了自己的梦想,来到小县城从事基础音乐教育教学。

有一次大家都在场,刘妈妈提出让容香做她女儿,还当场认亲,改口喊妈妈。秦容香羞红了脸,妈妈离开很久了,这个称呼脆弱不可触及,突然叫妈妈,可怜的孩子不知所措,太多思念、太多委屈积攒在心里。刘妈妈把她搂在怀里,从此把她当亲生闺女看待。

第一章

三

数学竞赛的时间越来越近,姑娘的身体恢复得很迅速。为了参加比赛,秦容秋早早就下床锻炼了,她经常穿着肥大的病号服扶着墙走路,整个人罩在大口袋里一样。然而,少女之美是掩饰不住的,尽管她自己毫无察觉,也从不在意这些。目前只有一件事令她惦记,那就是备战数学竞赛。养伤期间,张老师对她毫不放松,定期带一些古怪刁钻的题让她练习。

有一次张老师刚走,姐姐对妹妹说:"你们敬爱的张老师太负责任了,既让人感动又让人讨厌。我看呀,他把比赛看得比你的身体还重要。"

妹妹回答:"恐怕不是吧,张老师看到我有位漂亮的姐姐才假公济私的。"

姐姐揪着妹妹的鼻子说:"你这鬼丫头,调皮得很!"

病房的门"咯吱"一声响,刘利铭来了。他右手提着大砂锅,左手拿了一袋水果,几乎是用身体撞开门挤进来的。看到容香面色红润,气色也好,他很高兴,问:"下周四就要比赛了,是不是胸有成竹了?"

姐姐说:"这不,你们张老师刚走。讲了半天题,都不让人休息。我看还是赶紧比赛得了,也好让妹妹好好养身体。"她看了一眼窗外,天上积着厚重的云,遂拿起一把伞。说:"你来得正好,我要去趟邮局打个电话,顺便买一些东西回来。"

邮电局位于县城中心街道,尽管天气不好,打电话的人还真不少。秦容秋到柜台交过押金,拿到"57"号牌。二十多分钟过去,柜台营业员终于喊到她的号。秦容秋冲进电话亭,拨通了程甘霖办公室的座机,电话响了几声接通了。对方是位男士,当得知是秦容秋时非常高兴,说:"我是程甘霖的父亲,儿子常提到你,夸你茶做得好。你父亲送我的'月光白'已经喝到了,我非常喜欢。我让儿子买下所有的库存,他说早被订掉了,哈哈……可否跟你父亲说一声,我们这就排队等着要明年的。"

程甘霖的父亲不仅随和,而且爱茶。秦容秋喜出望外,一颗忐忑的心落定了。挂电话前,他告诉容秋家里的电话,让她往那边打。

不多时,程甘霖家的座机响起。一个围着花布围裙的姑娘,举着锅铲从厨房冲了出来。另一位中等身材、穿着金丝绒旗袍、雍容富态的妇人同时从楼上往下走,抢在姑娘前面拿起话筒,"喂"了一声。秦容秋问:"您好,请问程甘霖在家吗?"

"你哪位？"

"我是……我……"秦容秋没想好如何介绍自己。

那边冷冰冰地打断了她："我是程甘霖母亲，你哪位啊？"

秦容秋鼓足了勇气回答："我叫秦容秋，是云南……"秦容秋的话没有说完，对方说："他不在家。"

秦容秋问："能帮我转告一声吗？"

电话啪地挂断了。这时，程甘霖才从楼上下来，问怎么回事。妇人回答说有人脑子有毛病，乱拨电话。

电话另一头，秦容秋呆若木鸡，搞不明白刚才发生了什么，两次通话，程甘霖父母的态度天壤之别。柜台上计时器显示了一个数字，营业员探出半个脑袋喊："'57'号，8块钱。还打不打？"

"不打了。"秦容秋推开电话亭的玻璃门，没精打采地走了出来。一个穿着短袖衬衫的小伙子拿着58号牌子冲了进去，急匆匆地关上门。这时候外面已是乌云密布，豆大的雨点从天而降，雨点像豆子一样撒下来，掉在地上摔得粉碎。几名带着雨伞的人跃跃欲试，刚冲出去又折了回来。

病房里一对少男少女，不知不觉充斥着某种不同寻常的氛围。尤其是刘利铭，为了避免羞涩，不停地找事情做。这会儿，他正坐在床边给容香削橙子，本来橙子可以直接切开，他非把皮削了，连瓣上的白色橘络也清理得干干净净，一瓣一瓣掰开递给秦容香。秦容香吃着橙子，和刘利铭谈些无聊的话题，她问："你说我这次要是真被撞死了怎么办？"

刘利铭的眼镜架一下子跌到鼻翼上，嘴里发出"呸呸呸"的声音，好像吃到苍蝇了。

秦容香满不在乎，说："书呆子，怕啥呀，早死晚死还不得死。"

"我情愿被撞的人是我，"刘利铭说，"我以后一定会保护你。"

"得了吧，就你那笨脑瓜子，车头都冲你来了，还跟个傻狍子似的站得笔笔挺挺的，你保护我了吗？自个儿都保护不了。"秦容香往嘴里塞了一瓣橙子，饱满的酸甜瞬间在齿间炸开。她想起刘爷爷讲过的话，说刘利铭是鸡足山的童子，人身安全一定要格外小心。

"我说刘利铭，你知道童子是什么吗？"秦容香试探地问。

刘利铭被问得面红耳赤，羞羞答答地回答："童子恐怕就是处男吧，……比如，我就是童子之身……"

秦容香猛地一掌拍在他头上，气愤地说："真是的，思想太复杂了吧，想到哪儿去了。"

刘利铭捂着生疼的脑袋，满脸委屈。明明是她问的问题，回答了还要挨打。外面的雨越下越大。突然，一个闷雷在窗外炸开，整栋住院楼在巨响中恐惧地颤抖。巨雷霹雳的瞬间，病房的玻璃窗都被震碎了。巨大的雷声惊吓到秦容香，姑娘尖叫一声晕了过去。刘利铭慌了手脚，跌跌撞撞地跑出去叫医生。医生过来做了检查，说这是浅昏迷。病人脑袋在车祸中受过撞击，经受不住突如其来的刺激。过了一会儿，秦容香醒来，"吧嗒吧嗒"地落泪，伤心地说："这下全完了，脑袋坏了，不能参加比赛了。"

雷声断断续续，刘利铭把容香护在怀里，帮她把耳朵紧紧捂住，用身体替她抵挡。

参加考试的前一天，住院部楼下开来一辆崭新的黑色桑塔纳，刘副局长派车接秦容香来了。秦容香从病房出来，胸部还缠着绷带。姐姐拎着行李，在一旁小心翼翼地牵着她。姐姐打开车门，发现刘利铭鬼头鬼脑地躲在车子里面。姐姐说："你这孩子怎么课都不上？躲这里干吗，快下去。"

刘利铭扮了一个鬼脸，理直气壮地说："耽误两天没关系，爸妈都同意了，还让我照顾好容香妹妹呢。"

姐姐说："用不着你，我在就好。"

"都跟老师请好假了。"刘利铭双手交叉抱在胸前，一副死猪不怕开水烫的样子。

"你怎么请假的？"

"我说肚子疼。"

"你什么肚子呀，难道连续疼几天？"

"我就不能疼几天吗？"

"你可是大老爷们呀。"

"大老爷们就不能肚子疼吗？"

司机启动了车，往昆明的方向开去。有刘利铭同行的旅途，一路欢声笑语。

第 二 章

水 中 月

一

北京的初夏,道路两旁绿意葱茏,远远看去,完全褪尽了春天的鹅黄。绿化带上,整齐排列的大树撑着巨大的绿伞,为行人带来凉爽。一座中式三层小别墅坐落在一个大型住宅区内,离这栋独立别墅最近的出口不是正大门,而是西侧门。西侧门使用黑色的铁艺雕花门栏,外加小型电子感应伸缩门,既不失现代宅居便捷安全的需求,又不丢高档宅区典雅高贵的格调。

进入西侧门,走进一个开放式的大花园。杨柳拂垂,柳枝妩媚地亲吻着水面。一条蜿蜒的人造小溪缓缓地流过,汨汨的清水与柳树交相辉映。经过这条小溪进入别墅区,别墅区种植着大片大片的蔷薇,春天的蔷薇团团簇簇冒着花骨朵儿,一栋青砖屋顶的三层别墅仿佛从这丛蔷薇中长出来。可以想象,假如蔷薇花开,一定芳香四溢。

这栋别墅门牌号为"丽舍 15 栋",别墅的入户花园采用褐色铁花栅栏。枝繁叶茂的蔷薇顺着栅栏往上爬,可能好久没有修剪了,一些枝条胡乱地往外伸展,那形状像仰着头吐着芯子的蛇。在这环境优雅、绿盖叠翠的地方居住,实在称得上丽舍香榭。

一位烫着麻花小卷、身材丰腴的中年妇人,穿着紧身黑裙,臀部和腹部因为发福而显得圆润。她上身披着一件斗篷式的酒红色坎肩,胸前五彩金线绣着一只凤凰。她右手拿剪刀,左手拿着几枝不知从哪里剪来的红玫瑰,急匆匆推开铁花雕栏的小门,穿过入户花园进入别墅。她嘴里念叨着什么,大致是客人快到了,怎么还不回家。进屋后,她把花插进花瓶,抓起电话熟练地拨号。电话那头是一位年轻女子:"您好! 这里是'久源'茶庄。"

"程全贵走了没有?"

"哦,老板娘好! 程总和经理大概四十分钟前就离开了。"

"嗯,知道了!"女人挂断了电话,抬头看了一眼墙上的挂钟,差十分钟六点。

厨房里,秀梅忙着做菜,抽油烟机嗡嗡作响,电磁炉咕嘟嘟煲着海鲜汤。妇人远远地站在厨房门外跟她说话,提防着厨房飘出来的油烟破坏身上的香水味。她问:"菜准备得怎样了?今晚就别让奶奶参加了,差不多了先端上去给她吃。"

秀梅回答:"这就好了,婶婶,客人来了菜就上桌。"

为了做一桌好菜,秀梅天没亮就起床,还一个劲儿地提醒自己别出差错。厨房温度很高,秀梅有些手忙脚乱。她擦了擦贴在发丝上的汗,见缝插针地踮起脚尖,在抽油烟机金属板上照了一下"镜子"。秀梅有一张清秀的脸,美中不足的是,脸上有许多小黑痣。显然,这些黑痣已经成为她的新苦恼了。奶奶住二楼,因为腿脚不好,偶尔在卧室进餐。家里来客人的时候,更加不便下楼。秀梅端着托盘送饭,一路小跑着上去。奶奶的房门半开着,秀梅站在门外叩门。秀梅很懂"规矩",都是这三年来被婶婶调教的。秀梅进去后和奶奶打招呼,把饭菜放在小桌子上。奶奶问:"客人来了没有?"

秀梅回答:"快到了。"

奶奶说:"今晚给我大孙子相对象,你这个当妹妹的也要参考参考。"

秀梅嘴上答应,心想这事我可参与不了。临出门时,奶奶对她说:"你忙去吧,今晚不用陪我散步了。那件事你先别着急,你婶婶那边我再帮你说说话,最起码要找到合适的人替你才行。"

"好的,那就拜托奶奶了。"秀梅拿着空托盘离开了。走到楼梯口心里犯嘀咕,婶婶这么难伺候,找到合适的人谈何容易。万一她故意刁难我,以找不到合适的人为托词,那我永远也别想去茶庄做事了。正想着,听到别墅外有人说话,她飞快地往厨房跑去。

一辆黑色新款奔驰轿车稳稳地停靠在"丽舍15栋"门前,车上走下三个人,一对中年男女与一位年轻女子。男子中等身材,小腹微挺,穿着笔挺的深蓝色西装。他是北京华顺贸易股份有限公司董事长、广东商会副会长。妇人笑容满面地迎出来,夸张地张开双臂,和一位骨瘦如柴的女人亲热拥抱。

"雪琴。"

"惠珍。"

两个女人亲昵地问候对方,嘘寒问暖。看她们亲热的样子,还以为久别重逢的老朋友。其实她俩天天在一起打麻将,下午刚散场。

"我来介绍一下,"韩雪琴拉着殷惠珍的手走到男士面前说,"这位就是我先生。"

"邝副会长好!光临寒舍,万分荣幸!"殷惠珍脸上堆起繁花似锦的笑容,说了一番客套话。邝副会长伸出一只宽大肥厚的手掌,跟殷惠珍握手。

韩雪琴介绍道:"这位美女就是我亲侄女,邝美嘉。"

美嘉今天穿着包臀短裙,红紫色的卷发披散在肩上,眼圈打着紫蓝色眼影,长长的睫毛微微上翘。一双美瞳大又亮,鼻子高挺,火辣辣的红唇让惠珍联想起刚刚剪回来的红玫瑰。殷惠珍见到邝美嘉,惊讶地说:"美嘉小姐,果然是个大美人啊!"

客人先到,丈夫和儿子还没回来,殷惠珍尴尬万分。正要解释,一辆黑色奥迪从远处驶过来。殷惠珍有点窝火,狠狠地朝下车走来的父子瞪眼珠子,转过头对客人笑得如牡丹花开。他们互做介绍,一起走进了别墅。别墅的餐厅里,乳黄色的欧式大圆桌上已经摆放好丰盛的美味佳肴,程甘霖把醒好的红酒逐一倒进水晶高脚杯。

程全贵高高举起酒杯,说道:"今天有幸请到邝副会长及家人来寒舍用餐,本人荣幸之至,在此代表全家欢迎你们。"

殷惠珍对客人说:"我侄女秀梅来北京三年,跟我学会了不少私房菜。这桌菜是在我的指导下做的,希望大家满意。"

大家讲了一些套话,还没动筷子,互相敬起酒来。程家的别墅装修得很有风格,餐厅上方悬挂了一盏高档水晶吊灯。吊灯是法式铜雕的,雕花下面坠着无数个菱形的水晶球。从任何角度看,水晶球都能折射光亮。夜色越暗,水晶灯越剔透,透过水晶照射到红酒杯上的光使葡萄酒更加艳灿瑰丽。

邝美嘉落落大方,主动跟程甘霖敬酒。她脸颊绯红,既有让男人怦然心动的魅力,更有把人拒之于千里之外的冷艳。程甘霖的身体一阵热一阵冷,既想多看她几眼又不敢正视。

韩雪琴向程家人隆重介绍自己的侄女,讲道:"美嘉是我先生大哥的女儿,五岁就接来我们身边了,是我们把她带大的。高中毕业送她去了美国,在美国杜兰大学市场营销专业拿到了硕士学位。去年冬天刚回国,目前在公司担任要职。"说完,她又补充了一句:"美嘉可是我们邝家的掌上明珠,一般的人家我们不会给的。"

殷惠珍夸奖道:"美嘉小姐明艳照人,又这么优秀,不知道哪家的公子有这个福分啊!"

程甘霖起身为大家斟酒,晚宴在愉快轻松的气氛中进行。程全贵对邝副会长说:"听我夫人说贵公司即将走国际贸易这条路线,在此先恭喜了。"

邝副会长回答道:"没错,这个方案已经启动。上个月,'华顺贸易'改名为'华顺国际贸易公司',我的第一个大单即销往南洋。程兄,希望将来有合作的机会。我也听夫人提起,程兄的茶业在京城很有名气,分店也快要开业了。"

程全贵回答:"哪里哪里,小弟不才,还有很长的路要走。分店快装修好了,开业就在近期。"

韩雪琴跟他俩提意见,说道:"你俩别光谈工作上的事,家宴应该多谈家事,别把正事给忘了。"说完,她转向两个年轻人,督促他俩互留电话,并安排道:"明天正好周末,你俩约着爬爬山划划船什么的。平时工作很辛苦,借这个机会放松放松吧。"程甘霖和邝美嘉互留了电话,约好次日早上见面。

意未尽,夜未央,欢快的聚会总有别时。时间不早了,司机开车过来,耐心地等候在宅子外。一番冗长的告别后,客人上了车。轿车驶出小区大门,穿过一条种植着高大银杏树的林荫大道,往东进入市区的主街道。

邝副会长和夫人坐在后排,邝美嘉坐在副驾驶座,北京迷人的夜景映衬着一家人宴后的好心情。韩雪琴的话题绕来绕去离不开今晚的重心程甘霖,夸奖道:"程甘霖这小伙子怪精神的,长得有点儿像电影明星。"

邝副会长应和道:"你别说,长得还真挺好的。不过,长相不是看一个人的重点,我还是想听听美嘉自己的看法。"

美嘉的答话很隐晦,轻描淡写:"印象还不错,就是感觉有点儿腼腆,话不多。"

韩雪琴说:"哎呀,男人腼腆才好,腼腆的男人心不花。他要跟你开放,没准对别的女人也'开放'。只是遗憾他学历不高,才本科文凭,跟我们美嘉差距有点儿大。"

邝副会长不同意夫人的看法,反驳道:"咱们都是做家族企业的,能力比学历重要。你瞧我连初中都没毕业,还不照样指挥一堆大学生。"

韩雪琴说:"你那时是混混的时代,现在不同了。论学历嘛,当然越高越好,不然总觉得咱美嘉有点儿吃亏。"

"学历高的多呀,我们公司那博士生,戴着厚厚的眼镜,你喜不喜欢?"

韩雪琴会意地笑了笑,没有答话。邝副会长的想法很明确,语重心长地对侄女说:"美嘉,我看可以接触一下,结婚对象找踏实本分的绝对没错。男人嘛,人品和能力放在第一位,学历低点没关系。"

韩雪琴说:"是啊,我觉得这小伙子比'泰华玉王'家的公子强多了,有礼貌又有内涵,挺灵光的。"

"'泰华'那小子哪配得上我们美嘉!"邝副会长严肃地说,"纨绔子弟一个,穷得只剩钱了。"

夫人突然往前排探着脖颈,在邝美嘉耳边小声问起另外一件事:"你跟那个洋人叫什么'尼奥尔'的断绝往来了没有?听说他监守自盗,他们公司起诉他了。"

邝副会长有点儿不高兴,责备老婆道:"你喝多了是不是?美嘉这么大的人还用你提醒。"

邝美嘉赶忙打圆场:"都怪我以前不听叔叔婶婶的劝告,让你们为我操心。放心吧,我再也不会跟他联系了。"

车内光线幽暗,邝美嘉脸的一侧在黑暗的阴影中,另一侧在月色的清冷中。一只灰色的流浪猫不知从哪里蹿出来,差点儿撞在挡风玻璃上,司机紧急踩了一脚刹车。正是这一秒的缓冲,流浪猫越过引擎盖,"喵"地大叫一声躲过一劫。这时,谁也没注意到邝美嘉的表情,她把头扭到一边,面部因痛苦而扭曲。

车子在公寓门前停下来,下车时邝美嘉已经大汗淋漓,一条蛇形的血水顺着大腿流了下去。还好,黑夜掩护了她。目送叔婶的车离开后等来一辆出租车,她踉跄地上了车,对司机说:"请带我去妇幼医院。"

司机见她脸色不好,问:"小姐,你没事吧?"

"没事。"邝美嘉说,"我可能流产了,不好意思,弄脏了你的坐垫,回头把清洗费一同付给你。"

热心的司机说:"不要紧,我这就送你去医院。"

第二天早上,程甘霖按约定的时间给邝美嘉打电话,电话那边没人接。等到下午再打,有人告诉他邝小姐身体不舒服,过段时间再联系。

二

从医院回来,大俊几乎都在秦家帮忙。可能因为做茶太辛苦,秦伯的状态不太好。大俊从井里往回挑水,来回跑了几趟,水缸很快满了。他把扁担卸下来靠在墙角,回过头看到心上人的笑容在水缸里若隐若现。他好奇地走近,伸手碰到水面，"镜面"随着他的指头破裂开来，水面泛起浅浅的涟漪，人倏地不见了。

人生如此，水中月，镜中花，一切都是虚无。大俊叹息了一声，满脸愁容。不知什么时候，老人来到他的身边，从兜里掏出一样东西给他。大俊接过来一看，原来是把钥匙。

老家人对他说："大门钥匙，给你的，以后进出方便些。靠西头那个房间，光线不错，收拾收拾搬过来住吧。"

大俊曾经多么渴望名正言顺地成为这个家庭的成员，但自从经历了那件事，觉得没有必要了。

老人对大俊讲："你知道，容秋毕竟才二十出头，太年轻了。说年轻吧，在我们农村早该谈婚论嫁了。我这当爹的希望你们好，如果可能早点儿把婚事定下来……"

大俊打断他的话："秦伯，您的美意我心领了，感情是不可以勉强的，何况她想要的幸福我根本给不了。"

老人肯定地说："你当然能给，她是一时糊涂，听信了那人的花言巧语。她总有一天会开窍的。大俊，不要气馁。"

老人的态度非常坚决，大俊终究没能拒绝老人家的好意，只好答应暂时保管这把钥匙。

第二天一大早，秦原生到仓库清点库存，这些货全是程甘霖的，约好今天提货。到了中午，程甘霖带货车来了，这边工人装货，那边到处找容秋。屋里屋外都没有人，遂向老人打听。老人不紧不慢地说："她和大俊订了婚，去县城采购东西去了，顺便在大俊亲戚家玩几天。"

"什么？"程甘霖以为自己听错了。

秦原生说："金家刚下的聘礼，准备年底把事办了。我闺女和大俊从小青梅竹马，两个孩子结为夫妻是早晚的事，也算了却我一桩心愿。"

"不可能！"程甘霖提高嗓门，顾不上体面，"我了解容秋，她不可能跟金大俊订婚的，我要等她回来，当面问她。"

秦原生冷冷地说："还用等吗？容秋知道你今天来，免得见面尴尬才让我传话给你。"

程甘霖说不上话来，也想不出对策。工人们将货物全部装进院外的拖拉机上，货车因为无法穿过乡间小路，停靠在凤曼村口的路边等待，拖拉机则一趟趟把货搬运过去。由于量大，这些货全部要送到昆明发托运，没有时间这么等下去，不过这些都不那么重要了。他走出院子，搭乘拖拉机到村口，工人们把拖拉机上的货挪到货车上，直到装满车厢。当晚，他找了一个酒店住下，第二天一早，搭上一辆中巴车又来到秦家。正如秦原生所言，容秋并不在家，等到中午还是不见人影。为了见到心爱的姑娘，不远千里来赴约，顶着烈日来回跑，姑娘竟躲着，他怎么也想不明白究竟发生了什么。再次向秦原生打听，仍是徒劳。临走时，他交给秦原生一些东西：一沓相片，几本精装的茶书，还有"月光手镯"。

秦原生看到手镯很纳闷，问："'月光手镯'怎么在你手上？"

程甘霖解释说是容秋委托他带回北京请人鉴定的，初步判断是唐朝的。

"比唐朝早多了！"一气之下，秦原生情绪有些激动。他在心里埋怨闺女，随随便便把手镯给人。又讨厌这个年轻人多事，根本不知道手镯的价值，一派胡言。

程甘霖说："手镯含一种发光的非金属元素，还不清楚是什么，因为检测设备受限，已经取样寄到美国去了。"

秦原生满脸不高兴，责备道："检测什么？自家的东西难道还用别人鉴定吗？'月光手镯'是秦家祖上传下来的宝贝，是用'月光石'做的，当然会发光。"

程甘霖不愿多讲，起身告辞。秦原生取出一个盒子给他，里面放着一个小茶饼，说："这是我家古树茶做的小饼，闺女让我转交给你。"

事已至此，程甘霖收起盒子，大步走出了秦家大门。不可否认，这段感情太不堪一击了。都说生意场变幻莫测，想不到爱情才最难预料。想来想去，他觉得这件事有点儿滑稽，说不出这其中怪怪的滋味是什么。既没感到伤心，也没有什么不舍，连一开始的震惊和愤怒都烟消云散。怪就怪这段感情扮演得太美好，虚假得太真诚，有点难以令人接受的是竟然以笑话的方式结束。既然情深缘浅，那就彼此祝福吧！

三

容秋打电话回来说今天回家，有尊贵的客人同来。秦原生左等右盼，不知跑外面望了多少趟。他一会儿去厨房看大俊菜做得咋样了，一会儿在堂屋摆弄茶具和点心。等到一辆黑色的桑塔纳轿车在院门外停下，秦原生小跑出去，嘴上喊："贵客来了！贵客辛苦了！"

刘妈妈第一个下车，上前主动和秦原生握手，说："亲家，刘利铭的父亲开会来不了。今天,我代表他以及全家来拜望您。"

秦原生没搞明白客人为何称自己亲家,容秋跟父亲解释道:"咱妹认刘利铭父母当干爹干妈,就这么结的亲家。"

秦原生乐得合不拢嘴,称道:"好啊!我女儿有福气。"

"我就是容香妈妈,不是什么干的湿的。"刘妈妈把容香拉到自己身边,爱怜地摸着她的头说,"亲家,容香不仅优秀还懂事,我们都很喜欢她,你培养了一个好女儿啊。"

大俊从厨房走出来,身上系着黑色的防水布围裙,两只手湿漉漉地举在胸前,对大家讲:"我正在收拾点东西,身上不干净,回头陪你们。"

秦容香问:"大俊哥,你在做啥呀?"

"小丫头馋啥,就给你做啥。"大俊转身进厨房,握着一根细长黑亮的狗尾巴走出来,说:"这下乐了吧,你的'死对头'被消灭了。"

秦容香不敢相信自己的眼睛,喊道:"也就说说罢了,你咋真把人家宰了呀。"

"宰就宰了呗,给咱们高才生补补身子骨也算死得其所。"大俊笑眯眯地说,"何况今天贵客登门,杀狗是农村招待贵客的习俗。"

孩子们都回来了,再加上远道而来的客人登门,院墙内欢声笑语。秦家的堂屋平时空荡荡的,现在挤得满满当当,秦原生这颗空乏已久的心也填得满满的,久日不见的笑容在脸上越发灿烂。

一锅香喷喷的红烧狗肉摆上了桌,秦原生拿出大俊给他买的"女儿红"招待客人。从院门小路经过的村民听到里面热闹,有人偷偷摸摸地扒着门缝瞅。自从秦家媳妇去世后,这家人从来没这么高兴,难道今儿个摊上什么喜事儿了?

秦容香知道妈妈是学声乐的,提议妈妈唱首歌。话音刚落,大家热烈鼓掌响应。刘妈妈被弄得措手不及,谦虚地推脱,说因为养病这些年很少练声,没有状态。众人不罢休,不断吆喝,掌声、呼声一片。

不得已,刘妈妈害羞地站了起来,尴尬地对大家说:"很久不唱歌了,嗓音也不好,实在拿不出手。没办法,看样子今天要是不唱,大家不会放过我。那就来一首《在希望的田野上》。唱得不好,还请见谅。"

"好!"掌声哗啦啦响起。刘妈妈声情并茂地唱道:"我们的家乡,在希望的田野上,炊烟在新建的住房上飘荡,小河在美丽的村庄旁流淌……"

除了刘利铭,没有任何人听过民族唱法的现场演唱。妈妈唱得实在太好了,甜美的嗓音、完美的表现力令所有人陶醉。其实秦容香一点儿音乐细胞都没有,连平时同学们关注的流行歌曲也哼不上几句。正在开心的劲头上,伤感随之而来。多愁善感的姑娘喟叹起命运的不公,这么好的妈妈,残酷的命运偏要在她身体里埋下地雷。容香默默为妈妈祈祷,希望奇迹发生在她身上。妈妈一连唱了三首,当大家用热烈的掌声表达激动的心情时,秦容香不知不觉泪流两行。这是感动的泪水,这是幸福的泪水。

第二天早上,秦容香说什么也要随车回学校,她自作主张地让姐姐把自己的行李搁后备厢。理由是还有不少功课着急要补,学习不能耽误。秦原生着急了,阻拦道:"闺女,你这肋骨都还没长牢固,碰到磕到都不得了。再等段时间吧,彻底恢复了再去上课,阿爸实在不放心。"

秦容香根本不听父亲劝告,说:"我得回去上课,放心吧,小心点儿就是。"

姐姐也来劝阻,说:"学校的饭菜没营养,你还住上铺,咋往上爬呀?寝室人那么多,挤来撞去的很危险。身体是革命的本钱,养好了身体才能更好地学习。"

刘妈妈说:"亲家,让闺女跟我们一起住好不好?我家离学校近,不到十分钟路程。上学放学和刘利铭一道也有个照应,营养方面就更不必担心了。"

女儿住妈妈家有什么好说的,秦家人不好意思反对。刘利铭激动得跳了起来,赶紧把秦容香的行李塞进后备厢。为了防备秦家人反悔,他一个劲儿地催促快出发。

秦容香达成心愿跟妈妈一起走了,小轿车沿着小路稳稳地往县城的方向驶去,一路上如沐春风。

四

秦原生把程甘霖送来的东西收了起来,对程甘霖来过的事只字不提。日子一天天过去,程甘霖何时回来取茶一点儿消息都没有。问父亲,父亲说不清楚。打电话,只有几公里外的村委会小卖部有一部公用电话。秦容秋跑了几趟,往茶庄打电话,那边总说程经理不在,出差还没回来。有一次,秦容秋进库房取东西,发现库房已经空了,这才恍然大悟,程甘霖早来过了,父亲故意对她隐瞒。

秦容秋不顾一切地往村委会跑去,她再也不能等了,这次联系不上,就跟父亲辞行去北京找。电话打到北京,店员说程经理刚从外地出差回来,现在正在开会,让她把电话号码留下,晚些回话。程甘霖终于在了,不管那边开多长时间的会,容秋都要等他回话。她守在电话边和小卖部管理员老王拉家常,一位穿着白色长裙的年轻女子蹒跚而至,撑着小花伞,戴着茶色墨镜,尖细的高跟鞋在长裙边上踩来晃去,每每看那飘舞的裙边就要挂上鞋跟了。她不跟任何人打招呼,也不问价格,抓起话筒就拨,用听不懂的方言聊了很长时间,没有挂电话的意思。

小卖部老王催她:"不要拿电话闲聊了,人家等着回话呢。"

女子装作没听见,转过身背对着老王。北京那边,程甘霖开完会回到办公室,往云南这边拨了几次,始终占线。店长拿着报表走了进来,向经理汇报:"今早有客人订了150斤普洱茶七子饼,这款茶库存不多了。"

程甘霖心里喜滋滋的,秦家的茶很受欢迎,不少懂行的客人买下来收藏。绿茶赶时季,图新鲜,而普洱茶则越陈越香,越存越有价值,这款"能吃的化石"几乎没有库存的风险。北京渐渐开始流行喝云南普洱了,他估摸着普洱茶市场价还要上涨,打算再购进一批补充库存。

店长把报表放在办公桌上,对经理说:"这是本月的销售单,请过目。"

一个小时过去,煲电话粥的女子恋恋不舍地放下电话,老王看了一眼计时器说:"一共118.8元。"

"你说什么?"女子差点儿跳起来,跟老王摆出吵架的架势。这女子真是奇丑无比,塌鼻子,高颧骨,厚嘴唇,龅牙。老王看了她一眼,指着计时器说:"你自己算吧,66分钟,每分钟一块八。"

女子说:"哪有那么长时间,你这计时器是不是出了问题?"

老王指指秦容秋,说:"你问问人家等了多久,自己讲多长时间心里没数啊。"

她看了一眼秦容秋,没再争辩,从包里掏出一张百元大钞往柜台上一扔。

"还差十八块八呢?"

女子操着拖腔拖调的普通话,说:"有没搞错啊,零头还要。"

"怎么不要?邮局收多少,我这里收多少,不赚钱的。"

女子甩过去二十元,找了零,气呼呼地走了。

女子走远了,老王对女子的背影直咂嘴:"么么撒(感叹词),唐孝德家的女儿回来了,没见过比她更丑的婆娘,嘈耐(赖皮)死了。"

女子走了,秦容秋再也不等了,主动打过去,这次是程甘霖接的。

"是你吗?"

“是我。”

“想不到还能听到你的声音。”话筒那边是长久的沉默。沉默过后,秦容秋听到三个字:“祝福你。”

“祝福我什么?”

“祝福你和金大俊美满幸福。”

“你在说什么?”

“你们不是订婚了吗?”

“谁说的。”

“你父亲。”

“没有这回事啊!”

电话那头,是更长久的沉默。时间像飘落不定的尘埃,在千里传音的一根长线里漫无目的地飘荡着。

“容秋,我没有机会来看你了,茶庄这边很多事要忙,分店要开业了。”

“知道。”程甘霖清晰地听到容秋的叹息。

“你父亲一心想招上门女婿,给你找个好婆家,他老人家的想法我是理解的。”

“甘霖,我不能再这样待下去了,我做不到按父亲安排的方式生活。过去的我有可能屈就自己,现在不愿意也不可能。”

正在这时,有人往这边来,是大俊的大嫂侯弟芬。秦容秋不便再通话,匆匆跟程甘霖告别。

侯弟芬说话的声音还是那么高亢,言语间带着调侃:“啊呀呀,这不是容秋姑娘吗? 给谁打电话呀,怎么就挂了。”

秦容秋说:“我打完了,大嫂你来吧。”

侯弟芬说:“不用不用,我来给儿子买点儿零食。哎哟,你是不是感冒了? 眼睛红红的。”

“没有,我挺好的。”秦容秋付过话费,转身就走。

等秦容秋走远了,侯弟芬探头探脑地问老王,“听说她等北京那个相好的电话,等了几个小时,是不是被人家给甩了?”

老王白了她一眼:“谁说的? 根本没有的事。”

“怎么没有? 刚才有人告诉我了。”侯弟芬抱着双臂,上身斜靠在柜台上,压低声音讲话,又怕老王听不清楚,“你听到他们的谈话没有,怎么说的?”

老王懒得搭理她，挥手让她走："要买啥？赶紧说。"

侯弟芬碰了钉子，表面上装着很生气，心里乐着呢。秦容秋被北京那边甩了，大俊也不要她，这下子两边都没戏了。

秦容秋有气无力地往家的方向走去，这条走了千百次的路变得陌生又漫长。来到院门口，她站在门外迟疑良久，不知如何面对父亲。父亲早看到她了，探着身子向她招手，唤道："闺女，快进来。"

秦容秋看着父亲，还不到六十岁，完完全全是个未老先衰的"糟老头"。父亲孤身一人，带大两个女儿非常不易，为这个家操碎了心，怎么忍心责怪呢？

"来！闺女，我知道你打电话去了，出去这么长时间，阿爸担心你。"秦原生领她进屋，忧郁的眼神落到容秋身上。容秋看在眼里，无比心酸。

"我知道你怪阿爸了，阿爸向你道歉。"听到父亲这么说，姑娘的眼泪再也忍不住，扑簌簌落下。

看到女儿这么伤心，秦原生放弃了所有自认为应该坚持的立场，不仅跟女儿道歉，还把程甘霖带来的东西还给她。

秦容秋什么都没说，一个劲儿地哭，好一阵子才停下来。见女儿平静了，秦原生语重心长地讲道："闺女，阿爸做得不对，但阿爸也不知道用什么方式好，阿爸这么做都是为了你，为你将来的幸福着想。闺女啊，咱们是农民，挣一点点辛苦钱。程甘霖是大城市来的，家里开大茶庄的，人家不可能看得起咱们，咱也攀不起这门亲呀。退一万步说，他要近点也好说，有什么事阿爸还能给你撑腰。北京，几千里路，阿爸实在放不下心。"

秦容秋说："阿爸，你考虑过我的感受没有？婚姻是个人的幸福，请阿爸不要擅自替我做主。"

女儿的态度这么坚定，秦原生真是苦闷，黝黑发青的脸皱得像块苦瓜皮。他无可奈何地撑起腰身，抱起墙角边的水烟筒，蹲在地上扑哧扑哧地抽水烟。他很清楚女儿的个性，这孩子外柔内刚，一旦拿了主意，九头牛都拉不回来。想想，与其操这么多没用的心，干脆不管她了，让她自己去撞南墙。可是，还是放不下，如果是个男孩也就罢了，女孩子这方面撞一次墙一辈子都搭进去了，吃不起这个亏呀。想来想去，还是把话跟女儿说了出来："闺女，你老爹就一个愿望，把我女儿托付给踏实可靠的人。据我观察，这小子不怎么样。在这里住了半个多月，就知道腻歪，除此之外，我这个当父亲的没看到他的诚意。女儿啊，富家子弟纨绔多，他究竟爱不爱我女儿，人品是否好，靠不靠得住，阿爸这心里还是有数的。"

秦容秋说："阿爸，你所说的'踏实可靠'那是你们上一代人的择偶标准，年轻人有自己的思想和想法，不要总拿老眼光判断。"

"不管是老眼光还是新眼光，依我看呀，金大俊都是最好的。"秦原生终于忍不住和盘托出，"我是看着这孩子长大的，老实本分，踏实可靠，心地善良又有孝心，身材相貌哪一点都不差。你也知道，从小到大他都护着你，对你的疼爱我们全看在眼里。闺女，大俊这么好的青年你要珍惜呀，阿爸活了大半辈子，不会看走眼的。你要是嫁给他，这辈子妥妥的幸福，啥都不要你操心。"

听到这话，容秋一声不吭，半晌才说："大俊哥人好，对我和妹妹都好，我当然知道。可他是我'哥'，这辈子都是我亲哥。"

听到容秋这番话，秦原生气得鼻子嘴巴直冒烟。她明明知道大俊的心思，故意不往正道上讲。

"我有喜欢的人了，也有自己的追求和想法，请阿爸尊重我的意愿。"秦容秋说，"现在家里不忙，我想去北京看看……"

容秋的话刚开头，秦原生立马打断，严词拒绝："不可能！我不可能同意你去北京。你一个大姑娘家，没名没分的，千里迢迢跑人家那儿去干吗？你是头脑发热了吧？"秦原生万万没想到女儿胆子这么大，气得吹胡子瞪眼，执拗地把头扭到一边，重重地把烟筒杵在地上。

"为什么不可以？阿爸，难道我还是那个不懂事的小孩？我在小村子里待了二十多年，睁眼闭眼都是这片茶园，出门进门就那么几个人。女儿只是会做几款茶，其他什么都不懂。阿爸，难道你就甘心让女儿一辈子窝在这么偏远的地方？茶的种类不计其数，茶的文化源远流长，是他告诉我外面的世界多么精彩，是他擦亮了我的眼睛，我才看见自己的无知。跟他在一起才发现井底之蛙就是形容我这样的人，再过几年女儿真的变成地地道道的村妇了，这样的生活看不到希望，女儿不甘心！"

"村妇怎么了？你母亲不也是村妇？"秦原生丢开烟筒，气得直哆嗦，"再说一遍，我不同意！咱们是茶农，茶农就该安安分分守着自己的地，这一百多亩地是咱家安身立命的根本。外面的世界好也罢，歹也罢，跟咱们没有关系。那小子要真心喜欢我女儿，就让他家长出面，正式来提亲。两家人坐在一起，去北京也好，留在这儿也好，大家可以有个商量。"

容秋想起甘霖母亲的态度，以她的直觉，阿爸提出男方来家里提亲的条件

第二章

不可能实现。她和甘霖的家庭条件悬殊实在太大了,即便阿爸同意,甘霖那边的压力也不会小。不过,她自己一点儿都不畏惧,只要和甘霖真心相爱,再大的困难都可以克服。于是,她对父亲说了实话,程甘霖的父母目前还不知道这件事,她和程甘霖商量过了,会在适当的时候征得他父母的同意。听到这话,秦原生大概明白了怎么回事,所谓当局者迷旁观者清,只可惜女儿深陷其中。他想,既然管不住女儿的心,只要把人看住了,那小子不可能放下北京那边的生意老往这儿跑,时间长了各自有各自的生活,这事也就了结了。所以无论容秋怎么讲道理,秦原生就是不松口,坚决不同意她去北京。最终,父女俩的谈话不欢而散,既然父亲蛮不讲理,秦容秋就不那么伤心了。没有哪一堵高墙约束得了一个自由人。

侯弟芬从老王那儿回到家,跟婆婆绘声绘色地讲述亲自证实的事:"她那眼睛跟兔子眼一样红,不知道流了多少泪,连说话的声音都是哑的。"

金妈妈问:"哭得真那么厉害吗?"

"哎呀,比这还厉害呢,眼睛都肿了,我看呀,多半是北京的那小伙把她给甩了。"

"这么说,咱家大俊有希望了。"

侯弟芬立即变了脸,非常不高兴,对自己婆婆说:"妈,你怎么可以这样说呢?好马不吃回头草!咱大俊又不赖,干吗非得吊死在她那棵树上。唐孝德的大女儿从海南回来了,你听说过没有?人家在外面赚了不少钱,回来给娘家盖楼房呢。"

金妈妈说:"这事儿我听说过,他家闺女很小就送出去了,我都记不得她长啥模样了。"

"人家挺洋气的,毕竟从大城市回来的,还见过世面。我今天跟她提这事,她也有这个心思。"

金妈妈想了想,点头同意了,说:"也行,要不请她到家里吃饭,事先不要让大俊知道。"

侯弟芬点点头。

上 弦 月

一

"久源茶庄一分店"选址北京市西区一处繁华的商业街市,是花岗岩结合实木建造的一幢三层小洋楼。茶庄最特别之处是位于大厅中央的一个豪华的大型展示台。这个展示台是程全贵花大价钱定做的,设计和制作的过程煞费了一番苦心。

展示台呈梯田圆弧形,两米多高,十来米长,上下分为三层。有了这个展示台,"久源茶庄"的茶品全都可以展示出来。展示的茶叶以市场热销为主,包括"久源"多年来的收藏,也有各种时新的名贵茶。除此之外,大厅还设有接待散客和洽谈生意的小茶室,员工的宿舍和餐厅安排在大厅背面隐蔽处。茶庄二楼和三楼全是风格古朴、装修精致的茶室。茶室外有一条装饰雅致的长廊,程甘霖把这些年拍摄到的与茶有关的照片分主题挂在长廊的墙壁上。程家父子安排完开业酬宾的一些事宜,从茶庄走了出来。程全贵对儿子说:"别回家了,今晚咱爷俩出去喝点小酒。"

程甘霖提醒父亲:"爸,你忘记了,今晚妹妹要回来。"

程全贵恍然大悟:"对的对的,这淘气的丫头要回来,我猜她该是没钱花了。"

父子俩开车往回走,聊了一些事,父亲不知怎么提起邝美嘉,问:"最近和邝小姐交往得咋样了?"

程甘霖回答:"那次约好见面,第二天打电话过去没人接,后来说身体不太舒服。我估计是推脱之辞,就再也没联系过。"

程全贵笑了笑:"可能人家没看上你吧,女孩的心思不好猜呀。"

程甘霖也笑了笑,潇洒地说:"邝小姐不仅人长得漂亮,还那么优秀,我恐怕没这个福分,再说我已经有喜欢的人了。"

听儿子说有喜欢的人,程全贵直截了当地问:"是不是秦容秋姑娘?哈哈我知道,我们通过话,挺好的姑娘。你们离得远,可要好好合计啊。"

程甘霖无奈地说:"他家老人要家长登门提亲,还说想招上门女婿。嘿,我怎么可能去云南当农民,这怪老头也真想得出来。"

程全贵笑得更响亮了。程甘霖奇怪地望着父亲,问:"爸,你觉得好笑吗?分明是刁难嘛。"

程全贵说:"刁难是刁难,好歹开出了条件。你爹是个开明的人,假如你愿意,我跟你妈带上彩礼帮你提亲去。"

"我可舍不得折腾我爸妈,千里迢迢跑去跟那糟老头子说好话。不过我也纳闷儿,他那样也能生出容秋这么漂亮的女儿。"

"儿子,话可不能这么说。你爸年轻的时候在西双版纳那边喜欢过一个农村姑娘,就一门心思想娶她,死活都不肯回北京。"

"所以你和母亲的感情一直都不好,因为这个女的吗?"

程全贵没有否认:"过去的事没法追悔,不提也罢。作为父亲我想提醒你,不要做让自己后悔的事。"

程甘霖并没理解父亲这句话的含义,说:"后悔的事我还没做过呢。咱们男人,就算做错了也要咬牙撑着,决不后悔。"

父子俩回到家,奶奶正坐在沙发上读报纸,身边凌乱地摆放着一堆脏衣服。程全贵问:"妈,是丫头抱脏衣服回来洗的吗?"

奶奶缓缓抬起头,干瘪的嘴似笑非笑:"是啊!攒这么多。"

秀梅从洗衣间出来,拿着一个洗衣篮,把脏衣服装了进去。秀梅来自陕西农村,是程家的远房亲戚,只比程甘露大两个月。每次程甘露从学校回来都会带回好多脏衣服给她。每当这时候,秀梅就忍不住埋怨命运不公,都是同龄人,一个在父母怀里撒娇,另一个整天有干不完的活。

程全贵拉下脸,说:"谁让她带回来的,跟她讲自己的衣服自己洗。"

一个身形单薄、脸色有些苍白的姑娘站在楼梯上,身上随意套了一件薄棉睡衣,刚洗过的头发湿漉漉的,一副玩世不恭的样子。看到女儿,程全贵更加来气,对她说:"甘露,秀梅跟你一样大,你怎么好意思让人家帮你洗衣服?"

程甘露还那样,理直气壮:"我不会啊,在学校还不是出钱给洗衣工了。"

程全贵说:"你连衣服都不会洗,还能干啥?瞧你那头发染得跟狮子狗一样,哪有学生样儿?还不快给我染回去!"

程甘露下意识摸了摸烫染成金色的短发,其中一段还漂了红。她满不在乎地说:"爸,我是搞艺术的,搞艺术的当然要与众不同,跟你说也说不清楚,咱们有代沟,你是不会明白的。"

程甘霖站在楼下跟妹妹招手,打趣道:"下来吧,让哥见识见识艺术家的范儿,看看你鼻子和耳朵打几个眼儿了。"

程甘露大大方方地走下楼梯,她的鼻翼果真戴着一颗闪亮的小水晶。再仔细看,耳郭钻了好几个洞,每个耳洞上都挂着金箍子。可以想象她平时衣着多么时髦。

程全贵还想说几句,程甘露一头扑倒在奶奶怀里,抱着奶奶干瘦的脖子摇呀晃呀。这一招可好使了,程甘露撒起娇来,不知哄走奶奶多少私房钱。奶奶高兴地拍着宝贝孙女的手臂,幸福地回忆:"你爷爷年轻时候是个乡村艺术家,剪纸、画画、刻篆,样样在行,我孙女遗传了爷爷的艺术天分。"

程全贵说:"你看她那小样儿,哪一点遗传了爹的天分?"

奶奶不高兴,教训起儿子来:"我看你才没遗传你爸的天分。说说看,你会啥?"

殷惠珍从楼上下来,挨着奶奶在沙发上坐下。奶奶看到儿媳妇来了,态度缓和了,慢条斯理地问:"惠珍,找保姆的事落实没有?"

殷惠珍知道奶奶指的什么,回答道:"我这不托人打听了嘛,目前为止还没碰到满意的。秀梅也是,在这儿好好的,还老想往店里跑,我亏待了她不成?外面应聘的倒也不少,只是不敢要。咱们隔壁12栋的邻居就被来历不明的保姆坑了,那保姆趁主人不在,把家里的东西倒腾光了,到现在还没找到人。熟人介绍吧,也没少拜托人,暂时还没有相中的。秀梅这姑娘心思重,有话不跟我说,老让你老人家在中间传话,想着法子给我施加压力。"

程全贵说:"秀梅来咱家三年,干久了难免觉得枯燥,想换工作可以理解,我看还是尊重她的意愿吧。"

"三年咋的,你们想想她刚来时候的寒酸样儿,没我的调教她哪有今天?做人也不能吃着碗里看着锅里呀,一个人要懂得知恩图报。"

家里的女主人这么说,谁也不好再提,连奶奶也沉默了。提到知恩图报,殷惠珍的内心老不平静了。年轻的时候,程全贵曾在云南西双版纳当知青,殷惠珍动用娘家所有的关系才把他调回北京,经商也是娘家出资支持的。站在她的角度,没有她就没有丈夫的今天。反过来丈夫是怎么回报她的呢?这么多年对她漠不关心,不冷不热,她刚才的"知恩图报"就是故意说给丈夫听的。

晚饭后,秀梅照例接奶奶散步。奶奶年过八旬,腿脚不便,医生叮嘱要适当锻炼。找保姆的事没办好,奶奶心里有点儿愧疚,不知道如何跟秀梅开口。走到小区的中心小花园，两人在长凳上坐下。奶奶酝酿了一会儿才跟秀梅提："秀梅呀，我又跟你婶婶提了那事，她说一时半会儿找不到合适的人，所以……我看咱不能催太急，免得你婶婶产生误会。"

秀梅说："没关系，奶奶，这不正好给我机会多陪陪您老人家嘛。"

奶奶说："新茶庄还没开业，老店暂时不缺人，再等等吧。再说你还年轻，出去工作的机会多着呢。"

"嗯。"秀梅回应了一声，嘴上说不在意，心里失望透了，好长时间沉默不语。

小女儿难得回来，别墅里的一家四口坐在客厅看电视。殷惠珍惦记儿子的个人问题，问程甘霖："儿子，最近跟邝美嘉联系了吗？"

程甘霖没想到母亲这么问，支支吾吾，一时回答不上来。

殷惠珍看到他的表情很惊讶："邝小姐这么好的条件，难道你没看上？"

程甘霖低声回答："不是这样的，妈妈。那次邝美嘉小姐没有赴约，就再也没联系。我恐怕是高攀不上，没这个缘分。"

殷惠珍不乐意了，说："缘分！你不主动点儿哪来的缘分？"

"我也不是不主动，总觉得她不会看上我。"程甘霖嗫嚅着说。

殷惠珍着急了，反问道："她拒绝你一次就打退堂鼓了？哪有这样追女孩子的？我看是你没诚意。你也不想想，美嘉这么漂亮这么优秀，不知多少人排着长队等着献殷勤呢。儿子，你的终身大事还用妈来操心吗？"

气氛有点儿紧张，程甘露却在一旁瞎掺和："哥，看在我们兄妹一场的情分上，我给你做个媒。介绍我们班的班花给你认识，保准你满意。"

"一边去！"殷惠珍瞪了女儿一眼，转过来质问，"儿子，你不会还想着云南那个种茶女吧？"

母亲一针见血道出他的心事，程甘霖无言以对。母亲察觉到什么，突然发起火来："现在的农村姑娘也真野，居然不知羞耻打电话来家里了，也不管人家家长乐不乐意。儿子，我可把丑话说在前面，你不许沾染这样的人。"

哥哥被骂，程甘露手舞足蹈，没心没肺地开玩笑："哥，妈妈说的是真的吗？原来你的品位属于田园风光类型的。这种类型追求浪漫，返璞归真。哥，你属于轻口味的。"

"说的什么话！"程全贵批评女儿，"你懂什么？尽胡说八道。"

"什么不懂？"殷惠珍又把矛头指向丈夫，"甘露说的话没错，是该提醒提醒他了。"

程甘霖这才知道自己惹祸了,这件事远比想象的复杂。爸爸还说什么跟妈妈一起去云南提亲,原来妈妈这关才难过。自从邝美嘉出现,母亲的心思被她牢牢拴住了,别的姑娘都不放在眼里。的确,邝美嘉是他遇见过的女孩中最完美的,只是她太张扬,气场太强大了,有一种读不懂也无法驾驭的感觉,不是自己所追求的类型。

　　正当他一筹莫展,程全贵站出来帮儿子说话,他说:"孩子他妈,你听听我的意见。孩子都成人了,选择对象是他的自由。作为家长最好在大的方向上把关,没有必要过分干预。婚姻就像穿鞋子,鞋子合不合脚自己清楚。再说农村的姑娘未必不好,你看看人家秀梅多懂事,再看看你的宝贝女儿,宠成啥样子了。"

　　这下好了,程全贵话音刚落,殷惠珍就名正言顺地向他"开炮":"我女儿咋了!我女儿金枝玉叶,名牌大学生,不是什么人随随便便能比的!说一千道一万,你程全贵葫芦里卖什么药,别以为我不知道。这些年,你这当爹的对孩子尽到多少责任了?就连儿子的婚姻大事,你还说这么不负责的话。我看呀,最该反省的人是你自己,你的所作所为把你自己害了,把我也害了,回头还要害自家儿子。"

　　程全贵猛地起身,一座火山即将爆发。最终,他还是说服自己冷静下来,孩子们都这么大了,不想再吵了。这么多年过去了,最珍贵的已经失去了,还有什么放不下的呢。人一天天老了,会枯萎,会死去,到时候就彻底解脱了。为了尽快结束不愉快的谈话,他一个人回楼上去了。

　　殷惠珍双手交叉环抱胸前,双臂压在"怦怦"直跳的心脏上。她每次争吵都是胜利者,尽管这样,依然心慌难受。只不过,那点胜利者的尊严还得极力维护着。

　　因为自己的原因引来父母的争吵,程甘霖非常沮丧。他脑海里回响着母亲说的话:"妈妈不允许一个跟我儿子根本不般配的农村女人进我家门,咱家丢不起这个脸。如果你跟她真的好上了,奉劝你们赶紧断……"

　　夜深了,居住在"丽舍15栋"的人们心事索寞。小花园的上空,月牙如钩,星星寂寥。多情的月光轻拂大地,与人间的灯火相掩相映。在这夜色里,几人能入眠?

二

女儿与北京那边往来这点事儿弄得全村皆知,每当有人问秦原生,秦原生就表现得很坚决,一句话"根本不可能!"

家里,当爹的还没跟女儿生气,女儿反倒跟他闹。在秦原生眼里,女儿变了一个人,简直不可理喻。她整天神经质地吵着要去北京,跟中了邪似的。被女儿逼急了,他就骂:"难道你一个姑娘家,连脸面都不要了?"

一段时间过去,女儿变本加厉,竟然开始绝食。秦原生把饭菜做好,千呼万唤不见人出来。有一次接连几天没吃东西,秦原生怕她饿出毛病,跑去二芹嫂家买了一只老母鸡炖上。费了半天工夫,香喷喷的鸡汤端到面前,好话说了一通,人家一口都不喝。一气之下,秦原生端起钵子,连肉带汤都摔了。

这些日子,大俊总觉得头上戴着一顶无形的小丑帽,走到哪儿都招人指点。他整天把自己关在屋里,很少出去见人。秦伯交给他保管的钥匙还挂在房间的窗棂上,这把钥匙曾经是他朝思暮想的,现在彻底变味了,连看一眼都觉得憋屈得慌。有一天,他实在忍无可忍,抓起这个象征耻辱的东西,下定决心要退回去。刚要出门,母亲把他喊住,问道:"去哪儿?"

"去秦伯家。"

"记得早点儿回来吃饭,今晚有重要客人。"

"谁?"

"到时候你就知道了。"母亲的表情怪怪的。

出门便是辽阔的茶园,随着季节的转换,园林从嫩绿连绵变为碧绿连天。有的茶农愿意在雨水充足的夏季采"雨水茶",也有的宁愿选择养点鸡鸭,或者去县城打工来补贴生活。

夏季的茶林寂寥沉闷,大俊走在小路上,不得已把自己完全暴露在阳光下。春季采茶时的热闹场面在记忆中已模糊不清,精心编织过的美梦,梦境中那些希冀的美好早已荡然无存,现在再去追忆,回忆里都是别人的故事。他紧紧捏着这把钥匙,直到湿漉漉的,直到扎得手心疼痛。

"这次一定要了结,"他对自己说,"从今往后与秦家再无瓜葛。"没想走在半路上和迎面来的秦原生撞个正着。秦原生对大俊说:"正要去找你,你就来了。"

"秦伯有事吗?"

"你能替我送闺女去趟北京吗？我知道这个要求太苛刻,但是除了你没有更合适的人了。"

听说送容秋去北京,大俊眼前一黑,头晕目眩。见大俊的气色不对,秦原生连忙说:"不愿意的话不勉强,我再想想别的办法,实在不行我亲自跑一趟。"

大俊极力让自己看起来轻松一些,说:"没事,可能有点儿中暑。容秋为何要去北京？"

话音刚落,秦原生拉着衣袖抹起眼泪,难过地说:"我不准她跟北京那个人交往,这丫头就跟我作对,将自己整天关在房间里不出来。一开始不好好吃饭,后来什么都不吃,一个礼拜没吃东西了。你没看到她那样,瘦得没人形,走路都歪歪倒倒。想送她去医院,这犟丫头死活不肯,这样下去要出人命的。我这当爹的天天胆战心惊,生怕她走了极端,这要万一出点什么事怎么跟她母亲交代啊!"说到这里,老人家呜咽着抽泣起来,说话也含混不清,"我知道,她是故意跟我作对,向我示威。我不同意她去北京,她就跟我拼。这是拿命威胁我呀,我这当爹的一点办法都没有。哎!要是她妈在就好了。我琢磨着由她算了,我都六十来岁的人了,没有多少年的活头了。她跟北京那个好,我这心里明镜似的,可这傻姑娘中了邪,为了他跟我赌气,为了他连我这老父亲都不顾,我这把老骨头啊,连死的心都有。"

说着说着,老人哽咽得说不出话。"我把这件事拜托你,实在没有法子。这孩子没出过远门,一个人去那么远的地方着实叫人放心不下。要是我跑这趟也可以,只是这当爹的亲自送去,那真是丢人丢到家了,所以想拜托你。"

听到这番话,大俊冷静下来,对老人家说:"秦伯,别难过。您所做的一切都是为容秋好,她能理解您的苦心。再说,我们认为不好的未必真的不好,她过得幸福才是我们最想看到的。"此话一出,他发觉自己真的是个名副其实的"冤大头",爱情把自己鞭挞成落水狗,还在别人面前逞英雄。

秦原生擦干眼泪,对大俊说:"大俊,到北京一定要搞清楚那小子的底细,要是不可靠,赶紧把容秋带回来。"

三

"客人快到了,大俊怎么还不回来？"大嫂侯弟芬往门外瞅了好几次,埋怨道,"会不会在秦容秋家吃饭？"

母亲说:"不会的,我提醒过他。"

侯弟芬对家人说:"我出去接一下客人,记得跟他们讲,可别当着人家的面提秦容秋的名字啊。"

母亲说:"知道,知道。"

碗筷摆好了,客人还没到,大俊也没回来。母亲走出院子,顺着小路往远方眺望。不一会儿,看到大儿媳妇陪着一名女子从远处走来。女子个子很高,打着一把小伞,长裙翩翩。当清晰地看到女人的模样时,母亲"哎哟"叫了一声。这女人长得不好看,细眼塌鼻高颧骨,尤其是"高颧骨"无法让人接受,农村人管这个叫克夫相,丑点还能勉强接受,克夫的女人万万不能娶。母亲掉头就跑,正好跟老伴撞了个满怀。老伴莫名其妙,问:"你咋了? 神经兮兮的。"

母亲哭笑不得,压着嗓音:"哎呀妈呀! 长得太得罪人了。给大俊介绍这么个对象,究竟安的什么心?"

女人踩着极高的鞋跨进堂屋门槛,扭扭捏捏地收起小伞。侯弟芬介绍:"这位就是唐筱雅,从海南回来的。"

唐筱雅跟大家笑了笑,露出一排雪白的龅牙。她的牙齿虽然龅得严重,但是均匀整齐。母亲跟客人说:"大俊有事出门了,一会儿回来。咱不用等他,先吃饭吧。"

刚上桌,门"咯吱"一声被推开,大俊进来了。唐筱雅看到大俊身材魁梧,仪表堂堂,心里甜滋滋的,话多了起来。

侯弟芬吃着饭,还仰起脸让大家看她的眼睛,说:"瞧,筱雅送我的'蓝豆'眼霜,每次按摩五分钟,效果好得很。"

大俊瞟了一眼大嫂,心里觉得好笑。两个大水泡似的眼袋挂在脸上,还好意思让人看。看她那得意样儿,谁也没好吭气。只有唐筱雅迎合她,说道:"效果果然好,大嫂的眼袋一点儿都看不出来了。这可是法国的顶级化妆品牌'兰蔻'。"

侯弟芬有点儿害臊,说:"瞧我把名字都搞错了,一定很贵吧?"

唐筱雅说:"不算贵,一瓶几百。"

侯弟芬听到价格,夹起的肉差点儿掉回盘子里。她说:"你送我这么贵重的东西,怎么过意得去?"

"都自家人了,大嫂可别见外。"唐筱雅连大嫂都喊上了。

一顿饭磨磨蹭蹭吃了一个小时,就听她俩唱双簧戏。大俊如坐针毡,好容易结束,侯弟芬却安排大俊送客人回家。催促下,大俊不得不硬着头皮做了一次护花使者。

两人走出去一里多路，唐筱雅突然撑开伞，拿伞把自己挡住。一个十七八岁、歪戴塌边鸭舌帽的小青年迎面走了过来，滴溜溜转着眼珠子打量唐筱雅。虽然小伞遮住了她半个身子，标志性的长裙和高跟鞋还暴露在外面。就在几乎快要擦肩而过的时候，小青年冲着她大声喊："唐翠花，唐翠花。"唐筱雅故意躲着走，装着没听见。那小青年不甘心，跑过来非要弄个明白。

唐筱雅气得收起伞，一只手叉着腰，用当地方言骂道："三癫子，你到底要整哪样？"

三癫子翻着白眼，气鼓鼓地说："唐翠花，你不是跟我哥搞对象吗？"

唐筱雅气急败坏，举起手中的伞向小青年打去。三癫子一闪，跳到一边，再打再闪，边躲边喊："恶婆娘，恶婆娘。"后来他干脆撒腿跑，唐筱雅迈开一双大长腿追赶，她踩着高跟鞋怎么追得上，没跑出几步只听"咔嚓"一声，鞋跟崴断了。唐筱雅跪在地上，抱着腿"唉哟唉哟"地叫唤，三癫子一看惹祸了，一溜烟不见了人影。

唐筱雅顾不得腿疼，跟大俊解释："你别听他瞎说，我跟他哥没那回事，他脑子有问题，是个憨包娃儿。"

大俊说："我送你回去吧。"

"我的脚扭伤了，走不了。"唐筱雅疼得鼻子眼睛挤到一起。还能怎么办？大俊只好背她。几里地，大俊硬着头皮把她背回了家。

风清夜阑，大俊孤零零地走在回家的路上。白天，泥土吸收了阳光的味道，到了夜晚，一点一点往外吐。大俊早已身心疲惫，行走了一段夜路稍微轻松了些。母亲站在路口等他，不知道等了多长时间，看到儿子没精打采回来，抱歉地说："对不住了，儿子。妈本来是一片好意，没想到是这样的——别怪妈，妈是不希望看到你痛苦下去。"

大俊说："有啥对不住的，我看这个唐筱雅挺好的。"

母亲很意外，以为听错了，问："不会吧，儿子，你说她啥好？"

"我看她啥都好。"

母亲伸手摸摸他的额头，心想不烫呀，怎么净说胡话。大俊顺势抓住母亲的手。母亲的手瘦小粗糙，但温暖有力。这双手为了这个家操持劳碌了一辈子，这双手也保护了他一辈子，大俊把这双小手紧紧地握在自己的掌心里，眼里噙着泪，对母亲说："妈，别再为我操心了，儿子不孝，没法按照您和爹的意愿处理个人问题。"

母亲说:"唉! 儿啊,爹妈对你没有要求,希望你好好的,只要你乐意,我们都支持。"

大俊说:"今天秦伯托我送容秋去趟北京,我答应了。"

"她去北京干吗?"母亲这么一问,大俊的眼泪掉了下来。在母亲的面前,儿子没法坚强,也不需要强装坚强。母亲叹息了一声,轻拍在他的胸膛上,说:"没事的,好儿子。容秋长得那么俊俏又是姑娘家,去那么远的地方连我都不放心。你是她娘家哥哥,应该送。"

母亲如此通情达理,大俊感动得说不出话。母亲又说:"容秋成不了金家媳妇,说明咱们没有那缘分,怨不得谁,不要怪她。"

大俊点点头,用手掌擦去眼泪。母亲看他那样子,竟然笑了起来,说:"我怎么生下这么个痴情的儿子,我的傻孩子啊,容秋姑娘不嫁我家大俊吃亏大了!"

大俊的眼睛突然亮了起来,问:"妈,你说容秋吃亏? 是真话吗?"

妈妈肯定地回答:"当然啦! 女人嘛,嫁个稀罕自己的比什么都强。"

大俊说:"可容秋不那么认为。"

妈妈说:"那是你们缘分没到。"

与母亲交谈一番后,大俊的内心平静下来。男性对女性最初的认识源于对母亲的认识,如何看待女性,跟女性相处,乃至于将来选择什么样的异性成为自己的伴侣……一位好母亲不一定是得到最多赞誉的那位,大字不识的母亲也可以给下一代最好的影响。她整天面对生活琐事,言行平凡而朴实,她甚至有些唠叨,有些神经质,她也不懂得教育是什么,但总能把最好的给孩子。她让孩子感受到女人的好,体会到女人成为妻子和母亲之后,整个家庭沉浸在幸福之中的甜蜜,孩子的心在女性的慈爱里柔软起来,大俊就是这样,成长在母亲给他的海阔天空之中。

四

"久缘茶庄一分店"如期开业,各方朋友送来的花篮把店门围堵了一层又一层,程全贵夫妇站在门口接待客人。店里的店员、茶艺师忙着招待来宾,程甘霖也忙上忙下。邝副会长夫妇终于来了,夫人韩雪琴解释说本该早来的,因为路上取了东西耽误了。正说着,邝美嘉带着四个工人往这边走来。工人两人一组,挑着巨大的木箱,木箱被粗绳牢牢捆着,一看便知道里面是个大物件。进了茶庄大厅,工人小心翼翼拆开包装,一对接近两米高的景泰蓝落地花瓶显露真身。看到如此精致的一对大花瓶,殷惠珍乐得合不拢嘴。邝美嘉介绍说这对花瓶是叔叔托人专程从景德镇定制来的。

这是一对景德镇掐丝金玉满堂彩釉大花瓶,花瓶以白釉为主,白中含青,莹润如月。彩绘的地方画着荷花亭榭和山水,四条红色金鱼游弋在荷叶之间,给人呼之欲出的感觉。花瓶外形华丽大气,色彩艳丽明媚,图案精致美观,正好与茶庄古典优雅的装修搭配。俗话说无功不受禄,邝副会长赠送这么贵重的礼品,多少令程全贵感到无形的压力。殷惠珍却美得弯弯的眉梢开出花来,在她心目中,邝家早晚是儿女亲家。

开业大吉,"久源茶庄"的金字招牌在炎炎的盛夏熠熠发光。茶庄热闹非凡,一时间楼上楼下的包间全满了。不到半天时间,一张张订单像雪花一样飞来,这是程家人没意料到的。刚应付完一拨客人,程甘霖叫住了父亲,神色不太自然,吞吞吐吐地对父亲说:"爸,有件事想跟您说……"

父亲问:"什么事?"

"容秋要来,她坐的火车今天下午到。"

"有什么关系,你去接吧。"

程甘霖很犯难,说:"哎!我妈在,怎么走得开呢。"

"没关系,你妈那儿我来应付,人家这么大老远来你必须去接,只要晚宴前赶回来就行。对了,暂时安排在外面住,明天再搬过来。你多陪陪她,其他以后再说。"

简短几句对话,父子俩各自忙去了。二楼茶室里,香道师刚刚熏完龙涎香,围坐在一起的客人正凝神聚气,陶醉在缥缈的香气中。一位年轻的茶艺师进来替换香道师。殷惠珍陪着邝副会长一家人,虽然宾客无数,但在她心目中,邝家才是最重要的客人。看到茶艺师取茶,她责诘道:"怎么就泡茶呢?也不先问问客人喜欢喝什么。"

茶艺师很尴尬,红着脸解释:"今天给客人泡的茶都是店里统一安排的,用来招待客人的都是最好的。"

邝副会长帮茶艺师解围,随和地说:"没关系,喝啥都行。"

茶室门推开,程甘霖走了进来,手上拿着个小茶罐,对客人说:"真是太抱歉了,今天客人多,现在才得空过来。"

茶艺师接过茶叶罐,取出一泡干茶盛入青瓷茶荷,茶荷在客人手上传递,轮流鉴赏了一番。大家发现这款茶叶的外形很独特,问是什么茶。程甘霖说叫"月光白"。邝副会长喝了几十年茶,像"月光白"这样的茶叶还第一次见到。他伸出两个圆浑粗大的手指头,捻起一根干叶细看,又靠近鼻子闻闻,很感兴趣。

"月光白"躺在青瓷之上,叶子早已干枯凋萎,尽管水分尽失,然而生命的迹象并没有消失。制作"月光白"只萎凋晾干,不杀青不经高温,叶片是活性的。即使枯萎,呼吸还在。只要一息尚存,睡去的活力将会在沸水中苏醒。当茶艺师将沸水注入时,茶叶的香味在盖碗里逐渐蔓延,茶汤尚未溢出,其悠扬香醇的滋味已经令在场的人陶醉。

在茶室陪了一会儿客人,程甘霖有点儿心不在焉。他惦记着即将到来的恋人,担心抽不开身。程全贵故意当着大家的面说:"儿子,你抽出点时间,回头去火车站帮我接一位客人吧。"

殷惠珍不乐意了,问:"接谁啊?非得儿子去吗?"

程全贵解释道:"是我的一位重要的老客户,人家专程从外地赶来捧场的。"

茶喝得差不多了,邝副会长希望一睹"久源茶庄"珍品藏茶,大家一起走出了茶室。邝美嘉注意到长廊两侧挂着许多有意思的照片,尤其在一处开阔的拱形装饰墙上,一组以"茶旅禅行"为主题的照片吸引了她。这组放在漂亮相框里的照片展现了一望无垠的茶园,零落的乡村,簇簇艳丽的茶花,以及竹林和清澈的泉水,最吸引她注意的是一张蓝色月亮的照片。邝美嘉指着这张照片问:"蓝月亮的色彩是否加工过?"

程甘霖回答:"没有加工过,实际上那晚的月亮比照片上的更蓝。我一口气拍了十多张,仅此一张还算能用,其余全都曝光了。"

邝美嘉说:"蓝月亮现象在中国少有,其实在国外的报道中并不少见。这种现象比较容易出现在沙漠、滩涂、沼泽这样开阔的地方,形成的原因跟大气折射有关。"

程甘霖用欣赏的眼光看着她,夸奖道:"邝小姐真博学呀。"

邝美嘉轻描淡写地说:"我只不过是个好奇心比较重的人,对未知的东西感兴趣而已。"

程甘霖说:"好奇心重的人具有探索精神,并且很懂生活。"

邝美嘉说:"还好吧。我姊姊说你特别有内涵,跟普通的商人不一样。"

程甘霖笑道:"不敢当,曾经自以为是地以为自己有那么点内涵,但自从认识邝小姐之后发觉自己是夜郎自大了。"

邝美嘉说:"别叫我邝小姐,叫我美嘉就好。对了,上次的事还没来得及当面跟你道歉呢,本来约好了,哪知身体突然不舒服,请不要介意。"说到这里,邝美嘉的脸泛起潮红。程甘霖说:"我当时想去探望你来着,你似乎不太方便,所以作罢。现在没事了吧?"

邝美嘉红着脸说:"都是女人的小毛病,不要紧。"

有位导购小姐过来请邝美嘉下楼,说大家在楼下展厅等她。邝美嘉正要离开,被另一幅照片吸引。那是手工茶坊场景中的一张,一位头扎青花瓷三角布巾的女子正在做茶。她弯眉大眼长睫毛,鼻子挺直,朱唇皓齿,不知哪儿来的雾气正好掠过她的脸,使她看起来非常迷人。

程甘霖以为邝美嘉会问及,莫名紧张起来,没想到她只看了几眼便下楼去了。楼下,邝副会长一家在展厅观茶,不仅给"久源茶庄一分店"送上一对昂贵的景泰蓝大花瓶,还为公司采购了一批精装茶叶,可谓同时给程家送上两份大礼。

五

一辆从昆明开往北京的列车在旷野中疾驰,火车车轮与铁轨碰撞时发出"哐当哐当"的金属声。一位长相清秀的年轻女子怀里搂着一个不到周岁的男孩,半个身子斜靠在硬卧的床头昏昏欲睡。孩子穿着短袖短裤,时不时津津有味地吮吸自己的手指。

秦容秋和大俊静静地坐在女人对面,俩人谁也没说话,车窗外不断有起伏变换的景色投映在玻璃窗上,看久了未免有些倦意。从上火车那时起,孩子莫名哭闹,年轻妈妈又急又累,束手无策。秦容秋帮忙把孩子抱过来哄,让她吃饭休息,她便从背包里一堆零零碎碎的物品中掏出两个煎饼,就着凉水咽下去。

再过大约三个小时到北京站,即将见到阔别数日的恋人,容秋心中的喜悦并不如想象的热烈。也许因为同情这位年轻妈妈,也可能难以坦然面对大俊,也或许北京之行对自己究竟意味着什么还是一个谜,秦容秋也说不上来。沉思中,突然,孩子挣脱母亲的怀抱向床外扑去,秦容秋眼疾手快伸手接住了孩子。女人惊醒了,意识到险些发生危险,吓得脸色煞白。

秦容秋抱起孩子,安慰道:"不要紧,我来哄,你好好躺下睡一觉。"

大俊也说:"睡会儿吧,到站了叫你,孩子我们带着。"

女人感激地对俩人笑了笑,放心地躺在床上。为了防止哭闹,秦容秋抱着孩子在狭窄的过道上来回走动。一位穿着短袖制服的乘务员推着小推车走了过来,车上摆满了各种零食和饮料。大俊掏钱买了几盒牛奶,一盒给容秋,一盒给孩子,剩下的悄悄塞进女人包里。

火车离终点站越来越接近,秦容秋和大俊换着抱孩子,谁也没有主动谈及到站以后的事,更不愿涉及感情这个话题。女人清醒后去洗漱间洗脸,梳顺头发,换了一件干净的衣服,看起来有点儿精神了。女人一切准备妥当才接过孩子,不断向他俩道谢。秦容秋说:"你一个人带着这么小的孩子坐火车,这两天一夜太辛苦了。"

女人无可奈何地苦笑一下,什么也没说。秦容秋问:"有人接站吗?"

女人说:"有。"

秦容秋说:"到时候,我们帮你拎行李送你出站。"

火车沿着既定的路线行驶,奏着欢快的汽笛声进了站台,运送旅客的使命在停车的那一刻彻底完成,等待下车的乘客们骚动起来。

连同女人的行李也扛在肩上,其实并不算重,大俊竟然有点儿喘不过气。压迫他的重量并不是行李,而是无法排遣的忧郁心情。他劝慰自己,把容秋安全送到即完成任务,不要再去承受更多的痛苦。

站台外人潮涌动,接站的人层层包围了站口。女人怀抱着孩子在人群中搜寻,一位拄着拐杖的男子出现在视线。男子右腿从大腿根部高位截肢,半边脸爬满曲拐突兀的疤痕。他见到老婆孩子,丢开拐杖张开怀抱扑了上来,一家三口就这样紧紧拥抱在一起。秦容秋被眼前的这一幕感动了,她哽咽着拉住大俊的手,说:"难怪她这么辛苦,原来她丈夫是这样的情况,好可怜!"

大俊说:"那是你看人家可怜,人家恩恩爱爱的,也许比许多人幸福。"

独腿男子带着妻儿走了过来,他用右腋夹住拐杖,腾出两只手握住大俊的手说:"谢谢你们一路上照顾我的妻儿,你们真是好心人,太感谢了!"

大俊说:"我们也没做什么,不要客气。"

男子说:"听我妻子说你们第一次来北京,祝你们玩得开心,希望将来还有机会见面。"

与这对夫妇告别,大俊把容秋带到一个相对显眼的地方等待,背起自己的行李,叮嘱容秋道:"我要走了,这就去买返程的火车票。你站在这里,他来了一眼就看得到。自己保重!"

秦容秋极力挽留大俊,大俊却头也不回地消失在人海里。秦容秋站在原地,整整一个小时过去不见有人来接。大俊突然出现在她面前,满脸愠色,没好气地说:"你是不是傻呀？蠢得不知道找地方坐。"

秦容秋问:"你买到票了吗？"

大俊说:"没有,看你一个人,我不放心。"

又等了一阵子,程甘霖才气喘吁吁地跑来,见到容秋不停道歉,说:"对不起,我来晚了。今天新店开业,客人太多。"

秦容秋说:"没事的,是我考虑不周,本想给你惊喜,要是买票之前事先告诉你一声就好了。"

程甘霖说:"那我们快走,具体情况边走边说。"

秦容秋拉住他,说:"还有我大俊哥,是大俊哥陪我来的。"

秦容秋引荐金大俊给程甘霖认识,两人礼节性地握了一下手。程甘霖想不到大俊也会跟着来,有点儿猝不及防。

从火车站出来上了程甘霖的车,黑色奥迪疾驰在北京宽阔的街道上,秦容秋的眼睛不够用了。繁华的街道,宽阔的十字路口,摩天高楼,还有双层大巴士。程甘霖说:"今晚暂住离新店不远的花园酒店,明天早上搬回茶庄。茶庄有员工宿舍,住多久都可以。"

大俊不高兴,语气生硬,问道:"住酒店,仕茶庄,干吗不住家里？"

秦容秋轻轻扯了扯大俊的衣角,示意他别这么说话。程甘霖没过多解释,只说家里暂时不方便。这以后,车里发酵着不愉快的沉默,大家都没话可说了。轿车驶入一条古色古香的街道,这条街道很有特点,两旁的建筑几乎全是两三层的独栋洋楼。车子停靠在一栋房角挂着两个大红灯笼、大厅门前摆满鲜花的茶庄前,程甘霖说这就是"久源茶庄一分店",今天开业不便,明天再来。

经过气派的茶庄,驶过长长的街区,拐了一个弯,便是一个豪华的现代花园酒店。轿车在一栋高楼前停住了,一位穿着橙黄色制服的服务生迎上来,殷勤地为客人打开车门。豪华酒店装修得富丽堂皇,连脚下的大理石地板都光彩照人,第一次进入这么高档的场所,大俊拘谨得手脚都没处放。

办完入住手续,程甘霖递给他俩两张房卡,说:"先上去放行李,然后带你们出去吃点儿东西。我没法耽搁太长时间,宴请客人的晚宴要开始了。"

秦容秋说:"你快去吧,我们自己去吃饭。"

程甘霖说:"那好,你们可以随便逛,北京的夜景很美。"

房间在酒店的二十九层。走出客房电梯，迎接他们的是厚厚的高级印花红毯，地毯的软度和家乡丰厚的草地很相似，但是大俊一点儿都不喜欢。踏在家乡的草地上心旷神怡，而这绵软的地毯让人走不稳道失去重心。此时，大俊的心情坏极了，一刻都待不下去。没走几步，他突然拉住秦容秋的胳膊，说道："容秋，我们还是回去吧。"

秦容秋疑惑地望着他，问："为什么？"

大俊坦率地说："难道你看不出来吗？你不属于这里，你给人家添麻烦了。"

秦容秋不明白，问："大俊哥，你究竟怎么了？"

大俊情绪有点儿激动，急切地说："你不知道吗？你感受不到吗？那家伙根本就不珍惜你。你想想，咱们下火车等了差不多两个小时他才来，如果你真那么重要，他会早早地来。还有，今天让你住酒店，明天让你跟店员住，这算什么？你千里迢迢来找他，他都没有勇气带你回家。还有……"

秦容秋打断大俊的话，说："大俊哥，他有难处，之所以这样，人家不都解释清楚了吗？"

大俊说："好吧，就算他有难处。话又说回来，你和那家伙才认识多长时间？他究竟是什么样的人，你了解吗？你看看，那家伙趾高气扬的表情，盛气凌人的口气，他看不起我们乡下人，我从来没有像今天这样难堪过。"

秦容秋生气了，毫不客气地回他："请你不要'那家伙''那家伙'称呼人家，我不明白了，人家哪里让你难堪了？要是真说难堪，那也是你自己的内心作祟。"

这话激怒了大俊，他对着容秋吼了起来："你是说我自卑了？是他羞辱我！"

秦容秋压着火，说："人家对你不热情是怠慢，对你热情是羞辱，你要怎样才满意？"

大俊放开容秋的胳膊，说道："容秋，我知道你迷恋那家伙，所以你看不到。不过不要怪我没提醒你，那不过是有钱人的做派，吃腻了山珍海味想换胃口。"

秦容秋气愤至极，对大俊说出狠话："当初真不该让你陪我来，你自己不平衡还说三道四。我看呀，诬蔑别人的人也不是什么好人。"

大俊绝望了，他把房卡塞给秦容秋。抖着发青的双唇，说道："我这就去火车站。容秋，不能再陪你了，你照顾好自己。"

秦容秋后悔说出伤人的话，想道歉已经来不及了。大俊头也不回地大步往外走，等不了电梯上来直接冲进步行通道。这个堂堂七尺男儿被气得几乎要发疯,在阴暗冷清的楼梯上一步几阶往下俯冲。他在楼道里狂奔,那深不可及的"下坠感"刺激着他的疼痛。那一刻,锥入躯体的苦楚把他折磨成一只嗷嗷狂叫的猛兽,整整二十九层楼,他大声叫喊着向下冲去,如果是悬崖也会毫不犹豫,如果是地狱也要跳下去……

走进房间,秦容秋放下行李。旅途的劳累和无端的争吵使她精疲力竭,不知不觉地趴在床上睡着了。不知道过了多久,"哒哒哒"的敲门声传来。秦容秋睁开眼睛,发现四周一片漆黑,一时想不起身在何处。敲门声不断催人,她才摸索着打开灯,稀里糊涂地打开门。

门开了,程甘霖满身酒气扑了上来,连推带抱把她摁倒在床上。秦容秋惊恐万分,失声喊道:"甘霖,你干吗? 甘霖——"一张酒气熏天的嘴堵住她无用的呼喊,一个男人的体魄把她完完全全罩在身下,一双有力的手不顾一切地撕扯她的衣服。那一刻,容秋愤怒了,万般柔情被粗鲁的行为粉碎,积攒多日的思念荡然无存。当她感到无能为力的时候,这个醉鬼停了下来,竟然趴在她的胸口睡着了。过了很久,秦容秋才摆脱出来,轻轻挪出身体,在他头下垫了一个枕头,帮他脱下鞋,盖上被子。

整理好衣衫,秦容秋走到窗边,拉开窗帘,窗帘背后是一扇宽大的落地玻璃。放眼望去,窗外灯光炫目,稀稀疏疏的车辆闪着灯在城市的街道缓缓移动着。

清风徐徐,夜色斑斓,一轮上弦月轻盈地挂在天上。月色单薄透明,如同一块极易破碎的玻璃。容秋问自己,此时此刻在家乡望月,也会有相同的感受吗?

美丽的夜景并不能令人内心平静,她惦记着大俊,不断自责,懊悔不已。

月 昏 黄

一

一个学期快结束了,云西县第一中学的操场上,一位两鬓斑白、身着短款运动装的体育老师站在小操场的中央,背着手,叉着双腿,面对集合的学生宣布:"今天是这学期最后一节体育课,我们班的体育成绩测试到此全部结束。经过考核,大部分同学能达标。其中表现最为突出的是王有为、陈珊、靳可羽。当然,小不点儿夏齐齐也很努力,发扬了奥林匹克的拼搏精神。这几位同学各项考核突出,可以拿到优。另外我想提醒你们两个肉墩墩。"老师指的是躲到最后面一排却躲不掉的两个肥胖男生,"这学期算放过你们了,再不减肥明年跑三公里看你们怎么过关。"

队伍中传来经久不息的笑声,两个胖男生对此早已习以为常,他们彼此看了看对方,以此安慰自己,反正对方比自己胖。

"下学期……"老师习惯性地抖动了一下干瘪下垂的小腿肚子,欲言又止,"这样吧,接下来的时间自由活动。"

提到"下学期"三个字,老师的喉咙里好像堵上了什么东西。他用力清了清嗓子,努力把话讲下去。只有秦容香和刘利铭知道原因,因为爷爷透露过,这学期结束,体育老师要退休了。

到了自由活动时间,两人选了一副羽毛球拍,找到一块凉快地儿打羽毛球。秦容香住在刘利铭家,营养、休息各方面都很好,身体几乎没大碍了。俩人没打上几个回合,有位同学跑来喊秦容香,说班主任叫她去办公室。秦容香走了,刘利铭一个人没心思玩儿,跑到不远处的花园石阶坐下。这天,他穿着一件亮黄色的T恤,衣服鲜艳的颜色吸引一只白色的小蝴蝶飞来,小蝴蝶扑棱着翅膀像树叶一样飘飘忽忽落到他的肩膀上。一名女生从操场那边跑来,她的声音惊扰了蝴蝶:"刘利铭,你不玩的话把拍子给我们好吗?"

"拿去吧。"刘利铭递过去,女生跑开了。刘利铭从身边草丛扯下一根官司草,打了一个结,百无聊赖地拿在手上摆弄。他时不时探着脑袋,试图寻找刚刚飞走的那只蝴蝶。蝴蝶消失在花园的另外一边,早已不知去向。

刘利铭心事重重,原因是妈妈的身体状况又滑坡了,医生说唯一的出路就是换肾。北京红十字会通知有了匹配的肾,但是毕竟毫无血缘关系,用这样的肾手术风险很大,排斥反应也会很重。取自己的肾是最佳选择,可家里没一个人支持。医院有规定,未满十八岁的捐赠者必须经监护人签署同意书,爸爸妈妈都不肯签这个字。

秦容香从老师办公室出来,手上挥舞着一张红彤彤的卡片飞快地往这边跑,喊道:"成绩下来啦,成绩下来啦。"刘利铭抢过来拿在手中:"哇! 全省数学竞赛第二名。"

刘利铭激动得蹦了起来,自豪地说:"这么好的成绩,还是我们县有史以来

第一次。这回你都不用参加高考了,可以直接保送大学。"

秦容香摇摇头说:"我只想去北航,保送不了这所学校,我就自己考。"

"你去北京我也要去。"程甘霖说,"上北京医学院。"

秦容香笑了笑:"以你目前的成绩考这个大学差距还有点儿大,继续努力吧。"

刘利铭有点儿不好意思,在心里暗暗下决心。

秦容香故意逗他,戏谑地说:"选个冷门专业可能容易些,比如肛瘘、痔疮、护理……"

还没说完,刘利铭的手指"狠狠"在她脑门弹了一下,俩人闹开了。一会儿,刘利铭收敛表情,认真地对秦容香说:"我想成为中国最好的内科医生,治好妈妈的病,为更多的病患解除疾病之苦。另外告诉你一件事,暑假补习我参加不了,要陪妈妈去北京看病,爸爸的工作也要交出去。"

秦容香惊讶地问:"妈妈不是好好的吗? 为何要去北京?"

"昨天红十字会通知有匹配的肾源了,爸爸决定尽快带妈妈去北京做换肾手术。咱们暂时别让妈妈知道,因为花费太高,妈妈不愿意去,只能说去北京检查身体。"

秦容香抓住刘利铭的一只手,激动地说:"这么说妈妈有希望康复了? 太好了! 等我补习完功课也去照顾妈妈。"

刘利铭说:"不用,我和爸爸就行。等你补完课,我们差不多都回来了,还指望你帮我补习呢。"

说到这里,秦容香也无奈地从身旁扯下一根官司草,和刘利铭一样拿在手上摆弄。她眼神黯然,垂头丧气,说:"不瞒你说,我家最近也有烦心事。也不知道姐姐怎么想的,说是出去增长见识,跑北京去找那个人去了。我大俊哥惨了,也不知他会伤心成啥样。明天我就给姐姐写信,告诉她妈妈来北京做手术,有时间的话也去医院看看妈妈。"

下课铃声响起,体育老师最后一次集合同学们,下了最后一声嘹亮的号令:"解散!"

二

北京市艺术学院的图书馆大楼灯火通明,临近期末考试,学生们自发前往恶补文化课。艺术院校的图书馆平常比较冷清,一旦临近考试就热闹非凡。图书馆管理制度不允许在馆内吃零食，不允许大声说话，可仍然有不少学生无视规定。当管理员的耐心被挑战到极限，便一巴掌拍在桌子上，不守规矩的和守规矩的学生都被吓了一跳。

程甘露的打扮有点儿学生模样了，原来耳朵上十来个耳圈只剩下两个，金黄漂红的头发也淡了很多。吃过晚饭，她早早地走进图书馆，选择了一处离管理员较远的位置坐下，从提包取出自己的专业书和笔记本。两小时过去，墙壁上的挂钟指到七点四十。她悄悄环顾周围，确定没有认识的人在周围，迅速收拾书本，蹑手蹑脚地离开座位。走出馆门没几步，一个熟悉的声音由远及近，那是辆经过改装的摩托车。原来是美术系高年级的曾帅骑着一辆崭新的赛车款摩托车过来了，身后还带着两名男生。程甘露看到他们来不及躲避，在心里偷偷咒骂。

"美女，这是去哪里呀？"曾帅刹住车，用车头挡住去路。程甘露没好态度，回他："不关你的事。"

曾帅晃了晃脑袋，怪声怪气地说："别这样嘛，美女说话要有教养。"

程甘露横眉冷眼地瞅他，咬咬嘴唇不说话。曾帅又问："天都没黑尽，你这匆匆忙忙地搞什么？"

程甘露又口吐粗话："关你鸟事！"

"你说鸟事呀，你看到鸟了吗？"曾帅故意转动脑袋，望望四周的树丛，一本正经地说，"鸟儿都回窝了，哪来的鸟事？"车后面坐着的两个男生哈哈大笑，掺和进来起哄。程甘露生气地说："信不信我去告诉院长！"

"告什么？"

"上学期你挂了两门理论课，全是提着礼品找任课老师过关的。"

"这是诬蔑！"

"哼！我告诉你，送礼的时间、老师的住处、拎的什么礼品我都记得。"

曾帅懊悔这些事让她知道，气咻咻加油门一溜烟跑了。看他们走了，程甘露赶紧离开。她脚步轻盈，穿过几道纵横的水泥路，绕过一个大花园，从东面小侧门出去了。校门外很清静，摆摊设点的小商小贩早已收摊。街道两旁，两排路灯整齐地站立着，程甘露穿过一排路灯往街道走去，在一个公共汽车站的站台坐下。不一会儿传来摩托车刺耳的声音，曾帅独自骑着他那辆拉风的大家伙又来了。他跨在摩托车上，吊儿郎当地说："美女，你要去哪里，我送你。"

程甘露不理会他。他便语气一转，把脸拉下来："你高傲啥呀？跟你说话呢。"

程甘露抬起头，轻蔑地看着说话的人，吐了一口唾沫。

曾帅问："你找新男朋友了是不是？"

程甘露说："找男朋友是我的自由，难道给你守寡啊？"

曾帅有点儿气愤，又问："刚把我甩了，你就勾搭上别人，也不问问我愿不愿意？"

程甘露不搭理，挎起提包要走。一辆黑色凌志轿车从黑暗处驶过来，往程甘露这边缓慢靠近。程甘露气急败坏，踹他一脚，喊道："少管闲事，给我滚远点。"

凌志车停下，在一旁摁喇叭，催促程甘露上车，程甘露刚上去就启动开走了。曾帅反应过来怎么回事，大骂一声："妈的，竟然给别人当小三啊！"

他发动摩托车，掉过车头，加大油门往凌志车追去。司机发现了他，几次猛打方向盘，吓得程甘露直冒冷汗。她回过头去，想透过车后的挡风玻璃给曾帅一些信息，但天色已晚，加上轿车贴着深色的膜，外面的人根本看不清。司机故意驶出既定路线，拐进了一条幽静宽阔的大道。程甘露警惕地问："师傅！你要做什么？"

司机没搭理她，把车开得时快时慢。摩托车哪能跟高档轿车较劲，凌志稍微加速，摩托车就很吃力。

曾帅紧紧扶着车把，头发被吹得一根根竖了起来，衣服灌饱了风，兜鼓成一个圆形的球。司机故意放慢速度让他撵上，趁他靠近猛打方向盘撞过去。摩托车来不及躲避，摇晃了几下，"哐"的一声，重重地摔倒在路上。程甘露的心都提到嗓子眼了，喊道："快停车！让我下去看看，快停车！"

司机冷冷地说："下去干吗？他自己找死的。"

程甘露用力拍打车门，喊道："他可能受伤了，快让我下去！"

司机说："我们老板等着你呢，晚了不好交差。"

"你要是不停车，我就跳下去。"她不顾车子在行驶，用力拉车门的把手。哪知车门早被中控锁锁上了，根本打不开。她转过身来抢司机的方向盘，司机不得已减慢车速，在离曾帅百米远的地方停下，但仍然不肯解锁。

几分钟过去，曾帅才从地上缓慢爬起来。大概摔蒙了，他没走几步便猫下腰抱腿坐在地上。又过了一会儿，他摸出一支香烟点上。

他往程甘露这边看好几次，没走过去。他不知伤到哪儿了，衬衣上渗出一

第二章

片血迹。摩托车被摔坏了,碎片到处都是,后面来的车辆从碎片上碾轧过去,发出刺耳的响声。

"他死不了的,赶紧走吧。"司机冷冷地说,启动轿车。半小时后凌志在一栋花园别墅前停下,程甘露推开别墅的大铁门,"哐当"一声,有人将门关上。当她推开第二道门时,一只男人的手臂从侧面搂住了她的腰。

三

清晨,阳光透过玻璃窗斜照在房间中央的大床上,程甘霖睡意正浓。光线缓慢地在他身上移动,最终照在他的眼皮上。他感觉到亮光,皱了皱眉头,终于睁开了眼睛。

一位美丽的姑娘静静地靠在临窗的软皮沙发上看杂志,这使他的心情立刻好了起来。他撑起身子,嗓子里冒出一首云南民歌:"路旁的花儿正在开,树上的果儿等人摘,等人摘……"

姑娘装作没听见,依旧看书。"树上果儿等人摘,等人摘,远方的客人请你留下来,唉罗里罗……"程甘霖怪声怪调地唱云南小调,一边唱一边随着旋律比画,姑娘看到他滑稽的样子忍俊不禁。程甘霖一头栽进沙发,半躺在上面,若有所思地问:"你那位高大英俊的大俊哥呢?我们是不是该去叫他起床了。"

秦容秋回答:"大俊哥没住这里。"

程甘霖吃惊地坐起身,正要问个清楚。"他连房门都没进。这不,房卡交给我了。"秦容秋难过地说,"不知道大俊哥上火车没有?陪我跑这趟太难为他了。"

程甘霖说:"他本来就不该来。陪自己喜欢的女人与情敌见面,基本可以断定脑子有问题。"

秦容秋说:"大俊哥是好人,是我对不住他。甘霖,我挺不放心他的,想去火车站找他。"

程甘霖感到不可思议:"你以为这是哪儿呀?北京火车站人山人海,他坐的车次你都不知道,怎么可能说找就找?你不用惦记他什么,一个大男人还会被拐了不成?时间不早了,咱们赶紧把房间退了,我爸要来新店看你。"

碰到程甘霖父亲是在"久源茶庄一分店"门口,他们几乎同时到达。程爸爸慈眉善目,说话时笑眯眯的。秦容秋赠送了一捆竹笋壳包裹的七子饼,这是父亲特别叮嘱她带的。程全贵捧过茶叶,发现包裹茶叶的笋皮老得掉渣了。秦容秋解释说这捆茶是她出生那年做的,珍藏二十多年了。

程全贵非常高兴,称赞道:"这茶跟你同龄,太难得了!这么珍贵的礼物送给我,一定要替我向你父亲表达谢意。我这人见不得好茶,现在就迫不及待了。走!咱们一品为快。"

三人来到茶室,程全贵小心翼翼地解开捆绑茶叶的绳子,抽开竹笋壳,取出其中一饼。因为经历的年头太久,包裹茶叶的老棉纸又干又脆,轻轻一碰就破开了。程甘霖介绍说容秋不仅茶做得好,泡茶水平也是一流的,提议让容秋泡茶。秦容秋推脱不过,取出一个饼,用茶锥轻轻撬剥。收藏这么多年的茶叶,经长时间自然发酵,生茶已经转熟变红。第一泡茶汤滤出来清澈红亮,靠近鼻子,一股淡淡的陈味蹿入鼻孔。第二泡开始转浓,小嘬一口甘甜香醇。第三泡叶片舒展,茶汤红亮艳丽,像一杯红葡萄酒。茶水含在嘴里柔滑如丝缎,顺着咽喉浸润开来,唇齿留香。喝到第三泡,程全贵乐了,举起喝过的杯子给大家展示:"瞧瞧,沾杯挂壁的,难得的好茶。这块撬过的饼留在店里吧,剩下的我带回去收藏了。"

程甘霖打趣道:"爸,不要小气,多留两饼在店里。"

三个人开怀大笑,一位店员进来说老板娘来了。话音刚落,殷惠珍紧随其后。尽管店内的空调让人凉快舒爽,她看起来却热得很,额头上挂着汗珠,手上一块白色手绢不耐烦地来回扇风。

程甘霖慌忙起身,请母亲过来坐下。殷惠珍也不急着说话,细细地打量泡茶的这位姑娘。程全贵问:"今天什么风把你吹来了?"

殷惠珍看他一眼,说:"你刚走,美嘉叫人送来两筐大樱桃。人家朋友从美国空运来的,市场上买不到。我瞅着甘露跟她们同学跑外地写生去了,咱家吃不了那么多,不如带店里慰劳慰劳姑娘们,请大家尝尝鲜。"

秦容秋把一杯茶水恭敬地送到殷惠珍面前。殷惠珍早注意到这位与众不同的茶艺师,五官清秀,亭亭玉立,标准一个小美人儿。奇怪的是,她没穿店里统一的茶服,打扮得土里土气。殷惠珍端起茶杯抿了一口,夸赞茶好喝,然后一饮而尽。她一连喝下几杯,开口问:"姑娘,你是新来的吗?"

秦容秋不知如何作答,勉强点点头。程家父子的脸一阵白一阵青,谁也没敢吭声,如果现在说出实情,当着容秋的面她就要发作。殷惠珍又问:"你从哪里来的?"

"从云南来。"

"啥时来的?"

"昨天下午。"

"谁介绍来的?"

程全贵机智地找到一个话题岔开她,说:"你没事多陪陪奶奶吧,扶她走动走动,尽量少去打麻将。"

殷惠珍反问:"你这个大孝子怎么不多陪陪奶奶?"

程全贵说:"我这不是忙着吗?人家秀梅每天陪奶奶散步,你这当儿媳妇的还不如一个远房亲戚,说不过去吧。"

殷惠珍今天来茶庄,正揣着一肚子的火,程全贵居然公开贬自己夸秀梅,立即变了脸,说道:"不要跟我提她,她今早说要回老家结婚,气得我打麻将都没心情。"

程家父子很惊讶,秀梅连对象都没有找谁结婚去?程全贵分析道:"秀梅一直想来店里工作,你也答应人家了。眼见新店开业,她可能有点儿着急。"

殷惠珍说:"不是不放她走,而是没找到合适的人。你以为找保姆像找搬运工那么容易呀?何况奶奶习惯她了,不喜欢换人。"

程全贵说:"你好好跟她谈,不要总跟吃了火药似的。你担待点,秀梅跟甘露一样大,都还是孩子。"

殷惠珍站起来要走,说:"不要说这些没用的,现在她想留下来我都不要了。我警告你们,她秀梅想来店里上班,你们谁都不准接纳她。"

程家父子面面相觑,没法跟她理论下去。一旁的秦容秋被她的气势吓到了,大气都不敢出。殷惠珍走后,程全贵也要走,临别时叮嘱儿子,北京值得一去的地方很多,陪容秋姑娘出去转转。

一位姑娘送进来一盘深红色水灵灵的大樱桃,那个头真大啊,颗颗浑圆饱满。秦容秋拿了一颗放进嘴里,果然甘甜爽口。当天,秦容秋被安排住进员工宿舍。

因为秀梅的原因,程家父子提前下班回家。他们推开门,看到殷惠珍系着围裙在厨房做饭,程全贵问:"秀梅丫头呢?"

"去火车站买票了。"

"这么着急走啊?"

"人家急着嫁人呗。"

程全贵问起事情的原委,殷惠珍说:"昨天有个牌友临时有事走了,我们提前散伙,回来居然撞到邻居的保姆在我家。"

程全贵说:"有啥大不了的,交个朋友很正常啊。"

殷惠珍又来气了,说:"外面那么宽敞,跑咱家来干吗?哼!两个农村丫头竟敢光着脚丫子躺在我家沙发上,一边看电视一边嗑瓜子。雇她那家的长毛波斯猫在我家沙发垫子上打滚,掉老多毛。我让她把猫毛全都收拾干净,一根都不准落下,并且当场下逐客令把那保姆赶走了。"

程全贵怪她小题大做:"你也太不给面子了,有什么话可以背地里交代,犯不着当她伙伴的面数落。"

殷惠珍的火气更大:"咱们新店刚刚开业,她居心何在?猫来穷,狗来富,你不知道吗?假如抱只狗来我也不会发火。开业最重要图个吉利,她还整这闹心事。更可恶的是说她几句,就跟我顶嘴。你说说这人,给她一根竹竿,就能爬上天。"

程全贵说:"我看呀,你也要反省一下自己的态度。"

殷惠珍心气难平:"不瞒你说,我已经找到人了,明天人就来。她跟我斗气,嫩了点。"

夜幕降临,程家人坐在大圆桌旁吃饭。在程全贵心目中,殷惠珍称不上好妻子。她除了溺爱孩子,满足孩子们的物质需求外,也算不上称职的母亲。这么多年,在她的强势之下,程全贵也只能忍气吞声,忍受着淡漠的夫妻生活。

奶奶满嘴假牙嚼东西慢,殷惠珍夹了一块狮子头放到奶奶碗里。奶奶吃着狮子头,慢吞吞地说:"秀梅老家穷山恶水的,我知道她并不想走。"

殷惠珍冷漠地表示跟她没关系。

"还是跟她谈谈吧,这孩子毕竟优点多,缺点嘛也有,不过都是小问题,还是别让她走了。"奶奶在儿媳妇面前帮秀梅说好话。

殷惠珍说:"妈,我可没赶她呀,是她自己要走的。再说我已经联系到人了,明早就来。"

奶奶无奈地摇摇头,叹了一口气:"前面让你找人你说找不到,真要走人这么快就物色到了,你这不是故意气她吗?"

正说话门就开了,是秀梅回来了。这姑娘出去一整天,也不知干啥了,把自己弄得灰头土脸。程全贵问她吃饭没有,她勉强点点头,也不跟大家说话,匆匆回房把自己关在里面。程甘霖低声说:"我去跟秀梅谈谈。"

程全贵放下碗筷,说:"还是我去吧。秀梅来家里三年,为这个家做了不少事,我这个当叔叔的对她关心得太少了。"

程全贵叩开门,看到秀梅的泪痕还没擦净。她轻轻地叫了一声叔叔,眼泪滚了出来。程全贵很愧疚,问道:"买到车票了吗?"

秀梅摇摇头。

"啥时走?我让甘霖给你买票。"

秀梅还是摇头。

"如果不想走就留下来吧,我也批评了你婶婶。她这人刀子嘴豆腐心,说话不好听,不要放在心上。"

秀梅说:"叔叔,新请来的人明天就到了,我想带她几天,帮她熟悉熟悉再走。我三年没回过家,很想念父母,可是回去什么也干不了,还想来北京找工作。"

程全贵掏出钱包,取了2000元钱交到她手里,说:"这钱替我带给你父母,等探亲回来,你到甘霖哥哥的新店去帮忙。"

听说可以去茶庄,秀梅的脸上立刻焕发光彩,她不敢相信自己的耳朵,问叔叔:"真的可以吗?"

"当然,随时欢迎你回来。"

秀梅一心想去茶庄工作,期盼已久都没法实现,想不到叔叔一句话,就这么轻轻松松搞定了。她还在心里嘀咕,多亏了邻居小保姆和她家雇主养的长毛波斯猫,让坏事变成了好事。秀梅的心情雨过天晴,当天晚上,她开开心心地陪奶奶聊天看电视,为奶奶按摩直到深夜。

四

期末考试结束第三天,刚升入高三年级的学生们投入假期补习,刘利铭是唯一没参加补习的学生。秦容香搬回学校宿舍,等待着妈妈手术成功的好消息。假期里的课程和平时比起来一点儿没降低标准,全校最"铁腕"的英语老师"柳Miss",还有刀枪不入的化学老师"陈Mol",这两位老师对学生要求很严格,大家牢骚满腹,可谁也不敢公然挑衅。

最近班里谣传一些是非,廖刚和夏春燕谈恋爱的事传到老师那儿去了。也怪他们自己,自从廖刚跟夏春燕好上后,成绩下滑得严重,被抓典型是早晚的事。本来廖刚是继秦容香之后的几名优等生之一,一学期下来成了差生。廖刚的父母意识到问题的严重性,曾经主动来学校和班主任交换意见。今天班主任又请两位同学的家长来学校谈话，大家都看到了，廖刚和夏春燕一同被叫走，自习课也没回来。

发生这样的事，秦容香未免有点儿忐忑，心想会不会有人冤枉她和刘利铭谈恋爱。再一想，她又觉得不会有什么，刘利铭家面临这么大的事，老师不可能在特殊时期找这种麻烦。再说自己和刘利铭是纯洁的关系，老师应该很清楚，爸妈也可以作证。

自习课快结束，廖刚和夏春燕一前一后从后门进教室，夏春燕的眼睛有点儿肿，看样子哭过了。班主任从前门进来，走上讲台，扫视全班同学，讲道："同学们，有个话题我一直想跟大家探讨。在座的都是十七八岁的年轻人，你们已经步入美好的青春阶段。所以，我认为没有必要回避，也没什么羞于启齿的。"

秦容香偷偷看看廖刚和夏春燕，不知为何，自己的脸上也火辣辣的。

"老师也是从你们这样的年纪过来的，你们所思所想老师在年轻时也体会过。异性之间产生好感，这是生理的需要，同时也是情感的需要，说明你们长大了。"

讲到这里，有同学低下头，羞于与老师的目光相遇。也有个别同学理直气壮地盯着老师，仿佛在告诉老师，自己是光明磊落的。

"与异性关系密切不是什么可耻的事情，更不要有罪恶感。但是，大家要清楚地认识到我们现在处在一个什么样的阶段，我们的中心任务是什么。假如现在谈情说爱，把心思放在儿女情长上是搞不好学习的。大家想一想，大学考不上，美好前程没了，挑不起家庭重担，娶老婆养不起，生儿子养不起，这样的人生何等悲哀。同学们，假如你真的对哪位异性有好感的话，请珍藏在心里，等拿到大学录取通知书再理直气壮告诉她（他），我很优秀，值得你爱。"

老师的话对同学们触动很大，响亮的掌声代表同学们对这番话的高度认可。掌声过后，老师说："今天，老师也要把难听的话放在这里，让大家心里有数。我可以负责任地告诉大家，假如你们因为谈恋爱而成绩下滑，我可要抓一对整治一对，抓一双整治一双，绝不手软。"

"老师，'一对'就是'一双'。"一个调皮的男生接老师的话，把全班同学逗乐了。

一个平时嘻嘻哈哈的后进男生举手提问："老师，假如谈恋爱非但没有影响学习，反而促进学习进步呢？"

笑声四起，同学们活跃起来。老师回答："不排除这种可能性。假如促进学习进步或者成绩保持稳步上升,老师就装作没看见,请好自为之吧。"

掌声雷动,笑声和掌声混杂在一起。秦容香的脸红扑扑的,觉得老师暗示的是自己。

另一个成绩后进的男生提问:"请问老师,你赞成两个人考同一所大学吗?"

老师说:"你以为考大学如履平地呀,请问你和你那位女同学准备考哪所大学?"

笑声持续,教室炸开了锅。老师的一番讲话刺激着大伙儿的兴奋点,直到放学,少男少女们还叽叽喳喳讨论个没完。只有廖刚和夏春燕绷着脸,他俩交换了一下眼神,各自回家去了。

秦容香所在的小组今天值日,她和同学们一起打扫教室卫生。大家先用水浇湿地面,再用扫帚扫灰。一名个头很高的男生拿着擦子擦黑板,挥动着圆规一样直的手臂。

"容香!"教室门外有人喊她,是刘爷爷。秦容香扔下扫帚跑过去,听到爷爷着急地说:"走,快回去,你爸爸妈妈回来了。"

秦容香问:"妈妈手术成功吗?"

爷爷说:"听说效果不错。"

不知为何,妈妈手术成功,爷爷好像并不开心。他急匆匆地走,秦容香小步跑才跟得上。学校的大铁门外停靠着一辆轿车,是刘利铭的大伯。看到老人出来,他赶紧下车过来搀扶。刘大伯和刘爸爸长得很像,不同的是刘大伯身材更魁梧一些,脸上还多出一副眼镜。

刘大伯照顾他俩上车,说道:"其实我建议弟妹在昆明休养一段时间再回来,从医疗条件讲,昆明的医院也不错的。"

爷爷不太高兴,数落起儿媳妇:"害得我孙子假期补习都没参加成,既然手术成功就应该让孩子早点儿回来,用得了那些人照顾吗?"

大伯说弟妹这么大的手术,等于去鬼门关走了一趟,就算让刘利铭回来,也没法安心上课。他还说这次的肾源配型相当好,存活率很高。听说配型好,爷爷阴沉沉的脸绷得更紧了,秦容香这才意识到刘爷爷在担心什么。

轿车很快停靠在家门口,刘利铭早已等候在那里。见到他们,他笑眯眯地走了过来。

"刘利铭!"秦容香就像哥伦布发现新大陆,打开车门跳下去,挥舞着双臂,边说边画:"刘利铭,你这家伙怎么电话都没一个,我和爷爷担心死了!"

青年愣愣地站在原地，推了推差点儿掉下来的眼镜。大伯说："这是我儿子刘利锋，刘利铭的堂哥。"

刘利锋友好地伸出一只手，自我介绍道："容香妹妹你好，我叫刘利锋。我对你的名字相当熟悉了，云西县一中的学霸，很荣幸认识你。"

秦容香这才发现认错了人，虽然这位素未谋面的哥哥和刘利铭长得像，仔细分辨还是有差别的。哥哥个头比弟弟高一点，脸宽一些，戴着一副跟刘利铭差不多款式的眼镜。秦容香来不及懊悔自己的莽撞，赶紧伸手搭在刘利峰手掌上，蜻蜓点水般握了一下。

老人家倔强地甩开前来搀扶他的两个儿子，熊着背往家门走去。刘利锋跑过来拉住他的胳膊，亲热地喊"爷爷"。爷爷打量了他一眼，说："你这小子个头往上蹿了一大截，还担心你长不过弟弟呢。学习怎么样了？"

刘利锋自信满满地说："奖学金年年有，明年兼修的本科文凭也快到手了。"

"嘿嘿，你小子不错啊！"爷爷拍了拍他的肩膀。

秦容香听到这话很羡慕，心想刘利铭要是像他哥哥这么聪明就好了。这家伙啥都好，就是有点儿笨，就像一只蜗牛，想要吃葡萄早早就得往葡萄藤上爬。

父亲的态度反常，大伯和爸爸面面相觑，搞不清老人怎么这么大火气。刘利铭在客厅，一身奇怪的打扮，头戴一顶白色棒球帽，帽檐压得很低。爷爷走过去一把揭下他的帽子，原来帽子下躲着一张疙疙瘩瘩的脸。刘利铭直往后退，呼道："别呀爷爷，我出水痘，长疹子了。"

爷爷又伸手拉他的 T 恤，刘利铭羞得躲躲闪闪。秦容香心里清楚，爷爷想看看刘利铭肚子上是否有手术留下的刀疤。

"爷爷，肚子上没有，水痘都长在脸上和背上。这是病毒感染的，容易传染，你可不要靠近。"

爷爷说："我都这把年纪了，还传染什么水痘。"

卧室里，妈妈半躺在大床上，她极力挪动身体往前靠，秦容香把一个枕头垫在她身后，扶她坐好。看到老人进来，她亲热地喊了一声："爸！"爷爷不冷不热地应了一声。

有心人从这一声应答可以感受到爷爷此时的复杂心情，心疼包含内疚，内疚夹杂埋怨。这些年儿媳妇有病，全家人为此担惊受怕。花费巨大不说，儿子竞争教育局局长也被拉了后腿，生活也受到极大影响。上次县里考核，儿子各项评比都名列前茅，却在县委常委最后定夺的时候被排除出局。理由是家属罹患重病,牵扯较多时间和精力,不适宜当一把手。更令爷爷无法接受的是今年年初发生的另外一件事。儿媳妇申请社会捐助,竟然同意宝贝小孙子也参与配型。倔强的老头为此非常生气,半年没上儿子家。

这次北京手术回来,当见到儿媳妇极度虚弱,又一次从死亡线上挣扎回来,久违的父爱阻挡不住地传递了出去。毕竟,血浓于水,即便没有过多的言语,儿媳妇喊一声"爸",心也糯软了。

妈妈拉住容香的手,让她坐在自己身边,对她说:"你姐姐经常来医院看我,尤其在刘利铭出水痘的时候。你姐姐跟你一样,不仅长得好看,还是心地善良的好姑娘。你未来的姐夫也来医院探望过我,长得一表人才,跟你姐姐真是郎才女貌。"

听到妈妈的赞美,秦容香不以为然。那个人不外乎书生气一点,家境好点,在她的心目中没法跟大俊哥相提并论。想到大俊哥,秦容香的心里涌出酸溜溜的东西,脸上的笑容像南方的露水遇到北方的冬天,一下子冻住了。

月　暗　淡

一

刘妈妈在北京住院,秦容秋常去探望,特别是后期刘利铭出水痘发高烧的时候。像秦容秋这样从未见过世面的农村姑娘,北京纵横交错的道路和繁华的街市常令她头晕目眩。清晨开始出发,从茶庄步行10多分钟来公交车站台等候10路公交车,大约20分钟车程在西单站下车,然后换乘109路直抵东城区街心公园,继续步行半小时才能到达医院。这样一个来回大概要两三个小时。秦容秋深刻体会到居住大城市的不易,不习惯把大量时间消耗在交通上。

云南人是名副其实的"家乡宝",虽然云南经济落后,但当地人轻易不肯离开自己的家乡。云南怡人的气候,美丽的自然风光,舒缓的环境让人心甘情愿守着平淡。秦容秋特别怀念家乡的茶林小道,走在小路上,随处可见迷人的景色。假如茶园有人忙活,一定有人亮嗓喊出你的名字。在家的时候可能不觉得,离开了才发现家乡哪儿都好。

刘妈妈回云南之后，秦容秋抽出一个上午的时间安安静静给阿爸写了一封信。信里问候阿爸身体健康，告知刘妈妈顺利出院，祝贺妹妹数学竞赛取得佳绩。她惦记亲人，一页小小的信笺无法尽情地表达对家人的牵挂。阿爸也请人代笔寄信来，告诉她不必惦记家里，叮嘱她照顾好住院的刘妈妈，保重好自己。刘妈妈的手术很成功，按医生的要求，出院必须做定期门诊复查和随诊，建议出院第一个月留在北京。刘妈妈着急回家，她考虑在北京生活开销大，并且原教育局局长即将升迁，丈夫作为第一副局长很有可能被提拔。

刘妈妈曾问过秦容秋要不要一起回去，容秋没有表态，刘妈妈也不好追问，毕竟人家在热恋中。

贴上邮票，秦容秋出门去寄信。离茶庄大约五百米远有一个便民邮筒，这邮筒说不清什么材质，外壳刷着一层厚厚的深绿色油漆。绿色是夏季的清风，冬季的活力，秦容秋对城市里所有绿色的东西都格外有好感。

邮筒足足有半人高，每天数不清的信件喂进去，待到下午晚些时分，邮递员开着一辆同样深绿色的小面包车取走信件。投了信，秦容秋立即往回赶。这么匆忙并非想躲避北京盛夏的酷暑，而是店里的客人太多。开业以来，茶庄的生意跟这逐渐升温的天气一样，一天比一天火。这不，店门口又挂出急需茶艺师的招聘启事。

来北京这些日子，除思念家乡亲人，秦容秋的生活过得挺充实。刘妈妈出院以后，她把全部精力倾注在店里。这位干农活长大的姑娘，身勤手巧眼里有活。打扫卫生，帮厨，接待客人，替茶艺师打下手，总之哪里缺人哪儿都能上。程全贵曾叮嘱儿子带容秋去附近名胜古迹玩玩，因为生意太忙，出去游玩的计划还没实现。没能出去玩，秦容秋并不埋怨，店里的茶品琳琅满目，要想弄清楚它们的产地、制作方法、特性等还要花很长的时间。茶庄有一处地方是她最乐意去的，就是"读书一角"。那是专门开辟出来供客人取阅书刊、看书休闲的地方。有空的时候，秦容秋坐在书架边读书，还经常带回房间挑灯夜读。

书架上收集着大量与"茶"有关的书籍，有陆羽的《茶经》、宋徽宗赵佶的《大观茶论》、王褒的《僮约》、张岱的《陶庵梦忆》、杞庐主人的《时务通考》，还有当代茶类杂志，内容丰富，囊括广泛。阅读就像一把钥匙，解放了脑子里禁锢良久的区域，勤奋好学的秦容秋拼命吸收着知识的养料，视野在文字阅读和工作实践中逐渐开阔。一段时间之后，这个从小山村来的姑娘不一样了，她的成长可以用"今非昔比"四个字来形容。

寄走信,汗涔涔的秦容秋回到店里,看到程甘霖和一位年轻女子坐在椅子上。程甘霖向她招手,把女子介绍给她认识:"这位是我的远房堂妹程秀梅。秀梅今后在店里工作,你带她熟悉一下环境。最近店里招了不少人,房间有点儿紧张,我想让秀梅和你住一个房间,你看方不方便?"

秦容秋回答:"当然方便。"

秀梅跟前搁着两大袋行李,两个姑娘各拎一袋。秀梅跟在秦容秋身后小跑着,惊讶地说:"嗨,看你长得这么秀气,力气可真不小呀!"

秦容秋说:"我是农村来的,从小干农活练的。"

秀梅说:"太好了,我也是从农村来的。"

"大家都从农村来"似乎是一种"不谋而合"的接头暗号,消除了不少陌生感,距离一下子拉近了。到了房间,秀梅从行李包中取出两个礼品盒,对容秋说:"这是我从老家带来的特产,给你尝尝。"

秦容秋接过来,包装盒上写着"陕西子长县煎饼,精美馈赠佳品"。

"喔,你是陕西人?"

"是啊,你哪儿的?"

"我是云南的,云南云西县。"

"你也是投奔亲戚来的吗?"

"不是,我家是茶农,来北京长长见识。"

"来多久了?"

"一个月。"

"领到工资没有?待遇咋样?"

秦容秋没领过工资,也没打听过待遇,不知如何回答。

秀梅看她不作声,好奇地问:"难道你没领到工资吗?那我知道了,你还在试用期。我呀,来北京整整三年了,前面一直在我叔叔家帮忙。"

秦容秋这才想起甘霖母亲那次气急败坏提到的"秀梅",原来就是她。秦容秋拿起其中一盒点心说:"我留一盒,另外的你留着自己吃。"

秀梅说:"不用,你看我带好多的。"她打开行李袋,一堆花花绿绿的礼品盒露出来。秀梅拉上行李袋的拉链,毫不隐晦地说:"我叔叔婶婶那边要送,另外店里的姐妹也要送。嗨,不是全都送,只送有必要的。"

午饭后,秀梅悄悄向秦容秋打听各姐妹的身份,不到半天工夫把经理、主管、茶艺师、普通店员区分得清清楚楚。秦容秋惊叹于她超常的记忆力和社交能力,通过这堆大大小小的普通点心,很快就和"有必要"的人搭上关系了。不知啥时,那只鼓鼓囊囊的行李袋瘪了,礼品都送出去了。

程甘霖亲自招聘了几名茶艺师。这次应聘提高了门槛,要求茶艺师具备两年以上工作经验,北京本地户口,身材外形条件好。总体来讲,"久源茶庄"招聘茶艺师一向比别的地方挑剔,薪水待遇方面也高于别的茶庄。

下午,老茶艺师刘岚送走一拨客人,满面春风地回到茶室。刘岚是本地人,干这行五六年了。半年前,她离了婚,不满两岁的孩子给了男方。她看到秦容秋和秀梅过来打扫卫生,叫住她俩。秀梅嘴巴甜,喊刘岚姐喊得脆生生的。

刘岚说:"这茶刚泡上客人就走了,白瞎啦,咱们自己喝吧。"

秀梅问:"刘岚姐,这是什么茶?"

"是极品安溪铁观音。"刘岚认真地打量眼前这位新来的小姑娘,小巧,清秀,机灵。

秀梅说:"好羡慕刘岚姐,我也想当茶艺师。"

刘岚说:"这个容易,去茶艺学校学习一段时间,通过考试就可以上岗了。至于实践,你们以后可以多来看我泡茶,各种茶的泡法我都可以讲。比如这款'铁观音',一定要用最高水温,出水的时间也要把握好。洗茶的时候记得用'高山流水'降低水温,第一泡时间需要稍微长一点。容秋,你来泡,我正好歇一歇。记得'壶外追香'之后再出汤,这样可以聚拢热量,增加茶香。"

秦容秋提起壶柄冲茶,水已三沸,粗水注入,盖上壶盖,绕着壶盖逆时针浇一圈。坐壶七八秒之后,刘岚指挥她沥出茶汤。公道杯倒出三杯茶,摆在姑娘面前。秀梅端起杯子喝了一口,赞叹道:"好香呀。"

刘岚问:"你觉得是什么香味呢?"

秀梅答:"花香。"

"什么花?"

"说不好。"

刘岚问秦容秋,秦容秋回答:"兰花香。"

刘岚说:"对的,铁观音的香味就是花香,这款是兰香的。这是店里最贵的一款铁观音,客人才喝第一泡就有急事走了。"

秀梅问:"客人喝一泡多少钱?"

刘岚回答:"600元。"

"哇!"秦容秋和秀梅面面相觑。刘岚掩饰不住飞扬的心情,说道:"别大惊小怪的,今天这拨客人消费一千多呢。"

难怪刘岚今天兴致这么高,客人消费这么多,茶艺师能得到相当可观的提成。七八泡之后,茶水淡了,刘岚起身要走,她说:"你俩打扫吧,我下班了。对了,多谢秀梅送的礼物。"

平日里,秀梅除了对泡茶感兴趣,其他杂活能躲则躲,还振振有词地说在婶婶家干了三年勤杂,再也不想碰了。有一天下午,秀梅突然打了鸡血似的楼上楼下找秦容秋,在可能出现的地方找了个遍都不见人,转身回到房间,看到她窝在床上看书。秀梅问:"怎么了?大白天的躲在这里用功。"

秦容秋慵懒地抬起头,有气无力地说:"我有点儿不舒服,好像受了凉,刚才去厨房熬了一碗姜汤喝。"

秀梅走上前去,将手掌放在秦容秋额头上,说:"有点儿发烧,还有别的地方不舒服吗?"

"嗓子疼。"

"今天才感觉不舒服的吗?"秀梅那神情很像医生。

"昨天就不太舒服了。"

"嗯,知道了。"说完,秀梅转身出去了。不一会儿,她买回来几盒药,消炎的一盒,抗风寒的冲剂一盒,另外还有常用的感冒药。她打来温开水,一边配药一边说:"放心吃,奶奶感冒都我负责买药,保管见效。"

秀梅给她的印象乖张世故,秦容秋打心眼里不喜欢这样的人,至少在心中早已排除成为知心好友的可能。当一杯温开水和配好的感冒药片递到她手里,一向坚强的姑娘差点儿掉泪。人与人之间的关系有时候就这么简单,一杯开水的温暖就能化为感动的热泪。秦容秋接过药,冲水吞了下去。此刻,她什么都没说,并非不想表达谢意,而是担心张嘴说话不争气的眼泪会掉下来。

秀梅瞥到容秋手上的书,说:"我从小就不爱读书,看不得密密麻麻的字,恐怕得了密集恐惧症。我爹的意思是反正女娃念书也没啥用,小学读完就可以了。可每当想到在土窑憋屈一辈子,不甘心啊!于是下决心发愤图强,拿一根红领巾绑住双腿,逼迫自己读书。"

秦容秋问:"后来你好好学习了吗?"

"后来呀,没坚持半小时把红领巾解开,跑出去玩去了。"

俩人在一起乐了一阵,秦容秋认真对秀梅说:"秀梅,假如你的理想是做茶艺师的话,这些书应该好好读。"

秀梅好奇地问："会泡茶还不行吗?"

"会泡茶当然行,但是一名优秀的茶艺师不仅要会泡茶,还应了解更多茶的知识,这是茶艺师应该具备的素养。"

秀梅不以为然,说:"还要素养!听你这么说怪吓人的。俺没有别的追求,只想考个上岗证,上岗了就能多赚钱。"

秦容秋被秀梅的话噎了一下,正要跟她讲道理,秀梅凑过来跟她咬耳朵:"我有喜事告诉你,我哥说要送我俩上茶艺学校呢。"

"啥时说的?"

"刚才在他办公室。"

"我不去了。"

"为何呢?"秦容秋的态度让她迷惑不解。

"我要回去了。"

"回去!你说回云南吗?你老家比这儿好呀?"

秦容秋没有回答,转身背对秀梅,淡淡地说:"我想休息一会儿,谢谢你给我买的药。"

秀梅搞不懂秦容秋脑子在想啥,别人求都求不来的好事,免费送她去学茶艺还不乐意,总不能一辈子打杂吧。秀梅看她不搭理自己,从柜子里取出剩下的几盒土特产,说:"今晚要去我哥家吃饭,顺便看看奶奶。记得睡觉前还要吃一次药,看书不要太晚了,你早点儿休息。"

得知程甘霖带秀梅回家,秦容秋心里更不是滋味。理智告诉她不应该计较这些小事,可还是控制不住要去想。秀梅出去没多久,有人敲门,是程甘霖。他和秀梅一样摸她的额头,看到她红扑扑的脸,问:"要不要去医院看看?"

"不用,秀梅给我买药了。"秦容秋低垂着眼眉。

程甘霖扫了一眼桌上散放的几个药盒,笑了笑:"嘿,秀梅,奶奶小病小痛全是她买药,都快成医生了。"

"秀梅挺能干的,不像农村来的姑娘。"

"那是现在。她刚来的时候啥都不懂,可傻了。大冬天的穿一身花棉袄来我家。我们北京冬天室内有暖气,温度挺高,她整天不脱棉袄,热得一身发臭。"

"为什么呢?"

"她说姑娘家把内衣穿在外面怕将来找不到婆家。"

"秀梅的变化真的好大。"

"三年过去,以前的影子都找不到了。她家在陕北山区,那里是黄土高原地区,丘陵沟壑种不出庄稼,一年到头靠养几只羊过日子。"

同样来自乡村,秦容秋从未尝过忍饥挨饿的滋味。以前妈妈在世的时候,虽称不上宽裕,但总能想着法子宠着两姐妹。这些年,父亲靠勤劳的双手种茶,家里的光景更好了。

村上有一家"冒尖户"姓顾,大家叫他顾老汉。两个儿子在外面打工,其中一个儿子当了老板,老家的旧房子换了新楼。大儿子年年开着一辆越野车回来,过年过节杀猪宰羊。提起自己有出息的儿子,顾老汉可自豪了。没有儿子是阿爸此生最大的遗憾,尽管嘴上不说,当女儿的都看在眼里。这也难怪,自己都二十多岁了,还让老父亲挑大梁。换成别家有儿子的,父亲早就享清福了。

这次外出,阿爸给了她 800 元,照顾刘妈妈期间花销了一些。因为吃住都在店里,花钱的地方少。看到容秋走神,程甘霖又摸了一次她的额头问:"不舒服吗?"

"没有。"

"秀梅说你不想参加茶艺培训,为何?"

"我想回家。"

"怎么就要回去了?"

"想我阿爸和妹妹。"

"我知道你是怪我了,对不起!这阵子太忙,新店开业好多事要理顺,而且'二分店'正在筹备之中。"

"没有怪你的意思,好歹经常能见到你,何况我过得挺充实,也学到了很多。"

程甘霖握住秦容秋的手,愧疚地说:"等你感冒好了带你出去逛逛,买几条漂亮的裙子。"

"上次刚买过一条,不用了。"不久前,程甘霖陪秦容秋去医院探望刘妈妈,回来的路上,程甘霖给秦容秋选了一条粉红的裙子。这条裙子很洋气,只是领口开得有点低。容秋虽说喜欢但不好意思穿,就一直挂在柜子里。秦容秋说:"时间不早了,你们要回去,快走吧。"

程甘霖说:"对不起!都是我不好,本该带你一起回家。现在时机不成熟,暂时不能让妈妈知道,让你受委屈了。"

秦容秋难过地说:"你母亲不接受我,我知道,她看不上我。"

程甘霖安慰道："她不了解你，所以看中外在的东西。容秋，你是不可多得的好姑娘，她会喜欢你的，只是需要一些时间。"

程甘霖未曾预料母亲在这件事上的态度，联想到父母这些年的关系，隐隐约约感觉其中必有缘故。母亲上次发作，吓得他连提都没再敢提，可想而知，要改变母亲的想法有多难，何况这时候邝美嘉出现了。邝美嘉是母亲心目中完美的儿媳妇形象，越是这样，接纳容秋的希望越渺茫。想到这些，程甘霖非常苦闷。容秋这么善良纯洁的好姑娘，怎么忍心让她受伤害？不管怎么说，这千里迢迢的，人也来了，老这么拖着不是办法。正在这时，把手扭动了一下，门开了，是秀梅。秀梅惊讶地发现大哥跟容秋在一起，羞得飞快把门关上，在门外说："大哥，不急，我在外面等。"

二

写生回来没几天，程甘露接到指导老师通知，说学校要选拔一批作品参加全国"繁星杯"青年绘画比赛。老师推荐了三幅得意门生的作品，程甘露的《丛林晚风》也在其中。另外，假期采风回来，学生会打算筹备一次暑期公益画展。画展定在学院正大门的花园广场，展出三天，主题叫："山水田园，天籁之笔——北京艺术学院油画专业助学作品展"。这是同学们自发筹备的一次画展。当天下午，学生会主席像模像样地召开了筹备会，给大家做了明确分工。

早上出门时妈妈一再叮嘱，下午五点半哥哥在校门口接你回家。五点刚过，程甘露匆匆回到宿舍。她从柜子里取了两幅暑期采风完成的油画准备带回去，打算在家人面前显摆显摆。

程甘露背上画夹，没走出去几步又折了回来。她想起挂在鼻子上的小水钻还没取，要是被家里的那个"老古董"看见了又要挨骂。取下水钻还是舍不得离开，她美滋滋地对着镜子端详耳朵上的一对宝石耳坠，这对湛蓝色宝石叫"蓝星"。前不久，有人花了12万从"老凤祥"金店买下来送给她。耳坠的原材料是非洲蓝宝石，全手工制作，是金店的至尊独款，内行人看一眼便知道价格不菲。

望着镜子里的自己，程甘露满意地拿手指梳理了一下头发，足足臭美了一番才离开。正值下班时间，校门外马路上的行人行色匆匆。程甘露在约定的地点放下行李包，漫不经心地等待哥哥出现。

一个剪着小平头，头顶染红、紫、蓝三道颜色，穿紧身黑衣的嬉皮小青年向她走来。来人是曾帅。曾帅主动跟她打招呼："程甘露同学，好久不见了。"

自从上次追车事件后,程甘露再也没见过他。程甘露看他的发型,调侃道:"曾帅,你这是斑马头型吗?颜色使用得恐怕不恰当吧。"

曾帅用手在头顶抹了一把,甩了甩头,酷酷地说:"我要去米兰了。"

"去干啥?"

"完成本科学历。"

程甘露哈哈大笑:"你脑袋进水了吧,马上就可以拿到本科文凭了,还跑那么远。"

"已经定了,后天的飞机。"

"嘿,也好,我看国外的洋妞更符合你的重口味。"

曾帅没反击她,磨蹭着双唇不说话,不一会儿,脸憋得通红。程甘露看他的样子,奇怪地问:"你咋了?啥时候这么长进,都学会红脸了。"

"好吧,程甘露,既然今天碰到了,我要跟你说件事。"他静静地站立,突然转身,揭开衣衫露出后背。天啊!一条笔直的伤疤匍匐在背上,自上而下一直到腰间。伤口又长又直,由于恢复得不平整,那形态像一条痛苦扭曲的蛇。不可想象,曾帅多么爱美的一个人,怎么能容忍这么丑的东西趴在自己背上。

曾帅说:"我后来看到那辆车了,停在一家夜总会门前,一时愤慨用石头砸了挡风玻璃。"程甘露听到这里心惊肉跳。"夜总会出来人,他们对我拳打脚踢,其中一个人拿着长刀,往我背上砍了一刀,幸好没伤及内脏,要不然你也见不到我了……当时满身是血,以为死定了。"

"为何不报警呢?"程甘露愤慨难当。

"报警了。情形太混乱,没法指证,抓了一个顶包的。谁知我伤都还没好,人就放了出来。他们不仅不承担任何责任,还拿着我砸车的监控录像找到家里,威胁说再追究下去就让学校开除我,还要让我人间蒸发。你知道我父母都是老实的生意人,怕他们再来找碴,着急送我去国外。甘露,你不要再跟这样的人来往,他们心狠手辣,是地痞。"

程甘露简直不敢相信发生了这样的事,内心愤慨万分:"只不过砸碎一块玻璃,至于把人伤成这样吗?伤了人还威胁人家,还有没有王法?咱们不能够这么轻易就算了。"

曾帅说:"现在不是我放不放过他们的事,是他们不放过我。以我的性格不怕跟他们耗,可我不能让父母成天为我提心吊胆呀。还是算了,我已经决定走了。唯一不放心的人是你,你跟这样的人在一起,真的为你担心。"

听到这番话，程甘露泣不成声，没想到自己也有脆弱的时候。她惊讶地发现曾帅变了，自己也变了。以前之所以跟他好，就是因为曾帅跟自己太像了，我行我素，桀骜不驯，一样的臭德行。之所以分手，也是因为这个原因，俩人太相似了，以至于水火不容。

程甘霖开车来了，看到妹妹跟一个奇装异服的人说话，便把车停靠在道路一旁。程甘露说："我哥哥来接我，得走了，后天几点的飞机？"

"下午二点二十。"

"我去机场送你。"

"好。"

回家的路上，哥哥提醒他不要跟这样的人交往，仅凭头上那几道"呼啦圈"就知道不学好。程甘露默不作声，没有心思跟哥哥理论，索性把头枕在座椅靠背上闭目养神。快到家了，她悄悄取下耳朵上那对足以满足虚荣心、让所有女生羡慕的蓝宝石耳坠，毫不犹豫地塞进裤兜。

蒸锅冒着大气，锅里面是虾仁烧卖，还有炖锅煲、海参鲍鱼汤。为了迎接侄女，程全贵亲自下厨。新来的阿姨仁六婶只能打打下手，她是北方人，一时还做不出雇主喜欢的口味。这位阿姨不到六十岁，人很胖，长得干净，是殷惠珍找熟人推荐的。仁六婶在前面那家本来干得好好的，就因为那家儿媳妇为了一点小事跟婆婆十了一仗，婆婆停止了对儿子的经济支援。为了节省开支，这家儿媳妇不得不自己承担家务，把她给辞退了。

仁六婶做事还算麻利，就是不爱说话。秀梅离开之前带了她几天，殷惠珍也就没怎么操心。秀梅留下来带新保姆的举动多多少少感动了殷惠珍，说归说，气归气，秀梅毕竟是程全贵本家的亲戚。

程甘霖领着秀梅回来，见到奶奶跟奶奶亲昵得不得了，连程甘露都吃醋。程甘露不喜欢秀梅，反感她爱做表面文章。比如衣服洗不干净，床单被套不及时换，不帮她整理衣柜，等等。加上种种不满，程甘露对秀梅谈不上几分姐妹情分，何况她老爱在奶奶面前争宠。保姆终究是保姆，主仆之间的鸿沟是无法逾越的。

菜摆上桌，殷惠珍才回到家。晚餐，程甘霖打开一瓶红酒，秀梅喝得面若桃花。秀梅作为客人回来，享受到前所未有的待遇。饭桌上，婶婶屡次提到邝美嘉，对这位姓邝的小姐赞不绝口。听婶婶的意思，话里话外邝美嘉小姐已经是程家准儿媳了。聪明的秀梅丝毫没有忘乎所以，尤其在甘霖哥个人问题上不会乱说一个字。秀梅还注意到,饭桌上提到的另外一个重要话题,即邝家与"久源茶庄"即将筹划合伙开"二分店"。

程甘露吃饭快,趁大家不注意时悄悄取出从学校带回来的作品。这个惊喜掀起了晚宴的高潮。第一幅,画中红木桌上放着一个乳白色的花瓶,花瓶里插着一束火红的玫瑰。程甘露笔下的玫瑰娇艳欲滴,很容易让人联想到邝美嘉小姐艳情的红唇。哥哥故作震惊,问:"这不是凡·高的代表作《红玫瑰》吗?"

程甘露大声抗议:"哥,你真坏!凡·高的代表作是《花瓶里的向日葵》。"

奶奶空荡荡的嘴连声叫好,她一定在想,以前在孙女身上花出去那么多私房钱值了。最激动的人是殷惠珍,简直是手舞足蹈,她一个劲儿喊:"宝贝,我的甘露,未来的大画家。"要不是中间隔了一张餐桌,她早把宝贝女儿搂在怀里了。秀梅张大嘴,不敢相信眼前的玫瑰是用颜料画出来的,她小心翼翼拿指头碰画中的花,花瓣并没掉下来。最冷静还是程全贵,没有太大反应,只说了几句表扬的话。

第二幅画展示,画中茫茫原野,一片葱茏的菜地里站着一个戴着圆顶草帽的小男孩。小男孩上身穿着一件白色无领对襟小短衫,下面是蓝色半截管裤。衣裤是陈旧的,裤腿边还打着一块小补丁。也许因为目光被远处氤氲的晨雾吸引,也可能被作画的人牵绊,孩子眼里满是难以解读的神情。

这幅画亮相,程全贵放下筷子,抬高身体,目不转睛地盯着画上的男孩。程甘露见父亲对这幅画感兴趣,急于表功:"你们不知道,为了画这幅画起得可早了。走了老远的地方,腿上被虫子咬了好多疙瘩,现在都还有疤痕呢,不信你们看。"她边说边抖动双腿,好像虫子正在咬她。

殷惠珍对女儿说:"甘露,把那幅《红玫瑰》送给妈妈好吗?挂妈妈房间里,每天看几眼,天天好心情。"

程甘露得意地收起画,说:"不好意思,妈妈。我们将要举办公益画展,这两幅画都报名参展了。要是这时候反悔,别人会说我闲话。不过,看在你是我亲妈的分上,我把这幅画的价格标高就没人买了,等画展结束定双手奉上。"

殷惠珍夸女儿聪明,欢喜地点点头。秀梅问:"我们也可以去看画展吗?"

程甘露回答:"当然,就在我们学院正门外的花园广场。"

"什么画展嘛,就是路边挂几幅画给过路的大婶大娘看。"当哥哥的跟妹妹没一句正经话。

不知为什么,程全贵始终沉默寡言,晚餐还没结束便放下筷子走了。临上楼前,他对女儿说了一句:"丫头,继续努力。"

父亲简短的鼓励里面隐藏着对她的肯定,程甘露心里暖洋洋的。不过,父亲今晚很异常,兄妹俩都搞不懂为什么,这其中缘由只有殷惠珍清楚。那是云南西双版纳一处种植烟叶的乡村,当地人很穷,农民的孩子小小年纪就在地里干活。这幅画勾起了程全贵对那段时期的回忆,触动了他埋藏在内心几十年的秘密。

晚餐结束,程甘霖驱车送秀梅回到茶庄,泊好车一起回到房间。房间里亮着一盏小台灯,是容秋特意给秀梅留的。单人床上,秦容秋睡得很熟,灯光从侧面投影在她的脸上,像一尊生动的石雕。不!怎能把活生生的人比作雕像呢?可是,除此之外找不到更适合的比喻了。程甘霖认为只有艺术家神奇的双手,才能把人的面部轮廓雕琢得如此完美。

离开茶庄,程甘霖又开始犯愁,琢磨着这件事该如何解决。他喜欢晶莹如月、温婉似水的女人,而母亲心仪的却是火红热情的玫瑰。人已经来了,老这么拖下去也不是办法。他掂量着,母亲今晚欣赏到妹妹的作品心情特别好,这时候跟她谈会不会容易些?

回到家,程甘霖站在花园中间抬头往楼上望,母亲房间窗户的灯亮着。在楼下驻足了很长时间,程甘霖才鼓起勇气走上楼去,敲开母亲的房门。

母亲穿着一件蓝色绸缎睡裙,头发披散在肩上,五十多岁年纪依旧风韵犹存。当年,爸爸只是个毛头穷小子,在遥远的西双版纳下乡当知青。妈妈高干出生,貌美如花。按常理,爸爸应该把妈妈含在嘴里,捧在手心里。谁知事与愿违,年轻时,夫妇俩在哪儿,哪儿就是"战场",等到冲突平息的时候已不再年轻了。到后来夫妻分居,极少的交流换来今天表面的安宁。

见儿子来,母亲很诧异,问:"这么晚了,啥事?"

程甘霖没有立即回答,默默地坐到沙发上,两只手掌机械地反复揉搓着,思考了一会儿才向母亲坦白:"妈妈,我爱上了一个农村姑娘,她就是向您提起过的云南女孩,秦容秋。"

屋里死一般安静,这可怕的平静像一条长鞭抽着他,说出去的话和射出去的箭一样收不回来,既然无路可退,不如把话说完。他急迫地讲道:"请允许我把她介绍给您,我相信了解她之后妈妈会喜欢的。她不是普通的乡下人,不仅外表美,内心也纯净如水,我第一次见到她时简直惊呆了……她是个不可多得的好姑娘,就像这月光一样纯洁美丽。妈妈,请相信我的选择,她将来一定是个好妻子,一个好儿媳妇。"说完最后一个字,程甘霖有点儿缺氧了,气都喘不过来。那样子有点像鸵鸟遇到危险时把头埋进沙子,也像小孩子点炮仗,引线点燃扔出去赶紧把耳朵捂上,其他的与自己无关。

妈妈就在跟前,一点儿动静都没有。他忍不住抬眼看,母亲直挺挺站着,眼睛一眨不眨,皮肤紧绷得发亮。程甘霖吓出一身冷汗,如果可以让他重新选择,给他一百个胆都不敢再提这件事。僵持了一会儿,程甘霖终于熬不住了,扑过去抱住母亲,摇晃她的身体,喊道:"妈妈,你还好吗? 就当我啥也没说行不? 妈妈,求你了。"

被儿子这么一摇,殷惠珍"活"了过来,身体柔软起来,脸上开始出现血色。她长长地吐了一口气,胸口有了呼吸的起伏。良久,一句话都没有,她默默走到窗户边,往外眺望。当年,程全贵就是这样绝情地跟她说:"你和我母亲还是回去吧,我想留在这里,我喜欢像月光一样的女人。"

过去这么多年,他仍然活在月亮的影子中。她讨厌月亮,憎恨惨淡的月光。月亮是她命中的克星,是一生摆脱不了的噩梦。从玻璃窗户望出去,一轮弯月恰好悬挂在空中。月光暗淡,但足以穿透黑夜,那柔软的光刺入她的胸膛,比钢针坚硬,比利箭锋利,令她痛不欲生。她想不明白,命运为何如此对她? 当年为了程全贵跟家人决裂,不顾一切地爱他,到头来饱受羞辱和痛苦。程全贵这个冷酷无情的人,身边的不珍惜,得不到的忘不了,亲手把他自己和家庭的幸福一同葬送。如今,那轮不切实际、缥缈虚幻的月亮又来作祟,这大概就是所谓的报应吧! 她静静地看着儿子,这个七尺男儿在母亲的威严下胆战心惊的样子,越看越像个做错事的大男孩。

孩子啊! 她在心里说,不要沉迷幻想,不要执迷不悟。你所谓的纯洁美丽,只不过是一种幻觉,你认为的好姑娘来自穷困无知的农村,她压根配不上你,不配做我家的媳妇。

时间在黑夜里流淌,母子的交流戛然停滞在这段长长的沉默中。程甘霖满头大汗,备受折磨,好像迷路的人在黑夜中奔跑了很长时间,既恐惧又劳累。母亲一言不发,却源源不断把无形的压力施加在他的身上,这使他不堪重负。毕生第一次,他清清楚楚地体会到什么叫胆怯。

母亲终于肯说话了,用那种极其轻微的语气,舒缓地把声音鼓荡而来。说话的人轻言细语,听的人却感觉异常刺耳。她说:"你们到什么程度了?"

"还——还在相处。"程甘霖回答。

"还是赶紧让她回去吧,把票买好,给她一些补偿都行。"

"哎!她不是那种人。"程甘霖叹息,"妈妈,我处过的对象不少了,像容秋这样纯真善良的女孩非常少见,这也是她吸引我的地方。其实学历、工作都不是问题,将来可以让她到茶庄帮忙,也可以当我的助手,替我打点生意。请妈妈给她一次机会,好吗?"

"她现在已经在茶庄帮忙了,不是吗?"殷惠珍猜测,"上次在茶室碰见的那个农村女孩就是。"

程甘霖没有否认,勉强点点头。

殷惠珍冷冷地说:"我儿子长进真不小,在你母亲一无所知的情况下,你们的关系就公开了。"

"不是这样的,妈妈。她来茶庄是想多学一些东西,我和她的关系暂时没有外人知道。"

"我和她只能选其一,你快拿主意吧。"殷惠珍说。

程甘霖不假思索地回答:"我怎么可能失去亲爱的妈妈呢。"

"那不就得了,你自己把这件事处理好吧。"

"妈妈——您就那么决绝吗?"程甘霖痛苦万分,缓缓地从沙发上站起来。

"儿子,我现在说什么你都听不进去,因为你没有体会过。婚姻是要门当户对的,这一点我看得很清楚。"

"妈妈所说的门当户对那是外在的,容秋姑娘没有学历但有教养,她身上有许多可贵的品质。"

"你说的我不看中,没有哪位母亲会赞同这桩婚事!"殷惠珍斩钉截铁。

"妈妈之所以这么认为是因为不了解她,跟她相处过的人都欣赏她、喜欢她。"

"你是要气死你妈吗?我怎么可能去了解这样的人?还是快让她走吧,茶庄不是她待的地方,最好不要在外面造成什么不好的舆论,这样会影响你将来处对象,还会损害我们家的声誉。"

程甘霖无法跟母亲继续这个话题,要想说服母亲几乎看不到希望了。

"你要是不方便的话,我可以出面。"殷惠珍说。

"求你了,别这样。"程甘霖一只手扶在沙发背上,另一只手扶住自己的额头。他非常苦恼,头疼得厉害,说:"不要赶她,她家秋天要收'谷花茶',到时候肯定会回去,顶多还有一两个月时间。"

"我只能告诉你,时间拖得越久越麻烦。"母亲说,"即便到了秋天真的要走,毕竟还有这么长一段时间。不可以让她住在茶庄,那儿是你的工作场所,我不希望外面有人知道这件事。"

程甘霖说:"好吧,既然妈妈这样逼我,我明天就跟她分手。秦容秋是自尊心很强的姑娘,一切如你所愿,她很快就会离开的。然后我就去追求邝美嘉小姐,把她娶回来。只要妈妈开心了,儿子就安心,儿子的幸福不重要,也无足轻重。"

此话一出,母子再度陷入沉默。僵持了一会儿,母亲轻轻问:"儿子,你在埋怨妈妈是吗?我知道,为了那个姑娘,你恨我了。"

"没有,我只是埋怨自己、恨自己。"

"还是这女子有魅力啊!才多长时间,就牢牢拴住了我儿子的心。"殷惠珍边说边叹气,语气缓和了些,"假如将来婚姻不幸福,你会认为是我这当妈妈的阻拦了你。当初放弃那姑娘不是心甘情愿的,你就幻想她如何如何美好,还会把妻子拿来比较,结果天下的女人都不如她。这样一来你就会更加怨恨我,连我自己都会痛恨自己。"

殷惠珍联想到自己的状况,都过去二十多年了,到如今那女人还阴魂不散,阻碍在她和丈夫之间,不折不扣地破坏自己的家庭,毫不手软地影响夫妻感情。想到这些,殷惠珍改变了强势的态度。她意识到这又是一场艰苦的斗争,不同的是,这次她绝不会再输了。

"来吧!"她在心里自言自语,向另一个女人发出挑衅的信号,尽管被挑衅的人毫不知情,尽管这又是一场一个人的"战争"。殷惠珍对儿子说:"你这么喜欢她我倒也好奇,要不这样吧,带她来家里让我见见。"

母亲的态度有所转变,程甘霖很高兴,不过依然不太敢相信母亲在这件事上会通情达理。他偷偷打量,想从她的表情中寻找答案。

"不用这样看我!"殷惠珍说:"我越阻止,你越觉得她好。当初我就是没听你姥姥、姥爷的话吃了大亏。天下的母亲没有不希望儿女幸福的,我也想通了,让她来吧,你们正在热乎劲儿上,这姑娘适不适合,你得看清楚想明白,将来也不至于怪我了。前些日仁六婶跟我请假,说家里有事,一时还不敢放她走呢。容秋要是愿意来家里,让她来。"

"妈妈,您的意思是?"

"帮帮忙,做做伴。"

"愿意,愿意,我可以替她答复,她一定愿意。"听母亲这么说,程甘霖终于松了口气,不管怎样,答应让容秋回家总比在店里好,也算是接纳的第一步。程甘霖心想,容秋一旦跟母亲培养了感情,也就意味着被家庭接受了。

"快回去休息吧,不要再为此烦恼了。"母亲说,"别忘了,最爱你的人是妈妈。"

第二天上午,等所有人都离开了,殷惠珍取出钞票,收拾了一些家里不需要的东西给仁六婶,说:"六婶,对不起,才来几天就要跟你说抱歉。我侄女秀梅要回来,我这当婶娘的没法拒绝。多给你一个月工钱,另外有一些东西送你,算是补偿。"

仁六婶听懂了女主人的话,放下手中的活,用围裙擦干手,顺从地接受了钞票和一包"礼物"。

无 月 夜

一

大俊从酒店出来直接到火车站售票厅,售票员告诉他次日有一趟列车开往昆明,只剩硬座票。硬座也要回去! 他义无反顾买了一张,别说是硬座,就算站着也要回去。

人的一生经历什么样的感情谁都没法说清楚,可能薄如瓦霜,可能疾雷破山。萤火虫的爱,淡淡的,飘忽的,若即若离。太阳的爱,火热的,融化的,光芒万丈。大俊的爱像一团火焰,没有点燃别人,反而把自己烧成灰烬。北京之行重创了他,如爱情、尊严、金钱这样的字眼像铁锤一样,重重敲击在他身上,令他苦不堪言。辛辛苦苦跑一趟北京,把心爱的女人拱手奉上,还落得遭人嫌弃的下场。尽情嘲笑吧! 空长一身发达的肌肉,却没有力量对抗命运的捉弄。

这是一列老式的绿皮慢车,正巧碰上暑假高峰,车厢异常拥挤燥热。云南来的旅客耐不住高温,大呼特呼:"热死人了,热死人了。"

车厢里的高温和噪声对大俊不产生影响,他成天紧闭双眼,既不按点吃饭,也不跟人说话。坐在他身边的旅客挺怕这个怪人,大家尽量不招惹他,就连说话都很小声。

"嗨,大俊,是你吧?"有人喊他的名字,在他肩膀上重重地拍了一下。

原来是本村的"冒尖户"顾老汉家的二儿子顾有银。顾有银跟他同村,还是同班同学,以前俩人很要好。高中毕业大俊没考上大学回家务农,顾有银跑去深圳投奔哥哥顾有金。一晃多年,这家伙还是那张大饼脸,不同的是长了膘,还有就是老了许多,有点沧桑的感觉。

顾有银说:"去餐车路过这里,每次都看到有个家伙在睡觉,心想一定是个怪人,就多看了一眼,没想到是你。走,去餐车,咱哥俩好好喝几杯。"

大俊说:"你先去餐车等我,我去洗把脸就来。"

洗手间水管里的凉水细若游丝,大俊勉强打湿脸,沾湿了头发。走出去,凉风吹在潮湿的发梢上,人一下子清爽了。

餐车用餐的人不多,毕竟只有经济条件好的旅客才舍得来这里消费。顾有银坐在餐车中部,面前的桌上铺着白色的桌布,桌上放着一个细脖子小花瓶,花瓶里插着一枝红色的塑料玫瑰花。玫瑰花因为沾染了油烟,颜色有些发暗。这时,顾有银在白色的烟灰缸里面掐灭了一根烟蒂。不一会儿,回锅肉、炒卷心白、水煮牛肉,还有一大碗西红柿蛋花汤陆陆续续地端了上来。顾有银开了两瓶啤酒,俩人喝开了。

顾有银说:"你小子也是,以为你大学上定了,就差那么几分,可惜。那个对你最不服气的'罗圈腿'你记得不?胖胖的,人家后来上师专了。不过我告诉你啊,她其实根本不是凭自己本事考上的,是家里花钱读的委培生。"

大俊说:"你说罗廷芳呀,人家爸爸是开面粉厂的,咱农民比不了。"

顾有银说:"那女的咋咋呼呼的,快毕业那阵老跑老师那儿打我们的小报告。有一次我把502倒她凳子上,把她给粘住了,哭得那个凄惨呀,简直天昏地暗。"

大俊说:"你这家伙,干了坏事不承认,全赖我头上。"

"不赖你赖谁,你学习不错,班主任不至于太追究。"

大俊笑了笑,说:"说说你吧,去哪儿发财了?"

顾有银喝下第二杯啤酒,掏出一根香烟递过去,大俊拒绝了。他说:"毕业后去了深圳跟我哥哥混,我哥后来把深圳的铺面卖了出去。当时想让他把生意转给我,但是没那么多本钱。回来后我哥在家里修了房子买了车,在昆明做起茶叶生意。我呢,因为跟嫂子闹了矛盾,就和几个哥们去北京闯了。"

大俊没吃几口菜,第四杯啤酒已经下肚。顾有银跟列车员招手又要来两瓶啤酒,边给大俊斟满边问:"你咋坐上这趟车呢?"

　　"去北京送人。"

　　"送谁呀?"

　　大俊没回答,满满一杯啤酒倒进肚子。

　　顾有银又问:"现在你家的茶叶做得咋样?"

　　"马虎点,价格太低,除去化肥农药人工的费用,剩不下多少。"

　　顾有银侃侃而谈:"现在越来越多的人喜欢我们云南的普洱茶,连广东、福建一带,好多喝铁观音的也开始尝试。云南的茶叶是大叶种的,茶气霸道,香味独特,就跟云南烟草一样,够味。并且我们的普洱茶可以长期保存,越存越好喝,有很大的炒作空间。你等着瞧吧,不久的将来会火的。"

　　大俊依然紧蹙眉头,表情始终没放松,说:"但愿吧,要真能火起来,咱们茶农的日子会好过一些。"

　　顾有银拍拍他的肩膀,说:"兄弟,千万坚守住! 我们云南很快就会把普洱茶文化连同旅游一起打造,好景不远了。"

　　大俊惊讶地发现,经过这些年,一向稀里糊涂的顾有银历练得精明能干,相反,自己倒是糊里糊涂地过日子。

　　顾有银讲道:"我在北京做了两年录像带生意,开始还可以,后来泛滥了,想揣点小钱回来做别的。"

　　大俊问:"你回云南也要做录像带吗?"

　　"你傻呀,刚刚还说泛滥了。你想想,既然北京的录像带市场都这样了,用不了多久这边也一样。我哥他们茶叶批发兼零售做得很好,我便偷偷跟他学了一些道道。前段时间,我在昆明租下一个铺子,正在装修。"顾有银话语间透露着自信,"这次回北京就是处理完个人的事情,该卖的卖,该丢的丢,回来东山再起。"

　　列车在隆隆声中疾驰,窗外绿林绮丽,放眼望去一抹残阳与天际交映。落日对于眼睛是无伤害的,两人透过车窗眺望日暮下燃烧的云霞,念起家乡。每当这时候,地里收工了,跑去城里打工的农民也在往回赶。人们遵循着太阳的规律,日出而作日落而息,这便是生活。

　　顾有银看到大俊在沉思,说道:"嗨! 我说兄弟,你思考问题的时候有点儿像哲学家。"

大俊无奈地笑笑，谁都看得出来，笑容是苦的。

"人类一思考上帝就发笑。兄弟，咱俩喝。今天不想别的，到昆明后去我店里看看，好好玩上几天。"

接下来，他们把从小到大干过的捣蛋事回顾了一遍。大俊说："还记得不？我俩都捡哥哥的衣服穿。我瘦，捡你哥哥的，你胖，捡我哥哥的。"

"就是，就是。"顾有银说，"我们还把黄老坎家的公鸡尾巴拔了，给你的小情人拿去做毽子。"

"别瞎扯！谁的小情人呀。"

"秦容秋呗，别不承认啊。那是一个月黑风高的夜晚，咱俩偷偷摸摸钻到黄老坎家的鸡窝里。为了不让公鸡叫，我用衣服缠住鸡头，差点把那鸡憋死了。"顾有银忍不住大笑。

"是啊！咱俩真够狠的，接连拔了三只公鸡的尾巴。"

"哪里是做毽子嘛，简直是做鸡毛掸子，弄我一身鸡屎，回去被我妈打了好几个耳刮子。"

两人在列车上偶遇真是一次愉快的重逢，老朋友不一定经常想起，在一起时还跟以前一样亲热。他们不知晓，这次偶然的邂逅传递给对方多少温暖，陪对方走过了多么凛冽的寒冬。男性真是一种内敛的动物，对待生活的态度不像女人那样喜形于色。他们拿坚强的外壳包裹着脆弱的心，把悲伤隐藏起来。脸上挂着笑，内心疗着伤。

火车到站接近中午时分，俩人带着行李，踏实地站在家乡的土地上。昆明的气温在二十摄氏度左右，好舒适的天气！

出了火车站，俩人跑到一家老字号米线店点了两个"状元"套餐，稀里哗啦狂吃一番。好东西捞完，鸡汤喝干净，俩人这才满意地放下手中的筷子。顾有银擦了一把汗，把香烟夹在指头上。

大俊惦记老人，想早点儿回去。顾有银提出到店里看看，挽留他住一夜。顾有银的店在一条繁杂的街道上，他们经过一家茶铺，透过锃亮的钢化玻璃墙，看到几个顾客正围着一个紫砂缸看茶。顾有银说："这是我大哥的铺子，生意挺火。"

大俊问："跟你哥不往来了吗？"

"往来啊，去得不多。不想看他媳妇那张马脸。不瞒你说，这次开店我哥悄悄支援我三万。"

顾有银的店铺处于街道中间地段,左边紧挨一家米线店,右边是一家服装店。地儿不大,正在装修。看完铺子,顾有银把他带到离店不远的一个大杂院,指着南面二楼一处掉漆的防盗窗,那是他临时租的住处兼库房。这套单元房年代太久,墙上的白石灰连同水泥块儿往下掉。常年累积的污垢遮盖了家具的本色,除了基本的物件,其他两个房间都是空的,说是用来当仓库。

顾有银提议:"走,哥们,我请你去'保利来巴'享受享受生活。"

大俊不懂这奇怪的名字是什么意思。

"吃饭、桑拿、住宿一条龙服务。还可以找个妹子给咱洗洗脚,坐了两天火车,骨头都酸了。"

大俊一个劲儿地摆手:"用不着去那样的地方消费,住家里就好了。"

"不心疼这点钱。"顾有银掐灭一支烟,走到客厅向阳的地方站住了。一缕阳光正好透过污浊的窗户玻璃,毫不吝啬地照在他身上。他说:"投资这个店大部分是借来的钱,但是本人心里有数,一点儿都不担心还不上。你等着瞧,不出三年,这条街就会热闹起来。不出五年,我就在昆明买得起房。"

大俊夸奖他:"我早看出来你小子脑子灵光,比我强多了。"

顾有银莫名其妙地激动起来,心里好像点了一堆火。他讲:"挣到钱才是硬道理。哥们,其他的哪一样都不算数,哪一样都不是自己的。大俊,别回家当老黄牛了,贱卖点鲜叶,累死了挣不了多少。既然上天安排咱俩重逢,不会没有故事发生。哥们,来我店入一股,别嫌店小,将来赚了钱咱们做成大茶庄。你回去把分家的钱、娶媳妇的钱统统要过来,咱哥俩一起干。"

这话来得太突然,大俊一时没有主意,他问:"入股得多少钱?"

"当然是越多越好!不瞒你说,现在的装修款够了,进货款还没有钱。如果你来入股,我就不用找人借了。将来咱俩一起守店,小工都不用雇,放心又省钱。"

细想想,顾有银讲得有道理,农民从年头干到年尾,辛辛苦苦一辈子也剩不下几个钱。如果说家里还有一点积蓄,那也是省吃俭用攒下来的。这次送走容秋,意味着一切都结束了,是该好好为将来打算了。

沉思一阵,大俊答复:"等我回去和家人商量商量再回你的话。"

当晚在"保利来巴",大俊第一次享受异性服务,女人纤细柔软的手按摩他的全身,积攒多日的疲惫和劳累果真消散了。第二天天不见亮,他搭上了开往云西县的早班车,颠簸了整整一天,终于回到了家。他推开门,看到大嫂端着一盘拌好佐料的炸洋芋。

"哎哟！大俊回来了。"大嫂说话的声音尖声尖气，全屋子的人都听得见。大俊把行李一搁，打了一盆凉水洗脸。侄子小狗从门外跑来，抱住他的大腿，嘴里喊："二叔，给我买礼物没有？"

"哎呀呀！"大俊急得直拍脑门，大老远去趟北京，没给孩子捎点什么。拉开行李包拉链，翻来覆去扒拉，包里除了零零散散的随身物品啥也没有。小狗站在一旁伸长小颈脖，眼看要失望了。一个黑色的小手电筒翻出来了，是列车售货员在车厢来回吆喝着推销的。手电是时尚多功能的，小巧新潮，可以调节聚光，尾部还有紫外线验钞功能，正是假币的小克星。大俊学着列车售货员的样子，一边吆喝一边变着花招摆弄电筒的光束："瞅着，变成方形了，还能圆，变变变，变成小亮点……"小狗中意这小玩意儿，开开心心地拿走了。

吃晚饭时，大嫂又提唐筱雅，说老跟她打听大俊，还说有个胸口别着三支钢笔的知识分子热烈追求她。

"三支钢笔？"一向不爱说话的大哥感到不可思议，挺不服气地说，"当初跟你相亲时，我才别一支呢。"

妈妈扑哧笑了："别三支是修笔的，别一支才叫有文化。"

大嫂翻了一下白眼："没觉得呢，那是做样子的，还不是大老粗一个。"

吃过饭，大俊着急去秦伯那儿。走到秦家的大院门前，发现门半掩着，轻轻一推就开了。大俊站在院子里向屋里喊："秦伯，我回来了"

秦原生趔趔趄趄跑出来，高兴地迎接他，口里喊道："大俊回来了，大俊回来了。"

眼见秦伯，大俊吃了一惊。短短几日，老人消瘦了一圈，双眼无神，双颊塌陷，个头也矮了一截。秦原生让大俊跟自己坐下，桌上除小碟花生米就白酒，什么菜也没有。秦伯尴尬地解释因为胃口不好，只想喝几杯酒解解乏。为了让老人放心，大俊尽拣好的讲："那小伙开着他家的私家车来接的，他家的茶庄叫'久源'茶庄，还新开了一个分店……"

大俊把细节极力渲染一番，后悔一时冲动，没把情况搞得更清楚些就丢下容秋。秦原生默默地听着，呷一口酒吃一粒花生米。

大俊说："容秋去大城市见见世面也好，她住在茶庄，能见识很多茶，学到不少东西。这趟回来我的想法也变了，一辈子窝在农村当农民真的没啥意思，如果容秋能进大城市再好不过。"

"是啊,我也想通了,把孩子留在身边太委屈她了。再过几天容香补完课回来过暑假。反正地里也没多少活,让容秋在北京安安心心地待。来,陪我喝一杯。"秦原生端酒杯的手被大俊抓住:"秦伯,你气色很差,才一周不见消瘦成这样,我建议你去医院瞧瞧。"

秦原生说:"不碍事,吃得少,人老了都这样。"

"不行,不可以硬撑。容秋刚走,万一出个什么差错让我如何交代?"大俊说话的语气很强硬,"明天陪你去县医院看看。"

秦原生这辈子没进医院看过病,小病小痛用土方法就能解决,实在头疼脑热吃两袋头疼粉完事。

大俊不容分说夺下秦原生手里的杯子,说:"明天早上八点我来接你。今晚咱们不喝了,喝酒不利于检查。"

大俊软硬兼施,秦原生只好乖乖地顺从,他俩围着小碟花生米,聊了许多。

二

下午,秦容秋硬拽秀梅回房间。

"神秘兮兮的干啥?"秀梅不情愿,挤眉弄眼,"刘岚姐正教我泡茶呢。"

秦容秋说:"小样儿,帮我欣赏欣赏,不会耽误你多久。"

进屋后,秦容秋从衣柜取出一条裙子问:"这条怎么样?"

"土!"秀梅只看了一眼。

秦容秋把裙子放了回去,又取出一条,问:"这条咋样?"

"大妈穿的。"她又看一眼。

秦容秋失望地嘟起嘴。

"那条不错。"秀梅指着柜子横杆上挂着的一件紫色长裙,说,"紫色小碎花的,有腰带的那条。"

秦容秋取出来,又放回去。这条裙子是大俊哥送的,不合适穿。秦容秋还是选了甘霖买的那条粉色的裙子。

秀梅敲定:"对了,就这条。"

秦容秋自己不太满意,说:"这条裙子领口开得太低了。"

"哪儿低呀,我要像你那样细皮嫩肉的,还要开低一点。"秀梅指到自己胸口很低的位置,开心地笑,又问:"啥好事? 总该告诉我了吧?"

秦容秋笑了笑,羞涩地说:"甘霖妈妈愿意见我了,一会儿要去家里吃饭。"

秀梅噌地从床上蹦了起来,嘴上喊:"哎哟哟,太阳从西边出来了哟,我都不敢相信自己耳朵。"

秀梅反应这么大,秦容秋有些见怪:"又不是钉子戳屁股,表情这么夸张干吗?"

秀梅晃晃脑袋,无奈地叹了口气:"好吧,我可提醒你了,我婶可不是一般的人,劝君多珍重!"

"啊!你说啥?"容秋不明就里,吃惊地望着她。

"哎呀,这么跟你说吧。我婶的眼睛不是长在这里的。"她伸出两个指头,指着自己眼睛。然后,她举起两条胳膊,两手放在头顶上:"她的眼睛是长在这里的。明白了吗?她瞧不起咱们乡下人。"

"玄乎,"秦容秋说,"即便那样,有什么办法呢?总比把我拒之门外强吧。"

"但愿!"秀梅想起婶婶对待自己的态度,又想到邝美嘉小姐的红唇,暗暗心疼秦容秋。

程甘霖来店里接走了容秋,黑色的轿车停靠在"丽舍15栋"烫金门牌下方,铁艺雕栏院门和平常一样掩着,程甘霖走在前面引路。入户的小花园爬满蔷薇,粉红的蔷薇花和秦容秋的裙子撞了色。花朵好似落入草丛的蝴蝶,收着翅膀静悄悄地休息着。秦容秋看到美丽的花儿特别喜欢,心情放松下来,也不那么慌张了。

殷惠珍坐在客厅等候他们,至于麻将,一大早就推掉了。程甘霖和容秋坐在北面的长条沙发上,殷惠珍跟他们相对而坐。一开始,殷惠珍什么话都没说,始终用一种让人读不懂的眼神打量这位穿粉色裙子的姑娘。瓜子脸,长而黑的睫毛,漂亮的丹凤眼,灵巧的鼻子,秀气的唇,典型的古典美人。容秋端端正正地坐着,也不敢贸然开口。

"容秋姑娘,我们这是第二次见面吧。"殷惠珍终于说话了,极少用这样柔和的语气。

秦容秋回答道:"是的,阿姨,上次在茶庄见过一次。"

殷惠珍问:"你是哪个大学毕业的?"

这开口的第一个问题就把秦容秋难住了,片刻停顿之后,讲道:"我没有上过大学,高中毕业就回家了,帮我阿爸管理茶园。"

殷惠珍又问:"家里还忙得过来吗?"

秦容秋如实回答:"还行,夏天是农闲,春秋两季忙。"

"你家里有哪些人?"

"阿爸和妹妹,妹妹上高三了,明年考大学。"提起妹妹,姑娘心里挺自豪。

殷惠珍去过云南两次,第一次是二十多年前,当时程全贵在云南西双版纳勐腊地区农村下乡,第二次也有些年头了。在她的印象中,云南是南蛮之地,是穷山恶水出刁民的地方。

门铃响了,奶奶拄着一根拐棍走了进来。

"奶奶,你怎么自己出去呢?"程甘霖埋怨奶奶。

"不碍事,花园里逛逛,跟几个老年人聊天来着。"奶奶走了几步还在发笑,不知多少好笑的事在肚子里发酵。奶奶看到秦容秋,老眼昏花以为是邝美嘉,笑眯眯地问:"美嘉啥时来的呀?"

秦容秋回答:"奶奶,我来一会儿了。"

奶奶说:"好好,晚上留家里吃饭。"

殷惠珍接过奶奶的话,对秦容秋说:"就留家里吃饭吧,我们家条件也就这样,可能比你们乡下稍好一些。"

诚实的姑娘回答:"殷姨,没法比的,我家自来水都还没通。"

妈妈讲客套话,话中处处带刺,让坐在一旁的程甘霖如坐针毡。听说保姆走了,殷惠珍要亲自下厨做晚餐,秦容秋主动提出帮忙打下手。

卜班时间,程全贵也回来了。得知妻了主动邀请秦容秋来家里做客,用难得温柔的眼神看了她一眼。晚餐在平和的氛围中进行,奶奶虽然一头雾水,但很知趣,不多言语也不打探。

殷惠珍边吃饭边抱怨,说:"这仁六婶说走就走,一时还找不到合适的人,这么大的房子,光打扫卫生都让人吃不消。"

奶奶慢吞吞嚼着一口菜,没发表意见。她不知道缘由,但知道儿媳妇又在盘算什么了。

程全贵说:"让容秋姑娘帮你吧! 大老远从云南来,别老住在店里,回家是应该的。"

秦容秋说:"殷姨,我来搭把手,怎么做您教我。"

"好啊! 容秋姑娘尽快搬过来吧。"秦容秋主动说要来,正中殷惠珍下怀。

晚饭后,程甘霖开车送秦容秋回去。秦容秋坐在副驾,凝望着车窗外的霓虹,眼里空荡荡的。来北京一个多月,甘霖的家庭终于接纳了她,按理说高兴都来不及。事实上,秦容秋陷入难以抑制的感伤,对父亲和妹妹的思念与日俱增,好像与亲人分别很长很长时间。她终于理解，为何村里嫁女儿，娘家父母悲悲切切，出嫁的女儿痛哭流涕。原来，这是多么艰难的割舍啊！

程甘霖没注意到秦容秋的情绪，兴致勃勃地说："从今以后我们就在一起了。明天早上八点，我来接你，咱也给自己放个假，去颐和园玩一天。"

容秋点点头，勉强应付着。目的地到了，程甘霖把车停靠在路边，发现心爱的姑娘哭得像个泪人。程甘霖轻轻地把她搂在怀里，安慰道："对不起，是我做得不好，拖到现在才带你去见父母，委屈你了。"

程甘霖不知道，容秋之所以流泪，不是要诉说委屈，而是因为她认为自己就是那个即将远嫁的姑娘。

三

学生会的同学们紧锣密鼓地筹备了一段时间，画展如期进行。一百二十多幅"精挑细选"的佳作经装裱，终于在学校大门外花园广场展出。程甘露的胸前挂着一个工作牌，坐在一条大横幅下，横幅醒目地印着："山水田园，天籁之笔——北京艺术学院油画系助学作品展"。她身前摆着一张条形桌，桌上放着一本大红色的募捐簿，上面写着"助学募捐"四个字。这次卖画和募捐的钱全用于学校的"贫困生基金会"。"基金会"是学校学生部专门为经济困难的同学开辟的绿色通道，给这部分同学一定的经济资助，帮助他们完成学业。

有的同学把自己的亲戚朋友拉来捧场，专门买走自己的画。对于这种做法，程甘露嗤之以鼻。她没有邀请任何人来"助阵"，自认为以她的绘画水平，用不着这样。

展出的第一个上午五幅画出手，除老师的一幅卖价可观，其他的售价很低。每幅画的售价都是学生自己定的，售价牌也由学生自己制作。为吸引眼球，许多同学在售价牌上大做文章，买下画的同时，买主也可以把售价牌带走。程甘露的售价牌做成书签的样子，一面写着价格，一面画着小型的花鸟画，还写了一些随心所欲的字。

程甘露一向很自信，出展的几幅画标价都不低。她并不是不安心义卖，而是认为自己的画就值那么多。不过，话又说回来，这其中也有私心。比如说《红玫瑰》那幅，标出比较高的价格，打算等到画展结束，带回去送给妈妈。还有一幅《戴草帽的男孩》，也说不清为什么，虽然父亲没有索要这幅画，但她同样舍不得卖掉，标出了离谱的价格。

快到午饭时间,程甘露有点儿坐不住,她收拾了自己的小包,向学生会主席请假。学生会主席是一个矮个子男生,一双炯炯有神的眼睛透着同龄人鲜有的果断和魄力,他在同学中威望很高,大家都听他的。

　　取下工作牌,程甘露跟大伙儿告辞,搭上一辆公交车。经过两次转车,她终于坐上了机场巴士。她找到座位坐下,低头看表,正午十二点。

　　程甘露离开不久,一位挂着单拐、右腿高位截肢的男子在众多画作中来回走动。他在那幅《戴草帽的男孩》前面站住了,凝望了好长时间,终于开口询问:"这幅画多少钱?"

　　一位女生热情地替他取下放在画框右下角的价目卡,上面赫然写着260元。女生忍不住吐了一下舌头,这不是程甘露的画吗?标得太高了!男子也有点不相信自己的眼睛,接过卡片辨认,260元。翻过来,背面是一幅远山和晚霞的水粉画,一旁还写着:你的光亮照在我身上,我才成为一抹美丽的彩霞——程甘露。

　　男子问:"能不能少点?你看别的画才几十块。"

　　女生也认为这价标得不合理,让男子先等着,自己去找学生会主席商量。学生会主席思考了一下说:"要是程甘露同学在的话可以请她调价,但是她刚有事走了,一时联系不上。出于对创作的尊重我们不便私自修改价格,请客人留下联系方式,等作者本人回来再与他联系。"

　　不愧是学生会主席,说话做事有理有据。女生转告了意见,男子在募捐处留下一个电话号码,写完电话又犹豫了。他说:"还是算了吧,既然是助学义卖就不议价了,请把画收起来,我要了。"男子放开拐,从上衣兜掏钞票,在捐赠人一栏写下三个字"闵思全"。他一只胳膊夹着拐杖,另一只胳膊夹着画,一瘸一拐地离开了花园广场。

　　程甘露下了车,来到机场国际航班的安检口,站在川流不息的人流中眺望。没过多久,目标出现了。曾帅在父母的陪同下拖着一个拉杆箱,背着大背包正往安检口走去。

　　他今天黑头发,小平头,蓝色牛仔裤,宽松的翻领T恤。程甘露,这个个性十足的潮女孩,今天也变样了。蓝色娃娃裙,白色长筒袜,黑色的平跟凉鞋,头发染黑了,规规矩矩梳着学生头。曾帅从来没见过程甘露这么打扮,一开始以为自己认错了人。两人相距几米远,都不好意思再往前走一步。程甘露猫着腰打哈哈,曾帅则盯着天花板发笑,认识几年了,想不到彼此还可以这样正常。

曾帅父母看出端倪，知趣地回避了，可是没走多远又停下来，好奇心驱使这对老夫妇躲在一旁偷看。

程甘露从包里取出一个小相框，不是照片，而是连夜赶出来的一幅曾帅的画像。曾帅双手捧着相框，激动得说不出话。

程甘露拧脖子抬下巴，得意地说："咋样，凭印象就把你画出来了。"

曾帅伸出大拇指："画得不错，长进不小。"

"一想到你那长相都要做噩梦，所以印象深刻。"程甘露还是那么调皮。

俩人张开双臂拥抱在一起，依依不舍地讲了一些道别的话。送走曾帅，程甘露随曾帅父母来到地下停车场。曾帅父亲问："程同学，你家住在哪儿，我们送你回去。"

程甘露看了看手腕上的表，回答道："我暂不打算回家，方便的话，请把我送到海淀黄庄。"

到了海淀黄庄，程甘露选了一个十字路口下车。看到程甘露远去的背影，曾帅的母亲对丈夫说："跟程甘露这样的女孩子交往咱们可以放心了，你看人家清清纯纯的，一看便知道是好女孩。"

程甘露走进一座三十多层高的大厦，电梯在二十九层停下。她出了电梯，来到走廊尽头。一对厚实的绛红色实木大门敞开着，没有门牌，里面坐着一个戴眼镜的女秘书。女秘书见有人来，问："请问您找谁？"

"我找荆会长。"

"有预约吗？"

"没有。"

"请问怎么称呼？"

"程甘露。"

"稍等一下。"女秘书边说边拨桌上的内线电话，简短通话后对程甘露说："会长在二十八层的多功能厅，下电梯往南走第四个门就是，有门牌的。"

"谢谢！"程甘露再一次走进电梯，二十八层往南走第四个门正是秘书所说的多功能厅。推开门，一位中年男子独自坐在一个棕色的真皮靠椅上，手里拿着遥控板，看样子刚刚关上播放器。男子看她进来，脸有愠色："怎么不事先打个电话？"

"路过，看看你。"

男人起身绕过椅子再绕过程甘露，拉住半掩的门，"咔嚓"把门反锁上。他突然从后面揽住程甘露,结实的髋部顶住她的身体,亲昵地说:"小宝贝,是不是想我了?"

程甘露用力挣脱,顺势从两臂的空当处钻了出来,脱离他的怀抱,像一条蜕掉皮的蛇。

男人很意外,问:"你这是怎么了?"

程甘露一脸厌恶的表情:"我不喜欢这样,今天来找你,有事跟你谈。"

男人回到座椅上,从桌子上一个精美盒子里取出一根雪茄,漫不经心地说:"这里不是谈话的地方,我讲过有事先联系我。"

程甘露不理会,问道:"曾帅被砍的事你知道吗?"

男人点上雪茄,吐了一口浓烟,摇摇头。

程甘露说:"你不可能不知道,高我一届的那个男生,被你那帮人砍了一刀。"

男人不屑地说:"我一天处理那么多事,不见得每件事都清楚。"

"真狠啊!那么长一道伤口,差点儿出人命。"

男人冷笑了一下,说:"你为何这么关心他,这家伙究竟跟你啥关系?"

"跟我啥关系都不重要,他不过是个大学生,为了一块挡风玻璃至于这样吗?"

"你来就为这件事?"男人有些不耐烦。

"这可不是件小事啊,你们分文不赔还威胁人家。"

"你的意思让我跟他道歉吗?"男人重重地抽了一口雪茄,说:"这臭小子敢砸我的车,没砍死算他命大。"

程甘露毫不示弱:"你刚才不是说不知道吗?"

"你有完没完?"男人失去耐心。

"别以为有两个臭钱就可以一手遮天,你们的所作所为是要负法律责任的。这是法制社会,容不下'黑恶势力'那套。"

"黑恶势力"四个字一出,男人手上的烟头像一颗出膛的子弹射了出来,直冲程甘露脑门,"啪"的一声在她额上撞开了火花,留下一个灰黑色的印记。程甘露倒退两步,半天回不过神来。

男人说:"我最讨厌别人在我面前提那四个字了,你要是故意找碴,那就是自讨苦吃。"

程甘露在父母的溺爱下长大,从小到大没谁动过她一根手指头。此时的她羞辱难当,不顾一切向男人扑过去。还没碰到男子,一个重重的巴掌扇在她脸上。程甘露被打得眼冒金星,两行温热的液体从鼻腔流了出来。打了人,男子递纸巾给她,冷冷地说:"都流鼻血了,擦擦吧。"

"Shit!"程甘露一把将他推开,形势很清楚,但凡有那么一点理智都应该赶紧离开。她用手背擦掉鼻血,一言不发打开反锁的大门,从门口退了出去。

她从大厦跑出来,到大街上拦下一辆出租车。她的眼睛血红血红的,自始至终没流一滴眼泪。

司机问:"去哪里?"

她说:"回家。"

月　光　美

一

早晨,小屋窗外一行绿化树上栖息的小鸟儿早早起来了。它们嗓门高,身躯轻盈,双爪有力,在树干之间扑棱嬉戏。

"好鸟相鸣,嘤嘤成韵",一群小鸟呖呖喳喳,惊扰睡梦。秀梅翻身坐起来,搓搓眼睛,嘴上念叨:"讨厌的鸟儿,吵死人了。"

秦容秋在被窝里呢喃:"我希望多听它们唱几天。"

"你啥意思啊,这不天天给你唱吗?"

"我是说我要搬出去了。"

"去哪里?"秀梅从床上蹦起来,迫不及待地问,"怎么要走了,去哪儿?"

"殷姨让我过去帮忙。她家里原来请的阿姨有事走了,就这么简单。来得突然,其实我也没想到,本来昨晚就要跟你说来着,等着等着睡着了,也不知你这丫头哪儿野去了。"

"昨晚跟刘岚看电影去了。"

"你跟她关系处得不错呀。"

"是啊,她教我好多。告诉你一个秘密,她谈了一个男朋友,有钱,很快会辞职结婚。"

"好事嘛，女人总得找个归属。"

"好羡慕她。"秀梅挺身坐起来，托着下巴憧憬着未来。

秦容秋拍了拍她的背，说："别羡慕人家，你将来也会找到如意郎君的。"

秀梅"嗖"地跳下床，穿着裤衩和内衣跑到镜子前捧着脸端详，调皮地做鬼脸："你看，我这一脸的黑痣，怎么找如意郎君？"

"你脸上的痣一点儿都不影响美观呀，我看挺可爱的。"

"不会吧，这个你也欣赏？"

"当然了。"秦容秋提醒她，"还不快把衣服穿好，一会儿你哥接我们出去玩。"

秀梅大喊："还出去玩呢，你都忘了，今早茶艺学校第一天开课。再说你俩亲亲热热，我这个当电灯泡的未免太亮了点，你们还是自己去吧。"

秦容秋这才想起来，本来约好一起去学习的，这样一来不能去了。秀梅穿好衣服，梳妆好，然后从柜子里取出一个塑料袋给秦容秋，说："送给你，这副是新的。"

秦容秋拆开看，是一副护膝。

"我哥家别墅连同楼顶露台一共四层，这么大的房子住的人阔气，打扫卫生的人受罪。除了一层的客厅和餐厅，楼上全是实木地板，就算每天打扫一层楼，也要费一番工夫。"

秦容秋问："这护膝是用来干啥的？"

"实木地板全靠跪着擦，没保护不行。刚开始还傻乎乎的，两个膝盖磕得青一块紫一块，后来找到应付办法了，戴这玩意儿顶用。"

秦容秋收起护膝，说："谢谢秀梅！"

"还有，每晚睡前最好给奶奶按摩按摩，她筋骨老化了，按摩会儿容易入睡。"

"好的。"

"要是奶奶给零花钱，最好不要收。"

"为什么？"

"奶奶有记账的习惯，婶婶会偷偷翻。"

"那有什么关系呢？"

"等到发工资的时候这些钱全部扣下来，挺难堪的。"

"这是什么道理呀，不是奶奶给的零花钱吗？"

"她说奶奶没收入，全靠家里养着。跟我算吃算喝，还有各种花销，经她这么一算，不仅不该给我工资，还得倒贴钱给她才合理。邻居家保姆涨两次工资了，我这儿连一点动静都没有……你最好有心理准备，婶婶这人可不是一般的刻薄。不过呢，我也在想，对待未来的儿媳妇可能会不一样吧。"

秦容秋握住秀梅的手，说："原来秀梅受了这么多委屈，谢谢你！祝你早日考上茶艺师。"

秀梅说："祝你好运！"

二

早上，程甘霖和秦容秋去颐和园玩。秦容秋心情特别好，对程甘霖说："我上小学时学过一篇叫《颐和园》的课文，老师要求我们全篇背诵，还记得最后一句，'颐和园到处有美丽的风景，说也说不尽，希望你有机会去细细游玩。'"

程甘霖纠正道："是细细游赏。"

"人家只是一字之差嘛。"

"一字之差的韵味就不一样了。"

轿车在停车场停下，程甘霖取出一个黑色的照相机挂在胸前，两人手牵手向东宫门走去。眼前这座典型的古代建筑非常壮观，灰色的条形瓦，厚重的朱红门，屋檐壁楣装饰着各种图案的彩画。房脊的两端高耸上卷，飞橼横卧镶着兽形的雕饰。秦容秋曾经在图片上见过类似的中式建筑，没想到亲临其间更是华丽夺目。走近门槛，六扇朱漆大门整齐排列着九行九列黄色乳钉。据说，门上的乳钉最初为防火防水之用，后来才逐渐演变为装饰。宫门正中间楣檐的下面还挂着九龙金字大匾，上面写着"颐和园"三字。这三个字是光绪皇帝御笔亲题的，当为颐和园第一匾。

进入东宫门穿过仁寿殿，步行不远豁然开朗。烟柳西堤掩映着碧水潋滟的昆明湖，湖上倒影错落，湖光山色，亭台楼阁美不胜收。秦容秋正对着湖面，感叹道："昆明湖真大呀，在我老家，这么大的湖该叫'海'了。"

程甘霖说："你老家的称谓都是缩过水的，上次我去茶山的时候，老乡说前面有条什么江来着，还以为是气势磅礴的江河，走过去一看原来是条干涸的小河沟。"

秦容秋说："不仅如此，我老家的称谓也有放大的。"

"说来听听。"

"比如说云南十八怪,三只蚊子炒盘菜,摘下草帽当锅盖。"

两人一起开怀大笑,秦容秋问:"甘霖,我们云南昆明市的滇池也叫昆明湖,两者有关系吗?"

程甘霖回答:"没有关系。颐和园的昆明湖是清乾隆皇帝赐名的,来源于汉武帝在长安昆明池操练水战的故事。"

昆明湖边,涟漪的微风轻扫她清秀的面庞和袅娜的身躯,粉色的裙摆招展翻飞,形成湖光美景中另一道灵动的风景。程甘霖抓住机会,抬起相机给秦容秋拍照。秦容秋兴奋地撩头发,摆姿势,快门在程甘霖的手指之下发出"咔嚓咔嚓"的声音。拍了十多张没胶卷了,程甘霖从兜里掏出一卷崭新的富士胶卷,后悔没多带上几卷备用。一个后脑勺扎着毛刷辫子、鼻子下留着八字胡的中年男子走了过来,向程甘霖递过来一根香烟,礼貌地请求借"模特"一用,程甘霖答应了。他这么"大度"一下,就被莫名其妙挤到一边,当起了路人。

男子除不伦不类的小辫子,平心而论长得挺英俊。他身材高大,体态威武,肤色因为长时间沐浴阳光黝黑发亮,一言一行都散发着独特的艺术气质。

这人手上拿着的相机相当专业,就连那炮筒似的镜头就不知比程甘霖的长多少。在他的指导下,秦容秋的状态越来越好,动作表现得非常自然。一连照了十多张照片,每一张都"弹无虚发"。多少游人从他们身边经过,都要回头望一眼,有的干脆停下来欣赏,大概误以为秦容秋是专业模特。结束后,男子表示感谢,跟秦容秋要联系方式,解释说以后照片洗出来送上一份。程甘霖果断替容秋拒绝了,不难看出,他有点儿不高兴。

男子走远了,几个外国女孩拿照相机和秦容秋合影。女孩们走了,程甘霖也收起了相机,他不愿意因为照相再招惹"麻烦",就算容秋是一道亮丽的风景,也只属于他一个人。

俩人顺着昆明湖一路游玩,经过"铜牛""十七孔桥",然后到渡船口乘坐开往南湖岛的游船,经过"石舫"和"长廊",来到万寿山脚下。两人本应在园内餐厅用餐,又商量着翻过万寿山,游览完所有的景点从北门出去。

从"云辉玉宇"牌楼拾级而上,一路树木掩映,绿树成荫。经排云殿、佛香阁到智慧海,错落有致,层层升高,形成一条上升的中轴线。砖石砌成的佛殿铺着五彩琉璃瓦,千余尊琉璃佛像精湛无比。华贵的琉璃为建筑群穿上金碧的衣装,经历数百年的战乱浩劫,它的光彩依然没有褪色。

俩人去了一家北京烤鸭店大快朵颐,尔后又去游圆明园、故宫和天安门广场。从天安门出来,步行到热闹的王府井街市时天色已晚。王府井是北京著名的商业街,街上珠宝首饰、服装衣帽、特产百货应有尽有。秦容秋对购物不太感兴趣,简单地逛了逛,一头钻进小吃街市。小吃街巷道不宽,街市两边的铺子一家紧挨一家,这里不仅有北京当地小吃,也有各地小吃,各种特色饮食琳琅满目,风味荟萃。这条街游人多,程甘霖紧紧地抓着秦容秋的手,生怕被人潮冲散。

王府井"日进斗金"的酒家商肆每天接待大量的游人,它们看惯了形色各异的面孔,习惯了人头攒动的景象。月已西坠,夜幕加深,闪烁的霓虹灯和明亮的路灯为街道营造出一个五彩斑斓的世界。人们沉醉其中,无人留意今晚的月色有多美。程甘霖拽着秦容秋的手在街市上逛,秦容秋问:"干吗把我拽得这么紧?"

"太挤了,怕你丢了。"

"我没那么傻吧?"

"你还不够傻?"

"我要真的走丢怎么办?"

"笨蛋,就在原地等呗,我能不找你吗?"

步行好长一段路进入停车场,因为时间有些晚,停车场的主灯全"睡"着了,剩一些应急用的节能灯惺忪地醒着。走到黑暗处,俩人拥吻在一起,爱恋的浪花在月光下此起彼伏。这时,没有任何言语能表达,只有沐浴在爱河的情侣才能体会。

三

"华顺贸易股份有限公司"副总经理邝美嘉的办公室在写字楼901。室内除办公必备的大书柜、老板桌、真皮转椅,还放置了一套金丝楠乌木茶桌和精致的青花瓷茶具。几盆稀有的温室花卉点缀在恰当的位置,墙壁上挂着几幅字画和一个来自秘鲁的"光明女神闪蝶"标本。

邝美嘉接到一个电话,立即离开座位往窗外看。一位穿着咖啡色衬衫、蓝色休闲裤的金发男子徘徊在公司楼下。这人很快上楼来,出现在办公室门前。邝美嘉坐在转椅上一动不动,丝毫没有迎接的意思。

秘书带他进来,他张开双臂与邝美嘉拥抱了一下,用一口流利的中文讲道:"我就这么不受欢迎吗,亲爱的?"

"坐吧,尼奥尔。"邝美嘉跟秘书要了两杯咖啡。

"我是来告诉你好消息的。"尼奥尔说,"公司那边的账务全部了结清楚了,我要回国了。"

"没事就好。"

"能有什么事?不过是一场误会。"尼奥尔很轻松的样子,耸耸肩膀,双手插在裤兜里。

邝美嘉说:"我们中国有句谚语叫'君子爱财,取之有道。'既然要回国了,你好自为之吧。"

秘书敲门进来,送进来两杯咖啡。尼奥尔走近邝美嘉,拉住她的手,诚恳地说:"美嘉,跟我走吧,我是真心爱你的。你知道,现在的我什么都有了,我能满足你。"

邝美嘉正视尼奥尔的眼睛,他的眼睛是深蓝色的,这对漂亮的"蓝宝石"掩映在长翘的棕褐色睫毛下显得更加神秘莫测。可惜,邝美嘉对于他的神秘感已经失去兴趣,摇摇头,说道:"我对你失望了,对不起,你并不是我爱的人。"

尼奥尔激动地说:"怎么不是,我当然是你爱的人。亲爱的,跟我走吧,以你的名字冠名的公司就快在纽瓦克注册了,你要的幸福生活我可以毫不费力地给你。"

邝美嘉依旧拒绝:"你也清楚,我叔叔婶婶对我恩重如山,我不可能撇下他们跟你走。另外我们在意识形态上的差异太大。"

尼奥尔不明白她的意思,问:"说明白点,你要我怎么做才满意?"

邝美嘉毫不掩饰地说:"我们中国人有一个传统,历来看不起卖主求荣的人。"

"卖主求荣?你说我吗?"尼奥尔嚷嚷,"这不是卖主求荣。我说美嘉,这是商业竞争,你这样给我下定义太不公平了!"

"你作为公司的高管,别说不懂什么叫监守自盗。"邝美嘉故意把案件的认识程度停留在普通的经济案件层面,国安局的人两次找她协助调查,在这起看似普通的商业纠纷下面,却涉及国家安全。

尼奥尔说:"我承认一时鬼迷心窍做出愚蠢的行为,我已经为此付出了代价。"

邝美嘉说:"你不是愚蠢,而是太聪明。"

尼奥尔说:"我没有你想象的那么聪明,但我比你想象的更爱你。"

有人敲办公室的门,原来是邝副会长。他见尼奥尔在,便没有进来,留下一句话,让美嘉会客结束后去他办公室。

尼奥尔还想说什么,邝美嘉用手臂做了一个回挡的姿势:"什么都别说了,我们早已经分手了,再说我已经有了新的男朋友。"

尼奥尔拍拍自己额头,懊恼地说:"你已经爱上别人了?原来如此。"

邝美嘉回答:"这是我的权利。"

许久,尼奥尔伸出一只宽大的手掌和邝美嘉用中国式的礼节"握别",悻悻离开了。邝美嘉透过百叶窗帘,目送尼奥尔走远,从办公桌拿起一个文件夹去了总经理办公室。邝副会长正批阅文件,眼皮都不抬,问:"他走了?"

"走了。"

"最好不要拖泥带水。"

"不会。"

"尼奥尔可不是普通人,咱们不要沾惹麻烦。这家伙不简单,他的真实身份很可疑。"

邝美嘉把手上的文件夹递了过去,说:"叔叔,请看这个。"

"这是什么?"

"这是'久源茶庄'和各零售店上个月的销售单。"

邝副会长打开夹子认真看了一遍,边看边点头。邝美嘉说:"他们家在这个行业二十多年,跟他们合作几乎零风险。'久源'在北京茶叶行业的确有前景。"

邝副会长放下正在批阅的文件,靠在椅背上,沉思片刻,问道:"你安插的人没问题吧?"

"没问题。"

"绝对不能出纰漏!"

"明白。"

"好,明天我们就去洽谈。用不了几年时间,北京茶叶行业就有我们邝家的半边天了。再说这是一举两得的好事,对吧,闺女?"

邝美嘉没有正面回答,含羞低着头。邝副会长一拍大腿,乐呵呵地说:"这事就这么定了,要钱要物报上来,你全权办理。对了,预算出来了吗?"

邝美嘉回答:"总预算在 280 万元左右。"

"没问题。"

接下来,叔叔和侄女关上门,在办公室密谈了很长时间。邝美嘉把前段时间的工作情况汇报了一遍，又讲到"兴龙国际"的竞标进度。

邝副会长说："这个工程对公司很重要，你的任务就是不择手段中标。"

邝美嘉胸有成竹地说："我们前期工作全都准备妥当了，志在必得。"

邝副会长竖起大拇指，拍拍侄女的肩膀："你的能力我信，要是美嘉都办不到，没人能行。"

"兴龙国际"是指全国50强"恒兴航宇"公司与美、英两国大公司联合开发的兴龙国际购物中心商城。"华顺贸易"参加其中一项竞标，经过层层淘汰，到目前为止剩下四家公司参加最后的竞标。实际上，和"华顺贸易"真正竞争的只有一家公司，另外两家公司竞的都是假标，这三家公司幕后真正的老板不是别人，正是"华顺贸易"。精明的邝美嘉借用别人公司的外壳同时参与竞标，排挤竞争对手，增加了中标概率。

月　旖　旎

一

六点刚过，秦容秋醒了，为了不吵醒秀梅，轻手轻脚地穿好衣服走出房间。她来到茶庄公共书架，取下几本书。从云南带过来的行李不多，几条单薄的裙子，加上一些衣裤和小东西，一个不大的包全部装下了。当初阿爸给带上的钱藏在裤子下面，秦容秋把钞票悄悄取出来数了一遍，还剩6张百元大钞。

店门还没开，甘霖接她来了，秦容秋没叫醒秀梅悄悄离开。程甘霖驱车直接把她送到家门口，然后匆忙往总店赶。今早约了邝副会长，他们要来总店商量重要事宜，所以特别赶时间。

殷惠珍把秦容秋带进仁六婶住过的小房间，这是别墅底层唯一的房间，称为"保姆房"。秦容秋不懂这些，也并不介意房间大小。殷惠珍交代了家务，吃过早餐就出门了。秦容秋照顾奶奶吃早餐，接着开始打扫卫生，之后来到洗衣房洗衣服。她还不会使用洗衣机，看脏衣服不多，全部手洗出来，洗干净后挂在天井的晾衣绳上晾晒。

洗好衣服回房间收拾了一下，听到外面有动静，她以为程甘霖回来了。她打开门,那人反倒被吓一跳,问她:"你是谁?"

原来是一个穿着蓝裙的年轻姑娘,秦容秋猜测到她是谁,问:"你是甘露妹妹吧?"

姑娘的表情放松了一点,没有正面回答,又问:"你是谁?"

秦容秋一时不知道如何介绍自己,说:"我叫秦容秋,我是你……"

既然从保姆房出来的,程甘露基本搞清楚了她的身份。程甘露心里着急,无心跟她多说话,急匆匆往洗衣房跑去,在里面寻找半天。当发现洗衣篮里的衣服不见了,急得大呼小叫。秦容秋告诉她衣服洗好了,全挂在天井里。她急忙跑去天井,取下一条牛仔短裤,在裤兜里摸来摸去,掏出一个发亮的小东西。秦容秋恍然大悟,责备自己没有细心检查。程甘露找到这个小东西依然不甘心,把短裤翻来覆去搜了个遍。看样子还有重要的东西没找到。寻找无果,她来到秦容秋跟前,摊开一只手,手心里是一只耳环。问道:"耳环是一对的,还有一只看到没有? 放在同一个裤兜里的。"

秦容秋说没看到,心里七上八下的。无奈之下,俩人一起把洗衣房的灯全都打开,犄角旮旯儿寻了个遍。下水道的不锈钢地漏也揭起来检查。没有,没有,还是没有! 秦容秋并不清楚这对耳环的价值,但她知道这个小东西对程甘露一定非常重要。俩人把能寻的地方都寻过一遍,还是不见踪影。程甘露急得快要哭了,她说:"我那天在车上取下来的,放进牛仔裤兜里了。从车上下来,直接回家的,洗澡后就把裤子扔进洗衣篮了。"

秦容秋看她这么着急,也跟着急,一个劲儿道歉:"对不起! 是我疏忽了。衣服都用手洗的,洗完就挂了起来,没发现裤兜里有东西。"秦容秋的解释很苍白,找不到另一只耳环,她也难脱干系。

寻找无望,程甘露沮丧地回到自己房间。房间中间放着一张粉色的烤漆半弧形大床,与之配套的粉色书架和大衣柜紧靠墙两边。她走到书架边,取下一本厚厚的外国文学名著,展开书抖了几下,掉下来一张银行存折,里面存着她的私房钱,大概有一万块。

"一万。"程甘露口中念念有词,无力地瘫倒在屋子中央柔软的大床上。这对"蓝星"耳环价值十二万,假如配得到一只至少也需要六万。

躺在床上的程甘露梦魇一样嗫嚅,这么多钱啊! 她安慰自己,以前丢东西,千找万找找不到,过几天自个儿蹦出来,这次会不会这么好运气? 不好说,万一真的被这个新来的保姆拿走了,她会不会大发善心还给我? 程甘露心乱如麻,假设了种种可能,又推翻了种种假设。痛悔当初不应该缠着他要这对耳环,也不至于弄得骑虎难下。

她把整张脸挤入柔软的被子里,把自己深深地藏起来。黑暗中自由地篡改着一些情节:秦容秋洗衣服时发现了这对耳环,偷偷摸摸回到房间,无耻地戴在耳朵上。看着镜子里的自己越看越好看,实在舍不得交出来,把一只耳环缝进了一件旧衣服的衣角里。接下来,我装出一副好心肠,给了一千元让她买一副新的。"一千"不仅可以买一对耳环,还能买到漂亮的项链或者衣服什么的。她喜形于色把衣角剪开,那只耳环原封不动还给了我……程甘露美美地笑了,不知不觉,在自己编织的故事里睡着了。

二

程甘霖驱车来到总店,快步走进父亲的办公室,边走边看手表,离约定的时间还差十分钟。父亲看到儿子来,说:"你草拟的合同我已经看过了,该空的暂时空着,后面根据情况再补充完整。"

程全贵回望了一眼桌上一件精美的摆件"法国埃菲尔铁塔"。摆件非常精致,按照实际比例制作的,最特别的是铁塔底部镶嵌着一个时钟。时钟用水晶石打磨表面,镂空设计,红宝石轴承,镍合金配件,陀飞轮机芯,连里面的游丝摆件都一目了然。使用这么多年,走得非常准确。程全贵之所以喜爱它,不仅因为时钟本身是一件难得的艺术品,更因为它是台湾友人何正钦馈赠的礼物。视线从"埃菲尔铁塔"挪开,程全贵问儿子:"贷款的事办得怎样了?"

"这次还是找我朋友办的,手续全都准备齐全了,一个月内钱就能到位。"

"额度没问题吧?"

"问题不大。"

有人来汇报:"客人的车停楼下了。"

程家父子立即起身,走出去迎接客人。邝副会长和邝美嘉一起来的,大家在茶庄门口握手问好。邝副会长问:"贤弟,最近可好?"

程全贵回答:"托您的福,一切都好。听美嘉说您在马来西亚谈成好几笔大生意。"

邝副会长给程全贵卖了一个关子,说:"大宗生意称不上,算是略有收获吧。不瞒你说,今天专程来共有两件事商议,一件谈合作的事,另外的暂时保密。"

一位穿着红色旗袍的茶艺师把大家引进一间茶室,取出一袋大红袍请客人鉴赏。邝副会长象征性地征求大伙的意见，说："大红袍就免了吧？想问问上次那个月光茶还有没有？"

邝美嘉微笑着说："叔叔，上次喝的茶叫'月光白'。"

邝副会长笑了起来，笑得赘肉乱颤："对对，我都忘记名字了。"

程全贵很尴尬，解释说上次喝的"月光白"是云南朋友送的，早就没有了。邝副会长说："不碍事，嘀嘀，只要是白茶就行。"

茶艺师回答："'白牡丹'行吗？"

邝副会长说："就'白牡丹'。"

茶艺师起身取茶去了，邝美嘉打开手提包，取出一个绣花的布袋，手指稍稍用力便将拉绳拉开，拿出一个精美的雕花木盒，里面装着一串铁棕色的木珠子手串。邝副会长笑眯眯地将礼品推到程全贵眼前："这是我从马来西亚带回来的小礼物，请笑纳。"

"这可是上品沉香呀！难得难得。"程全贵见多识广，对贵重木材有一定了解。他把油亮的木珠掂在手上欣赏，珠子不大，光滑温润。靠近鼻翼，丝丝香味往他鼻孔里钻，香气似花非花，似果非果，找不到贴切的语言形容。程全贵问邝副会长："如果小弟没看错应该是'奇楠土沉'，论克计价的吧？"

邝副会长会心地笑，笑声感染了在座的人，他说："贤弟果真好眼力！我这串沉香找到好去处了，物有所值啊！哈哈，你一定要收下我的一番美意。"

"白牡丹"刚入盖碗，邝副会长取出一个小盒子。他用肥而粗的手指小心翼翼地打开盒盖，取出一根和绣花针差不多大小的小木签放进盖碗，让茶艺师和茶一起冲泡，称这是马来西亚上好的"伽蓝"沉，适合随茶饮用。

"沉香"在古代又称"龙鳞"，有很好的药用价值。温肾通心，不调之气皆能调之，跟茶一起饮用香味尤为独特。这样的泡法程全贵知晓，只是未得到过上等的沉香原料，也就没试过。加入沉香后，"白牡丹"杏黄的汤水增加了一种奇特的香味，幽香袅袅，浸润心田。这种感觉恰如隔帘观美人，犹抱琵琶半遮面，识其味而不见真，雾里花、水中月，简直妙不可言。

美人泡茶，好茶同饮，四人在轻松愉悦的氛围中切入主题。程家父子预拟的合同草案并非一厢情愿，在关键的问题上程甘霖与邝美嘉早先有过意向性的沟通，其他条款无非是细节上的磋商。程甘霖设想尽量把每个环节考虑得完备一些再落实到文字上，涉及敏感问题比如投资份额、分红、风险等在合同的相关位置全都采用空白横线代替。

邝副会长首先提出自己想法，他讲："这次我们两家合作的目的相当明确，这样说吧，合作最根本目的是共谋利益。做生意嘛，就为创造利润，讲通俗一点就是两个字——'赚钱'。除此之外还有一层重要的含义，就是想通过协作建立紧密的伙伴关系，同时增进友谊。投资'二分店'是我方提出来的，这叫作'主动交好'，大方向上咱们的意向是一致的——"邝副会长边讲边把合同往后翻了一页，在"出资"部分用手指头指着其中几行，眯着眼睛读上面的数字，"比如说预计出资额度……"

"280万。"程甘霖一口将数字报出来，接上了话，"邝伯，请允许我向大家解释一下。我和美嘉小姐先前沟通的初步意见是'二分店'档次定位比'一分店'更高，选址方向往市中心靠近一些。面积比'一分店'更大，房租每年大概在20万元左右，装修和内部设施投入约200万元，货品60万元，预算总投资280万元。"

听罢程甘霖的预算，邝副会长说："论做茶，我们没有发言权，如果真的合作成功了，还请贤弟贤侄多操心。"

程全贵说："佛教中有句话'万法皆生，皆系缘分'，我们不仅有缘而且一见如故。所以当得知邝兄有合作之意时，我非常认真地考虑并且珍惜这次机会。据我推测，北京茶叶行情市场将会越来越好，何况这次有邝兄做后盾，心里便更有底气。这也叫把握时局，适时而动，相信这将会是一次非常愉快的合作。"

邝副会长听到程全贵一番话拍手称好，程全贵站起来拱手作揖，说："邝兄您看这样行不行，既然谈到如此程度，我建议双方谁都不要占这个优势，各占一半，五五分。"

"行！"邝副会长连考虑都不考虑，一巴掌拍到自己大腿上，端起茶杯说，"来，以茶代酒，提前祝贺我们合作圆满成功！"

经过撮合，一份亟待合议的草案很快补充成为双方满意的正式合同。程甘霖把经过修改的文本交给大堂经理让她打印三份。

合同准备就绪，程全贵和邝副会长各自在属于自己的落款处署上大名，按下手印。民间有种说法认为手掌肥厚的人财运好，以邝副会长这双特别的大手考证的话，这种说法有一定的道理。

"贤弟，来来。"邝副会长拽着程全贵坐下，说道，"还有一件事等你定夺。我这次去南洋签了一份大合同，其中包含50吨的茶叶交易量，不知贤弟有没有兴趣？"

这话来得突然，程家人丝毫没心理准备。程甘霖问道："邝伯，怎么做？"

邝副会长报出价格和数量，说："我的合作伙伴是马来西亚发展局下的一个相当有知名度的进出口公司'Alam Syurga'，所有的集装箱从上海出发至马来西亚柔佛港启货。高级红茶50吨散装，每公斤40元收购价，具体事项美嘉清楚，如果你们感兴趣的话可以细谈。"

程全贵问："马来西亚那边40元每公斤收购红茶，按理说茶的品质要求不低，但是茶叶好不好主要依靠主观判断定夺，这里面就很难操作了。邝兄，小弟从来没做过这么大宗的生意，更不懂跨国贸易的玄机，还望指教。"

邝副会长说："没有你想象的那么复杂，这样跟你讲吧，货全都由你自行组织。茶的品质也是你直接负责，到货后马来西亚公司那边验收。这里面赚多赚少我们不管，风险由你自行承担。可以向你透露一点，我们公司这次签了1000吨左右的合同，其中大半是别家公司借我们公司进出口经营权的资格进行贸易，这点货对于我们不算什么。之所以优先考虑贤弟这边，一方面考虑到我们两家的关系，另一方面茶这个你是内行。货物备好后和公司其他货一起从上海港启运，运费自理。至于进出口检疫检验、海关申报和海上运输保险等方面都由本公司统一处理。扣下实际费用支出，本公司还要从对方付的交易款里面扣除百分之三的提成。"

程全贵心算了一下，公司要的不高。邝副会长似乎看穿了程全贵的心思，说："百分之三很低了，也就是针对我们这样的关系象征性地收点。"

程全贵说："邝兄关照小弟，小弟领会。不过小弟还有一个问题请教，假如发生海运事故怎么办？"

"这个几乎没有可能，这条航线很安全的。再说所有的货物都有保险，一旦发生事故，都由保险公司承担。只有包装不合格或者自己的原因造成的损失，才需要自行承担。你考虑一下，尽快回话给我，假如贤弟不感兴趣就交给别人做了。"

程甘霖在心里算了一笔账，假如每公斤赚20元差价，除去各项费用至少剩下80万纯利润，这可是一笔相当大的数字！他正想说点什么，抬头看到父亲表情严肃，不敢随便插话。

邝副会长笑眯眯地拍着程全贵的肩膀，说："生意归生意，人情归人情，生意不成人情在。今天中午我做东，雄业大厦用餐。昨天，我让司机送过去一些野味，小火慢炖，现在正是好时候。更重要的是想把我'老大'介绍给你认识，就是广州商会的会长,姓荆。老一辈的商界精英史天龙,贤弟不会不知道吧? 荆会长就是史天龙的女婿。"

　　当天中午,邝副会长在雄业大厦宴请了荆会长和程全贵两家人。吃过饭,程甘霖和邝美嘉一起去海淀区看铺面,其他人继续留在雄业大厦。到下午晚一些时候,殷惠珍突然打电话回家告诉秦容秋,说晚上要回来吃饭。

　　当天下午,程甘霖和邝美嘉考察了两家铺面,第一家四层楼约2600平方米,整体布局比较适合做茶楼,租金也适中。唯一不满意的是楼里没有电梯,四层高的楼不带电梯肯定不行,假使自己安装电梯大约需要20万元。但投入20万元安装成本就太高了,除非承租10年以上租金不递增。另外一家两层楼,1600多平方米,面积小了点,要价偏高。

　　时间不早了,程甘霖把邝美嘉送回雄业大厦,顺便接自己父母。程甘霖见到父母,本想把下午考察的情况汇报一下,看到母亲板着脸,问其原因。母亲一开始不说话,一开口全是风凉话。她说:"我今天算是体会到了什么叫'夫贵妻荣'。那荆会长的老婆,我的天,长得跟《西游记》里的老鼠精一样,还当自己嫦娥下凡。"

　　程甘霖说:"妈,《西游记》里的女妖怪可都是美女哟。"

　　"老鼠精就是老鼠精,尖嘴猴腮的。我一眼就看出来了,她的双眼皮是割出来的,丑就丑一点呗,还丑人多作怪。"

　　程全贵反感妻子毫无道理地对别人评头论足,但知道一旦插嘴免不了吵架,只好不搭理她,等她讲得没趣了自己会闭嘴。

　　程甘霖不解,问:"妈,人家对你究竟咋了?"

　　殷惠珍说:"这女人尽给我们讲她的首饰衣服都什么牌子、花了多少钱,去了多少个国家,跟哪个国家的部长一起共进晚餐。哎哟,你不知道我的那个心情,觉得自己好蠢,只有一旁傻笑的份儿。"

　　程甘霖说:"妈妈,你也可以吹啊,你也跟她神侃一通呗。"

　　殷惠珍反驳道:"怎么吹? 吹出来招人笑话,穿戴都摆在那儿,没去过的地方编也编不出来。"

　　程甘霖好奇地问:"妈,你今天不也戴着金项链吗?"

　　殷惠珍撩了一下挂在脖子上的链子:"我这是黄金项链,这么粗的一根顶多值五千块。她戴的钻石项链顶咱家半辆车,你说气不气人? 还有韩雪琴这人也是,平时觉得挺像个人,在会长夫人面前点头哈腰的,马屁拍得啪啪响,我算是把她的嘴脸看清楚了。"

程全贵问:"你说的韩雪琴是谁呀?"

"就是邝副会长夫人呀,她叫韩雪琴。"

女人太麻烦,开心的时候搂搂抱抱,亲热得不亦乐乎。不乐意了,马上改嘴换脸。程全贵听不下去,插了一句嘴:"我觉得完全可以理解,遇到自己老公上司的夫人巴结一下也很正常。换成你,说不定比别人做得更过头。"

殷惠珍不以为意,仍然一副神神秘秘的样子:"这里面的原因呀,你们根本想不到。刚开始我也很纳闷,荆会长一表人才,怎么就娶这么个丑老婆。后来才知道,这女人出生在大户人家,其他真没啥,就是命太好了。荆会长是她家以前的司机,年轻时长得挺帅,被这女的看上了。荆会长之所以有今天,全仰仗这女人。别看他平时在外面呼风唤雨,其实在自己老婆面前跟小羊羔似的。你们不知道吧,她生下一儿一女都不姓荆,全都姓史。"

程全贵问:"听谁讲的呀?"

"还不是韩雪琴。"殷惠珍把脑袋偏一边,呵呵一笑,"别看荆会长大权在握,比起这女人的手段都是小打小闹。韩雪琴说公司的财权都在这女人手上,刚生下孩子,就把遗嘱立了。荆会长只要有点歪心,立马打回原形。哎!讨这样的女人做媳妇也不好,表面上看起来光鲜,其实一辈子被绑架。"

到家了,厨房的抽油烟机呼呼直响。程甘霖正要进厨房看看容秋,殷惠珍从身后把他拽住,说:"去去,不要碍手碍脚,去叫你妹妹下楼吃饭。"

程甘霖走进妹妹房间,看她还趴在床上睡觉,过去推她:"小鬼,快起床吃饭。"

程甘露迷迷糊糊睁开眼睛,懒洋洋地回答:"哥,我不想吃。"

"下来吧,给你介绍一下未来的嫂子。"

"嫂子?"程甘露猛地扬起脸,一下子来了精神,问,"你说的就是她吗? 田园气质的,秦容秋。"

"是啊,你们早见过了吧?"

程甘露又把脑袋耷拉下去:"喔,喔,见过了。哎呀哥呀,我奉劝你,虽然秦容秋长得好看,可毕竟是个乡下妹子,咱妈妈那一关恐怕过不了。"

程甘霖说:"不好说,妈妈的态度不明朗。慢慢来吧,培养好了感情自然就接受的。"

程甘露起身坐好,撸了撸头发,跟哥哥下楼吃饭。饭桌上,妈妈一直绷着脸，大家说话都小心翼翼，谁也不敢招惹她。父亲也心事重重，大概为了跨国海运的事。程甘露象征性地吃了点菜，因为丢失一只耳环，心情很糟，吃啥都带苦味，糊弄了几口。

吃过饭，秦容秋陪奶奶散步，小区的路面很平坦，路灯的光把地面照得发亮。奶奶一面走一面跟秦容秋拉家常，忍不住回忆起年轻时候的事。这些故事讲的次数太多了，家人都不爱听，刚起个头人家就把结尾说出来。

容秋姑娘是新来的，从来没听过这些老掉牙的故事。老人家兴致勃勃，迫不及待要讲给她听。

秦容秋牵着奶奶的手，走到小花园的凳子边上，取出一块棉垫子给奶奶垫着坐。奶奶的手只剩一层薄布般的皮，蒙在坚硬弯曲的骨头上，昏暗的灯光也遮盖不了皮肤上的褶皱和老人斑。秦容秋心生怜悯，搀扶奶奶的动作特别轻柔。奶奶重复讲着故事，容秋耐心地听着，一个故事还没结束，又跳到另一个故事上去了。

送奶奶回房间躺下时有些晚了，上床休息的时候已临近深夜。台灯下，秦容秋翻了一会儿书，不知不觉眼睛有点儿架不住，什么时候睡着的都不知道。

三

早晨，八点刚过，秦原生和大俊在出村的公路上等车。听了大俊的叮嘱，起床后秦老连一口水都没敢喝。到了云西县医院，诊断出来了，血压和血糖都很高。医生给秦原生开了不少药，建议病人买一套血糖仪，定期在家监测。

肝功能的检查结果要次日才能拿到，大俊建议在县城住一夜，顺便去看看容香妹妹。老人家不愿意在外面留宿，更不想让女儿知道自己生病，当天就回去了。上车之前，大俊陪老人到药店买血糖仪，每套售价120元。秦原生舍不得花这么多钱，二话不说就走了。回到村里，大俊把秦原生送回家，药的用法用量又详细地讲了一遍，叮嘱老人一定要按时吃药。

第二天一早，大俊又乘车来到县城医院拿化验单，化验显示除转氨酶高之外其他没有太大问题。回去的路上，大俊在药店买下那套血糖仪，连同化验单一起送给秦伯。回到家，母亲正从大铁锅里挑起一碗汤面，看到儿子回来，问："怎么样？查出毛病没有？"

大俊回答："全是老年病。"

"这老头最近寡瘦，早发现不对劲了。可能太惦记女儿了吧，我看呀老头真是苦命。那么漂亮的老婆年纪轻轻触电死了，两个女儿一个在外读书，另一个远走高飞。村里宣传生男生女都一样，其实根本不一样。我看呀，还是生儿子好。"

大俊笑了笑，问："我在他家顶半个儿子用，妈妈不吃醋吗？"

"妈妈怎会吃那种没名头的醋？这不正说明我养了个好儿子嘛。谁让他老秦头没本事，生不了儿子呢。"妈妈有点小自豪，顺手把面碗递给大俊，再往沸腾的水里放进一撮干面条。大俊问："他们人呢？"

"你爸爸在地里喷农药呢。施化肥的真不好，虫子一拨一拨地来，都把叶子啃坏了，哎！这农药用起来不知啥时是个尽头。你哥和嫂子去县城买摩托车去了，小狗快上小学了，要去镇上读书，以后得用摩托车接送。"

一碗面吃完，大俊跟母亲商量事儿，讲道："妈，我想出去做点小生意，你看行不行？"

妈妈没想到儿子突然冒出这样的念头，很惊讶。大俊向妈妈进一步解释："你知道顾有银吧，他哥哥在昆明做茶叶生意。他自己也想在昆明开个茶叶零售店，铺子正在装修，让我入一股。"

提到顾有银，母亲脑海里立即浮现顾家漂亮的小楼和越野车，说："这小子出去这么多年，不知道变化大不大？只要人可靠，你跟他闯闯也是好事。"

大俊说："变化肯定有，人家毕竟见过大世面。"

母亲挑起锅里的面条，端着一碗热面挨大俊坐下，边吃边问："说说看，怎么个做法？"

大俊说："他已经投资十多万了，进货款还有短缺。我是这样想的，假如家里能够凑点钱，万把块都可以。我呢，去昆明和他一起做这个店，既有工资又能分红。其实待在家里并不是不好，但想到自己才二十多岁，这辈子一眼望到头了，多少有点儿不甘心。"

母亲考虑了一下，让他把父亲换回来休息，这事儿要跟老伴商量一下。当天晚上，母亲塞给大俊一个存折，上面居然有三万元的存款。母亲说这是全家的积蓄，还叮嘱不要让哥嫂知道。大俊深知这三万元是父母一辈子省吃俭用积攒下来的血汗钱，是一家六口人全部的希望。这笔钱交给他，是对他无比的信任和支持。折子拿到手上，大俊的心里沉甸甸的。

第 三 章

星 月 夜

一

地质学认为,形成山的主要动力来自地壳的挤压。地球自转时,不同纬度的旋转线速不同,给地壳造成的压力大小不一样,这样就形成了形状各异的山脉。根据这个科学理论,所有的山脉都是地壳运动的必然结果。

从南岭向东南方这一带,盘踞着一座巨型的山脉。这道山脉由两座山峰组成,一座是凤鸣山主峰,海拔3616.4米,面积约607平方千米,终年覆盖着苍翠的森林和各种季候的植被。凤鸣山主峰与六个小山脉相连,形成六座有名的大茶山,其中两座正好位于主峰前端,构成凤凰的两只展开的巨翅。四个小山脉连接在主峰后部,逶迤的山岭组成凤凰的美丽尾翎。从南岭往西南延伸的另一条山脉叫龙吟山,龙吟山和凤鸣山两首相衔,也是一座巨大的自然屏障。从云端往下看,两条山脉交相辉映,构成龙凤呈祥、二龙戏珠的神奇画面。

关于茶山的形成,当地人不相信地壳运动的论断,在人们的口里流传着一个美丽的传说。当年女娲补天收集了许多五彩天石,其中一对有灵性。女娲娘娘舍不得用,把天石留了下来。时间一长,天石修炼为一龙一凤俩兄妹,哥哥龙吟和妹妹凤鸣。后来,女娲娘娘把这对龙凤兄妹送给玉皇大帝做金辇坐骑。有一次,凤鸣去玉泉碰到仙女们在泉水里洗澡。天庭的仙女个个美貌娇媚,她们看不起凤鸣是当坐骑的小仙,处处排斥她。龙吟得知妹妹被欺负非常生气,趁仙女们还在水中嬉戏,一口气吸光了玉泉的水。没想到这玉泉的水并非汇聚于山涧岩缝的普通水,水源来自一颗神奇的宝珠叫"玉泉珠"。龙吟不知晓,连同"玉泉珠"一起吸进肚子里去了。他本是小仙,身体难以承受宝珠的巨大能量。不多时,骨头迸裂,皮肤破开,身上长出许多小树芽。玉皇大帝没法救他,只得把兄妹一同贬到人间化作两条山脉,成为今天的龙吟和凤鸣山系。

凤鸣山一带土地肥沃,气候宜人,冬无严寒,夏无酷暑。放眼望去群山起伏,沃野连绵,翠绿的青山寰宇广袤。这里有大大小小的城镇几十个,像散落在茫茫绿海间的一颗颗明珠。

今夏的雨水非常充沛,茶农们在茶园里忙碌,为迎来"谷花"的高产做准备。昨夜又是一场雨,大雨吹响了欢快的号角,锣鼓喧天拍打在卧室的窗户上。大俊在雨水的伴奏下进入梦乡,记不起多少个夜晚,没这么踏实地睡过觉了。夜渐渐深了,雨水放慢了脚步,疲劳的雨滴淅淅沥沥舒缓了节奏。当一场雨快要停止时,另一场雨在梦中不停地下。梦中的雨水来势凶猛,像一条澎湃狂澜的大河倒悬在天空。大雨过后,天空被洗得干干净净,茶林不沾一尘,地上的泥泞也不见了,小路上的石头洁净发亮。一只鹰鹃站在大茶树上兴奋地唱歌,一遍一遍地呼唤:"米贵阳……米贵阳……"大俊翻了一个身,嘴里念叨着什么,睡得很香。

期待的雨不一定来,意料之外的雨常有。昨晚,金大伟一家三口冒着大雨往回赶,全都浇成了落汤鸡。一辆崭新的嘉陵 125 型摩托车刚买到手,稀罕劲儿烧得正旺就被这场大雨浇坏了。

天蒙蒙亮,大嫂侯弟芬躺不住了,蹑手蹑脚跑到院子里擦车。两千多块钱!不把摩托车上的大黄泥擦干净真是寝食难安。侯弟芬一边擦车一边抱怨这鬼天气,早不下迟不下,刚往回走就下。

大伟从屋子里出来,展开两只结实的胳膊,扎扎实实地伸了一个懒腰。两位老人也起床了。房后几头猪,东头几十只鸡,西头的菜地一大片,还有几十亩茶园。

孙子小狗醒了,光着屁股蛋从屋里跑了出来,手上还拿着心爱的小手电。看到孙子在院子里瞎跑,金妈妈跑过去拍他的小屁股,喊道:"小狗狗,大白天的拿手电筒干什么,快进去穿衣服。"

大俊穿戴整齐跟母亲告别,说昆明那边装修和进货都等着用钱,他先把钱款带过去。

今天,大俊的胸脯挺得特别高,腰板也特别直,硬红皮的存折稳稳当当地插在贴身的衣兜里面。跟母亲告别后,他还要去趟秦家。昨晚睡得香,今天的精神特别好,尤其是一想到就要出去闯荡了,心情有些迎风招展。到了秦家没见到人,放眼茶园,秦伯老态龙钟的身影在地里。大俊站在田坎上高声喊:"秦伯,我来了。"

秦原生直起身子往这边瞅。大俊又喊:"我去趟昆明,过两天回来。"他想多说几句,觉得距离太远,恐怕老人听不清楚,于是穿过茶园的小径往深处走去,站在无数棵被雨水冲刷干净的灌木之间对秦伯说:"我去昆明办点事,很快就回来。你老歇着吧,等我回来再整。"大俊轻描淡写地说去办事,实在不忍心告诉老人家自己要长久离开。

秦原生脸上沾满汗水,很累的样子,说:"去吧,注意安全,不用担心我。"

大俊问:"吃药没有?"

老人回答:"吃过了。快走吧,路上多加小心,早去早回。"

大俊走了,先到县城取出存折中的三万元现金,再搭上开往昆明的客车。晚上到昆明,顾有银一身酒味来车站接他。他得意扬扬地拍着大俊的肩膀,舌头都捋不直:"哥们,见你来真是高兴,今后咱哥俩拧成一根麻绳,共谋前途!"

大俊问:"干吗喝那多么酒?"

"嗨,你不知道,今天这酒喝得呱呱叫,成了一个大单。就是我们上次洗脚那家'保利来巴'公关部经理被我成功拿下,从我这里预订了五十套高级礼品盒。"

大俊问:"利润可观吗?"

顾有银回答:"当然啦,到时候你就知道了。我的公关能力,兄弟,你得好好学着点。干我们这行,不能光守着柱子等兔子来撞,电线杆子自己不会开花的。"

大俊犹豫了一下,说:"我这次来待上几天,中途还得回去一趟。大概半个月时间吧,把容秋家地里的活干完才能安安心心来昆明。"

顾有银斜眉弄眼地看大俊,称:"你这女婿当得也太称职了吧,我看你呀,将来一定是'妻管严'。"

两人上了出租车,顾有银还要去吃烧烤,大俊坚决反对。他谨慎地拍了拍胸口藏着的三万元,意思说这么多钱揣身上不安全,赶紧回去。

回到家,顾有银扶着墙,对着便池吐个没完。他把大俊关在厕所外,不让人看他的狼狈相。顾有银在厕所里使了不少劲儿,不知呕出多少东西,弄得等候在厕所外面的大俊咽下不少清口水,怀疑他是不是把心肝都吐出来了。

"都醉成这样了,还嚷着吃烧烤。"大俊把他扶上床躺下,烧开水给他喝。

安置好顾有银,大俊到另外一张床躺下,把三沓钱平铺在枕头下枕着睡。顾有银时不时翻个身呻吟几声,嘴里咕哝着什么。大俊隐隐感觉到顾有银今天有些不太对劲,思来想去想不出所以然,不知不觉睡着了。迷糊中看到熟悉的景物,秦家两个小女孩扎着可爱的羊角辫子,手牵手走在竹林间。回头看,"红宝珠"开了,伸手去摘,不小心烫到手。林子里站着一位戴草帽的老人,枯黄的脸,脸上挂着豆大的汗珠,一头栽倒在地上。秦伯! 大俊喊他,嗓子发不出声音,想走过去,腿灌铅似的抬不起来。大俊焦急万分,眼睁睁看着老人命悬一线却爱莫能助。

大俊惦念老人,一早醒来把钱交给顾有银,搭上早班车回去了。

二

翌日,"北京艺术学院油画系助学绘画作品展"顺利进行。快中午了,程甘露的身影还没出现。

"老凤祥"金店门外站着一个学生模样的姑娘,姑娘手上攥着一个黑色金丝绒的首饰盒,这姑娘就是程甘露。金店里穿着红色旗袍的导购小姐笑着出来迎接,热情地说:"欢迎光临,小姐请进!"

程甘露跟随导购走进金店,打开首饰盒,问:"请问,要配一只这样的耳环需要多少钱?"

导购双手接过来,看到一只闪着蓝光的宝石耳坠,赞美道:"小姐,您的耳坠真漂亮呀!"

"只可惜丢了一只。"

"稍等,我去找店长来。"导购小姐把首饰还给程甘露,让另一位导购小姐给她倒上一杯柠檬水,自己进了员工工作区。过了几分钟,一位身穿黑色大开领西服、高绾发髻的女子走了过来,问她:"请问带发票了吗?"

"带来了。"程甘露把一张金额为十二万元的发票给她,店长看过发票,对她说:"这对耳环是店里的孤品,叫'蓝星'。当时有没有告诉您'蓝星'系列的宝石是非洲来的原料?"

程甘露回答:"是的,我知道。"

店长说:"'蓝星'系列的首饰都是我们的大师傅做的,即便师傅可以再做一只,恐怕也没有原材料了。"

程甘露失望地问:"真的没有办法了吗?"

店长说:"这样吧,您等等,我去打个电话,问问我们经理。"说罢,她进了工作间,等她再次出现时,得到的是同样的答复。她说:"实在抱歉,这种宝石原料确实进不到了,没有办法帮您。"

"好吧,麻烦你了!"其实程甘露一开始就没抱希望。她清楚,即使能配,也没有那么多钱。至于为何要走进这家店,出于怎样的心态,连自己也说不清。

真是一个极大的讽刺,一向娇生惯养的富家小姐被钱给难住了。她下意识摸了摸自己的额头,雪茄打在额头上的痕迹已经擦掉,但耻辱的印记生了根。想到这里,怒火又燃烧起来。她端起桌上的杯子,满满一杯柠檬水一饮而尽,冰冰凉凉的液体顺着喉管通透到全身各处,体内暗涌的愤怒还是没法浇灭。

收起首饰盒,程甘露走出金店,没出去多远,听到有人在身后喊:"小姐,请稍等。小姐,等一等。"

原来是刚才为她倒水的年轻导购。她穿着长款旗袍,扭动着水蛇腰,努力甩动着双臂让自己跑得快一点。

"请等等。"导购小姐气喘吁吁,塞给她一张纸条,"这个电话可以帮你配到耳坠。"

程甘露问:"这是哪家店的?"

"打电话就知道了。"导购急忙回去,边跑边说,"我得赶紧回去,悄悄跑出来的。"

纸条上是一个座机号码,程甘露找了个电话亭,试了试,果然有人接。

"喂?"对方是男人的声音。

"请问你是哪里?"

"你要找谁?"

怎么解释呢? 她想,直接问:"你那儿加工首饰吗?"

"加工。"

"手工打造的吗?"

"是的,纯手工,请问你有什么需要。"

"我有一只蓝宝石耳坠丢了,想再配一只。"

"你的耳坠在哪儿买的?"

"老凤祥。"

"多少钱买的?"

程甘露踌躇了,对方是谁都不知道,不该随便跟陌生人讲。电话那边好像了解她的心思,说:"你不告诉我价位,我没法知道是否有类似的货给你配呀。"

程甘露问:"你那边做首饰价格贵不贵?"

"我这里同样的货品比金店便宜多了。你想想,老凤祥金店那地段一年光房租就多少？另外还要开工人的工资，各种费用不都摊在首饰里了吗？我这里不存在这些，薄利多销。"

程甘露如实地说："我这是镶钻的，一对十二万。"

"嗯，应该没有问题，最好把东西带过来给我看看。"

"你在哪里？"

"知春路文庆巷东头39号，你进来后可以看到西边有栋灰色的小楼，三楼最里面红色的门就是。"听他说地址，程甘露又没信心了，七拐八拐去找这样的地方，跟谍战片里的情节差不多。自己一个单身女子，手无缚鸡之力，弄不好掉进坏人的圈套。男人又说："是我妹妹介绍的吧？她就在'老凤祥'上班。不瞒你说，我以前是金店的大师傅，几十万上百万的首饰都做过。"

男人这么一解释，程甘露动心了，即便有什么，他妹妹总归跑不掉。于是，她打定主意去看看，从报刊亭要来一支笔记下详细地址。

文庆巷39号，比想象中容易找。院子大宅门，西边矗立着一栋灰色的小楼，楼道很窄但很干净。程甘露顺着扶手上了三楼，三楼的通道上住着四户人家，最尽头有一道红色的门。抬手敲门，没有动静，再敲还是没有动静。程甘露心里又没底了，一种莫名的恐慌陡生，仿佛双腿站在快要融化的冰河之上。

"还是放弃吧。"她对自己说，正欲转身，一眼瞥见一个不起眼的门铃按钮。按了一下，门铃响了，果真有人出来开门。原来，木门里面还装着一道严严实实的铁门，难怪里面听不到敲门声。

"对不起，忘记提醒你按门铃。"一个戴着褐边眼镜的中年男人出现在面前。他发式新潮，一层银亮的粉末扑在头发前端。男子习惯性地扬手拍了拍，抖掉了一些粉末，说："进来吧，我正加工点东西。"

程甘露小心翼翼地跟随男子进屋，穿过玄关和客厅，眼前又出现一道铁门。打开门是一个四五十平方米的房间，各种小型机器、器械、工具有序地摆放在工作台上，等待加工的首饰和一些半成品摆放在一个铺着金绒布的托盘里。墙角有一个组合玻璃柜，柜子里放着一些成品首饰。男子打开柜台上方的射灯，乳黄色的强光照在上面，每一件首饰都闪闪发亮，格外诱人。

程甘露认真地看了成品，无论做工还是成色都不比正规金店的逊色，这下子心里踏实了，这才放心把首饰交了出去。那人拿耳坠到聚光灯下观察，看了一会儿，又换上一个套头的圆筒型的单边眼镜，最后将耳坠放在一个像显微镜的台镜下面。一番甄别，他肯定地说："这是南非来的宝石。"

果然好眼力！程甘露迎合道："是,它叫'蓝星'。"

"叫什么我不清楚,'蓝星'只不过是给它取的名字。"他说,"我只需要了解它的产地和成色。"

程甘露问："我想再配一只同样的,多少钱?"

男人回答："其他都好办,包括碎钻和铂金部分,做出来跟你的这只一模一样。主要问题是宝石,这样的材料我这里没有。"

"没有办法吗?"

"也不是没办法,我给你一个建议吧。"

"请讲。"

"宝石是可以替代的,同样用天然蓝宝石,只是产地不同,成色稍逊。我的意思是按照原来的样式重新做一对,只要不把原来的这只拿出来对比,根本看不出差距。"

"做一对多少钱?"

"只要4万。"

"可是珠宝这方面我根本不懂,你让我如何相信?"

"很简单,你可以把原来这只用来对比。另外,我这里有专业的鉴定机构给出的鉴定书,实在不放心你拿去鉴定,满意了再付费给我。"

程甘露有点怀疑,进一步问："你能保证做出来跟原来的没有区别吗?"

男人回答："当然! 简直一模一样。其实差距只在宝石,只要不放在一起对比,内行都看不出破绽。"

"价格上——"

"价格上没有余地了。"

不得不承认,程甘露动了心,虽然明知这样的做法不对,可是这是一条可行的路径,也许是唯一的——可以洗清耻辱的办法。目前,自己手上只有一万元现金,虽然离三万还有不小的差距,但毕竟看到了希望。程甘露考虑到钱的问题,答复说再考虑考虑。男人客客气气地送她,临出门对她说："还有一个办法,可以把这只耳环抵三万,再补一万现金差价就可以了。"

"三万!"程甘露叫起来,嚷嚷道,"这对耳环花了12万,发票可以给你看。这一只值六万呢。"

"那是市场价,它真实的价值不值这些。三万很高了,不信你去当铺问问。考虑好了,随时可以跟我联系。"

走出宅院，程甘露迫不及待想弄清这只耳环的价值，接连逛了两条街也没找到当铺，最后打了一辆出租车，让司机带她去。出租车司机送她寻到两家当铺，一家开口"一万"，另一家报价"一万三"。

三

"早餐通常吃小米粥和馒头，外加小菜，奶奶和你程叔喜欢面食。"吃过早餐，殷惠珍准备出门去打麻将，跟秦容秋说了几句话。

收拾完碗筷，秦容秋给家里写了两封信，然后去菜市场买小菜和馒头，顺便把信寄走。前天她走过一次玛瑙小巷，找到一条到达菜市场的捷径，今早又寻到这条路。走到巷口看到一位戴着平顶草帽的老汉挑着两个浅底箩筐，箩筐里装着花卉，她一眼便认出是玫瑰和山茶花，问卖不卖。

"卖的卖的。"老汉放下担子，让她挑选。

秦容秋问："请问这山茶开花是什么颜色？"

"白色的。"

"玫瑰呢？"

"红色。"

秦容秋从两个箩筐里选出根茎好一点的苗，请老汉扎成捆。买到花的心情特别好，好比他乡遇故知。她从菜市场回来立马开工，铲去小院花园里的杂草杂花，松土挖坑。正在种的时候，程甘霖回来了。他神神秘秘地从皮包里取出一个大信封，抽出一张打印着密密麻麻的字的纸，上面全是英文。"这是我朋友王允强的老师从美国寄来的金属元素分析报告。"

"是我的'月光手镯'吗？"

"是啊，允强说根据提取的样品分析，手镯里面'铜'含量高，其他主要是金，还有几种元素是未知的，初步认定这只手镯跟陨石有关。"

秦容秋说："陨石不就是流星吗？有可能！家谱讲过，手镯由一块发光的石头锻造而来。"

程甘霖试图读报告上的英文给她听，没念几个字卡住了，有点儿难为情的样子："好吧，上面说什么我也看不明白，英语没学好。允强大概说了一下，手镯制作时间在3000年前，非常有研究价值，问你愿不愿意出手？"

"你是说卖吗？"

"他说如果你愿意，一定给一个满意的价格。"

“多满意都不卖！手镯是我家传家宝。”

“我就知道，当我没问。”程甘霖收起大信封。

电话铃响了，殷惠珍打电话回来说有客人来吃饭，让秦容秋多做几个菜。秦容秋毕竟学“厨艺”时间不长，真要招待客人未免有点儿心虚。殷惠珍让她先把菜备好，拿不准的等她回来下锅。

临近晚饭，殷惠珍带着一帮牌友回来。“三个女人一台戏”，殷惠珍和她的牌友们进屋，屋里跟赶集似的热闹。一个女的说：“烦死了，手气刚刚好转就停电。”

另一个说：“手搓吧，你又不肯。”

“我的指甲才做两天，搓坏了白瞎。”

“我也是，担心把手搓粗糙了。”

殷惠珍陪客人在客厅聊天，喊容秋的名字。秦容秋系着花布围裙出现在大家面前时，所有人都闭嘴了。一帮坐着的人打量这个站着的姑娘，她们的目光好像在观赏一件拍卖品。

“我介绍一下容秋……”程甘霖刚开口，被殷惠珍抢过话去：“容秋，我今天来了几位朋友，辛苦你了。”

秦容秋说：“好的，有些菜我恐怕做不好，还得请殷姨掌勺。”

殷惠珍说：“行，我回头就来，你快去忙吧。”

一位年轻女子，烫着大波浪的卷发，搽着红玫瑰色的口红，客客气气对她说：“容秋，给你添麻烦了。”

“没有，没有。”秦容秋回答。殷惠珍对这名年轻女子说：“美嘉，别客气，这儿就是你的家。”

有人小声问：“你家的小保姆怎么不会做菜呢？”

殷惠珍答：“来的时间不长。”

“你家小保姆长得这么漂亮，有对象没有？”

“干吗？”

“我有个外甥条件不错，北京户口，就是腿上有残疾，年纪也拖大了。”

“恐怕人家早有意中人了。”殷惠珍意味深长地看了儿子一眼。

陪坐在沙发上的程甘霖交换了几次腿，有点儿坐不住。又有人低声问：“小保姆哪里来的？”

“云南。”

"乡下的?"

邝美嘉打断她们,说:"各位婶婶,你们能否谈点别的话题,老在背后评论一个姑娘,这样不好吧。"

电话铃响了,程甘霖接起电话,是父亲打来的。父亲问他:"甘霖,你妈和阿姨她们都回来了吗?"

"是的。"

"美嘉一起过来了吗?"

"是的。"

"你让美嘉接电话。"

程甘霖把电话交给邝美嘉。程全贵在电话里说:"美嘉,今晚你伯伯有个重要的生意要谈,对方是美国人,长一张中国脸但不会讲一句中文。他们带了自己的翻译,但你伯伯不放心,你赶紧过来。"

邝美嘉回答:"好,我这就过去。"

"我让甘霖开车送你,到时候你坐在伯伯身边,少说话多听,必要的时候提示一下。"

"明白。"美嘉放下电话,让程甘霖送她。程甘霖从别墅出来,终于透了口气。邝美嘉坐在副驾,从包里拿出化妆镜补妆。

程甘霖说:"别臭美了,要是星探碰到你,你得改行。"

"星探碰到我,我还是现在的我。"邝美嘉不屑。

"我可不信,哪有女人不想做明星的。"

"我就不想。别看我这样,骨子里挺传统的。在外面风风火火,回家便是个家庭主妇,其实我更愿意享受家的温馨。"说完这话,邝美嘉偷偷地看程甘霖一眼。在她接触的异性里,程甘霖是一个含蓄内敛的男子,给人稳重踏实的感觉,这是她很少遇到的类型,也是她心仪的。程甘霖不敢继续这个话题,故意打岔,说:"我有一份从美国寄来的检验报告,能帮我翻译吗?"

邝美嘉爽快地答应:"可以。"

"后座公文包里,有个大信封。"

邝美嘉拿到公文包,抽出检验报告,粗略看了一下,对程甘霖说:"个别金属元素很少接触到,需要查阅一下,明天交给你。"

"感谢!明天请你吃饭。"

邝美嘉高兴地说:"帮个小忙而已,你太客气了。"

送走邝美嘉，返程时正值下班高峰，程甘霖从小巷子抄近道，没想到遇到两辆车相撞，把巷子给堵死了，好容易从塞堵中解放出来，回家晚了些。刚进屋，一个操东北口音的阿姨招呼程甘霖，说："快来，大侄子，我们都吃完了。"

　　殷惠珍说："这么久不回来，以为你和美嘉一起赴宴去了。"

　　程甘霖说："今天运气不好，堵了好久的车。奶奶呢？"

　　"吃过了，楼上看电视。"

　　"容秋呢？"

　　"还有菜没做完。"

　　程甘霖扫了一眼餐桌，说："这么多菜，不用做了吧。"

　　殷惠珍说："怎么不做？你还没吃饭呢。"

　　母亲的朋友们围坐在餐桌旁大聊特聊"麻将经"，她们面前摆着大大小小的盘子和碟碗，有的菜根本没动。程甘霖径直来到厨房，拉住秦容秋，说："别做了，菜根本吃不完。"

　　秦容秋说："快了，你先去陪客人。"

　　程甘霖说："跟她们没话说，我来帮帮你。"

　　不知啥时候，殷惠珍一言不发堵在厨房门口，只听"哐当"一声，什么东西砸地上摔碎了。突如其来的声响惊到所有人，餐厅那边客人问："摔什么了？"

　　殷惠珍说："没什么，不小心摔坏一只碗。"

　　"碎碎平安，碎碎平安……"那边的人念道。

　　殷惠珍勉强附和，说了一句："碎碎平安。"

　　最后一道菜还没上，客人都下桌了。秦容秋没过去吃饭，她已经饿过了头。低头看垃圾桶，从地上收集起来的碎瓷片零零散散铺在最上面，那只碗破碎时的声音还回响在耳边。透过厨房的窗户，对面站着一排低矮的细竹，这些观赏竹不如家乡的青翠高大，但它们与风交谈时的窸窣声和家乡的一样。秀梅曾善意地提醒她，婶婶刻薄，看不起农村人，当时她还在心里责备秀梅不要妄自菲薄，自己要看得起自己。事实恰好相反，秀梅用行动证明了农村人的骨气，而妄自菲薄的那个人是自己。秦容秋历经艰辛想要走进程甘霖的生活，表面上看似跟心爱的人生活在一起了，实际被严严实实地挡在他的世界之外。

　　时间不早了，宾主尽欢。程甘霖驱车送客人回家，轿车驶出小区西侧门，穿过林荫道，钻入霓虹与黑暗相交映的光影之中。不知从什么时候开始，母亲从一位守护儿子的美丽天使变成拥有巨大能量的超人，母亲越强大，儿子越软弱。

第三章

容秋的心就像那只摔碎的碗,经历瞬间的疼痛破裂成了一地的碎片。碎了也就碎了,谁都不会惦记也不会在意碗柜里是不是少了一只碗。

进入主街道,一辆公交车与程家的轿车擦身而过。公交车前排坐着一个身材纤瘦的女孩,这女孩正是回家途中的程甘露。

月　斑　斓

一

黎明时分,秦容秋醒来,总觉得背心凉飕飕的,翻来覆去没法入睡。她起床,套上一件睡裙,绾起长发走了出去。

"泡半小时再下米,熬出来的稀饭会黏稠一些。起锅时候撒点面粉、小撮就可以了。"这是殷惠珍教给容秋的"稀饭经"。米泡好了,煮涨一锅水再下米,将汤匙沿着同一个方向搅拌。这个环节很重要,要达最佳口感,一锅粥熬到完全黏稠松软。馒头蒸好了,秦容秋做了几个小菜端上桌。

奶奶睡眠时间不长,这个点儿早起床了。甘露昨晚回来得比较晚,今天去不去学校也不清楚。秦容秋上楼接奶奶,碰到程甘露从楼道俯冲下来,告诉她早餐准备好了。不等把话说完,程甘露说:"不用,今天要赶早。"

"你……那……"秦容秋想问耳环的事:"耳环找到没有?"

程甘露淡淡地回答:"自己不小心呗,哪儿找去?"

秦容秋说:"挺漂亮的,丢了怪可惜的。"

"岂止漂亮!"程甘露冷笑一声,打开门走了。奶奶的房间是二楼主卧室,房间很大,里面有小卫生间和一个漂亮的阳台。门厅外面有一条宽敞的走廊,除了公共盥洗间,另外还有三个房间。兄妹俩各住一间,剩一间客房空着。

兄妹俩的房间布局差不多,不同的是格调不同。程甘露的以暖色调为主,墙上贴着各种贴画。化妆台上,堆着各式各样的化妆品,大小各异的瓶子着实让人眼花缭乱。比起衣柜,化妆台还不算啥,三开门的柜门总也关不严实。当她打开柜门,堆积如山的衣服一下子倒下来压在她身上。秦容秋花了半天工夫才把衣服分类叠放整齐,衣柜整理好,还帮她把屋里的"烂摊子"收拾规整了。

甘霖的房间以冷色调为主,没有多余的东西,物品摆放有序。这里是她最愿意停留的地方,秦容秋每次进去就想多待一会儿。

三楼房间的布局与二楼相同,殷姨住主卧,程叔自己住一间,另外一间布置成书房和储物间。书房里摆放着两个大书架和一个茶柜,茶柜里收藏了不少茶叶,送给甘霖的古树小饼茶也在其中。

别墅客厅上方是中空的,一盏大型的法式水晶吊灯悬挂在顶上,像一个倒挂的宝塔。剔透的珠子颗颗相接,环环相串,一旦通电通体透亮。不过,平时只要把客厅的副灯打开就足够亮堂了,这么阔气的灯其实很少派上用场,只有客人来的时候开一下。秦容秋最喜欢打量这盏水晶灯,不仅仅秦容秋,估计所有爱幻想的灰姑娘都向往水晶般的梦。

别墅各楼层玄关和拐角处养着大盆热带花卉,有红豆杉盆景、大花蕙兰和红枫高盆。这类盆景占地儿,只有居住面积足够大、冬天能取暖的大房子才能养活。秦容秋从来没见过这么精致的盆景,不仅花卉漂亮,连花盆都很考究。殷姨曾提醒说这些植物只需定期浇水,养护方面花行会派专人来。秦容秋很喜欢它们,看到上面落灰了,就用湿毛巾擦洗叶片。

早餐准备好了,程全贵父子来到餐厅吃饭,他们招呼秦容秋一起用餐。程全贵看着餐桌上摆着好几盘剩菜,半开玩笑地说:"看样子昨天晚餐很丰盛啊。"

"把容秋给累坏了,晚饭都顾不上吃。"说起母亲,程甘霖话里有话。

程全贵说:"还不是你妈整的,才几个人,整那么多菜干吗。你今天别去店里了,带秦容秋出去逛逛吧。"

程甘霖说:"今天不行,约好和邝美嘉一起去谈租房的事,房东有意向让我们一次签十年,条件是装一个品牌电梯。"

程全贵问:"每年租金递增多少?"

程甘霖回答:"不递增,十年内租金不变。"

租金十年不递增这样的条件,程全贵也很满意。他让儿子尽快谈妥,把合同签下来。早餐结束,父子俩涉及另一个严肃的话题——跨国贸易。程甘霖对父亲说:"爸爸,你想想,哪怕一倍的利润,50吨那也是100万啊。"

程全贵抬头看了儿子一眼,反问:"那你算算,我们需要垫付多少?"

程甘霖心算了一下,报出一个令他惊讶的数字:"至少一百万。"

程全贵看问题很尖锐,说:"一百万意味着什么你知道吗?开'一分店'时,我们把总店抵押了,要垫付这一百万,只有别墅可以抵押。如果这批茶出现什么问题,我们就得露宿街头。"

程甘霖争辩道:"海上运输风险有保险公司担着,再说邝副会长是大股东,人家几千万的集装箱呢。他们都不怕,咱们怕啥?"

"我指的不是运输风险,包装好的货在运输过程中不会有多大问题。主要是质量标准不好办,假如对方一口咬定验收不合格,岂不掉坑里了?"

"爸爸,我们把样品发过去请那边验收,验收合格后再把样品封存起来,按照样品组织货源不就万无一失了?"

程全贵问:"那本金呢?"

"这个容易,先付小部分,其他等收到款再付。"

"你去茶厂联系一下看看,那么大一笔款厂家不可能答应拖欠的,再说马来西亚那边要是赖起账来,我们就束手无策了。"

"爸爸,别忘了邝副会长这层关系,我们才九牛一毛,您太多虑了。"

"不是爸爸多虑,冒这么大风险不值得。儿子,我们身边就有不少因为谋求高额利润落得全盘皆输的例子,那是一输全输的教训。再说我们跟邝副会长才几面之缘,他为何要分一杯羹给我们,你没想过吗?天底下没有免费的午餐,不属于自己的不要觊觎,你还是好好经营茶庄吧。"

"好吧,那我们出发。"程甘霖很无奈,他根本没法说服父亲,和父亲一同出门去了。父子离开不久,殷惠珍从楼上下来,她发现盆景上的花叶是潮湿的,问秦容秋:"你把花都浇了?"

秦容秋回答:"没有,殷姨,我只是用湿毛巾擦洗了一遍。"

"储藏室有喷壶,用喷壶就行。"殷惠珍看了看泥土的颜色,拿手指摁了一下说:"可以浇水了,记得每次浇水要浇透。"

"好的。"

殷惠珍想起入户花园新种的花,问:"你外面种的什么?"

"茶花和玫瑰。"

"怎么不跟我说一声?下次花行的来保养,让他们种点名贵的花卉在里面,别什么乱七八糟的往里面栽。"

秦容秋说:"菜有点凉了,我给你热热?"

殷惠珍看到桌上的剩菜非常不高兴,说:"你怎么把昨天的剩菜拿出来?我都告诉过你了,当天的剩菜还可以凑合,隔夜的不能要。"

秦容秋不知所措,小心翼翼地说:"这些菜还没动过,想着扔了怪可惜的。"

"隔夜的菜有亚硝酸盐你懂不懂？致癌的！早上少睡会儿炒一两个新鲜菜不费事儿吧。"

殷惠珍二话不说，把餐桌上的菜一盘一盘端起来，全倒进垃圾筐。秦容香看着心疼，要是在家里这样浪费，父亲早拿扫帚柄打在身上了。她说："殷姨，留着吧，我吃，没事的。"

"把剩菜给你吃岂不是亏待了你，说出去多难听。"

秦容秋像被人打了耳光，脸上火辣辣的。她默默地走开，跑楼上打了一盆清水擦地板去了。她把秀梅送的护膝套在膝盖上，从走廊的一头擦到另一头。不知什么时候，一滴亮晶晶的泪珠从眼眶滑了下去，"扑通"一声掉进盆子里，消失在一汪脏水中。

<h1 style="text-align:center">二</h1>

走进办公室，程甘霖泡上一杯绿茶，坐在办公桌前发呆。在父亲眼里，自己是永远也长不大的小孩，在父亲的经验面前，自己永远都是幼稚的。程甘霖非常苦恼，说服不了父亲，就会错失难得的挣大钱的良机。他侧着脸，双手放在桌上，十指轮流敲击着桌面，脑子里突然蹦出一个人，邝美嘉，没错！如果得到邝美嘉的帮助，拿到马来西亚方验收样品的确认书，这样一来父亲就没理由反对了。

店长进来汇报，说有几款茶断了货，还有几款库存严重不足。程甘霖把这张报表拿在手上浏览，发觉从容秋家购进的普洱七子饼销量排在第一。他把脖子往后一仰，洋洋得意地笑了起来。就在这时，电话响起，想不到是邝美嘉打来的。程甘霖说："美嘉，我正要给你打电话呢。"

邝美嘉在电话里说："刚刚译完检验报告，告诉你一声。从样品里检测出几项不明元素，不属于金属。里面还包含一种发光物质，也是未知的。这份报告来自美国新泽西州地质勘探局的实验中心，按理说没有理由怀疑。"

程甘霖说："当然了，所以我挺好奇的，总想弄个明白。"

邝美嘉问："上面说标本来自一个手镯，手镯在吗？"

程甘霖犹豫了一下没有正面回答，说："我们见面再谈吧，中午 FRENCH BISTRO 法国餐厅用餐，我来公司接你。"

邝美嘉说："不用了，我自己开车，餐厅见。"

程甘霖看了看手腕上的表，已经十点半了，FRENCH BISTRO 法国餐厅距离

"一分店"比较远,为了不迟到,程甘霖匆匆地出发了。邝美嘉戴着一顶飞碟形白色宽边大圆帽,看程甘霖在餐厅外面等候,不确定地问:"我迟到了吗?"

"没有。"程甘霖伸手接过邝美嘉手中的帽子,一根粉色的飘带拂过他的手背。邝美嘉大大方方挽着程甘霖的手臂一起走进餐厅,一位身着黑色燕尾服、戴着白色手套的侍者迎了过来,彬彬有礼地接过他们手里的衣物,另一位身材高挑、腰板笔直的侍者带领他们入座。

FRENCH BISTRO 法国餐厅是典型的欧式风格,有着奢华的超高、超宽的空间感和强烈的色彩对比,两人选择靠窗的位置相向而坐。餐桌上铺着洁净的乳黄色垂边台布,摆着两套镶着金色花纹的象牙色餐盘。水晶杯玲珑剔透,让人担心一不小心会破碎。餐厅中间是一条宽阔的走廊,走廊上面铺着酱紫色菱形格子大理石地板,地板透亮得能照出人影。走廊中间每隔几米就放了一个两米高的巨型水晶灯罩,虽然正值午时,灯罩依然透着乳白色迷幻的光。这光亮似水一般缓缓流动,看到它的人忍不住浮想联翩。座位的另一侧是一扇巨大的多彩玻璃宙的花窗,花窗镶嵌着熠熠闪光的金色立体纹饰,边框还雕刻着异域风情镂空流金的图案。餐厅设计风格可谓古典艺术与现代审美完美结合,来这儿用餐可谓美食与艺术双享受。

邝美嘉把报告和一页书写娟秀的汉语翻译交给程甘霖,说:"简直太神奇了,想不到世上还有这样的宝物。"

程甘霖一面阅读一面搭话:"是啊,我也感到不可思议。"

邝美嘉说:"宇宙之浩瀚,除了我们力所能及的认知领域,还有更广阔的未知世界。人类最终还是无知的,我想这是上帝的旨意吧。"

程甘霖惊异地抬起头,想不到邝美嘉讲出这样的理论。她继续讲:"上帝的旨意就是用无法跨越的距离把物种分隔开,让它们永远没有交接的可能,以此来维持宇宙的平衡。所以,所谓距离的差距其实就是时间,当距离无法用数字单位准确表达时才有'光年'的概念。"

程甘霖放下译文,端起杯子大口喝水,好像邝美嘉讲的一席话让他感到口渴。美嘉不仅英文好,见识广,思想还相当深邃。程甘霖思索了一下,说:"你的论断很独特,照你这么说,生活在不同世界的生命有交接并非好事。"

邝美嘉说:"我认为不是好事,虽然生活在同一时期,但生命间的进化程度是不同的,你能想象恐龙时代的动物和我们人类交接吗?"

程甘霖若有所思,完全认可邝美嘉的论断。

"如果这个报告可信,则是不同世界的物质意外的一次相遇,很显然这只手镯里的某种元素来自地球以外,说不定来自另一个高级文明的世界。"

程甘霖说:"是的,有流星雨时,这只神奇的手镯会发亮,我亲眼见过。"

"哦,你说亲眼见过?"邝美嘉的红唇变成一个"O"形,和玻璃缸里等待进食的热带鱼的嘴差不多。

他说:"是的,当时手镯放在上衣兜里,容秋也看到了。这样的现象她以前碰到过一次。"

"容秋?"邝美嘉不谈手镯,话题定格在这个名字上,"容秋是谁?"

程甘霖被问得面红耳赤,一时间竟然无言以对。名字很熟悉,邝美嘉顿了顿,几乎快要想起这个人了。

"我想起来了,你家的保姆叫容秋,云南来的。"邝美嘉终于说出这个名字。

"她不是保姆,是我——"程甘霖根本没法定位和容秋的关系。

"是什么?"

"算是远道而来的朋友吧。"

"够远的,冲着你大老远从云南跑来?"邝美嘉联想到茶庄"茶旅禅行"摄影走廊墙上那个女人的照片,恍然大悟,难怪第一次见她觉得眼熟。

"你们啥时认识的?"邝美嘉问。

"春天去云南考察的时候认识的,我们茶庄的普洱茶全从她家进的货。"程甘霖有点儿紧张,简明扼要地回答,努力将语调维持在正常状态。

"既然如此,你干吗还跟我相亲?"邝美嘉直接把话挑开了。

一个打着领结、穿着马甲的侍者送来精致的菜谱,邝美嘉把他挡了回去:"谢谢,暂时不需要。"侍者微笑了一下转身离开。

程甘霖六神无主,不知道如何应答。相亲是母亲一手安排的,当时根本没想那么多,更没想到会造成今天这样的状况。

邝美嘉蒙受奇耻大辱,连叔叔婶婶对程甘霖的厚爱都受到侮辱和践踏,愤慨之下起身要走,说:"我不太舒服,不想吃东西。合作的事暂且搁置一下,以后再说吧。"

程甘霖焦急万分,抓住邝美嘉的手臂,央求道:"别这样,美嘉,你听我解释。"

"解释什么?"

"真的好抱歉!我不是故意的,因为那时我跟她并没到那一步。"

"如果你早一点告诉我，本可以祝福你的。"

"美嘉——"

邝美嘉甩开他，头也不回地离开了餐厅。

三

大俊一大早搭上开往云西的早班客车，回到家时太阳还垂挂在西边。他没有回自己家，而是直奔秦家。昨晚的梦太真切，分明看到秦伯在承受痛苦。

一口气跑到秦家，大木门半掩着，侧身进去听到女人说话的声音。这声音轻柔恬静，好像母亲在给即将入睡的孩子讲故事，也像钟情于文学的人陶醉在阅读中。这声音对于大俊太熟悉了，不需要判断就知容香妹妹回来了。

容香的声线和姐姐颇似，但这家伙平时说话大大咧咧，做事风风火火，一点儿都不像她姐姐。大俊尽量放轻自己的脚步，慢慢靠近堂屋的大门，以免破坏难得的温馨。

"想你和妹妹！本来早该回家，因为甘霖奶奶年迈体弱，一时找不到合适的人照顾，只好推迟回家了。"秦容香的声音如和煦轻风，停顿了一下，信纸翻页，"家里都好吧？阿爸一定要注意保重身体，妹妹补习完功课很快也要回来了。等到秋天稻花飘香，我就坐上南下的火车……"

读到这里，秦容香抬头观察父亲的脸，那张饱经风霜、布满褶皱的脸风平浪静。下垂的眼皮有意无意地遮盖着混浊发黄的眼睛，干瘪的眼袋疲惫地耷拉在眼睛底下。秦原生一言不发，喜悦和悲伤全都隐藏在心里。

这些日子，大俊已经接受现实，并且找到了人生的坐标和生活的重心。听到容秋传来好消息，心里既酸楚又安慰。他在想，"稻花飘香"的时候自己正在昆明做生意，不碰面是最好的安排，未等信念完，大俊便悄悄地离开了院子。秦伯身体健康，容香妹妹回家了，秦容秋找到自己的幸福，这下可以放心地走了。

往后的日子，大俊每天早出晚归和秦原生一起忙地里的活。秦容香除了在家做做饭，复习复习功课，从不沾农活。这些年在县城读书，小姑娘的皮肤变得比城里人还白皙。自从小女儿受伤，秦原生格外心疼她，再也不要求她做什么，严父变成了"慈母"。

吃过晚饭，侯弟芬未跟任何人打招呼就要走。金大伟问她怎么了，她爱搭不理："我要出去一趟，回来晚，给我留门。"

"要不我骑摩托车送你？"在老婆面前，金大伟更像《阿拉丁神灯》里忠实的灯神,在主人面前俯首帖耳。

侯弟芬对丈夫说:"不用了! 你一个大男人,干点正事好不好? 跟你说倒是听呀,找咱妈问问去,究竟给了大俊多少? 别得罪人的话尽让我讲。"

"知道了,去吧去吧。"大伟不愿意争论这件事,作为兄长,跟自个儿弟弟有啥好计较的。

天黑之前的小村比一天中任何时候都饱含生活味儿,做饭的人家房顶上升起袅袅炊烟,开饭的一家子围着桌子大快朵颐,还有已经吃完饭收拾妥当的,迫不及待走出院门观望,吊着亮堂堂的嗓音和邻居拉家常。

侯弟芬一个人在小道上快走,打算去找唐筱雅,其实也没啥正经事,主要是心里憋屈得慌,想找人个倾诉一下。到唐筱雅家,唐筱雅家院门大开,里面静悄悄的。唐大爹独坐在小木凳上抽水烟,见到侯弟芬进来往里屋指了指,意思说人在里面。唐大妈坐在草墩上编竹筐,勉强地跟她一笑,问:"吃过了吗?"

"吃过了,你们呢?"

"我们早就吃了,她在里面生闷气,饭也不吃。"

"怎么了?"

大妈努努嘴,小声说:"谁知道呢? 整天想一出是一出的,我们说啥都不听,你讲去劝劝吧。"

唐筱雅的房门挂着一副发黄的塑料珠帘,门是虚掩的。推开一看,唐筱雅正盘腿坐在床上,用一个小木箱当桌子,吃花生米,喝葡萄酒,看样子刚开始。侯弟芬坐到床边,伸手抓起一颗花生米放嘴里,问:"你妈说你没吃饭,怎么了?"

唐筱雅没回答,只说:"上床,喝酒。"

侯弟芬迅速脱下鞋子,也盘腿坐床上,说:"我不会喝酒,还是陪你吃几颗花生米吧。"

唐筱雅从床头柜里拿出一个白色大瓷盅,上面印着雷锋的头像和红五星,边缘还锈缺了几道口子。她抓起葡萄酒瓶往里面倒酒,边倒边说:"来都来了,哪能不喝。"

侯弟芬看着瓷盅里红色的液体,耸耸鼻子皱皱眉头。唐筱雅瞟她一眼,一脸嫌弃:"你别那样的表情,里面装的是酒又不是血。"

"你咋了,说话那么瘆人。"侯弟芬小心翼翼地端起瓷盅,试探着抿了一口,舌头被葡萄酒的酸涩扎了一下。

唐筱雅却喝了一大口,觉得不过瘾,将剩下的酒全喝掉了。嘴上说:"我要走了。"

"走哪儿去?"

"云游四海。"唐筱雅一本正经,"我已经看破红尘,厌倦世俗,到没有人认识的地方去,做一个孤独的流浪者。"

听到这话,侯弟芬忍不住捂着嘴笑:"得了吧你!不是说给家里盖房子吗?我看你呀,攒了点小钱就烧包得慌。"

"盖啥房哟,哎!成天被我爹妈催婚,都要烦死了。"

"你搞对象了?"侯弟芬很惊讶。

"搞啥呀!后来又相了十来次亲,都心灰意冷了。"

"毕竟回到农村了嘛,起点低了。"侯弟芬一副善解人意的样子。

"关键是我看上的都没看上我,看上我的,我都看不上。不找了,一个人自由自在,想去哪儿就去哪儿,想干啥就干啥。"唐筱雅边说边给自己倒酒,劝起酒来,"来来,大口点。"

侯弟芬扭扭捏捏地喝了一小口,嘴里酸甜酸甜的,也没有想象的那么难喝。吃了一会儿花生米,两人喝开了。

侯弟芬把嘴凑过去说:"有个好消息告诉你。这么跟你说吧,我小叔子和那女的彻底分了。那女的去北京投奔她男朋友了,这次我小叔子真的死心了。"

听到这话唐筱雅并没来精神,只是挺了一下身子,喝了一口酒。酝酿了一会儿,她才说:"侯姐,不瞒你说,我现在对你小叔子不感兴趣。那次我的腿崴伤,脚踝肿得馒头那么大,多么希望他来看看我。一开始以为他忙,后来才知道他心有所属。你不知道我当时的感受,这颗滚烫的心呀被无情地挂在屋檐下吹凉风,时间长了干透了。"

唐筱雅说她的心被无情地挂在屋檐下吹凉风的时候,侯弟芬联想起自家屋檐下一串串辣椒和苞米棒子,常常被风吹得摇来晃去,时间一长,焦干焦干的。一瓶酒下肚,两人开始抢着说话,至于讲的什么全都稀里糊涂。

唐筱雅又开了一瓶,不用劝,一会儿又喝没了。侯弟芬从来未体验过这种飘飘欲仙的感觉,借着酒劲把家里那些事全都说了出来。小叔子去昆明跟人合伙做生意,不知道拿走家里多少钱。这件事在她心里搁着,就跟鞋里搁着小石子一样。平时,大伟跟牛一样任劳任怨,大俊倒好,住家里的吃家里的,却没名没分地给秦家出力。公婆呢,任由着他,还把好处都给他,这不明摆着偏心眼吗?侯弟芬苦闷极了,讲到动情处还洒下几滴眼泪。

天完全黑尽,各家的狗已不再对着院门空吠,侯弟芬起身告辞,嘴里哼着不着调的曲儿,晃晃悠悠地回家了。

父母的房间灭灯了,大俊也睡了。大伟关掉电视赶"小狗"上床睡觉,等了好一阵不见人回来,心想,好端端的,不可能为大俊那点事儿跟我赌气吧?大伟正纳闷着,看到她趔趄着步子进屋来。脸、脖子、手臂,凡是衣服没遮挡住的地方全是红的,一眼便看出喝了不少酒。大伟盯着老婆细细打量,瞅她身上的衣服又瘦了,耷拉得厉害的那对奶子裹在一件败了色的 T 恤衫里面,腹部圆鼓鼓的,腰上还挂着一圈肥膘。说实话,刚结婚那会儿,老婆的身材还可以,胸部坚挺,水蛇细腰,皮肤光溜,长得也不算太难看。不知怎的,生了儿子之后皮肤不再水灵了,身材完全走了形。不过这些丝毫不影响她招人稀罕,只要看到她胸前那对活蹦乱跳的"大兔子",大伟身上那只"猎狗"就不安分。平日里老婆跟他发脾气,在他面前使性子的时候,大伟心里想:臭婆娘,跟我凶。你等着,到了晚上老子把你好好收拾一顿。

"'小狗'他爹——"侯弟芬扶着墙娇滴滴地喊,扭扭捏捏往他那边来,软得跟面筋儿似的。眼见悍妇变娇妻,金大伟顿时没了脾气,慌忙去扶她。侯弟芬张开一双肥实的手臂箍在大伟的脖子上,酥软的胸脯贴着他的身体,满身赘肉乱抖。这个八尺男人被撩拨得无法自持,他喜欢极了老婆现在的样子,抱着她又吃又啃。

"关灯!"想不到侯弟芬比他还猴急。金大伟听话地拉灭了电灯,不失时机地打探,"快说,跟谁喝的?"

"唐筱雅。"

"还有别人吗?"

"在她家里,哪有别人。"

大伟心里想:这酒原来是个好东西啊!

两人紧锣密鼓地扒衣服……

"老公以后给你买酒,天天喝,天天醉……"大伟喘着粗气,干起晚上的活来和白天一样卖力。侯弟芬完全瘫软了,全身滚烫,嘴里也哼哼唧唧的。一开始,大伟还说隔壁有人,声音小点儿。等他忘乎所以的时候,嗷嗷叫开了,隔壁的隔壁都被惊扰了。

外面传来声音,接着有人凄凄惨惨地号,还有宝贝儿子小狗的哭声。极短时间内,金家的灯全亮了。大伟夫妻哆哆嗦嗦地套上衣服跑了出去,看到院坝地上,大俊赤裸着上身骑在一个陌生男人身上挥舞着拳头。小狗在一旁站着,咧着嘴放声大哭,大俊送给他的那只黑色的小手电还拿在手上,发着光。

"我的狗儿呀!"侯弟芬冲过去抱住孩子。看样子孩子被吓坏了,哭得嗓子都哑了。大伟找来一根结实的麻绳把那人的双臂捆住,连双腿也绑了,扔到院坝中央。

父母看到眼前一幕,问发生了什么事。

大俊说:"这家伙进来偷摩托车,被小狗发现了。"

"他是怎么进来的?"大家都很疑惑。院墙那么高,就算翻墙而入,也听得到动静。

大俊往那人身上踢了一脚:"问你呢?怎么进来的?"

那人含混不清,回道:"门没关,偷偷进来的。"

大伟这才想起晚上给老婆留了门。侯弟芬喝醉了,回来的时候忘记把门关上。

小偷很会审时度势,一个劲儿告饶:"放我走吧,行行好!我是初犯,第一次……错了,错了,以后再也不敢了,你们宽宏大量给我一次机会吧。"他一面求饶一面挣扎,突然猛吸一下,"啪嗒"吐出一口带血的口水。众人一阵恶心,还没来得及制止,接着又来一口,"啪!"一声脆响,有白色的东西吐出来,仔细一看,原来是牙齿。

"你看,牙齿都掉了好几颗,遭报应了……"说着说着,两行黑乎乎的血从鼻孔流了出来,一些滴到地上,有的灌进嘴里。侯弟芬看不下去,抱起孩子回房间。大俊母亲戳戳儿子,小声说:"儿呀,你下手也太狠了,把人打成这样,弄不好要赔医药费的。"

大俊也感到蹊跷,掂量了一下自己的拳头,刚才不过是做出很凶的样子,实际上根本没使多大力。大俊走过去又是一脚,问道:"你可要说清楚了,是你大爷我把你打成这样的吗?"

小青年淌着脓血鼻涕,张着血糊糊的嘴,连呼:"不是大爷打的,是我自己撞的,不关大爷的事。"

大伟好奇地问:"你撞哪里了?"

"大爷啊!我真是倒八辈子霉了。进院子看到一辆摩托车,本想偷偷摸摸把车子推出去。突然,一个小红点照在我额头正中央。我的妈呀,电子游戏玩多了,以为是狙击步枪瞄准了我,吓得撒腿就跑。黑乎乎的没看清门在哪里,一头撞在墙上。"

母亲问:"什么小红点?"

大伟说:"是大俊给小狗买的手电,有红外线功能。"

事情搞清楚了,对于如何处置小偷,大家发生了争论。最终,大家还是决定把他放了。一方面时间太晚,不可能大老远扭送到派出所。另一方面小偷太脏,留在家里恶心。大俊和大伟给他松了绑,这家伙一骨碌爬起来,居然双手抱拳说"后会有期",然后啐了一口唾沫,大摇大摆地走了。

送走瘟神,母亲赶紧关上院门。以防万一,大伟把以前拴狗的铁链子找来捆摩托车。大家互相安慰了一番,各自回房间去了。

第二天一早,母亲起来清洗院子。她打了好几桶水,又是撒洗衣粉,又是用刷子刷,把地面弄得干干净净。吃过早餐,大俊戴上草帽去秦家,最后一天把活干完就可以去昆明了。走出家门,他惊讶地发现自家围墙被人用红油漆涂鸦,还写了不少污言秽语,一看便知道是昨晚那小偷回来捣的乱。金家人很气愤,后悔放走了那坏小子。大家也很担心,这家伙因"小狗"才撞伤的,会不会起歹心报复孩子?大家临时决定让侯弟芬带孩子回娘家住一段时间。为防小偷再来捣乱,大俊推迟了几天去昆明。

一连几天,大伟和大俊两兄弟半夜起来到外墙巡察,未发现异常。又过了几日,昆明顾有银打电话来催。接到顾有银电话的当天下午,大俊去了趟秦家。这次真的要走了,心里多有不舍。去昆明的事儿至今未跟老人提过,去的路上,大俊临时打了一下腹稿,这样讲:"秦伯,大俊要出去闯闯,不能照顾您了,您老今后一定要保重好身体。"大俊自己体会了一下这番话,这么说似乎并不能表达对老人的不舍之意,接着又"演练"了几次,不知不觉来到秦家院子门口。正要推门进去,听到院墙内秦容香的呼喊声:"阿爸,你怎么了!阿爸……"

"不好!"大俊冲了进去,看到秦老躺在院子的地上,表情异常痛苦。秦容香无能为力地扶着老人的头,看到大俊来了仿佛看到救星。大俊说:"你按住人中,我去开拖拉机,赶紧送医院。"

秦容香焦急地问:"人中在哪儿?"

大俊指指自己的鼻子下面,嘴唇沟中间。不一会儿,金家人来了。大家小心翼翼把老人抬到拖拉机后厢躺下,金妈妈还事先铺了一条厚厚的褥子在上面。为了防止拖拉机颠得太厉害,大俊挂着最低挡行驶。开出去没多远,老人一口一口呕吐起来。大俊把拖拉机交给大哥,背上老人步行。到了大路边,等来一辆中巴车经过,大家伙儿以最快的速度将老人送到云西县人民医院急救。

月　无　形

一

程甘霖呆呆地坐在办公桌前,什么也干不了,什么也不想干。一小时过去,两小时过去,跟房东约好三点钟洽谈,时间快到了,邝美嘉那边连一点音讯都没有。为了筹备"二分店",抵押贷款批下来了,装修款也落实了,做梦都想不到,在这节骨眼上,出了这么个岔子。

程甘霖再也没法"坐以待毙",他站起身简单整理了一下衣装,驱车直达"华顺贸易"。当他鼓起勇气来到邝美嘉办公室时,秘书告诉他邝副总经理下午没来上班。其实邝美嘉知道他会来,事先打过招呼不见任何人。此时不在别处,正在自己叔叔的办公室里。邝副会长听说这件事气坏了,叉着滚圆的腰咒骂:"这兔崽子也太不识抬举了,要不是他母亲一再跟你婶婶提亲,把他儿子夸上了天,怎么可能答应见面? 吃着碗里看着锅里的浑蛋玩意儿,明明搞了对象,还要相对象,他以为他是谁? 太子选妃呀!"

邝美嘉的眼里闪着泪,没有哭出来。邝副会长走过去轻拍她的背,心疼地说:"别难过,闺女,他程甘霖什么都不是,压根就配不上我们美嘉。不过我倒是好奇她这对象,你知道那女的是谁吗?"

邝美嘉抬起头,眼巴巴望着叔叔,话到嘴边却难以启齿。

"怎么了? 是不是很优秀? 不可能比我们美嘉更优秀吧? 明星? 歌星? 还是大公司总裁?"

邝美嘉吞吞吐吐,答不上这个问题。邝副会长以为这么问伤了美嘉的自尊,安慰道:"她是谁不重要,在我心目中没有谁能跟我们美嘉媲美。"

邝美嘉再也忍不住,稀里哗啦往下掉泪,边哭边说:"叔叔,我想不通,对象就是他家的小保姆。"

"什么!"邝副会长以为说的是"秀梅",很惊讶! 问道,"上次相亲的时候那个满脸黑痣的小保姆？吃饭都没上桌，就她那样的？"

"不是，那是他远房亲戚。"邝美嘉泪水涟涟，"这女孩是他今年春天去云南认识的，是个茶农的女儿。"

邝副会长暴跳如雷，骂道："我咒他祖宗十八代，这不明摆着欺负人吗？我要是他爹，非打死他不可。"

邝副会长气得鼻子、嘴一道出气，进出的都是热气儿，拉风箱似的呼呼直响。他吹着气，背着手，来回踱步子，突然笑了起来。邝美嘉不解，收住了眼泪，好奇地打量叔叔。

"你过来。"邝副会长拉邝美嘉一起坐在沙发上，语重心长地说，"其实没有什么好难过的。他程甘霖只有娶乡巴佬的本事，你要是掺和进去简直降低身份。你是独一无二的邝美嘉，金枝玉叶啊！"

刚才哭了一场，邝美嘉心里舒坦了一些，但还停不了抽泣："叔叔，你说我能想得开吗？我堂堂美国杜兰大学毕业的硕士生，还比不上一个啥也不是的农家女，长这么大没受过这样的侮辱，我是气这个。"

"你别那么想，宝贝，根本没有可比性。"邝副会长对侄女说，"话又说回来，这小子太欠揍了。这么着，叔叔给你做主，一条腿，一只胳膊你说了算。"

"不！"邝美嘉制止。

"咱们跟他家取消合作，断绝往来行不行？"

"不！干吗要取消合作呀？这么好的项目丢掉多可惜。这次合作可是打入茶叶行业不可多得的契机，我们看中的是北京茶叶市场的潜力，不是感情用事的时候。"

"好！"邝副会长拍了一个响亮的巴掌，不惜言辞夸奖侄女，"我就知道美嘉识大体顾大局，高瞻远瞩，目光长远。一个志向高远、胸怀大志的人不会纠结于眼前的细节琐事。好比一只雄鹰，它的志向在蓝天，它要捕食的是肥美的野兔、麋鹿，怎么会为了一只麻雀浪费时间呢？"

邝美嘉听了叔叔的一番话，脸上勉强地挤出一点笑容，其实在心里早已打定了主意。

没找到邝美嘉，程甘霖又去了她居住的公寓，敲半天门没有动静。午饭没吃，洽谈租楼的事告吹了，程甘霖沮丧的心情难以描述。一根杆子打翻一条船，一颗螺钉毁坏一部机器。程甘霖做梦都想不到，二分店、远洋贸易，一眨眼便成了泡影。

二

画展最后一天,学生会主席建议在横幅后面加上四个字"最后一天",便成了"北京艺术学院油画系助学绘画作品展最后一天。"

一位晨练的老太太,手上提着一把红缨"宝剑",盯着一幅人物画看。一名男生走过去跟老太太推荐这幅画,废了半天口舌,讲得云里雾里的。男生讲解结束,老太太问了一个问题:"既然是最后一天,可以打折吗?"

男生回答:"我们是助学义卖,不打折。"

老太太说:"打折跟助学义卖有什么关系?卖画也是买卖,菜市场买白菜还可以讲价呢。"

男生说:"几十块一幅的油画本来就不贵,画画很费工夫的。"

老太太不高兴了,正要离去。学生会主席走过来,对老太太说:"老人家,这幅画现在买回去才80元,过几年可能就飙升到800元了,再过十几年有人给你上万元,那时候你都舍不得卖了。"

老太太好奇地问:"怎么会那么值钱?"

"当然了,我们艺术学院是全国的名校,每一位学生都有可能成为名画家。今天你挑中的是我们班最有天赋的一位同学的画,他叫向高远,您老听听这名字多带劲呀,不仅飞得高,还飞得远。这么说吧,一幅画好比一只潜力股,这位同学将来出名了,这张画也会随之身价大涨。"

老人乐呵呵地把"宝剑"放一边,从裤袋里掏钱,嘴里说:"同学,你的话受听,这幅画我买了。"

程甘露忙着在画架中寻找自己的画,参展四幅只找到其中两幅,关键是《戴草帽的男孩》不见了。翻开销售记录,《戴草帽的男孩》果然登记在册,并且是以260元的价格成交的。程甘露真是哭笑不得,搞不懂谁这么没脑子,花这么高的价钱买这幅画!

程甘露向学生会主席问情况,学生会主席刚卖掉一幅画,满面春风跟她搭腔:"嗨!你的一幅画卖出去260元,得意了吧。买画的人是个中年男子,不像有钱人,有一条腿还高度截肢。"

听他这么说,程甘露对这位顾客产生了强烈的好奇心,让他多讲讲。学生会主席回忆了一下当时的情景,除了这人很特别,也没说出啥。

"还有吗?"程甘露追问。

"他留了一个电话,一开始打算等你调低价再跟他联系。"学生会主席把捐献簿翻开,指那个号码给她看。

"那么说他本意还是嫌贵?"

"当然啦,连我都嫌贵。"

"后来呢?"

"夹着画框,一瘸一拐地走了。"

"还有呢?"

"没有了。"学生会主席摊开手掌,表示什么都没有。程甘露无奈地叹了口气,人算不如天算,送给爸爸的礼物就这样泡汤了。这时,天空传来由远及近的轰鸣声,仰头看,原来是一架飞机,一只长着双翅但不会扇翅膀的金属"大鸟"。"大鸟"的头朝着南方,正慢吞吞地穿梭在一层薄云之中。

下午五点,画展正式结束,大伙围拢在一起盘点三天的"战果"。一共售出48幅画,进账3650元。庆功会AA制,在学校附近一家涮锅子店进行。欢庆结束,程甘露坐上回家的公交车,手上还扶着一个画框。落暮之下的北京城华灯初上,未能把《戴草帽的男孩》送给父亲,姑娘的心情有些受到影响。当她把《红玫瑰》带进家门,妈妈尖叫起来,抱着画爱不释手。父子俩正在楼上书房谈生意上的事,也被妈妈招呼下来。她激动得手舞足蹈,举着画对丈夫说:"程全贵,你看看呀,咱们女儿的杰作,送给我了。"

程甘霖取下小标签,啧啧两声:"哎哟,200元,难怪卖不出去。"

殷惠珍护着女儿:"我看值2000元。"

程甘露满脸不服气:"听到没有,哥,妈妈识货。"

程全贵由衷地高兴,默默坐在一旁欣赏女儿的画。殷惠珍要求儿子帮她把油画挂在自己房间,程甘霖拿着画陪妈妈上楼去了。见母子走开,程全贵带着几分难色问女儿:"丫头,那幅……那幅小男孩的,能不能送给我?"

"爸爸。"程甘露红着脸解释,"爸爸,那幅画卖掉了。我……对不起!已经标到260元,还是有人买。"她幽幽地看着自己父亲,内疚地说,"我再画一幅给您行吗?"

"算了,不用了。"

"真不好意思!"

"没关系。"

当晚程甘露躺在床上无法入眠,开灯关灯,起来躺下,翻来覆去就是睡不着。夜深人静心如明镜,这样的状态很难得,她决定起床重新画一幅送给父亲。程甘露穿着背心短裤,打开房间的灯,支起画架,一边画一边回忆当时的场景。一个清冷的夏日之晨,雾霭绸缪,隐隐约约的远山,近处绿苗青葱……一个小时过去,画上的背景基本呈现出来了。当画到最细致的地方,尤其是小男孩的面部表情时,程甘露很犯难。几次欲下笔,迟迟落不下去。接近凌晨,整幅画还看不出个所以然。程甘露对自己的表现一点儿都不满意,以此看来,凭记忆重现场景几乎不可能了。失望之余,她把画笔一扔,栽倒在床上呼呼大睡。不知睡了多久,外面断断续续有人敲门。

程甘露被吵得心烦,问:"谁呀?"

"是我,奶奶让我叫你起床吃饭。"外面是秦容秋。

程甘露看了一眼床头柜上的闹钟,中午 11 点 30 分,回答道:"知道了,我一会儿下来。"

她下床,感觉很难受。做了几个伸展动作,肌肉酸痛,骨骼像锈住一样。尔后,她简单收拾了一下跑下楼,奶奶也在餐厅,看样子今天只有三个人在家。程甘露问:"我妈又出去了?"

奶奶回答:"一早就出去了,她要不找点事干,没法打发时间。你学校的画展结束了吗?"

"结束了。"

秦容秋也参与进来,说话间对程甘露一脸崇拜:"甘露的画太棒了!一只画笔、一盒颜料就能描绘这么美的图案,真的好神奇。"

程甘露捧着饭碗吃饭,对她的夸奖没做任何表示。

秦容秋津津乐道:"我老家镇子上曾经有现场作画的,专门给人画肖像,五元钱一张,画出来跟黑白照差不多。"

"那叫人物素描。"本来不想搭理她,但对于她的无知,程甘露实在"忍无可忍"。

"一次我劝阿爸画一张,阿爸不愿意,说黑乎乎的,框在相框里面不就成遗像了。"

奶奶笑了起来,露出一排雪白的假牙,程甘露并不觉得好笑,也没必要假笑。她抬头望了一眼坐在对面讲笑话的女人,正用一个干净的小碗为奶奶打骨头汤。破窗而进的阳光经过过滤和折射,丝丝缕缕落在她的脸上,恰如其分地增加了侧面的亮度。以鼻子为界,另一侧正好处于阴暗面。在明暗光线的强烈对照下,程甘露惊讶地发现女人轮廓的线条如此优美。

她时不时观察一下,眼睛有意无意在秦容秋脸上"扫射"。原来,"好色"不分男女,对于艺术嗅觉敏锐的程甘露更是如此。秦容秋淡然秀雅,长期的乡村生活雕琢出迥然不同的气质,有人会把这样的气质看作"土气",在程甘露看来是自然。虽然因为丢失一只耳坠的事对秦容秋心怀芥蒂,但对于她身上特有的"田园之美"还是认可的。饭还没吃完,电话铃响了,程甘露接起电话听到曾帅的声音。她问:"曾帅!你那边几点呀?"

"早上6点。"

"怎么不睡觉?"

"有点儿失眠。"

"怎么搞的?"

"想你呗。"

"你那边咋样?"

"眼界大开,收获颇丰。"

"可要好好学呀!"

"必须!"曾帅这个越洋电话让她的心情一下好了起来。她身上不难受了,脸色也红润了,"噌噌噌"跑楼上去了。过了一会儿,她换好衣服下来,匆匆忙忙地走了。

这次,她来到学校艺术馆找管理员。画展结束,剩下的画和画架等物品暂放在馆内。进入艺术馆,她从存放的物件里面找到那本"募捐簿",翻到那个电话号码。程甘露鼓足勇气拨了一个电话,大概说明了一下情况,对方没有明确答复,留给她一个地址。程甘露从买画人的举动推测,这个人热衷公益,热爱艺术又有爱心,这样的人通情理,还画给她的可能性比较大。

地址显示,买画人的家离学校并不远,原以为这一带应该比较富裕,没想到背街的区域还隐藏着一片极不和谐的贫民区。主街道进入岔路,再从岔路走进小巷,之后拐进一条老街。这里的平房比一般的矮,黑瓦黑屋,盖得特别低。墙体青砖暴露,砖头掉皮缺角,有的还长着绿茵茵的苔藓,卫生条件就更不用说了。

一处矮小的砖瓦房外,一名年轻女子带着周岁的男孩玩耍,孩子牙牙学语,蹒跚学步。程甘露向女人打听:"请问闵思全老师住这里吗?"

"是的。"女子好奇地打量她。

"请问他在吗?"

女子回答:"他在,你找他什么事?"

程甘露回答:"我叫程甘露,是艺术学院的学生。为了一点私事拜访闵老师。"

"哦,那请进吧。"女人客气地领她进屋,进门是个小客厅。屋里光线很暗,女人打开了灯,让她坐在沙发上。客厅不大,室内的摆设简单陈旧。墙壁是新粉刷的,空当处还挂着几幅油画,油画的绘画水平很高,每一幅都堪称精品。"这人既然有这么好的画,干吗还要买我的?"程甘露在心里打鼓,要说献爱心吧,住这种地方并不具备献爱心的经济条件。要说物有所值吧,连她自己都不相信。正思忖着,一位个子较高的中年男子从里屋走出来,腋下夹着一根拐杖。

程甘露自我介绍:"您好,我就是北京艺术学院油画专业的学生,我叫程甘露……"话说到一半愣住了,男子左脸歪歪扭扭的伤疤令她大吃一惊。男子歉意地说:"对不起,小时候烧伤的,吓到你了吧?"

程甘露尽量不看他的脸,直奔主题:"闵老师在画展上买走的那幅画是我画的,我今天来想把它买走。"

男子笑了起来,问:"你既然不愿意卖,为何要展出?"

程甘露回答:"展出是为了完成任务。不知道您注意没? 这幅画标价很高,没想到这么高的价您也买走了。"

男子说:"我喜欢这幅画。再说,助学的画展,贵就贵点。"

经过几番对话,程甘露慢慢适应了男子狰狞的脸,不觉得那么吓人了。程甘露做好了充分的准备应对男子抬高价格,再次提出来:"闵老师,我把钱退给您,您把画还给我行吗?"

男子从沙发站起来,夹起拐在屋子中间来回踱步。程甘露有点儿沉不住气,自己把价格抬高了:"这幅画您花260元,我给您300元行不行? 您也知道,这次画展是义卖,卖画的钱全捐给学校的基金会了,我自己一分钱都拿不回来。向您买画的钱是我自己倒贴的。"

男子走到墙边站住了,他的头顶上方挂着一幅油画。如果让程甘露给这幅画起名一定叫"月无形"。月亮是主题,夜空是背景,这幅画色彩运用娴熟自如,画面调配异常巧妙,给人一种无限幻化的视觉感受。最传神的地方还不是夜空,而是夜空中的月亮。月亮既不是圆的也不是弯的,它若隐若现没有形状,像卷携的一阵风在夜空中旋转,又像一团火焰被风拉扯着。可见画画的人技艺之强，境界之高，真是一幅难得的佳作。程甘露望着画，有感而发："真是一幅好画！月无形，夜无形。"

姑娘懂他的画，男子很高兴。程甘露趁此机会说："既然闵老师的收藏都出自名家之手，我的画比起来未免太逊色了。就凭这点，闵老师应该会毫不犹豫把画给我吧？"

男子大笑起来，他的笑声高亢响亮："你那幅画挂在我的卧室，你说我犹豫不？另外，我也可以告诉你，这些画并不是我的收藏。"

男子让程甘露跟着，带她到另一个房间。这是一个画室，画笔和调色板还是湿漉漉的，一幅未完成的画留在画夹上。程甘露看到这些画跟触电似的，原来闵老师是画家！程甘露更加疑惑了，既然闵老师画得这么好，怎么可能看上自己的作品呢？不等她问，闵思全说："我喜欢你那幅画的意境，这样解释吧，你画上的小男孩就是小时候的我。我没有一张童年的照片，感谢你给我补拍了一张。所以，这幅画在我看来有着特殊的意义。"

听到这席话，程甘露对闵老师肃然起敬，再也不好意思讨画了。为这幅画大费周折，闵思全也很好奇，问："程甘露同学，这幅画即便卖掉了，你将来还可以画一幅新的，为何费这么大周折找我买画呢？"

程甘露回答："我爸年轻时候在云南西双版纳下过乡，那里种植着大片烤烟，画上的情景令他回忆起那段时光。见到这幅画时爸爸热泪盈眶，饭都吃不下，他特别喜欢画上那个小男孩，眼里满满的慈爱……"

闵思全认真地听着，若有所思。

程甘露眨着眼睛，调皮地伸了一下舌头，高兴地说："对了，对了！如果您同意，把画借给我临摹一幅咋样？"

"没问题。"闵思全说，"能否打听一下令尊的尊姓大名？"

"我爸爸叫程全贵。"

闵思全一个趔趄栽下去，幸亏离墙壁不远，上半身支在墙上才没摔倒。程甘露反应迅速，在闵老师跌倒时扶住了他。闵思全很不好意思地说："我有点低血糖，刚才眼睛黑了一下。"闵思全妻子闻声赶来，调了一杯滚烫的蜂蜜水让他喝下。见他缓过来，程甘露觉得不便，多有打扰，起身告辞。

临走，闵思全对她说："你看这样妥当不？《戴草帽的男孩》我临摹一幅送给令尊，以表心意。"

程甘露愉快地接受了，心想，闵老师水平不知比自己高多少，爸爸一定非常喜欢。于是,她说:"闵老师,等画好给我打电话,我过来取,报酬如数给您。"

闵思全说:"不要报酬,到时候把画给你送过去。"

程甘露非常高兴,既然闵老师好意赠画给父亲,来家里做客是理所应当的。程甘露当即道了谢,还替家人向闵老师发出了邀请。

从闵老师家回来,程甘露的心情特别好,那晚睡得早也很香。夜深了,别墅外围的路灯都关掉了,秦容秋独自在一盏小台灯下看书。每天上床以后的时间是完整属于她的,只要不至于太累,读书已经成为一种生活习惯。不知道过了多长时间,房间外面传来殷惠珍的声音,焦急地喊道:"秦容秋,秦容秋,快起来。"

殷惠珍站在门前,一手拿杯子,一手拿药盒,说道:"甘露发烧了,看看冰箱里还有没有冰块,取出来给她冷敷。"

容秋按殷惠珍要求,先把冰块装进塑料袋,再裹一层毛巾敷在程甘露额头上。殷惠珍还嫌不够,问道:"家里有没有酒精?"

秦容秋回答:"酒精没见过,橱柜里有白酒。"

白酒拿了上来,俩人一人一边给病人擦四肢关节。尽管使用了物理降温,程甘露还是烧红了脸,嘴唇上覆盖着一层硬壳,时不时哼一声,看样子很受罪。

第二天一早,爸爸、妈妈还有哥哥一起带程甘露去医院看病,拿回来不少药。比起昨晚,程甘露的状态有所好转,但体温还处于低烧状态。看她没大碍了,大家各忙各的去了。父子上班,殷惠珍按点会麻友。

程甘霖去公司找邝美嘉。秘书说邝副总经理在外办事,今早10点半公司召开股东会,副总经理会赶回来参加。程甘霖看了一眼手表,离开会时间还差四十分钟。半个小时过去,邝美嘉和她的两名女助理果真出现了。美嘉走在前面,一身浅灰职业装,看到程甘霖跟他打了个招呼,直接进了会议室,她的助理随后去办公室拿资料送进会场。一个小时过去会议没结束,又过了近一小时会议室的门才打开,邝美嘉第一个从里面走出来,礼貌而生分地跟程甘霖握手,说道:"不好意思,让你久等了。"

"美嘉,对不起!"除了道歉,程甘霖不知道说什么好。

邝美嘉大大方方地说:"没什么需要道歉的,朋友之间不应该为一些小事计较。我没介意什么,你也不要多虑。"

听到一席宽宏大量的话,程甘霖有点不敢相信自己的耳朵。

"咱们还有好多事情要做,还是把心思放在正事上,一起展望未来吧。"确认美嘉讲的不是"气话",程甘霖欣喜不已,赶紧向邝美嘉发出邀请:"美嘉,今天中午一起吃午餐行吗? 我在这里等你开完会。"

"中午走不开。"邝美嘉回应,"我得参加公司的会务餐。公司股东一个月都碰不到一次头,有些事需要在餐会间沟通。"

程甘霖不死心,再次邀请:"晚上行吗?"

美嘉耸耸肩,很遗憾的样子:"太不好意思了,今天晚上也有安排。"

"看来美嘉还是没有原谅我。"程甘霖非常失望。

美嘉轻松地笑了一下,拍拍他的肩膀:"瞧你,别这么放不开,吃顿饭而已,多大的事,改天好了。"

一位工作人员从会议室出来请美嘉进去。俩人握手告别,程甘霖匆匆离开了。

白天,程甘露还活蹦乱跳的,到了半夜便开始发烧。天蒙蒙亮,陪伴女儿的殷惠珍从梦中惊醒,看到女儿在腿上胡乱抓挠。不知啥时,宝贝女儿的两条腿上长了许多鲜红色的疹子,有的地方还冒出亮晶晶的小水泡。

"不行,挠不得!"殷惠珍抓住女儿的手,心疼得不得了,"宝贝,挠坏了会留疤的,你这么爱穿裙子,可得忍着点。"

在家人的陪同下,程甘露又去医院看病,初步诊断为过敏,又拿回不少药,内服的、外用的都有。秦容秋烧了两壶开水,按医嘱帮她反复清洗,然后再涂上一层药膏。可是皮肤痒痛的症状不但没减轻,反而加重了。到了晚上,程甘露哭哭啼啼的,一个劲儿地喊痒,有的地方挠破了,脓水从破裂的地方流出来。全家人包括奶奶都围在程甘露的床前,心急如焚却束手无策。

殷惠珍对秦容秋说:"把医生开的药水拿来再给甘露洗洗吧。"

程甘露嚷嚷:"不! 妈妈,越洗越干,不洗了。"

奶奶出了个主意:"抹猪油试试,我们以前哪有什么膏药,都抹猪油。"

殷惠珍说:"还抹猪油? 都啥年代了。"

"别急,明天一早,咱们换一家医院去看。"程全贵安慰女儿。

秦容秋犹豫再三,讲出自己的想法:"我老家那边,谁要是被蚊虫叮咬,皮肤瘙痒长疹子什么的,拿古茶树的嫩叶捣碎,内服外抹很管用。上次送过一个古树小茶饼给甘霖,就在书架上,能否让我试试?"

程甘霖说:"我亲眼见过古树茶神奇的疗效,我看可以试试。"

殷惠珍半信半疑没表态。程全贵说:"我也曾听说过云南千年古茶树具有神奇的疗效，不管有没有效果，试一试也无妨。"

程甘霖到书房拿来小茶饼，容秋取出一半的茶叶用温水泡开，再把泡开的茶叶放进碓窝捣成茶浆。秦容秋把茶浆一分为二，一半外敷，另一半熬粥。天亮之前，秦容秋来到卧室给程甘露敷过两次。第二天一早，又熬来一碗茶粥送到房间。早上，殷惠珍从卧室里出来，脸上有了笑容，说甘露昨晚睡得安稳，腿上的疹子不怎么痒了，让把剩下的茶叶全用上。

又过了一天，小茶饼全部用完了，程甘露腿上的疹子也开始收敛了。这次，秦容秋立了大功，殷惠珍终于舍得对她露出笑脸。不过好景不长，随着女儿的病慢慢恢复，殷惠珍面对秦容秋的笑容也越来越少。

一天晚饭，程甘露对大家说，晚些时候有位神秘的客人来家里做客，到时候各位一定要给面子，热情接待客人。

天色渐暗，等候多时的门铃终于响起。程甘露第一个冲过去，打开门一看，闵老师带着妻儿一起来了。程甘露向家人隆重引荐："这位是画家闵老师，专程为父亲送画来的。"

程全贵与闵老师握手，请客人进屋。闵思全说："我不是画家，我只是个普通的画匠。"

见到生人，可爱的孩子紧紧搂着母亲的脖子，怯生生地躲在母亲怀里。闵思全介绍："我妻子龚静，儿子闵南。"

"孩子多大了？"

"一岁零三个月。"

殷惠珍没想到迎来一家普通人，男的还严重残疾，没有心思陪客，找借口上楼去了。秦容秋认出这家人，上前问："还记得我吗？"

龚静也认出秦容秋，激动地与她相拥，连声道谢："火车上多亏这位妹妹帮忙照顾我们母子，不然真不知如何是好。"

寒暄之后，程甘露迫不及待要看画，牛皮纸扯开，在场所有人都惊呆了，闵老师带来的正是《戴草帽的男孩》。仔细看，这幅画并非程甘露那幅。闵老师把原来模糊的背景改成烟苗地，小男孩身后的平房改为少数民族居住的阁楼。男孩服饰变化不大，但通过闵老师的手，面部表情更加生动，简直是惟妙惟肖。孩子孤独地站在烟苗地往远方眺望，眼里满含忧伤，那是一种万般无奈的眼神，仿佛最亲最爱的人就要弃自己而去。这一走，带走原本少得可怜的快乐，也带走了天真烂漫的童年。

程甘露说:"爸爸,这幅画是闵老师专门为您画的,请收下吧。"

目光聚焦在程全贵身上,程全贵并没有开开心心地接过来,大家看到他在擦眼泪。程全贵意识到自己失态,稍许调整了一下情绪,向客人道歉:"对不起,这幅画让我想起当知青时的那段时光。"

"别难过,爸爸。以后我和哥哥陪你故地重游,我还想去容秋姐家乡写生呢。"自从治好疹子,程甘露管秦容秋亲切地叫姐姐。

程全贵说:"你要是画得像闵老师那样好就可以去了,我们有耐心等你成为真正的画家。"

气氛扭转,程全贵与闵思全进行了一番轻松简短的对话。程全贵问:"闵老师在哪里高就?"

"我是自由绘画者,靠卖画生活。"

"有自己的画廊吗?"

"没有,我的画几乎都提供给画商了。"

"收购价格如何?"

"不高,维持生计而已。"

"为何不自己开画廊呢?"

"自己开很难,再说也没这个经济实力。"

"你画得这么好,被那些黑心的画商低价收购去太可惜了。"

"正常的,没有他们,我的画无法面向市场,也不可能作为商品交易。再说人家也有各种费用,画商也要赚钱嘛。"

"可否问一个私人的问题,可能不太礼貌。"程全贵犹豫再三。

闵思全说:"怎么会,请便。"

"你的腿怎么残疾的?"

"十一岁的时候,被一辆小货车碾断的。"

"天啊!"大家惊呼,可以想象当时的情景有多惨。"其实是因为我横穿马路。我是流浪儿,从小没有家。实在饿得没有办法,想着'碰瓷'后可以吃上一顿饱饭,没想到碾断了一条腿。正因为那次车祸,我活了下来,要不也饿死了。出院以后靠赔偿和救济生活,还自学了画画。"

程甘露问:"老师的脸也是在那次车祸中受伤的吗?"

闵思全沉默了,不是不愿意讲,过去二十多年,想起来还不寒而栗。程甘露意识到不该提及这些往事,连声道歉。

"没关系,过去很久了。"妻子龚静说,"他九岁的时候被一个盗窃团伙控制,这个团伙专门收容流浪儿。有一次他偷了一位老大娘的钱,那老大娘发现钱没了当场晕倒在地上。从此,他不愿意做小偷,因此常被团伙的人殴打。他忍无可忍,跑到派出所报案,警察抓了不少人,但是这事并没了结。因为全是流浪儿,抓进去没多久都放了出来。关键是这个团伙的头目还逍遥法外,他们报复他,把他抓起来百般折磨,摁在火盆上烧。"

讲到这里,屋里鸦雀无声。秦容秋和程甘露掏出手绢,大家都在擦眼睛,谁也不敢再继续这个话题。程全贵问:"闵老师,你老家在哪里?"

闵思全回答:"我老家在四川,具体哪里不清楚。"

"你是几岁流浪的?"

"我是弃婴,吃百家饭长大的。"

一场特殊的相聚不知不觉把时间抛到了一边,别墅外昏暗的路灯疲倦地眨着眼睛。孩子玩困了,在妈妈的怀里睡着了。有缘人在一起,相聚终有一别。闵思全要告辞了,只能将不舍与眷恋深深埋藏在心底。

程甘霖开车送客人,闵老师夫妇回到家,龚静把熟睡的孩子放到床上,不解地问丈夫:"你为何不说实话呢?明明是云南版纳人,你却说自己是四川人。你七岁才离家出走的,却谎称自己吃百家饭长大。明明……"

闵思全抚摸着儿子熟睡的小脸,眼泪吧嗒吧嗒滴到孩子身上。龚静慌了,追问道:"你怎么了?快告诉我。"

"刚才那位,程甘露的父亲就是程全贵。"

"什么?"

"千真万确!"

"天啊!我们终于找到父亲了——"

这对饱尝生活艰辛的年轻夫妇抱头痛哭,喜悦和悲伤在泪水中奔涌。找到生父是母亲的遗愿和自己的愿望,可北京这么大,几乎没抱希望。没想到多舛的命运终于大发慈悲,通过一幅油画了却心愿。母亲曾告诉他,"这兽医不是你亲生父亲,你生父叫程全贵,祖籍陕西,现在在北京。不要怪你父亲,你要爱他,长大了去北京找他。"

幼小的闵思全问:"我找他他会认我吗?"

母亲说:"当然,你是他的亲生骨肉。"

"那他为何不要我们呢?"

"他是不得已。"

"什么叫不得已?"

"不得已就是无法按照自己的意愿去做。"

"他长啥样?"

"英俊,瘦高个。他读过很多书,既聪明又有教养。"

"你真的不恨他吗?"龚静打断他的思绪,两人的眼睛又红又肿。

"不恨,这么艰难地生存下来不是为了恨,而是为了好好活下去,否则对不住我阿妈。"

龚静又问:"你真的不打算说出真相吗?"

闵思全点点头,他从来没有这样的念头,也不准备这么做。他对妻子说:"他们过得很好,最好不要打扰。既然心愿已了,也就没什么遗憾了。"

闵思全高位截肢,严重破相,但在妻子眼里却是完美的。她深爱自己的丈夫,爱他那双会欣赏美的眼睛,爱他那双会画画的手,更爱他那颗善良的心。现在这样真好,找到了父亲,还能远远陪伴他。如果把生活比作一串葡萄,最酸最涩的部分已经吃掉了,剩下的全是甜蜜的果实。

程甘霖送闵老师回来,敲开父亲的房门。父亲正坐在床头看书,那幅《戴草帽的男孩》挂在房间显眼的地方。看到儿子进来,程全贵问:"送到了?"

儿子回答:"是的。"

"今晚你老父亲失态了,不好意思!"程全贵歉意地对儿子笑笑。

程甘霖说:"我感受得到,爸爸过去经历了许多,儿子希望您早日从那段记忆里走出来。"

程全贵不由自主地望了一眼墙上的画,顺手把书放到一边。程甘霖问:"爸,画上的小男孩是否让您回忆起谁了? 能告诉我吗?"

程全贵站起身,走到油画前。半晌,他开口说道:"爸爸的心中藏着一段往事,这也是我和你妈妈感情一直不好的原因吧。你妈和我是高中三年同窗,还坐同桌。你也知道,你姥爷是高干,你妈妈的家庭条件很优越。我那时学习成绩名列前茅,性格比较内向。你妈学习不好,经常抄我的作业。因为家庭出身的原因,我在你妈面前很自卑,但是你妈对我一往情深。当时年轻不懂事也得罪不起她,所以说谈恋爱,马马虎虎也算谈了。后来我考上了大学,却因家庭成分原因失去了读书的机会,下乡到西双版纳一个小村庄,一去就三年。"

程全贵在儿子面前说出隐藏在心里二十多年的秘密:"甘霖,你还有一个同父异母的哥哥。"

"哥哥!"程甘霖难以置信,他心目中永远只有妹妹这样的字眼。

"我和乡村教师闵凤产生了感情,用现在年轻人的话讲就是相爱了。她是一个美丽善良的傣族女孩,有点像你现在遇到的情况。那时我没有能力带她走,连我自己都没有能力回北京,所以打算留在农村。你母亲听到风声,逼你姥爷找关系把我往回调。调函到了生产队,我置之不理,你母亲便叫上你奶奶,千里迢迢来到云南找我。两人劝说不了我,给我施加压力,还跑闵凤家去闹。闵凤家认为我作风有问题,把我拒之门外。生产队领导一次又一次给我做工作,无奈之下我妥协了,没想到……哎!闵凤怀有身孕,当时我并不知道,我走后她跟邻村一个姓刀的兽医成亲了。

"回北京后,我跟你妈结婚,过了几年相对平静的生活,并且有了你和甘露。有一年,一位从版纳来的老乡到北京走亲戚,从他的口里得知闵凤过得不好。那兽医因为配错药,医死队上一头怀孕的母牛被吊销了行医资格。那以后,他啥也不干,农活也不沾,酗酒赌博,不好好过日子。闵凤生下一个男孩,生孩子时村支书的亲戚顶了她的工作,教师当不成只好留在家里务农。我了解情况后,背着你妈偷偷给她汇钱,有的汇款闵凤收到了,有的落到那兽医手里。那浑蛋知道我定期汇钱去,更不肯好好做事,一面花我的钱一面打骂母子。有一次从邮局汇款出去的凭证被你母亲发现,我和你母亲的矛盾激化了,从此吵闹不休。她做得够绝的,竟然背着我去云南找闵凤,她认为闵凤的介入是她的婚姻不和谐的罪魁祸首。她去了以后,给了闵凤一笔钱。"

"给钱?"程甘霖以为自己听错了。

"你妈并非大发善心,因为她发现闵凤生的儿子是我的亲生孩子,想用钱了断这件事。闵凤拒绝了你妈所谓的'好意',也拒绝了我的经济援助。从此以后,汇过去的款原封不动地退了回来。失去我的经济援助,闵凤的日子过得更加艰难,又累又病,有一天倒在自家地里再也没起来。"讲到这里,程全贵饮泪而泣,断断续续地诉说,"知道她去世的消息,我连夜赶往云南,没想到连最后一面都没见到。闵凤给孩子取名闵思全,为了这个名字,那畜生经常毒打母子。至死闵凤都不肯给孩子改名字。那时,我起心带走孩子,最后还是没那么做。我太糊涂了,就因为顾及自己的家庭和声誉,把孩子托付给闵凤的娘家人。离开的那个早上天气很凉,田野雾蒙蒙一片。男孩戴着一顶草帽,穿着一身不合时宜的单薄夏装。我已经走出去很远了,隐隐约约听到他叫我'阿爸',可我连回头的勇气都没有。我对不起孩子,我考虑现实太多,考虑自己太多。这是我一生所做最后悔的事,尽管我每月往那边寄生活费,但是孩子还是遭到嫌弃,半年后离家出走了。为了找这个孩子我付出过巨大努力,可是人海茫茫,上哪儿去找呀!”

讲到这里,程全贵抱头痛哭:“失去闵凤,再失去孩子,都是我一手造成的。我永远都不能原谅自己!这些年你妈对我妥协也好,对我讨好也罢,都没法领情,我做不到爱她,这心里放不下……”

程甘霖对父亲说,“爸爸,闵老师也姓闵,况且他的年纪比我大不了几岁,对这幅画同样情有独钟。你不觉得其中有一定的关联吗?”

程全贵收敛了情绪,说:“起先我也怀疑过,但闵老师说他在四川出生,又是弃婴,所以打消了念头。”

“这个不好说,要不我去问妹妹闵老师的全名?”

“好。”

“我这就去。”程甘霖迫不及待想搞清真相,跑二楼敲妹妹的门。程甘露睡眼惺忪地打开门,不知哥哥搞什么鬼。

“快告诉我,那位闵老师叫什么名字。”

程甘露揉了揉眼睛,莫名其妙地问:“哥,你梦游啊,我都睡了。”

程甘霖又是赔笑又是讨好,问:“乖妹妹,最近零花钱够不够用呀?”

“不够。”

程甘霖从包里掏出几张大钞递过去。程甘露接过钞票,钞票在她手里甩得哗哗响:“好吧,闵老师叫闵思全。”

“知道了,你睡吧。”

“这就行了呀?”

“行了,晚安。”

“咋回事儿呀,我说……”不等程甘露说完话,程甘霖退了出去,顺手把房门带上。闵老师原来就是闵思全,自己同父异母的哥哥!得知真相的程甘霖既震惊又矛盾,天上掉下个哥哥,究竟是好事还是坏事?要是父亲知道真相,会产生怎样的后果?程甘霖一时拿不定主意,意识到此事事关重大,思来想去还是决定先找母亲商量一下。

“什么?闵思全!那个傣族女人生的孩子。”殷惠珍叫了起来。

“嘘!”程甘霖摁住母亲,让她冷静,“老妈,你可别让人听到,我也是刚从妹妹那儿打听到的。"

"你妹妹知道吗?"

"那傻丫头不知道。"

"这闵思全知道真相吗?"

"说不清,可能还不知道。"

"那你爸呢?"

"我爸目前还不知道,他刚让我去打听闵老师的名字。"

"你说了没有?"

"没,我不知道怎么处理,所以先跟您商量一下。"

"还用商量呀,傻儿子! 那女人当时就不该要这个孩子,她怀着别人的孩子嫁人,能有好果子吃吗? 所有的恶果都是她自己作孽造成的,怪不得谁。"

程甘霖着急地问:"妈,我不是跟您探讨这个,您看当务之急怎么办?"

母亲的态度很坚决:"不能讲! 绝对不能讲! 你爸爸找他这么多年,亏欠他的太多了。何况这个闵思全又是残疾,还这么穷。我告诉你,这个人一旦出现,你爸眼里就没我们了,将来这个不明不白的兄弟不知道会分走咱们家多少财产。"

程甘霖表示赞同,点点头:"妈妈分析的有一定道理,我听您的。"

"岂止有一定道理,简直是真理! 记住妈妈的话,你爸爸的心思不在这个家,只有你老妈全心全意维护你们兄妹。"

"妈妈,我知道了。那怎么跟爸爸交差呢?"

"你就说妹妹也不清楚。"

"不行的,那样爸爸会让妹妹去打听。"

"取个名字糊弄呗,让我想想。"殷惠珍想了一下,问,"他儿子叫什么来着?"

"叫闵南。"

"就说叫闵北。"

"好,闵北。"

程甘霖拉开房门闪身而出,留下殷惠珍独自在房间。

月　无　心

一

中风后，秦原生在医院住了一段时间。经过治疗，病情逐渐好转。出院的时候，秦原生一瘸一拐能勉强走路了，但偏瘫的右手臂仍然没有半点知觉。为防止关节脱臼，秦容香找来一条长围巾挂在父亲的脖子上，那只瘫痪的手臂吊在胸前。在医生的指导下，大俊每天为秦老按摩，对于右肢恢复感觉有很大帮助。老人不愿意惊扰女儿，遵照老人的意思，大家对秦容秋隐瞒了住院的消息。秦原生住院期间，大俊一直在医院照顾。不得已，茶店那边顾有银临时找了一个朋友帮忙。

进入高三，各种堂而皇之的补课开始了。学校规定每周日休息半天，每月最后一个礼拜天休息一天。这样一来，秦容香连回家的时间都没有。刘家人把她当女儿看待，吃住都在家里。在同学们眼里，她和刘利铭就是一对，但没人起高调，也没谁跑老师那里去揭发。因为秦容香是学校名人，高三年级六个理科班排名第一。刘利铭过去徘徊在班级十名左右，经过一个学期的努力，成绩进入前五名。虽然有进步，可名次放在年级里，还是排在好几十名开外。

秦原生出院时，刘爸爸派专车送老人回村，秦原生不愿意拖累大俊，再加上女儿伤害了人家，心里一直挺愧疚。回到家他便对大俊说："大俊，你是个好孩子，秦伯心里知道，秦伯感激你！这场病把我给拖垮了，人到这个时候，不认也得认，即使有一天归西了，我也坦然接受。你还年轻，好好为自己打算，不要老把时间耗在我这个没用的老头身上，快去昆明吧。"

大俊笑笑，问老人："我去昆明了您怎么办？"

秦原生回答："我还有一些积蓄，可以请人照顾。村上闲人也不少，每月200元请人做饭洗衣服够了。"

大俊说："200元恐怕请不到。"

"怎么请不到？你认识马癞子吧？还有那个唱花灯戏的和我一个姓的叫什么来着？"秦原生一时想不起，脑血管梗阻造成记忆衰退。

"叫秦大馒头。"

"对对,就是他。他家的地早卖光了,有这样的活计给他干求之不得呢。你现在就去村委会请老王帮我把消息透露出去。哎!你瞧,这场病把我害得,彻底变成废人了。"

大俊安慰老人说:"别担心,这种病是常见的老年病,康复的可能性很大,一定要相信自己。"

"关键是地怎么办,秋天要收茶了。"

"别担心!您老安心养病,到时候会有办法的。"

"还是请老王帮一下忙吧,就说除'月光白'那十亩,剩下的全部承包出去。"

说着说着,秦原生泪眼婆娑。大俊知道老人舍不得,心里也不好受,说了一席宽慰话,扶老人上床休息。趁老人休息,大俊回了一趟家,从自家院子抓了一只老母鸡。大嫂侯弟芬见小叔子杀鸡,问:"你干吗?这只鸡正下蛋呢。"

大俊回答:"就抓下蛋的,下蛋的老母鸡炖出来更营养。"

"给谁炖啊?"

"秦老出院了,给他补补。"

大嫂歪歪嘴,眼睛斜着:"哟嗬,你可真够孝顺的,啥时候给你爹妈炖过鸡吃呀。"

大俊正眼都不看她,回她一句:"老人家生病了,炖只鸡有什么好说的。"

杀好鸡,拔几棵菜,大俊要走了。临走时他对家人说:"秦伯想把茶园承包出去,要不咱们考虑一下?"

母亲听了挺惋惜,说道:"可惜了,秦原生家的茶园是这一带养护得最好的,费了这么多的心血眼见要付之东流了。"

哥哥金大伟说:"咱家拿过来做当然好,条件是你不去昆明。"

大俊说:"我要是不去昆明,秦伯的茶园就不用给别人了。"

侯弟芬埋怨小叔子:"我们都搞不清楚你了,你是姓金还是姓秦呀?他家大女儿也是,太做得出来了,自己在北京享受,撂下生病的父亲。再说你又不欠她的,咱家更不欠她的。"

"容秋姑娘就算回来也不可能长期留在家里,北京老远的,结了婚肯定不会回来嘛。"母亲还是那套理论,"没生个儿子,这老头可怜呀!"

大俊说:"暂时就这样吧,看老人家恢复到啥程度再做打算,我先走了。"

大俊回秦家把鸡炖上才去村委会找老王,拜托他帮秦伯租地。

消息很快在村子里传开，第二天一早就有人登门，来人不是别人，正是秦原生相处多年的朋友田老坎。田老坎和小儿子田晓军一起来的。晓军二十出头，比他个子还小，长得敦实，黑亮亮的皮肤，粗胳膊粗腿，一眼就知道是个庄稼人。田老坎和儿子不是空手来的，拎了一只母鸡，带来一篮子鸡蛋。

大俊接过礼物，请他们进屋坐。田老坎问起承包茶园的事，考虑到老朋友一场，秦原生给出很低的价格。田老坎当场拍板，掏出两百元放在桌子上。秦原生没急着收钱，讲了一个条件，说："老朋友，咱们这么多年的交情从内心讲即便不收承包费也愿意给你。只是我这病要人伺候，天天要吃药，老二还在念书，不收点不行。"

田老坎乐呵呵地说："理解，应该的。"

"你也知道这房前屋后一百多亩茶园我是怎样照管的，不到万不得已不会这么做。唯一的要求就是你拿过去后按照我的方法来，不要施化肥，不要打农药。我后院有育苗地和沤肥的土窖池，你也可以用。"

听到秦原生一席话，田老坎的笑容收敛了。秦原生说："别担心，我这边作坊你随便用，咱们老哥俩谁跟谁呀。"

田老坎望了一眼儿子，犹豫了一下，说出自己想法："老秦，不是我说你，既然你做不成了，不如好好保养身体享享清福。租出去的茶园就是别人的，最好不要再操这个心了。"

秦原生说："这个心不操我睡不着觉呀。说现实一点，假如用上一两年的化肥，土就会板结坚硬，里面的营养越来越少，那样我可不干！"

"现在大家都这样做呀，还不是照样收茶。老朋友，你就这脾气，不瞒你说，你这样苛刻的条件，就算不要租金，我也得考虑考虑。"

"此话怎讲？"

"你的鲜叶比不上别家的好看，茶厂不可能给你好价钱，不卖鲜叶就得自己做茶，你也不想想，有几家的手艺能跟你比？工钱涨这么高，做出来的茶叶还卖不起价，我可不做辛苦还担风险的亏本买卖。"

秦原生说："老坎，我以前的老主顾都在，我把他们全都介绍给你。只要你按照我说的做，保证不亏。至于工艺方面，你的水平我还用怀疑吗？放心好了，听我的没错。"

田老坎说："那我再考虑考虑吧。如果是自己家勉强还行，租过来的地月月滚租金不敢轻易下决心。"

秦原生心里升起一股无名火，鼻子和嘴显得更歪了。他把桌子上的两百元往田老坎那边推，让他收回定金。田老坎还没走，外面又有人来了，喊道："老秦头，你出院了，我来看看你。"

来人是村里唯一的外来户王中兴。前年，他买了村里一户人的宅基地，简单修缮住了进去。王中兴这两年研究玛卡，玛卡是一种从南美洲引进的药材，含有丰富的矿物质和维生素，无论药用还是进补都有较好的功效。玛卡本来生长在海拔4000多米的高原地区，王中兴在海拔只有2600米的凤曼村实验栽种成功，正想扩大规模。当他提及种植玛卡时，秦原生一口回绝。

王中兴说："我可以一次性跟你签十年的合同，十五年也行，至于种植什么，您老没必要管。"

"不行！"秦原生拉着长脸，恨不得立即把人家赶出去。

"秦老伯，您不要这么固执。租金好说，您只要开价，我不会还价。"

"没有商量的余地。"这把倔强的老骨头还是那句话，"不是价钱的问题，多少钱也不行。"

王中兴还想说什么，老人下了逐客令："都说了不行，不行就是不行。走吧，走吧，省得我心烦。"

王中兴不知道，谁想拔掉秦原生的宝贝茶树，等同要他的老命。一连几天一拨一拨人来，一拨一拨人走，结果都一样"谈判无果"。凡是想改种别的作物的想都别想，凡是只卖鲜叶的拒绝没商量。倔强的老头子只认一条死理，不准用农药化肥，管理模式只能按照他原来的做法。至于200块请人，还真没有一个人上门揽活。村里不是没闲人，都嫌伺候人麻烦，何况200块钱太少了。

吃过午饭，大俊去镇上办事，才出去没多大会儿，秦原生就有些着急了，一会儿在院子里转转，一会儿上外面看看，转累了坐在门槛上歇脚。生病以来，穿衣洗脸刮胡子这样的小事都靠大俊伺候，老人对大俊的依赖与日俱增。大俊才出去小阵子，秦原生就莫名着急，居然坐在门槛上睡着了。大俊回来把老人扶起来，嗔怪道："秦伯，以后不准这样，万一摔倒可就糟糕了。"

"不会的，摔倒也不怕。"

"你忘记医生怎么说的吗？偏瘫病人是不能摔跤的，一跤下去可能就起不来了。"

老人家不以为意，反而埋怨："怎么去那么久？"

大俊被问得丈二和尚摸不着头脑："没去多久啊，多亏骑我哥哥的摩托车，一点儿时间都没耽误。"

老人家说："好吧，我想洗个澡，今天该供神了。"

大俊烧了一锅开水，给老人洗了澡，换了干净衣服。大俊自己也洗了澡，把换下来的脏衣服洗干净晾上，清清爽爽地来到神龛前焚香供神。上完香，一向古板的老人坐椅子上，望着墙上那幅彩印的《神农尝百草》挂图，哼起云南花灯小曲：

烈山石洞，出生一个小孩，头上一对犄角，皮肤透明啊。

五脏六腑看得见，吃啥看见啥。

红鸟衔来五谷种子，从此衣食不用愁，啊呀……

吃那五谷呀得百病，都广之野，尝遍百草，找药草救人命，嗯啊……

大俊静静地听着，词不清晰，曲都不在调上，唱的都是说不出的伤心和无奈，大俊的鼻子一阵阵发酸。

神农尝呀尝百草，凡身肉体屡中毒。

多亏有那个茶叶把毒解，把毒解。

一次误吃断肠草，肝肠寸断人难回。红鸟声声啼，山谷空无音。

一曲唱完，秦原生突然老泪纵横，他用健康的左手捂着脸，五个手指挡住眼睛。大俊走过去蹲在他跟前，双手扶在老人的膝盖上，诚恳地说："秦伯，我有话跟您讲。咱们的'月光白'年年供不应求，只东头那十来亩地实在太小了。我看呀，靠南边有一块地大概二十来亩长得不咋好，不如全拔掉改种'月光白'。"

秦原生停止了哭泣，放下挡在脸上的手，疑惑地看着他。大俊说："秦伯，您不是一直想包地吗？不如包给我好了，把地交给我照看是不是更放心？"

秦原生破涕为笑，问："你小子打什么主意？"

"咱们谈好条件，今后我负责看管茶园，秦伯负责给我娶媳妇。"

秦原生笑了起来："好啊，给大俊娶媳妇算我的。"

大俊问："咱们以后还要不要盖楼呢？"

"当然要盖。"

"几层？"

"我住底楼，你三兄妹一人一层，恐怕得四层。"秦原生伸出四个指头合计，不知不觉落入大俊的"圈套"。

"秦伯，我是否可以提一点建议？"

"当然可以。"

"除了增加'月光白'的种植面积,我琢磨着咱们的茶之所以卖不出好价钱是因为没有品牌效应,得想办法打出自己的品牌。"大俊受到顾有银的影响也有开窍的一天。

秦原生问:"品牌效应是什么意思?"

"就是给我们的茶弄个上档次的包装,再取个响亮的名字,还要在包装上打出'有机生态茶'字样外加简短说明,这样消费者才会更加了解我们的茶,更加尊重我们的劳动成果。漂亮的包装就像人的衣装,俗话说人靠衣装马靠鞍嘛。"

听大俊这么一说,秦原生有点儿激动,他不顾一只残疾的手臂吊在胸前,一瘸一拐到墙角拿水烟筒。大俊从老人手里夺过烟筒,说道:"不准抽,你又忘记医生的告诫了。"

秦原生像做错事的小孩服服帖帖的,有了大俊这样的儿子,他没有理由不珍惜自己的身体,没有理由不多活年头。秦原生问:"那怎么打品牌呢?"

大俊回答:"这个您老不用操心,回头还要跟顾有银商量商量。"

秦原生迫不及待地问:"咱们取个什么名字好呢?"

大俊想了想,说道:"就叫'原生'号,用秦伯的名字创品牌再合适不过。"

"好主意!"秦原生自豪地挺起胸膛,一时间意气风发。一场大病拖垮了老人的身体,眼看生命的火焰奄奄一息。这时候,大俊站了出来,替他挡风遮雨,为他重新点燃生活的希望。

大俊为这片茶园谋划了光明蓝图,秦原生的精神头好起来了。人就是靠一口气活着,不能没有精神寄托。秦原生的倔强劲儿一来,当即表态:"不能靠你一个人,我必须出力,我要尽快锻炼好身体,把这只手用起来。"

大俊说:"好!一言为定,咱爷俩好好干一场!"

"明天你帮我在房梁上吊一根绳子,我要锻炼手臂。"

"没问题。"

"还有。"

"什么?"

"我的意思,你要把我们的关系跟父母说清楚,别让他们有意见。"

"没问题。"

这晚,秦原生睡得特别踏实特别香,大俊却失眠了。他轻轻走出院子,面对一望无垠的茶园沉思良久。错过去昆明发财的机会又做回普通农民,要说不遗憾那是假的。但他别无选择,这当头,他无论如何也不忍心弃老人于不顾。其实留下来比去昆明更不轻松,做生意大不了亏本,而照顾老人的健康却是沉重的担子。

第二天吃过早餐,大俊去村委会往昆明拨电话,顾有银听说大俊不来,在电话里发脾气:"太不够意思了,你是怕生意亏本吗?"

大俊说:"我从来没有怀疑过你的能力,可是秦老还不能自理,他身边一个人都没有,一百多亩茶园不能撂着呀。"

顾有银说:"秦容秋可以照顾她爹嘛。你放心,等咱们打下基础,可以把老人家接到昆明住。"

大俊说:"不是你想象的那样。这件事,我也别无选择。"

"嗯,好吧,既然如此,等老人家康复再来。"顾有银在语气上退让了。

"你就做我不来的打算好了。"大俊遗憾地说,"对不起,兄弟,是我失信于你。"

"算了,你不来我也没法逼你。"

"那三万你先用,当我借给你的。"

"钱都投进去了,你现在想要都没有,等我有了再还你。"

"另外有件事想听听你的意见,秦伯家的茶你喝过没有?"

"说实话没喝过。我爹对他不服气,所以不喝他家的茶。他家的'月光白'名气不小,又是生态茶,这个我知道。"

"我想把他家的茶做成品牌,你看怎么样?"

"当然好了。"

"下午我就去镇上给你寄样品过来,你亲自喝喝看。好的话务必请你帮忙,具体事宜我们再详谈。"

"没问题,如果确实是好茶将来给我做代理,包装精致点,牌子响亮点,抓住'生态'两个字做文章。"

"我也是这么想的。"顾有银就是顾有银,与大俊的想法不谋而合。

放下电话,大俊更加有信心。有句俗话,是金子总会发光的。大俊坚信这个理儿,是金子总有发光的时候,即使做农民也要做最好的农民!年轻人大步向前,每一步都走得那么稳健,每一步都踏踏实实。

二

天气转凉,凛冽的寒风吹短了白昼,黑夜拉开深蓝色的帷幕,把城市包裹得严严实实,城市的喧嚣像乌云下驱散的鸟群,稀稀拉拉地飞走了。

寒夜来了,月亮躲避了,星星隐藏了,人心困顿了,秦容秋又一次因失眠而烦恼。秀梅曾教她数羊,好吧,就数绵羊,一只羊、两只羊、三只羊……没过多久眼前全是棉花糖似的羊咪咪。还是数黑山羊吧,老家山上跑的都是黑山羊。一只、两只、三只……没过多久黑山羊满屋跑。罢了罢了,她摸到小桌上台灯的按钮打开灯,屋子瞬间亮了,羊全没了。

秦容秋总觉得胸口压着什么东西,捏起拳头轻轻地捶了几下。她往窗外望了一眼,外面静悄悄的,牵挂的人还没回家。她知道,这里很快就会冷起来,到冬天家家户户都会开暖气,那时候真的是室外飞雪室内春了。

北方气候四季分明,冷暖交替非常迅速。北京已秋意萧然,早上出门买菜时感到温度骤降得厉害。别墅外的林荫大道上,枯叶撒了一地,路过的行人匆匆忙忙,毫不怜惜地踩踏而过。鸟儿迁徙,大雁南飞,对家乡的思念越来越不可抑制。乡愁像一块块浮萍,缓缓生长,慢慢聚拢,在她的心房无声无息地漂浮着。

天气越来越冷,夏天带来的衣服不够穿了。秦容秋从被褥下取出剩下的钱,还有三百多块。如果拿一百元买衣服,剩下的也只够买火车票了。

"咚咚",有人敲门,秦容秋以为程甘霖来了,原来是甘露妹妹。"容秋姐,我给你买了一套衣服,你看合不合适?"有心的姑娘看到她穿得单薄,专门选了一套秋装送来,"是三件套的,大可相信我的眼光。"

"我相信,当然相信。"喜出望外的秦容秋马上试穿。这是一套休闲套装,下身姜黄色的休闲裤,质地柔软服帖。衬衫是花格子的,竖领的小花边恰到好处地装扮在领口,外套设计得独特但不显随意,秦容秋打心眼里喜欢。她照着镜子,不敢相信自己也可以这么时尚,问:"我真的能穿出去吗?"

程甘露一本正经地说:"怎么不能穿出去?哎呀,这世上有一种悲哀叫不知道自己多丑,这世上有一种自负就叫不知道自己多美。"

秦容秋问:"你说我是属于前者还是后者呢?"

程甘露跺了一下脚:"你当然是后者啦,气死我了。"

秦容秋又在镜子前面臭美了一番,在程甘露的脸上亲了一口,感激地说:"这套衣服真心喜欢,太谢谢你了!"

"先别谢,我可是有交换条件的。"程甘露的风格就是这样,很少有正经的时候,她拉着秦容秋的胳膊说,"容秋姐姐,上次做的过桥米线太好吃了,明早再做好不?"

"小意思,你几点去学校?"

"七点半。"

"没问题。"

"上次做的'榜眼',这次要'状元'。"

"嘻嘻,要求挺高。"

程甘露走后,秦容秋还舍不得脱下衣服,站在镜子前臭美一番,不经意翻起裤子的吊牌,发现零售价220元,心头一惊!她赶紧脱下衣服看吊牌,衬衣198元,外套398元。花这么多钱,她禁不住埋怨起小丫头。

换下新衣服,秦容秋走进厨房准备明早的过桥米线。米线是手工做的,先把生米泡发好,明天早点起来碓碎,再用温水和成黏稠的米浆,经过一个自制的米漏漏到热锅里就做成米线了。过桥米线最关键的步骤在于熬鸡汤,鸡汤熬得鲜美,米线就成功了一大半。熬鸡汤用高压锅最省事,但使用高压锅,汤味和肉质会受影响,只有小火慢炖才可以调制出最佳口感。秦容秋刚把一切准备就绪,听到别墅大门有响动,程甘霖回来了。

看到秦容秋从厨房走出来,程甘霖先是愣了一下,问道:"这么晚了,怎么还在厨房?"

秦容秋没回答,反问道:"怎么总这么晚?"

程甘霖神色不太自然,应付道:"都是应酬,不得已。"

秦容秋望着他,眼神哀怨:"甘霖,我有话跟你说。"

"说吧。"

"我感觉你离我越来越远了。"

"我们不是天天都在一起吗?"

"以前你在北京,我在云南,那时候感觉每时每刻都和你在一起。现在你住楼上,我住楼下,我们却生活在两个世界。"

程甘霖不解地看着她,问:"是不是小说看多了,有点儿不适应你这样的讲话方式。"

秦容秋说:"不是,我所讲的全是真实感受。"

程甘霖说:"我最近太忙了,全是应酬。老主顾、装修公司的、银行的、地方的官员还有同学朋友,看把我累的。告诉你吧,今晚跟装修公司老总和设计师在一起,一顿酒钱花掉1200元。人家给我做装修,市场价基础上还打七折,优惠十来万呢,像这样类似的应酬根本没法子不去。"程甘霖边说边脱下外套,从钱包里拿出一沓钞票递给容秋:"瞧你,穿这么少,去商场买几件衣服。"

程甘霖给钱,秦容秋很失望,伤心地说:"你也太无心了,我不需要钱,我只想要你多陪陪我。"

程甘霖一脸歉意:"对不起,一时还抽不出时间,我让甘露陪你好不好?"

"用不着了。"秦容秋说,"我想回云南。"

"不是说好采'谷花茶'的时候才回去吗?"

"就怕等到那时候,连最后一点念想都没有了。"秦容秋说,"对待感情,咱俩是不一样的。你是我的全部,我是你的'可有可无'。你的工作我参与不了,你的圈子我没法参与。你变了,甘霖,说不清楚你什么时候变的。你总说忙,我也只看到你忙。白天要上班,晚上要应酬,周末也要出去,我们每天只在吃早餐的时候见上一面。是的,我也心甘情愿为这个家做事,心甘情愿照顾家里的每一位成员。但是,我不是保姆!事实上,在程叔眼里,在奶奶和甘露妹妹眼里,我也是这个家庭的一分子。可是,在你的眼里,我却是一个尴尬的存在。我究竟是谁?我是你的什么?估计你自己都搞不清楚。因此,我也成为你最不愿意面对的一个人。所以,你总是忙,即使不忙,你也在外面。甘霖,我现在才醒悟过来,殷姨是对的,我阿爸也是对的,他们阻止我们是因为他们早看到了答案。我要回去了,一天也不想待,毫无尊严的生活只能证明当初的我是多么荒唐……"

"瞧你,说什么话!不小心疏忽了你,就给我准备一大堆牢骚。好了,别使小性子了。你猜,妈妈答应我什么了?她同意尽快找人接替你,没有那么多家务缠身,你自然就能心平气和了。一分店的业绩稳步攀升,二分店正在紧锣密鼓地筹备中,还有十多家零售铺面,马来西亚那笔大生意快谈成了。瞧!最近这阵子,我做了多少事。成绩摆在那里,都是干出来的。等你有时间了就到总店去做一段时间的管理,然后慢慢涉入更多的业务。正是需要人手的时候,把你留在家里实在浪费。你刚才讲那么多气话我不介意,等你明白过来,我会接受你的道歉。"说着话,他把容秋往自己身边拉,一只手轻抚在她的背脊上,"别再怪我,好吗?下周,我要跑一趟福建,把货源的事定下来。你瞧,我真是眉毛胡子一把抓,恨不得长三头六臂。大学毕业五年了,我一直协助父亲打理生意。父亲的观念老套,听不进建议,在他眼里我是个永远也长不大的孩子。我要用事实证明,只要他交给我一棵树,我就能还他一片森林。一分店成功了,二分店开业在即,将来还有三分店、四分店……程家的家业在我的努力下,只需要短短几年时间,就会看到奇迹。"

早上七点半,奶奶在程甘露的搀扶下来到餐厅吃"状元米线"。"状元米线"光配菜就有十来样,纸一样薄的鱼片、焯过水的鱿鱼须、生猪肉片、火腿片、炖鸡腿、生鹌鹑蛋、银耳、韭菜、豆芽、豆腐皮和临时腌好的白菜,等等。等大家坐好,秦容秋把沸腾的鸡汤盛进大汤碗,快速端上桌来。熬得雪白的鸡汤上浮着一层黄澄澄的鸡油,几片粉色的蔷薇花瓣漂浮在上面。趁鸡汤半沸,抓紧时间投入配菜,按从生到熟的顺序倒进去,分分钟就能吃了。程甘露和奶奶都喜欢吃过桥米线,奶奶说牙口不好适合吃这个,不过她说过很快就忘,不一会儿又要说一遍。

过桥米线看不到冒热气,但吃起来烫嘴。程甘露把米线从汤里挑出来,抖掉一些热气才入口,边吃边空出嘴说话:"容秋姐,这个'状元'和上次的'榜眼'有何区别呀?"

"鸡汤上面飘的花瓣叫中状元戴红花。既然是中状元嘛,配菜当然要丰富齐全。"

"这样呀,那榜眼呢?"

"上次在配菜里放了两颗干桂圆。干桂圆又叫龙眼,龙眼和榜眼都是眼嘛。"

"嘀,有意思。"

殷惠珍下楼来了,看到她们在吃米线,阴沉着脸:"怎么又这么吃?蛋和肉片都是生的。"

程甘露说:"鸡汤很烫的,放进去全熟了,而且鲜味一点儿都没破坏,妈妈也来一碗吧?"

殷惠珍说:"烫一下杀灭不了寄生虫,下次放火上煮一煮。"

程甘露反驳道:"熟了,人家外国人还吃生牛肉呢。"

殷惠珍说:"你也学会跟我顶嘴了!赶紧吃,到学校报个到就回来。中午你何正钦叔叔从台湾飞过来,我和你爸爸去机场接人。"

"真的呀!我要赶紧回来。"程甘露欢天喜地,知道何伯又会带精美的礼物给她。何正钦和父亲是几十年的老朋友,每年到大陆来,都会来看他们。

殷惠珍吩咐容秋:"中午不用准备饭了,客人喜欢吃涮羊肉。尽快把三楼的客房收拾出来,楼下的茶具也要清洗一遍,去小花园剪几枝玫瑰插在花瓶里。"

秦容秋有点儿为难,说:"剪花园里的花恐怕不太好吧,我怕保安骂人。"

殷惠珍的语调不容商量:"花园里的花开那么多,剪几枝怕啥,我以前就剪过。"

时间紧迫,秦容秋打扫完客房卫生,为客人换上干净的床单被套,把茶具清洗了一遍。她还遵照殷惠珍的指示,偷偷摸摸去花园剪了几枝玫瑰插在花瓶里。不到十一点,客人在程家人的热情簇拥下走进别墅。

何正钦五十多岁,矮胖身材,慈眉善目。奶奶知道他来了,从楼上拄着拐棍下来迎接,何正钦扶住她说:"老人家还是那么硬朗啊,您老长命百岁!"

奶奶说:"是啊!托你的福。"

何正钦从行李包里取出各种礼物:"两盒台湾点心送给奶奶,还有一件羊毛衫。羊毛衫是我夫人挑的,希望您喜欢。"

奶奶乐呵呵地接过来,不停地说:"喜欢,太喜欢了。"

何正钦拿出一个蓝色缎面的首饰盒,里面装着一根彩金项链,项链上挂着一个红珊瑚雕成的玫瑰花小坠子:"这是台湾红珊瑚,送给惠珍女士。"殷惠珍接过项链,试戴了一下,美滋滋的。

何正钦问:"我们可爱的小甘露呢?"

"在学校呢,早上还说要赶紧回来。"

何正钦说:"小丫头最臭美,我夫人选了一条施华洛世奇的水晶腰带给她。"

程全贵问:"弟媳置办这么多礼物带给我们,她自己怎么不来?"

"她是名副其实的空中飞人,昨天就飞巴黎了。我都想辞职给她当秘书算了,不然老也见不着人。"

程全贵说:"你干不了这个,还是老老实实做好后勤工作吧。你在国内学术界享誉盛名,但弟媳在国际上有很高的知名度啊。"

何正钦说:"是啊,不服气都不行。我这次来是为了参加复旦大学一个学术会议。时间紧,明天上午的航班。"

程全贵说:"这样的学术会你要多参加,顺道来看看我们。"

何正钦开玩笑地说:"哈哈,我也是这么想,离北京近的才应邀,离北京远的一概拒绝。"

何正钦看到秦容秋忙上忙下,问起来。程甘霖介绍道:"我的未婚妻,秦容秋。"

"哦,失礼失礼!"何正钦主动和秦容秋握手,夸奖道,"我侄子有眼光呀。"

秦容秋不由自主地拉了拉自己的衣角,幸亏甘露送给她这套衣服,要不然太寒碜了。

何正钦向秦容秋道歉，说："事先不知道容秋姑娘，没有准备礼物，太失礼了。"

殷惠珍怫然不悦，将手上的首饰盒塞到秦容秋手上，生硬地说："这个就给你吧，我都这把年纪了，将来我的还不都是你的。"

"还是婆婆疼媳妇啊！容秋姑娘你可要好好孝敬你公婆。"何正钦又一次开怀大笑。

当得知"月光白"出自秦容秋之手时，何正钦跟容秋交谈起来。他说："我寻找'月光白'很多年了，这里面融入太多个人情感。我家保存着一本家谱，粗略算有 20 代人。令尊请甘霖带话给我，问'清河之乱'，我的家谱上也有记载。我族这支颠沛流离，辗转了好几个省，从河北到湖北，从湖北到福建，从福建到台湾，因为再也没涉足这个行业，制茶的手艺全失传了。"

秦容秋问："请问何叔找到心目中的'月光白'了吗？"

何正钦回答："中国地大物博、幅员辽阔，茶的品种何其多啊！光'月光白'这款白茶我就喝过七八种，福建、湖南、江西、浙江都有，唯有这次贤侄寄来的给了我意外的惊喜。"

"给您看样东西。"秦容秋取下手镯递上去。

"哎呀呀，原来'月光手镯'在你手里！"何正钦一拍大腿，接过镯，拿在手上仔仔细细看，因为激动，嗓门不由自主提高了，"我以为'月光手镯'只是家谱里讲的一个神话传说，没想到真有其物。我们老祖宗偏心眼，把手镯给了你们。不对不对！老祖宗有眼光，选择了最钟爱茶的后裔继承。我估计，继承祖业的只有你们这支了。"

"估计只剩我们一家了吧。"

"令尊是我们家族的大功臣啊，了不起！了不起！容秋姑娘，务必把我对他的敬意和问候带到，告诉他将来有机会一定登门拜访。"

程全贵对程甘霖说："对了儿子，容秋姑娘这次回家，你把手上的事放一放也一起去，正好代表我和你母亲看望老人家。"

程甘霖嘴上应答了，眼睛偷偷地瞟母亲，发现母亲脸色铁青，握杯子的手抖个不停。要不是客人在，殷惠珍早把一杯茶水泼丈夫脸上了。何正钦没注意到女主人的异常，兴奋地对秦容秋说："容秋姑娘，明年春天的'月光白'一定寄给我。每年五月份的'茶王盛宴'博览会在台湾高雄举行，来自世界各国的好茶放在一起评比。评委是各个国家的顶级评茶师,我希望'月光白'也能参加。"

秦容秋说:"谢谢何叔,到时候一定寄来。"

"另外有个小小的建议,俗话说得好,'好马还需好鞍配'。能否给'月光白'一个响亮的品牌和精美的包装?"

"何叔提醒得好,我家这么好的茶以低廉的价格出售,包装粗糙是原因之一。一方面没有品牌效应,另一方面消费者对生态茶缺乏了解。我这次来北京开阔了眼界,增长了见识,真是学到很多,受益匪浅!我回去跟父亲好好商量这件事,充分利用家乡的资源,做出属于自己的品牌来。"

何正钦竖起大拇指,夸奖道:"你真是冰雪聪明,孺子可教也。"

"何叔,明年春天我亲自进茶园采茶做'月光白'给您寄来。"

何正钦铿锵有力地说出四个字:一言为定!

第二天早上,程家人驱车到机场送客人。客人刚走,殷惠珍勉强装出来的笑凝固了。她对丈夫说:"程全贵,我要带甘露搬回娘家去,这套房子留给你和儿子儿媳。"她把"儿媳"两个字说得特别重。

程全贵感到莫名其妙,问她:"谁招惹你了?又哪根神经不对了?"

殷惠珍转而针对程甘霖:"儿子,这就跟妈回去,这辈子你妈收集了不少首饰,都给你女朋友拿去。"

三个人乘电梯直达地下停车场,程甘霖开车,父母坐后排,夫妇各自靠着一边车窗,谁也不搭理谁。程甘霖问:"爸爸,我们一起回家吗?"

程全贵说:"我要去趟办公室,今天有个重要的客户,晚间才能回来。"

殷惠珍说:"你最好住办公室,不要回来了。"

"我的家当然要回。"

"好意思说你的家,你的心在家里吗?"

"你瞎说什么!"

"我可没瞎说,我是瞎眼,瞎了眼跟你这样的人结婚。"

"你这人太无聊了。"程全贵又把脸扭到一边,漫无目的地往车窗外看去。

殷惠珍仍然不依不饶,一股脑儿发泄:"程全贵,这辈子你欠我的。是我把你从农村调回来,是我扶持你创业,是我给你生了两个孩子,都是我这个没脸没皮的女人与你同甘共苦。真的想不通,石头放在心窝里都焐热了,怎么就焐不热你的心呢?你这个冷酷的人,把我害了,如今还要害儿子。儿子的终身大事你不讲原则,看着他走错路还要推他一把。作为丈夫你失职,作为父亲你还是失职。"

程全贵回应她："你不要讲那么难听的话,我倒要问问,秦容秋究竟哪点让你不满意了?"

殷惠珍反问："除了那张脸蛋,你说她哪点让我满意? 就凭这个农民的身份咱家也丢不起这个人。"

"口口声声说农民,没有农民你吃什么? 穿什么? 我们家也不是什么名门望族,能丢你什么脸了? 这姑娘的优点很多,难道你看不到吗?"

"你所谓的优点满大街都找得到,劳务市场一抓一大把。"

"胡说八道!"

"别说我在儿子面前揭你的短。你喜欢秦容秋是因为你心里想着云南那个种烟的女人,二十多年过去了,她还阴魂不散。"

程全贵让程甘霖把车停靠在路边,下车后拦了一辆出租车。父亲走后,程甘霖对母亲说："妈妈,您别这样,这件事我们能不能好好沟通?"

"沟通有什么用,你什么时候听进去了? 儿子,我告诉你,你娶的是媳妇,不是找保姆。"

程甘霖说："妈妈,她不是当保姆来的。她的家庭情况您也了解,并不那么差劲。她为了我付出很多,再说您也答应找人了。"

母亲说："我就想不明白,她除了模样长得还行,哪一点能跟人家邝美嘉相提并论。儿子,你要不是中了邪,就是遗传了你父亲的毛病。哎呀,我受够了,她不是要回去了吗? 让她回去不要再来了,我还想多活几年。"她说着说着,两行眼泪流下来。

轿车驶过银杏林荫,来到别墅区的西侧门入口。电动门打开,一个穿着黑色制服的年轻保安从值班室走出来,敬了个不太标准的礼,对车里的人说："你好,抱歉,有件事需要说一声,我们从监控看到你家的小保姆剪花园的玫瑰。"

"剪什么玫瑰?"程甘霖莫名其妙,心情糟透了。

保安确切地说："昨天早上九点一刻,她在公共花园剪了几枝玫瑰花。"保安把"公共"两个字说得特别重。

殷惠珍说："是有这么回事,昨天来客,我让秦容秋去花园剪的,插花瓶里了。"

程甘霖说："剪几枝玫瑰咋了,花园开那么多花。"

"对不起,花园是公共区域,这是起码的公德。"

"你们把小区的安全保卫好,这才是正事。"

"对不起,管理小区的一草一木都属于我们的工作职责。"

"行了,知道了。"程甘霖有点儿窝火,他最不能忍受保安称秦容秋为"小保姆",气呼呼地开车驶入大门。

殷惠珍笑得挺快意,又在儿子面前强调"保姆"两个字,保安叫秦容秋保姆,真是替她出了口气。车在家门停稳,秦容秋正陪奶奶在花园里散步,看到轿车来了远远地招手打招呼。程甘霖送母亲回房间,殷惠珍问:"儿子,闵思全的事你父亲怀疑没?"

"没怀疑,只是有点儿失望。"

"嗯,你可要保守秘密呀。"

"我懂。"

母亲又问:"马来西亚贸易的事进展如何?"

"这件事多亏了美嘉,在她的帮助下马来西亚方签了样品确认书,不仅如此还答应从公司借90万元给我进货。现在已经万事俱备只欠东风,唯一的阻力来自爸爸,他铜墙铁壁根本听不进道理。"

"你爸做事情一向谨慎,干脆咱们自己做不要管他。"

"这样恐怕不好吧?"

"有妈给你撑腰怕啥。"

"我是这样考虑的,等对方的样品确认书拿到手再跟爸爸谈,这样他再也没有拒绝的道理。对了,妈妈能否把别墅的产权证给我,这笔款需要房产作抵押。"殷惠珍毫不犹豫地点了点头,从保险柜取出几本红皮硬壳的证书交到程甘霖手上,叮嘱道:"儿子,这可是咱家唯一的一套房子,不用妈妈提醒也要知道轻重啊。"

程甘霖拍着胸脯说:"妈妈,您放心,赔本的生意儿子从来没做过。这次赚了钱儿子给你买辆宝马,以后妈妈天天开宝马去打麻将。"

"你妈不会开车,也不要什么宝马,只要你不惹妈妈生气就好了。"殷惠珍又旧话重提。

"对不起,妈妈,是我不好。"

"说这些有什么用?说一套做一套,跟你爹一样。你心里有数就行了,关键的时候是妈妈支持你。"

拿到证书,程甘霖立即跟邝美嘉联系,没想到邝美嘉回话说必须由产权证所有人亲自来公司办理，也就是说需要父母双方同时到场才能签抵押合同。借不到款，货源也不能确定下来，程甘霖有点儿沉不住气。打听马来西亚方的样品确认书，那边说寄出多日了。

中午，程甘霖在茶庄餐厅碰到秀梅。多日不见，秀梅的脸上布满密密麻麻的小黑点，看到程甘霖躲闪不及。程甘霖故意走近，眼睛一眨不眨地盯着她，吆喝道："我说秀梅，你究竟吃了多少火龙果啊？"

秀梅一个劲儿地笑，害羞地说："我才点过痣。"

"你点痣干吗？"

"漂亮呗。"

"要留坑的，跟天花一样。"

"别吓我呀，哥。"秀梅急得放下手中的碗，饭都不想吃了。

"茶艺学得咋样了？"

"我已经拿到'三级茶艺师'资格证，上岗一周了。"

"记住！实践的同时还要继续学习，学得越精越好。"

"放心吧，哥。"秀梅问，"好久没见到容秋姐了，她还好吧？"

"她来找过你，你不在，有空回去找她玩吧。"

领班进来叫秀梅，说她的客人来了，秀梅扒拉几口饭急匆匆地走了。程甘霖向领班打听秀梅的情况，领班说秀梅才上岗一个礼拜已经有回头客了。这家伙果然表现不错，程甘霖挺开心，算是把她放对地方了。吃过饭，邮差送邮件来，正是马来西亚来的特快专递。收到对方寄来的报告，程甘霖如获至宝，赶紧跟父亲联系，带着文件和茶叶样品赶往总店。在父亲的办公室，父子俩进行有生以来最严肃的一次交谈。程甘霖开门见山对父亲说："爸，请您支持马来西亚这笔生意。"

程全贵一句话把沟通的大门封了："记得在这件事上，我已经多次表态。"

程甘霖从包里取出大有说服力的证据，一份来自海外的产品质量确认报告和一袋封存好的茶叶样品，郑重其事跟父亲谈判："爸，正因为知道您的态度，所以只好让事实说话。这是福建规模最大的一家茶厂发来的红茶样品，我把样品寄给马来西亚收货方，那边验收合格给我发回确认书，这份报告请您过目。"程甘霖翻开文件，取出其中一页，是中文、马来西亚文、英文对照翻译的文稿，上面明确说明红茶样品符合收货要求。

程全贵把中文翻译从头到尾看了一遍，又把塑封的茶叶样品拿在手里分辨。

"爸爸,您瞧,咱们只需要按常理做事,根本不存在风险。50吨上好的红茶,对方给我们每吨4万人民币的收购价格。您算算,我们可以获利100万元。除去运费、保险费、装箱费等,可以剩下至少80万元,而且这才是小小的胜利。将来对外茶贸易这条路走顺了,前途不可估量啊!"

程全贵一言不发,表情依然凝重。程甘霖加重语气,对父亲说:"爸,你还担心什么呢?那边只要验收完毕,不出半个月货款就能到'华顺贸易'的账上。别忘了,我们和他们可是'久源二分店'的合作伙伴。"

程全贵终于开口了,说:"儿子,我担心的不是这个,你不了解当父亲的感受,这么大一笔投资必须要谨慎,而我们缺乏的正是谨慎。"

"怎样才算谨慎呢?"

"我在想,这个钱既然这么容易赚,人家不可能轻而易举地让出来,不会是你母亲与会长夫人天天打麻将的功劳吧?儿子,好好想想,既然你选择了容秋,就不该涉足邝家人的生意,从她家得到任何好处的念头都不该有,否则就是不识时务。天下没有免费的午餐,这个道理谁都懂。"

程甘霖不解地问:"照这么推论,合作'久源二分店'也不应该了?"

"合作'二分店'是平等互利的,是他家主动投资,而且经营权在我们手上。"

"爸爸,'华顺贸易'是一家实力雄厚的贸易公司,分给我们的只是一小杯羹而已。他们公司根本不把几十吨的交易放在眼里,更不至于像您所说的那样心存芥蒂。但是,这笔生意对咱家至关重要,儿子看重的不仅仅是利润本身,而是'久源茶庄'未来的前景,我们为何就不能把生意拓展到'茶庄'之外呢?"

程全贵说:"儿子,这是你爸经历几十年风雨形成的直觉,就像一匹老马仅凭直觉就能嗅到前方是否有危险。走到这一步,你父亲这匹老马提醒你应该止步。"

"爸爸,听您这么说我很遗憾。儿子不仅因为失去这次机会遗憾,而是为心目中一向英明智勇的父亲为教条所捆绑,被经验所困惑而感到遗憾。做生意要凭真凭实据,您所讲的理由都成为不了理由,这是强权!"

一番话狠狠扎在程全贵心上。儿子年轻气盛,求胜心切,急于证明自己,作为父亲不该怪他。独自坐在沙发上,看着儿子带来的"真凭实据",他很清楚,这时候说得越多儿子越抵触。儿子跟他这几年,生意一直很顺利,而往往出差错都是在顺利的时候。任何人都一样，一旦自我膨胀就容易被假象蒙蔽眼睛。他掂量着，假如这次生意真的失败了会承担怎样的后果？"久源"是否承担得起？

经过一番思考，他说："儿子，今年你二十七岁，年纪不小了。还记得你大学毕业那年，拿着毕业证跑来我这里报到，说要给爸爸'打工'。五年过去，你从一名普通的业务员成长为名副其实的执行者。'一分店'交给你，分店的业绩大大超出预期。事实证明，你做得非常好，爸爸还准备把'二分店'也交给你。儿子，你的成长和进步每一步爸爸都看到了，爸爸很欣慰，为你骄傲！"

程甘霖静静地听着，揣测父亲最终想表达的意思。

"爸爸想通了，作为父亲不应该总对儿子发号施令。生活是一场经历，无论刀山火海还是风花雪月，都需要自己亲身体会。既然你已经做了充分论证，并对这笔生意胸有成竹，爸爸不干涉你了。不过爸爸还是要提醒你，咱家从来没涉足过这么大金额的买卖，况且跨国贸易对我们而言是完全陌生的。所以每一个步骤一定要考虑成熟再去做，各个环节务必亲力亲为。记住！要抱着如履薄冰的态度进行。爸爸把'久源'茶庄的未来交给你了，看你的，儿子。"

父亲松口了，程甘霖终于得以机会大刀阔斧发挥他的能力。为防父亲反悔，第二天一大早，他带着父母去"华顺贸易"公司，签下金额为 90 万元的抵押借款合同。

第 四 章

云 遮 月

一

　　说干就干！大俊毅然放弃进城的机会,心甘情愿走回老路。新闻联播连续播报,十一届三中全会以来,农业经营突破了"一大二公"的经营机制,不仅解决了广大农民的温饱问题,部分农民带头富裕起来:四川省乐山市悦来乡前进村养鸡专业户刘采金发展养殖产业,养白羽肉鸡万只,年收入 10 万元;福建省福州市甘下村渔民易万顺申请国家无息贷款 15 万元,承包万亩牡蛎海场,有力带动本村的经济;"财富视点"栏目专门为山东波尔山羊养殖大王制作了两期"致富门路"专访。

　　发家致富是第一步,"做最好的农民"是大俊为自己树立的新目标。为了把目标落到实处,大俊还和秦原生一起制订了两个五年计划。第一个五年计划以这百亩茶园为基础,打造"原生号"品牌,重点以手工茶为优势,推出更多的茶品;第二个五年计划扩大生态茶园的种植面积,带动本村的经济,建一个现代化的生态茶厂。

　　"第一个五年计划"是这样实施的,增加"月光白"种植面积,使用新的包装。在包装设计这件事上,秦原生耍起性子,非得把自己的头像印上去。他认为既然用上自己的名字,就该使用自己的照片。老人犟得跟驴似的,大俊也没办法,只好给老人换上体面的衣服,开着拖拉机拉他去镇上拍照。中过风的秦原生嘴、鼻是歪斜的,这可难倒了照相馆的师傅。经过多番角度选择,最终从左侧面拍下一张。这张照片也不太满意,脸颊有点儿塌,下巴歪一边去了,最后拿到印刷厂美工那儿,使用电脑编辑技术修补了缺陷,还为头像加上一个美观的虚拟相框,做成黑白的剪影,最终印在"原生号"普洱茶包装的一角,成为后来的经典商标,沿用至今。

　　自从树立新的目标,秦原生的身体状况一天比一天好,不仅不需要特殊照顾,还能和大俊一起下地干活。他能用左手做简单的事,无所事事时,就在一旁指手画脚。情绪好的时候老人很乐观,说某某比他的病情严重,也是偏瘫,经过长期坚持锻炼如今能编竹筐,还可以拿刀切菜;又说电视上哪个青年在一次事故中失去了双臂,人家没有自暴自弃,日常生活用双脚替代,还能自食其力。当然,老人的情绪并不总好,偶尔也会无缘无故发脾气,跟小孩子一样捉摸不透。医生说这是由于脑梗死造成大脑神经损伤的缘故,这类病人情绪不稳定,严重的还会暴躁或者痴呆,病人亲属需要给予更多的关怀和理解。秦老的身体状况的确不能独居,这是促使大俊留下来的原因。尤其在康复之初,大俊走哪儿都得带着老人,就连去村委会,秦原生也要一瘸一拐地跟着。很难想象如果没有大俊,老人怎么生活?

金大俊照顾秦原生的事迹传遍凤曼小村庄,家中有闺女的把大俊看作最佳女婿人选,好多人托媒人到金家说亲,连邻村的也找人打听来了。妈妈和大嫂几次提及相亲的事,大俊都断然拒绝。

比起春天,今秋的工价一路飙升,仅采茶和做茶两项工钱就涨了三分之一。秦家只有大俊一个劳动力,该请的工人还得请。以前杀青只要秦伯和田老坎两个人,一锅炒十二公斤茶青。如今秦伯不能再炒茶了,田老坎则推托说肩周炎犯了没法干活。秦原生听说田老坎不肯来,气得破口大骂:"他怎么可能得肩周炎,前几天还生龙活虎地要承包我的地,等用得着的时候就生病。我要骂他一顿,往他脸上吐口水。"

大俊把老人拦住,想出一个主意,说村上也有手艺不错的年轻人,比如陶命和陶生两兄弟,还有建设村的熊五。虽然田叔手艺好,但毕竟年纪大了,体力也跟不上。这次咱们同时请三个人,三口锅同时炒,效率就高了。

秦原生极不情愿,他打心眼里看不起年轻人那套,认为年轻人把塘子里的火拨得过旺,心急火燎缺乏耐心。可怜的老人爱茶一辈子,过分的执着等同偏执。大俊想了一个折中的办法,让老人家当技术顾问,不动手,只要在一旁指导,秦原生这才勉强同意。

凤鸣山脉,从山脚到峰顶一路全是连绵起伏的茶林。人们习惯了四季葱茏的茶树,对其他植物缺乏天然的感情。其实这一带也栽种别的作物,比如蔬菜、粮食、瓜果,只不过面积小,不成规模。当然,也不是绝对的,顺着山脉线往东,进入凤鸣与龙吟两山交界处的山坳,那里有壮观的千亩稻田。每年迎秋时分,田里的稻秆被饱满的穗花压弯了腰,金灿灿的稻田常常被大风击起千层浪,稻浪翻滚稻香飘飘,因此得名"击浪湾"。由于政府宣传少,道路也不好,又受到地理位置的局限,美丽的"击浪湾"未被开发。为数不多的资深摄影爱好者会来这里,从日出拍到日落。就近还有几所乡村学校,孩子们常在老师的带领下到这里秋游,回去写的全是关于稻田的作文。

秋季,穗花飘散的时节,茶农在地头忙碌着采茶,所以又把秋茶称"谷花茶"。秦家的茶园迎来二十多位茶女采茶。作坊里,除杀青这个步骤换上陶家兄弟和隔壁村的熊五,其余几乎都是原班人马。秦原生跛着腿跑上跑下,看起来比工人还要忙。

吃过午饭,陶生悄悄地把大俊拉到一边,一脸为难的样子,说:"大俊,我哥俩恐怕帮不了你的忙了,还是另请高明吧。"

大俊问:"怎么了?"

"你也知道,我家也有茶园,我们把家里的活搁一边来帮忙并不是冲着这点工钱来的。"

"当然了,还用说,你们来全凭咱这么多年处出来的感情。"

"其实我们以前挺敬佩秦老的,可他的脾气让我们吃不消。我们三个人干得够卖力了,可他老人家还唠叨不休。不听他的吧,看他气成那样;听他的吧,我们无从下手。他根本信不过我们,你说这活怎么干?"

大俊听明白陶生的意思,也知道老人的毛病,说道:"兄弟,见谅一下,秦老得了脑子里的病,伤到这里了。"他指了指头部,"他以前不这样,都是这病害的。回头我也跟他讲讲,你们别跟他一般见识。"

"好吧。"陶生表示,"我们尽力做,至于能不能让他满意就不敢保证了。"

"多谢了,兄弟。"大俊歉意地拍拍陶生的肩膀。

下午,天上的云朵悄悄起了变化。云彩片片相接朵朵相连,排列成梯田状的淡积云,经验丰富的人看一眼就知道雨近了。果然,有识天气的人在地里喊:"抓紧时间啊!要下大雨啦——"

有雨也没人离开,工人按天算钱不能说走就走,除非真的见到雨了。一会儿,淡积云开始向上突起一片奇山连亘,随即在云彩边缘出现美丽的光晕。光晕是淡紫色的,当地人习惯叫"云晕",见到紫色的云晕将会大雨倾盆。

"要下大雨了喽!"地里的人嗓音洪亮。转瞬间,天象快速变化。云晕披身,危峰突兀,云朵宛如一座座"冰山"飘浮在空中。地里的人跑到田坎取雨衣,晒着干茶的赶紧回去收茶,大家慌忙做起雨前准备。再望天空,天宇倒扣若泰山压顶。再后来,悬浮的云朵抽拉成丝,有的呈铁砧状,有的似马鬃形。终于,云峰不见了,漫天都是灰黑色的雨积云。雨积云凝聚了大量水珠,一点点地积攒,一点一点加码,等待着空气不堪重负的那一刻。

作坊里三位杀青的年轻人收起最后一锅茶青,揉捻的女人们在巨大的簸箕里摊散开最后一块绿色的大茶球,大家一起把大簸箕搬进玻璃钢瓦大棚晾晒。雨滴破云而坠,噼里啪啦往地上洒"水豆子",越来越恣意,越来越急促。秦原生也没有闲着,来到大棚检查摊晾的毛茶。

大棚是雨天的世外桃源,站在玻璃钢瓦下面看雨不会被淋湿。此刻,揉捻过的茶叶摊放在簸箕里,静静地释放着怡人的香气。大俊走进瓦棚本想查验一下今天初加工的毛茶,没想到看到老人蹲在簸箕边哭。大俊来到老人身边,问:"秦伯,不舒服吗?"

秦原生掩着脸面,被大俊问得更是泣不成声。大俊很担忧,上前递过去一个小板凳,对老人说:"有什么不顺心的事尽管跟我讲,别老蹲着。来,咱们坐小板凳。"

老人擦了擦眼泪,委屈得不得了:"你看看这帮小子怎么炒的茶,我说的话他们一个字都听不进去。锅太烫,投茶量太大,翻炒的也不够均匀,烟火味都出来了。"

大俊捧起一把茶叶放在鼻子边闻,没闻到什么不好的味道呀,更别说秦老说的烟火味儿了。

老人家自己抓起一把茶叶送到大俊眼前,努努嘴巴:"你再瞅瞅这颜色,明显是受热不均造成的,这样炒出来的茶好不了,简直是糟蹋。"

大俊仔细辨认了一番,也没发现有什么不对劲儿的地方。老人不消气,气愤地说:"花这些工钱在这帮玩意儿身上太不值得了,让我痛心啊!"说着说着泪水满眶。大俊问:"秦伯,我知道您的嗅觉很久以前就不灵敏了,现在闻到的也不一定真实。再说茶叶还潮,现在也看不出个所以然。"

秦原生指着遍地的茶叶说:"这不明摆着吗?一眼就看得出问题,难道说我冤枉他们不成?现在的年轻人太浮躁,还不懂虚心学习,你去跟他们说,今后不要来我这里了。"

大俊看了一眼玻璃钢瓦外灰白的天空,想出一条缓兵之计:"这雨可真不小,估计明天都晴不了。既然晴不起来干脆等茶叶晾干,试泡一回再下结论。"

秦原生同意了,既然天公不作美就休息几天吧。这雨果然稀稀拉拉下了两天,第三天才开始放晴。雨停了,天空也亮堂了。大棚里的茶叶连续晾了两天收敛了水汽。大俊迫不及待地取来几克泡开,惊讶地发现秦伯的判断是正确的。茶汤偏黄,亮度一般,茶汤底部有"焦片"(杀青时温度过高的现象),的确是由于杀青过头、升温过快造成的。秦老所讲的"烟火味"其实就是炒过度了,不过"烟火味"很轻,除非非常细致地品尝,一般人不容易察觉到。

大俊觉得有点儿不可思议,不相信秦伯真有这么厉害! 一个歪主意从他脑子闪过,伺机考考老人。他重新找来一个空杯子,取了一泡去年的茶放在杯子里泡好。秦原生正在休息,看到大俊端来茶水,从床上坐了起来。

大俊说:"我把茶泡好了,您老看看有没有问题?"

秦原生接过杯子正要喝,嘴唇还没碰到便产生怀疑。他把杯子端手上,透过窗户进来的光观察,面带愠色,问道:"你这小子究竟打什么主意?"

大俊不相信老人看出端倪,一脸无辜的样子。

"这是啥时候的茶?"老人追问。

"这是……"大俊犹豫了一下,"刚才从大棚取出来试泡的呀。"

"才晾干的茶不会是这般汤色。"秦原生举起杯子让大俊自己看,"新茶刚泡出来是翠绿色的,并且有明显的清香味,你这根本不是,是不是把去年的拿来蒙我?"

大俊忍不住笑起来,双手作揖,对老人家说:"秦伯,我算服了,您太神了!"

经过再三考虑,大俊提出购置一台杀青机的想法。秦原生也听说过这玩意儿,只是不知道好不好使。大俊讲原理给老人听,说杀青机同样使用柴火加热,只是把炒茶用的斜铁锅换成大铁筒,既可以手摇也可以通电翻炒,不仅省力,还能提高效率。

秦原生激动地问:"如果用电翻炒,也就是说我一只手臂也可以操作了?"

"当然可以,一只手足够。"

听说有希望重操旧业,老人斩钉截铁:"咱们就买这个,多少钱都要买!"

当天,大俊打电话给顾有银咨询购买机器的事,顾有银回话说长沙湘阳茶叶机械制造有限公司出产的制茶机质量好,电动、手摇均可,可以帮忙联系。就这样,炒茶机以最快的速度落实了。

二

刘利铭今天 18 岁生日,临上学妈妈又提醒一次:"记得放学时接爷爷回家。"

刘利铭家离学校很近，步行不用十分钟就到。两人走在通往学校的大路上，一路上碰到的都是上学途中的同学。刘利铭问秦容香："嗨，这学期看到我的变化没？"

秦容香回答："看到了，你嘴边的胡子好像更黑了。"

刘利铭有点儿失望："就知道看这个，真没劲儿。这学期我可比任何时候都努力，我的排名也靠前了呀。"

秦容香不屑地说："取得一点点进步就想被表扬，肯定不会有大出息。学习贵在持之以恒，不是某个阶段好就真的好。再说现在离高考还远着呢，笑到最后的才是大赢家。"

邀功不成反被教训，刘利铭觉得很没趣。刘爷爷等候在值班室门口，看到两人过来递过去几个红彤彤的染色土鸡蛋，笑眯眯地说："给你们煮的，小红粉染的，好吃。"

"谢谢爷爷！"

"小伙子，十八岁了，生日快乐！"

"谢谢爷爷！爷爷再见！"两人跟爷爷挥手。秦容香舍不得吃，把鸡蛋放兜里。还没走进教室，刘利铭便吃掉了两个，嘴里喷着蛋腥味对容香说："我十八岁了，从现在开始是成年人了，你还是个未成年的小妹妹。"

秦容香白他一眼："有什么了不起，明年我也十八岁。"

"我真的觉得自己很了不起，因为我是顶天立地的男子汉。"

"好吧，男子汉，今天你想得到什么样的生日礼物？"

刘利铭睁大眼睛，问："要什么都行吗？"

"没问题。"

"这个……让我想想。"刘利铭比画了一下，似乎有点儿不好意思说出口。他展开作业本的空白页，在上面写了一个"吻"字。聪明的秦容香拿过本子用红色的笔在上面画了一个唇的形状，还在旁边备注了一个"吻"字，说："生日礼物送给你了，祝你生日快乐！"

刘利铭接过来一看，哭笑不得。数学老师走进教室，手里拿着一沓卷子，是上周的单元测试卷。按老规矩，老师对每位同学的表现都要做简单讲评，最后10名的同学不唱分，这样做是为了保全后进生的自尊。其实都一码事，通常情况下，倒数10名的同学向来固定是那几个。

当老师报出秦容香 120 满分时,同学们有的吐舌头,有的拍脑门,还有的交头接耳,悄悄地说:"秦容香又拿满分了,她呀根本不属于我们人类。"

老师喊道:"王凯,93。你还可以再往前靠一靠,以你的能力可以上 100 的。"

"李小奇,这次有进步,甩掉了 1 名同学。"老师指他从倒数第一名进步到倒数第二名。念到刘利铭时,老师清了清嗓子:"刘利铭 106,请对照你同桌的试卷找差距。"

刘利铭自豪地走上讲台领卷子,这个分数全班名列第四,大家向他投去羡慕的目光,就像几十盏聚光灯聚焦在明星身上,可惜这种感觉太短暂,仅讲台到课桌这么短的距离。106 分本不算低,但一旦跟秦容香的卷子放在一起就黯然失色。大家都说,秦容香根本不是"人",跟她同桌内心一定要强大。否则,小心脏早晚承受不起打击。还好,刘利铭早已千锤百炼。

下午放学,祖孙三人一同步行回家,餐桌上摆着丰盛的晚餐,这些菜大部分是小杨阿姨做的。小杨阿姨是本地人,二十多岁,以前在教育局食堂干过,她丈夫是货车司机,去年出车祸去世了。刘副局长同情她,请她来家里帮忙。刘家夫妇对她很好,给出比外面高的报酬,把她当成家庭成员看待。

刘爸爸为儿子十八岁生日晚宴准备的开场白很有意思,说:"两个未来的大学生还得去上晚自习,大家一分钟都不能耽误,赶紧吃。"大家一起举杯祝刘利铭生日快乐,用餐时间大概只进行了二十来分钟,虽然匆忙但很尽兴。愉快的晚餐结束,每人分得一块蛋糕,两个孩子踩着点儿上晚自习去了。

当天逗留到天黑,刘爸爸才送父亲回家。返回的路上,夜幕完全落下,尽管月色旖旎,刘爸爸毫不留恋,他惦记妻子一人在家里。推开门,他惊喜地看到妻子在弹钢琴,琴键在她的手指下跳跃,美妙的乐曲如流向远方的叮咚泉水。刘爸爸站在一旁默默欣赏,陶醉在美妙的钢琴乐曲中。妻子连续弹了几曲,一曲《梦中的婚礼》结束,刘爸爸从后面抱住她,亲昵地说:"老婆,你还是那么迷人。"刘妈妈幸福地红着脸,羞赧地依靠在丈夫怀里。

不久,刘爸爸任局长的通知正式宣布。当天,刘妈妈亲自下厨与小杨阿姨一起做了一桌好菜,全家人都回来庆贺。可惜临时有事,刘爸爸本人没能参加。很晚了,酩酊大醉的刘爸爸被办公室主任和司机架着胳膊送回来。今天县委组织部领导主持交接,晚上搞了一次宴会,大家都来敬酒,刘局长喝高了。刘妈妈了解自己丈夫,干工作没话说,喝酒相当不行,场面上的事他最不擅长。也有可能由于家属身体不好的缘故吧,平日除工作需要,其他的应酬他能推都推掉了。像他这样不跑官、不要官、不拉关系、不善应酬的副职,单凭实干走到今天实属不易,何况还有个不争气的老婆拖累。

两个孩子下晚自习回家,听说爸爸喝得不省人事,都挤到卧室探望。爸爸醉得一脸猪肝色,由于气息不通畅,只能张着嘴大口呼吸。懂事的孩子打来一杯温开水放在床头,拿来一个旧的塑料盆子放在床脚边以备呕吐。

妈妈说:"爸爸酒劲过了就好了,你们赶紧去洗漱睡觉。"她还特别提醒刘利铭"不准熬夜,早点休息"。

两个孩子答应得挺爽快,很快都去睡了。半夜,刘爸爸翻江倒海地呕吐,一口气喝光了杯子里的水。刘妈妈来到客厅给他取护胃的药,发现刘利铭的房间还透着光。她轻轻推开门,见孩子趴在书桌上睡着了。刘妈妈把儿子推醒,心疼地抚摸着他的头说:"傻孩子,快回床上去睡。"

刘利铭好似发出呓语:"几点了?"

"三点。"

刘利铭耷拉着脑袋,爬到床上老老实实地躺下。妈妈替他盖好被子,语重心长地说:"你看人家容香妹妹,每天晚上回来洗漱完就上床睡觉,哪儿用得着这么辛苦。"

刘利铭很委屈:"妈妈,她是天才,我是笨鸟,笨鸟就得先飞。"

"笨鸟就笨鸟,笨鸟也是我的宝贝儿子。"

"可是妈妈,我担心考不上北京医学院。"

"考昆明医学院也可以。"

"不!容香要去北京,我也要去。"

刘妈妈劝慰他:"理想固然好,可不是每个人都能实现理想的,尽力就行了。"

她替儿子关上灯,拉上门,蹑手蹑脚地推开秦容香的房门。容香姑娘睡得很香,一切正常。

早上六点刚过,刘利铭书桌上的闹铃响了,闹铃的响声同时惊醒了刘妈妈。刘利铭穿戴整齐从房间走了出来,来到厨房烧水。刘妈妈也起来了,好奇地问:"儿子,起这么早干吗?"

刘利铭有点儿难为情,对妈妈说:"我要煮红糖鸡蛋。"

"怎么想起来吃这个?"

"煮给容香吃。"

"怎么了?"

"妈,这种事别老问好不好。"刘利铭羞于跟妈妈解释,尴尬得头都不敢抬。刘妈妈惊讶得半天合不上嘴,说:"不会吧,难道你们已经……"

"妈妈,您想到哪儿去了?听说女性经期吃这个好。"

刘妈妈恍然大悟:"我这儿子真没白养,这么会疼人啊。"

刘利铭支走妈妈,说:"妈妈!时间还早,回去睡吧。"

"我这就去睡,这就去——"刘妈妈知趣地回到卧室,昨晚半夜丈夫吐了两次,为了照顾他一宿没睡。

孩子们都上学去了,刘妈妈起来给丈夫熬粥。刘爸爸强打起精神,毕竟第一天走马上任,即使身体不适也不能迟到。趁丈夫喝稀饭,刘妈妈说:"既然你已经当上局长了,有件事不能老搁在心里,想跟你讲讲。"

"哦,什么事让我老婆这么上心?"

"就是咱们儿子考大学的事,你看有没有渠道保送北京医学院?"

刘爸爸没想到妻子给自己出这么一道难题,为难地说:"要说保送,每年分到县里的确有一两个名额,但是北京医学院从来没来我们县要过保送生。话又说回来,即使要到指标,保送对象也仅限年级排名前几名的学生。目前看来,咱们儿子离这个目标差距还挺大,看他后面努力的情况吧,要说咱容香肯定没问题。"

刘妈妈不满地说:"咱容香还用得着保送吗?"

刘爸爸进一步解释道:"保送的目的是选拔品学兼优、综合素质优秀的学生,儿子才排在年级几十名,根本不够条件啊。"

刘妈妈说:"得了,够条件还用跟你讲?你们把保送资格划定为年级前几名的范围实在太小了。这部分同学自己都可以考上理想的大学,哪儿用得着保送。我看应该改革。"

"你认为范围扩大到多少合理?"

"最起码扩大到前50名。"

"呵呵。"刘爸爸笑了起来,"要是大学是咱家开的就更好了。"

刘妈妈替儿子说话:"客观地讲,我儿子虽然不够拔尖,也是优秀生。"

刘爸爸放下碗筷,准备要上班了,说:"你这套叫'推良不推优',是升学腐败的典型做法,说严重点叫以权谋私,被人举报的话,后果很严重的。"

刘妈妈说:"我也知道,可是你这个当父亲的就不能想想办法吗? 咱们儿子多努力呀,每天下自习回来还要熬夜,我当妈妈的心疼。"

刘爸爸说:"我这当父亲的同样心疼! 大学这道关口对于每个学生都是公平的,光说心疼,哪个做父母的不心疼自己的孩子?"

刘妈妈早预料到了,丈夫当副局长这些年廉洁奉公、秉公办事,跟他讲也白讲。丈夫上班去了,小杨还没来,家里就剩她一个人。刘妈妈独自回到房间,取出那本记录着各种指标的小本子,写下一串向家人"汇报"的数据。然后,她打开衣柜换衣服,当脱下睡衣时,两条浮肿的腿露了出来。最近,腿部的浮肿越来越厉害,她自己很清楚,这是不祥的预兆。

历年的病例和检查报告放在一个小纸箱里,满满一箱白色的纸片记录着这些年与病魔抗争漫长而痛苦的历史。北京换肾是一场希望之旅,也是溺水者最后一根救命稻草,可能这就是命吧,器官排斥反应如此严重。不争气的身体就像风中的残烛,随时都有熄灭的可能。病了这么多年,她真的感到累了,感到从未有过的精疲力竭。

由于睡眠不足,刘利铭在第一节数学课上就开始打瞌睡。好容易坚持到下课,他干脆趴在桌子上呼呼大睡。上课铃声响起,刘利铭懒懒地抬起头,睡眼惺忪地翻开书本。秦容香毫不留情地批评他:"昨晚又熬夜了吧,愚蠢! 没脑子! 得不偿失! 瞧着,以后再熬夜我可要发火了!"

第二节还是数学课,老师在黑板上演练了一道题,写了半个黑板。秦容香在草稿纸上算了一次,只要五个步骤。她把这道题给刘利铭看,刘利铭不支持当场指出来,让她下课找老师。下课了,趁老师收拾教具,秦容香把自己的解题方法给老师看,老师发现课堂上的解析走了弯路,脸一下子红了。

第三节化学课,刘利铭还是抵挡不住瞌睡虫的袭击,耷拉着眼皮摇头晃脑。秦容香一只手悄悄伸到他的大腿上掐了一把,疼得他龇牙咧嘴。过一会儿刘利铭的眼睛又酸又胀,眼皮像粘了胶水,仿佛千万只瞌睡虫围着他飞来飞去。秦容香又在他腿上掐一把,这次下手太狠,正在睡梦边缘的刘利铭猝不及防,疼得失声叫唤。这下可好了,正在讲课的老师被打断,全班同学的眼睛齐刷刷地盯着刘利铭看。

"什么情况?"陈老师把手上的白色粉笔头放回粉笔盒,犀利的目光也在询问。刘利铭低着头不敢答应。

陈老师问刘利铭:"你刚才是不是做噩梦了?"

问话引来同学们的爆笑。刘利铭懊恼极了，恨不得找个地洞钻进去。当着全班的面，陈老师毫不客气地批评他："刘利铭同学注意了，别的同学都在往上爬，你不要坐着梭梭板（滑滑梯）往下梭（滑）哟，等会儿看看上次的单元测验试卷就清楚了。我相信响鼓不用重槌，不用我多说什么。学习就是逆水行舟，态度上的懈怠、行动上的松懈都会导致成绩下滑。"

试卷发下来果然惨不忍睹。总分120分，秦容香得119，刘利铭98。本来化学是他的强项，这次测验反而变成了弱项。实践证明，打疲劳战的学习方法行不通。刘利铭苦恼极了，他已经尽了最大努力，成绩一度从全班十多名进入前五名，在年级的排名也上升不少。可是，以他目前的成绩只能上个普通大学，离北京医学院的分数差距还很大。

下课了，秦容香跟他道歉："对不起！下手重了点，害你挨批评。"

刘利铭无精打采地说："不怪你，是我不对。都怪我太想进步了，以后再也不这么干了。"

"想进步是好事。"

"哎，就是寻找不到突破口，感觉好像摸到天花板了，再进步一点点都办不到。"

"突破口其实在课堂。"

"课堂上我挺认真的。"

"'课堂一分钟胜于课后功'，你虽然认真上课了，但是思维还没完全拓展，你需要改进的是学习方法和思维方式。发现没？你所有的扣分都在难题上，要知道只有难度大的题才能跟别人拉开距离。你的基础掌握得很好，也很细心，可惜是个死心眼。打比方说走路，我们的终点都一样，谁发现捷径谁就在最短的时间内到达目的地。"

"真是太难了，我无法突破自己。"刘利铭沮丧到极点。

"这样吧，以后下课我们都不要休息，把当堂课老师讲的知识难点交流一下。"

第四节还是化学课，刘利铭终于振作了精神。秦容香在自己的作业本上写下一句话递了过去，上面写着："一滴水可以折射太阳的光辉，但我所热爱的不是太阳而是水。"

刘利铭在这句话下方补上另一句话："如果我是水，请允我折射你的光辉。我愿意被你蒸腾成云，化落成雨，去而复来与你永不离分。刘利铭，1993年9月

21日。"

写好后，他把这页纸叠好收藏起来。这行字没给秦容香看，他认为现在不是时候。等走过这段雨季，等斜风细雨不再淋湿困惑的青春时，他再勇敢向她表白，并用一生的时光去证明。

小 月 牙

一

高年级画室设在"徐悲鸿教学楼"六层，六层是这栋楼的最顶层，也是所有低年级同学"仰望"的楼层。因为六层的画室涉及人体绘画，进入楼层的走廊上挂着一个醒目的牌子，上面写着"无关人员不得入内"。限制出入给这个区域蒙上了神秘的面纱，越不轻易示人越能挑起人的好奇心。人体美是一切生物美之至美，是自然美和生命美完美的结合，也是绘画永恒的创作主题。人体美好比红盖头下的新娘，些许紧张、些许羞涩，但没有人会在这样庄重的时刻产生猥琐之意。

六楼一共八间画室，大画室六间，小画室两间。大画室足足两百平方米，可以同时容纳几十名学生。每间画室都布置得差不多，玻璃窗户明净透亮，四壁挂着背景布，还能根据教学需要更换不同的背景来营造氛围。教室中央搭着一个木架子，木架可以调节高度，俨然一个风味十足的小型舞台。

今天下午的写生课叫"田园牧歌"。"牧歌"并非歌曲，而是要求学生们用人物绘画的手段表达田园风情。一位年轻女子进入教室，女子称不上漂亮，身材还不错。女模脱光衣服，在胸口系上一块灰色的粗布条，再用另外一块同样颜色的粗布系在髋关节处。布巾的下方剪成长条流苏斜坠在大腿上，女模身体其他部位全都暴露出来了。这位女模是冯老师从外系借来的，原因是本系的两位女模一个生病，另一个有事来不了。

女模刚开始给冯老师留下的外表印象并不太好，换装后发现她四肢匀称，整体效果还过得去。

课前准备就绪，冯老师再次与模特沟通，要求她把头发绾起来。女模有点儿不耐烦,问道:"怎么个绾法?"

冯老师说:"随意凌乱地绾到脑后就行。"

女模领会了老师的意思,迅速在脑后打了一个髻。冯老师交给模特一个圆形的土陶罐子,让她两手托起抱到右髋的位置。女模掂量了一下问:"能不能换个轻一点的?这土罐怪沉的。"

冯老师说:"小罐子有是有,但是效果不好,如果感到累了可以放下来休息一下。"

按照冯老师的要求,女模还是把罐子抱了起来。冯老师看了看,满意地点头:"很好,就这样。注意一下表情,面带微笑。"

女模保持着姿势,勉强挤出一点笑容。

"自然一点,面部肌肉放松,眼睛看远处……对,对,就这样。"冯老师一面说一面做示范,他的工作作风就是这么认真,眼里容不下一粒沙子,大凡搞艺术的对自己的作品都有一种一丝不苟追求完美的精神。

二十多名学生以展台为中心搭起画架,程甘露的画架上绷着一块白色底胶刷过的亚麻布,她习惯性地用右手食指摁了摁画布,画布上的胶早干透了。

冯老师跟大家讲:"今天是同学们接触人体绘画写真的第一堂课,我们将用40个课时完成一个模特的动作,时间很充裕,请认真仔细地完成。我没做背景安排,目的是希望同学们充分发挥想象力自己处理背景。请注意今天的主题'田园牧歌',一片金黄的麦地或者是碧绿的田野可以是背景,山花烂漫也可以是背景,什么都没有也可以。我想告诉大家,这位抱着罐子的模特仅仅是一个母题,映入你们的大脑再落到画布上的画面必定不一样,我不希望看到千人一面的绘画。油画人物是一个高难度的课题,也是最有表现力和张力的魅力艺术。美感的审视好比一个加工厂,同学们对主题的理解、色彩的应用、绘画的呈现,甚至模特的五官长相都可以尽情发挥。比如,我们可以想象模特长发披肩,也可以把模特的颧骨画得平缓一点,或者把身材处理得更加丰满……"

也许是冯老师讲课时无意中触及"丰满""颧骨"这样的敏感字眼,女模不乐意了,开画没多久就埋怨土罐子沉,嫌暖炉不热,一会儿要喝水一会儿上卫生间。冯老师批评她几句,她就跟老师顶撞。接下来更不愉快,女模动作做不到位,表情麻木。冯老师从来没见过这么没有责任心的模特,一个动作几十天的课,这样的态度没法合作。冯老师当着全班同学的面说她:"姑娘,你这样我们没法画,好歹拿了酬劳,总要对得起学校给的这份工资吧。"

女模反而满腹怨言："这么点报酬我太对得起了。"

冯老师说："你要对酬劳不满意就别来。"

"你以为我想来呀？一站几个小时还抱什么鬼玩意儿，要不是有言在先，早不干了。"

学生们蠢蠢欲动，放下画笔对她发起口诛，几十个伶牙俐齿的年轻人一起谴责让她无法招架。

"安静！"冯老师镇住课堂，不允许学生参与进来。他宣布取消这堂课，让女模换衣服走人。下课，冯老师到学校教务处反映情况，班级里同学们你一言一语对此事展开议论。有同学说："这世道啥样的人都有，就她那样的姿色也敢出来吓人。"

话音一出，立即遭到别的同学的反驳。有同学说："模特不一定都漂亮，关键要有特点。比如画老人的头像，老人脸上的皱纹像刀刻出来那样最震撼人心。"

有同学好奇地打探："那请老人的价格跟请美女一样吗？"

同学回答："应该一样吧。"

另一个同学肯定地说："怎么可能一样，请一个拾荒的老人十元钱搞定，美女能行吗？"

一名女生问："美女一堂课能拿多少钱？"

一个调皮的男生回答："你要是全裸的话要多少给多少。"

那女生愤怒了，大呼："低俗！我告老师……"

过了好长时间，冯老师才回到课堂，看样子到学校协调模特的事不太顺利。他跟同学们讲："搞清楚了，估计由于待遇方面的原因，学校的女模闹'饥荒'。我找了系里，系领导说让我们自己聘，待遇方面愿意额外补助一些。"

有人问："聘模特多少钱一节课？"

老师说："学校给一节课15元，系里再补助8元。"

同学们又问："对模特有没有要求？"

老师说："当然有要求，难道请个大婶来画田园牧歌呀？"

程甘露高高地举起右手，高调地说："老师，我推荐我姐姐。"

冯老师说："可以啊！有推荐的同学明天早上带来我办公室看看。"

一名男生故意拉长嗓音问程甘露："你姐姐比起刚才的模特儿咋样？"

程甘露回答："没法比，天鹅和鸭子的差距。"

班级里又是笑又是唏嘘,另一名高个子男生嗓音更响亮,戏谑道:"你姐姐是鸭子还是天鹅呢?"

程甘露反讥:"我不知道,你到时候多带点纸巾擦鼻血就行了。"

课堂笑翻,冯老师也很感兴趣,问:"你姐姐多大年纪?"

"二十二。"

"她愿意来吗?"

"问题不大,我下课打电话给她。"

"既然能让男生流鼻血,那一定不会让大家失望了,不如明天下午直接带来上课吧,有什么注意事项需要叮嘱的你替我代劳。"冯老师知道程甘露的眼光挑剔,她推荐的肯定错不了,又说:"注意了,明天下午男生多带点纸巾以防流鼻血。"

下课了,程甘露赶紧往家里打电话,一番死缠烂打、软磨硬泡,说得秦容秋动了心。程甘露强调说除学校给的酬劳,系里另外还有补贴,一个下午两节课可以挣到46元。聪明的程甘露知道46元对秦容秋是多么大的诱惑,她没有理由无动于衷。秦容秋犹犹豫豫地说:"好是好,就怕你哥哥不乐意,能不能等你哥哥出差回来商量一下这件事?"

程甘露说:"哎呀,等我哥回来,黄花菜都凉了,这么好的机会是我给你争取到的,要不然早被别人抢走了。我们是二十世纪的新女性,又不是封建时代的裹脚媳妇。再说有我在呢,我哥要是敢叽叽歪歪我负责收拾他。"

秦容秋不敢确定,问道:"你看我真的行吗?"

程甘露肯定地回答:"姐,请你别怀疑我的眼光好不好!"

"可是服装怎么办? 我没有几件像样的衣服。"

"服装不用你操心,老师会安排的。"程甘露寻思了一下,打算暂时隐瞒冯老师的那两条粗布条。

秦容秋算了一下时间,下午两节课,两点半到四点半之间,这个时间段奶奶正好在休息。只要中午出门之前把晚上要做的菜备好,下课回来不会耽误做饭。因为阿爸给她带的钱已经花得差不多了,现在的确捉襟见肘,条件允许的情况下挣点钱当然好了。两人约好,次日下午两点在学校门口见。

第二天下午,秦容秋按约好的时间去学校,在校门口与程甘露碰头。甘露事先跟她讲人体课是怎么回事,教她怎样做模特,总的说来摆好动作不乱动就可以了,还说:"两节课两小时,课间休息十分钟,要是站累了也可以要求中途休息。"

秦容秋笑嘻嘻地说："没问题,才站两小时。农忙的时候在地里一干就一天也不觉得累。"

"还得抱个罐子呀。"

"为何要抱罐子?"

"摆造型呗。"

"那没事,五六十斤的都没问题,随便抱起来。"

程甘露笑得前仰后合,发觉自己越来越喜欢这个乡巴佬"姐姐"了。两人边说边爬楼,冯老师已经在教室等候了。冯老师见到秦容秋很满意,跟她单独交谈了一会儿。上课前,程甘露在一块布帘子后面把姐姐打扮了一番,当用两块布巾给她裹身的时候,秦容秋一下子慌了。

程甘露小声地说："我姐,你别呀,有暖气,不会冷的。"

秦容秋瑟瑟发抖："不怕冷,怕别人看见。"

"该遮的都遮住了,你不必担心。可惜你看不到自己的样子,等我们画出来就知道了,这设计太棒了。"

"这啥设计呀? 咋觉得啥也没穿呢。"

程甘露小声说："别担心,我们用严肃认真的态度画画,没有人想入非非。你要自信,你在我们的眼里就是维纳斯,何况关键部位都挡住了,不会走光的。好了,出来吧,快要上课了。"

程甘露把秦容秋拽出布帘子,秦容秋只好硬着头皮走上台。同学们几十双眼睛看着她,羞得她全身上下被泼过辣椒水似的。冯老师给她一个土陶罐子,秦容秋如获至宝,紧紧抱在胸前,嫌这罐子太小挡得太少。

冯老师说："这样抱不行,罐要抱矮点,双手托住,往右靠。"

因为紧张,秦容秋的动作显得僵硬,笑容绽放得也不自然。冯老师给她一个鼓励的微笑,还竖起了大拇指,说："你做得非常好,让自己笑起来,身体的其他部位就会随之放松。"

课进行得很顺利,同学们拿起画笔开始作画。昨天下午起哄时,嗓门最响亮的高个子男生不知怎么了,两行暗红的鼻血像两只刚睡醒的毛毛虫懒洋洋地爬了出来。男生并没意识到,只觉得鼻子发痒,随手抹了一把,当看到手上殷红的鲜血时,着实吓了一跳。

"程甘露,你这个老巫婆……"男生在心里咒骂,暗暗叫苦,他清清楚楚地记得昨天程甘露诅咒自己流鼻血。虽然流鼻血属于正常的生理现象,但在画美女时流鼻血可就丢人现眼了。为了掩盖,男生拿起一张废报纸挡住脸,趁大家专心致志作画之际溜了出去。他跑到卫生间与另外一名男生撞上,那男生刚刚洗干净鼻腔,一团带血的卫生纸还没来得及扔进纸篓。

第一节课后,冯老师主动跟秦容秋握手,向她表示感谢,说:"你的表现力很强,呈现出来的线条非常美,希望与你长期合作。另外提醒一下,中途可以把陶罐放地上休息一下,多休息几次都没关系。"

秦容秋不好意思,红着脸答:"谢谢,我不感觉累。"

冯老师介绍说:"我们的课是这样的,周一到周五每个下午都有课,一个造型四十来个课时,然后换下一个造型。"

秦容秋答道:"好的,如果没有特殊的原因,我一定来。"

放学了,程甘露送秦容秋坐上回家的公交车,返回学校时双手揣裤兜,愉快地哼着流行歌曲。容秋姐姐表现得很棒,在老师同学面前给她长脸了,因此她心情也特别好。穿过林荫路,走过一片园林绿化区,三三两两的学生坐在草坪边的石凳上写生。一个戴眼镜的男生穿着一条破旧的迷彩裤坐在地上画画,他把贴地长出来的一朵小白花画在纸上。这种白色的小花很普通,石缝里、草丛中、旮旯角,随处可见。程甘露凑近男生的画板,惊讶地发现平时根本没人在意的小花原来很美。花瓣共三层,饱满的花蕊像一朵成熟的向日葵,还画了一个可爱的小婴儿趴在花瓣上睡觉。她突然想起18世纪英国画家诗人威廉·布莱克《天真的预言》中的一段诗句:一粒沙子看出世界,一朵野花里见天国。在你掌里盛住无限,一时间里便是永远。布莱克是远离尘世的疯子天才,有一次跟妻子一丝不挂坐在院子里的林荫下读《失乐园》。看见有人来,他高兴地喊客人进来,说自己和妻子是亚当和夏娃。

程甘露来了兴致,虽然不能像布莱克一样脱光衣服,至少可以脱下鞋子。她光着脚在草地上蹦蹦跳跳,嘴里念道:"来吧,这就是亚当和夏娃的伊甸园……"

一辆黑色的凌志轿车缓缓驶来,当她看到车牌时吓坏了。她来不及多想,钻到一丛矮小的树下躲了起来。轿车离她很近,缓慢往女生宿舍方向开去。果不其然,这辆车停靠在自己宿舍门口,司机摇下车窗,若无其事地靠在车窗边抽烟。等了约一个小时,学校饭点都过了还不走。程甘露不敢接近这个黑色"怪物",也不敢回宿舍,又过了好一阵子,司机才发动引擎走了。

以前,她经常坐这辆车去别墅约会,那时感觉新鲜又刺激。此一时彼一时,今天见到心惊胆战，好像兔子撞到猎人枪口上。她猜想，之所以找她，要么为了那对耳坠，要么想跟她"重温旧情"。"重温旧情"是绝对办不到的，以现在的心境，对这种事发自内心厌恶。可是那对耳坠怎么办？那人会放过她吗？程甘露无奈至极，连做梦都想了结这件事。从那以后，她常有不切实际的幻想，比如把那东西直接砸男人头上，往他脸上啐口水，理直气壮地对他说：我——程甘露——不稀罕！哎！真是造化弄人，可惜丢了一只……经过深思熟虑，程甘露终于下定决心，在不久后的一天带着一只"蓝星"耳坠去了文庆巷 39 号，用一颗上等南非蓝宝石耳环外加一万元现金换一对普通宝石耳环，条件是必须与原来的一模一样。

十多天后程甘露如约取货，那个戴着褐色边框眼镜的男子像变魔术一样交给他一对"蓝星"耳坠。程甘露仔细辨认了一阵，发现这对仿品跟原来的那只相比较除宝石的颜色淡一点，其他一点儿差别都没有，这才放心地付了一万元现金。耳环到手，程甘露跟荆会长联系。几日之后，司机把她接到市郊的别墅。男人见她主动来，以为要重归于好，没想到程甘露取出一个首饰盒扔过去，说："我来是还这个给你的，人活着要有尊严，我程甘露不穷，即使穷也不会图你什么，咱们以后两不欠，从此井水不犯河水。"

男人看了一眼耳坠并不满意，说："你以为还了就可以把我甩了？"

程甘露连珠炮似的反问："你要怎样，难道娶我不成？"

"哈哈……"男人大笑，"好厉害的丫头，我喜欢你这样的。对了，那臭小子现在上大四了吧？"

提到曾帅，程甘露的脸一阵红一阵白，对他说："这个跟你没关系，别把自己当成万能的神。"

男人嘴里咂咂几声："瞧你，提他你就紧张成这样，难道我说啥了吗？"

"我没兴趣跟你这样的人闲扯，唯一后悔的是跟你好过。以前做梦都想把这东西砸你脸上，现在觉得没必要了，你好自为之吧。"程甘露劈头盖脸说完，转身就走，头也不回扬长而去。

男人坐在沙发上莫名其妙地笑。他点燃一根雪茄，自言自语道："哈哈，她居然让我好自为之……痛快……痛快……"

别墅位于市郊，没有公交站也打不到出租车，程甘露走了半个多小时才看到公交站，等很长时间才有一辆空着的公交车驶来。她上车坐下，从小挎包取出一个活页信笺，写了一封特别的信给曾帅。她写道：我在公交车上迫不及待写信给你,因为开心极了!我从来没感到如此轻松……我必须告诉你,只有理直气壮做人才能画出理直气壮的画。谢谢你!我要成为真正的艺术家。

二

　　程甘霖在福建出差,其他人都各忙各的,尽管秦容秋小心做事,殷惠珍对她依然苛刻。尤其是这段时间,程甘霖不在家,愈加变本加厉对待她。表面上看,殷惠珍生活优渥,而在秦容秋眼里,她过得并不好。殷惠珍在家里很少有笑的时候,常为一些小事生气,经常发牢骚,莫名其妙发火。除打麻将或者看电视打发时间,最孤独的人也是她。程全贵每天早出晚归,夫妻俩除了饭桌上说上几句话,其他时候基本不交流。两人有各自的房间,晚上各回各的房间休息。秦容秋每天做琐碎的家务,但她很少把琐事放心上,殷惠珍刁难她的时候一笑了之,即便难过一阵子,很快也能过去。她期盼着程甘霖早点儿回来,不仅仅因为思念,也希望殷惠珍可以开心一点。因为只有当殷惠珍看到她的一对儿女时,脸上才有会心的笑容,那是发自内心的喜爱和高兴。

　　吃过晚饭,秦容秋在厨房洗碗,殷惠珍进来跟她说话,问:"你程叔心事重重的,看出来没有?"

　　秦容秋回答:"看出来了,程叔吃得少,还老皱眉头。"

　　殷惠珍说:"估计是为了那笔买卖,你程叔放心不下甘霖。别看我们做生意的有钱赚,其实压力很大,我也不想在这时候给他添堵。"

　　秦容秋不理解殷惠珍讲的"添堵"是什么意思,说:"我也很惦记甘霖,希望他一切顺利。"

　　殷惠珍问:"今天他打过电话回家没有?"

　　秦容秋回答:"今天没有,昨天打过。说已经联系好车皮了,很快就要发往上海,他也会随车押运。"

　　"对的,茶叶在上海码头装集装箱,然后坐海轮到马来西亚。下午打牌的时候,邝副会长夫人还跟我说起美嘉小姐飞上海的事。"殷惠珍边说边偷窥秦容秋,"我们这点小生意不算什么,她们公司1000多吨,那才叫财大气粗呢。这笔订单是邝家看在儿女亲家的情分上照顾我们的。对了,我说的邝美嘉小姐你是不是见过?"

　　"是的,上次和几位阿姨一起来的那位小姐,长得挺漂亮,听说是国外名校的高才生。甘霖跟我提起过,说邝小姐是一个很有能量的人,对他帮助很大,也是他事业上的合作伙伴。"

"是啊！大家都说她和甘霖天生一对,你看呢?"

秦容秋没有回答,擦洗完所有的碗,并把它们规矩地放在橱柜里。

殷惠珍并不罢休,对姑娘说:"告诉你一个秘密,新店开业之前我请人算过,说美嘉和甘霖的八字相配。"然后,她煞有介事地凑近秦容秋的耳朵小声说道,"连明年生儿子都算出来了,你说神不神?"

秦容秋没有接她的话,淡淡地说:"抹布有点儿脏了,我用洗涤剂洗洗。"

"抹布用的时间不要太长,可以换掉。"

"好的。"

"听你说想回去是不是?"

"是的。"

"啥时走?"

"还没定下来,甘霖这次出差回来要跟我一起回云南,主要看甘霖的时间。"

"他这么忙,怎么可能跟你去? 他要跟你去了,邝小姐那边怎么想?"

"这是阿姨您自己的意思吧?"容秋问。

殷惠珍很不高兴,把脸拉下来:"是不是他的意思又怎样? 我这当妈的总能发表意见吧。"

讲到这里,殷惠珍的心里有点儿难受,一种莫名的压迫感袭上心头。趁儿子不在的时候就向姑娘发难,原来自己的心里也不好受。

秦容秋很冷静,淡淡地说:"我惦记阿爸,思念家乡,很想早点回去。只是甘露介绍我到她的画院做模特,事先答应了老师的,不能提前走。"

殷惠珍顺势说:"既然你要去画院上班,这样吧,我看看仁六婶找到事做没有,可以叫她回来帮忙。"

秦容秋解释道:"画院的课也不冲突,我忙得过来。"

"你既然要回去,早晚还得要请人,我还是提前打电话联系一下稳妥一点。"

不管容秋怎么想,殷惠珍还是打电话联系去了。不大一会儿,殷惠珍又来找她,把她叫到房间。这一次,她表情怪怪的,递过来一个信封,说:"这里有两千块,回去的时候给家里人带点特产。"

容秋没回过神来,惊讶地望着她。

殷惠珍故作轻松:"别误会,没有赶你的意思。刚才打了电话,上次帮我介绍仁六婶的那个熟人说她正在找工作,随时都可以来。我想着那就尽快吧,反正你也有别的事要做。"

秦容秋说:"请你拿走,我不需要钱。"

殷惠珍说:"我只是告诉你已经找到人了,并没有赶你的意思,你在这里愿意住多久都行。"说完话,她逃跑似的离开了。

殷惠珍走后,秦容秋开始收拾行李,一切来得太突然,不过又都在意料之中。秋天来了,本来早就该回去了。她不是没想过离开,相处这些日子,与这个家建立了感情,真的要走,难免不舍。但这一次的确要走了,强烈的羞辱感坚定了尽快离开的决心。她将随身物品装进了包,加上新添置的几件衣服,行李包跟来时没多大变化。窗外低矮的细竹掠影婆娑,寒冷的西北风带走最后一声鸟鸣,候鸟早已南飞,眷念南方的人儿,为何迟迟不归?

接下来,秦容秋思考离开前还有什么没做。小院里种下的山茶花和玫瑰发了不少新芽,只可惜这么快天气就转凉了,只要安全度过冬天,明年春天一定会开花的。室内的盆景干了,还没浇水,今晚陪奶奶散散步,帮她老人家捶捶腿……秦容秋先把楼上楼下的花盆浇了一遍,然后来到奶奶房间,给奶奶披上一件厚外衣,牵着她在小花园里走了几圈。散步回来给奶奶按摩,几次想跟奶奶告别,话到嘴边说不出口,磨蹭到奶奶要上床休息了,秦容秋才不得已说出要走的事。

奶奶很惊讶,问:"啥事这么着急?"

秦容秋含糊地说:"家里收茶,忙不开。"

"该回去,该回去,我这里不要惦记,完事早点回来。"奶奶不断强调"回来"两个字,可见对她多么不舍。然后,她颤颤巍巍地走到小立柜前,从一堆杂物里摸出一把带红绳的钥匙。她用钥匙打开一个带锁的柜门,从里面取出一个小袋子,原来是块翡翠挂件。挂件是一块玻璃种玉坠,素璧无纹,玲珑剔透,一个月牙形的墨绿飘花漂浮在白璧中间。奶奶说话的语气很像下命令,说:"这个给你!秀梅我都没舍得,喜欢你,给你。"

秦容秋没法拒绝,捧着玉哭了起来。奶奶说:"哭啥呀,又不是生离死别。再说将来成我家的孙媳妇,还不是传给程家的后人了。"

秦容秋抓住奶奶的手停止不了哭泣,抽泣道:"谢谢奶奶,我会好好珍藏的。"

奶奶固执地说:"别哭了,现在戴上,让我看看。"

秦容秋听奶奶的话,把这块玉翡翠挂在脖子上。

奶奶点头说好,又说:"你知道我这人不参与年轻人的事,但并不代表奶奶糊涂。奶奶知道,只是不一定说出来。活到我这把年纪,什么都放得下。现在呢,就觉得保养好身体不给小的添麻烦就是贡献。"

　　奶奶一席话让秦容秋觉得自己并不委屈,反而责备自己为这个家做得不够。秦容秋默默为奶奶祈祷,亲爱的奶奶,容秋不在你身边时务必保重身体!奶奶好像感应到了,说:"我身体好着呢,不要惦记,记得打电话回来。"说完,奶奶又补充了一句:"长途电话贵,不用多说话,报个平安就可以了,你自己也要保重。"

　　"嗯。"秦容秋松开奶奶的手,恋恋不舍地离开了房间。第二天一早秦容秋刚把早餐端桌上,听到楼上有人摔倒了。摔倒的人是殷惠珍,听声音摔得不轻。她"哎呀哎呀"直叫,嚷道:"哪个短命鬼把水洒地上了,摔死人了!"

　　秦容秋冲上楼去,看到程全贵正小心翼翼地扶她起身,奶奶拄着拐棍也从屋里出来。程全贵搀扶着她,关切地问:"摔到哪儿了?"

　　殷惠珍试着走了几步,说,"右脚踝有点儿疼。"

　　程全贵蹲下身轻轻地捏她的脚踝问:"这儿疼吗?"

　　"嗯。"殷惠珍又走出几步,程全贵站在一旁观察她的动作,看她能走动才松了口气。大家一起寻找积水的源头,发现来自盆景。答案很快有了,秦容秋给花浇水浇过了头,水从花盆底部渗出来漫过托盘流到了过道上。秦容秋非常愧疚,一再道歉。殷惠珍说:"幸好摔倒的人是我,换成奶奶的话你今天闯大祸了。"

　　秦容秋非常愧疚,不停道歉:"对不起,是我的错,实在对不起!"

　　程全贵说:"人家又不是故意的,再说也没摔伤,得了吧。"

　　殷惠珍瞪了程全贵一眼,说:"又没怪她的意思,就是提醒她做事小心点。"

　　吃过早餐,程全贵说:"我去上班了,今天你别出去,在家休息休息。"殷惠珍说:"今天本来就没打算出门,我等人。"

　　程全贵问:"怎么了?"

　　"容秋姑娘要回老家,仁六婶被我请回来帮忙。"

　　"那是,早该这样了。"程全贵不了解内情,对殷惠珍的做法感到欣慰。他对秦容秋说:"如果顺利的话甘霖也快回来了,到时候你们一起回云南吧。"

　　秦容秋点点头,苦笑了一下,什么也没说。程全贵走了,殷惠珍独自坐在沙发上揉搓隐隐作痛的脚踝,默默地回想程全贵蹲下来给她捏脚的画面。丈夫很久没这样对她了,心想着要是真得一场病,会不会像刚才那样关心她。她好像一只刚刚吃光蜂蜜的小熊,担心甜蜜的滋味从嘴里消失,抓紧时间回味回味。

秦容秋来到殷惠珍身边,小心翼翼地问:"殷姨,你真的没事吗?"

"能有什么事?"殷惠珍的脸上装着挺气愤,心里窃喜。

秦容秋说:"如果没有大碍,我想出去一趟。"

"去嘛,再次申明没有赶你走的意思,是你自己说想回去的。"

"是的,是我想回去。"

"去街上逛逛,看买点什么带走。"

"想去看看秀梅,好长时间没见到她了。"

"秀梅这人心机重,有什么话不要跟她随便讲,特别是家里的事不要张扬。"

"知道了。"

"中午回不回来都行,仁六婶很快就要到了,我等她。"

收拾完碗筷,秦容秋乘车去"久源一分店"。茶庄刚开门,店里员工都在打扫卫生,店长手里拿着一张清单在货柜之间点货,看到秦容秋进来向她打招呼。

"老板娘来了!"姑娘的问候让秦容秋很尴尬。另外一位姑娘笑眯眯地说:"老板娘,好久不见你,越来越迷人了。"

秦容秋回答:"我不是老板娘。"

姑娘们笑了起来,意味深长地说:"别隐瞒了,我们都知道。"

秦容秋不愿意继续这个话题,问:"看到秀梅没有?"

有人往秀梅的房间努努嘴儿,意思说人家是老板亲戚,享受特殊待遇。秦容秋也了解秀梅的德性,这家伙不勤快,别墅出来之后便"翻身农奴做主人"。房间门开着,秀梅正坐在小镜子前化妆,一只眼睛画成大熊猫似的黑眼圈,另一只还没来得及画。秦容秋端详了半天,发现秀梅脸上少了东西,问:"你脸上的痣呢?"

"点掉了!"

"怎么点的?"

"美容院有一种神奇的药水,一点就掉,嗨!很贵的。"秀梅伸出一个指头,"一百。"

"这么贵!不过效果很好,真的看不到了。嗨!我说,你好歹留下一颗呀!"

"不留,现在这样才漂亮。"秀梅端着镜子左瞅右瞅。

"瞧你臭美的,跟你说吧,我来是跟你道别的。"秦容秋在床沿边坐下来。

"道别？"

"我要回老家了，就等你哥哥回来，到时候一起走。"

"你太厉害了！难道那老妖精……"秀梅觉得自己说错了话，顺势打了一下自己的嘴巴。

秦容秋说："你婶婶还是不同意。只不过我已经不在乎她的想法了，我和你哥真心相爱，我们不会放弃的。"

秀梅没心没肺地抱着秦容秋的脸啃了一个唇印，手舞足蹈地说："服了你啦，这才是真正的容秋！你要嫁给我哥，又不是嫁给她。容秋，好样的！"说完，她咽了一口唾沫，讲出一个小秘密："告诉你吧，我相了一个对象。"

"啥样的？"

"服装老板，有钱。"

"你呀！不是问这个，我问人咋样？"

秀梅哼哼唧唧："除了有钱……让我想想，年纪稍微有点儿大，四十五岁了。"

秦容秋摆着手说："哟哟，不行不行，你才二十出头，等于找了个爹。"

"成熟男人有成熟男人的魅力嘛，而且人家从来没结过婚，只是他妈有点儿挑剔，恐怕不好相处。"

"就这样的条件，她妈还挑剔？"

"是呀，以为我图她儿子的钱呢。"

"呵呵，难道不是这样？"容秋笑了起来。

秀梅也笑了："他对我挺大方，舍得花钱。"

"你呀，总说钱，我看你选择对象的标准出了问题。"

"我的标准很现实。我看你呀，管好自己得了，别操心我了。"

与此同时，程甘霖正在福州那边忙碌，50吨高级散装红茶验收完毕，当天晚上工厂加班给散茶打包装箱。厂家考虑这批货远渡重洋，采用了当时最安全的包装方式。里层是结实的塑料膜打包塑封，中间一层用防震、防潮的垫子隔离，最外面用特制的加厚纸箱装箱。价值一百万元的高级散茶，任何一个环节出纰漏都可能蒙受巨大损失。为了确保万无一失，整个过程程甘霖都寸步不离。次日，这批货送到福州火车站，第二天凌晨出发，运往上海。邝美嘉一大早等候在车站外，雇了两辆大货车等候取货。见到邝美嘉，程甘霖感动地给她一个拥抱。

装好货，货车驶向距离上海市郊32公里的小洋山岛上"华顺公司"临时租用的物流仓库。仓库堆放的全是公司自己的货,大部分是马来西亚远洋贸易等待装集装箱的,程甘霖的100箱茶放在靠近仓库大门的西北角的货架上。点验完毕拿到入库单,程甘霖才算松了口气。出发前父亲交代的该注意的环节丝毫不敢马虎,从提货到入库都非常顺利。

从港口回来,程甘霖与华顺公司另外几位工作人员一起吃午餐。之后,邝美嘉送他到酒店休息。这是坐落在市区的一家豪华星级酒店,邝美嘉已经给他预订好了房间。程甘霖在福州组织货源辛苦了好几天,昨晚押运火车皮坐了一夜硬板凳,盼望进酒店舒舒服服地冲个热水澡。

这家酒店装修考究,舒适的大床,宽大的沙发,华美的灯具,漂亮的小露台。露台雕花铁栏上爬满了绿油油的藤萝,藤萝下面放着一把白色的沙滩椅。沙滩椅一侧的架子上,酒店还细心地为客人准备了一条毛毯。这里离海较远,看不到大海,但透过观景窗可以看到碧蓝的天空和繁华的市区。程甘霖为自己煮了一杯咖啡,舒适地躺在沙滩椅上。

茶叶一旦交给华顺公司也就意味着生意成功了大半,后续工作不用自己操多少心了。想到一大笔款即将赚到手,程甘霖体会到前所未有的飘飘欲仙的奇妙感觉。他惬意地仰望天空,呼吸着咸湿的空气,在咖啡的香味中无限遐想,一会儿就睡着了。

披 星 月

一

订货没多长时间,炒茶机发到昆明,顾有银得到提货通知立即打电话给大俊。大俊要去昆明提货,建议让自己的父亲过来陪老人住两天。下午,田老坎来了,脖子上挂着一根和秦原生差不多的长围巾,左臂吊在胸前,身上还散发着一股呛人的药酒味。

秦原生问他:"你在酒里泡澡了?"

田老坎哭丧着脸说:"肩周炎太严重了。"

秦原生搬来一个小木凳让田老坎坐下,自己则坐在另一个凳子上,两位老人的手都吊着,并排坐在院坝中间。秦原生脱下脚上的布鞋在地上磕干泥巴,瞅了田老坎一眼,咂着嘴说:"区区肩周炎摆成这个造型,还以为你残废了。"

田老坎说:"老哥,你不知道,为了赶紧恢复帮你炒茶,小弟我天天在家做甩手练习,没想到用力过猛把手臂甩脱臼了,你说这人老了还有什么意思。"

秦原生听了只觉得好笑:"我活了一辈子也没听说过这样的事情,你少跟我扯那些。"

田老坎说:"老哥,我可不是来跟你要人情的,脱臼当天'卫大脚'来给我复位的,不信你问他。那家伙下手可狠了,我们正说着话呢猛地把胳膊这么一使劲,只听'咔嚓'一声,妥当了。"

"下手快也是为了减轻你的痛苦。"

"是呀,他让我吊几天。对了,你家怎么还没动静呢?"

"明天大俊去昆明运炒茶机回来,据说有了那个玩意儿我这只独臂也可以派上用场。"

"炒茶机我听过,没法跟手工的比。"

"你老狗落后了吧?"秦原生边穿鞋边说,"这个你就不懂了,走机械化是早晚的事,你看看咱俩都老成啥样子了,逞不了能了。"

"你可真想得开。"

"想不开怎么办?"

"那大俊去昆明谁来伺候你?"

"不用伺候,我自己就行。"

"我来跟你住咋样?这几天手不方便,闲着也闲着。"

"你都那样了怎么伺候我?"

"咱俩一只右手,一只左手,不正好配合成一双手吗?"

"少来……"

"老哥,我今天来另外还有件事找你商量。"

"啥事?"

"就是我那小女儿田晓莲啊。"

"晓莲不是考大学了吗?"

"补习了三年都没考上,眼看这都快二十二了。"

"那咋整呢?"

"让她出去打工有点儿舍不得,她自己也不愿意,怕碰到老师和同学。干脆让她来你这里做茶,你看怎么样?"

"孩子愿意来吗?"

"她整天憋在家里闷得慌,说想来。"

"那就来吧,工钱该给的给,孩子嘛,多鼓励。"

第二天一早,大俊起来做好了早餐,伺候老人起床穿衣,然后才离开。

顾有银的店开业一个多月了,生意果然不错,大俊到的时候刚成交一单生意。客人走了,顾有银得意扬扬地跟大俊说:"这拨客人先前来过两次,货比三家之后还是觉得我家的好。"

大俊跟他打趣道:"我琢磨你故意在你哥隔壁开店,跟你哥抢生意。"

"可别说那么难听,市场那么大,不存在抢谁的生意。卖东西就得扎堆,越扎堆顾客越愿意上门。今天早点儿关门,咱们去'保利来巴'吃饭,顺便桑拿一下。"

"不去了,生意刚刚起步节约点。"

"唉,你也太不会生活了。我跟你讲,干活的时候不要把自己当人,放松的时候也别把钱当钱。"说罢,顾有银取出早已准备好的一沓钞票给大俊,"先还五千,说明白了,没利息。"

"好家伙,这么快就开始还账了。"

"不来跟我干后悔了吧?"

大俊收起钱笑了笑,在他的坚持下,两人就近吃了一顿简餐。晚上回到出租屋睡觉,一条腿踏进去,傻眼了!这哪里是人住的房子,简直跟猪圈差不多。房间不知多长时间没打扫过了,啤酒瓶、塑料袋、餐盒、烟头等乱七八糟的东西满地都是。大俊踮着脚尖插着空走进去,落在一堆垃圾上。大俊说:"你还是赶紧成个家吧,瞧你把日子过得跟叫花子差不多。"

顾有银有点儿不好意思,说:"本想收拾来着,天天忙,没腾出空。"

大俊无奈地摇着头:"你也不嫌丢人,站出去像个人,回来便是头猪。"

"将就一下,兄弟,这里就是睡觉的地方,别赋予太多内涵。"

大俊推开两个"库房"的门,还好,茶叶箱子堆放得还算整齐,也没闻到异味。进洗澡间洗澡,打开水龙头,没想到水龙头是坏的,洗澡水四面八方乱喷一气,天花板都湿了,唯独淋不到身上。

第二天,大俊去印刷厂看"原生号"设计图,当场付了包装款。接着,他联系了一辆回云西县的货车,和司机约好一早提货。下午,大俊回到店里。顾有银的新店空间不大,但茶叶种类很齐全,全国十大名茶几乎都有,有的连大俊都没见过。不过,来店里的客人大部分是冲着云南普洱和滇红来的。云南大叶种茶始终是店里的"领军茶",占据了绝大部分份额。

就在当天下午,店里来了一位不速之客,他的出现让顾有银既意外又惊喜,这位客人就是他常念及的在北京时给他很多帮助的强哥。强哥三十岁左右,中等个子,蓄着小胡须。最奇怪的是他这么大老远地来没带行李也没事先打个招呼。顾有银问起缘故,强哥回答说待不了几天,空手来的。顾有银豪爽地说:"空手就空手,缺啥东西,兄弟现给你买。"

顾有银惊讶地发现分别的时间不长,强哥两鬓花白了,人也憔悴了许多。两泡茶过去,强哥有一句没一句地跟他搭话,对这次云南之行的目的只字不提。顾有银忍不住问:"强哥,你是不是遇到什么麻烦了? 不妨跟小弟直说。"

强哥一脸难堪,欲言又止。顾有银敏锐地察觉到什么,借机对大俊说:"我和强哥出去订酒店,把今晚住处落实了,你在店里等我们。"

大俊留在店里,连续做了几笔零售的生意,直到晚饭时间也不见人回来。天色渐晚,大俊打开店里所有的灯,独自坐在面朝大门的座位上观望。

街灯亮了,行人稀疏了,透过玻璃店门看外面,似乎每个人都顶着一个电灯泡在走路,仔细辨别才发现路灯的光反照在玻璃上,交错的光线给行人套上了光圈。等了很久,街道上的店几乎都关门了,大俊孤独地坐在凳子上打哈欠。又过了很久,直到更深夜阑,顾有银自己跑了回来。

出门的时候这家伙的头发一根一根精神饱满地站着,回来时全部无精打采耷拉在头皮上,他那失魂落魄的样子,跟先前判若两人。大俊不知道发生什么了,急着询问。

"我们去酒馆喝酒了。"顾有银轻描淡写地说,从包里摸索着拿出一个压得扁扁的烟盒,抽出一根捋了捋,叼在嘴上点燃。烟草化作绵绵青烟,缠绕在他憔悴不堪的面孔上,一滴泪不经意从眼角滑下,他自己并没有察觉。这颗男人的泪水刚开始挂在眼角边一动不动,之后慢慢地、缓缓地、偷偷摸摸地往下移动,最后在脸颊流下一道水印。大俊意识到问题严重,不敢轻易打破沉默。

"你是明天走吗?"他问。

"没错。怎么这么健忘? 不是告诉过你了吗?"

"哦,对的。"顾有银若有所思,迷迷糊糊地,"那我们一起走吧。"

"你要跟我回云西老家吗?"

"我不回云西,我要去甘肃接母子回来,好好爱好好疼,不让她再受委屈。"

母子是怎么回事?大俊丈二和尚摸不着头脑。顾有银不慌不忙地吸了一口烟,缓缓地把目光移向店门外光影迷离的街道,梦魇似的低语:"我在北京结过婚,咱们在火车上相遇时刚把婚离了,不是什么光彩事,没有告诉你。儿子出生,我还沉浸在初为人父的喜悦中,护士把出生证给我,我差点昏厥。我是 B 型血,我老婆也是 B 型血,儿子的血型是 A。"

大俊惊讶万分,伸手往顾有银的脸蛋上连拍几下,确定他是否神志清醒。

"别多事,我好着呢。"他用手挡,丢掉烟蒂,"我当然不会相信,抱着孩子跑了几家医院,结果还是一样。你无法想象我当时的心情。那时的我极不理智,她刚生下孩子,身体很虚弱,逼她说出孩子生父,还动手打了她。她只说让我相信她,她是无辜的。我真是个大浑蛋,闹的结果就是离婚,我卖掉北京所有家当回云南,她独自带孩子回了甘肃老家。我以为人生最痛苦的一页彻底翻过了,没想到……"

顾有银一连扔掉好几个烟蒂,干瘪的烟盒空了,不知从哪儿翻出另外一包,发紫的嘴唇又叼起一根。他就这样机械地一支接一支,手抖烟颤,一盒烟不一会儿又空了。讲到今天发生的事,他说:"下午在酒馆,强哥说他就是那个人,孩子的生父。当时我只听见头顶上发出一声巨响,以为酒馆的煤气罐爆炸了。睁大眼睛看,酒馆里的人照常进进出出,根本没发生什么。"

"他是专程来悔过的。"讲到这里,顾有银脸上的泪痕已经干了,"有一次我去外地办事,他酒醉去我家把她玷污了。他这次刚从甘肃过来,告诉我她在一家餐馆打工,每天背着孩子洗碗,日子过得很辛苦。他恳求我宽恕,求我接纳母子俩。"

"你是怎么想的?"

"那还用想!我的老婆还用得着他来说情!这件事从头至尾都不怪我老婆,是我错怪她了。"

大俊问:"强哥他人呢?"

"自首了,我陪他去的派出所。"

第二天一早,顾有银换了一身干净衣服,收拾得清清爽爽。出门之前,大俊把顾有银还给他的五千元现金交给他,说:"娘俩接过来花销大,这钱你先留着用。"

顾有银没有推辞,拍拍大俊的肩膀说:"谢了,好兄弟!"

"谢啥,下次来昆明吃嫂子做的饭。"

俩人挥挥手,往相反的方向走去。大俊在约定的地点和司机碰头,抓紧时间出发。经过整整一天的颠簸才进入云西县的地界,货车披星戴月地行驶在通往凤鸣山的主道上。本来可以提前不少时间到达,就因为一路上大俊不断叮嘱司机开慢点,开平稳一点,别颠坏了机器。司机搞不清后面拉的究竟是什么精密仪器,耐着性子压住速度,路况差的地方像赶牛车似的慢悠悠地走。由于通往村子的小路太窄,货车来到岔道口进不去,大俊让司机把车停靠在路边,自己跑回去叫人。不一会儿,哥哥开着手扶拖拉机来了,大家齐心协力把装着机器的箱子搬到拖拉机上。

秦原生在院门外等得焦急,看到拖拉机来了兴奋地跑上去迎。机器送进作坊,大家立即打开包装查看。嘿!炒茶机全钢铁铸成,真是个大家伙。外壳是圆筒形的,里面安装着轴承和五六个扇叶,明眼人一看就知道这些像扇子一样的金属板是用来炒茶的。秦原生摸着这个大家伙,迫不及待地询问用法。大俊回答:"暂时还不能用,先要砌一个专门的灶台。"

秦原生想了想,说:"把最顶头的那口锅打了,就在那个位置砌,这样烟也好走。"

大俊说:"好嘞,明天我就去找泥瓦匠,另外还要请电工师傅铺线路,安闸刀。有了这部机器,咱们这里可以称为小型'茶厂',也算实现机械化了。"

第二天,大俊用拖拉机拉来一车沙石请泥瓦匠砌灶,不到天黑全部完工。师傅刚走,秦原生要大俊演示给他看,大俊说新搭成的灶还是湿的,过几天才能用。好不容易熬过了两天,秦原生又找大俊。大俊围着灶台里里外外检查了一遍,天气干燥,基本干透了。大俊推起闸刀,打开开关,选用小功率启动机器,滚筒里的炒叶板在电机的带动下轰隆隆地翻转起来。大俊指着运转的机器对老人讲:"理论上一次最多可以炒70公斤,具体看情况,一定要停稳了才可以取茶!"

秦原生看明白了,关掉电源,机器慢慢悠悠地停下来。观察了一会儿,老人说:"炒法跟以前差不多,不同的是机器用扇叶代替双手,火候什么的还得靠自己掌控,毕竟金属滚筒散热慢,我担心温度不容易控制。"

大俊信心十足地说:"以我对秦伯的了解,这点小问题根本不算什么,只要多实验几次,肯定能摸到窍门。"

听大俊这么说,秦原生也很有信心,说话带劲儿:"大俊说得对,我秦原生炒一辈子茶,不可能连这么个玩意儿都整不了。这活包给我了,有了这部机器我还可以干几十年。"

第二天一早,大俊去地里采废损的茶叶,装了几大筐带回来给老人家做实验。不出所料,第一锅茶叶出炉,全是废品。第二锅,秦原生只看了一眼就让大俊全部倒掉。大俊担心老人失去信心,安慰他别着急。大俊不断从茶园采废茶回来,秦原生一刻不离地守在灶台边。从早上忙到晚上,老人家就重复几个动作,调灶火,调速度,调茶叶量。一天下来,几十筐茶叶用没了,也没满意过一次。老人有点儿无奈,疲惫地坐在机器前。机器反应迟钝,想要它快时它慢吞吞的,要它慢时它刚快起来。灶台的温度也不好掌握,除跑出去的烟,热量全部被机器吸收,导致升温过快。另外还有转速的问题,转速涉及茶叶跟转筒的接触时间,如果找到最佳契合点就能解决前两个问题。

为了尽快实现"机械化",秦原生不辞辛劳,不分白天黑夜地绕着炒茶机转。第三天下午,大俊刚从茶园挑回两大筐废叶,只见秦原生连走带跑往大俊这边来:"大俊,快来看这次炒的……差不多了,我看差不多了……可以开工了。"

秦原生说话的语气还不是那么底气十足,但是从他的表情看,这次真的满意了。簸箕里的"成果"刚出锅,呼呼冒着热气。大俊双手捧起,细细观察,凑到鼻子底下闻,激动得咻咻笑。

好时节不容错过!很快,秦家的作坊恢复了昔日的热闹,一百多亩正当时的嫩芽终于等来了采摘。以前每次最多请十多位采茶工,现在增加到三十多人,其他环节也增加了工人数。秦原生一人炒茶,大有"一夫当关"的豪迈气。有了这台机器,秦原生一只手就可以完成杀青步骤,不仅如此,生产效率比以前提高了,这台笨重的"大家伙"对秦家手工茶的影响可谓是翻天覆地的。

开工当天,田老坎带着小女儿田晓莲来了。田家和秦家离得远,再加上晓莲在镇上读书,好几年没见出落成亭亭玉立的大姑娘。刚开始,晓莲跟大家在一起有些拘谨,几天过去混熟了,话也多了。晓莲个性很开朗,爱说爱笑嘴巴甜,走到哪儿哪儿热闹,一点儿不像刚出学校的学生。开工之后,田晓莲每天准时来,有文化的人上手快,不管学啥都有模有样。秦原生很少见到这么聪明的女孩,夸奖的话常挂嘴边。论年纪,田晓莲只比容秋小半岁,秦原生越看她越像自己的女儿。

每天吃过晚饭,请的工人都回了了,田晓莲不跟她们一道走,自愿留下来收尾,连家务活都帮着干。开始几日,田老坎早早过来接女儿,之后也不来了。出于安全考虑，秦原生让大俊送田晓莲回家。田晓莲和大俊在一起挺像那么回事，秦原生有意撮合俩人。

二

两节晚自习结束，学校又给高三年级加了一节自习课。这节自习课完全由学生自行安排，没有特殊的事老师不会来。

自习结束，大家像往常一样收拾书本离开教室。秦容香和刘利铭因为讨论一道数学题，走出教学楼的时候有点儿晚了。快溜达到校门口时，秦容香无意间摸了一下裤兜，"哎哟"一声："钥匙放在课桌里面忘拿了。"

"没关系，我有。"刘利铭摸摸自己的兜，"糟了，我的落在家里了。"

秦容香说："还是回教室拿吧，万一爸妈休息了，敲门会吵醒他们。"

"教室门会不会锁了呢？"刘利铭问。

"一般都不会，咱们去看看吧。"

俩人一起往回走，教室的灯全都熄灭了。秦容香发现教室门关着但并未上锁，推了一下没推开，好像被人从里面反锁上了。俩人很纳闷，跑到窗户边张望，发现教室最后一排的课桌上两个人的身影缠绕在一起……刘利铭还没看清楚咋回事，秦容香失声惊叫，拉着刘利铭往回跑。

"你咋了？"刘利铭还没反应过来。

秦容香气喘吁吁地说："我看到了——夏春燕和廖刚。"

"他俩咋了？"

"哎呀，别问了。"秦容香惊魂未定。

第二天，太阳照常从东边升起，做不完的练习试卷照常发到同学们手上。到了下午，蹊跷的事发生了，廖刚和夏春燕双方的家长又被请来学校。据说这次的事态比上一次严重得多，因为学校的教导主任亲自参与了这次谈话。谈话时间很长，整个下午都没见俩人回到教室。有同学看到夏春燕哭着跟父母离开，她课桌上还摆着一本翻开的书和一只没来得及盖上的钢笔。后来再也没见到夏春燕来上学，听说是生病了。直到有一天，班主任说夏春燕离家出走了，希望同学们提供有价值的线索。得知这个消息，秦容香背负上沉重的包袱。她猜想，夏春燕之所以这样，一定跟那天晚上发生的事有关。

接下来的日子，尽管家长想尽一切办法，学校也尽了全力，还是没找到夏春燕。日子一天天过去，夏春燕的安危牵动着大家的心。从此以后，夏春燕的书桌始终是空的,秦容香更加惶惶不安。刘利铭总用那套老掉牙的话安慰她:"别再多想了,又不是咱们告的密,身正不怕影子斜。"

有一次上课,秦容香开起小差,脑袋撑在一只手上,心思不知跑哪儿去了。刘利铭轻轻碰她的胳膊,小声问:"想啥呢?"

秦容香换了一只手撑住脑袋,偏着头问:"你说会是谁告的密呢?"

刘利铭很无奈,只好说:"跟自己没关系的事别多想,好不?"

"可这事我一直没想通呀!"秦容香很苦恼,"他俩一定认为是我告的状。"

"我估计那晚还有别的什么人看到了,反正跟咱没关系。"

秦容香更加无奈:"明明不是我们干的,怎么就做贼心虚呢?嗨!但愿不要有事。"

自从夏春燕出走,廖刚彻底颓废了,整天一副破罐子破摔的样子。这件事发生后,廖刚每天被他父亲强行押来学校上课,放学时接他回去。如果不这样,恐怕连他也要"失踪"。

有一天上课,秦容香偷看趴在课桌上呼呼大睡的廖刚,廖刚的头正好转过来,一只眼睛露了出来,凶巴巴地盯着她,吓得她一激灵,心脏都要跳出来了。第三节晚自习,廖刚终于睡醒了,趁老师没在,大摇大摆走上讲台,拿起粉笔在黑板上洋洋洒洒写了几个大字:"无耻小人秦容香!"写完之后,他把粉笔往地上一扔,蔑视的眼光向秦容香挑衅。

廖刚突然来这么一下,教室里瞬间安静,全班几十双眼睛齐刷刷聚焦在秦容香身上。秦容香羞愧难当,趴在桌子上哭了起来。刘利铭从座位上跳起来,骂了一声:"你祖宗的,王八蛋!"他的身影像风一样刮过,"嗖"地蹿上讲台,没有人看清楚怎么回事,廖刚就被扑倒在地上。两人抱在一起厮打起来,桌椅被掀翻了,拳脚交加,撞击声、喊叫声回荡在教室里。接下来的场面很混乱,隔壁班级的老师闻讯赶到,没过多久班主任也来了。好容易把两人分开,刘利铭扑上去对准廖刚的鼻子又是一拳。

廖刚的个头高出刘利铭一截,身材比刘利铭魁梧,却被刘利铭打得鼻青脸肿。刘利铭也挂了彩,镜片破了,衣服被扯破了。两个犯错的男生都一个德性,背着手,理直气壮地站在老师办公室。廖刚的父亲来学校接儿子,得知儿子打架,正想上去揍他,看到儿子被打得很惨,气得转身想揍刘利铭。

刘爷爷今天休息,不知道这件事,赶来学校的是刘妈妈。刘妈妈向老师讲了一些道歉的话带走了孩子。刘爸爸早早地站在家门外等候,进屋第一件事检查孩子的伤情。看到刘利铭脸上的破镜片，问道："伤到眼睛没？"

"没。"

"还看得见路吗？"

"看得见，就是有点儿花。"

刘爸爸一本正经地说："小子，下次记住！动手之前先把眼镜摘下来。"

刘利铭说："记住了。"

"作为男人，应当学习一些擒拿术。"刘爸爸说。

刘利铭的眼睛一亮，嘴角笑开了："爸爸，我也是这么想的。要是懂点武术，今天就不会这么轻易放过那小子了。"

刘妈妈听不下去，打断他俩："我说孩子他爹，你怎么教育儿子的？"

刘爸爸理直气壮："男孩子打架在所难免嘛，关键弄清楚他为何打架。"

"不管因为什么原因，打架都不对。"刘妈妈教育儿子，"谁先动手谁理亏，只要自己占理，咱们就好好讲道理。实在解决不了，还有老师和家长。"

"我只想揍他，不想讲道理。"刘利铭讲起事情原委，"当时我啥也没看到，容香看到了，但我们并没跟老师告密。"

容香说："我们一直都搞不明白，学校怎么知道这件事的？"

刘利铭肯定地说："一定是别的同学或者老师发现了。爸爸能不能跟学校打听一下，问问告密者究竟是谁？"

刘爸爸反问："难道你要把这人揪出来，让那男生再揍他一顿不成？"

电话铃响了，是校长向刘局长检讨来了。刘爸爸在电话里批评校长，学校没有保护好学生的隐私，处理欠妥。还说学生失踪了隐瞒不报，错上加错，让他明早来办公室谈话。

最终，夏春燕还是回来了。原来她在离县城不远的一个镇子上，因为花得身无分文就留在一个可以包吃住的饭店打工。她偶然看到电视新闻，得知父母找她快急疯了，在饭店老板的鼓励下才回了家。夏春燕安全回家后，班主任两次去她家里做工作，劝她回校上课。夏春燕觉得无脸见同学和老师，不愿意再读书。学校帮她协调了另一所中学寄读，等到毕业时回来参加考试。夏春燕课桌里的书本不知什么时候被悄悄带走了，以后很长时间，她的课桌都是空着的。秦容香知道会考时夏春燕会回来，希望早日见到她。

事情总算过去了，究竟谁是告密者成了一个不解之谜。时间一长，秦容香对这个问题的答案也没那么在意了。青春是雨的季节，雨季怎会不迷茫呢？

一次体育课自由休息时间，廖刚鼓起勇气来到秦容香跟前，对她说："想跟你说几句话。"

秦容香跟随他来到操场边的一棵大树下。廖刚说："想跟你道歉，一直找不到合适的机会。"

秦容香大度地说："没事，都过去了。夏春燕还好吗？"

"她还好。我们每天在岔路口见一面，说上几句话。"

秦容香很开心，说："那太好了，希望她早日回来。"

"她很想回来，只是觉得没脸见大家，等时间长一些吧。不过留在普通中学也不是坏事。在我们班她是倒数的，在那儿还不算差，反倒找到自信了。"

"替我向她问好，祝她学习进步。"

刘利铭看到廖刚跟秦容香站在大树下说话，远远地守着。等廖刚离开，他赶紧走过去问。秦容香笑着说："他跟我道歉了。"

"嘿嘿，"刘利铭的话里充满挑衅的语气，"这家伙，他怎么不跟我道歉？"

"是你先动手的，我看你应该跟人家道歉。"

"哼，跟他道歉？等着吧！他说告密者是谁没？"

"没有，你还关心这个呀？"

"当然了，估计他已经知道谁告的密了。"

"算了吧，事情都过去了。"

"其实，我也纳闷，那晚究竟还有谁看到了呢？"

月　如　盘

一

与秀梅道别，秦容秋离开茶庄来到学校，她决定在学校附近找个临时落脚的地儿。辗转好几家旅馆，看似普通的房间，价格都不便宜，至少对她而言很贵。最后，终于在一家叫"好运来"的旅社订了房间。这个旅社是私人开的，门脸很不起眼，狭窄的楼梯走下去，还要经过一条昏暗的甬道。房间里的设施很简陋，不过还算干净，因为在地下的缘故，所有房间都没有窗户，给人阴冷潮湿的感觉。秦容秋订了一个单人间，每晚只要十五元。

下午下课，冯老师叫住秦容秋，问她上午是否有时间，说雕刻系急需女模。秦容秋很高兴，当下正缺钱用，便一口答应下来。从学校里出来，秦容秋打算回别墅取行李，她知道这一走不知道啥时才能回去，也许再也回不去了。她走下公交车，在那熟悉的道路上步行，莫名涌起离别的惆怅。奶奶的叮嘱，程叔的关心，甘露的情谊，秀梅的友情，都是这个大家庭给予她意想不到的收获。相反，与程甘霖走到今天，留下的记忆很少。回想起颐和园秀美的景色、王府井热闹的街市，如今，她独自站在空荡荡的街心路口，靠努力追忆才能捕捉那么一点点早已不复存在的温存。

"是谁丢了，谁把谁丢了？"路边笔直的银杏树金箔满枝，秦容秋顺着马路往前走，远远传来悠扬的歌声。前面，一位年轻的流浪歌手站在马路边的大树下抱着吉他弹唱，他的声音通过一个便携式小音箱传出来，被风吹送出去很远。歌手唱得很好，但没有人为他停留。流浪歌手满不在乎地进行着一个人的演唱会，他微仰着头，深情款款：

　　你曾说假如有一天找不到你，

　　让我站在原地等你。

　　我说，我站在原地，

　　你不来我不走。

　　有一天，真的找不到你，

　　我站在原地等你，

　　你不来，我不走。

　　我找遍所有地方，

　　你去哪儿了？

　　哦……亲爱的，哪儿才能把你找到？

秦容秋走到他的身旁，成为这凄凄秋风中唯一驻足欣赏的听众。一首歌听罢，她从衣兜里掏出五元钱放进地上的小桶里。小桶空空的，放进去的钱在里面孤零零地躺着。青年对她点头微笑，用吉他的"轮指"手法扫了一下琴弦，弹起下一首曲子《爱的罗曼史》。秦容秋第一次听到这么美妙浪漫的旋律，简直如痴如醉。歌手一刻都不休息，一首接一首，有时候单纯弹曲，有时边弹边唱。他的音域极宽，富有磁性，唱到忧伤时哀婉深情。秦容秋陶醉其中，忘记了回去。

一辆黑色的轿车在她身后停下，程全贵从车窗里伸出头对秦容秋喊道："容秋,上车!"秦容秋匆忙从兜里取出另一张五元的人民币放进小桶。一阵风吹来,小桶里两张纸币瑟瑟摇晃,然后拥抱在一起。

秦容秋被轿车带走,歌手将吉他斜挂肩上,将所有的行头装进了一个大箱子。一片黄叶飘落在他的肩上,他没在意,带着这只"折翅的金蝶"消失在道路的尽头。

回到家,晚餐已经备好。仁六婶系着平时秦容秋用的围裙,笑盈盈地往餐桌端菜送汤。程全贵对妻子说:"没摔伤吧,还痛不?"

"我没事。"殷惠珍转过身问秦容秋:"你今天去秀梅那儿怎样了?这孩子出去就把我们忘了,从来没主动打过一个电话来。"

秦容秋说:"秀梅做茶艺师,干得挺好,销售业绩很高。"

殷惠珍似笑非笑地说:"呵呵,她算是去对地方了。"

程全贵说:"这是好事,好好培养培养,将来做管理。"

听了这话,殷惠珍不太高兴,说:"不见得销量高就能搞管理吧。"

程全贵说:"还早着呢,先锻炼一两年再说。"

奶奶没下楼,秦容秋想上楼接奶奶吃饭,听仁六婶说奶奶先前吃过了。说起仁六婶住在一楼小房间,程全贵建议容秋搬到二楼客房住。殷惠珍一脸不乐意,坚持让容秋和仁六婶同住。妻子蛮不讲理,把程全贵的火气一下子勾了起来,刚才还关心妻子,转眼间,难得的温情荡然无存。眼见夫妻俩要吵起来,秦容秋赶紧说在学校附近找了一个旅馆,已经交了定金,打算明天搬过去。

秦容秋要搬出去,程全贵坚决不同意,对她说:"不住家里去那种地方,绝对不行!这里是你的家,我们是你的家人,不要说真的要搬,有搬出去的想法叔叔都要批评你。"

秦容秋说:"别生气,叔叔,您听我解释。甘露介绍我在学校做模特,因为课程安排得紧,住得远了来不及上课。我和甘露在一起正好做个伴,跟在家里一样的。"

程全贵说:"那也不行!不管怎么说都应该住在家里,早上我可以送你到公交站台,晚上来学校接你。"

殷惠珍说:"哟!不会吧,程全贵。你女儿上大学三年了,没见你接送过她。"

程全贵说:"她娇生惯养正需要锻炼,容秋可不一样。甘霖已经在上海了,等通过海关就可以回来,到时候你们一起回云南看望老人。容秋,你没必要去甘露学校当什么模特,咱家不缺钱,更不需要你挣钱。"

听程全贵这么说,殷惠珍起身就要离开。程全贵问:"你饭都没吃,要去哪儿?"

殷惠珍歇斯底里地嚷起来:"谁同意我儿子去云南的?你们眼里还有没有我这个当妈的!既然儿子不是我的,这个家也不是我的了,我这就收拾行李回娘家,你们爱咋样就咋样。"

程全贵把筷子一放,长叹一口气,无奈地说:"这人怎么会这么不通情达理呢?"

令人担心的事还是发生了,夫妻俩关在房间大吵特吵。秦容秋回到房间,拎起事先收拾好的行李,把殷惠珍给她的两千元现金和红珊瑚项链放在茶几上,默默地离开了。

二

第二天上午,程全贵来学校找到女儿,向她打听容秋。女儿说容秋姐今天上午在雕刻系上课,恐怕要等到放学才能见到。程全贵把昨晚吵架的事跟女儿讲了,想跟容秋道个歉,劝她回去住。程甘露不同意父亲的想法,说既然妈妈的态度那么坚决,还是不要让她伤心,也不要让容秋姐为难。容秋姐出来图个清静未必不好,何况哥哥要回来了,让俩人单独相处一段时间,清清静静谈场恋爱。

程全贵坚持自己的意见,说:"容秋在外面住不安全,万一出个什么事,怎么向容秋远在云南的老父亲交代。"

程甘露说:"以前咱家条件没这么好的时候爸爸忙生意,妈妈带我和哥哥挺辛苦的,妈这些年也不容易。她虽然脾气不好,人挑剔一点,但是全心全意为了这个家,正是因为付出了得不到回报才这样的。我不了解过去发生什么事,但是你们都这把年纪了,应该多给对方一些关怀和温暖。"

一番善意的批评讲到心坎上,女儿真的长大了,程全贵倍感欣慰。课堂铃声响起来,同学们纷纷走进教室。程甘露让父亲先回去,说:"我要上课去了,您回去劝劝我妈,我们后面慢慢再给她做工作,相信总能找到解决的办法。我们这边您尽管放心,我和容秋姐做伴呢,别惦记了。"

程全贵说:"那今晚你们回来吃饭吧,下班开车来接你们。"

程甘露看到任课老师已经走进教室,着急去上课,匆忙回了一句:"今晚我和容秋姐要去闵老师家吃饭。"

程全贵问:"你是说闵北老师吗?"

程甘露没听清楚父亲在说什么,挥挥手进了教室。

从教学楼出来,程全贵驾车离开了学校。最近事情很多,除惦记程甘霖那边,二分店装修和筹备也在紧锣密鼓地进行中。

下午的课全部结束,秦容秋和程甘露一起去闵老师家做客,路过街边小店,程甘露给南南选了两套衣服。闵老师夫妇非常开心,准备了丰盛的晚餐招待她俩。大家在一起谈了很多话,更多的还是讲艺术方面的见解。对于艺术创作,秦容秋完全是门外汉,多亏这些天做模特,老师在课堂上指导学生时她也跟着听,耳濡目染受到一些熏陶,偶尔能插上几句话。离开闵老师家天已黑尽,嫂子把剩下的水果点心都给她俩带走。程甘露没回学校宿舍,留在小旅馆陪秦容秋过夜,俩人亲亲热热地躺在一张床上讲悄悄话,兴奋地聊到夜深。

过了些日子,"田园牧歌"接近尾声,冯老师把自己画的一幅送给了秦容秋。这幅画是冯老师指导学生的间隙画出来的,笔法精湛,人物逼真。秦容秋看到画中的自己这么美,欣喜不已。冯老师半开玩笑地说:"这是送给你的,就当为了收揽人心吧。"

秦容秋把画框举到眼前,真是爱不释手。冯老师递给她一张纸条,说:"上面的地址和电话是一家广告公司的,经理是我的朋友。他公司常年招平面模特,你不妨去试试。"

秦容秋接过纸条,疑惑地问:"平面模特是什么?"

"啊,这个平面模特就是外形条件好、镜头感强的俊男美女为商业推广做广告。"冯老师看秦容秋还没理解,进一步解释,"你见过商场的灯箱没有? 还有橱窗上的广告,以及杂志彩页,属于人物特写的就是平面模特。"

"哦,我懂了。"

"总之,这个职业的服务领域很广泛:比如手指漂亮的,可以为珠宝店拍首饰的广告;身材好的,可以做服装类广告;面容好的,做化妆品广告。不过当平面模特和做画模是两码事,需要镜头感和瞬间的表现力。"

冯老师介绍的这些对秦容秋而言是新奇新鲜的,不过她还是一点儿思想准备都没有,来这里纯属偶然,更没想过要往这方面发展。冯老师好像看穿了她的心思,鼓励道:"容秋啊,既然做了模特这行当然要往高处走,总不能一辈子满足于学校这点收入吧。你条件不错,应该拓展一下,毕竟吃青春饭的时间有限,把握机会很重要。"

秦容秋说："谢谢冯老师，不瞒您说，我是从农村来的，满脑子想的都跟土地有关，从来没想过在这行发展。"

冯老师说："农村走出来的又如何？可不能小看自己。我给你讲讲世界名模华莉丝·迪里吧，索马里走出来的'沙漠之花'。华莉丝·迪里出生在贫穷的非洲索马里山区，是个长相美丽的黑人女孩。为了逃婚，她赤脚从沙漠里跑出来，18岁背井离乡来到英国时还不会讲一句英语，当清洁工时偶遇精明的摄影师，从此走上模特之路。如果你了解更多关于她的故事，别说泥土，沙漠都能开出最美的花朵。"

秦容秋被老师的一席话打动，萌生尝试的念头。晚上，她和程甘露并排躺床上，枕着被子欣赏老师画的《抱瓦罐的姑娘》。程甘露对老师的作品大加赞赏，说了一堆好话，又指着画说："瞧，我老师处理背景的手法太巧妙了，他在你身后设计的'蜂窝云'增强了色彩的融合性，看起来神秘多变。"

秦容秋说："我怎么老觉得这云好像要垮下来似的，狂风暴雨快来了。"

程甘露说："我的看法恰恰跟你相反，我感觉这些云快要散去了。这种绘画的手法叫'视觉冲击'，我们冯老师最擅长用艳丽的色彩表现朴素的情感。"

秦容秋捂着嘴笑，说："老师果然高明，同一幅画不同的眼睛看到不同的效果，我现在觉得它们更像一床没弹开的破棉絮。"

"冯老师听到你说的话一定会气得吹胡子。"程甘露学老师的语气说，"秦容秋，请把那个大水缸装满水顶在头上。"

俩人开心地笑起来。房间没有窗户，只在本该开窗户的位置象征性地挂着一对染着霉斑的窗帘。俩人像装在匣子里的两根火柴棍，在狭小封闭的空间体会着儿童时代藏猫猫的惬意，藏匿在屋子里的声音传不出去，快活地在砖墙四壁间跌来撞去。秦容秋问："你知道黑人名模华莉丝·迪里吗？"

"你是说索马里沙漠走出来的名模华莉丝·迪里吧？知道。她四岁被父亲的朋友奸淫，五岁经受残忍的割礼之刑，十二岁被卖给一个六十岁老叟当老婆，为了逃婚，赤脚走出了沙漠。"

秦容秋问："割礼是什么？"

"女孩在成人之前被刀片、玻璃一类的利器割去外阴。因为既没有消毒也不麻醉，有的孩子因此感染或者流血死去。现在在非洲许多国家的原始部落依然保留着残忍的割礼习俗。"

秦容秋不解:"为何要这样对待女孩?"

"因为在男权的世界,女人就应该忠实于男性,无论婚前还是婚后,女人都是男人的附属品,不允许享受性爱带来的快乐,所以世界各国都有女权运动,倡导男女平等。我就是典型的女权主义者,无拘无束,想做什么就做什么,从来不计后果。你看我耳朵上十多个耳洞……"程甘露把头发扒开,露出耳朵给秦容秋看,"鼻翼、嘴唇、肚脐眼都有。"

秦容秋问:"为啥打这么多洞?"

"当然是为了标新立异,总想让自己显得跟别人不一样。不过这些洞已经长上了。"谈到这些,程甘露似乎很没趣,低声说,"有一次猛然发现,那些外在的并不代表真正的自由和个性,甚至一点儿都扯不上关系。"程甘露的脑海里浮现出曾帅骑着摩托车摔倒时的情景,似乎又看到他撩起衣服露出后背的瞬间,若有所思地说:"当一个人知道在乎,知道害怕的时候,可能就成熟了。玩世不恭恰恰是幼稚的表现。"

秦容秋说:"你懂得的道理真多呀。"

程甘露突然问:"容秋姐,假如妈妈这样坚决反对下去,你会放弃我哥吗?"

秦容秋把身体完全躺平,闭上眼,思索了很长时间才回答这个问题:"我爱你哥哥,没有任何理由让我放弃他。我也知道,你哥哥为了我顶着巨大的压力,为我付出许多。他是个工作狂,全身心投入在生意上。虽然我也理解,并且支持,只是难免感觉受到冷落。不知道为何?有时候他在我身边,我也感觉孤独。"

程甘露说:"男人有事业心是好事,容秋姐不要悲观。商场如战场,面临契机的同时也面对挑战,过了这段特殊时期就好了。"

秦容秋说:"我没有悲观,不过连我自己也说不清楚,有时候感觉不认识他了。"

不知过了多久,姑娘们说话的声音越来越低,搭话的间隙越来越长。火柴匣子里,童话世界里,美丽的小公主们睡着了。

三

雕塑系早上的课一周只有两次,受到"沙漠之花"的感召,秦容秋决定去冯老师推荐的广告公司碰碰运气。找到这家公司后,她并没去麻烦冯老师引荐的这位负责人,向工作人员说明来意,来到摄影棚外面等候试镜。等候在摄影棚外面的还有另外几位姑娘,妆容很精致,长得也挺漂亮。姑娘们彼此不认识也不搭话,有的翻阅时装杂志,有的拿着化妆镜补妆。秦容秋素面朝天,跟她们坐在一起感到挺不自在,思来想去觉得这行不适合自己,正想打退堂鼓时,一位戴着无框眼镜、披着长发的女士走了过来说:"请各位美女填一下表,通信地址留详细一些,联系电话务必写上,以便第一时间通知你们试镜的结果。"

秦容秋不打算接受这份表,起身离开。女士好奇地问:"小姐,你不试镜了吗?"

秦容秋友好地笑了笑,说:"不了,我赶时间。"

摄影棚的门推开,摄影师伸出头,喊道:"可以开始了,一个一个来。"美女们都站了起来争先进去,摄影师看了一眼秦容秋说:"你先来。"

秦容秋犹豫了一下,摄影师又看她一眼催促道:"抓紧时间。"

秦容秋就这样走进摄影棚。摄影棚和普通的照相馆可不一样,聚光灯下的她异常紧张,幸好有过做画模的经验,还不至于打退堂鼓。一组照片拍完,摄影师对她说:"美女,看样子你并没做好当模特的准备啊,模特应把自己最美的角度呈现出来,让相机瞬间抓住,我看不到你的表现力。你瞧,外面的美女们个个都挺张扬的。"

秦容秋后悔不该来,尴尬地说:"对不起,我确实没做好准备,耽误您时间了。"

摄影师说:"没关系,你再适应适应,按照我说的做,我们再拍一组。"

一位头发扎成"短毛刷"、嘴上蓄着小八字胡的中年男子走了进来。他身材高大,体态健壮,抱着手站在一旁观看。摄影师回头跟这人开玩笑,说:"她是裸妆来的,纯天然的。"

男子笑着说:"纯天然的好,多拍几张看看效果。"

秦容秋看到这位蓄着小八字胡的旁观者觉得面善,但想不起在哪儿见过。试镜结束,秦容秋被工作人员带到经理办公室,刚才那个"八字胡"就是这家公司的经理。他开门见山问秦容秋:"谁介绍你来的?"

秦容秋如实回答:"是冯艺强老师。"

"冯老师是我老朋友,请坐!"男子笑着对她说,"看样子你真的记不起我了?"

男子从书柜里取出一个纸袋,拿出几张照片递给她:"颐和园昆明湖,还记得吗?当时你男朋友不肯留联系方式,所以没法寄给你。"

看到照片里的自己，秦容秋想起来了。夏天和甘霖在颐和园游玩时主动请她拍照的人。秦容秋拿起照片一张一张欣赏，惊喜地说："原来是你，太巧了，原来你是艺术家。"

"自我介绍一下，本人复姓欧阳，名远。没想到世界这么小，还能再次相见，幸会。"

秦容秋也简单介绍了自己，讲了一下做画模的情况。欧阳远说："想干平面模特这行，我有几点建议给你。从外貌讲你天生丽质，但是做这行要有充分的心理准备，要欣赏自己，甚至自恋。而你的问题是缺乏自信。和你一起来应聘的不一定都经过系统培训，但是人家很自信，镜头面前一定要坚信'世上我最美'，这样才美得起来。也许是心境不同吧，你今天的状态还不如上次在昆明湖时。"

秦容秋说："对不起，我是因为好奇才来的，不该来干扰你们的工作。"

欧阳远说："你误解我的意思了，我是想告诉你正确的理念。这样吧，这个周末我们在金冠国际购物广场有一个展销会，你到化妆品卖场做彩妆模特。很容易，从最简单的做起，见识多了自然能找到感觉。"

秦容秋并不想参加，但是盛情难却，只好点头同意了。出办公室，助理让她补填了一份表格，交代礼拜五下午来试装，礼拜六早上正式开展活动。

培训课上，领队跟模特们讲："要知道我们所做的一切都为商家提供服务，大家记住了！没有商家也就没有我们这个行业。商家靠销售生存，他们的顾客也是我们的顾客，每一位顾客都是我们的上帝。最后，我提醒大家遵守职业操守，发扬敬业精神，以我们公司的名誉为重，以个人的形象为重。"

做彩妆模特真是难为秦容秋了，为了向客人演示化妆的过程，妆容画了卸卸了画。好容易熬到礼拜天下午展销会结束，领到480元现金酬劳。秦容秋喜出望外，拿着这么一大笔钱在金冠广场疯狂购物，一次性买了三条羊绒围巾，一条送甘霖，另外两条送甘露和秀梅。长这么大，秦容秋连羊毛围巾都没用过，更别提这漂亮舒适的羊绒围巾了。本想再买两条送给阿爸和妹妹，兜里没钱了。

从购物广场回去，秦容秋先去学校找甘露，把礼物送给她，然后一起到食堂吃晚餐，吃过晚餐俩人才分手。回到房间，秦容秋洗了个澡，把头上的发胶和脸上的化妆品洗干净，因为累了两天的缘故，往床上一躺就呼呼大睡。不知什么时候，她听到有人敲门，以为在做梦，翻了个身继续睡。敲门的响声越来越急促,逼着她睁开眼睛,看了一眼插得好好的门闩,下意识裹紧被子。门还是不停地敲,外面传来程甘霖的声音:"秦容秋住这里吗?"

"甘霖,是甘霖回来了!"秦容秋一骨碌翻身起来,什么都顾不得,飞快地打开门。程甘霖挎着行李包站在门外,自言自语道:"还以为甘露说错门牌号了……"

哪有时间讲话,秦容秋把他拉进屋。俩人爱意绵绵,情意切切,紧紧纠缠在一起。屋里有点儿闷,程甘霖随手拉开窗帘,发现窗帘后面只是一堵密不透风的砖墙。

女人把自己完完整整交了出去,所有的思念,所有的牵挂,所有的等待,爱与愁都交了出去。压抑得多狠,释放就有多猛烈,抱着心爱的男人,毫无保留地向他敞开。不需要温存,不再羞涩,一遍一遍贪得无厌地向他索要全部的亏欠。程甘霖竭尽全力地爱她,在这个闷热的空间里,既水乳交融又相互抗拒。女人醉心低吟,嘤嘤泣泣,在思念成疾的忧伤中声声叹唱。当欢愉伴随着疼痛交织而来的时候,她忘记了自己,忘记所有的人,在男人的身体下面排山倒海地爆发……肉体和精神缓缓浮游在虚幻与现实之间。原来,她依然在绝望中期待,在痛与苦的绵绵长长中蜿蜒盘桓。

她伸出手,向黑暗抓去,什么都没抓住,仿佛一个盲眼的孩子被亲生父母遗弃山林。她大声呼唤:"不要丢下我,不要丢下我一个人呀。"

时间停止了,思维也停止了。好一阵子,秦容秋脑子一片空白,一时间不知道身处何处。

程甘霖心满意足地起身,拉亮灯,赤身裸体地走到窗帘边"研究"这对虚张声势的布帘子,这才搞清楚小房间根本就没有窗户。他边穿衣服边说:"我说怎么这么闷呢,连窗户都没有,咱们换个地方住,现在就走。"

秦容秋说:"这里还行,要价也不高,还是不要换了。"

"这个听我的,我不想看到你在这里发霉。"

秦容秋拗不过她,只好起来穿衣服。程甘霖把账结了,俩人从通往地面的狭窄甬道出来时已是深夜。夜深人静,一轮圆月正好悬挂在巷口之上。不知道是视线造成的错觉,还是月亮真的离人特别近,今晚的月亮看起来比平时大很多。秦容秋自言自语道:"怎么觉得月亮和家里的白瓷盘子一样,感觉不太真实了呢?"

程甘霖说:"月亮当然是真的,不过被你这么一比喻好像成了冒牌货。"

秦容秋把视线从天空移开,望着这个站在自己身边的男人,问:"甘霖,我也觉得刚才发生的好像不是真的,你说咱们是不是在做梦呀?"

程甘霖笑着对她说:"傻瓜,我看你才在说梦话。"

秦容秋松了口气,甜蜜地说:"盼星星盼月亮,好容易把你盼回来了。要是阿爸看到咱俩恩恩爱爱,不知道多开心呀。"

她抬头望着这轮不真实的月亮,依然疑惑这是不是一场梦。

下 弦 月

一

异体器官想要成为另一个躯体的一部分,就要破解对方的生命密码,每个肢体都有属于自己的密码,就像一把钥匙打开一把锁,无论人体器官移植的研究发展到怎样的程度,都要迈过这个门槛。刘妈妈的病情急剧恶化,她没有遵照医生的叮嘱按时透析,这么做等于彻底放弃。病的时间太长,早已疲于关注自己的生命还有多久,只要每天早上能醒来,则庆幸自己又多活了一天。这些年与病魔斗争耗尽心力,现在她只想置身于备受折磨的病体之外好好憩息。她安慰自己,每一天都是赚来的,实在不用再担心什么,这样一来,反而不那么恐惧了。

刘妈妈从来没有晚起的习惯,这天早上一反常态没起床为丈夫准备早餐。刘爸爸好容易逮着机会,轻手轻脚来到厨房,为妻子准备了一顿丰盛的早餐。早餐做好了他才到卧室,温柔地对妻子说:"亲爱的,吃饭了。"

刘妈妈无力地睁开双眼,对自己丈夫说:"我没有力气起来,眼睛看不清东西了。"

刘爸爸被妻子的话吓到了,赶紧扶她起床,着急万分地说:"快走,我们去医院看看。"他撩开被子,帮助妻子穿衣,发现妻子的身体浮肿得厉害,四肢和腹部的皮肤胀得又薄又透。刘爸爸非常吃惊,想不到妻子的状况糟糕到如此地步。他无力地坐回床边,虚汗淋漓,不停自责:"都怪我太粗心,是我疏忽了!"

刘妈妈说:"对不起,是我不好,故意隐瞒了你。"

刘爸爸问:"你是怕拖累我是不是?我今天就跟县委组织部递交辞职报告,

这个局长我不当了。你想想我和孩子吧,我们不能没有你,你要对我们负责任啊!"

刘妈妈说:"我……我只是对这个病麻木了,不想做徒劳挣扎。"

刘爸爸转身离开房间,提起电话拨号,在电话里跟秘书说:"我妻子身体出现紧急状况,要去昆明看病,耽误多长时间不好说。今早的会不能参加了,请帮我把情况向党组成员说明一下,近期工作恐怕也要分给他们处理,具体情况等检查结果出来再向县领导汇报。"

第二个电话是打给司机的,让他立即来家里接人。放下电话,他发现儿子站在身后。刚唤一声儿子,刘利铭扑在父亲怀里哭了起来。

"别这样,"刘爸爸拍着孩子的后背安慰道,"不要紧,会好的。去房间看看妈妈,别让她感到害怕。"

刘利铭说:"今天不去上学了,我也要陪妈妈去昆明。"

刘爸爸告诉儿子:"乖乖上课,什么都不要想。爸爸只是陪妈妈去昆明复查,说不定很快就能回来。你大伯和大妈都在昆明,有什么事会照应的,不要担心。"

家人乐观地以为上次在北京做的手术能妙手回春,没想到一场突如其来的狂风暴雨摧残了刚刚萌出的新芽,多年来的等待和抗争眼看就要功亏一篑。少年叹息命运不公平,怀疑生命的意义,甚至感受到死神那阴冷的气息一步步逼近,他实在不能面对自己最亲最爱的母亲被病魔拖入无底深渊。

好容易盼到礼拜五,也就是爸爸和妈妈去昆明后的第三天,司机通知他做好准备,礼拜六早上 6 点整在家门口接。礼拜五下午,刘利铭和秦容香到班主任办公室请了假,当天晚自习结束回家都快 11 点了。爸爸妈妈都不在,家里冷冷清清的,孩子们全无睡意,傻乎乎地坐在沙发上发呆。过了许久,刘利铭呜呜地哭起来,不清晰的发音哽在嗓子里,他说:"我预感不好,好害怕!想都不敢想,多么希望妈妈的病痛全部转移到我身上。"妈妈这次重病,坚强的男子汉崩溃了,他取下眼镜,在容香面前涕泗横流。

秦容香把一只手搭在他的肩膀上,另一只手像一位母亲那样擦去他脸上的泪,安慰道:"眼睛哭肿了明天怎么见妈妈呢?你不坚强的话,妈妈也坚强不起来,连爸爸都难以支撑。"

刘利铭收敛住情绪,抓住为他擦眼泪的手,急切地问:"有一件事请你答应我。"

"什么事?"

"假如我的肾可以救妈妈的话,请支持我取一只给她。"

秦容香叹息了一声,没有回答这个问题。刘利铭说:"儿子的肾在妈妈体内没有理由存活不了,医学理论讲存活率在90%以上。我已经十八岁了,有权做主。"

沉默了几分钟,她用坚定的语气表明态度,说:"刘利铭,我支持!你做得对,换成任何人都应该这么做。父母为了我们可以舍弃一切包括生命,我们对父母能做点什么呢?我们为父母做得太少了,假如你贪生怕死、自私自利才让我瞧不起呢。"

韶华流年,两颗心怦然撞击。十八岁的年纪不仅仅要在书本上行万里路,他们已经学会在别人的故事里品尝人生的悲喜,虽然无法拒绝命运,那种一夜之间的成熟足以让人刮目相看。一位在最需要母亲的年纪丧母,一位时刻面对失去母亲的恐慌,俩人都不需要哀怜,他们用人生第一次同异性的拥抱来安慰对方,用人生第一次的亲吻来抚慰对方。雨季是属于青春的,在那个抑惑不住好奇心又喜欢漫无边际幻想的年纪,有人与你同行,与你一起穿越风雨,与你一起品尝人间酸甜是多么浪漫的事。奇妙的是,不经意间发觉自己成人了。在这甜蜜的亲热行为中,刘利铭的身体无限膨胀,他因知晓男女之事而感到羞怯,甚至为此自责。责怪自己不应该有过度的生理反应亵渎这份纯真的感情。

俩人大大方方在冷清的街道上手牵着手,居家的亮光几乎都熄灭了,一排排路灯困乏地眨着眼睛。南方的秋天凉意十足,暗蓝的夜空显得高远,东边挂着一轮下弦月。一对小恋人兴致盎然地跟月亮赛跑,自由自在的心情有些恣意妄为。月亮总是不温不火地挂在前方的天空中,让人得不到也甩不掉,跟月亮较了一晚的劲儿,也没分出胜负。早起的清洁工挥舞着扫帚迎接一天的开始,他们用细竹尖做成的长帚扫地,在昏暗的路灯下演奏着节奏鲜明的"扫地歌"。这对年轻人跑得大汗淋漓,不小心混入晨练的队伍。一个醉汉模样的流浪者终于找到一条长凳,裹着褴褛的衣衫躺了下去。清晨与黑夜交错的景象让人犯糊涂,分不清这究竟是一天的开始还是一天的结束……

早上六点,司机准点来接,两个小青年由于一夜未睡,一路上偎依在一起呼呼大睡,从云西一直睡到昆明。司机取笑说:"嗨,昨晚你俩做啥去了?困成这样。"

刘利铭老老实实回答:"我们追月亮去了。"

司机根本不相信,在心里偷偷发笑。

司机带着他俩来到病房,妈妈正在透析。看到孩子们来了,她很吃惊,责怪丈夫不该接孩子们来昆明,一来二去耽误功课。刘爸爸说:"孩子们不放心,非要来看看你,明天一早保准送他俩回去。"

刘利铭和秦容香在病房陪了妈妈整整一个下午,刘爸爸借口买烟让刘利铭陪他出去走走。走出住院部一号大楼,刘爸爸点着一根香烟,刚才还轻松的样子一下就凝重了。

住院部一号大楼往右一百米是二号住院楼和医技楼,绕过医技楼就能看到一个大池塘,池塘的中央有一个木质结构的小亭榭,大片即将败落的荷花包围了小亭子。爸爸带着儿子穿过通往小亭榭的小路,来到池塘中央,对儿子说:"亭子凉快,就坐这里。"

坐下来,刘爸爸丢掉手上的烟头,点起另外一根。刘利铭察觉到什么,问:"爸爸是不是有话跟我讲?"

爸爸沉闷地抽着烟,没有抬头。刘利铭说:"爸爸,不要紧,我已经长大了,跟您一样顶天立地,有什么尽管跟儿子说。"

"你妈妈新换的肾坏死了,为了避免感染必须尽快取出来。她的心脏、肝脏也受到损坏,全身的机能在衰竭。现在的问题是如果再没有合适的肾替换恐怕维持不了多长时间。"

刘利铭说:"妈妈早就知道移植的肾脏不行了,故意隐瞒咱们,是吗?"

"是的,其实复查的状况很糟糕,她不说,我也疏忽了。你说我这忙里忙外,为了什么?"爸爸非常自责。

"我也有责任,一门心思放在学习上,对妈妈关心太少。"刘利铭猛地抓住父亲的手,恳切地说,"爸爸,请答应我摘一只肾给妈妈吧!不要再犹豫了,去年我不到十八岁,现在十八岁生日已过,在法律上我有完全的行为能力,请不要剥夺我的权利。相信我!我一定能救妈妈。"

爸爸痛苦地说:"不是没考虑过,换你的肾同样有风险,就怕……就怕救不了妈妈反而害了你。"

"下决心吧,爸爸。一个人只要一只肾足够了,不会影响健康的。"刘利铭抓住爸爸的手,眼泪簌簌地往下掉,"必须要这么做,这是唯一的出路,绝对不可以再错过救妈妈的机会了。"

"好儿子!爸爸心疼你,你太年轻了,舍不得啊!"在儿子面前,父亲勉强维持着坚强的形象,眼看话都说不下去了。大风从湖面吹过,一群锦鲤极快地往深水钻去,它们摇摆着尾巴,激起一池的褶皱和碎片。荷池是鱼儿最乐于嬉戏的场所,不一会儿像小孩藏猫猫那样三三两两从莲叶底下冒出来,它们来来回回追逐着,一池清波又有了流动的色彩。爸爸沉稳地说:"儿子,你和妹妹明天一早回去吧,专心上课。"爸爸说话的语调就像一个指挥千军万马的大统帅,运筹于帷幄之中,决胜于千里之外。

刘利铭还想试图说服父亲,话语还没出口,爸爸先讲:"妈妈的身体状态正在调整,另外亲属移植肾还需要审批,我这边抓紧时间办理手续。你回去安心上课,等条件成熟我会派车来接你。记住,一定不要让爷爷知道,另外对你妈妈务必保密。她要是知道取你的肾,死活都不会接受手术的,所以我们只能哄她说找到匹配的肾源了。"

刘利铭问:"爸爸,是否考虑去北京做手术更有把握些?"

爸爸说:"有位李昱宏教授,是刚从北京协和医院肾内科请来指导的专家,到时候联系李教授主刀。当务之急是尽快把她的身体调过来,调整到适宜手术的状态。我会跟县领导汇报,把工作交出去,不过这些都不重要,即使安排新的局长接替我,我也没有意见。必须尽快把手术做了,坏死的肾在体内多待一天多一分危险。"

第二天一早,司机送刘利铭和秦容香返回云西县,由于塞车的缘故不那么顺利,直到傍晚才到达。刘利铭和秦容香都觉得回来的路特别漫长,下车时骨头快散架了。接下来,时间过得极为缓慢,一个月过去,刘利铭焦急地等待着消息。直到有一天,终于等来爸爸的召唤。这次电话,父子俩谈了很长时间。挂了电话,小杨阿姨递给刘利铭一个信封,里面装着 500 元钱。

"这个不能要。"刘利铭把信封塞回阿姨的手里,说,"你一个人带着孩子,生活也不宽裕,爸爸知道会批评我的。"

小杨阿姨难过地说:"不要这么说,只是一点心意,做这么大的手术需要花很多钱,替我给你妈妈买点营养品。"

看到小杨阿姨伤心,刘利铭只好接过信封。小杨阿姨说:"明天你就上昆明了,今晚多做几个菜,请爷爷一起过来吃饭。"

刘利铭不赞成,说:"突然请爷爷来吃饭,担心他看出端倪。唉,要是爷爷知道真相会阻止这件事的,我是爷爷的心肝宝贝,别掏他的心窝子了。"

"那好吧,出院通知我,到时候做几个好菜等你们回来。"

"谢谢阿姨！今晚我也不回来吃饭，我和容香去值班室找爷爷。"

"好的。明天不送你了，祝手术成功，一切顺利！"

"谢谢！"

下午第一节课结束，刘利铭去办公室找班主任，他把实情告诉了老师，请老师为他保密。第二节课结束，他跑去值班室找爷爷。爷爷正站校门外面和几个小商小贩说话，好言相劝不要在校门外摆摊。爷爷满头银丝，满面红光，声音洪亮，看到小孙子来了很高兴。刘利铭在爷爷面前撒起娇来，说："爷爷，我口渴了。"

"凉白开在桌子上。"

刘利铭进值班室喝过水又回到爷爷身边，说："爷爷，隔壁开了一家清真牛肉馆，今晚请我们打牙祭好不？"

"嗨，你小子，馋猫。"

"别抠门嘛。"

爷爷拍了拍孙子脑袋说："请就请，存那么多钱也带不走，还不是留给你哥俩的。"

下午放学，清真餐馆的伙计送来一锅红汤牛肉，爷爷在值班室搭起一张小方桌。等学生走得差不多了，连学校的领导也陆陆续续下班，三人才开始吃香喷喷的火锅。爷爷一个劲儿帮他俩夹菜，自己吃得很少。快要结束的时候，刘利铭对爷爷说："爷爷，我请了几天假，要去昆明看看妈妈。"

爷爷问："妈妈好些了吗？"

"好多了，浮肿消了，血压也降了。就是上次移植的肾出了问题，医生说必须得取出来。"

爷爷的神情有点儿紧张，问："还用换肾吗？"

"暂时没有合适的肾源，医院说至少等半年。"

"哎！那咋整？"

"只能继续透析。"

"遭罪啊！"

"这时候妈妈最需要我的鼓励了，我明天就上昆明。"

爷爷说："你妈妈这些年不容易，当儿子的应该尽尽孝心，去吧！"

刘利铭入院重做了一次配型，为了不让妈妈知道，在医院的协助下安排在二号住院大楼的病房。术前检查结束，一周时间过去了。刘妈妈第二次换肾，亲子供肾的手术由李教授主刀。8 点 40 分,刘利铭微笑着走进手术室,刘爸爸和大伯守候在手术区外,最难挨的莫过于接下来漫长的等待。手术室外几排蓝色硬胶的靠背座椅好像长着刺,所有病人家属都坐不住。有人站起来,有人坐下,有人走来走去,空气中充斥着紧张的气氛。

大伯对刘爸爸说:"你去弟妹那儿看看,侄子推出手术室弟妹就要进去了。"

刘爸爸说:"不用,孩子她妈有嫂子陪着,晚一会儿去也行。"

"要不下楼抽支烟吧?"

"不去了。"

刘爸爸一步都不愿离开,他不断眺望,但手术室大门紧闭,什么也看不见。

大伯说:"你别紧张,家属看来生死攸关的手术,在医生眼里习以为常。你没看到李教授进手术室的时候那么从容,还和助手谈笑风生。"

一位脸色发青、精神萎靡的男子从身边经过。这人个子很高,人很瘦,油腻发亮的头发和一身不干净的衣服格外惹眼。这个人走到走廊的尽头摸出一包廉价的香烟,一个大大的禁烟标志正好在他对面的墙上挂着。他也看到了标识,无奈地把香烟放了回去。大伯戳了戳刘爸爸,说:"刚才这个人,他媳妇进手术室很久了,我们曾坐在一起攀谈来着。"

"怎么了?"

"可怜! 乳腺癌转移,两次切除乳房。他本来是公司白领,为了照顾妻子不得已辞职,倾家荡产地为妻子治病。"

"有孩子吗?"

"有,孩子交给老人带。"

拥挤的等候区,不少病人走进手术室,个别病重的推进去。一位戴着头套的年轻女子走过来,一只手按着肚子,半蹲着走进手术室。进去的病人这么多,出来的却很少。过了一个多小时,护士长的小喇叭终于喊到刘利铭的名字。儿子推出来了,戴着氧气罩,挂着输液瓶,脸色比纸还白,跟刚进手术室时判若两人。他微眯着眼睛看着家人,脸上依旧挂着微笑。看到失去一个肾的儿子,刘爸爸的双腿像筛子一样抖得厉害,心在滴血。在护士的指导下,刘利铭顺利从担架车移到病床上,科室的医生和护士过来复诊了一次,向家属交代术后应注意的事项。大伯凑近刘利铭,问道:"小子,感觉还不错吧。"

刘利铭的嘴角动了动,回给大伯一个微笑。刘爸爸的双腿还在颤,无力地瘫坐在病床边的凳子上。

大伯说："大伯守着你,让你爸爸去手术室接妈妈。"

刘利铭轻轻地点了一下头,用眼神与他们交流。刘妈妈的手术进行了五个小时,手术结束,病人直接送进ICU。刘爸爸和大伯等候在手术室门口希望见主刀医生一面。等到李教授出来,助手上前把他俩拦住,说老教授连续做手术需要休息,并告诉他们手术很成功,有什么情况会主动与家属联系。

当天晚上,刘爸爸让大伯大嫂回去休息,独自留下来照顾刘利铭。第二天,大伯一早过来换他,刘爸爸走出病区抽了一支烟,到食堂吃了点东西又折回病房。见弟弟不肯走,大伯命令道:"你必须去睡觉!快走吧。"

"我不困。"刘爸爸说。

"别硬撑了,眼睛都熬红了,快回去!"

"让我再守会儿。"刘爸爸还是不肯离去。医生过来查房,病人一切正常,护士过来取走了氧气罩,拿走监测仪。刘利铭对父亲说:"爸爸,我感觉好多了,快去休息会儿,你一夜没睡了。"

在儿子的催促下,刘爸爸只好答应。他说:"回大伯家太远,我去医院东门一家叫佳家的小旅馆要个钟点房,休息一下子就好了。"

大伯说:"那也行,快去吧。"

爸爸走后,刘利铭向伯父要水喝,大伯说肠子没通气不能喝水。大伯取出一根消毒棉签,往杯子里沾温热水滋润他的嘴唇。刘利铭提出看妈妈的想法,大伯告诉他等伤口愈合了才可以去。刘利铭又担心妈妈知道真相,大伯安慰他妈妈住在一号住院楼,离这里挺远的。刘利铭不知哪儿来的精神,讲了很多话,操了许多不沾边的心。他跟大伯讲来昆明的前一天和爷爷、容香吃牛肉火锅,还想得起牛肉的膻味。护士过来换了一次液体,刘利铭饶有兴趣,聊到爷爷和已故的奶奶,还有小时候和堂哥刘利锋发生的有趣的事。大伯也讲了许多和刘爸爸小时候的事情。液体滴得很快,不一会儿半瓶没了。不知为何,刘利铭突然不说话了,脸色也不太对劲。大伯走过去摸孩子的额头,问:"小子,你不舒服吗?"

刘利铭好像很困,回了一声:"大伯,我好累。"

孩子的反应不正常!大伯对邻床的陪护家属说:"麻烦帮我看着点,我去叫医生。"

有位家属特别有经验,在大伯离开的时候将液体开关关上了。医生很快来了,发现刘利铭只吸气不吐气。

"青霉素过敏!"医生的判断吓坏了大家。一位护士往病房外跑去,听到医生喊:"快,快,0.1mg 肾上腺素。"

护士很快给刘利铭打了一针,呼吸机紧跟上来,插入呼吸管,又一针地塞米松打进静脉。大伯半蹲在刘利铭床头,在他耳边重复喊话:"刘利铭,保持清醒啊! 好孩子,你听到大伯喊你没有? 刘利铭,回应大伯一声……"

刘利铭血压迅速下降,70、60、40,身体抽搐,陷入深度昏迷。大伯慌乱了,在病房呼救般大声喊:"你们谁方便帮我跑一趟佳家旅社,把孩子的父亲找来。"

"我方便。"替刘利铭在第一时间关掉液体的那位家属回答,"我闲着。"

"赶紧,就在东门外,孩子爸爸在旅社休息。"

"孩子爸爸叫什么名字?"家属问。

"叫刘家海。"

十分钟之内再一针肾上腺素打进去,1mg 阿托品促使心肺复苏。大伯愤怒到极点,像一头发疯的公牛。他完全丧失理智,不管是谁,见到白大褂就吼:"不是说做过皮试了吗? 怎么会过敏? 你们说啊! 孩子要是出了事,谁担得了责任!"科室的副主任走过来,对他说:"对不起! 我们正在全力抢救病人,现在不是追究责任的时候。"一位护士拿着经两位护士签字的皮试单给他看,上面写着皮试时间和观察时间,还有手写体"阴性"两个字。

科室副主任说:"请你保持冷静,我们主任正在往科室这边赶来。从医学上讲,青霉素皮试呈阴性的病人发生输液过敏的可能性并不排除。"

"你们为何不在输液之前先打小针呢?"

"病人是输到半瓶时才开始出现过敏反应的,即使打小针也看不出问题。"

"那么说,我的孩子活该了!"

"这是意外,我们用药是严格按照规程来的,请你冷静点,不要干扰我们实施抢救。"说完话,副主任再也不搭理他,和另外一位医生去了病房。

刘爸爸来了,看到眼前的一切傻眼了。

……不知道走了多远,刘利铭在一片烟雾缭绕的沼泽地赤脚步行。地里的水草潮湿坚硬,时不时割破腿上的皮肤,但他并不感觉疼痛。停下来摸了一下,皮肤的确破了不少,却没有血流出来。前面居然出现好多条路,天啊! 弯弯曲曲地摆在面前,和僵死的蚯蚓一样难看。他自言自语道:"我该走哪条路呢? 天都快黑了,得赶紧回家。"他的心情异常苦闷,不知怎么搞的,在这个奇怪的地方迷了路。他想不起怎么到这里的,但仍然很清楚,回家是唯一的目标。一对白色的翅膀飞来，没有头，没有身子，也没有尾巴，只有一对鸟儿的双翼在震颤。

"那一定是鸽子。"刘利铭对它充满好感。鸽子是善禽，也是最能识别方向的鸟儿，不妨跟它走好了。"鸽子"在他前方飞翔，保持着跟他的步伐差不多的速度，还时不时飞回他耳边扑棱，催促他一下。

一路上的景色是刘利铭从没遇到过的，虽然总有一团灰蒙蒙的雾气笼罩，但路两边的视野很开阔，并不让人感到害怕。又走了一段，西边的太阳快要落山了，四周的景色更加奇特。他看到小路两边长着许多与人同高的蘑菇形状的植物，它们的根茎特别长，像电线杆那样直。刘利铭忍不住好奇，跑过去摸了其中一个，手刚触到便吓得缩了回来，软绵绵的，好像人的肌肤，不仅有弹性还有温度。"鸽子"又回身来，示意他不要乱跑。刘利铭再也不敢乱碰，老老实实地跟着"鸽子"走。

一路都是光怪陆离的景象，有凿着孔的矮山，没有路的桥，低处往高处流的瀑布，长着眼睛的树，露着牙齿的花。这些稀奇古怪的事物让他感到惊讶，但是内心始终平和，也许看多了习以为常了。

走了好长的一段路，气温渐渐降低，刘利铭感到有点儿冷，没能回家心里更加焦急。就在阳光快要隐去的时候，眼前出现三道门。中间一道是白色的大门，门紧闭着，门内是什么无法猜测。左边的门是绿色的，也关得严严实实的。最右一道门矮小，准确地说更像一个山洞。这道门是黑色的，并得很大，阴森森的寒气不断从里面冒出来。"鸽子"在中间这道门前徘徊，招展着羽翼盘旋了好几圈，门缓缓打开的时候，很强的光线从里面射出。那亮光太刺眼了，刘利铭只得拿双手遮挡住，但他还是忍不住好奇，偷偷透过指缝看。"鸽子"示意他进去，他便着了魔似的慢慢地往前移动，越往里走美好的感受越强烈，内心满是奇特的喜悦。快要进门的时候，左边的门"吱呀"一声打开了。他瞥了一眼，居然看到家乡的蓝天白云。他迟疑了一下，怀疑自己是否进错了门。

"鸽子"再一次催促，他又一次迈开步子，内心莫名地涌起近乎完美的圣洁感。大门缓缓地关闭，再不进去就晚了。"鸽子"有些着急，用翅尖的羽毛不断触碰他的胳膊。就在这时，左边门里出来一个女孩，女孩只有十五六岁，是第一次见到秦容香的模样。刘利铭看到她很高兴，喊道："容香！容香！我在这里。"

秦容香跟她说啥，手里比画着，那样子是着急了。她向他伸手，当两只手碰在一起时，中间的大门砰的一声关上了，强光也随之消失。"鸽子"在空中摇摇摆摆似乎要掉地上，乱飞了一阵，回头对他神秘一瞥。刘利铭紧紧拉着秦容香的手,一脚踩空坠入无底深渊。

"我感觉他的手在用力!"他听到秦容香在耳边说话,秦容香边哭边喊,"刘利铭的手有力了。爸爸,快看啊! 快去叫医生。"

刘利铭睁开眼睛,如梦初醒,这么多人围着他使他非常不习惯,问:"你们这是干吗呢? 我还想睡会儿。"

爷爷上前刮他一嘴巴子,说:"你这臭小子,把人吓死了!"

刘利铭昏迷了两天两夜,终于苏醒过来。苏醒的刘利铭第一件事就是问母亲的情况,爸爸告诉他手术很成功,已经从重症监护室出来了。刘利铭似乎有点儿怀疑,又向身旁的医生打听,医生还是同样的回答,说直系亲属器官移植存活率很高,你母亲得救了。刘利铭在这场惊心动魄的生命争夺之战中取得胜利,家人悬着的心也终于放了下来。

月 无 影

一

"久源二分店"如期开业。"二分店"采用邝美嘉的理念,文化氛围浓郁,韵味十足,比"一分店"的消费档次更高。邝美嘉从公司调过来一位副总经理,业务和管理水平相当不错,颇有邝美嘉的风范。程家也有自己一套,把总店的心腹调去"二分店"当店长,再抽出得力的人手填充重要岗位,这样一来既抓住了经营权还制衡了邝家的权利。这次调整使得"一分店"腾出不少空缺,秀梅凭借突出的销售能力,顺利荣升为久源茶庄"一分店"大堂经理。手上管几十号人不说,工资待遇今非昔比。

秀梅的对象四十多岁,年纪虽然大点儿但家底殷实,据说在北京开了两个服装门市,其中一个铺面还是自家的产权。不说别的,仅这个铺面出租,每年的租金就相当可观。秀梅一心想当老板娘,早日过上期盼已久的阔绰生活。可不知为何,男友从不提结婚的事。别人谈恋爱,男的总是猴急猴急的,她男朋友却很保守,从不越雷池一步。

正式荣升大堂经理这天,男友接她庆贺,俩人亲热地走进西餐厅。在男人眼里,这么大年纪找这么鲜嫩的女友说明能力非凡。在女人眼里,傍个和爹差不多年纪的款爷说明姿色出众。实际上,他俩在公众场合成双成对,恰好成就了彼此的虚荣心。

秀梅明知男朋友没有酒量,故意要了不少酒。酒足饭饱之后,俩人醉醺醺地到酒店开房。秀梅才二十出头,有着脂玉般的肌肤和婀娜的身段。相反男朋友已到不惑之年,一身赘肉松松垮垮。看到男友的身材,秀梅多少有点儿失望,但劝慰自己不要太介意,白天衣服遮着,晚上睡觉关灯,难看就难看点。情节顺乎自然地往下发展,男女相拥相抱,缠缠绵绵,前戏做得相当充分。可惜只有前戏,没有实质性进展。秀梅索性坐起来穿衣服,悻悻地说:"不玩了,无趣。"男朋友看她要走,拉住她。

秀梅忍不住问:"嗨,你这方面究竟行不行呀?"

男朋友缓缓伸出三个指头在她眼前晃,食指、中指和无名指。

秀梅很惊讶:"你的意思可以做三次?"

男朋友醉眼蒙眬地说:"我的意思是——你挑哪个指头?"

一气之下,秀梅给了他一个响亮的大嘴巴子。

程甘霖经常彻夜不归,殷惠珍当然知道,她心里非常清楚怎么回事,但选择了隐忍。这晚看到儿子又要出门,殷惠珍抱着双手守在门口,尽管一言不发,冷峻的眼神足以令程甘霖打战。殷惠珍问:"这么晚了还要出去?"

程甘霖支支吾吾地说:"几个哥们约我。"

殷惠珍说:"通宵达旦在外面,别以为当妈的不知道。"

程甘霖没有说话,不知该撒谎还是讲真话。殷惠珍最擅长讲反话,对儿子说:"去吧,我没有权利干涉你的自由,你想住哪儿就住哪儿。"

程甘霖很难堪,走过去扶母亲。殷惠珍说:"你们兄妹都是妈妈的好孩子,不过你俩有个共同的特点就是在妈妈面前装好孩子,背着妈妈干自己的,这样既不让妈妈生气,又让自己满意。对吧?妈妈告诉你,这样做不明智,当面一套背后一套会让大家都受伤害。这样说吧,你的事我决定不管了,也不会再过问,现在妈妈的心脏出了毛病,再跟自己过不去恐怕老命不保。你也不小了,到成家立业的年龄了,想结婚的话你们自己去把证领了,但是这个婚姻我是不承认的,所以不会操办你们的婚礼。今后你们最好在外面过自己的小日子,想家了回来看看我们。将来有孩子也可以送回来给我们带。但是儿子,妈妈恳求你,也是这辈子唯一的要求,算是对生养你的母亲起码的尊重。任何情况下,秦容秋不能进我家的门。"说完话,她掏出手绢不停地擦泪。

夜深了,程甘霖独自坐在房间,屋子没开灯,窗外没月亮,他和房间里的一切摆设都成为黑暗的一部分。殷惠珍整宿没睡,第二天早上刚走出房门就晕倒了。

秦容秋做了一次金冠国际购物广场彩妆模特就再也没接广告公司的活,并不是因为时间不便,而是做营销模特这行对于自己来说很勉强。画模虽然挣钱不多,但是跟老师同学们一起很有意思,她也会认真听老师的讲解,下课了跟同学们打成一片。她甚至发觉自己对绘画充满热忱,虽然学画画不可能,但能够为艺术"献身"也非常愉快。话又说回来,画模也不可能成为她的职业,一朵从泥土里开出的花离不开泥土,即使花谢花飞也要寻根而去。

最后一堂人体课结束,秦容秋找到冯老师辞行。冯老师很惊讶,说大四年级的还等着这边的课结束让她过去,另外研究生部的小课也要推荐她。秦容秋诚恳地向冯老师道歉,解释说家里有事,不得不赶回去。

辞别冯老师,秦容秋到学校财务处领酬劳,然后到金冠购物广场选礼物。她给阿爸买了一双御寒效果很好的毛皮鞋,给妹妹买了一条时尚秋裙,搭配裙子穿的衬衫和紧身裤也买好了,还给大俊哥和刘利铭各买了一双真皮手套。一转眼钱花光了,剩下十多元买了几个发卡,给妹妹两个,自己留下两个。

从购物广场出来,她给程甘霖打了一个电话,激动地说课程结束了,问起回云南的时间。话说完了,那边什么动静都没有,连接两人的这根线路出奇的安静,秦容秋以为电话断线了,在话筒上拍了几下。程甘霖说:"我在。"

秦容秋问:"甘霖,你怎么了?"

那边回答:"容秋,我陪不了你了,我叫人给你订机票吧。妈妈住院了,心脏病。"

机票是程甘霖送来的,次日中午 12 时 55 分的航班,还带了一些礼品来,礼品是程全贵让店长选购的。程甘霖把容秋送到机场,换好登机牌。俩人的心情都很低落,有一句没一句地搭讪,过了安检挥手告别,直到谁也看不到谁。

假如不是程甘霖给自己订票,秦容秋绝不会选择飞机。二十世纪九十年代,不仅仅秦容秋,一般人都不会把飞机作为出行的首选方式。飞机是富人的专利,虽然改革开放给老百姓带来好日子,但要达到"富裕"的生活水平,对大多数人来说还只是理想。

来北京的时候,大俊陪她坐了两天火车,正巧遇到闵老师的妻儿,一路互相照应着到了北京。那时的秦容秋盛着满满的期待，根本不觉得千里之外多遥远。如今带着丰厚的礼物飞回云南，算是体体面面回家了，却怀揣着难以言喻的复杂心情。飞机起飞时的轰鸣和破云而出的冲击力使她昏沉，当她鼓起勇气往窗外眺望时，惊讶地发现自己已经在天上，飞机带着她沿着候鸟的足迹正往南飞去。

飞机降落，没有亲人来接，秦容秋匆匆穿过接站的人群离开机场。她到客运站打听，才知道今天去云西县的班车早就没有了。在昆明留宿不是她的原意，但没有别的选择。一个跑黑车的托儿盯上了她，过来帮她拎行李，说再过半小时就有一辆七座的商务车发云西。秦容秋拒绝了，最终选择在昆明留宿一夜。她不知道，此时，刘妈妈正在昆明住院。

回到云西县城已是次日下午四点，秦容秋不打算继续往家赶，因为进入家乡的地界心里挺安稳。她估计妹妹快要下课了，在学校附近找到一个小旅社歇脚，打算跟妹妹和刘利铭吃顿晚饭。五点整，秦容秋来到校门口，大门还关着，值班的也不是刘爷爷。又过了一阵，放学的铃声响起，安静的校园顷刻间沸腾起来。秦容秋快速地走到妹妹的教室外面，教室里同学们吵吵嚷嚷，混杂成一锅粥。姐姐没能及时从这群年轻人中分辨出妹妹，眼尖的妹妹看到了她，冲出教室向她跑来，当着同学们的面搂着她的脖子，咿呀咿呀地嚷嚷："姐姐，你终于回来啦！想死我了，我的姐呀！"

秦容秋哄着妹妹，说："好了，好了，乖乖的，我也想你们。"

"但是你走了好久了。"

"不就三个来月呀。"

秦容香开始还搂着姐姐蹦呀跳呀，没说几句话就趴在姐姐肩上哭鼻子。秦容秋发现不对劲，焦急地问："是不是家里发生事情了？"

在姐姐面前，秦容香再也没法坚强，她把这段时间积攒的辛酸一股脑儿倒了出来："姐，你走没多久，阿爸就中风了。"

"为何没告诉我？"

"你了解阿爸的倔脾气，他不让说，我们不敢说。"

"现在阿爸怎么样？"

"刚开始半身不遂，现在能走路了。多亏了大俊哥，全靠大俊哥照顾他，还照管咱家的茶园。姐姐快回去看看阿爸，记得一定好好感谢咱大俊哥。"

秦容秋递过去一个袋子，说："我这就回去。里面是给你和刘利铭的礼物。"

提到刘利铭，秦容香又哭了一场，说："他取了一只肾给妈妈，在昆明住院。"

"天啊！我不在的这段时间发生了这么多事，手术咋样？"

"移植手术很成功，这倒霉的家伙药物过敏差点儿没救过来，又一次死里逃生。"

秦容秋放弃和妹妹一起共进晚餐的打算，匆忙回旅社退了房，来到车站搭上一辆路过凤曼村的中巴车。天色已晚，秦容秋在茶园的小石头路上匆匆往回赶，有人认出她，喊："容秋，你回来了？"

"嗨，回来了。"

"走好几个月了吧？"

"是啊！"

她无心搭话，一刻也不愿逗留，尽管鸟儿啁啾啼唱，茶林翠色缭绕，萧萧秋风送来清凉。三个月时间，真的好久好久。有句老话，千好万好不如自己的家乡好，也只有这茂林修竹和山间水色才能安抚那颗眷恋家乡的心。院门虚掩着，秦容秋推开门走了进去，听到作坊里有人说话，便往作坊这边走去，嘴里试探着喊道："阿爸，我回来了，阿爸……"

秦原生听到女儿的声音慌忙站起身，在大俊的搀扶下急急忙忙地往外跑。在女儿面前，老父亲居然有点儿害羞，他不自觉地拉衣衫，捋衣袖，脸上堆着讨好的笑，嘴里尽说好听的话，夸女儿去北京好，洋气了，会打扮了，皮肤也白了，变城里人了。他边说还边往门外瞅，以为程甘霖跟在后面。女儿紧握着父亲的手，父亲苍老了，人也消瘦了。问起病情，父亲说："我右手的指头是可以动的，能帮得上小忙。另外右腿有点儿跛，不过不碍事。"老人还拿别人做比较，自豪地说某某中风瘫痪在床，吃喝拉撒都要人伺候，而他还战斗在一线。

他把女儿带到新砌的全封闭炒茶机灶台前，迫不及待地介绍："这是最新的滚筒式炒茶机，我和大俊研究了三天才弄清楚这家伙的脾气。告诉你，我一个人炒茶，三十人同时采茶都应付不了我，还经常压住火头歇着等他们呢。嗨，没办法，他们太慢了。女儿啊，今年工价涨了三分之一，成本高了，要不是有这部机器，咱家就难哟。"

秦容秋认真地听父亲讲，看到父亲从疾病中振作起来，生活的激情在他身上燃烧不尽。"不仅如此，闺女，你看看我们设计的包装，你阿爸的头像在上面呢。"他拿起其中一张包装纸给女儿看，上面是老人侧面的剪影照，很像那么回事。女儿回来，父亲满面春风，脸上的皱纹全化开了，自豪地说："没想到吧，闺女,你阿爸成名人了。都是大俊的主意,他说这叫品牌效应。将来我们还要去工商局。大俊,那个叫啥?"大俊说:"叫商标注册。"

"对,注册,注册。"

秦容秋激动得热泪盈眶,骄傲地为父亲竖起一个大拇指。秦原生牵着女儿的手,一瘸一拐地来到包装的操作台坐下,对大俊说:"大俊该你讲了,那个五年计划、十年计划讲给闺女听。"

大俊对容秋的思念不亚于老人,但是他不能表达也不敢表达,心爱的人突然这么出现在眼前,既兴奋又紧张。秦原生催促道:"大俊,你说呀!五年计划和十年计划,你快说说。"

大俊不知从何说起,烂熟于心的宏伟计划一下子忘得干干净净。他尴尬地摸着自己的脑袋,傻乎乎地笑。秦原生语重心长对女儿说:"闺女,要不是你大俊哥,我这老命恐怕不保了。大俊好后生啊!再也找不到这么好的孩子了,说起他的优点夸一天都夸不完。我真是有福气,走了女儿来了儿子。闺女,将来大俊讨媳妇是要进我们秦家门的,结婚喜事我全操办。"

大俊脸上有点儿挂不住,忸怩地说:"秦伯,别夸了,我没那么好。"

"胡说,就是那么好。我们大俊现在是香饽饽,想把女儿嫁给大俊的人家多着呢,本村的有,外村的也有,说亲的都说到我这里来了,呵呵。"老人激动得说个不停,很久没这么开心过。

秦容秋问:"有没有说上一门亲?"

"人家没有心思。我问他去当驸马爷愿不愿意?人家说不感兴趣。"

"我真的不感兴趣。"大俊说。

"你瞧瞧,女儿的婚事我没操到心,我这糟老头操心儿子。对了,闺女,你吃饭没有?我这一激动,都忘记问你了。"

秦容秋把回来的过程说了一遍,大俊知道秦容秋还没吃饭,赶紧去灶房做饭。女儿回来,秦原生快活得合不拢嘴,拉着女儿说了很多话,说到夜深都没有睡意。得知程甘霖母亲重病住院不能一同回来,老人表示理解。他完全接受这个女婿,希望这门亲早点定下。第二天一大早,秦原生去二芹嫂家订菜,爆炒牛干巴,血辣子,红烧肥肠,凉拌鸡,还配了几个小菜。

二芹嫂问:"你家来客人了?"

"我家大闺女回来了。"

"女婿回来了吗?"

秦原生想了想，说："本来一起回来的，亲家母生病住院了，临时退的票。"

"容秋姑娘真是大富大贵的命，你家结了门好亲，抓紧时间把婚订了呗。"

"好啥好，一开始我还老不愿意了，养大个女儿容易吗？"秦原生酸溜溜的样子，"记得给我杀一只鸡，挑老一点的。"

二芹嫂笑笑，用一支笔记录下秦原生预订的菜。

今秋，秦家小作坊加工的茶在传统七子饼基础上还增加了小沱茶、大沱茶和砖茶，以往粗棉纸简易包装改为精美的包装纸，还在包装上印制了生态茶的说明文字。每个独立包装盒都单独配了一本说明书，说明书详细介绍了普洱茶的文化历史，以及"原生号"栽种、制作、冲泡方法，等等。有了这些包装，就算作为高级馈赠的礼品茶也相当上档次。刚开始，秦原生担心因为包装的原因增加成本，没想到进货商全都接受，比往年拿了更多的货。批发商都不是等闲之辈，他们在批发和零售方面积累了丰富的经验。新包装使秦家的茶身价大涨，道理很简单，茶叶越有卖点，利润的空间越大。

商家有的自带货车来进货，有的需要托运。一连数日，大俊忙着装箱打包，开着拖拉机把货送到县城办托运，当然这里面包括发给顾有银代销的货。听说大俊又要去县城，秦容秋说妹妹礼拜天上午上完课就要回来，不如延迟两天上县城，回来的时候顺便把她接回来。大俊说发货赶时间，早收到早赚钱，周末接妹妹可以再跑一趟。没想到礼拜六，因为刘利铭提前出院的原因，容香打电话回来说周末不能回来了。得知这个消息，大俊和秦容秋主动进县城看望刘利铭，临走时从大俊家里抓了两只老母鸡，带了一筐土鸡蛋，还买了牛奶和水果。刘利铭恢复得很快，气色也不错，跟大家有说有笑。小杨阿姨做饭，留客人在家里吃晚餐。

刘利铭讲起手术的过程眉飞色舞，眼里闪烁着幸福的光："我的肾移植到妈妈身上立马开始工作，插上引尿管，那尿哗哗地流出来，很快就装满了一袋子。你们知道吗？是我的肾起的作用，天佑我妈，哈哈哈，效果太好了！我出院的时候妈妈都能下床走动了，为了不让我妈起疑心，爸爸不让我去看。出院那天，我躲在走廊边偷偷地看妈妈。对了，将来妈妈回来可不能说漏嘴，大家一定要保密，千万不要让妈妈知道，务必务必！"

女儿回来，秦老汉干得更加得心应手。秦容秋和大俊在一起还像以前那样开心随意，唯独忌讳谈及感情。她也曾想过跟大俊谈谈心，劝他不要再拒绝相亲，但又打消了念头。伤害大俊的人是自己，拒绝大俊的也是自己，反过来支持自己追寻幸福的是大俊,替自己尽孝道的也是大俊。她认为自己根本没有资格跟大俊哥讲什么感情,只能在心里默默地祝福他。

回来一段时间,秦容秋跟程甘霖通了几次电话,说母亲做了搭桥手术,身体渐渐恢复了。鉴于她的身体状况,暂时不适合提及来云南的事。

有一天,老王托人带话给她,让她赶紧去服务社,北京那边好像有急事。电话是程甘露打来的,哭哭啼啼说马来西亚那笔生意出事了。50吨茶叶不符合验收要求,理由是茶叶不同程度地发了酵。她说爸爸和哥哥心急如焚,搭乘航班飞去马来西亚了。

接下来的日子很难熬,秦容秋焦急地等待着消息。结果跟预测的一样,父子飞往马来西亚没能解决问题,查验这批茶叶,的确变质。父子俩不得已赶往福建茶厂,从出厂开始追查原因。

秦容秋没法在家安宁地待下去,征得父亲同意买了近期的火车票返回北京。来到北京,她还是住在学校附近的那家地下旅店。不管怎么样,甘露在学校上课,闵老师一家住在附近,有什么事也好有个照应。走的时候,父亲给她钱,她没多拿,回到北京找到冯老师,又做回了画模。有了这份工作做保障,秦容秋在北京完全能够自食其力。先前,冯老师将程甘露画的那幅《抱瓦罐的姑娘》推荐给了一家文化公司,这家公司用五千元买断这幅画的版权,除去作者本人的酬劳,冯老师把其中的两千给了秦容秋。

秦容秋在北京等了一段时间,终于等到程甘霖回来。重创之下,一向爱整洁的他颓废不堪,憔悴得没了人形。造成茶叶发酵的原因还是没找到,茶叶有问题,马来西亚方拒绝收货,当然也就拿不到货款,眼看90万元还款期限就要到了。这件事发生后,程甘霖学会了抽烟,经常跟他的朋友在外面酗酒,玩尽兴了就来地下室过夜。他和容秋在一起时很少说话,彼此也找不到愉快的话题可以交流,除了肉体的发泄。地下室没有窗户,房门紧闭,新鲜的空气无法透进来,长年累月积攒的霉味弥漫在空气中,像一口久埋地下的棺材,死气沉沉的。

冷 月 亮

一

马来西亚远洋贸易出了事,50吨高级茶叶被马方拒绝。不仅如此,按照合同约定,久源茶庄还得赔付大额违约金。"华顺商贸公司"是这次贸易的交易方,自然没法袖手旁观。有一天,邝副会长主动跟程全贵联系,约他到办公室小叙。出事后,程家人无脸见人,更无颜面对邝家,但邝副会长主动要求见面,没法躲避。

早上,程全贵带着儿子去了,走进办公室先请罪,说道:"对不住了!邝兄,我们办事不力,把生意搞砸了。"

邝副会长请程全贵父子坐下,让秘书泡茶,宽慰道:"做生意哪有不担风险的?这次是意外之灾,谁都不想这样。"

程全贵说:"我们请了律师,现在正调查这件事,准备起诉福州那家茶厂。"

邝副会长说:"法律是讲事实依据的,他们把没完全烘干的茶卖给你们才铸成大错,我相信终究会得到公正的判决。"

"邝兄,这个案子恐怕需要很长一段时间才会有结果。不过我可以把话说到这里,假如到期还不上款,我们就从别墅搬出来,不会为难公司。"

"嗨,贤弟做人我丝毫不怀疑,从我和美嘉的角度讲,怎么忍心让你们睡大街呢?到时候我们会召开董事会延迟还款的时间。生意场风云莫测,谁都可能遇到难处,有困难互相拉一把是应该的。"

"邝兄,听您这么说太感动了,小弟感激不尽!"程全贵长叹一口气,因为这件事,他急得头发都白了,白发夹杂着黑丝,整个人看起来都灰蒙蒙的。

"贤弟,今天请你来主要是为了马方索赔的事。"邝副会长从桌上拿起一份类似函的文本递给程全贵说:"你也知道,我们这次远洋贸易千吨货全都以'华顺贸易公司'的外壳交易的。现在你这边出事,'华顺'公司成了第一责任人。他们狡猾得很,不直接找你们,现在找到公司的头上了。上面有中文译文,你可以看懂。"

程全贵父子看了一遍文本大吃一惊,按合同约定不能按期交货就要赔偿约定数额的违约金,对方选择了最高赔偿额度50万元,再加上茶叶的损失,程家根本无法承受。

邝副会长说:"我们这次远洋贸易已经结束了,因为你们的原因,人家把我们拉扯上,扣了公司一笔货款。哎!气人得很,我们连抗议的胆儿都没有,还指望跟人家长期合作呢。贤弟,我希望你跟那边尽快协商解决的办法,把这件事处理了。"

程全贵问:"邝兄的意思是让我们认了这笔50万元的赔款?"

"不是这个意思。贤弟呀,当大哥的给你出个主意,你认真考虑一下。"邝副会长清了清嗓子,语重心长地讲,"中国有句俗语,躲得了初一躲不过十五。茶贸易这笔由于你们违约给对方造成损失,根据合同的约定就得赔偿,就算走法律程序你们最终也要败诉,真那样的话连诉讼和其他各种费用算下来损失更大。我的意思是主动去跟人家沟通,说不定还有磋商的余地。"

程甘霖说:"他们要50万,简直是狮子大开口,没法磋商。"

邝副会长问:"那按合同约定最低份额计算赔偿是多少?"

"15万。"

"这样吧,我提供个重要信息给你们,有个人兴许能帮上忙。"

"谁?"

"美嘉。"

"美嘉小姐?"

"是这样的,美嘉在美国读硕士时最要好的朋友嫁给了这家公司的副总裁。不瞒你说,这次公司跟他们的贸易合作全靠美嘉牵的线,所以只要请美嘉出马就好办了。50万索赔金额看起来不小,对人家大公司而言并不算多大的事。"

这个信息对程家人而言至关重要,从邝副会长办公室出来,程甘霖赶紧跟邝美嘉联系,约她晚上吃饭。邝美嘉还是同样的口气:"我晚上有事,来不了。"

程甘霖诚恳地邀请:"美嘉,求你了,我有很重要的事跟你讲。"

美嘉思考片刻回答:"好吧,吃过晚饭再见吧"

"去哪里?"

"就在'后海之夜'。"

"好的,7点,'后海之夜'。"

"后海之夜"是一家酒吧,位于后海北路酒吧街上。这一带的建筑别有风味,古老的院落与时尚潮流的格调相得益彰,霓虹的诱惑与古雅的风韵相互映衬。酒吧的风格各有不同,有的装潢成"帅府",在寻常院落就能感受金戈铁马的豪情。有的则是"佛吧",方寸之地体会浓厚的宗教韵味。"后海之夜"是这一带酒吧中独具特色的酒吧之一,室外杨柳垂枝,紫藤缠绕。室内全实木装修,古香古色。所有的灯具均手工制作,店内几十盏大大小小的灯找不到同样的两盏,就连桌上铺的粗花布也是来自少数民族地区的手工纺织。屏风、手绣、版画,还有各种瓷器、铜器均是从民间收集而来的老物件。来这里喝酒的客人不是为了喧嚣热闹的释放,而是想找个低调宁静的地方交心,听吉他手忧郁地弹唱,在扑朔迷离的光影中度过浪漫之夜。客人中也有独自来喝酒的,单身来的一般围着酒吧操作台坐,他们一开始喝闷酒,等到合适的异性出现主动去搭讪,几杯酒下去彼此就熟悉了,离开酒吧时往往成双成对。

程甘霖等了足足一个小时才见到邝美嘉。邝美嘉要了一瓶法国香槟,问:"你知道我为何要香槟吗?香槟的英文 CHAMPAGNE,意译为快乐、欢笑,这是我对你的祝愿,尤其在现在这样的情形下,祝愿你时来运转,心情轻松愉快。"

"谢谢! 有你这样的朋友相伴三生有幸,你是值得我珍惜一辈子的好朋友。"程甘霖一口将杯里的酒干掉。

侍者送上精致的点心,还送来一个荷花形的粉色琉璃小灯盏,灯盏盛着一汪清水,一个心形的小红蜡烛漂浮在上面。蜡烛点燃,琉璃灯被烛焰照得透亮,烛心的光舌跳跃着,将两人的脸置于光影摇曳的浪漫中。一首《加州旅馆》从麦克风中传来,歌手沙哑磁性的嗓音讲述着一个很久以前的故事。邝美嘉说:"谁也没料到会发生意外,早知这样,无论如何也不会支持你参与这次贸易。我也有责任,实在对不起!"

程甘霖说:"怎么能怪你呢?是厂家把受潮的茶叶发给我造成的损失,你把这么好的机会给我,我却没把握好,实在羞愧难当。"

邝美嘉体谅地说:"那 90 万元的借款先不要急,到时候我和叔叔会帮你想办法延迟还款期限。"

"太感谢你了! 美嘉,你和邝副会长真心对我好。"

"我们是朋友嘛,咱们合作的二分店即将开业,将来还有许多机会一起发展,挫折是暂时的,不要灰心。"

邝美嘉一席话给程甘霖莫大的鼓舞,他仿佛看到阴霾逐渐消散,看到一只手在帮他挣脱泥潭。程甘霖说:"我有一个不情之请,不知美嘉能否帮我?"

"请讲。"美嘉端起酒杯没马上喝,那迷人的双眼似乎在琢磨他的心思。程甘霖坦言:"还不是为了马方索赔的事,那边狮子大开口竟然要 50 万元,还扣下了贵公司一笔货款。"

"我知道这个情况。"邝美嘉若有所思地抿了一口酒,玻璃酒杯的边沿轻轻从她火辣的红唇滑过。

"听说美嘉小姐在马方公司高层有很好的关系,所以想劳驾你亲自出马,帮我托人说说情。"

邝美嘉问:"有这回事,马方高管那边有一些老交情。那你的预期是怎样的呢?"

"平息此事最好,实在没办法,只承受合理范围内的违约金。"

邝美嘉答应说试试看。激动之下,程甘霖伸出一只手去握住邝美嘉的手。邝美嘉对他突如其来的举动并没做任何回应,她用另一只手端起酒杯,优雅地抿了一口。

从酒吧出来子时已过,不知什么时候外面淅淅沥沥下着小雨,雨中还夹着雪凝。程甘霖把外套脱下来给她披上,打了一辆出租车送她回公寓。邝美嘉醉意微醺,大半个身子淹没在程甘霖宽大的外套内。回公寓的路上,邝美嘉依偎在他肩头迷迷糊糊地睡着了。

公寓楼在二十九层,俩人一起上电梯,来到公寓门前。邝美嘉向他发出邀请:"进去坐坐,有上乘的葡萄酒招待你。"

程甘霖说:"你都有点儿醉了,酒不要再喝了。"

邝美嘉把外套脱下来放在他手上,轻轻地推他一把,说:"好吧,我知道你在想念你的意中人。"

程甘霖没有回答,他的确在想容秋,只是这个"想"不同于平常时候的想,也不同美嘉所指的"想",这个"想"不过是情感上一时软弱的挣扎罢了。

"你有意中人吗?"程甘霖反问。

邝美嘉把头靠在门框边,暧昧地看着他,回答:"有,曾经有过,谈过三次恋爱,多不多?"

"不多,正式恋爱我也谈过三次。越是一本好书越被翻阅,对吧?"

"你真会说话。不过我这本书暂时拒绝翻阅。"

"怎么呢?"

"近几年不考虑个人问题,除非出现特别心仪的对象。我将来想去美国定居,还是觉得国外的生活更适合我。"

程甘霖好奇地问:"邝副会长知道你的打算吗？你是他的骄傲,也是他最得力的助手。"

"我说的是将来,很多年以后的事了。我是叔叔养大的,我会努力工作,帮他把公司做强做大,报答他的养育之恩。"

"美嘉为何没跟父母生活呢?"

"我出生在农村,排行老三,父母重男轻女,一共生了七个女孩也没得到儿子。五岁那年,我和四妹同时染上肺结核,那时在农村得这样的病等于等死,我妹妹没能挺过去,我也奄奄一息。叔叔得知后把我接走,那时候他和婶婶过得并不宽裕,他们带我去城里最好的医院治病,从此就留在他们身边了。"

"难怪邝副会长那么疼爱你,跟亲生父亲一样。"

"我父母并非不疼我,只是因为农村条件太差,他们救不了自己孩子。唉,我都没有机会孝敬他们,在美国读书的时候,父母先后去世了。"

讲了这些话,邝美嘉已经醉意全无。她双腮退红,眼窝变深,美瞳更加清晰迷人。程甘霖暗自感叹,她真是一个非常有魅力的女人。万籁俱寂的深夜,程甘霖跟邝美嘉隔着门框,一个在内,一个在外,两人的轻诉慢语缠绕在空荡荡的门廊里。程甘霖的意志被消磨着,时间拖得越长,消耗得越多……很多次,他强令自己离开,最终还是向邝美嘉告辞:"已经很晚了,我该回去了,你也早点休息。"

邝美嘉说:"我明天就跟那边联系,你等我的电话。"

"劳你费心了。"

"不客气!"

"晚安!"

"晚安!"

进入电梯,程甘霖摁亮通往 1 楼的按键,指示灯随着电梯的运动变换着数字,28、27……10……1,到达公寓底层,电梯门并没打开,也没人从里面走出来。电梯即刻恢复上行,数字从小往大接连跳跃,1……10……28、29。程甘霖再次出现在公寓二十九层,他径直走到邝美嘉的房门前按响门铃。门后有人问:"谁呀?"

"我——"

打开门,邝美嘉已经换上性感的睡衣,见程甘霖折回来一点不惊讶,说:"我知道你会回来的。"

程甘霖没说话，上前一步将她抱起，往屋子深处走去。

二

在邝美嘉的帮助下，马来西亚那边终于松口了，为了尽快把此事处理妥当，程甘霖和邝美嘉订了近期的航班飞往马来西亚。这段时间，程甘霖没到小旅馆找秦容秋，只在出发去马来西亚前一天把车停靠在艺术学院学生食堂前，跟容秋和甘露说了几句话，意思是自己太忙了，违约金的事出现转机，明天就要赶往马来西亚。

那幅《抱瓦罐的姑娘》迅速走红，秦容秋成了学校的红人。有人看到这幅画的前景，把复制品配上画框销售给饭店、KTV、洗浴中心等娱乐场所，一时间那幅油画成为时下流行的墙面装饰画。受这幅画的影响，几家广告公司打听到秦容秋，高薪聘她去公司做模特。对广告公司的邀请，秦容秋毫不动心，因为在学校做画模的收入已经足够维持食宿方面的开销，既然不为生计苦恼，就没有必要勉强自己。秦容秋也很清楚这次的坚守是长期的，并且困难重重。程家在生意上受到重创，程甘霖母亲那边不接受她，她已经做好了充分的心理准备。

成了校园"红人"，学院额外给她每个课时加十元补助，同时也增加了不少课，这样全天都安排得满满当当，一点儿喘息的机会都没有。尽管这样，秦容秋并不觉得累，放学和甘露一起在学校漫步，到了周末相约去闵老师家做客，还兑现了给闵老师当模特的承诺。

一段时间过去，秦容秋向甘露打听，说甘霖去马来西亚多日，也不知道事情办得顺不顺利。没想到提到这件事，甘露的神色不太对劲，支支吾吾搪塞，说话都不连贯："没有，可能吧，我妈才知道——"

秦容秋疑惑地看着甘露，试图在她眼里找寻答案，谁知她闪烁其词，根本不敢与自己的目光交会。秦容秋预感到什么，反倒不敢追问，故意岔开话题谈家乡的妹妹，说："甘露和我妹妹长得真像，个性也像，来北京这么长时间都不怎么想她了，原来是因为有你陪伴的缘故。"说完，她故作轻松地笑了起来。

甘露一点儿都没觉得好笑，呆呆地看着她，突然哭了起来，说："姐姐，对不起！我撒谎了。实在没法装下去了，越瞒你，我心里越难过。我哥……他……回来好多天了，他……没脸见你……我爸骂了他一顿，狠狠地骂他。我第一次看我爸这么凶，连我妈都拦不住。我爸要带我哥向你赔罪，过两天就会来。"

"为何要赔罪？"

"姐啊！我哥他——他跟邝美嘉好上了。邝美嘉这女人太厉害了，一出马那边违约金都不要了。估计我哥受了恩惠才犯的糊涂，姐姐请你原谅他好不好？"

"妹妹，这已经不是我原不原谅的问题了，你哥哥爱上了别人。"秦容秋平静地说，"邝小姐一直都很喜欢你哥，这个我也知道。"

"可是……我哥有你了，就不应该这样。"

"那有什么办法，这样的事情没有道理可讲。"

"我哥这样做太伤害人了。"

秦容秋淡淡地说："无所谓伤害不伤害。殷姨说得对，邝小姐和你哥哥才是天生一对。其实一开始就很清楚，你哥对邝小姐有舍不下的情愫，因为有我所以才没意识到或者讲'磨不开'吧。到后来，我成为他的鸡肋了，表面上看是殷姨反对，其实从内心讲，他是顺应你母亲意愿的。是我不对，一开始就不应该，不应该死心塌地地爱你哥哥。"

"不！是我哥哥对不起你，我哥哥浑蛋。"

"不要怪他，要怪只怪我自己。在你哥心中占多少分量，我自己很清楚。自从来到北京，他对我就冷淡了。他喜欢我，但对我没付出那样的感情，作为一个女人我察觉得到，这也是他摇摆的原因。可是我不肯面对现实，不愿意承认这点。因为我太爱他，'太爱'所以执着，所以纵容，所以委曲求全，所以自欺欺人。我阿爸一再提醒我，可是我连一个字都听不进去，他才是活得明白的人。"

甘露哭得很伤心，秦容秋却一滴泪没流。那天，失魂落魄的她不知道怎么走回旅社的。她打开房门，惊讶地发现屋子变了，满屋的霉湿落地生根，杂乱的藤蔓爬满地板和墙壁四周。残留的一点理智告诉她这些都是幻觉，转念想管他真的假的，连死都不怕还怕什么。她躺在白色的床单上，将身体安放进一口巨大的"棺材"里面，等喧嚣过去，最后一点氧气耗尽，就可以在这死气沉沉的匣子里安然死去。

第二天下课，秦容秋向各位老师告别，告诉他们这次绘画的课程结束就要离开北京，也许以后都没有机会来了。她为自己订了机票，尽管很心疼钱，但她还是选择了坐飞机，她太需要快点回家，太想回去了。

最后一周的课漫长而煎熬，尽管如此，秦容秋平静如常，连找程甘霖追问的想法都没有。很多次她为自己竖起大拇指，对自己说秦容秋是好样的。

快要走了，秦容秋回过一次茶庄找秀梅，已荣升大堂经理的秀梅，穿着管理人员的制服神采奕奕。她和以前那个父亲级的男朋友吹掉了，新谈了一个很帅的小警官。秦容秋没告诉她真实情况，只说要回去一段时间。

离去的那天终于到了，秦容秋正收拾行李，发现有人进来。回过头看，程甘霖站在她的身后。看他的眼神，仿佛一个熟悉的陌生人，他说："我来送你。"

她回答得很干脆："是程叔逼你来的吧？不用了，甘露会来送我。"

他说："对不起！"

她说："不需要！"

程甘霖掉下了眼泪，说："请原谅我，容秋。其实我早该来了，我是懦夫，没有勇气面对你。"

秦容秋回她："你不必来见我，我也不想见到你，更不想见到你无用的眼泪。"

"这个……"程甘霖递来一个厚厚的信封，说，"对不起，我不知道如何补偿你，我是个罪人。"

秦容秋把信封推开，羞辱感不可遏制，说道："送'信封'是你母亲遗传给你的病吗？你们有钱人的通病就是喜欢用钱打发穷人。别这么做，这么做侮辱别人也败坏了自己。"

程甘霖说："我也知道这么做可能伤害到你，对不起，除此之外我不知道该怎么做。"

"不要把自己看得那么重要，离我远远的最好。"

"容秋——"

"什么都不要再说了，都是无用的话。是我太傻，明知这样的结果还不顾一切。你呀，看起来仁义，实则残忍。你就是太懦弱了，懦弱也会伤害人。"讲到这里，秦容秋感觉胃里有什么东西翻滚，难受得快要呕吐出来。她回过头去，看到甘露站在门口，默默地听他俩谈话，两行泪水挂在脸上。

秦容秋拒绝坐程甘霖的车，她牵着甘露的手往公交车站方向走去。当她经过程家黑色的奥迪时，车门开了，程全贵从车上走下来。

"容秋！"他亲切地招呼这个可怜的姑娘，想让她上车。秦容秋停下了脚步，看见程全贵满脸的悲伤。

"上车吧，叔叔送你一程。"

"我和甘露坐公交车去机场，请叔叔保重！请奶奶保重！"秦容秋潸然泪下，偷偷扬起手臂拭去眼泪，继续向前方走去。

"保重!"程全贵的声音嘶哑了,好多话没有说出来。他根本不敢接近秦容秋,不争气的眼泪早已湿了前襟。

"程叔,请您保重!"秦容秋在心里一遍一遍默念,决堤的泪水怎么也擦不完,这次不能回头了,再回头心就要碎了。到机场,她又心碎地与程甘露告别,忍不住抱头痛哭。过度的悲伤使胃部痉挛加剧,秦容秋跑卫生间吐了两次,胃里仅存的一点点东西全都翻江倒海地吐了出来。进安检找到登机口,她寻到一个安静的角落坐下,这里没有人认识她,也不会有人来安慰。她用手绢捂住自己的脸,这样既不会发出声音还能哭得酣畅淋漓。哪知胃部的翻滚毫无防备袭来,来不及跑卫生间,一口喷到洁净的地面上。

"怎么办?"秦容秋红肿着双眼,不知所措。

一位大婶模样的乘客好心告诉她:"卫生间有拖把。"

秦容秋往卫生间方向走去,走在半道上又吐了,这次吐出来的全是胆汁色的苦水。

"姑娘,你是不是怀孕了呀?"刚才那位大婶跑来关心她,帮她打扫地面。

"怀孕?"秦容秋被这么一问,惊得合不拢嘴,她看着大婶,好像对方是天外来客。

"怀孕了的话就要让自己开心起来,胎儿发育的初期最重要。"

"我还……"她想说自己还没结婚,没好意思说出口。看到她的表情,大婶笑着问:"我说话吓到你了吗?不要紧,做母亲是每个女人都要经历的,不丢人。"

秦容秋很难为情,怀孕不就是当妈妈吗?怎么会?这不是开玩笑吧。她疑惑地问,"我没想过这个问题,大婶,怀孕是啥样的?"

"你自己没数吗?"大婶凑近她的耳朵问,"上月来那个了吗?"

上个月急急忙忙回家去了,忘了这事。她回想了一下,的确没来,于是摇摇头。

"那不就得了,多半有宝宝了。瞅你的小脸煞白煞白的,还吐得不得了,只有怀孕的女人才会有这样的反应。"热心的大婶跟她讲了许多关于怀孕分娩方面的常识,听大婶这么一说,身体上出现的诸多异常现象跟大婶说的都吻合。候机厅传来登机的广播,大婶的丈夫正向她招手。大婶跟她说:"我要登机了,你飞哪儿?"

"昆明。"

"我飞成都,那我先走了。"

"谢谢您,再见。"

"姑娘你还年轻,一定要珍惜自己的身体。"说完话,大婶跟自己的丈夫一起排到登机的旅客队伍中去了。大婶走后,秦容秋瘫坐在候机的凳子上,只觉得天旋地转。一位机场工作人员发现她气色异常,走过来询问:"小姐,你是不是病了?"

秦容秋缓缓抬起头,脸上一点儿血色都没有。工作人员再次问:"我能帮你吗?"

"谢谢,我只是不太舒服,缓一缓就好了。"

飞往昆明的航班终于开始登机了,秦容秋攒足力气往安检的方向走去。工作人员拦住她说:"小姐,你走错方向了,登机口在那边。"

她礼貌地回答:"我不走了,谢谢。"

穿过钢筋水泥的森林,踽踽独行在繁华的街头,看水泥开出冷漠的花,见喧闹结酸涩的果。她漫无目的地穿过街道,不管什么方向,前面是路就走。她不知走了多久,看到一家妇女儿童医院。她走进医院向医生说明了来意,医生给她开了尿检和超声波检查。尿检呈阳性,超声波显示胎儿在子宫内,一切正常。她拖着疲惫的身子又回到"好运来"旅社,要了那间和程甘霖拥有"第一次"的房间,这是一间恩爱的小屋,一间发生奇迹的小屋。她清清楚楚地记得初夜那次温馨甜蜜的情景,孩子因爱而来,因情而生,母性的天性眷顾起这个突然闯入的小生命。

当天晚上,秦容秋做了一个奇怪的梦,梦到家乡大茶树上的"米贵阳"受到诅咒,全都变成小蛇钻进茶园里去了。有一只小青蛇趴在地上迟迟不走,被村民用锄头砍断了尾巴。小蛇断尾的瞬间,秦容秋从剧烈的疼痛中惊醒,原来是小腿抽筋。起床来,她恍恍惚惚地往外走。旅社的甬道静悄悄的,连飞蛾都没有一只,通往外面的楼梯被一扇铁门牢牢地锁着,透过铁门上生锈的小窗,正好看到一轮清冷的月亮静静地挂在夜空。

困顿的她又躺回床上,不知睡了多久,听到门外边有人走动,确定现在是白天,遂起床梳妆打扮,让自己看起来精神点。她去外面的小摊买了一份早餐勉强吃下,想着尽快找到程甘霖。她无法确定他在哪个店里上班,干脆选择了"一分店",因为"一分店"是自己最熟悉的地方,何况还有秀梅。茶庄刚开门营业,秀梅正集合全部工作人员在一楼大厅训话,见到她来了讲话也草率了,遣散队伍急匆匆把她拉到自己房间,又是挤眼又是跺脚,责备道:"你这人究竟怎么搞的呀?"

容秋不知所指,被问住了。

"我说你真傻还是假傻啊!我哥公开跟那姓邝的好上了,你不知道吗?"

原来秀梅已经知道了,秦容秋垂头丧气地任由秀梅数落。

"都被人骑到头上拉屎了,你还有闲情逸致来我这里,真是急人!"

秦容秋说:"秀梅,不瞒你说我今天来正是为了这件事,我不知道该怎么办,请帮我出出主意。"

秀梅气愤难当:"还用问吗?去撕那狐狸精的嘴,揪她的头发,把我哥抢回来。"

"感情又不是什么物品,怎么可以抢呢?我自愿退出。"

"退啥退呀?哪这么容易就打发了。人家拿准了欺负你,柿子拣软的捏,鱼儿捡鲜的吃。"

"他已经移情别恋了,施舍的感情我不会要,何况他已经选择了邝小姐。"

"那你的意思?"

"我本来打算回去了,临时出了点状况。秀梅,我……怀孕了。"

秀梅一屁股坐在小床上,把床垫震得颤了又颤。她用家乡话喊了一句:"我的那个娘呀!"

"秀梅,你帮我出出主意,我不知该怎么办?"

秀梅从还没安静下来的床垫上跳了起来,义愤填膺地说:"你这笨蛋,还用问?找他麻烦去呀。肚子里的孩子就是尚方宝剑,要结婚必须得娶你,要钱就得给钱,说啥就得给啥。"

"这不是拿孩子要挟吗?我想找他谈谈,把真实情况告诉他,看他怎么说,我想要这个孩子。"

秀梅一副恨铁不成钢的样子,抱着秦容秋的肩膀使劲摇晃:"你想得太天真了!我的白雪公主,我的灰姑娘,你醒醒吧,这不是童话故事。"

"那,换成你会怎么做?"

"换成俺现在就去他家要一大笔钱,然后去医院堕胎。"

听到"堕胎"两个字,秦容秋吓得一激灵,脑袋摇成拨浪鼓。

秀梅说:"我才不会要这个孩子呢,宁可拿一笔补偿款舒舒服服地过日子。将来嫁了人照样会生,跟谁生的还不都是自己的,没必要留着这个拖累。"

"我做不到伤害自己的孩子,把一个小生命活生生拿掉该多痛苦啊,孩子只是说不出来而已,他知道痛。"

秀梅说:"算了,我拿你没辙,你就按照自己的心愿做吧。我哥这几天都没来这里上班,你往'二分店'打电话看看,如果不在就直接往家里打,都这时候了还有什么好顾忌的。"

从房间出来,秦容秋往"二分店"打电话,那边说经理没来。试着往家里打,接电话的却是殷惠珍。刚开口,殷惠珍就听出她的声音,语调极不友好,不耐烦地说:"他不在,去他未婚妻那边了。你不是已经回云南了吗? 请不要随意干扰别人的生活。"

秦容秋说:"阿姨误会了,我无意打扰,因为发生特殊的事才没上飞机。"

殷惠珍对着话筒大呼小叫:"什么! 你——你——没上飞机,你想干吗? 他快要和邝家小姐结婚了,婚期都定了。"

秦容秋解释道:"我……我不是你想象的那种人。"

"那你说,还有什么瓜葛没扯清楚的?"

"我……我怀孕了。"

那边咆哮了,暴风骤雨般:"什么! 怎么可能! 有没有搞错啊——你——你人在哪里?"

"我在店里。"

"不行,那里说话不方便,你住在哪里?"

秦容秋告诉她所住的旅店地址,殷惠珍要求即刻见面,让她务必在房间等着。秦容秋说:"我想找甘霖,这件事必须亲口跟他说。"

"我说了,你必须等我,这就出发,你等着。"对方啪地挂掉电话。

殷惠珍比秦容秋早到旅店,由于取暖的原因加上地下室通风不好,房间里的空气有些混浊。殷惠珍用手绢捂着鼻子,目光谨慎地环扫房间,发现屋里的设施陈旧但并不脏,这才拖了一个凳子坐下,直截了当地问:"好吧,这种事不适宜在外面谈,就在这里说,我想知道怀孕的事你什么时候知道的?"

"昨天。"

"去医院检查过没?"

秦容秋拿出检查单给她看。殷惠珍扫了一眼单子,冷冷地说:"做掉这个孩子,你开条件吧。"

秦容秋说:"不! 孩子是我的骨肉,不可以这么做。"

"怀孕不就是你一开始就想要的结果吗？恭喜你得逞了，别告诉我你一点心理准备都没有，做女人的不采取避孕措施说明心里早有掂量。"

"我不知道什么措施，孩子来得太突然，我真的不知道。"

"我可没闲暇跟你扯那些没用的，你直接说要求好了。"

"我没有要求，只想给孩子一个完整的家，我希望甘霖看在孩子的情分上回心转意。"

"完整的家！还说没有要求，简直是无耻的要挟。"

"请站在一位母亲的角度考虑一下，假如孩子没有父亲，那会被叫作私生子，在农村私生子得蒙上多少羞辱才能长大成人啊！"

"你既然知道后果干吗不做掉呢？"

"孩子是我和甘霖的结晶，邝小姐也应该清楚这点，她不该介入别人的感情。"

"同样是骨肉，你的孩子有父亲了，那美嘉的孩子怎么办？"

"邝小姐？"

"她比你先怀孕，甘霖押货到上海时，他俩就在一起了。"

"不可能，你骗人！"

"随便吧，信不信由你。"

秦容秋咬着自己的嘴唇，唇破了。

"所以，我劝你做掉！"

"你没有权利决定孩子的生死！你是孩子的奶奶，孩子身上同样流着你的血。"

"婚外生的孩子就是野孩子，程家不认可。"

"好了，知道了。你走吧，程甘霖我也不想见了，我尽快回云南，从此与北京这边没有任何瓜葛。"

"我早说了你不能要这个孩子！"

"我是孩子母亲，谁都无权干涉。"

殷惠珍丧失理智，抓住秦容秋的胳膊使劲往外拽。严重的妊娠反应使秦容秋的身体很虚弱，她挣扎了几次，没有力气摆脱她的双手，苦苦哀求道："你要干什么？你不能这样对我。"

殷惠珍不顾一切地喊叫起来，仿佛不用这么大的声音对方就听不到。她嚷着："你必须跟我去医院，我给你订最好的酒店，找人伺候你坐月子，给你一大笔钱,你必须把手术给做了。"

秦容秋拼命挣扎,坚决不从,与殷惠珍拧巴成一团。到后来,殷惠珍也累得气喘吁吁,气急败坏之下心脏病犯了,揪心的疼痛使她不得不放开手,慌乱中掏出随身带的急救药吃了下去。犯病的殷惠珍并没因此罢休,她用尽全力推秦容秋,秦容秋死死拽着门的把手就是不肯就犯。两人就这样对峙着,大口大口地喘气,到后来别说动手,连说话都上气不接下气。软硬兼施没得逞,殷惠珍竟然哭了起来,说:"容秋啊,我求求你了,这孩子不能要。闵老师是谁你知道吗?他就是甘霖爸爸在云南乡下留下的孽债。"

"你是说闵思全老师吗?"

"是的,你也看到了,他的身世多么悲惨,被虐待,被歧视,到处流浪,弄成现在这个样子。在农村没有父亲的孩子很可怜,私生子就更抬不起头了,孩子不可能有快乐的童年,更不可能拥有幸福的人生。听我的,把孩子做掉,你一旦没有拖累了还可以找个好人家,我家儿子和媳妇也能安安心心过日子,不要再重蹈覆辙。你就当做个好事,行行好,放过我们吧⋯⋯"

秦容秋没有力气跟她说下去,指着大门让她走。殷惠珍还想说什么,秦容秋拼劲全身力气喊道:"给我滚出去!"

殷惠珍捂着胸口,喘着粗气,跌跌撞撞地离开了。秦容秋往屋子中间走了几步,双眼发黑栽倒在地上。不知过了多久,她发现自己躺在床上。

"你醒了。"秀梅端着一个保温饭盒笑着向她走来,温和地说,"医生给你打过营养液了,说你妊娠反应太重,营养不良。"

饭盒的盖子打开,里面是热腾腾的红糖小米粥。她把秦容秋从床上扶起来靠在自己身上,一勺一勺地喂,边喂边说:"是在旅店老板娘的厨房煮的,老板娘人挺好,一分钱都没收。她还说以后食材买好,随便用她家的厨房。瞧你瘦得风都能吹倒⋯⋯多吃点儿才有力气。"

秦容秋张开嘴喝粥,含着眼泪往下咽⋯⋯

第 五 章

月 牙 痕

一

秀梅每天给秦容秋做好吃的,日夜陪伴。在她的悉心照料下,秦容秋恢复得不错。秦容秋盼望早日回家,改签了近期的机票。她催促秀梅回去上班,说:"快走吧,都请好几天假了。"

秀梅回答:"不急,还是稳妥点好,万一那老妖精又来了呢?譬如灌你吃药,给你一闷棍,譬如……"

秦容秋听得咯咯直笑,说:"你的想象力可真丰富,是不是宫斗片看多了?"

秀梅很认真地回答:"不好说,那老妖精已经走火入魔了。"

"不会的,她也是个可怜人,发生这件事,我反而同情她。"

"同情?"秀梅不解地问。

"你看她这样的状态,说明她的生活过得一点都不好,哪有幸福的女人扭曲成这样的?"

秀梅觉得秦容秋说得有理:"不过我一点儿都不同情她。"

"你跑来照顾我,不怕她知道后把你开了?"

"她敢!这产业又不是她一个人的,还有我叔和我哥在。你不知道,上次她已经把我赶走了,要不是我叔叔留下我,现在还在家乡放羊呢。我就得好好干,让她们知道我程秀梅不是依靠谁才有今天的,我的工作业绩就能说明一切,对吧?"

"是!你很争气!"

"再说了,她敢整我,我就把这事告诉我叔叔和堂哥。"

"不要!不要那样做!"

"我也就随便说说,瞧你紧张的。"

"我的存在是他们幸福生活的障碍,就算他知道我怀孕了也不可能再回头的,因为邝小姐也怀孕了。"

"明明是那姓邝的挖你墙脚,你还管人家怀不怀孕,愚蠢！我都不知道怎么说你。"

"我再也不奢望什么了,我有能力抚养自己的孩子,她们看不起我们乡下人,我们要争气。"

"好吧,反正我说的话你也听不进去,回去好好调养身体,心情不好的时候记得跟我联系。"

分别的那天还是来了,姑娘们你看我我看你,都不敢提伤感的事,直到告别还故作坚强。秀梅来自陕西农村贫困的山区,老家太苦太穷,因此她不惜代价抓牢改变命运的机会。努力这么多年,她如今在北京总算站稳脚跟了。一方面,秀梅可怜容秋,可怜她一无所有,走得凄凉悲哀,心里有说不出的难过。另一方面,秀梅打心眼里佩服她,别看自己成天咋咋呼呼的,比起容秋来总觉得自己轻飘飘的,欠缺的东西太多了。

这次飞行不顺利,飞机下降时遇到一股强大的气流,剧烈颠簸引来旅客惊慌尖叫。有几次飞机失重突然往下坠,人的心都吊到嗓子眼了。有人开始呕吐,有人用纸巾擦去惊恐的眼泪,妈妈们把自己的孩子紧紧搂在胸口安抚。几经周折,飞机终于安全着陆。当秦容秋跟随出站的人流走出机场,手上的行李被人轻轻拽了一下,耳边响起亲切的说话声:"容秋,我来。"

抬头看这个人,竟然是大俊哥。大俊温柔地对她笑,露出一排雪白的牙齿。

"大俊哥,你?"站在大俊旁边还有一个人,原来是父亲。父亲可没有好脸色,板着脸皱着眉,怀揣着很重的心事。

"你们怎么知道我回来?"秦容秋很惊诧。

"秀梅给我打电话了。"父亲回答。

"什么？——她——她——这家伙真是的——她打电话说啥了？没说别的什么吧?"秦容秋结结巴巴,拉着父亲往外走。

父亲反问:"别的还有什么可说的吗?"

"没——没啥。"

"那我如实告诉你吧,几天前,秀梅跟我通了很长时间电话。"

"你们都——说什么——"秦容秋拽着父亲的胳膊,用祈求的眼神望着他,像一个做错事的孩子。

"早晚也要让我知道的,是吧？说吧,你想怎样?"

"阿爸,我不想怎样。"

"我是说孩子怎么办?"

"我要——要这个孩子。"

"你休想!"父亲甩开她的手臂,一瘸一拐地往机场外走去。

"阿爸。"秦容秋上去拉住父亲的衣袖。

父亲回过头对女儿说:"闺女,过去的事不提了,现在你得听阿爸的。你想想,这孩子是我家第一个孙子,阿爸能不喜欢吗?你知道阿爸我盼孙子盼星星盼月亮,但是这孩子来得不是时候,我们不能要啊。闺女,我心疼这个孩子,但是比起孩子我更心疼你。当父亲的不能眼睁睁地看着自己宝贝女儿受一辈子苦。闺女,狠狠心把手术做了,这件事过去也就过去了,将来咱们好好生活。我和大俊商量好了,等你养好身体就去北京,跟这帮人好好算账。"

说完,父亲继续往前走,他根本不听容秋解释,也不给她机会解释:"我们就在附近住下,早打听好了,附近有一个部队医院。"

父亲跛着脚走得特别快,秦容秋跟在后面小跑,一路跑一路喊:"阿爸,听我说……阿爸,听我说啊……"

秦原生不理会,说:"我们租了一套寓所,只有两公里左右路程,先住下吧。"

"阿爸!"在父亲面前女儿永远是女儿,秦容秋劝阻不了倔强的父亲,甩开袖子大哭起来。

"我错了还不行吗?当初不听阿爸的话,是我愚蠢,对不起!"她站在原地像小孩子一样撒泼,两只手背轮换着擦眼泪。

"秦伯。"大俊上去拦住秦原生,劝阻道,"秦伯,我们都是为容秋好。既然如此,还是尊重容秋自己的意愿吧。"

"她的意愿是什么你不知道吗?秀梅都告诉我了。我闺女是死脑筋,吃大亏的,被人家卖了还帮着数钱。要是她妈在世,绝对不会允许她这么胡来!"秦原生把话锋一转,指着女儿骂道,"你这死丫头,欺负你阿爸,阿爸管不了你!你阿妈不在了,你就不能可怜可怜你阿爸,让你阿爸省省心吗?"

"爸……"秦容秋扑倒在父亲怀里放声痛哭。

"孩子,快过二十二岁生日了,二十二岁多年轻啊!阿爸羡慕你,可惜时光不再重来。你是幸运的,不是每个人都有资本重新选择的,我们只要彻底跟过去告别,就有希望开始新的生活。"

说着说着,秦原生老泪纵横,过度悲伤使他的身体有些不受控制。"我这心里难过啊,想起你过世的母亲就自责得要死,是我这当父亲的没尽到责任,没有保护好你,我该死,我该死。"秦原生抽出手往自己脸上打,边打边说,"当初阻止你去北京就好了,我真该死。"

"阿爸,别这样啊！当初是我不听你的话,我知错了。"秦容秋死死地抱住父亲的胳膊,父女俩抱头痛哭。

"闺女,阿爸心疼你,想起你受的委屈就心如刀割。这件事的利害关系阿爸比你清楚,你一个姑娘家承受不了这么大的压力,阿爸无论如何都不能让你再错下去。"

"别说了,阿爸,我听你的话,你怎么说我就怎么做。"

大俊咬牙切齿地站在一边,脸颊两边鼓出两块筋包,那粗壮有力的手掌捏成坚硬的拳头,全身的骨骼咔嚓作响,恨不得现在就去北京把程甘霖碎尸万段。三人又走了一段路,秦家父女终于不再流泪了,秦原生握着女儿的手说:"这就对了,只要有你阿爸在,任何困难都不要怕。"

"阿爸,我有个请求,孩子不要了,阿爸也要答应我不去北京找他们麻烦。"

"找他们理论难道不是理所应当的吗?"

"既然阿爸说彻底告别过去,就让他们过去吧。"

"你干吗要护着他们?"

"阿爸,其实我心里一点恨都没有。北京那边,奶奶、程叔、甘露妹妹,还有好多人待我都很好,事实并非像你想象的那样。一个巴掌拍不响,都是我心甘情愿的。如果要去讨说法只能说明你女儿是弱者,是可怜虫,是被别人怜悯的可怜虫。"

秦原生觉得女儿讲的有一定道理,但是仍然心有不甘。容秋问:"如果说要去讨说法,人家给咱钱补偿,你要吗?"

秦原生"呸"了一声,将一口痰吐在地上。"有几个臭钱了不得呀！不稀罕那王八羔子的钱！"

"不为要钱咱干啥去呢?"

"那也要出口气心里才舒坦。"

"揍他一顿也出不了气。打了人家,人家反倒心安了,从此不欠咱的。"

"那怎么办?"

"由他去吧,做人要有骨气。"

"那容阿爸再想想。"

秦容秋挽住父亲问："阿爸,他上次跟咱订 2000 公斤秋茶,咱还给他吗?"

"不可能给他,倒进河里冲走也不给,一两都不给。"

"好,咱不卖给他。"

秦原生和大俊事先在医院附近短租下一套两居室,租金虽然贵点,家用设施一应俱全,厨房还配备有灶具,这样可以做营养可口的饭菜。"流产"在农村俗称"小月子",秦原生决定让闺女养上一个月再回去。女人坐月子,两个大男人伺候不太方便。但是情况特殊,这事又不能声张,所以只能勉为其难了。

去医院就诊,手术预约在第二天。秦原生和大俊从市场买来土鸡蛋、红糖、米酒,还杀了一只老母鸡。第二天,三个人一起去医院,容秋走进妇产科手术室,两个大男人等候在外面,没想到没过多久,容秋就从手术室跑了出来。一位医生模样的人跟出来,对家属说:"她跟我们玩藏猫猫呢,你们还是把她带回去吧,商量好了再来。病人这么多,我们没时间跟她周旋。"

秦原生责备女儿,说:"闺女,你要配合医生才行啊!"

秦容秋脸色苍白,舌头打卷,全身抖得厉害,说:"阿爸,我不行,实在不行。"

秦原生看到女儿这副样子,预感手术要落空了。

容秋抱着自己父亲,恳求道:"阿爸,我好害怕!求你了,让我留下这个孩子吧。再多委屈再多苦我都不怕,我要把他带大。我爱孩子,我是孩子的妈妈,你是孩子的外公啊。"

秦原生一下子蹲在地上,一只手掩盖在黧黑的老脸上。

"秦伯,别蹲着,蹲着头晕。"大俊扶秦原生站起来,让他到就近的座位上坐下。

"我们还是回去吧。"秦原生有气无力地对大俊说,"我们还是回去,就这样吧,再也经不起折腾了。哎!要就要吧,将来不至于怪我……由着她,由着她……"秦原生一个劲儿地叹气,一个劲儿地摇头,好像想把这一世的愁苦都叹息出来。

大俊握着老人的手,在他身前半跪下来。他的姿势像个虔诚的信徒在神父前忏悔,也像一个罪犯在法官面前领受惩罚。

"秦伯,求你把容秋嫁给我吧。"

秦原生望着大俊,眼睛瞪得滴溜溜圆,似乎没搞明白大俊的意思。

"请允许我娶容秋,我知道这时候提出这个要求有点儿'乘人之危'。"

"那……这……"秦原生还是没太明白怎么回事。秦容秋听明白了,她说:

"大俊哥,谢谢你的好意,我们不需要怜悯,在这件事上你也做不了好人。"

"容秋,你错了,我没有做好人的意思,没有谁会用自己一辈子的幸福'做好人'。这个节骨眼上求婚是有点操之过急,但我不知道啥时候求婚适宜。我过去错过了机会,这次再也不能错过了。"

秦原生问:"那孩子咋办?"

"孩子是容秋的骨肉,我爱她,同样爱这个孩子。我若有幸成为孩子的父亲,保护她娘俩是我的福分。"大俊神情温柔地看着容秋,"我是一个乡下人,不会讲什么大道理,我心里装着你,就想踏踏实实爱你。"

秦原生看看大俊,再看看闺女,就现在的情形而言,嫁给大俊再好不过了。他立刻点头应允这门亲,没想到女儿却说:"大俊哥,你为我所做的这辈子都没法报答你,但是我不能嫁给你作为报答,这辈子我也不打算嫁人。"

女儿的态度让秦原生很着急,忍不住说:"闺女,你可要考虑好了,大俊这样的好人再也找不到了。"

"阿爸,请尊重我的选择。这事不要再提了,我想回去,好想回家。"

才租没两天的房子退掉了,次日一早,三人一起乘大客车离开了昆明。回到家,秦容秋站在自己房间门前呆若木鸡。原来趁她去北京,父亲请人把她的房间重新装修了一遍,墙壁刷了大白,地上贴上了瓷砖,还换了崭新的家具。双人大床、大衣柜、化妆镜,一样不落。父亲很愧疚,说:"我们以为那家伙要跟你一起回来,想着新楼咱盖不起,至少可以给你准备一间像样的新房,和大俊忙活了好些天弄成这样,没想到多事了。"

"我不喜欢这样的房间。"秦容秋嚷起来,她冲进屋子气呼呼地抓起一块红色流苏桌布,用力扣在化妆镜上,然后独自坐在化妆台前哭泣。哭了一阵子,她趴在"新床"上继续哭,哭了不知多久睡着了,晚饭也没起来吃。

一大早晓莲跑来,和往常一样叽叽喳喳,像一只聒噪的秋蝉说个不停。大俊提醒她说:"小声点,容秋还在休息。"

晓莲说:"我专程来看容秋姐和北京来的姐夫的。这是我家养的白鸭,送来给姐和姐夫尝尝鲜。"

晓莲这么不识时务,大俊有点儿生气。说:"你还是回去吧,今天不方便。"

"怎么了?"

秦容秋走了出来,对晓莲说:"进来吧,晓莲,谢谢你了。"

晓莲把鸭子递给大俊,高高兴兴地走了进去,问:"容秋姐,咋没看到我姐夫呢？"

秦容秋答道："他抽不出时间回来。"

晓莲失望地歪了歪脑袋问："怎么又没时间？看来是真人不露相啊。听说姐夫长得挺帅,我爸他们见过。"

"不说他了,谢谢你送来的鸭子,中午一起吃饭吧。"

"好啊！"

家里面发生不愉快的事,大家心情都不好,晓莲这么早跑来闹腾尤其烦人。秦原生和大俊不想跟她说话,拿工具准备下地干活。同村的两位大婶看到秦家人回来了,站在门外往里面喊话："老秦头,把女儿女婿接回来了啊！"

"嗯！"秦原生爱搭不理。

"老秦头,你容秋的新房装修好了没？"

"好了。"

"剩下的沙子和水泥能分给我一些不？我家那门槛要补补。"

"拿去吧,都拿去。"

秦原生和大俊穿过小院,逃跑似的钻进茶园。晓莲把容秋领到新房,指着地板说："容秋姐,瓷砖漂亮吧,是我选的。我琢磨着容秋姐喜欢大花,所以建议大俊哥买这种大花边的,漂亮又喜庆。"

"谢谢！"秦容秋强堆起笑脸,一缕阳光正好打在她的脸上,这张脸看起来苍白而憔悴。晓莲问："容秋姐,你不舒服吗？你的脸色很难看啊。"

"可能旅途劳累,没休息好。"

晓莲陪容秋聊天,转弯抹角打听婚礼的事,容秋闪烁其词,不愿意谈及。晓莲感到很奇怪,意识到这里面有什么事。做饭的时候秦容秋闻不了油烟味,当着晓莲的面呕吐起来。她担心怀孕的事瞒不住,开始对多事的晓莲不胜其烦。

吃过午饭,晓莲终于离开了,秦容秋把气都撒在大俊身上,劈头盖脸给他一顿骂,请大俊搬回家住。女儿的举动引来秦原生强烈的不满,他指责女儿："你哪根筋不对了？"

"不是呀,我觉得大俊哥住我家妨碍他谈恋爱。"

大俊莫名其妙,不知自己哪里得罪她了。

"晓莲老来我家找大俊哥,我也实在疲于应付。大俊哥不如回去住,这样和晓莲相处起来方便一些。"

"说的哪里话！"不等她说完,大俊把话打断,"我的心思在谁身上你知道。

你不接受可以，但请不要挖苦我。"

秦容秋不肯罢休，开始蛮不讲理："晓莲挺好的，人漂亮又开朗，还对你一往情深，反倒是我的存在妨碍你的幸福了。大俊哥，你还是搬回去住吧，这样不会有人讲闲话，我也落得清静。"

秦原生气得直哆嗦，一个巴掌拍在桌上："你这忘恩负义的家伙，要不是大俊伺候我，你阿爸早进棺材躺着了。你不报恩也就罢了，还说这种话气人！大俊不是钢铁做的，也是人生父母养，你别太过分了！"

秦容秋说："阿爸，我是真心为大俊哥好，他娶晓莲比守我这个丧门星强多了，我不想拖累他。"

看着心爱的人骨瘦如柴的样子，大俊的心在滴血。他在心里对爱人说，假如这样让你舒服点那就来吧，尽管向我发火好了。秦容秋神经质地发了一通脾气，实在找不到别的什么岔子，流着泪回房间去了。那天大俊不但没有离开，反而承担更多，将做饭洗衣等家务活全都包揽了。

第二天晓莲又来了，手上拎着一个竹篮，篮子里放着一些鸡蛋，说是看望容秋姐的，给容秋姐补充营养。大俊堵在小院门口不让晓莲进屋，说："不用了，我家也养了不少鸡，鸡蛋根本吃不完。"

晓莲踮着脚尖往屋里张望，问："容秋姐呢？"

大俊回答："接电话去了。"

晓莲问："我未来的姐夫打来的吗？"

"不是，是容香妹妹打来的。"大俊不耐烦，他不喜欢听"未来的姐夫"这样的称呼。

晓莲问："大俊哥，你现在陪我去姨妈家一趟行吗？我姨妈就住在解放村，她家养的牛下了三胞胎，可有意思了。"

大俊说："我可没时间陪你去看牛，以后不做茶你都不用来了。"

听到这话，晓莲拉下脸，说："你这么说是不欢迎我咯。"

"不是不欢迎，最近家里事多，别添乱了。"

"你才添乱呢，"晓莲反讥，"人家容秋姐都快结婚了，说不定都快生娃娃了，你老赖人家里算什么事呀？我又没去你家，我是来看容秋姐的。"

"你怎么说话的！"提到生娃娃这样的敏感字眼，大俊气坏了，三步并作两步把晓莲手里一篮子鸡蛋抢过来，稀里哗啦地倒在马路边。晓莲站在一边，边哭边骂，捡起空篮子走了。

看着姑娘离去的背影，大俊有点儿自责。俗话说得好，伸手不打笑脸人，他知道晓莲对他好，自己一个大男人不应该跟小女子过不去。反过来想，这样也好，得罪就得罪了吧，总比天天烦人好。

晚餐，秦家小方桌上摆着特别清淡的菜，清炒蘑菇、土豆丝红豆酸汤、炒鸡蛋、懒豆花（地方菜）。闻不到油腻的味道，容秋的反应小点，也能吃些东西。吃过饭，秦容秋谈起下午在村委会和妹妹通话的事，高兴地说："月底妹妹要回来，说是高三年级搞调研，终于可以放两天假了。"

听说小女儿要回来，秦原生也很开心："自从上了高三都难得见到人，孩子太辛苦，回家两天让她好好休息。"

大俊说："妹妹这是鲤鱼跳龙门，正是逆流前行、奋发向上的时候，到时候多做几个菜犒劳她。"

秦容秋问起："外面门口怎么有摔碎的鸡蛋？看到几条狗在舔，不知谁家扔的，可惜了。"

"那是……"大俊想起粗暴地对待晓莲这件事，羞愧得脸红了，他低下头，小声说，"晓莲拿来的鸡蛋被我摔碎了。"

"你怎么这样？"

"我烦她！"大俊无奈地说，"她胡说八道，不识好赖。"

"你不能这么对待一个姑娘家，快去跟人家道歉。"

"我才不去呢。"

秦容秋放下筷子站起身说："你不去我替你去。"

"算了，别去惹麻烦了。"秦原生说，"得罪就得罪吧，一开始还挺喜欢她，可惜这丫头聪明过头了。"自从大俊向女儿求婚，秦原生一门心思希望女儿嫁给大俊，不希望晓莲来妨碍。大俊不肯去道歉，可话说到这里，自己惹的"麻烦"找上门来了。

大院外，田老坎带着小儿子田晓军，手持一把锄头上门讨公道来了。秦原生看到情形不对，笑脸相迎地走出去。田老坎一副不砍人不罢休的样子，口里叫嚣着让金大俊出来。为了息事宁人，秦原生说："老田，有啥事好好说，干吗拿这东西吓唬人？"

"吓唬人！这不是用来吓唬人的，是要他吃苦头的。"

"到底咋了？"

"马路边的鸡蛋壳看到没？二十多个鸡蛋全糟蹋了。不要就不要吧，干吗把鸡蛋给摔了？伤我晓莲的心。"

"对不起！大俊不懂事,也不知道年轻人之间说啥说气了。"

"说啥也不行,我家晓莲多委屈啊！一个姑娘家,不亏欠你的,好心好意送来给你,你这是什么态度？现在人还窝家里哭,你说咋整？"

大俊不顾秦容秋劝阻走了出来,站在田老坎面前,说:"田大叔,对不起！我给你赔罪了。"

田老坎看到大俊怒不可遏,举起锄头往他头上砍去,嘴里骂骂咧咧:"不识抬举的东西,我今天砍死你。"

秦原生冲上去,田老坎挥锄躲开他。秦容秋推不走大俊,只好跑他前面挡着,大俊哪能让容秋置身于危险之中,铁锄再次砍下来,抬起手臂抵挡,只听"哐"的一声,铲刀落到他的小臂上。一锄下去连石头都要劈开,何况血肉之躯。一股鲜血喷薄而出,在场的人全都傻眼了。田老坎也吓坏了,站在一旁不知所措。其实,他也就是想出口气,没想到真的伤到人了。

"妈呀,要出人命啦!"不知谁喊了一声。秦容秋冲进屋子三两下剪开床单,秦原生从屋里翻出一瓶白色的粉末,哆哆嗦嗦往大俊伤口上撒药。锄口挖进去太深,动脉已经破裂,鲜血像泉眼里的水汩汩往外冒,刚抖落的药粉几下子冲没了。秦容秋将床单剪成的布条缠在大俊的胳膊上,一圈接一圈缠得很紧。她转过身对田晓军嚷嚷,声音因嘶哑而失真,像有人从母亲手里夺走了孩子,撕心裂肺地喊:"快去借二芹嫂家的摩托车,马上去乡卫生所。快,快!血止不住了。"

田晓军这才回过神来,撒腿往二芹嫂家跑,不一会儿骑来一辆嘉陵牌摩托车。大家手忙脚乱扶大俊坐上车,前后才几分钟,大俊因失血过多瘫软了。

秦容秋问:"你带得了两个人不?"

田晓军回答:"没问题。"

秦容秋正要跨上去,被秦原生拉住。他顾及容秋腹中的孩子,暗示说:"闺女,这条路颠簸,你不能去。"

"我要去!"秦容秋不容分说跨上去,紧挨在大俊后面坐下,说:"我怎么可以不去？大俊哥万一休克怎么办？田晓军别耽误了,快走!"

"你不能去!"大俊居然也吼起来。

秦容秋不肯理会,催促道:"晓军,快走!"

田晓军犹豫了一下,没有启动油门。秦容秋急了,抬起脚蹬在田晓军腿肚子上,喊:"再不走,出了人命你负责呀!"

田晓军不再犹豫,冲上乡间小道,这时候乡卫生所是否有人值班还不清楚,但是不管怎样,到了乡里总归有办法。秦容秋清楚地记得镇上除了卫生所还有一家私人开的小诊所,只要有医生给伤口止血就度过危险了。一路上,大俊的伤口都在流血,透过床单布染红了衣裤,还有零散的血沫被风吹得飞飞扬扬。摩托车一路颠簸一路狂飙,秦容秋心急如焚,分分秒秒都揪着她的心。

乡卫生所果真关门了,幸运的是私人诊所开着,医生及时给大俊做了止血处理。由于失血过多,大俊接近休克状态。医生帮助他们联系到一辆跑县城的出租车,将大俊立即送去县医院。这一锄砍得真狠,大俊的小臂肌腱完全断裂,幸运的是没有砍断骨头。到达县医院,大俊很快被送进了手术室。医生给肌腱做了缝合,里里外外缝了上百针。

大俊的手臂差点儿被砍断,晓莲也该解气了,这一页算翻了过去。出院后,大俊父母接儿子回家,到秦家搬行李来了。他们心疼儿子,碍于和秦家的关系不好发作。大俊同样想搬回去住,因为一只手受伤,生活起居都不方便。秦容秋坚决不让大俊搬走,她请求大俊的父母说:"金爸金妈,大俊哥受伤是我惹的祸,请让我照顾他吧。"

大俊母亲说:"这也不能怪你,是那姓田的干的,我们要去找他讨说法。"

大俊阻止道:"不要去了,这不都出院了嘛,啥事没有。"

大俊父亲说:"儿子,咱们咽不下这口气。你知不知道我们农村最忌讳用锄头伤人,一锄砍下去弄不好要出人命。那断子绝孙的,你住院连看都没来看一眼,这个公道必须要讨回来,要不我就去派出所报案。"

秦容秋拉住大俊母亲的手,不让收拾行李,说:"金妈妈,别接大俊哥走,给我一个机会照顾他吧。"大俊父母不好表态,他们互相看了一眼,又看看大俊,大俊也没明确表示,不说走也不说留。容秋问大俊,"你还在生我的气吗?"

大俊摇摇头,说:"我怎么会生你的气?就是砍掉手臂也不会哼一声。"

容秋的眼泪在眼圈里直打转,说:"那你别走了,好端端的人伤成这样,想起来内疚死了。"

看容秋极力挽留,大俊也没表示要走,母亲说:"好吧,那就留下。大俊失血过多,要多给他补血补营养。"

容秋说:"金妈妈,您放心。木耳、大枣,还有补血口服液都买回来了。猪肝、瘦猪肉、牛肉、羊肉随时可以请二芹嫂带,我会照顾好大俊哥的。"

叮嘱了一番,大俊父母要走,秦原生上前拉住他们说:"咱们一起去村委会,请村干部出面解决。"大俊父母正有此意，三位老人一起出去了。解决的结果是田老坎赔偿大俊住院费、营养费共五千元。

到月底，容香妹妹真的回来了，姑娘把帆布包一放便四仰八叉躺在床上。姐姐好奇地看着她，问："有这么累吗？怎么了？"

秦容香没回答姐姐的问题，反问道："我阿爸和大俊哥呢？"

"都在地里干活呢。"

"阿爸能行吗？"

"咱阿爸没问题，倒是大俊哥左臂受了伤，失血太严重，这精神头刚好点就要下地。"

"大俊哥怎么了？"

秦容秋把事情的原委讲了一遍，妹妹对姐姐说："这祸是你惹的，大俊哥摔田晓莲的鸡蛋全都因为你。"

"怎么都赖我呢？"

"当然赖你了，要不是你赶大俊哥走，大俊哥能把气撒在田晓莲身上？你最清楚大俊哥在乎什么，你让他上刀山下火海他眉头都不会皱一下。不过姐你也够狠的，回来了立马赶人家，简直是过河拆桥。你也不想想，你去北京的那几个月，阿爸病得多重、多危险，是大俊哥不分白天黑夜照顾阿爸。大俊爱你爱得这么痴，把这辈子都奉献给了你，你还不把人家当回事，我要是大俊哥才不会理你这种人呢。"

秦容秋疑惑地说："我有你说的那么可恶吗？"

"你说呢？北京未来的姐夫会照顾咱阿爸吗？一天都不可能！"秦容香翘起一根指头在姐姐眼前晃了晃，强调了一遍，"一天！怎么样？我说的没错吧，这就是差距。"

提到程甘霖，秦容秋不敢吭气，她不想因为烦心事干扰妹妹。

"姐，你不得不承认，那位未来的姐夫对你的爱不及大俊哥的万分之一。他这次还是回不来，对吧？说明他把生意或者其他什么的看得更重要。姐，我可以负责任地跟你说，你爱错人了。"

秦容秋低垂着眼眉，无言以对。

"算了，不说你那位了。"秦容香翻身坐了起来，捋了捋鬓边的碎发。

"怎么看你气色不太好？"姐姐问，"学习上遇到困难了吗？"

妹妹摇摇头。

"是刘妈妈恢复得不好吗?"

"妈妈恢复得可好了,每次复查回访什么的,爸爸都亲自陪着,回来的时候爸爸总是笑呵呵的。反倒是刘利铭这家伙不知怎么了,不爱笑,沉闷。他总开心不起来,对我也疏远了。"

"为何呢?"

"说不清,他以前不是这样的。现在爱睡懒觉,学习也没以前的劲头了。我悄悄去医院咨询过医生,医生说一只肾足够用了,不会造成情绪方面的问题。"

"你直接问他呀!"

"问了,他说挺好的,没啥。"

"他是不是有思想负担?"

"也许吧,我也琢磨着是不是保送的事让他知道了,对自己要求就放松了。爸爸说争取给他往省里协调一个名额下来,但毕竟还没落实。"

"如果这样的话他应该更加努力才对,刘利铭肯定哪儿不对了?"

"他现在的学习成绩倒退得厉害,可他一点儿都不着急。"

"我看是你们的感情出了问题,你们应该好好谈谈。"

"怎么可能! 我和他是过命的交情。"

秦容秋咧着嘴笑了起来,说:"不会吧,你这小丫头还懂不少呀!"

"当然懂了。"秦容香觉得姐姐很可笑,"我们当然懂了,放在一百年前,我这把年纪小孩都几个了。"

"那你跟我讲讲你们的'过命的交情'。"

"你知道的,刘利铭两次都是我救的,这不是'过命'吗?"

"这只能说明你对他的感情。"

秦容香摆摆手,对姐姐说:"你错了! 我对他的感情不及他对我的感情。"

"不会吧,说来听听。"

"我第一次救他出于本能,也可以说'见义勇为'吧。之后,我们的感情加深了。他对我是不要命的感情,只是没有机会表现而已,如果有这样的机会你一定会看到。姐,我们的感情跟你说你也不理解,我心里最清楚,这个没法用语言表达。"秦容香指着自己的心窝,"我们彼此住在对方心里,假如哪一个没有了,就成了无根之树,肯定会枯萎的。"

"你们小小年纪真不简单,哪像我读高中的时候,啥都不懂。"

"是的呀,你要有我一半聪明就好了。大俊哥喜欢你那么多年你就是不开窍,要不就是装傻。"

说到大俊,秦容秋的脸发烫了,她不能让妹妹察觉自己身处的困境。她拉着妹妹的手说:"小聪明,我泡了茶水,你给阿爸和大俊哥送去。"

"好,这就去。"秦容香跳下床跟姐姐端茶水去了。

北京那边的婚礼紧锣密鼓地筹备,殷惠珍从三楼的主卧搬了出来,连程全贵也被赶到二楼的小房间住。殷惠珍的意思是把别墅第三层和楼顶露台给儿子媳妇,给小两口独立甜蜜的空间。三楼空出来不能立即住进去,征求邝美嘉意见后,殷惠珍亲自主持装修新房。

秦容秋回到家后与秀梅通过几次电话,为了避免伤害,秀梅对堂哥即将举行婚礼的事守口如瓶。秦容秋一直被蒙在鼓里,虽然不抱任何希望,但是她对北京的牵挂仍然千丝万缕。不知何时,小村关于秦容秋怀孕的流言像病毒一样传播开来,农闲是是非的温床,在这样一个小地方最欠缺茶余饭后有助消化的闲言碎语。村里好事者很多,有事没事来秦容秋家里串串门,碰到了还老往人家肚子上打量。胎儿四个多月了,秦容秋穿着宽大的衣服也躲不过有经验的老妇。秦家人越避讳,传言越真实,弄得村里人都知道秦容秋未婚先孕。终于有一天,大俊被父母叫了回去。他进屋一看,父母和大哥大嫂都坐在堂屋等他,一场严肃的家庭会议即将开始。

"这是干吗呢? 开批斗会啊!"大俊打破僵局,若无其事抬了一条长凳坐在对面。很显然,全家跟他对立起来了。

大嫂侯弟芬先开口:"我说大俊,你知道外面说得多难听吗?"

大俊回答:"我不知道你在说什么。"

"还不是说秦容秋。"

"秦容秋惹谁了?"

"说她肚子里的孩子是谁的都不知道。"

"真可恶!"

"你骂谁呢?"

"不是骂你,骂造谣的人。"

"那你说秦容秋是不是怀孕了?"

"人家怀不怀孕关你什么事?"

侯弟芬气歪了嘴,把头扭一边。哥哥大伟说:"弟弟,不是我说你,你不该做有损家族名声的事。"

大俊反问:"大哥,你这么说好像我干了什么见不得人的坏事,难道我偷鸡摸狗了?"

"你不知道外面的人说得多难听,她都把肚子搞大了,你还成天跟她在一起。难道想顶包呀?还不赶紧搬回来!你是咱爸妈养大的,不是她爸妈养的。"

侯弟芬接着丈夫的话说:"不想被人家说闲话就不要做出格的事,我们一家老小从来没让外人说长道短。你为了那个女人把自己搭进去不说,还弄得我们都没脸见人。"

大俊说:"大嫂,你天天跟那些个歪嘴长舌的女人扎堆的时候,我可没看出你没脸见人。"

侯弟芬耍起泼来,转身对婆婆说:"妈呀,你看你儿子,我为他好,他还骂我歪嘴长舌。"

母亲说:"大俊,不准这样跟大嫂说话。"

大俊站起来,上前走了两步,说:"你们别听外面的人瞎说好不好?容秋有容秋的苦衷,你们这样是落井下石。"

母亲说:"我们也觉得不是那么回事,既然容秋姑娘回来了,人家老秦头有自个儿闺女照顾,你老住别人家里也没道理。你对容秋的感情我们都知道,但是你做得有点儿过了。儿子,搬他家去照顾老人,帮他家干活,顶个儿子使唤,我们都没干涉过,别人怎么说闲话我和你爸都维护你。为什么呢?因为考虑他家情况特殊。老秦头死了老伴,身体又不好,家里没劳动力。容秋要嫁人,妈妈帮你参考,陪你去县里挑家具,你说妈妈支持你不?"

"支持。"

"现在人家要成家了,你还是搬回来好,外面风言风语,说得真难听,我们都不知道怎么解释了。"

"用不着解释。"

"你是人家女婿吗?"大哥问。

大俊没理睬。

"你是人家儿子吗?"大哥继续问。

大俊还是不理睬。

"你啥也不是,没名没分尽给人家背黑锅。那秦容秋就不是本分人家的姑娘,哪有好姑娘那么远送上门去的,这下好了又说要生娃了,她现在就是丢到路边都没人捡。"

"莫名其妙!"大俊一脚踢翻了长凳,红着脸梗着脖子咆哮道,"都给我闭嘴,以后谁再敢说容秋的长短我跟谁急!"

大俊头也不回地离开了家。这一走把家里人气坏了,老父亲隔着高高的围墙在里面喊:"随他去吧,就当我白养了,我没这个儿子。"

大俊站在院门外,一种难以名状的愤怒在他的胸膛里激荡。左臂上拆完线的伤口留着一个月牙形的疤痕,这是他自找的,以他的力气和身手夺走锄头毫不费力。他既没有抢夺也没有躲避,为何这样?他自己也不清楚,恐怕是想用近似自残的方式让自己疼痛。也许吧,疼痛能消除孽怨,减轻憎恨。为了证明自己的存在,拿肉体的伤痛来麻痹精神的痛苦。大俊深陷其中,无能为力的爱和无能为力的恨一样令人无可奈何。他就像一个不会游泳的溺水者,做着徒劳的挣扎。一种只有男人才能体会的羞耻感折磨着他,在容秋面前,在家人面前,在外人面前,连手臂上的月牙痕也在嘲笑他。一个永生相随的月牙痕!

月 之 裳

一

家门就在身后,大俊站在院墙外面没离开也没折回去,他清楚在这件事上和家人根本没有折中或者调和的可能性。一个人排除一切干扰,按照自己的意志行事本来不易,如果再背上忤逆的骂名就更难了。正在踟蹰之时,他看到秦老跛着腿往这边赶来,因为走得急,身体颠簸的幅度很大,上气不接下气对他喊道:"大俊,老王带话来了,顾有银让你回电话。"

大俊跑上前去扶住老人,问:"什么事?"

老人气喘吁吁地说:"没说什么事,老王托人顺路捎来的话,说是让你尽快回话。"

"我这就去。"

俩人走了一段路,秦原生问起:"家里叫你回来啥事?"

大俊晃晃脑袋,若无其事地回答:"没多重要的事。"

"其实我对你父母挺愧疚的,包括对你也愧疚……"

"秦伯,不要这么想。"大俊说话的声音很低,沮丧的心情难以掩饰。

"对了,有件事想跟你通通气,你帮我拿一下主意。"

"什么事?"

"我想带闺女出去住一段时间。"

"为何?"

"村子里流言蜚语的,怕她受到伤害。"

大俊没有细问,他了解秦原生指的是什么。

"想带她去我一个远房表姐家,就住在离这里七八十里的上河镇。她家孩子都不在跟前,地方也大。"

"容秋愿意去吗?"

"还不知道她的想法。"

"打算啥时回来?"

"至少把月子坐完吧,我们走了你把茶园看好哦。"

"嗯。"大俊不得已答应下来。一段时间以来,自己同样在绞尽脑汁想办法,如何才能让容秋顺利地把孩子生下来。

顾有银在电话里说茶叶销售的情况很好,货都卖光了,让赶紧补货。另外,他还邀请大俊和容秋去家里玩。媳妇和孩子接过来后搬了家,租了一套三居室的大房子。通完话,大俊陪老人回去。走了没多大会儿,乡村邮递员骑着摩托车送来近期堆积的邮件。如果没有急件,县城转来的邮件通常要积压到一定数量才能送到村里。老王把邮件分了类,不重要的信件请过路的村民捎一下,包裹单、挂号信、汇款单一类的通知本人自取。当老王看到一封寄给秦容秋的挂号信,心里嘀咕了一下,要是早五分钟来都好,大俊和秦老头刚刚还在这里。

回到家,秦原生跟女儿谈起去上河镇表姑妈家的事,秦容秋断然拒绝,说:"我不去,自己的家都待不下去,去别人家能行吗?"

秦原生说:"表姑妈不算是别人家,我们偶尔还有联系的。"

容秋还是同样的口气,说:"不去!除非你嫌弃我。"

秦原生跟女儿解释道:"阿爸怎么可能嫌弃你呢?我是担心你顶不住压力。"

容秋毫不在意,说:"我不怕,也不会理睬什么,我已经做好了心理准备。"

父亲担忧地说:"现在你可以这么说,再过一阵子肚子大了怎么办?"

容秋表现得很坚决:"大不了不出门呗。这里是我的家,我的孩子就该出生在家里，没必要东躲西藏。"

女儿的态度让秦原生犯愁，年轻人经历得少，不了解利害关系。院外有人大声喊，说老王那儿刚收到秦容秋的挂号信，让去签收。容秋应答了一声，独自出门拿信去了。

大俊和秦原生一起去库房提货，按照顾有银要的品种和数量点货打包。打完包，大俊又去后院育苗池换薄膜，弄得差不多了还不见容秋回来，心里有点儿不踏实。秦原生也念叨女儿怎么去了那么长时间，让大俊去看看。大俊放下手中的活，往服务社走去，本想沿路跟容秋碰个头，没想到走到服务社也没见到人。他问老王，老王说容秋拿着信往山那边去了。老王指的方向不是回家的方向，也不是通往公路的方向，而是平时很少去的山林方向。大俊一下子紧张起来，问："她为何去那边？走时说什么没有？"

"没有啊！怎么了？"老王被问得莫名其妙。大俊又问："她收到一封啥样的信？"

老王说："好像不是信，有点儿像喜帖，红彤彤的，我也没太注意。"

"哦，谢谢。"大俊极度不安地往山林方向跑。跑到山脚明白过来，容秋之所以往这边走是因为她母亲的坟安顿在山顶最高的地方。容秋母亲的娘家在山的另外一边，这样可以望见美丽的茶园，也可以远眺自己的家乡。

大俊往山顶跑去，一开始全是斜坡路，过后攀了一段石阶，石阶走完便分岔了。为了尽快到达山顶，大俊选择了小路。小路很陡，抓住树枝或者其他植物才能往上攀，之后还要穿过一片苍翠的松林和一片草地。山顶视野开阔，站山崖边可以俯视整个小山村和茶园。这里有许多自然形成的奇峰异石，石头形状突兀，像进入远古的海底世界，听说曾有不少村民在这里捡到过鱼和珊瑚类的化石。

来到山顶，大俊直奔那块墓地。容秋母亲的坟冢就在山崖边一片小松林里。在那里，大俊果然看到了容秋，心爱的人正俯身在灰暗的墓碑上哭泣。她啜泣的声音很细微，细微到几乎听不到，但从起伏的背脊可以感受到强烈的悲切。大俊上山时跑得太快，汗水浸透了衣衫，腿肚子有点儿抽筋，静候在一旁缓一下。一阵风从山谷深处吹来，秦容秋松开墓碑跪坐在地上，翻开一张大红色的喜帖。喜帖是殷惠珍寄来的，封面还烫着一个金色的大喜字。上面写着：送呈秦容秋。谨订于公历 12 月 24 日晚间，程甘霖先生、邝美嘉小姐举行结婚典礼，敬备喜宴。喜帖做得很考究，里面还贴着一张新人的婚纱照，照片上程甘霖

第五章

穿着笔挺的燕尾礼服，美丽的新娘甜蜜地依偎在新郎胸前。秦容秋合上喜帖，大步往山崖边走去。

"她要干什么!"大俊冲上去抱住秦容秋，把她摁倒在悬崖边的草地上。抱着秦容秋的大俊泪雨滂沱，这个大男人伤心地哭着，边哭边说："容秋，你不要干蠢事啊，你这个傻姑娘!"

秦容秋被大俊压倒在身下不知道怎么回事，梦游般睁大眼睛。险些失去爱人的悲伤难以克制，大俊接着说："你不能这么抛下我，要跳咱一起跳，我陪你跳。"

秦容秋说："大俊哥，别担心，我只想把它扔下去。"

大俊扶容秋坐起来，为她摘去挂在头发上的干草，问："你真的没事?"

秦容秋说："我想明白了。我的新生活从现在开始，从今以后程甘霖这个名字对我没有任何意义。我有父亲、妹妹还有大俊哥，为了你们，我也要好好生活。"

"这就好了!"

"大俊哥，对不起，是我连累了你。"

"谁说连累呀，傻瓜。"大俊伸手帮她将顺乱发，扶她起来，说，"好了，这一页从此翻过去，再提这种人的名字等于脏自己的嘴。今天顾有银打电话补货，还邀请我们去昆明玩，他把嫂子孩子从老家接过来，夫妻一起经营小店。我明天去县里把货给他发过去，今年这么好的形势简直大快人心。你瞧瞧，咱们的五年计划迈出坚实的一步，要感到开心才对。"

"是，我很开心，谢谢大俊哥，要不是你，我真不知道会怎样。"

"所以嘛，生活始终还是美好的。等我把货发了，咱们去顾有银那儿玩几天，好不好?"

容秋答应："好。"

秦原生听说大俊和闺女想去昆明玩非常支持，不仅支持还劝他们多玩几天。第二天一早，大俊开着拖来机到县里发货，发完货刚回到家，家里就来了不速之客：村支书、生产队长，还有镇上的两位计生干事。生产队长也姓金，秦容秋平时喊她金大姐。进堂屋坐下，秦容秋给他们泡茶。一行人说明来意，有人写匿名信到镇上举报秦容秋计划外怀孕，镇上对这件事非常重视，专派两位计生干部来调查。秦原生非常生气，拍着桌子怒骂："根本没有的事，谁背后糟蹋人，谁就断子绝孙不得好死。"

镇干部叫老人家别激动，说道："当务之急是查清事实，如果此事是捕风捉影的，我们会尽快查出写匿名信的人。"

秦原生说："我女儿还没结婚呢，怎么怀孕？请你们不要因为一封恶作剧的匿名信败坏我女儿的名声。"

村支书说："我们也很吃惊，如果匿名信是捏造的，一定会把'坏蛋'揪出来，让他以后没法在村里混下去。但如果确有其事，这个就没法讲人情了，该怎么办还得怎么办。大家都知道，村里连续五年计划生育方面没出过一点儿问题，每年凤曼村在县里都拿先进。当然，得到表彰是大家共同努力的结果，我们村委把上面奖励下来的钱都回馈给各家各户，让大家得到了实惠。比如村服务社，这个大伙儿有目共睹，老王的工资开销全靠这个钱。又比如放坝坝电影，虽然是上面的福利，好歹要给放映员买两包烟。还有一年一度的花灯戏，咱们搭台子零零碎碎的开支都从这类经费出。老秦啊！请理解我们的工作，响应国家政策，做守法良民是我们公民的义务也是责任，为了我们村的荣誉……"

秦原生瞪着眼睛，吹着腮帮子，像一只受伤的青蛙。他打断村支书的话，矢口否认："没有就是没有，说这些没用。"

生产队长说："我们还是向容秋姑娘本人了解情况吧。"大家把目光转向秦容秋，秦容秋没见过这样的阵势，站在一旁手足无措。

"容秋姑娘，你能否就此事跟我们说明一下？"生产队长问。

容秋紧张得舌头不听使唤，结结巴巴地回答，"没——我没有要说明的。"

镇上两名干部交换了一下眼神，其中一个说："老秦同志，能否请容秋姑娘跟我们去一趟镇卫生所简单检查一下，这也是为了维护容秋姑娘的清白。"

秦原生猛地起身，把女儿往屋里拽，说："不去！凭什么做检查，人家还是个姑娘家。"

院门外传来汽车的声音，一辆白色小型面包车停靠在秦家门口，车里跳下两个男的，不由分说走进了院门。发现势头不对，秦容秋转身想跑，屋里几个人一拥而上把她给架住了。秦原生知道他们要强掳，愤怒地挥动着独臂，没命地扑上去解救女儿。

"把我媳妇放下！"大家被一声震耳的吼声镇住了。大俊手上拿着一把劈柴用的斧子站在门口，高大健壮的身躯把堂屋的门堵得严严实实。他说："谁动我媳妇，我就把谁劈了。"大俊说话的声音很低，像盛夏里最震撼天地的一声闷雷。他手持斧子一动不动，表情严肃，神色庄严，让人联想到暴风雷雨前的死寂，腥风血雨前的肃杀。

村支书首先放开秦容秋,镇上两位干事和生产队长也知趣地放开了。大俊给他们让开一条路,他们默不作声贴着墙壁走了。看到车子开远,秦原生赶紧关上大门,从里面牢牢插上门闩,这才松了一口气。他又回头催促他俩赶快离开,说:"你们快走吧,这个家不能待了,先去昆明躲几天。"

在父亲的催促下,容秋和大俊一道离开了。第一站在县城学校附近一家旅馆住下,接刘利铭和妹妹一起吃晚饭。吃过晚饭,妹妹他们上晚自习,大俊陪秦容秋在县城里逛了逛。晚自习下课,妹妹来旅社跟姐姐同住,刘利铭和大俊住在一起。不知为何,刘利铭失眠了。懂事的孩子怕影响大俊休息,很长时间睁着眼睛平躺在床上,实在难受了才轻轻地翻一次身。不知过了多久,听到大俊均匀的呼吸,他才从床上坐了起来。

黑暗中传来大俊浑厚的声音,问他:"怎么? 失眠啦?"

刘利铭有点儿不好意思,歉意地说:"不好意思,是我影响你了。"

"你影响不到我,我睡眠很好的,这样的睡眠质量一小时顶两小时。"

刘利铭呵呵一笑。

大俊问:"是不是学习压力太大了?"

"不是,如果不给自己树立太高目标,也没多大压力。"

"听容香妹妹说你的理想是去北京医学院。"

"那是过去。"

"现在有更高的理想了?"

"现在觉得昆明医学院也不错。"

"嗨! 小伙子,'胸有凌云志,无高不可攀',伸手就拿到唾手可得的东西不算好汉。"

刘利铭说:"我只是这么想来着,该争取的还是要争取。"

"傻小子,你要是不考取北京的大学,怎么跟容香妹妹在一起?"

"是啊。"

"所以我说吧,加把油!"

"好的。"

"很晚了,闭上眼睛试试。"

"好的。"

到下半夜刘利铭才睡着,等到刘利铭睡了,大俊才放心睡。第二天一早,秦容香和刘利铭上早自习去了,大俊和秦容秋退掉房,搭乘早班车去昆明。下午到达昆明,顾有银携妻儿接站来了。顾有银抱着不满周岁的儿子高高兴兴地迎接,漂亮的妻子跟在后面。顾有银说:"我儿子送给大俊当干儿,让干爹抱抱。"

孩子长得白白胖胖,脑袋又大又圆,粉红的小嘴在大俊的脸上亲了一口。大俊哈哈大笑,双手卡在孩子腋下把他举过头顶。顾有银介绍媳妇给大俊和秦容秋认识,说:"我老婆林翠竹,名字土了点,人洋气。"然后他亲热地对老婆说:"改天咱们去派出所改个洋气的名儿,咋样?"

嫂子挺不好意思的,奶孩子的女人多少有点儿虚胖,但略微走样的体形遮挡不住她的美丽。秦容秋想从大俊手里接过孩子,被顾嫂制止了:"弟妹,你身子不方便别抱了。"

"你说什么?"顾有银被妻子的话弄糊涂了。顾嫂说:"儿子乱踢乱蹬的,一点都不老实,踢到弟妹肚子怎么办?"

秦容秋抱孩子的手缩了回去,红晕从脸颊一下子漫到耳根。大俊惊讶地问:"嫂子,你怎么知道容秋怀孕了呢?"

"容秋妹妹的孕相你们看不出来吗?我一眼就看出来了,肚子挺明显了。"

顾有银不高兴了,拍了大俊一下,说:"兄弟,不够意思,结婚都没告诉我一声。"

大俊挠挠后脑勺,偷偷看了秦容秋一眼。容秋解围道:"我们只是领证,不打算请客,所以没通知大家。"

"那就快点把喜酒办了呗。"

容秋说:"我们不准备办。"

顾有银说:"我们结婚时也没在老家办喜事,连父母都不知道就把证领了,现在觉得没办酒席并不遗憾。"

顾有银的新家离茶铺很近,是一套像样的三居室。随着孕期的推移,秦容秋的妊娠反应几乎没有了。炒菜的时候,大家换着抱孩子,争着抢锅台要露一手,晚饭的氛围可想而知,笑逐颜开其乐融融。秦容秋很久没有这么开心了,一桌丰盛的飨宴让她胃口大开。嫂子说妊娠反应一旦过去,孕妇特别能吃,体重也会增加,妈妈胃口好,孩子长得快,肚子一天比一天大。

提到未来的孩子,秦容秋甜滋滋的,这一切被大俊看在眼里。吃过晚饭,顾有银拿出一沓钞票让大俊点数,说:"五千元还你的,查查。"

大俊笑了笑,把钱装起来。顾有银说:"暂时就这么多,后面有了再给。"

大俊说:"我家暂时不用钱,不急。"

顾有银转向秦容秋说:"弟妹,大俊对你真是没说的。他把全家的积蓄拿出来跟我合伙做生意,因为秦老爷子突然生病就放弃了。这个当姑爷的,打着灯笼都找不着,比儿子还孝顺。"

秦容秋问大俊:"这件事我怎么一点儿都不知道?"

大俊挺难为情的,避重就轻地说:"也没什么好说的,没想告诉你。"

顾有银很惊讶,叫起来:"不会吧,容秋姑娘居然不知道这件事!哎呀我的弟妹,事业对一个男人来说多么重要,但是大俊为了你毫不犹豫地放弃了,甘愿留在农村照顾老人。可想而知,他有多爱你。"

得知这件事,秦容秋抑制不住哭了起来。顾有银夫妇面面相觑,搞不清其中缘由。第二天吃过早餐,大俊带秦容秋出去玩,俩人去了滇池、西山和动物园,玩得有点晚了。回去的路上风卷云涌,天空呈现一片紫红色,大俊估摸着要大幅度降温。果然,到了第二天,气温下降得厉害。大俊身体健壮没觉得冷,嫂子找来一件自己的衣服给秦容秋穿。这天俩人去圆通山玩,回来在市中心逛。大俊一心想给容秋买件御寒的衣服,走了几条街都没选到。不是没有,而是因为位于市中心金马碧鸡坊广场一带的店铺几乎都卖知名品牌。秦容秋嫌衣服太贵,借故说款式不满意。

来到一家女装店外面,大俊看中橱窗里的模特穿的一件大衣,硬拉容秋进店。这是一件蓝紫花格的中长大衣,狐狸毛大翻领,羊毛混纺,大衣下摆比较宽松,很适合孕妇。走近看,衣服的做工也很考究,连扣子上面都印刻着精致的小梅花。容秋刚把大衣穿上,大俊眼睛就亮了,立即拍板:"就它了,给你量身定做的。"

"不要,不喜欢。"秦容秋还是这句话,坚决脱下衣服。

大俊说:"没有道理不喜欢,进入隆冬了,正合适穿。"

"真的不喜欢。"秦容秋把大衣还给导购,任凭怎么劝说毫不动心。这件大衣标价880元,秦容秋接受不了这么昂贵的价格,硬拽着大俊离开。

走进中央广场,一个青年装扮成雪人的模样,白衣服,白帽子,白眉毛,白胡须,背着一个大袋子在广场上给小朋友派发礼物。看到"雪人"来了,小朋友们挣脱家长跑来要礼物。"雪人"让孩子们排成一行,让他们有秩序地领取。礼物不是白送的,得到礼物之前要说出一个愿望。

第一个小朋友是个四岁左右的男孩,他对"雪人"说:"我的愿望是要得到一块巧克力。"

"雪人"给他一块巧克力糖,孩子迫不及待打开糖纸,把巧克力塞进嘴里。

第二个孩子是稍大一点的男孩,他说:"我的愿望是当解放军。"

"雪人"选出一个迷彩小坦克的模型给他。

第三个孩子是个小女孩,她趴在"雪人"的耳边嗲声嗲气地说:"我希望爸爸妈妈再也不要吵架了。""雪人"选了一对陶瓷的亲嘴娃娃给她。

得到礼物的孩子一个接一个开心地走开了。秦容秋站在一旁看着孩子们可爱的样子,幻想自己未来的孩子也站在他们中间。

气候悄悄变化,空气越发干燥,天空中灰白的云彩开始翻滚抱团。人们从骤变的气象中嗅到了什么,纷纷停下了脚步往天空望去。果然,飞絮般的白色碎片从天上飘洒下来,雪花洋洋洒洒越来越密集,把大地带入花舞浪漫的银色世界,这个美丽的南方城市就这样迎来了冬天第一场雪。容秋站在广场上看孩子们玩耍,大俊拎着一个大袋子跑了过来,取出那件蓝紫格子大衣给她穿上,走到"雪人"身边小声说:"能否送一个小礼物给我的妻子?"

"雪人"礼貌地拒绝:"对不起,公司规定礼物只派送给小朋友。"

"我妻子肚子里也有个小朋友。"

"这样啊,那让她来吧。"

大俊向容秋招招手,对她说:"你替孩子说出一个愿望,雪人也会送礼物给你。"

秦容秋来到"雪人"面前,虔诚地祈愿:"孩子的愿望是和爸爸妈妈一起幸福地生活。"

"雪人"从袋子里面挑出一个带烟囱的小洋房模型,祝福道:"你的愿望一定会实现。"

大俊走过去,诚恳地对容秋说:"让我做孩子的爸爸好吗?"

容秋摇摇头,情绪低落下来。广场上响起一首经典儿歌《铃儿响叮当》:"叮叮当,叮叮当,铃儿响叮当,我们滑雪多快乐,我们坐在雪橇上……"歌曲还没唱完,有个男孩手拿平安果在雪中奔跑,兴奋地喊道:"平安夜快乐! 平安夜快乐!"听到孩子的喊声,秦容秋如梦初醒,现在是圣诞节的前一天24号平安夜,程甘霖和邝小姐的婚礼开始了。

她呆呆地站在飞雪中,面对北方仰面而望。这一刻,大俊在她身上看到从未有过的悲戚,那是一种痛不欲生之后的楚楚动人,一种永不妥协的高贵气质。

在这个寒冷的夜晚，一朵雪莲花孤独地开放了。大俊痛心地陶醉于她的美丽，揪心地欣赏着她的美好。雪花纷纷扬扬，染白了她的睫毛，迷住了她的双眼，为她披上了一件雪白的纱衣。大俊看着眼前这位披着白纱的"新娘"深深感慨，这世上怎么可以有如此寒彻心扉的美！

气温越来越低，雪花不停飘落。大俊担心心爱的人生病，过来牵她的手。姑娘甩开他，突然变了脸，愤怒地对他喊道："你这浑蛋！我不需要怜悯，我能保护自己的孩子！你这骗子、负心汉，我恨你，是你抛弃了我们，永远都不要见到你……"

饱受磨难的姑娘意识混乱，发疯似的捶打着大俊的胸膛。大俊抱着她，呼唤她的名字，不知过了多久，姑娘精疲力竭，虚脱在他的怀里。

夜幕降临，街道上人来人往。金马碧鸡广场还和往常一样热闹非凡，从不因谁的欢喜而欢喜，也不因谁的悲伤而悲伤。

二

在昆明又玩了几天，大俊和秦容秋告别顾有银夫妇，搭上回云西的班车。刚进门，秦原生探头探脑往外张望，急匆匆地关上大门，不仅插上门闩，还加了一道结实的铁链锁。老人责怪他们："说好了先打电话问一声，怎么就冒冒失失回来了？"

大俊问："难道他们又来过了？"

老人说："这帮浑蛋玩意儿今早刚来过，幸亏你们去昆明了。"

秦容秋说："阿爸，咱不怕他们，不躲了。"

"得躲！假如下次来的人比上次多，咱们斗不过他们。"

秦容秋说："阿爸，我真不明白，生养孩子明明是自己的事情，他们凭什么要干涉。我也想不通，生产队长平时对我都客客气气的，咋说翻脸就翻脸呢？"

"哎！闺女，咱们这个村是全县计划生育示范村，人家不能因为你丢乌纱帽呀。你说他们能轻易放过咱们吗？你别看平时笑呵呵的，一旦损害到他们的利益，他们根本不讲情面。"

秦容秋气愤难当："生自个儿的孩子碍着谁了？这是我的第一个孩子，怎么就违反计划生育政策了呢？"

秦原生也觉得闺女讲得有理，结不结婚是一码事，又不是超生，凭什么不能生？

大俊说："秦伯,听您讲过上河镇有位表姑妈,建议还是带秦容秋去投奔她,等孩子生下来,他们爱咋咋的,咱也就不怕了。"

秦容秋说："坚决不去,死也不去! 别忘了,这里是我的家,住在自己家里天经地义。"

女儿这么倔强,秦原生无可奈何,又担心村干部三天两头来找麻烦,干脆把门锁了,不要出门最好。秦原生的推测是对的,第二天村支书和生产队长又来了。秦家大门紧闭着,怎么也敲不开,他们就干脆坐在大门外的檐坎上。到了下午,换成两个陌生男人坐在门口。次日一早,生产队长和村支书又来了,还是往门口一坐,姿势都差不多,梗着脖子挺直了腰板,特别是生产队长头上别着两个乌黑的发卡,在阳光下反射着扎眼的光。

秦原生把大门打开一条缝,端来一盆凉水往门外泼。村支书和生产队长跳了起来,喊道:"唉呦,老秦头,大冬天的你这是干吗呀!"

秦原生在门缝里露出半边脸,对外面的人说:"你们再不走下一次别怪我泼粪水。"

村支书说:"老秦头,我劝你还是打开门,让我们去里面好好说话。"

秦原生说:"没什么好说的,你们上次来把我闺女吓坏了,简直就是土匪强盗的行为。你们别忘了,这是社会主义国家。"

村支书说:"我承认上次做得不妥,跟你道个歉! 今天就我和生产队长俩人,放心吧。再说我们是为了工作而来,干坐这里可以不计较,你们家这样成天锁着,难道就好过吗? 容秋姑娘的事在县上都挂名了,这检举信都寄到县计生委了,你说我们咋办? 乡里天天催我们弄清事实,这闺女是我们看着长大的,哪能不关心? 老秦啊! 我可把话说这里了,你们若配合还有商量的余地,若不配合,到时候我们也保不了。"

听村支书这么说,秦原生有些踌躇,秦容秋走过来二话没说,"哗啦"取下挂在门后面的铁链子。两名村干部拍了拍身上的灰跨进门槛,大俊正坐在小院子里奋力劈柴火,只见铮亮的斧子一起一落,一块完整的木桩瞬间成两半。看到大俊,两名干部步伐也不像刚进来时那么从容,谨小慎微地绕开他。

秦容香为客人沏茶,默默地坐在一旁。村支书先开口说话:"是这样的容秋姑娘,前两次来说你走亲戚去了,我们听说你回来就赶紧过来,你不要害怕。"

"别扯那些,有什么事快说。"秦原生独自搬个小凳在堂屋门口坐下,居然把搁置已久的水烟筒拿出来抽上了,心里想万一有什么情况先把门堵住,再用水烟筒当武器。

村支书看了生产队长一眼,示意她讲。生产队长说道:"关于匿名信的事咱不提了,因为这封信的缘故,县里备了案,给村里施加了很大压力。我们也很为难,计划生育工作自开展以来,为我们国家的经济发展发挥了巨大贡献,到目前依然是涉及国计民生的重大国策。我讲这些没有别的意思,不外乎把计划生育方针政策宣传一下,这样才能得到你们的理解和支持。"

讲这么多,秦家人什么也没说。秦原生把水烟筒往地上杵了几下,大俊斧子不离手,砍柴的刺耳声接连不断。生产队长继续宣传政策,说:"指标外的生育叫超生,未婚生育也叫超生,总而言之拿不到国家生育指标的都叫非法生育。我们凤曼村是连续多年的计划生育示范村,从来没在这方面出现过问题。如果容秋姑娘这次真的出了问题,凤曼村的荣誉不保不说,我这生产队长,包括村支书、村主任都要受处分。"

村干部把话说到这份儿上,喝了两口茶等待回话。秦原生和容秋都没回应。良久,村支书问:"容秋姑娘,刚才说的你都听明白了吗?"

秦容秋点点头,这样的态度等同于默认。村支书说:"那请你表个态吧。"

秦容秋说:"我对不起大伙儿,是我连累你们了。"

"其实这事儿根本用不着弄成这样,大俊不是说你是他媳妇吗?既然你俩都处到这份儿上了,抓紧时间把婚结了。去民政局领个证!领了证就可以正儿八经申请生育指标了,到时候村支书亲自给你们出证明。只是这婚前检查恐怕……"生产队长煞有介事,每一步都考虑得挺周到,她说,"以容秋的情况,婚前检查这关恐怕有点儿问题。"

村支书说:"到镇里卫生所去开,记得带上喜糖香烟,跟人家医生多说几句好话。"

容秋说:"虽然我不太明白为何生孩子要跟人说好话,但这些对我而言都不重要。你们为我安排的我也会认真考虑,给你们添麻烦了。"

村支书问:"那你的意思是?能否给我们表个态。"

容秋说:"有些事还需要和家人商量,现在不便说。不管怎样都不会给村里抹黑的,放心吧。"

生产队长说:"容秋姑娘表态了,我们当然放心了。其实这事解决起来很容易,只要观念转变,坏事立马变成好事。"

村干部在秦家又寒暄了一阵。送走他们,容秋称有点儿累,要回房间休息一下,到晚饭时间还不见人出来,大俊来到门前喊:"容秋,吃饭了。"

喊了几声没有反应,敲门,还是没反应,吓得他一脚踹开门,看到容秋正坐在梳妆镜前面梳头发。大俊有点儿生气,埋怨道:"喊你你不应,倒是回句话呀。门踢坏了还不是我修。"

秦容秋淡淡一笑,说:"担心啥呀? 你跟我爹一会儿来喊一声,一会儿又来问一句,人家想休息都不安宁。"

"哦,这样啊!"被容秋这么一说,大俊反倒觉得自己冒失。退回去看门锁毁坏的状况。秦原生走进来想说什么,还没开口,秦容秋先拿话挡他:"阿爸,你什么也别说了,我答应不再让人家为难的。"

秦原生赔着笑脸说:"对,我闺女这么说我就放心了。生产队长的话你也听到了,和大俊结婚两全其美。"

大俊没发表意见,拿着大锤子叮叮咚咚地修锁。院外走进人来,大俊以为村干部又来了,握紧了铁锤。进来的是侄子小狗,对大俊说:"二叔,我爸炖了羊肉汤锅,爷爷奶奶派我来叫你回去吃晚饭。"小狗今年刚满七岁,看到秦原生做了一个鬼脸。

"没礼貌! 喊人呢。"大俊冲着小狗说,"都快成少先队员了还不懂礼貌。"

机灵的小狗赶紧站直,喊:"秦爷爷好。"

"小狗乖。"秦原生打开柜门找零食给小狗吃。小狗过来缠着大俊,嘴上嚷嚷,"二叔,走嘛,咱们回去了。"

这话里话外也没请秦家人的意思,大俊一口回绝:"我正忙着,不回去。"

"回去。"秦原生对大俊说,"还是回去吧,陪家人吃饭是应该的。"

大俊说:"不是不应该,叫我一个人回去什么意思? 加两双筷子能怎样?"

"这话就不对了,这么说岂不是挑拨我们两家人的关系? 这些年两家人相处得这么好,多亏你在中间,快回去吧。"

在秦原生的劝说下,大俊放下手中的铁锤牵着小狗回去了。吃过晚饭,秦原生找女儿谈心,坐下来语重心长地跟她讲道理:"闺女啊,你不要一根筋了,阿爹讲的你再考虑考虑,连猪撞树了都会拐弯,你总得学聪明点吧。赶紧跟大俊把证领了,等过了这一关就好办了,其他的后面都好说。"

秦容秋坐在化妆台前,拿着梳子梳已经很顺溜的头发,怪怪地看了父亲一眼,说:"也就你们想得出这样的主意,算什么事啊! 把人家大俊哥当什么了?"

秦原生说:"你也可以跟大俊好好过日子呀。"

"怎么觉得都在讲笑话呢,我不会把婚姻当避难所的,更不会拿大俊的幸福开玩笑。"

说来说去女儿就是不开窍,秦原生真是无可奈何。她所说的婚姻,不就是踏踏实实过日子吗?避难所又是什么意思?大俊都表态了,跟她结婚求之不得。明明是心甘情愿,偏说成开玩笑。

梳完头发,秦容秋换上了一件红色外套走了出来,对父亲说:"阿爸,我在家闷得慌,想出去走走。"

秦原生说:"阿爸陪你。"

"我走得远,阿爸恐怕跟不上。"

"别把阿爸当废人,我这就去换鞋。"秦原生回房间换鞋子,等他出来女儿已经不见了。他跑出大门看,没见到人。追了一截路,也没见到。问路过的人,东边来的村民说看到秦容秋往竹林涧方向去了。秦原生心里"咯噔"一下,一刻不停往大俊家赶。由于跑得急,病腿在泥石上不断摩擦,布鞋磨破了,脚底的皮肉磨得鲜血淋淋。

金家人得知秦容秋可能有危险,全家出动分头寻找。金大伟骑着摩托车带着大俊往竹林涧驶去,来到岔道时把车交给了他,自己沿着另一个方向找人。

天色灰暗,大俊骑车驶过陡峭的山路。眼前有一段山石阻碍了摩托车前行,只好把摩托车停靠在路边,徒步往山顶攀去。

傍晚时分的山顶静悄悄的,虽然光线不太好,但大俊凭很好的视力远远看到梨树林有一个红色的身影在晃动。大俊吓得发疯狂奔,跑得跟腱快要断裂了。容秋穿一身红挂在梨树上,看枝丫晃动的幅度说明时间不长。大俊抱起容秋的身体,解开绕在脖子上的绳子平放在草坪。这一刻,他感觉自己也要死去了。容秋缓缓地睁开眼睛,冷冷地说:"你不该救我,我害人害己,还拖累家人,连累别人。我这种人是祸害,留在世上是多余的。"

大俊什么话都说不出来,抱着容秋,仰天长啸。他疯疯癫癫的,一会儿哭一会儿笑……突然,他松开心爱的女人,捡起地上的绳子走到梨树下。容秋知道他要做什么,发疯似的跑过去阻拦,乞求他:"大俊哥,请原谅!我错了,是我的错,以后不会了——"

不管她如何央求,大俊执意要上吊。他把绳子套牢在结实的树干上,有力的双手一个引体,身体就悬挂上去了。容秋顶起大俊的身体,以她的力气根本无法支撑一个壮硕男人的体重。情急之下,她爬到树上,拼命地折树枝。树丫被折断了，大俊掉了下来。秦容秋哭得死去活来，一头从树上栽下去。大俊解开身上的绳子，抱起容秋，把她扛在肩膀上，径直往山下走去。

天完全黑尽，黛色的天空干净得像一面镜子。夜空空洞，让人无法想象天宇之外是怎样的世界。萤火虫从四面八方聚集在一起，它们舞动着翅膀幻化为一片缓缓游动的云，像月光那样淡淡地将光亮平铺在山路上。脚下是下山的路，体格壮硕的汉子脚踏实地地走过一路崎岖。大俊有力的肩膀就这样一直扛着心爱的姑娘，扛着男人沉甸甸的责任，扛着无所畏惧的勇气，扛着深沉的爱……

程甘霖和邝美嘉的婚礼在平安夜这天如期举行，宴请的客人超过一百桌。邝副会长送给侄女一份厚礼，他把"久源二分店"的股份从公司收购过来送给侄女作为嫁妆。这样一来，迎娶邝美嘉让落难的程家打了一场翻身仗。

邝美嘉真的是奉子成婚的，有时候殷惠珍也有做梦的感觉，刚开始为了哄骗秦容秋才编造美嘉怀孕这样的谎言，没过多久竟然说真的怀有身孕。殷惠珍认为美梦成真是靠自己坚决捍卫和不懈斗争换来的，就像二十多年前的那场战斗一样，这次她又胜利了！幸福来得太快，就像花儿开得太完美，越看越不像，越看越不真实。殷惠珍狠狠掐了一把自己的大腿，会心地笑了。

三

秦容秋上吊自杀这件事不仅在村里传得沸沸扬扬，连镇里的相关部门也知道了，自此以后再没人找上门来。村里这帮人为了所谓的"先进""荣誉"差点儿害了女儿的命，秦原生咽不下这口气，跑县政府上访。县计生委知悉这件事后怪罪下来，按国家政策婚外生育第一胎也应该给指标，对这种情况不仅不应该追究，还应给予当事人人道主义关怀。镇里掌握政策不准确，村里急功近利闹出乱子，在县计生委督促下，村干部和生产队长买着营养品来秦家道歉了。

冬天过去，这是秦容秋经历的最温暖的冬天。几场雪之后，天气逐渐转暖，春天的脚步临近了。进入春天，万物复苏，降雨适中，凤曼村的茶园呈现一片勃勃生机。如果有幸来凤曼村观赏春色，就会明白为何许多并不富裕的茶农祖祖辈辈都舍不得离开家园。

秦家的茶园在去年秋天育的"长叶白毫"全都成活了。"三分插，七分育"，别人家采用"压条"的方式，直接往地里插。秦家不这样，先在苗圃育好苗，再挑健康的移植。育苗有很多讲究，泥土疏松，保水覆膜，土壤微酸，不受病虫害，这些条件都具备才能促成茶苗健康茁壮。三十多亩茶树被拔得一棵不剩，全种上"长叶白毫"，这么一来，"月光白"的产量大大增加。看着被拔除的茶树，秦原生很心疼。本来计划只种二十亩，到后来种下三十亩，整出这么多事都是女儿的主意。女儿现在是名副其实的"当家的"，人家去过北京见过大世面，早已今非昔比。而大俊呢，又是个十足的好脾气，对容秋言听计从，容秋一句话能让他忙上十天半个月。立春到清明这段时间很短暂，要在这期间种下这么大面积的茶苗真不是一件容易的事。大俊把自己大哥也叫上了，连同村里的哥们小伙都来帮忙。秦原生的意思不用那么着急，可以边收茶边种新苗。容秋不同意，非说错过了开春这个时节，至少晚收成半年，也不知道她从哪本书上看来的。

自从肚子一天天大起来，秦容秋几乎不出家门，她不愿意让外人见到自己，也谢绝一切来访。白天，秦家大门总锁着，她只在天黑之后在大俊的陪伴下到附近走走，呼吸呼吸新鲜空气。每次出去，大俊的腰间都别着一把斧子，一刻不让容秋离开他的视线。大俊是个好男人，忙完地里还要抓紧时间做饭干家务，说是柴火油烟什么的对胎儿不好，又说蜷着身子洗衣服会压迫胎儿。有一次，大俊开着拖拉机去县里拉回来一大堆东西：一个洗衣机，两套孕妇装，还有收音机。秦原生认为农村宽大的平布衣服穿着挺好，买孕妇装没有必要。大俊却说妈妈打扮得漂亮，宝宝才长得好看。衣服漂不漂亮和孩子的长相有什么关系？秦原生搞不懂。还有那个双卡收音机，整天放儿歌，孩子在肚子里怎么听音乐呢？秦原生还是不懂。当老人的本想说说大俊乱花钱，回头想想又觉得好笑，女儿是自己亲生的，大俊对女儿好，当爹的高兴还来不及呢。

三十亩"长叶白毫"刚种植完毕，春茶开采了。今春，大俊请了比往年更多的女工采茶，寄往台湾的"月光白"是秦容秋亲自采摘制作的，大俊不愿意让她熬夜，但是没法说服。

春分刚过，镰刀似的月亮斜挂在天上，星星像敲碎的玻璃碴随意乱撒。大俊牵着容秋走进茶园，为防虫蛇，他走在前面拿竹棍敲打田埂。俩人一人一个竹篓采茶，到半夜篓子装满了。从茶园回来，秦原生已熟睡，俩人把鲜叶摊放在一张篾凉床上，容秋取来一个紫砂的浅底储水罐，从里面舀了一些水倒进喷壶。这水是从竹林涧背来的泉水，储存起来专门蒸茶的。秦容秋拿喷壶在茶叶上喷上一层薄薄的水雾，把鲜叶翻过来再喷一次。如此反复几次后，她让大俊关门拉窗帘。

"这样的话伸手不见五指了。"大俊说。

"对,你照我说的做。"

大俊关上门拉上窗帘,最后把灯闭了。

"看到了吗?"容秋问。

"看……看哪里呀?"大俊的眼珠子滴溜溜转,并未发现黑暗中有任何目标。

"傻瓜,正前方……"大俊用劲眨眼睛,眼里什么也没有。容秋叫唤起来:"出来了,出来了,你看呀,大俊哥。"

正前方,一层银白色的纱雾慢慢从黑暗中显现出来,那光非常淡,淡得和蝉翼一样透明。大俊的眼睛适应了黑暗,发现薄纱是长形的,若隐若现飘浮在半空中。大俊以为自己看到了奇观,攥着容秋的手慢慢往前走。来到"薄纱"前,他伸手触摸,发现是萎凋床上的鲜叶。容秋拉开灯,"薄纱"倏地不见了。大俊恍然大悟,原来是刚采摘回来的茶叶在发光。

"是我的'月光手镯'。"容秋说。她把紫砂罐抱过来给大俊看,原来"月光手镯"浸泡在水里。"月光手镯"是制作"月光白"的秘密,秦家祖祖辈辈都这样做"月光白",拿浸泡过手镯的水薄薄地喷洒在鲜叶上。这可能是秦家"月光白"奇香无比的原因吧。

月 牙 船

一

一场特殊的私人酒宴在荆会长府邸举行。为了筹备这次高规格的宴会,会长夫人史彦琴可谓煞费苦心:餐饮方面特聘了法国大厨和台湾点心师,酒水方面请来曾在国际上拿过大奖的香港调酒师,侍者一律从五星级饭店借来。酒宴使用的器具相当考究,银制餐具、镀金碟盘、水晶杯、琉璃器皿、古典风格的刀叉、巴洛克风格的镂空红木餐桌椅。大到装潢布置,小到可能接触的微小细节都考虑得周到细致,无不显示出东道主贵族般的生活品质和气派阔绰的生活要求。

酒会安排在别墅,晚宴则在室内花园进行。室内花园与别墅相连,修建着假山、人造溪流,还栽种着各类名贵的花卉。室内花园安装有取暖设备,即使在大雪纷飞的冬天，依然保持着舒适的温度。

这次宴请的贵宾并不多，宾客都是社会名流。每一位嘉宾对荆会长夫妇而言都意义非凡，某种程度上讲关系到史家的生意在国内和海外的发展前途。来宾中有在中国考察的美国纽约华尔街杜邦财团 CMO 夫妇，驻美中国大使馆商务副参赞夫人，北京首富、宏泰集团董事长夫妇，还有钻石大王童金贵夫妇及儿子媳妇，等等。邝副会长夫妇也在受邀之列，一方面他是东道主这边的人，另一方面通过这次宴会，邝副会长期望结识更多对公司前途发展有用的人，更何况杜邦财团 CMO 嘉顿先生一直是他心目中的偶像。

参加酒会的贵客里有位特殊的客人需要介绍，即副参赞夫人宁淑怡。宁家与史家是世交，小时候因为两家往来频繁，两个孩子经常在一起玩。俩千金年纪相仿又都很好强，时间一长建立了微妙的关系，在一起时吵个不停，见不到时总念叨对方，拿大人的话说俩孩子是前世的冤家、今世的朋友。宁淑怡高中毕业随家人出国了，嫁给了一位中国政府驻美的外交官，就是现在的商务副参赞，五年前回国居住，找到史彦琴重续儿时的友谊。这些年，宁淑仪夫妇为史家的生意提供过很大的帮助。

史彦琴身材矮小，小眼睛，塌鼻子，嘴巴有点歪，瘦得皮包骨头，实在称不上好看。但是她身上有一种霸气，这种气质容易让人望而生畏。史彦琴出生在显赫的大家族，祖辈在清朝初期就开始经营生意，到祖父史晋浦时期，史家游刃于各种势力之间，做军火生意发了迹。"三十年河东，三十年河西"，史家因为家大业大招来杀身之祸。史彦琴的父亲史天龙度过悲惨的童年，但是他自强不息，终于东山再起。尽管史天龙现在已经八十多岁，患了帕金森病，然而余威犹在。如今在北京商界提起史天龙的名字还无人不晓。史彦琴从小在父亲严厉的管教下长大，受父亲的影响很大。

作为女主人，史彦琴和所有的女宾一样在穿着上下了一番功夫。法国 Christian Dior 蓝色晚礼裙，价值不菲的钻石项链，为了和蓝色长裙搭配，戴上了丈夫送的"蓝星"宝石耳坠。

酒会在晚宴后进行，各式精美点心世界名酒应有尽有。酒宴活动是自由的，大家品着名酒畅所欲言。男人们交谈的内容几乎都是关乎国内国际的大事，或者展望未来共谋大业。女人则更多地谈她们的男人、孩子、生活方面的琐事，譬如美容、养身、服饰，等等。交谈中，宁淑仪发现史彦琴的耳坠眼熟，问道："彦琴，你的耳坠是老凤祥金店的'蓝星'系列吗？"

"是的!"史彦琴对淑仪的辨识力感到惊讶,她下意思地摸摸耳朵下面吊着的宝石坠子,问道,"你怎么这么好的眼力?"

"你瞧,我这项链也是老凤祥'蓝星'系列的。"宁淑仪脖子上果然戴着一条蓝宝石项链,风格款式和史彦琴的"蓝星"耳环如出一辙。

"这么巧!淑仪,这辈子注定咱们是一对好姐妹。"

宁淑仪说:"当初在老凤祥第一眼看中的其实是这对耳坠,可惜当时一念之差只买了项链,等我再去的时候说已经卖出去了,想不到是你买走了。"

"其实也不是我买的,是我家那位买来送我的。"史彦琴半开玩笑地说,"你喜欢咱们调换好了。"

"换就换。"宁淑仪佯装做出要解项链的样子。

晚宴结束时史彦琴神神秘秘地把宁淑仪拉进房间,二话没说夺过淑仪的手提包,往里面放进去一个黑色金丝绒的首饰盒,叮嘱她回去再看。史彦琴耳朵上的蓝星耳坠不见了,她把"蓝星"连同12万元的首饰发票一同放进宁淑仪的包里。一个礼拜之后,当史彦琴还得意于酒宴完美收官的喜悦中,好朋友宁淑仪登门拜访,开门见山对史彦琴说:"彦琴,这对耳坠有问题。"随即,她把首饰盒递了过去。宁淑仪的话让史彦琴大吃一惊,问:"什么问题?"

"坠子是仿品。"

"怎么可能呢?有金店开的正规发票呀。"

"发票是真的,宝石是假的。"

"你怎么知道的?"

"别忘了我的项链也是'蓝星'系列的,这对耳环上的宝石跟项链上的宝石成色不一样。"

"不可能呀,这对耳坠是老荆送我的。"史彦琴无论如何都不相信。

"我已经去'老凤祥'金店核实了,他们鉴定说是赝品,绝对不是从金店出去的货。"

"我的天!太不可思议了。"史彦琴不敢往下想,一定是某个环节出了问题,那问题也只可能出在老荆身上。为了找台阶下,史彦琴说:"淑仪,实在对不起。我先生买下耳坠没有及时送我,这期间可能放在不安全的地方被人调了包。"

"有可能!"宁淑仪佯装糊涂,老凤祥店员明明说耳坠是荆会长带着一位年轻女子买的。

"这个先搁这里,等我把真的'蓝星'找到亲自送府上赔礼道歉。"

"说哪里的话，用不着这样，你的心意我已经领了。"

送走宁淑仪，史彦琴立即带着首饰去了老凤祥金店，金店证实了这对耳坠是高仿品。店长告诉她，"蓝星"在半年前被一个年轻女孩买走了。

史彦琴问："那女孩是谁，还记得长啥样吗？"

店长回答："那女孩二十来岁，长得白白净净。前不久才来店里询问说想配一只耳环。"

"她叫什么名字？"

"不记得，售后名册上应该登记了她的名字。"

店长取来名册，翻到的却是荆会长的亲笔签名。从金店出来，史彦琴没有回家，辗转去了一个神秘的地方。这地方十多年没去过，父亲曾经立下规矩，史家人不许踏入半步。如今遇到特殊情况，史彦琴顾不上这些。

这是一个集洗浴按摩、KTV、餐饮、游戏厅于一体的大型娱乐城，史彦琴清楚眼中的庞大建筑只是大树露在地面的枝叶部分，地下的根茎才是大树的主体，也是大树长青不衰的源头。她来到大厅服务台询问地下楼层的入口，服务员礼貌地回答："对不起！我们这里没有地下楼层。"

"不可能！我十年前来过。"

服务生开口问："请问你找谁？"

"找你们淼哥，淼老大。"

"淼哥是谁？能说出全名吗？"

"史彦淼，我是他姐姐史彦琴。"说完，她掏出自己的身份证。服务生仍然不承认大厦有地下楼层，想着法子跟她兜圈子。史彦琴不耐烦了，问："能借电话一用吗？让他出来接我。"

在与史彦琴周旋的时候，服务生已经把史彦琴的监控画面切换到隐蔽在地下的"公管部"，公管部在第一时间与淼总联系，告诉他有人造访。不等史彦琴拨通电话，得到指令的服务生改口了，主动带史彦琴见淼总。服务台后面有一个装着电子锁的房间直通地下室，到达地下室，一位高个子男士迎上来，彬彬有礼对她说淼哥正等她。男子带她穿过巨大的赌场，走过七弯八拐的走廊，又穿过几道门，打开一道电控门，里面便是淼哥的办公室。史彦淼早做好了迎接的准备，在她出现的时候张开热情的怀抱。他的办公室只是一间普通得不能再普通的起居室，这和他一贯的风格吻合。房间不大，墙上挂着几个老式的相框，相框里的照片全是黑白的，走近一看都是老照片，史彦琴小时候的照片也在里面。

史彦森说:"姐,你怎么舍得来看我呢?不管出于什么原因,见到你仍然很高兴。"

"父亲曾立过规矩,史家任何人不能跟你联系,我也答应过他,所以不得不遵守。今天破例了,因为有急事请你帮忙。"

"他不认我这个儿子我可以理解,我心里一直爱他。"

"父亲对我们的管教是严厉了些,但是他希望我们成才,你不应该心存芥蒂。"

"我知道。"

"他希望你走正道,可你一次次地让他失望。"

"人各有志。姐,平常人习惯在白天活动,我只不过喜欢夜晚,观念不同而已,没有谁对谁错。好了,不谈这些,你今天找我什么事?"

史彦琴把耳坠交给弟弟,冷冷地说:"你姐夫带着一个年轻女子在老凤祥金店买过一对蓝宝石耳坠,发票也在里面。不知为何,你姐夫把仿品送我,害我在朋友面前出丑,我估计正品在那女人手上。以我对你姐夫的了解,他不可能愚蠢到搬起石头砸自己的脚,我想搞清楚其中缘故。"

史彦森取出一只耳坠拿在手上摆弄,说:"当年姐夫只不过是我家的司机,他不名一文寒酸的样子我都还记得。"

"他现在啥都有了,翅膀硬了,心也野了,觉得跟我做夫妻吃亏了吧。"史彦琴叹了一口气,苦笑了一下。

史彦森大笑起来,他印象中的姐姐很少有伤感的时候。

"可恶,你还笑!"

"姐,你真的想知道真相吗?"

史彦琴点点头,反问弟弟:"你啥时见你姐糊涂过?"

"姐,你太要强了,他也是男人,不如睁一只眼闭一只眼,活得糊涂点。"

"什么意思?你觉得他这么做情有可原吗?这样吧,你要是不愿意帮忙我可以另请高明。"

"误会了,姐,我痛恨背叛你的人。"

两人陷入沉默,好一阵没说话。史彦森把首饰盒关上交还给姐姐说:"你拿回去就说首饰是假的,问他原因。"

"那岂不是打草惊蛇了?"

"对,就是要惊动他,他一旦心慌就会有所作为,后面的事就好办了。"

"嗯,明白。"

"我会采取一些调查手段,可能会侵犯你的隐私,请不要介意。"

"不介意,我只想知道真相。"

"没问题。"

史彦琴拿回首饰盒放在包里,离开了这个"永无天日"的地下赌场。

得知"蓝星"是赝品,荆会长傻眼了,聪明的妻子给她一个台阶下,说道:"你买到首饰后是不是放办公室了?"

"是,当时想着给你一个惊喜,在办公室放了一段时间。"荆会长果真顺着竿子往上爬。

"那你查查,办公室什么样的人可以进出? 很明显调包首饰的这个人就在你身边。"

"是,是,我尽快搞清楚。"荆会长慌慌张张。

"哎!"史彦琴装出很愤恨的样子,"一副耳环不足惜,只是一想到我郑重其事地将它当成贵重礼物送给宁淑仪就觉得自己像个小丑,这次丢人丢大了。"

荆会长说:"对不起! 夫人,都怪我马虎,给你赔不是了。放心吧,这事交给我,我会尽快把这个'坏人'揪出来,把真的'蓝星'送你手上。"

"好吧,有必要也可以报警。"

"好的,夫人放心,我会处理好的。"

荆会长指的"坏人"不是别人正是程甘露,提起程甘露这个名字,荆会长眼露凶光。宁淑仪不仅是夫人小时候的伙伴,也是商务副参赞的夫人,这样的人根本得罪不起。假如可以挽回,就算付出几个 12 万,再多几个 12 万的代价都在所不惜。更麻烦的事在后面,夫人这么精明,要是被她一追到底,很可能把他的老底给揭了。荆会长越想越气,越想越后怕,没想到一个小小的程甘露给他制造了这么大的麻烦。

没过几天,程甘露被司机堵在校园的林荫道上,两个男子从车上跳下来,用一张喷过药水的手绢捂住她的嘴,把她掳走了。车子往荆会长郊区的别墅疾驶,史彦森派出的另一辆车尾随其后。

虽然是大白天,但郊外别墅的地下室如果不是一盏昏黄的小灯泡,恐怕伸手不见五指。地下室没有暖气,荆会长穿着一件灰色大衣坐在炭炉旁边烤火,两只宽大的手掌在通红的炭火上方翻来覆去取暖。火炉边挂着一副很厚很宽的手套,这是消防队员使用的专业防火手套。他身后站着两个年轻力壮的男子,因为灯光太暗看不清面目。

程甘露不肯就犯,两个身强力壮的男子连推带拽把她拖了下去。不知是因为透骨的寒冷还是因为胆怯,程甘露的双腿软得有点儿站不稳。

地下室很宽敞,里面一半的空间摆放着石膏像。石膏像跟真人的比例差不多,有《断臂维纳斯》《正在思考的男子》《仰望天空的男孩》《采茶女》《裸女》《小顽童》,等等。荆会长年轻时酷爱雕塑艺术,因为生活原因不得已放弃了,这也是他喜欢找艺术女生的原因。石膏像对于绘画专业的程甘露并不陌生,但这么多石膏像摆放在一起挺骇人的,尤其在阴冷黑暗的地方。奇怪的是,越感到害怕越产生强烈的愿望,程甘露时不时警惕地往石膏群扫一眼,总觉得一群白色的幽灵在暗处窥视她。

荆会长的双手从炉火上收回来,跷着二郎腿,似笑非笑地问:"你知道我为何请你来吗?"

程甘露回答:"知道。"

"你要做解释吗?"

"有什么好解释的,假的就假的呗。"

"我需要真品,还我吧?"

"丢了。"

"我有用,你开个价,我可以从你手上买回来。"

"多少钱都没用,找不到了!"

荆会长突然暴怒,从凳子上跳起来,骂道:"臭婊子,居然拿一对假的蒙我,真是处心积虑呀! 当婊子又要立牌坊,差点儿把老子坑死了你知不知道……"

发泄了一通,荆会长若无其事地回到火炉前斜身坐着,抖着二郎腿问:"说吧,啥时把真的还我?"

还是同样的回答:"真的丢了。"

"这么倔好玩吗?"

程甘露说:"是不小心弄丢的,不然不会这么做。我承认做错了,不是故意想给你制造麻烦……"

不等她说完话,荆会长一只手戴上手套,抓起一把炭火往程甘露扔去。一团火球正好击中她的头部,一些炸开的小炭块落到她的脸上,掉进衣领里面。程甘露惨叫一声应声倒下,滚烫的炭块灼烧到颈部敏感的部位,她发疯似的往脖子里抓挠,疼得在地上打滚,一股焦味在空气中弥漫开。

两个男子硬把她从地上拉起来。荆会长走过去,在她耳边问同一个问题:"耳坠呢?"

程甘露有气无力地说:"丢了一只,真的找不到了。就算给你制造了麻烦,这回总扯平了吧?"

"丢了也得给我找到,不然要你的命!"

"命在此,拿走好了。"程甘露说,"杀了我,我也给不了你。"

黑暗处一个彪形大汉突然蹿出来,一巴掌将她打倒在地。

程甘露被打得晕头转向,这次她不要人扶,自己站起来。老师眼里的优等生、家人手心里的"掌上明珠"、众人眼里的小公主被人欺负到这样的地步。她并没有惊慌,也没求饶,冷冷地看着这个凶神恶煞的男人,脸上流露出一丝讥讽的笑。

荆会长的声音从阴森森的暗处传来,问:"你那个砸我车的男朋友呢?"

"不知道。"

"他在米兰吧?"

"这事跟他没关系!"

"怎么会没关系呢?是他给你出的馊主意吧?看来得找他打听一下。"

"人渣!"程甘露破口大骂,"畜生!耳环在我这里,我喜欢,就不还你。"

一个男子搬来一个石膏像,是经典造型"仰望天空的男孩"。荆会长手拿一个铁锤头,对程甘露说:"不交出来,你男朋友的下场和这石膏像一样。"

他举起大锤朝"男孩"头上砸去,只听到"砰"的一声响,石膏像四分五裂。男孩不见了,碎块溅了一地。石膏像解体的瞬间,程甘露连喊没喊一声就失去了知觉,一头栽倒在地上。

还是地下赌场,史彦森交给姐姐一堆东西,有音响资料、照片,还有纸质材料,史彦琴一件一件地翻看。弟弟说:"姐夫的女人很多,这只是其中的几个。女人多了也就那么回事,'窥一斑见全豹',为调查这些女人浪费时间没多大意思。另外,姐夫背着你在北京购置了多处产业,有的用他母亲的名字,有的用他兄弟的名字,南面的别墅是他经常活动的场所。"为了不刺激姐姐,史彦森故意把"约会"含蓄地说成"活动"。

"他另外还开了一家公司,她姐姐是法人,其实公司都是他的,不过空手套白狼转移财产罢了。还有,那对耳坠其实是买给一个艺术学院女生的,大三油画专业,叫程甘露。这女孩不小心把耳坠弄丢了一只,请人做了一对仿品还给他。他不知道是假的,送给了你。"

"那女孩为何要还?"

"不清楚,可能因为分手吧。"

"嘿,这孩子有意思!"史彦琴收起材料要走。史彦森问:"要我出面吗?"

"用不着!"史彦琴头也不回地离开了。

荆会长刚参加完公司一个重要的会议就接到夫人的电话,电话催得急,让他赶紧回去。回去一看,客厅坐着几个穿西服的陌生男子,更令他匪夷所思的是患帕金森综合征的岳父也来了。老人坐在轮椅上,斜着眼看着他,手脚不由自主地颤动。史彦琴说:"坐下吧。"

荆会长刚坐下,史彦琴向他介绍:"这两位是宏大律师事务所的蒋律师和助手,这位是正鑫律师事务所的尚律师。"

荆会长不理解家里请来这么多律师做什么。正想问,夫人给她一份书面材料,说:"你看看这份协议,如果没问题就把字签了。"

荆会长接过来一看,材料封面印着四个大字"离婚协议"。

史彦琴说:"最好读细致一点,趁我的律师都在,有什么问题当面搞清楚。"

荆会长把文本扔到一边,对妻子说:"彦琴,咱们夫妻之间有什么误会关起门来说,没必要把事态扩大。"

史彦琴回答:"你这张人皮下究竟是什么我还不知道? 不敢关起门来单独跟你谈话。再说咱们也没什么好说的,要说的都在协议里面。"

荆会长拿起协议一口气读完,豆大的汗珠往两颊流。史彦琴保持着一贯平静的口吻,说:"我把协议的意图进一步跟你说明吧,公司所有的股份你都没份,你从公司转走的财产我会通过法律的手段收回来,另外你购置的房产也不属于合法拥有的范围,一句话,离婚你一无所有。"

"没有这么离婚的,夫妻财产共同所有。"荆会长面红耳赤,把协议往茶几上摔去。史彦琴冷笑了一下,淡淡地说:"还好意思跟我提'夫妻'二字? 我看你已经无耻到无以复加的地步了。"

"彦琴,别忘了这是中国,讲理讲法的地方,不是你想怎么样就怎么样的。"

"如果你不肯签字我们就通过法院判决离婚,不过我可以向你透露,到时候你还是一分钱也得不到。"

史彦琴甩给他一个文件袋让他打开看,里面全是不利于他的证据。

"你道德败坏,生活糜烂,做了那么多违法乱纪的事心里没数吗? 口蜜腹剑、伪君子、披着羊皮的狼就是形容你这种人的。不过我并没打算去揭发你,证据都在我这里,签不签字你看着办。"

"你也太狠了!史彦琴,好歹咱们夫妻一场,幸福生活了二十多年。"

"你只是给了我二十多年幸福生活的假象,养条狗还会向主人摇摇尾巴,养你就是养毒蛇养狼。"

"呵呵……"荆会长莫名其妙笑了起来,指着史彦琴的鼻子说,"你好意思说养狗,我何尝不是被你当成'狗'养来着。二十多年来你尊重过我吗?拿我当过你丈夫了吗?你是女皇,我是奴隶,舔你脚趾还感恩戴德。你不就是仗着家里有钱有势吗?要是脱离了这个家庭,走在大街上还不如一个菜贩子。"

不等他发泄完,史彦琴一记响亮的耳光打在他的脸上。响声惊得坐在轮椅上的岳父摇晃了一下脑袋,一行黏稠的液体顺着嘴角往下流。一个系着白色荷叶边围裙的女仆上前拿手绢替老人擦口水。

外面由远及近响起刺耳的警笛声,两辆警车在史家府邸外停下,几名警察把一双冰冷的手铐铐在了荆会长手上。犯罪嫌疑人被逮捕后,警车长拉警笛离开了,史家府邸很快恢复了以往的平静。

二

程甘露受刺激后一直不清醒,在精神科住院治疗直到来年春天。出院后的程甘露也没能恢复到重返校园的状态,父母把她接回家中休养。

荆会长的案件因涉及公司财务问题和其他刑事案件的调查迟迟未开庭。好容易盼到春天,法院通知公开审判。程甘露由于身体原因不能出庭作证,父母和哥哥参加了法庭旁听,目睹伤害甘露的人受到了法律的制裁。荆会长数罪并罚,被判处有期徒刑15年,其他几个共犯根据罪行的轻重全都判刑了。

大快人心的判决没能让程甘露病情好转,她每天把自己关在房间里,不跟任何人说话。曾帅天天打电话来,可怜的姑娘只会拿着话筒发呆,从木讷的表情和死水般的眼神可以看出,她根本没听明白对方在说什么。远隔重洋的曾帅急啊,本来到来年夏天完成本科学历,经特殊申请获得了一次提前修完课程的机会。为提前回国,曾帅不分白天黑夜拼命用功。

春天的入户小花园苏醒了,蔷薇的新枝嫩芽爬满别墅的外墙,满墙的绿色给这里的住户一个生机勃勃的春天。秦容秋种下的茶花和玫瑰长得很茂盛,已经开始打花骨朵了。天气变暖,程甘露在家人的陪伴下终于能在小花园里坐上一会儿,只是她不肯走出栅栏,栅栏外的一切让她感到恐惧。

这些日子一直陪伴在程甘露身边的人是母亲殷惠珍,自从女儿精神出了问题,当妈妈的再也没离开过半步。她不惜代价请全国最有名的专家为女儿医治,效果不能说没有,狂躁的症状控制住了,但神志方面还没有太大起色。殷惠珍知道女儿并没有完全丧失理智,她坚信女儿依然听得明白看得清楚,只是她把自己封闭起来了,没能回到现实生活中来。

天气渐渐暖和,程甘露在小花院待的时间更长了,她每天凝望着盛开的花朵,偶尔还有一点笑意。

这天早上天气晴朗,她在母亲的陪同下坐在入户小院晒太阳。不知谁在地上画了一幅画,程甘露好奇地往地上瞅,地上有一只穿着背带裤、打着领结的小老鼠先生。老鼠先生胡须翘起,尾巴上扬,神气活现地向她招手,仿佛在对她说:"你好,认识你很高兴!"

程甘露再也不敢把脚放在原地,生怕踩到它。这幅画使用的颜料非常特别,运用了三维立体的仿真效果,那种真实存在的感觉简直可以跟现实混淆。程甘露好奇地搜索,院门前的地上果然还有一幅画,一只穿着短裙的老鼠小姐。老鼠小姐一只手叉着腰,另一只手往前方指去。她卷着细长的尾巴,长睫毛红嘴唇,睁一只眼闭一只眼,长得非常可爱,仿佛在对她说:"请往这边走。"

程甘露一脸惊讶,这种画法在国内没出现过,也从来没见识过。在色彩和绘画的巧妙结合下,画面感非常逼真,简直就是现实版的卡通片。程甘露开心地笑起来,她想知道小老鼠的故事是怎样的,不知不觉推开小院的铁门,顺着老鼠小姐指的方向走了出去。

殷惠珍终于看到女儿走出大门,激动地流下眼泪。程甘露继续往外走,顺着小区的路径往小花园方向走去,路径的中央有一处水泥地裂开一条长长的缝隙,画画的人巧妙地利用这条缝隙创意了两只老鼠划橡皮筏的图案。裂缝像一条河流,橡皮筏正好画在裂缝上。老鼠先生和老鼠小姐坐在橡皮筏上快乐地荡着双桨。

顺着橡皮筏指的方向,程甘露继续往前寻找,前面就是别墅区的中央小花园,要进入小花园需要上两级台阶。下一幅画在台阶上出现,两只老鼠正顺着小木梯往上爬,老鼠先生在下面一级台阶,眼看老鼠小姐就要爬到小花园的地面了。

小区的小花园在园丁的照料下花团锦簇,程甘露并没有兴趣欣赏花卉,而是急切地寻找下一幅画,直到走到中心花台也没有找到,看样子有些失望。大概很长时间没走这么长距离的路,姑娘有点儿累,靠在花台边休息。过了一会儿,她又顺着圆形的花台寻找,在花台另一面空地上找到一幅超乎想象的画。两只老鼠坐在一个月牙形的船上,老鼠先生高高地撅起屁股,手捧一束红玫瑰向老鼠小姐求爱,老鼠小姐搔首弄姿,既幸福又害羞的样子。这是一幅巨型画,色彩鲜艳,立体效果很好,画画的人一定费了不少功夫。

一丛茂密的花木背后,手捧红玫瑰的曾帅出现了。他穿得很正式,一身深蓝色西装,打着粉色的领结,成熟了也消瘦了。程甘露认出他来,目不转睛地看着他。曾帅迎面走去,慢慢向她靠近。当两人咫尺之遥时,程甘露轻声问:"你回来了吗?"

曾帅把手中的玫瑰递给她说:"我回来了。"

"你怎么不早点儿回来?"

"对不起,我回来晚了,你能接受我的道歉吗?"

"能。"

甘露开口说话了,悄悄躲在花丛后面的家人抱头痛哭。当天晚上一家人热热闹闹地庆祝,曾帅表示如果甘露愿意,希望带她一起去米兰求学。甘露可以在米兰完成大学本科学历,自己还能继续深造。当大家问及甘露的意见时,她只是微笑,深情地望着曾帅,要曾帅给自己拿主意。

三个月后,程甘露去米兰的签证办了下来,俩人一起飞渡重洋。

月　迷　离

一

五月的茶园百鸟登枝,凤曼小村庄鸟鸣雀跃,有的躲在茂密处嘤嘤嗯嗯,有的掠翅凌空。那两棵位于村子中间的百年大茶树,依然只栖息鹰鹃。没人知道鹰鹃家族占据这两棵大茶树多少年,但是它们日夜呼唤的"米贵阳"还是不见归来。

懒洋洋的午后,秦容秋一个人在房间休息,鸟叫声惊醒了睡梦。大俊正在灶房熬银耳羹，手握汤勺在锅里不停搅拌。容秋满脸疑容地走了过来，说刚才做了一个梦，梦见一只小龙站在房顶上，头上长角，鳞片发亮，还有四条腿。小龙不知被谁截断了尾巴，鲜血从房顶淌了下来。大俊说四条腿的应该叫麒麟，叫她别多想，遂从锅里打了一碗银耳羹给她。梦境中分明看到小麒麟很痛的样子，自己却爱莫能助。容秋正为断尾的麒麟难过，有村民牵着牛站在秦家院门口喊，说秦家来客了，快出来迎接客人。为了确保安全，大俊让容秋先回房间躲着，自己跑出去打探。来到大门口也没见到人，问道："哪来的客人？"

"在后面呢。"村民回头一指，一对五十多岁的夫妇穿着一身轻盈的运动装，背着一个大背包往这边走来。

"你好！"对方先开口，"我叫何正钦，这位是我太太，我们从台湾来。"

大俊惊讶地说："欢迎欢迎！我听容秋提起过，容秋做的'月光白'就是给您寄去的。"

"正是。"

躲在房间里的容秋闻声跑出来，欢呼道："何叔叔，阿姨，好高兴见到你们！"

"容秋，我们又见面了。"何正钦见到秦容秋腆着大肚也惊讶地叫出声："哎呀！快要当妈妈了，想不到呀！"

讲起这次旅行的目的，何正钦说："本打算暑假来，哪知夫人临时得闲，我们夫妇就来了一次说走就走的旅行。"

秦原生说："太欢迎了，何教授！听闺女介绍过二位，一直盼着你们来。我秦家明朝之前也姓何，一千年前咱们是一家啊。"

何正钦说："没错，这次就是奔着寻亲的目的来的，另外就是报喜来了。"他一面说一面往行李包里取东西，拿出一个精致的盒子，一个沉甸甸的水晶奖杯跃然眼前。何正钦读奖杯底座上镌刻的字给大家听："1994 年茶王盛宴金奖。"

秦容秋问："是'月光白'得奖了吗？"

"对呀！今年在台湾举行的'茶王盛宴'斗茶比赛中，咱们容秋寄来的'月光白'一路过关斩将荣获金奖，得到茶王头衔。"

突如其来的好消息给这个沉浸在迎接新生命喜悦中的家庭带来意外的惊喜。说意外一点儿没错，寄走"月光白"时，谁都没想过得奖，更别说拿金奖。秦原生激动地捧着奖杯，粗糙的手在水晶杯上来回摩挲，压根不敢相信这是真的。

何正钦说："秦老，请收下，奖杯千真万确属于您，不仅如此，还有一笔奖金。考虑到大陆不方便使用台币，我们兑换成人民币给您送来。"

何正钦把装着奖金的信封递过去，整整一万元。秦家人被这么大一笔钱吓着了，谁也不肯收。何正钦说："大赛的评委来自世界各国，评茶师都是顶级的茶道大师，评比是公开的。'月光白'获得大奖不是茶艺师的功劳，更不是我的功劳，功劳属于制作'月光白'的人。秦老收下吧，您当之无愧。"

秦原生百感交集，这是他勤恳种植生态茶，坚持培植绿色环保茶几十年来第一次得到肯定和认可。秦容秋对父亲说："阿爸，当周围的人都在追求高产高效，嘲笑您是固执的怪老头时，您毫不在意；当别人挖苦您不开窍，不理解您时，您毫不动摇。阿爸，您是对的，您比我们任何人更懂茶、更爱茶，我们要向您学习，您是我们的骄傲。"

在场的人热烈地鼓起掌，真诚地为这位种了一辈子茶的农民送去喝彩。何正钦说："听到了吧？秦老，您是我们的榜样，也是茶农的骄傲，希望您继续发扬诚信、善良的品格，影响周围更多的人。"

秦原生挺难为情，腼腆地说："我也没做啥，我们秦家祖祖辈辈都这样，我只不过认准这条理，做个有良心的庄稼人。"

何正钦说："别小看'良心'两个字，不管干哪行，如果连良心的底线都突破了，人就会变得寡廉鲜耻，人的欲望就会像脱缰的野马，我们这个社会就会黑白颠倒。"

经大家一番劝说，秦原生收起奖金，还不忘提醒大俊，记得把"月光白"获金奖这件事印在包装盒上。大家好奇地打听起评比的过程，何正钦说："'月光白'获奖真是一波三折，参评的茶实在太多了，进入复赛之前我们都没有底，直到张榜公布才看到'月光白'的名字在里面。进入复赛又经过多次淘汰，一路过关斩将才闯进决赛，最终与'德隆'集团茶厂出产的'隆兴乌龙'一决雌雄。角逐的过程很艰难，两款茶各有优势难比高下。组委会别出心裁地采取放置的方法，把泡好的茶水静置几小时后再评判。"

大家谁都没听说过这样的方式，迫不及待地期待下文。

"结果你们是想象不到的。'月光白'冷却之后出现'冷后浑'，形成极其罕见的雪花状固体。"

其实大家对"冷后浑"并不陌生，生活中新泡出来的茶叶没有及时喝掉，特别是天气寒冷的时候，茶汤中也曾出现棉絮状的白色漂浮物。以前以为是茶水发生什么化学反应沉淀了，今天才知道这种现象叫"冷后浑"。

何正钦解释道："出现'冷后浑'的现象是高品质茶叶才有的，说明茶叶的内含物相当丰富。不过人家的'隆兴乌龙'同样也有。"

大家万分惊讶，既想追问又不敢打断，期待着何正钦赶紧揭开谜底。

"'隆兴乌龙'的冷后浑是棉絮状的，放置时间越长越厚实，评委们没有急着评判，将两款茶继续放置。五小时后再次评比，'月光白'汤色金黄，清透如初，雪花状的漂浮物在茶汤里洁白轻盈，显得唯美浪漫。'隆兴乌龙'茶汤是混浊的，絮状的棉已经散开，沉淀在杯底，汤色失去美感。最后一刻，评选组敲定'月光白'胜出，理由是虽然'隆兴乌龙'内含物相当高，但是从稳定和审美的角度看还是'月光白'略胜一筹。"

大伙儿再次报以热烈的掌声为"月光白"喝彩。接下来，何正钦夫妇取出另外一样东西——何家的家谱。秦原生眼睛不好，回屋找到老视镜还把自家的家谱也搬了出来。何正钦抱着秦家家谱才看几页就连连称叹："太相似了，太不可思议了！咱们两家家谱的祖训、谱论、族规家法、世系、字辈如出一辙。还有关于'月光手镯'传说这段……世上永远不可能有这样的巧合。事实证明我们是一家人，一个老祖宗的！"

两本厚厚的家谱放在一起，在场的人无不感慨，明朝以前的内容几乎都是相同的，明朝之后由于失散流离，经历着各自的世间沧桑才有所不同。何正钦家这支从清朝再一次失散，有的隐姓埋名逐渐消失在茫茫人海，有的为躲避战乱和灾害迁徙到别处。其中一支落脚台湾就是何正钦所在的家族，正如何家家谱记载：何氏一脉颠沛流离，辗转南北，或匿迹于芸芸众生，或于战乱之中杳然无讯。

失散六百年的家谱终于团聚，失散六百年的族人终于寻宗溯源。一个家族在岁月长河中延续，有显赫也有潦倒。从显赫到潦倒可能只要一次浩劫，但是从平凡到卓越，只有正确的时机、正确的人才能够成就。

第二天一早，大俊和容秋陪客人去竹林涧取水，向客人介绍做茶的水源。吃过早餐，四人前往"梨树林"，爬到半山腰太阳破雾而出，把四周照得金光灿灿。山上视野开阔，野花开得繁星点点。漫山遍野的山花层层卷帙，每层的颜色都不尽相同，一浪推一浪，连成一片七彩的海洋。何正钦夫妇被花海迷住了，忘情地说："我们去过很多国家，还从来没见过这么大面积、这么多层次的野花。这里的景色实在太美了，美得震撼人心。哎呀！我们都没做好心理准备呢。"

大俊介绍道："凤曼村最美的春色都在这座山上，后面还有一片很大的'梨树林'，只可惜春末的花凋谢了。"

大家边走边聊天，悠闲自在地往山顶走去。没多久梨树林出现了。何正钦观察到梨树的枝头是空的,问:"这里的梨树为何不结果呢?"

大俊回答:"以前有果实,没人看管之后再没结过果了。"

何正钦说:"可惜了,这么大一片梨林。"

秦容秋挽着大俊的胳膊,穿过这片葳蕤的果林进入"红宝珠"茶林。"红宝珠"的花期正处于爆发时期,肆无忌惮地沿着山崖的环抱盛开着。这片"红宝珠"茶林把山谷变成熊熊燃烧的大火盆,置身于其中仿佛自己的身体也开始燃烧了。

何正钦问:"茶花通常是白色或者黄色的,都是偏淡的颜色呀,为何这里的茶花开得这么鲜艳?"

大俊皱着眉头,一脸疑惑:"其实我也挺想不通,多年前来过,茶花都是粉色的,也不知啥时候变成这样了。"

容秋说:"估计这片茶林活不了多久了。阿爸说过,茶树大面积开花和满树开花会把自己耗尽,不久之后就会枯萎。"

何正钦问:"有办法挽救吗?"

大俊答道:"除非把花摘了,不让它结出果来。"

"还是顺其自然吧。"容秋说,"果子掉地上会长出新芽,老的树死去,新的才能长出来。"

何正钦对这片茶林的反常现象非常好奇,提议采摘一些鲜叶回去做茶,于是大家一起采摘了一些嫩芽带回去。秦原生得知是"红宝珠",称这茶邪门,责怪大俊和容秋不懂事。

新炒出来的茶芬芳扑鼻,大家满怀期待,谁也不理会老人家的劝告。容秋取出一泡,放玻璃杯里冲开,"红宝珠"在沸水中缓缓吐翠,渐渐舒展,叶片一根根竖了起来,整整齐齐地立在水杯底部。大俊说:"看到了吧,形色俱佳,好茶!"

何太太说:"稍等,茶水的颜色好像在变。"

何正钦说:"茶叶泡的时间越长颜色越深,正常的。"

何太太说:"不是深,是变红。"

一杯茶水从最初的翠绿变成深绿,不多时,绿色褪去,不知从哪儿来的红色慢慢占据了玻璃杯。这红有别于红酒红,也有别于普洱熟茶的琥珀红,也不是六堡茶的深红,而是悚然的血红。

面对这杯鲜红色的茶水,大家一点儿心理准备都没有。秦原生看到这样的情形,抓起杯子往外跑。他一瘸一拐跑出院门,把茶水统统泼了出去,只听"哧"

的一声,这杯水在道路中间留下一块深褐的水迹。秦原生用命令的口吻对匆匆赶来的大俊说:"剩下的都扔了,茶具也埋废坑里去。"

何正钦打算带走剩下的茶,说带回台湾鉴定一下。他不相信迷信,认为刚才泡茶的时候茶叶一定与某种物质发生了化学反应。

秦原生不同意,说:"'梨树林'吊死过一个姑娘,至此之后那一带很邪,梨树不结果,茶树开红花,最好不要带走。"

秦原生让容秋取家里的好茶招待客人,大家边聊天边品茶,慢慢淡忘了刚才发生的事。

何正钦夫妇在秦家待了几天,在客人离开后的第二天,秦容秋有了宫缩,当天晚上生下一个大胖小子。孩子出生时正值夜晚,天空浮光跃金,皎洁的月亮照耀着大地,大俊给孩子起名"皓月"。

二

高考在即,同学们为最后的冲刺背水一战,刘利铭还懵懵懂懂的,他现在最大的障碍不是学习成绩,而是最起码的睡眠问题。爸爸曾带刘利铭去看病,医生说失眠可能是由于学习压力过大造成的,诊断为神经衰弱,给他开了不少药。

为了让儿子减轻思想负担,刘爸爸动用一切关系,终于拿到一个保送指标,这个指标意味着刘利铭不用参加高考就可以去北京医学院了。这次暗箱操作是刘爸爸一生唯一的一次以权谋私。儿子为了救妈妈,差点儿连命都没了,还有什么比失去儿子更可怕的呢?就算丢掉一世名节也要帮儿子完成心愿。

刘妈妈的新肾运行正常,状态一天胜一天,每天只需吃少量的抗排异药就能把身体机能维持在正常的状态。妈妈的身体日渐恢复给刘利铭极大的鼓励。为了不让家人担忧,他即便连续几天几夜无法入睡,还强打起精神硬撑。

失眠,完全是心理因素造成的,手术后,刘利铭的生殖器再没勃起过。他悄悄地去看医生,医生说取走一只肾对身体没有太大影响,更不会造成性功能障碍,至于青霉素过敏会不会导致这方面的问题没有医学依据,建议他观察一段时间。几个月过去,情况还没见好转,他又去医院找医生,医生让他做全面检查,仍然没发现器质性的问题,只好开一些壮阳药给他。刘利铭把药拆了装进小空瓶子藏起来,偷偷摸摸吃了一段时间,还是不见起色,情绪越来越焦躁。

会考结束,高考志愿填报表发了下来,秦容香在第一志愿的空白栏填上了"北京航空航天大学飞行器动力工程专业",第二和第三志愿空着,她根本不考虑除北航之外的其他学校。班主任得知这个情况把秦容香找到办公室谈话,让她把第一志愿改为清华大学。老师苦口婆心跟她讲道理,取出一本厚厚的《高考志愿填报指南》给她看,说:"清华也有航空专业,我都给你看好了。清华大学是中国最好的理工科大学。你有这个实力,老师相信你!学校相信你!"

秦容香不以为然地说:"老师,虽然清华大学是理科生的最高殿堂,但是论航空航天专业,北航不比清华弱,我早就打听清楚了。"

云西县一中接连五个年头没学生考取北大清华这样的学校,今年高三应届生以秦容香的成绩考清华希望极大。不仅如此,她在全省数学竞赛中获得过第二名的好成绩,学校还把省三好学生的名额给了她,这些荣誉都会给高考加分。班主任说服不了秦容香,找校长反映情况,校长说下午正好要去教育局开会,到时候跟刘局长交换一下意见。

在局长办公室,校长汇报秦容香填报志愿的情况。孩子事先跟家里商量过了,刘局长清楚这件事。校长进一步介绍秦容香的实力和优势,假如秦容香不报考清华,对学生自己,对于学校都是巨大的损失。

没想到,刘局长却站在秦容香一边。他说:"作为家长我也希望她填报清华,但'希望'要建立在个人意愿的基础上。成人考虑最多的譬如前途、名誉、就业这方面现实的问题。作为孩子不那么想,孩子在乎自己的兴趣和志向,我觉得应该保护她们的这份纯粹和执着。谁又敢说选择'北航'不如'清华'呢?本科读完还有硕士,硕士读完还有博士嘛,只要孜孜不倦,将来必定会站在更高的舞台上。"

校长发自内心佩服局长高屋建瓴的思想认识和口才,会心地说:"我们没有说服秦容香同学,反而被你说服了。"

刘局长对校长说:"这样吧,我再跟她谈谈。"

当天晚上,刘爸爸在家里召开了家庭会议,大家对容香填报志愿这个问题发表了意见。刘爸爸希望容香填报清华大学,以他多年从事教育工作的经验讲了很多道理,跟她讲清华成就了哪些名人以及科学家,从全国高校的排名、学校的大环境、就业等方面对比,"清华"确实是最佳选择。家人说得再多,只得到秦容香一句回话:"我只知道北航的航空航天专业最强,我要去北航。"

家庭会议最后的"赢家"还是秦容香,报考"清华"哪怕有一千个理由也不及她的"我要去北航"来得有力量。

班主任以为校长亲自出马秦容香会改变主意,没想到等全班的高考志愿表收集上来,秦容香的志愿还是"北航"。班主任有点儿着急,把志愿表暂时压着没报，抓紧时间跟秦容香的父亲打了一个电话。秦原生知道情况后焦急万分，请老师给容香放一天假让她回家。他记得孙子办满月酒时，闺女也曾提到过填报高考志愿这件事，就是这个叫"北航"的大学。凤曼村多少年出不了一个大学生，女儿能考上北京的大学祖坟都冒青烟了，哪里想到她在"耍把戏"。

秦容香被老师催促回家，为了给自己壮大力量，让刘利铭陪着一起回去。秦原生见到女儿，把她拉过来坐自己身边，语重心长地说："闺女，清华好，就填这个学校。你们老师都告诉我了，你是学校指定报考清华的。"

秦容香的态度丝毫没改变，说："考大学的人是我，又不是老师。"

当问起姐姐的意见，姐姐居然支持妹妹，跟妹妹一个鼻孔出气。秦原生很生气，说："不能听你姐的，你姐啥都不懂！你想想，老师能害你吗？学校能害你吗？再说了，读了这么多年书，正是为学校争光的时候。东找理由西找借口的，就算为了自己的前途，为了我们村的光荣，为了我们县的荣誉也要努力一把。"

秦容香毫不示弱，挺起胸膛跟父亲唱对台戏，说："'北航'在航空航天专业方面是全国高校里最强的。我干吗要为这个争光，为那个争光呀！"

秦原生气得对她直嚷嚷："你这家伙，讲道理也听不进去，脑子生锈了吗？"

秦容香针尖对麦芒："我脑子没生锈，是你脑子僵化了。"

一气之下，秦原生脱下脚上的布鞋往女儿身上打去，刘利铭赶紧上来阻拦，父女你追我躲玩起老鹰捉小鸡的"游戏"。秦原生跛着一条腿，累得呼呼喘气。劝也劝不听，打也打不着，秦原生实在无可奈何，摆摆手说："不管你了，你别后悔就行，快回去上课吧。"

秦容香拉着刘利铭就走，说："咱快点儿走，免得人家看咱不顺眼。"

目送女儿和刘利铭离开，秦原生对容秋说："闺女呀，瞧瞧。你要有你妹妹的一半我都省心了。她呀，她是不会亏待自己的。将来去哪儿上大学我都不担心——其实我心里面挺支持她的，该讲的都讲了，她班主任不至于怪我了吧。"

三个月后，刘利铭收到北京医学院保送生的录取通知书，秦容香顺利被"北航"录取。尽管云西县一中流失了一名清华生，学校还是拉出一条横幅，上面写着一串不容易读懂的文字：热烈祝贺秦容香同学以超过清华大学二十六分的成绩被北京航空航天大学录取。

第 六 章

抱 月 亮

一

经过几年的努力，"原生号"生态茶在云西县打出了品牌。金家曾经往县城供货的那个老板垄断了"原生号"在云西县的专卖权，草拟了一份合同请秦原生签字。大概内容是，他的零售店每年在"原生号"进货量不低于3万，"原生号"保证在云西县为其控货，这就意味着县上再没第二家"原生号"。

在昆明，"原生号"也产生了相当好的反响，顾有银吞并了茶铺隔壁的米线店，把这家店面改造为"原生号"生态茶专卖店。不仅如此，"原生号"在昆明各大茶叶经销店都有热销。

四年过去，秦家从茶农手里陆续承包过来三百多亩茶园。为了适应生产需要，又购置了一些设备，这样一来小作坊变得拥挤不堪，改造之事一日比一日急迫。秦家人坐在一起商讨，说来说去还是资金问题，既然没钱那就得借。听说要借钱，秦原生直晃脑袋："别别，我这辈子最怕欠人钱，我看还是坚持几年攒够了再说。"

大俊坐在条凳上，怀里抱着皓月，皓月已经四岁了，是个俊俏的孩子。秦容秋把那块珍贵的"小月牙"玉坠系在他的脖子上，正如奶奶所言，玉坠传给了程家的后人。在大俊怀里，皓月专心致志地摆弄着一把小手枪。小手枪是大俊用木头雕的，手柄上刻着"宝贝的"三个字，为了看起来漂亮，还用清油漆过一遍。容秋取笑说多刻了一个"的"字，称大俊没文化。皓月非常喜欢这把小木枪，连睡觉都要放在枕边。

容秋说："琢磨来琢磨去不就是资金问题嘛，咱们像接屋檐水一样，一点一点攒不知道等到猴年马月去。我看可以去农村信用社打听一下贷款，实在不行到村里搞集资，让大家都参与进来。"

秦原生听说又是贷款又是集资的很担心，说："差那么多钱，弄得觉都睡不着，怎么得了呀？”

容秋说：“跟国家借债怕啥，又不是不给利息，咱村民集资完全看自愿，有了盈利是要分红的，谁都不亏。”

秦原生说：“万一生意不景气，还不上钱也分不了红，那还不急死人。”

容秋笑着对大俊说：“瞅瞅，我阿爸老实巴交的，最怕亏欠别人。”

大俊对容秋说：“你的意见我也支持，解决资金问题其实是抓机遇。电视上不是经常讲嘛，改革开放以后私营企业如雨后春笋，我们错过了这趟儿等于错过了机遇。”

容秋说：“阿爸，不要担心，我们先考虑贷款。贷款的风险不是没有，但是胜算的把握还是很大的，退一万步说就算亏了，我和大俊不还年轻嘛，咱们慢慢挣钱还。”

秦原生琢磨来琢磨去，揣摩着小闺女明年大学毕业，家里也就没压力了。小作坊实在太拥挤，瓦棚也不够，于是勉强点头同意。

大俊说：“那我明天去县里农村信用社打听一下，看看有没有国家政策的无息贷款。”

皓月抱着大俊的脖子说：“舅舅，我也要去。”

容秋对儿子说：“你不能去，舅舅进城办正事。”

皓月的双腿在大俊的双膝间甩来甩去，小屁股直拧巴，耍起无赖：“我要去，我想到幼儿园玩滑滑梯。”

“让孩子去吧。”大俊帮皓月说情。容秋说：“这次不带他，你一个大老爷们抱着个小孩去信用社办事太不方便。”

皓月把小手枪别在裤腰上，眼泪都要气出来了。大俊说：“没问题的，皓月很乖，我带得了。”

“都是你把他给惯的，现在我说啥都不听了。上次去县城你把他带着，这家伙尝到了甜头，就跟着魔似的总闹着去。”

大俊说：“其实我心里挺愧疚的，不是不应该去，而是带他去得太少了。皓月四岁了，这年龄应该上幼儿园。人家城里的幼儿园多好，各种玩的都有，你说孩子能不羡慕吗？可农村就这条件，让孩子玩泥巴、抓虫子、藏猫猫，除此之外什么都没有。人家城里人都喊口号，叫什么‘不让孩子输在起跑线上’，咱们的小皓月可不就输在起跑线上了。”

容秋立即反驳：“你别进几趟城就中了城里人的毒，当年皓月小姨考大学的时候,学校门口拉的横幅上写的可是'秦容香'的名字,城里人赢在起跑线上不也输在高考上?"

大俊被驳得哑口无言,他常常这样被容秋幸福地"抬杠"。在他眼里,容秋的理论总是无懈可击的,想了想才说:"我只是觉得皓月接受早期教育是好事,县里太远不太可能,骑摩托车到镇上只要二三十分钟。如果真能贷到款,是否可以买一辆摩托车送皓月去镇上上幼儿园呢?"

秦容秋说:"我们村没人送孩子上幼儿园的,家家都忙着干正事,哪有那么多时间送孩子。"

秦原生看不惯女儿的态度,说:"怎么没时间? 送孩子就是正事,又没让你送。"

第二天一早,大俊带着皓月出发了。临走时,容秋叮嘱他一定要赶在晚饭时间回来,不准带孩子到外面乱吃东西,更不准乱买东西。舅侄走出去老远,秦容秋还在身后唠叨:"只买我给你列出来的东西,别乱花钱。玩具什么的不要买,衣服也够穿了。"

"知道了。"大俊回答。

"让他自己走路,别老抱着。"秦容秋不知啥时变得这么琐碎,断断续续的话语不断从身后传来。

"知道了。"皓月学着舅舅的语调回答妈妈,可是没走多远皓月就要大俊抱。大俊对皓月说:"乖孩子,小朋友不自己走路两条腿会萎缩,将来像鸭子那样走路可就难看了。你瞧舅舅的腿多健壮,经常锻炼才能像小鹿那样矫健。"

皓月也想要漂亮的长腿,提出跟舅舅赛跑。皓月虽然人小但步频很快,放开膀子跑起来把舅舅甩了老远。

到了县城农村信用社一打听,工作人员说针对农民的无息贷款最高额度是2000元,大俊的心都冷了半截。2000元根本解决不了问题,他转念一想,2000元贷款也未必不好,够买一辆摩托车了。于是,他详细打听办理贷款的手续,把办理程序记在一张纸片上。离开信用社,大俊带着皓月逛县城,除了选购容秋写在纸条上的东西外,还买了几本小人书,两套童装,一套积木玩具,这样一来大大超出了预算。大俊对皓月说:"宝宝,咱们可不能再买东西了,舅舅现在带你去玩滑滑梯。"

听说玩滑滑梯,皓月高兴得手舞足蹈,他们去了机关幼儿园。机关幼儿园是县城最大的一家公立幼儿园,也是硬件设施最好的幼儿园。到幼儿园时,大门还关着，俩人索性混在接幼儿的家长行列中。好动的皓月跳到大门的铁栏上，双手抓着铁条，脑袋卡在铁栏中间使劲往里面挤。大俊抱住孩子，悄悄地对他说："咱们离大门远点，别让保安叔叔认出咱们是校外的。"

话音刚落，一位穿着浅蓝色制服的保安从值班室走出来。他手上拿着一个小铁锤，慢腾腾地走到教室的屋檐下，对着一口悬挂的铁钟"咣当咣当"地敲起来。教室一下子沸腾了，小朋友们在老师的组织下排队放学。

铁门打开，皓月第一个冲进去，直奔小操场的儿童乐园。他像猴子一样灵活，手脚并用爬到滑滑梯顶端，哧溜一下从高处滑下来，兴奋地尖叫，快乐极了。大俊站在一旁看孩子玩耍，不断提醒他小心点儿。一会儿，更多的小朋友跑来玩滑滑梯，小朋友们很守规矩，排成长队轮着来。有一个学前班的大男孩，这孩子不守规矩，老欺负小朋友，趁人不备往滑梯扶手吐唾沫，后面滑下来的正好是皓月，当发现手上满是大男孩的口水，咧着嘴哭起来。大俊上前抱住他，拿手绢给他擦。这一刻，大俊动摇了送孩子上幼儿园的想法。皓月才四岁，假如去幼儿园插班也就上中班，大班的孩子不就捡小的欺负吗？大俊要带皓月走，小家伙眼泪还没干就跟没事似的跑别处玩去了。

孩子们陆陆续续被家长接走，刚才还拥挤的小操场只剩下几个小孩。值班室有个保安走过来，对大俊说："幼儿园快要关门了，请尽快离开。"

皓月害怕保安，赶紧投向舅舅的怀抱。保安背着手，斜着眼睛打量大俊，又说："提醒一声，我们这里不对外的，只针对本幼儿园的学生。"

大俊回他："小孩子玩玩而已，有什么关系。"

保安态度很差，生硬地说："当然有关系啦！要是你们乡下的小孩都来玩，幼儿园的设施早被折腾坏了。"

大俊本想教训他，又怕吓着孩子，只好忍气吞声抱着孩子走了。皓月趴在大俊肩上，一只小手枕着下巴，可怜巴巴地望着逐渐远去的儿童乐园。回家的中巴车上，皓月在大俊的怀里睡着了，孩子小巧的鼻孔吹出奶香味的呼吸把大俊的脸搔得发痒。大俊的心里暖洋洋的，双臂环绕把孩子护在怀里，仿佛抱着一轮月亮。

下车，大俊一只手搂着熟睡的孩子，另一只手拎着采购来的大包小袋，没走一会儿，看到等候在小路边的容秋。容秋抱过皓月，低声絮聒，轻轻地拍着他的背。地平线上，霞光云霭，斜阳给三个人的剪影勾勒出一道迷人的金边。

到了秋天，大俊果真拿到了农村信用社发放的 2000 元无息贷款，从县城骑回一辆红色的摩托车。从此,他每天都能接送孩子上幼儿园了。

二

北京医学院男生宿舍二号楼六楼,女清洁工把一个易拉罐从一堆垃圾中拣出来,抬脚一踩,手臂一扬,"嘣咚"一声扔进身旁的大纸箱。一位身材高挑、长着一双丹凤眼的女生从走廊尽头走来。清洁工看了她一眼有点儿吃惊,女生进出男生宿舍很正常,但这么漂亮的女生很少见。

女学生来到一间宿舍门前,连续敲门没反应,飞起一脚把门踹开。一位下巴抹着白色泡沫、正在宿舍门后刮胡须的男生被撞得眼冒金星。刚要发作,看到进来的是一位美女,一点儿脾气都没有了。寝室闹哄哄的,有人正在放英伦的摇滚单曲,有人大声说话,见女生进来立即鸦雀无声。

"刘利铭呢?"女生问。

"没在。"

"他啥时候回来?"

"换班的时候我们一起从科室出来的,后来就不见他了。"

"那我等他一下,"女生毫不客气地问,"他住哪张床?"

有人指着顶头靠左的下铺床。秦容香坐在刘利铭的床上,环顾四周,发现刘利铭的床虽然离她的标准还有差距,但比其他人的干净。床头的书架上摆放着许多书,主要是医学类的,另外还有一些杂书。当她打开一本普通医学杂志时,发现里面夹杂着几页彩图,脸"唰"地一下红了。原来上面是男女赤裸缠绕在一起不堪入目的画面。倒霉的刘利铭正好在这时走进宿舍,看到容香手上拿着他的书吓了一跳。

"咱们有话出去说好吗?"刘利铭软声软气,向她告饶。俩人下楼,来到宿舍的院墙边。秦容香问:"你啥意思呀?不回我电话。"

刘利铭回答:"我传呼机坏了,才修好。"

秦容香质问道:"怎么可能,难道坏了两天?"

刘利铭解释说:"是坏了两天,实习太忙了,抽不出时间去修。"

"你别找借口!"秦容香粗暴地取下刘利铭裤腰带上的传呼机,发现一条信息都没有。这下把她激怒了,对着他的耳朵喊:"你删除了! 一定是你删除了!"

"传呼刚拿到,幸亏开了收据。"刘利铭从裤兜里摸出一张红色的收据单,上面果然写着当天的日期1998.11.13。

秦容香看到收据并没平息怒气，指着他的鼻子说："你说！为何不报考研究生？为何食言？要不是刘利锋哥哥告诉我，我还蒙在鼓里呢。"

刘利铭低头不语，半晌才从牙缝里挤出话来："不是不报，是不小心错过了时间。"

秦容香冲上去一拳捶在他胸口上，说："刘利铭，你故意的！咱们说好了一起读研，你为何反悔！为何？"

刘利铭不知道如何应付，只能默不作声由她发作。

"嘿，你的主意可正了！告诉你，不读研甭说留北京工作，就算回昆明都没分，难道你心甘情愿回云西县当个普通的内科医生？"

"对不起！容香，我恐怕考不上。"

"看看你都把心思放什么上面了，那些乱七八糟的东西我都看到了，你这样自甘堕落，太让人失望了！"

"对不起！其实我对自己也挺失望的……"

秦容香气得转身就走，走了几步又停下来，默默地对着一面墙站着，哭了起来。刘利铭心如刀割，想解释又不知道如何开口。秦容香哭得很伤心，一条一条数落他："刘利铭，你说要成为中国最好的内科专家，治好妈妈的病，可你的实际行动根本不是这样的，本科五年都快结束了（医学专业本科为五年制），你在学习上用功了吗？去年我保送硕博连读的时候你跟我开玩笑说吃亏了，将来你成我师姐了。眼看年底就要考试，你却错过报名的时间。这么重要的报名你都要错过，不是故意是什么？刘利铭，你对不起爸爸，爸爸为了给你办保送，冒着风险争取名额，结果被人举报免了职，还毁了他一世名节，而你却不珍惜这么难得的机会。刘利铭你对不起爷爷……"

刘利铭满脸泪痕，呜咽着说："求你了，请不要再说了，我这就跟老师联系看能不能补报。你在这里等我，我去打电话。"他说完到宿舍楼电话亭给老师拨电话，回来的时候垂头丧气的，一看便知道没戏了。秦容香不原谅他，说："你不考研只有一个目的，那就是想跟我分手！"

这时候，刘利铭和秦容香的传呼机同时响起，刘利锋哥哥发来同一条留言：晚上过来吃饭，猪脚红豆酸菜，是老家的"老盐酸"哦。

刘利锋就读于北京理工大学，去年博士生毕业留校任教。刘利锋是一位无可挑剔的好哥哥，每月拿到津贴的第一件事就是带着弟弟妹妹狂吃一顿。因为哥哥的缘故，秦容香和刘利铭从来没感到来北京举目无亲。哥哥研究的方向是

"动力学与控制"，与秦容香的专业有一定的联系。在一起时，哥哥和秦容香谈起专业方面的话题总是滔滔不绝。虽然刘利铭听不懂他们在讲什么，冷落在一边插不进话，但每当这时候心里很安慰，觉得有哥哥真好。

见弟弟妹妹来，刘利锋很开心，跟他们说："妈妈寄来酸菜红豆、火腿、饵块、干米线，够咱们吃一段时间了。"

秦容香向哥哥告状，说刘利铭没报考研究生。

刘利铭说："不一定非得考研，回县城医院做个普通的大夫也没什么不好。"

刘利锋让他俩别争了，先洗手吃饭。可口的饭菜端上桌，色香味俱全。秦容香却没胃口，拿起碗筷又放下。她突然对哥哥说："想好了，我要跟他分手。"

刘利锋说："容香，你让弟弟解释一下行不？也许这其中有不得已的原因。"

秦容香说："还能有什么原因，是他要回县城当医生，事情不是明摆着吗？"

刘利锋安慰道："今年错过了，明年还可以报考。晚一年临床经验更丰富，复习时间更充分。"

刘利铭在一旁垂着脑袋，一言不发，没有为自己开脱的意思。秦容香急了，推刘利铭一把说："你倒说话呀！刘利铭，咱们分手是不是？"

刘利铭不急不躁地回答："分开一段时间未尝不可。"

秦容香愤怒地站起来说："分手就分手！哥哥，你也听到了，是他想分手。"

刘利铭刚要说什么，脾气火暴的秦容香打断他："哥哥，你问他都看些什么乱七八糟的书，太不上进了。反正就这点出息，早点儿打道回府好，省得我看着闹心。"

秦容香转身就走，刘利锋劝阻不了，只得送她出门。送出去一段路，他悄悄对容香说让她放心，今天一定跟弟弟好好谈一次，把事情搞清楚了。秦容香说："那就有劳哥哥费心了，我等你的电话。"

当天晚上很晚刘利锋才跟秦容香联系，电话里哥哥说："弟弟病了，因为长期失眠，稀里糊涂地差点在实习中酿成医疗事故，他怕你担心所以没敢告诉你。弟弟自己很矛盾，不考研意味着回县城工作，这样不得不跟你分开，考研恐怕无法承受繁重的学习和考试的压力。他说现在常犯头疼病，有时感觉脑袋要爆炸似的。这样的精神状态面对病人很容易出错，可越怕出错越容易出错，他真是苦不堪言。"

得知原委，秦容香很痛心。刘利锋对容香说："医大附属医院实习很辛苦，不适合他的身体状况，我也建议回去实习。毕竟基层医院危重病人少，压力小。

目前最重要的是让他放松心情，等身体调整好了，考研这事推迟一两年也不要紧，你说呢？"

秦容香赞成哥哥的意见，说："身体健康是首要的，我明天就跟他说。"

一个礼拜后，刘利铭向系里递交申请，请求回老家县医院实习。系领导考虑学生的健康状况批准了申请。回到老家，刘利铭在家静养了一段时间。

秦容香很牵挂刘利铭，担忧他的身体。有一天她突然对刘利锋说："哥哥，我想申请休学回去陪他。"

刘利锋很意外，问："是弟弟的意思吗？"

"不是，我们通话只谈愉快的话题。但是我能感受到他很焦虑，他的精神状态不好，实在是放心不下。"

刘利锋说："站在兄长的角度上考虑，我当然不同意你的想法，如果站在情感角度上考虑，我能理解。"

"只不过一年时间，哥哥，我相信，我的陪伴对他的康复大有好处。"

"弟弟的病在精神上，我们任何人都只能从外部给他帮助，药物的效果是一方面，但战胜疾病最终还得靠自己。妹妹，你的导师黄德齐教授可是大名鼎鼎的科学家呀，你这么做会错失珍贵的学习机会，我建议你还是慎重考虑。"

"我慎重考虑过了，哥哥，你也知道，我是非常看重学业和前途的。可当得知他病了，觉得那些都是其次的。"

"弟弟的身体当然最重要，但帮助他的前提是我们首先得理性，假如连我们自己都被牵连进去未必对他好。妹妹乐观一点，弟弟在家养病，叔叔婶婶会尽心照顾他的，我建议你先不要考虑休学，这学期结束就要过年了，寒假咱们就回去陪他。"

哥哥讲得有道理，秦容香勉强地点了点头。

这天早晨特别冷，雨夹着冰凝子弄湿了地面，玻璃窗户外面蒙上了一层薄薄的白雾，所有的景物都被挡在了雾气之外。妈妈给儿子准备的早餐摆在餐桌上，虽然大冬天不可能有蚊蝇，但还是细心地用菜罩罩住。罩子下面压着一张便条，上面是妈妈秀丽的钢笔字：儿子，早餐热了再吃。今天爷爷要过来吃饭，我和你爸爸买菜去了。

刘利铭起床的时候，早餐还冒着热气，但他没有食欲，总觉得有什么东西压在心上。他本想给容香的传呼留言，想想正是上课时间，不好打扰。在屋里转了几圈，他取来一把厚重的老式黑伞走了出去。冰冷的雨水落在伞布上面滴答滴答作响,雨沫子时不时绕过伞的边沿溅在他身上。脚下的积水不算多但很脏,雨水本来是干净的,被人践踏后才变成污浊的黑色。刘利铭一只手揣在裤兜里,一只手撑伞,漫无目的地向前走去。脚上的厚底皮鞋在积水里步步生花,他毫不在意,任由溅起来的雨水沾湿了他的裤腿。身后有人狂奔,是个中年女人,一只手机械地拽着一个空篮子,篮子里只剩几片菜叶。一群人跟在她后面,边走边议论,大意是那女人的丈夫跳楼了,从六楼阳台掉下来。

警车和救护车刺耳的声音由远及近,再往前围着一堆人,透过人群的缝隙隐约看到那女人扑倒在地上,散乱的头发盖住了死者的面部。雨大了,雨柱打在伞上噼里啪啦作响,雨水增加了积水的深度,却无力把地面冲洗干净。一股混浊的血水从人们的脚下偷偷流过,还没汇聚便冲淡了。刘利铭不敢再往前走,担心踩到那可怜人的血。回到家脱下外衣蒙头大睡。不一会儿,他听到开门的声音。妈妈和爸爸在说话:"儿子还没起来呢,要不要喊醒他吃早餐?"

"他晚上睡不好,让他多睡会儿吧。"

"还好,儿子今天没出去。"

"是啊!太吓人了。"

"你看到没有?"

"看到了,好多血,从那么高的楼上跳下来……"

妈妈轻轻推开刘利铭的房间门,往里面瞅了一眼,以为儿子在熟睡,放心地把门带上。爸爸发现挂在门口的黑伞,疑惑地对妻子说:"不对呀,这伞是湿的。"

妈妈警惕地问:"难道儿子出去过?"

"儿子不是睡着的吗?你再回屋看看。"

妈妈又打开门,确定儿子在睡觉,轻轻喊了一声:"儿子,起来吃早餐了。"

刘利铭睁开眼睛,懒洋洋地回答:"妈妈,我可能有点儿感冒,吃不下东西。"

妈妈过去摸摸他的额头,果然有点儿热,说:"妈妈给你拿药吃,熬碗姜汤给你喝。"

"好。"

妈妈又问:"儿子,你早上出去过吗?"

刘利铭轻描淡写地回答:"出去了,随便走走,没走多远就回来了。"

"哦,那继续睡吧,睡暖和了。"

一会儿,妈妈过来给他喂药,爸爸端来一碗滚热的姜汤,再后来爷爷过来看他。中午,刘利铭勉强起床陪爷爷吃了一顿饭。

自从孙子上了大学,爷爷也没在中学守大门了。爷爷的心态很阳光,把自己的生活安排得井井有条。早上晨练,下午下棋,周末钓鱼,偶尔和老朋友们出去游山玩水。然而,对一个鳏居老人讲,最大的希望还是寄托在下一代身上。两个孙子都在北京求学,大孙子博士毕业留校任教,小孙子回县城实习。如果小孙子不打算继续深造,留在小县城工作也合他心意,最起码这样可以让他早些成家立业。

大半天过去,刘利铭还是昏昏沉沉的,睡不着也没有力气起来,脑袋像裂了缝的水桶,各种稀奇古怪的想法不断往外冒。有一根弦总是绷着,绷得太紧,头皮就开始发麻。无奈之下,他又吃了两颗安眠药才勉强睡了会儿,醒来时天色已晚。他问母亲:"容香打过电话回来没有?"

"下午打过,你正在睡觉。"

"她说什么了吗?"

"她说尽快把课题做完和你哥哥一起回来。"

"哥哥要来家里过年吗?"

"你大伯大妈也要来,你想给容香回电话吗?"

"不用了。"

妈妈犹犹豫豫想跟他说什么,又止住了。刘利铭主动问:"妈妈,有话要跟我说吗?"

"是,本来不想告诉你,觉得跟你说了也好,吃个定心丸。"

"什么定心丸?"

"下午和容香谈了很长时间,她说打算申请休学,回来陪你复习考研。"

"那可不行!"刘利铭一把把被子推开,从床上坐了起来,对妈妈说道,"下次她再这么说,请妈妈一定毫不犹豫地制止。"

"我也是反对,还劝她专心读书,不过容香那么在乎你,妈妈心安。"

"我根本就没啥毛病,就是因为在医院实习出差错吓到了。"

"儿子别担心,以后别再碰危重病人,尤其不要给病人动手术什么的。"

"哎呀,妈妈,不说了,一提这个头疼。"刘利铭重重地拍脑袋,表情很痛苦。

妈妈懊悔不已,连声道歉:"宝贝,对不起! 妈妈不提,妈妈给你揉揉。"

"我没事,你别担心。"刘利铭的脸涨得通红,吃力地站起身。妈妈说:"儿子,别待屋里了,出来看看电视,妈妈把晚饭给你热热。"

刘利铭跟妈妈走出房间,陪父母看电视,有一茬没一茬地搭话,说下学期暂不回北京,拿了毕业证到县医院上班。爸爸建议儿子在老朋友内科主任姜医生科室实习,至于联系工作这事先不着急,以儿子名牌大学的文凭到县医院求职一点儿问题都没有。话又说回来,作为父亲还是希望儿子尽快调整好身体继续深造。妈妈不赞成爸爸的意见,说希望儿子早点成家,读书那么辛苦,谋得到一份稳定的职业就可以了。爸爸认为妈妈的想法不现实,说:"容香在北京,儿子在云南,俩人隔这么远,将来很难走到一起了。"

妈妈觉得爸爸讲得在理,还是勉强应付说:"其实咱儿子挺优秀的,就是身体出了点问题。"

刘利铭不想再继续这个话题,宽慰父母:"身体的问题是暂时的,我自己是医生,知道如何处理。"

放寒假的第二天,秦容香和刘利锋挤上开往云南的火车,春运的火车站人山人海,幸好有哥哥开路,要不然连车都挤不上。

来火车站接站的刘利铭神采奕奕,身上焕发着久违的青春气息,虽然他偶尔也表现出一个成熟的男人才有的内敛和沉默,言语之间又依稀看到中学时代那个阳光男孩的影子。一个如此健康的青年人,正是热情洋溢投入学习和追求理想的时候,正是徜徉爱河的时候,谁都不会相信眼前的年轻人正在养病。看到刘利铭的状态这么好,大家都非常高兴。当晚在大伯家欢聚一堂,第二天一早,大伯开车带着一家子回云西县过年了。

这年冬天是云西县十年不遇的寒冬,过完年还下了两场雪,每次下雪持续的时间都不长,太阳一旦挂在天上,雪就开化,很快就看不到下过雪的痕迹了。

再过十来天就要开学了,秦容香本想多请几天假陪刘利铭,哪知导师要带学生去西昌卫星发射基地参与一项重要的科学实验。因为实验前还需要一段时间做准备,要求秦容香按期返校。刘利铭支持她回去,告诉她自己已经康复了。为了让她放心,他还说过段时日就去县医院实习,同时开始备战来年考研。剩下的十天时间,俩人结伴去了三亚旅游,租住在一间民宿里。白天,俩人在海边捡贝壳、放风筝,在观光大道上骑自行车,买渔民捕捞上岸的海鲜回住处加工。晚上,俩人躺在柔软的大床上相拥而眠。每天晚上,刘利铭都会抚摸容香的身体,亲吻她身上的肌肤。他把短暂的拥有当作永远,把有缺陷的爱当作人生的全部。不知多少遍,他在心里对她说:"容香,我爱你!我们长大了……"

有一次在睡梦中,一只软绵绵的手伸了过来,指尖轻轻拨弄到敏感部位,细滑的手指游离在他光滑的身体上。这是少女圣洁的召唤,一堆干柴向烈火发出的讯号。刘利铭一动未动装作睡着了,连睫毛轻微的扇动都没有。他的心智比同龄人健全,他的情感比同龄人丰富,他对容香的爱天荒地老,但他的身体残缺了,这是无法容忍和接受的生命之憾。他用婴儿般的睡姿回应她,用婴儿般的纯真保持着处子之身。假如此时给他稍纵即逝的反应真的有希望,可惜残酷的命运并没给他"长大"的机会。秦容香趴在爱人胸膛流着泪,轻轻地说:"不要紧,不要紧,你一定会好起来的。"

直至东方泛白,这对恋人用一种唯美的方式交流着他们的情感。没有肉体的占有,只有相依为命的依靠,他们相谈甚欢,畅通无阻地走进对方的心灵。柔情似水的爱恋流淌在两个相爱的人中间,甜蜜了夜晚,沉醉了晨曦。

三亚旅行结束,刘利铭和秦容香在海口分别,容香坐上了回北京的火车,刘利铭则回云南。回到北京,秦容香即刻投入紧张的实验。不久的一天,刘利锋突然闯了进来,头发凌乱双眼红肿,一副失魂落魄的样子。秦容香放下手中的实验器具,随哥哥走了出来。俩人穿过实验室大楼,在喷泉水池边站住了。秦容香问:"哥哥,是不是发生什么事了?"

刘利锋没有回答,木讷地取出一封盖有普通邮戳的信件。秦容香瞥了一眼信封,发现是刘利铭的字迹。信封里面装着两张信纸,第一页是陈旧的,上面是自己的字迹,写着:"一滴水可以折射太阳的光辉,但我所热爱的不是太阳而是水。"下面还有一行字,是刘利铭写的:"如果我是水,请允我折射你的光辉。把我蒸腾成云,化落成雨,去而复来与你永不离分。刘利铭,1993.9.21。"第二页信纸是一封信,上面布满刘利铭的泪痕。

亲爱的容香妹妹:

请允许我这么称呼你,当有一天你披上婚纱成为世上最美丽的新娘时,我愿以哥哥的身份牵着你的手走过红地毯。我选择了像兄长那样爱你,就像刘利锋哥哥现在对你那样,因为只有亲人的爱不排他,不妒忌,不困惑,不伤害,所以我情愿成为你的亲人。不管我去哪儿,一旦想到我的天使有人爱有人疼,她将幸福地成为妻子,欣喜地成为母亲,我就安息了。

有的人刚刚来到这世上就遇到灾难,有的人生命如昙花一现,还有的根本没有机会来人世间走一遭。我来过,并且生活在幸福的家庭里,幸运地遇到我这生最爱的人,所以不要为我感到惋惜,也请不要因此恨我。我没有自私,这是我的选择,也是自我救赎的唯一方式。

香,我多想给你幸福啊,陪你走过千山万水,与你风雨同舟,和你慢慢变老,只恨自己没有这个能力,没有能力给你幸福。我是有志向的人,为了实现理想曾努力过,我想成为最棒的内科医生,治好妈妈的病,帮助更多的人。可是身体里潜伏着一个可怕的恶魔,戕害我的大脑,腐蚀我的身体,害我刚接触临床就差点儿酿成医疗事故。在病人身上出错使我恐惧,不仅我,任何人都会和我一样,我很清楚我所追求的理想离我越来越远了。

香,我爱你!假如再给我一次机会留在人世间陪伴你,哪怕每天让我承受凌迟之苦也愿意,可比凌迟之刑还要痛的是不能爱你,不能像一个真正的男人那样拥有你,这是我无法接受的!我困顿,我挣扎,不知跑了多少医院,看过多少专家,我请求上天垂怜,到最后才明白心中的"上天"根本不存在。

香,我们都长大了,渴望与你长相厮守又想放你走,这是我承受不了的,每次想到这些我的心都要碎了。我不过是个普通人,或者连普通人都不如,说我懦弱也好,自私也罢,事实上我的确无法挣脱。香,失去你我无法承受……活着的时候办不到,现在终于办得到了。对不起!连我都恨自己。

香,你是我命里的"贵人",我是你命里的"劫数"。第一次货车撞来时,你用身体替我挡住了死神;第二次在我要进"天堂"之门时,你把我拉回来;这一次,我选择用另一种方式留在人世间陪你,我的身体虽然无法存在,但我的灵魂不会离开。一生一世,生生世世,任何时候我都不会离开你,任何时候。

我是一个不孝的儿子,不称职的孙子,软弱的兄弟,不负责任的哥哥,请原谅!我永远爱你们!香,请答应我照顾他们。

哥哥,请替我照顾香。

永别了!我的挚爱。

刘利铭绝笔
1999 年 3 月 12 日

读完信,秦容香的身体一仰,直挺挺地倒在水池里。

刘利铭吞下两瓶安眠药再没醒来。在秦容香的眼里,刘利铭的后事、葬礼都成为身外事。每一位戴着黑袖套、流着眼泪互相慰藉的亲人,随着刘利铭的死讯都埋葬在故事的结尾,从此以后时间不再是时间,喜乐不再是喜乐,连同身体都和飘浮的尘埃一样轻得漫无目的,落到哪儿就在哪儿安身。如果故事不得不延续,那么秦容香唯一能做的就是答应他照顾亲人。刘利铭移植在妈妈身体里的肾还是鲜活的,他的肾依然为母亲绽放着生命的光彩,所以某种意义上讲他并没有消失。葬礼结束,秦容香未能跟随导师去西昌卫星发射基地参与实验,她为自己请了一次长假,选择了回家。

爸爸提前办了退休,从此以后带着妈妈游山玩水。两个茕茕孑立的身影互相搀扶着,行走在祖国的大好河山。妈妈并不知道为自己提供生命能源的那只肾脏是儿子的,她永远也没有机会知道。每天,爸爸都要拥抱妈妈很多次,反反复复亲吻她爱抚她。他每一次都通过这样的方式与儿子亲近,体会儿子再一次孕育在妻子体内的欣喜。

小　月　亮

一

曾帅和程甘霖在米兰求学三年,回北京创办了"小老鼠"青少年艺术绘画学校,租用了"久源总店"对面一栋三层高的楼。闵思全结束了"穷画家"的生活,受聘到"小老鼠"艺术学校出任专职油画教师,他的作品再也不用贱卖给那些画商,而是通过学校的画廊以合理的价钱出售。妻子龚静也应聘到学校做勤务,这样一来,家庭经济状况大大改观,每月除去房租和生活开销还能攒钱。为了方便上课,闵思全夫妇在学校附近租了一套条件好一点的房子,把孩子送到附近的幼儿园。

闵思全的办公室正对"久源茶庄"大门,由一间教室改造而成,只有妻子了解他的用意,她经常看到丈夫站在窗边往街对面张望,目送程全贵进出。程全贵偶尔也会过来欣赏画作,特别是画廊推出新作品的时候。

邝美嘉两度怀孕,两度流产。本来以为是奉子成婚、喜上添喜的大好事,不知怎的,孩子说没就没了。第一次查出怀孕的那天,邝美嘉说想吃海鲜,殷惠珍提议买回家做,可程甘霖非要出去吃,说哪儿哪儿新开了一家海鲜酒楼。一家人坐车到酒楼,吃完饭原路返回。为了安全起见,婆媳坐在后排的座位,程全贵坐副驾。程甘霖开车稳稳当当的,没颠着,没闪着,刚下车就出了问题。美嘉惊叫一声:"糟了!"医院都来不及送,半道上孩子就掉了。

医生说造成自然流产的原因很多,建议做个全面检查。邝美嘉拒绝,她说可能因为最近休息得不好,工作压力大,下次注意就是。听她说得挺轻松,殷惠珍还是挺担心的,当年自己怀着儿子大冬天烧煤取暖,洗衣做饭样样干,还摔过两次跟斗都没事。美嘉怎么就这么娇气呢?

不久之后邝美嘉再度怀孕,这次吸取了上次流产的教训,放下所有繁芜杂事全天候卧床保胎,安全度过了前三个月危险期。怀孕到第四个月的时候以为没事了,有一天她在花园里多走了几圈,回房间感觉不太舒服,下面稀稀拉拉往外漏东西。送到医院又是打针,又是吃药,最终胎儿还是没保住。流产后的邝美嘉又坐了一个空月子,没孩子,没奶水,没有祝福。之后,程甘霖夫妇接受了一次详细的医学检查,检查的结果是程甘霖一切正常,邝美嘉染色体不全。也就是说邝美嘉有先天基因缺陷,即使怀孕,胎儿也很难发育健全,这就是每次怀孕皆以流产告终的原因。

得知儿媳妇没有生育能力,殷惠珍很恼怒,她把自己关在房间里,对着镜子撒气,对着家具大呼小叫,好些日子脸色都好看不起来。不能生育对于邝美嘉无疑是沉重的打击,尽管程甘霖给予她许多宽慰,但丈夫的谅解和慰藉是不够的。程全贵在这件事情上通情达理,但凡涉及此类话题都表现得非常豁达。然而,殷惠珍却很难强迫自己装出轻松的样子,因为她太在乎了。儿媳妇不能生育,也就意味着儿子再也不能拥有后代,程家的血脉就此断送了。想当初,殷惠珍为了促成这桩婚事煞费苦心,不择手段,到头来是这样的结果,真是人算不如天算……她多么渴望抱孙子,期盼含饴弄孙的那一天。邝美嘉在她眼里曾经是完美的儿媳妇形象,现在再看她漂亮的外表,也就那么回事,再去欣赏她非凡的工作能力,也不那么重要了。最终,邝美嘉也没等到婆婆一句宽慰的话,她清晰地感受到婆婆无须言语传递的失望和埋怨,面对婆婆僵硬的笑容,不冷不热的态度,常常心如针扎,她觉得自己被嫌弃了。不久的一天,邝美嘉偷偷到社会福利院做了登记,想要领养一个男孩。程甘霖的本意暂时不考虑孩子的问题,可一旦老婆坚持,也就勉强同意了。殷惠珍则极力反对,她认为现在就领养孩子操之过急,实在要领养最好从她的娘家亲戚里物色。邝美嘉觉得自己的生活总被摆布和干涉,愈加反感殷惠珍的做法,甚至愤恨!因为这件事,婆媳关系从暗地里的冷战转变为公开的较量。

失去第二个孩子之后,邝美嘉给自己放了一个长假。程甘霖也把工作放在一边抽时间陪妻子,俩人常去国外旅游。这次又飞日本泡温泉去了,一去就是半个月。

　　每每想到儿媳妇矫情,殷惠珍的鼻子就发痒,这天早上起床,她接连打了好几个喷嚏,心里老不高兴了。正在这时,程甘霖从日本打电话来说马上回国。殷惠珍以为发生了什么事,儿子说前面在儿童福利院登记过领养,想不到这么快就通知有符合要求的弃婴,让尽快去看。殷惠珍非常生气,领养孩子这么大的事,小两口居然自作主张就办了,当即表态说外面的孩子来路不明,不同意领养。

　　第二天,儿子和媳妇风尘仆仆赶回来,因为昨天那个越洋电话的缘故,邝美嘉对婆婆也没好脸色,连从日本带回来的礼物也是让程甘霖送过去的。程甘霖给母亲送去一套精致小巧的茶具,茶具是日式风格的,茶盘配茶壶和四个茶杯。这是一套白釉茶具,质地细腻光泽,茶杯上还手绘着美丽的樱花。儿子送礼物过来时儿媳妇都不露面,这使殷惠珍非常难受,尽管她很喜欢这套茶具,也没表现出来。儿子走后,殷惠珍独自坐在卧室的小沙发上看电视,为自己泡了一壶茶。电视上正播放平时最喜欢看的连续剧,今天却丝毫没能吸引她的注意力。她心事重重,双手交叉环抱胸前,压在那颗怦怦直跳的心脏上。

　　今天泡的这款茶不是别的,正是几年前程全贵带回家收藏的,当初秦容秋来北京时赠送的见面礼,存放了二十多年的一款老生茶(后发酵的普洱茶)。她第一次在茶庄见到容秋时喝的就是这款茶。当时因为秀梅的缘故怒火中烧,那时的情景,说过什么话都历历在目。听说这款茶是秦容秋出生时做的,算算时间已经二十六七年了,也就意味着秦容秋已经二十六七岁了。在她的眼里,秦容秋只够资格做个保姆,现在想起来,自己未免太苛刻了。要说秦容秋有什么不好的地方,除了出身不好,还真说不出啥来。说她的优点在劳务市场一抓一大把,如今回忆起那些话连自己都觉得刺耳,最重要的是她离开时怀有身孕。

　　茶汤入口,滋味没有变化,还和当年一样甘甜顺滑。这一次,她往四个茶杯都注上茶水,每一杯都喝上一口。殷惠珍喝茶时动作缓慢轻柔,僵硬的表情也松弛下来,若有所思地,像是想到了什么……一个念头从脑子里闪现出来,一个茶壶配四个杯子,每一个杯子里装的水不都是茶壶倒出来的吗?没错!如果秦容秋也算一个"茶杯"的话,当初正是"装"了水才走的。如果那孩子在——她都不敢想,死活要人家做掉的那个孩子。假如那孩子生下来,到现在已经四岁了……本质上,秦容秋生的和邝美嘉生的没有什么不同,同样是儿子的亲生骨肉。

这下子,她来了精神,赶紧把程甘霖小时候的黑白照片翻出来看,想象着一个和儿子长得很相像的男孩,假如综合两个人的优点,这孩子一定很漂亮。眼见儿媳妇从福利院领养小孩回来了,原本焦急无奈的殷惠珍豁然开朗,思来想去,当年跟秦容秋最要好的是秀梅,决定去一趟秀梅那儿。

秀梅现在春风得意,两年间由大堂经理升任店长,这阵子正忙着筹备和那个警察的婚礼。秀梅见到婶婶笑脸相迎,寒暄了几句,殷惠珍把她拉进房间关门说话。她一开始采用迂回战术,并未涉及主题,关心起秀梅的婚事:"婚礼准备得咋样了? 需要婶婶帮你操持吗?"

秀梅回答:"谢谢婶婶,已经准备得差不多了。"

"客气啥,我是你娘家人,也没帮上什么忙。"

秀梅给殷惠珍倒来一杯茶水放桌上,让店员送来一些点心。殷惠珍端起杯子抿了一口,问道:"秀梅,有件事想跟你打听一下,关于秦容秋的。"

婶婶主动提秦容秋,秀梅很意外,她装作满不在意的样子,应付说:"秦容秋啊,我们好多年没往来了。"

"真的吗? 我记得你们关系不错。"

"我和她关系是不错,但不知为何她突然离开了北京,没法联系上。"

"后来连一点消息都没有了吗?"

"一点消息都没有。"

"哦,如果方便的话帮我打听一下她的近况。"

"婶婶为何突然想起打听她呢?"

"啊哈,是这样的,当年她和你大哥的事让我愧疚于心,也没其他意思,就是想知道她过得好不好。"

秀梅听这话有点儿作呕,殷惠珍葫芦里卖的什么药,她心里清楚得很。邝美嘉屡屡流产,这老妖精着急了,这时候才想起来关心容秋。秀梅搪塞道:"婶婶,你要实在想知道她的境况我可以帮你打听。这么多年过去了,我估计秦容秋已经结婚生子了,即便打听到恐怕意义也不大。"

"好呢好呢! 我巴不得她过得好,我是说假如她生活上有什么困难尽管告诉我,我们毕竟在一起生活过,我对她还是有感情的。"说完,殷惠珍端起茶杯喝了一口,觉得秀梅在说谎话,她跟秦容秋那么好的关系,不可能没有联系。喝完茶,殷惠珍把茶杯放回桌子,发现桌子台面的玻璃板下压着好些照片,其中有一张崭新的彩色照片引起她的注意。照片上远山连绵,茶林苍翠,一个四五岁的小男孩站在茶树林间绽开灿烂的笑靥。殷惠珍指着照片问:"这孩子是谁?"

秀梅回答:"我侄子。"

"不会吧,你们老家陕西有茶园吗?"

秀梅重新辨识了一下,说:"瞧我这记性,这是我堂哥的孩子,在福建武夷山游玩时拍的。"

殷惠珍将信将疑地看了秀梅一眼,靠近照片细致端详那小男孩。孩子又瘦又高,长得清秀俊朗,从穿着上看,地地道道农村孩子的打扮。

她又问:"啥时拍的?"

"很久了,恐怕这孩子现在小学都快毕业了吧。"

"可照片很新呀。"殷惠珍大胆质疑。

"是吗? 照片一直压在玻璃下,保存得很好。"

殷惠珍让秀梅把照片取出来给她看看,秀梅犹豫了一下,顺从地掀起玻璃板取出照片。殷惠珍把照片拿在手中看了很长时间,就在即将把照片翻面的时候,秀梅从她手里夺了过去。

秀梅突如其来的举动令殷惠珍大为震惊。她惊讶地望着秀梅,好像看到忠诚的仆人正高举匕首走向自己……秀梅难以掩饰地尴尬了一阵,看样子为自己刚才的冲动后悔了。短短几秒钟,俩人被时间定格下来。殷惠珍固执得像块石头,一动不动地坐着等待对方给予合理的解释。秀梅像一只受到惊吓的麋鹿,在懊悔与慌张中左躲右闪。秀梅啊,秀梅,殷惠珍在心里说,你聪明一世糊涂一时,不让我看照片背面,说明那里有答案。今天你是逃不掉的,即便你把这张照片吞进肚里,我也要你说出一二三。

"还是把照片给我吧。"殷惠珍一只手伸向秀梅,那神情好像主人赦免了仆人所犯下的所有的罪。秀梅捏了捏照片,还是没动。

"你要把她吞下去吗?"

秀梅终于在脸上勉强挤出一点儿笑容,说道:"其实也没啥,婶婶想多了。"

秀梅乖乖地把照片交了出来。照片翻过来,果然看到一行钢笔字:"秦皓月四岁留影",时间落款是近期的。

"为何要抢走照片呢?"殷惠珍问。

"没有啊,婶婶随便看。"秀梅狡辩道。

"你哥哥姓秦吗?"殷惠珍问。

"我嫂子姓秦。"秀梅一口咬定。

"日期是近期的,孩子明明刚满四岁,怎么说小学毕业了呢?"

"喔……恐怕记错了。"秀梅坚决不认账。

"如果那孩子生下来正好是这个年纪。"殷惠珍面不改色,依然细细端详着照片上的孩子,旁若无人、自言自语道:"想不到真的是个男孩,跟甘霖小时候长得一样一样的……秦皓月,这名字多好听啊,跟妈妈姓,应该的。"说这番话时,殷惠珍的眼里居然湿漉漉的。

二

从秀梅那儿回来的当晚,殷惠珍就急匆匆把真相告诉儿子。她把儿子叫到自己房间,开门见山地说:"明天别去福利院了,有件事不能再瞒你。你可要做好心理准备,想清楚了再拿决定。"

程甘霖以为母亲为了收养的事耿耿于怀,正要解释。殷惠珍说:"不要考虑收养了,你自己有亲生儿子,秦容秋当年离开北京时已经怀孕了。"

程甘霖好像被电击,双腿一软,瘫坐在沙发上。殷惠珍把事情的来龙去脉讲得清清楚楚:"她发现自己怀孕了就返了回来,当时我接到的电话,考虑到你已经有了美嘉,所以……我去她的住处……她坚决不同意堕胎,我们俩拉扯起来……早上我去秀梅那里,秀梅寝室桌上的玻璃板下压着一张小男孩的照片,那孩子站在一片茶林间,长得跟你小时候一模一样……"殷惠珍说了很多话,程甘霖好像什么都没听见,只看见母亲的嘴毫无意义地一张一合。殷惠珍发现儿子神色不对,试探地问:"你不要紧吧,儿子?"

"妈妈,你在说什么?我耳朵听不到了。"程甘霖感受得到声带的振动,但耳膜却是静悄悄的。程甘霖突发神经性耳聋,殷惠珍吓破了胆,再不敢提这件事。经过一段时间的治疗,程甘霖的病情有所好转。

由于耳朵的毛病,原定去福利院看孩子的计划暂时搁浅,心乱如麻的程甘霖再没有心思收养孩子,变着法子劝阻妻子。邝美嘉求子心切,担心有人捷足先登领走孩子,等丈夫的听力稍好,便与福利院联系。

在工作人员的陪同下,程甘霖夫妇走进福利院。他们穿过儿童活动区,看到一位中年女老师正带着一群孩子做手工。孩子的年龄差距很大,从几岁到十多岁都有。程甘霖夫妇正想走近教室看个究竟,被工作人员制止。工作人员说:"如果你们想收养大孩子可以去看,否则最好不要去,这样对他们不好。"

邝美嘉问:"看一眼都不行吗?"

工作人员解释道："不是不行，其实也可以，只是孩子们做梦都盼望着父母接他们回家，所以每次见到有人来都以为是接自己的，多一次希望会让他们多一次失望。"

"怎么还有这么多孩子呢？"

"大的孩子都懂事了，愿意领养的家庭相对少，即使有也很挑剔。健康的婴儿就不一样了，比如你们今天看的这个孩子，已经有几对夫妇来看过，都有领养的意愿。"

活动室楼上就是育婴室，育婴室里面有好几个婴儿。走近一看，才发现这些孩子都有先天缺陷，要么唇上豁开个缺口，要么眼斜口歪。工作人员说："孩子都是被遗弃的，因为有残疾，很难找到愿意收养的家庭。"

程甘霖夫妇和每一对来福利院的夫妻一样，虽然对有缺陷的孩子心存怜悯，但涉及收养都往健康好看的挑。婴儿室的保育员看他们来了，从靠南边的床上抱来一个几个月大的男婴。

邝美嘉学着保育员的样子把孩子接过来抱在怀里。孩子嘴唇翘翘的，红润的小脸像刚淋过雨的小苹果，鼻尖还黏着一块白色的奶斑，煞是可爱。邝美嘉招呼程甘霖，美滋滋地说："你瞧，这孩子长得多好看——"

邝美嘉使用了不少形容词夸孩子，程甘霖并没都听清楚，但是他知道妻子彻彻底底喜欢上这个孩子了。孩子的确很可爱，但是男人的父性不像母性那样容易激发，自从得知自己的骨肉存于世上，难以弥补的缺憾和内疚使他很难给予一个陌生的孩子父爱。邝美嘉推推他，像从宠物店选到一只中意的小狗，不需要深思熟虑，也用不着跟谁商量，对丈夫说："我们赶紧办手续吧，这就把小家伙抱回去。"

程甘霖听懂了妻子的意思，回答道："你是说现在吗？家里什么准备都没有呀，再说这么大的事还没有跟爸妈商量呢。不要急，即便这个孩子没领养到，将来还有机会，再说——我也觉得咱妈讲得有道理，不如在亲朋好友里物色，沾亲带故、知根知底的更好一些。"

邝美嘉不乐意了，顿时没了好脸色，说："说来说去就是打退堂鼓，你是不是不想要孩子了？你以为我没有考虑过妈妈的建议吗？之所以到福利院收养就是因为遗弃的孩子不知道亲生父母是谁。在亲戚朋友里物色的，等咱们辛辛苦苦把孩子养大，到头来人家跑去认亲了，我可不愿意。"

正当程甘霖一筹莫展，工作人员帮他解了围，说："现在不能带走孩子，领养手续办完之后才可以。回头我们把你们需要准备的手续清单整理一份,按照上面的要求一一备齐再过来。"

邝美嘉问:"备齐各项证明需要多长时间?"

工作人员回答:"不好说,程序烦琐是肯定的,比如需要居委会证明、计生部门证明、医院医学证明、公安局证明,等等,另外还需要缴纳一定数额的赞助费。"

邝美嘉问:"我们办手续这段时间会不会有别人来领养?"

工作人员说:"你们签了领养协议、交了押金就不会再给别人,这期间由我们负责照管。"

在邝美嘉的一再要求下,程甘霖不得不跟随妻子一同办了领养手续。得知办了手续,殷惠珍气得把自己关在房间里,整整一天没吃东西。程甘霖让妻子去母亲那儿说几句好话,让老人家消消气。邝美嘉不肯去,认为是老人家不通情理。为此夫妻俩拌起嘴来,邝美嘉一气之下收拾行李回娘家去了。

母亲知道邝美嘉走了,更是气愤,在儿子面前发牢骚。程甘霖听不确切母亲在说什么,反正不是什么好话。心想,耳聋也有好处,爱听不爱听的都听不清楚。这么想着,一股气流直穿耳蜗,耳膜鼓了一下,"咕咚"撑破了阻碍在耳道里的障蔽,外面传来的声音一下子清晰了。母亲不知道这些,在儿子面前没完没了地唠叨。恢复听觉的程甘霖突然打断母亲的话,说:"妈妈,我想请您替我去看看那个孩子。"

殷惠珍眨巴了一下眼睛,吧嗒了一下嘴,想说什么,没说出来。程甘霖说:"我这辈子最对不住的人是容秋,今生都没法弥补了。自从知道孩子存在,我这心里既高兴又难过,再也放不下母子俩。我没有办法去,请妈妈替我跑一趟,看看他们过得好不好,帮我转交一张支票给她。"

殷惠珍的鼻子酸酸的,这些年一路走过来,一路坎坷一路艰辛,做坏人的是自己,遭人误解的是自己,受到伤害的也是自己。别人眼里的自己强势刻薄,仿佛有金刚不坏之身,不需要怜不需要疼,可自己的苦痛脆弱有谁知?想到这些,委屈的眼泪哗地淌了下来。

三

没过多久,程甘霖为母亲订了一张飞往昆明的机票。殷惠珍跟程全贵和奶奶撒谎说跟朋友出去玩几天,实际上辗转来到云西县。可能因为旅途劳顿,刚下客车她的腿肚子就开始抽筋,疼得没法走路。刚开始殷惠珍还自我感觉挺好的,现在有点儿泄气,不是因为腿痛,而是接近目的地内心陡生胆怯。

前些日子秦家发生了一件重大的事,何正钦从台湾请来两位茶叶种植专家。当然,这两位尊贵的客人并非专程从台湾来,他们这次来大陆出差受何正钦之托顺路去云南看看。当见到秦家人为种植绿色生态茶所做的努力,感怀他们的艰难,也被一家人朴实善良的品质打动,两位专家主动留下来帮助这家人。

专家测算了一下,如果按秦家老的经营管理模式走下去,几百亩生态茶园已经做到极致了。他们拿出几份介绍台湾阿里山茶区的图册送给秦原生,图片上万亩茶园平地连着高山,绵延滴翠的绿色海洋吸引了秦家人的眼球,自家才几百亩生态茶园都经营得这么艰难,人家同样种植生态茶却发展到这样的规模,感到太不可思议了。专家说培植环保无污染的茶有利于生态环境,是造福社会的善举,不应该让老实人吃亏,这次来就是解决这个问题的。

接下来几天发生的事难以置信。在两位专家的带领下,一片长势良好、枝繁叶茂的茶林被剪去大半枝干,正在发芽的嫩芽也被毫不吝惜地裁掉。秦家人傻了眼,心想枝丫被打掉,刚发出来的芽都没了还怎么采茶?专家让大家坐下来,在一张白纸上画了一张草图,那是一棵茶树的切面图,普通茶树的切面是倒三角形,这张图却是梯形。传统的修枝在一个平面上,现在修剪出三个面,形成两个“厂”字组成的梯形。经过修剪的茶树能够更大限度地增加茶叶采摘面积,产量至少增加一倍。等茶树全部定型,站在任何角度都看不到根部的时候,说明空间利用到了最大限度。

秦家人面面相觑,增加采摘面积意味着增加产量肯定是对的,但目前的修枝方式是从老祖宗那里继承下来的,凤曼村的茶农祖祖辈辈都这样做。专家讲的原理固然好,可是照这样的方式修剪,在茶树成型之前一两年肯定会减产。是否听取专家的意见,秦容秋和大俊都不敢轻易拿主意,毕竟这片茶林是父亲的命根子。没想到秦原生一刻都未迟疑,果断起身捡起放在地上的长嘴剪说:“别偷懒了,咱们跟两位大专家好好学技术,明年春天咱们的茶园就能大变样了。今天咱们家在凤曼村带头,将来咱们村子带动别的村。两位师傅,谢谢你们!感谢你们!你们是凤曼村的福音。”

教会秦家人修剪,专家又要求往茶园套种一些植物,比如香樟、红豆杉、桂花树、果树等,都是与茶树共生的有益树种。道理很简单,有了树就能吸引鸟儿栖息,花儿开了就能吸引蜜蜂采蜜,蝴蝶传粉,这样就能形成“生物多样性”的立体生态链,不仅病虫害减少还能增加茶叶天然的香味。那么需要套种的植物从哪儿来呢?专家把目光投向四周的山岭。凤曼村周围的山上四季葱茏,植被丰富,专家带领大家进山寻找。被当地人称为"猪屎豆"的开着黄花的草,专家介绍说这种草种在茶园里能改良红土壤,提供绿肥。薰衣草、迷迭香可以驱虫祛病,还有当地到处都有的盐巴果、黄泡果等都能给茶树增肥。大家忙活了几天,给茶园套种了许多有益的植物。临回台湾前,两位专家答应帮秦家茶园购置一批德国进口的太阳能灭虫灯,连同阿里山基地培植的改良茶树苗一起从台湾发过来。秦家人感慨万分,得到巨大帮助却无以为报。

接下来的日子,秦家人忙得不亦乐乎。正值暑期,大俊把皓月送到家里跟小狗一起玩。有一天收工,大俊回去接皓月,发现孩子闷闷不乐。皓月牵着舅舅的手没精打采地走着,夕阳的余晖像丝绸一般柔滑地穿在他身上,一高一矮两个身影在石头路上拉下长长的影子。每当不开心的时候,孩子的睫毛显得更浓密。走了一段路大俊蹲下来,双手搭在皓月的肩膀上,说:"皓月不开心了,告诉舅舅怎么回事?"

皓月抬起眼睛,泪光涟涟,说:"大舅妈给小狗哥哥买了一个神探加吉特的新书包,是双肩背的那种。"

大俊一听便明白了怎么回事,大嫂那人一向比较自私,舍不得给皓月也买一个。于是他对皓月说:"我当啥事呢,皓月不用羡慕小狗哥哥,舅舅改天给你买一个更漂亮的。"

皓月开心了,忙问:"哪天呢?"

"忙完这几天就去买。"

"可我要上学了。大舅妈说小狗哥哥快报名了还没完成作业,不让我找哥哥玩。"

大俊算了算日子,哎呀。忙得把日期都忘了,这不马上开学了嘛。第二天一早,大俊带着皓月搭上开往县城的中巴车。与此同时,一位穿着讲究的妇人从云西一个酒店出发,搭乘上了开往凤曼村的客车,这人便是殷惠珍。

云南的气候一年四季天高云轻,穹顶之下的茶园是一道不可多得的风景。殷惠珍却无心欣赏,沉重的心事麻痹了她对美好事物的感知。还没正式进入秋季,出门时竟然寒气逼人。殷惠珍本来搭了一件羊绒披肩出门,走出去没多远又被烈日晒得抵挡不住,只好取下披肩顶在头上抵御阳光。走到第一个岔路口,殷惠珍迷路了,远处有几个包着花头巾的采茶女在采茶,因为距离太远不好搭话,只好选择了一条相对平坦的路。走了一阵子,她看到一块开阔的院坝,这里的房舍盖得相对集中,两个挎着竹篓的年轻女子在一家小卖部买东西,殷惠珍上前去问路,小卖部的老师傅(老王)让她与年轻女子同行,说她俩正好要路过秦容秋家。

路上,三人边走边聊,殷惠珍自我介绍说是从外地来认亲戚的,是秦容秋的表姑妈。

一位女子说:"你进村的时候没碰到金大俊和皓月吗?我早上还看到他们,说是去县城,差不多该回来了吧。"

殷惠珍故意问:"皓月是谁呀?"

"秦容秋的儿子呀。"女子说。

殷惠珍装作很惊讶的样子:"容秋都生小孩了呀,我这当姑妈的都不知道。孩子多大了?"

"四五岁吧。"

殷惠珍说:"哎呀,不好意思,这次连礼物都没给孩子带。"

一路上,殷惠珍跟她俩旁敲侧击打听秦容秋的近况,每当涉及敏感的话题,两位女子欲言又止。不过她俩终究还是没憋住。农村妇女的优点之一就是简单,这同样也是个不小的缺点,"简单"往往心直口快,心里啥秘密都藏不住。过了一会儿,她俩忍不住自己说出来,你一言我一语跟殷惠珍聊开了,还提醒殷惠珍:"你到秦家千万不要好奇,也不要随便打听皓月的父亲。秦容秋的儿子是私生子,没有父亲。"

另一个女子接话道:"也不能说没有,那年她从北京回来时怀上的,这事全村都知道。她怀孕时门上还挂着大铁链,根本不敢出门,不然村干部要拉她去堕胎。"

刚才挑起话题的女子环顾了一下四周,一只手遮在嘴角边,眼睛睁得大大的,好像即将要道出旷世奇闻:"我跟你们说,她还跑去梨树林上吊,是金大俊救了她。金大俊把她从山上扛回来的,我妈亲眼所见。"

另一个女子说:"这算什么秘密,全村人都知道。"

她俩讲了许多关于秦容秋的事,听得殷惠珍头皮发麻,双腿发软,脸色一会儿白一会儿红。三人不知不觉来到秦容秋的家门口。女子很热心,往院子喊了几声,发现里面没人,便让殷惠珍在门外等着,她们帮忙去地里看看。

殷惠珍心乱如麻,听到那女子远远地与秦容秋对话,吓得腿肚子直哆嗦。

秦容秋吃那么多苦头受那么多罪,待会儿见到我,还不知如何对我呢? 她该多恨我呀! 反过来又想,不对! 不对! 我来看孙子的,不是赎罪来了,造成今天的后果也不能全赖我身上。再说包里揣着支票,兜里装了很多钱,这不补偿来了吗? 很短的时间内,千万个陀螺在飞转,各种想法混乱不堪,缠来绕去弄得殷惠珍自己都说服不了自己。殷惠珍的确不敢面对那段往事,挣扎的结果还是做不到理直气壮。这位妇人羞愧难当,从曾经的"斗士"变成了今天的"惊弓之鸟",趁秦容秋还没从地里回来赶紧跑掉,由于跑得太仓皇,披肩都不知道丢哪里了。她上气不接下气,汗水顺着脖子往下淌,头发被风吹得乱糟糟的,皮鞋裹着大黄泥,平生第一次这么狼狈。

大俊带着皓月去新华书店买了一些文具,选了一个满意的书包,返回的时候又超出了"规定时间",俩人一路小跑着回来。

第二天一早,大俊骑着摩托车送小皓月上幼儿园。新学期第一天,放学比平时早一个小时。下午三点,大俊准时把皓月接回来,让他在田坎边玩耍。几个大一点的小伙伴跑来跟他一起捉迷藏。远远的有位陌生的女士拎着个大袋子向他们走来,笑容满面地问孩子:"你们认识秦皓月小朋友吗?"

孩子们笑嘻嘻地指着皓月,露出一排小牙齿,有的缺了一颗,有的被虫蛀得焦黄,都说同样的话:"他就是秦皓月。"

见生人打听自己,皓月很害羞,背着手红着脸扭扭捏捏站在原地。殷惠珍走近他,认出孩子脖子上的玉坠,那块玉正是奶奶多年的收藏。皓月个子很高,像个六七岁的孩子。他的五官、神态、表情,简直就是小时候的程甘霖。殷惠珍激动得控制不了自己,蹲下来抱住孩子,万般爱怜涌上心头。

皓月被陌生人的举动吓到了,傻傻地看着她,一动也不敢动。

"皓月,奶奶给你买了好多东西,全是送给你的。"殷惠珍从大袋子里取出许多礼物:糖果、衣服、玩具、文具……这么多好东西羡煞了在场的小孩,小伙伴们趋之若鹜,都想见识见识这些宝贝。

皓月搞不清发生了什么,他拒绝陌生人的礼物。当殷惠珍再次来抱他的时候,他"哇哇"地哭了起来,一会儿喊妈妈,一会儿喊舅舅,试图挣脱女人的怀抱。看到皓月哭了,小伙伴们也吓到了。大家一哄而散,有的跑回家,有的去找"援兵"。殷惠珍太喜欢这个清秀漂亮的孩子了,用手绢给他擦眼泪,讲好话哄他。

一个年轻男子跑了过来,皓月看到这人喊了一声"舅舅",毫不犹豫地扑进男子怀里。殷惠珍自我介绍道:"我从北京来,我叫殷惠珍。"

大俊立刻明白了怎么回事,对妇人讲:"我知道你是谁,五年前你儿子结婚的喜帖寄来时,信封上就写着你的名字。除了叫殷惠珍的,谁还干得出这么损的事。你这大老远的不在北京享福,跑这儿干吗来了?"

殷惠珍说:"我来看看孩子,没有恶意,请别误会。"

大俊愤慨地说:"你搞错了,这里没有你要看的人,还是快走吧。"

殷惠珍解释道:"我过去做得不对,也知道无法弥补,请看在我千里迢迢跑来的分上,让我见见容秋吧。"

大俊厌恶地挥挥手,打断她:"不用,不用,快走吧!我们这里是农村,条件差,接待不了你们大城市来的。"

"我想见见她,有重要的事说。"殷惠珍坚持。

大俊不搭理,抱着孩子扭头就走,殷惠珍拎着大袋子跟了上去。大俊脚步很快,殷惠珍有点儿跟不上,追到秦家小院门口时累得气喘吁吁。她下定决心要见到容秋,跟她说声对不起,把支票交给她,可秦家的门槛就在眼前,怎么也跨不过去。殷惠珍知道自己的心脏病犯了,摸索着在身上找急救药。

有人扶住了她的胳膊,耳边响起熟悉的声音:"殷姨来了,我扶你进去。"秦容秋扶着她迈过门槛,将院坝里一把竹制的老人椅放平让她躺下,然后打来一杯温开水照顾她吃药。她态度温和,和平时一样的语气,好像一个经常和自己在一起的老朋友。容秋对殷惠珍说:"几年不见,您一点变化都没有。瞧我成天在地里干活,又黑又老。"

殷惠珍勉强地笑了笑,点点头又摇摇头,一会儿从躺椅坐了起来,只有泪没有话。看到殷惠珍哭,秦容秋的眼睛也红了,说:"别哭了,您心脏不好,不要太激动。"

秦原生从外面走了进来,一只手无力地耷拉着,另一只手抱着收回来的农具,虎声虎气地问了一声:"我孙子呢?"

秦容秋回答:"和大俊在屋里。"

秦原生像一头正在耕地的老黄牛,熊着背,低着头,鼻子里呼哧呼哧的,始终不正眼看客人一眼。秦容秋对殷惠珍说:"是我阿爸,您不要在意。"

殷惠珍掏出那张支票,说:"这个交给你,是甘霖让我带来的。"

秦容秋接过来一看,是一张数额很大的支票,想都没想就拒绝了。她把支票还到殷惠珍手上,说:"我们不缺钱,用不着。"

殷惠珍握住秦容秋的手,说:"容秋,你不要怪甘霖,他刚知道真相,是我一直瞒着他,要怪就怪我。"

秦容秋说:"谁也不怪,都过去了。"

殷惠珍说:"我知道你受了很多苦,也知道你今天不容易,这点钱不是怜悯,也不是补偿,作为孩子的父亲对孩子有责任……"

提到"责任"两个字,堂屋里坐着的秦原生把水烟筒使劲往地上杵,不知啥时候父亲把水烟筒找出来抽上了。殷惠珍忙着解释:"别误会,我不是打孩子的主意。容秋,你放心,让你的家人也放心,如果说过去有过想法的话那已经过去了,看在我这把老骨头大老远跑来的分上,请接受我的道歉,收下这张支票吧。"

秦原生在屋里面响亮地吐了一口痰:"呸!"

秦容秋说:"皓月很健康,你也看到了,老天给了我一个这么可爱的孩子,我很满足。虽然孩子没有父亲,也没有爷爷奶奶,但是他不缺少爱。我们什么都不缺,我和孩子需要安宁的生活,仅此而已。"

"我懂。"殷惠珍吃力地站起来,向容秋告辞,"你和孩子过得好,我也放心了。我有一个小小的请求,能否送一张皓月的照片给我? 让奶奶和甘霖也看看,他们要是看到了,甭提多开心。"说着说着,她又伤心地哭了起来。

秦容秋正犹豫,听到父亲在屋里破口大骂:"早干啥去了? 哪有那么不要脸的人?"

殷惠珍说:"不为难你了,我这就走,请把支票收下吧。"

秦容秋坚决拒绝,来来回回推了几次。秦容秋问起奶奶,殷惠珍告诉她奶奶身体不太好,已经不能下地走路了。她还说奶奶明年七月份九十大寿,计划给奶奶热热闹闹办一场寿宴。

见到孙子了,道歉的话也说了,殷惠珍正要离开。秦容秋请她稍等一下,回房间取出她昨天丢失的披肩。秦容秋把殷惠珍送出村庄,从家里到村口的这段路,俩人走了很长时间。殷惠珍一路跟容秋讲了许多话。好几次,说到动情处停下来恸哭一场。在这条铺着小石头的乡间小路上,殷惠珍流了许多泪,她用泪水把自己洗涤了一遍又一遍,一辈子挥之不去的梦魇冲走了,积存在心底几十年的恩怨冲淡了。虽然悲伤得不能自已,但她从来没感觉这么轻松过。坐上开往云西县的中巴车,殷惠珍又伏在披肩上痛痛快快地哭了一场,一个硬纸片样儿的东西从披肩里掉了下来,是皓月的照片。

碎 月 片

一

回到北京，殷惠珍把照片翻拍了，自己留下一张，儿子和奶奶各一张。奶奶得知容秋给自己生了曾孙子，欢喜得不得了，每天要仔仔细细端详几遍，还悄悄地跟儿媳妇说："真是像极了全贵小时候，像极我儿。"有一次奶奶受了风寒，接连几天吃不下东西，老人以为自己不久于人世，送去医院的路上悄悄对殷惠珍说要是见到容秋和孩子一面死都安心。殷惠珍不敢想象把容秋和孩子接来北京，安慰奶奶说只要保重好身体，来年带她坐飞机去云南看孙子。想不到从那以后，奶奶的身体真的有起色，居然要求练习走路。一段时间过后，奶奶借用助行器可以在房间走动了。

在邝美嘉的催促下，收养的各项手续在国庆节前都办齐了。邝美嘉想把孩子放在婶婶家抚养，程甘霖坚持让母亲带孩子，夫妻俩产生了分歧。邝美嘉说："奶奶需要保姆专职照顾，孩子放在家里恐怕管不过来。"

程甘霖说："实在管不过来可以再请一个保姆，这方面不是问题。"

邝美嘉还是不松口，说："妈妈的态度你也清楚，打心眼里不赞成我们收养这个孩子，如果让她带，心里肯定不舒服，遇到孩子哭闹什么的还不烦死了。"

程甘霖说："你没看到最近这段时间妈妈的变化吗？传统讲都是奶奶带孙子的，况且妈妈很长时间都不玩麻将了，家里有个孩子也好打发时间。"

邝美嘉只好采取折中的办法，说："这样吧，先看看妈妈的态度，如果不乐意不要勉强。"

程甘霖答应了，当小两口跟父母商量这件事时，殷惠珍的态度毫不犹豫。她说："孩子最好送我这里来，现在我没有兴趣玩麻将，除此之外也没有其他爱好，实在忙不过来大不了再请一个保姆，何况我也可以搭把手，别忘了甘霖、甘露都是我一手带大的。"

程全贵惊讶地看着自己妻子，不敢相信从她嘴里说出这么仁义识体的话。既然婆婆的态度这么诚恳，邝美嘉也不好再坚持了。

国庆节前一天，小两口真的把孩子接了回来。孩子很讨人喜欢，既不哭也不闹,才五个月大就会用眼神传递情绪与人交流。

为了迎接孩子,程家跟过年差不多,挂上了红灯笼,贴上了福字。奶奶也在众人的搀扶下,下楼来看孩子。眼前这么可爱的小家伙来到大家庭,大家心里充满喜悦。孩子还没有名字,大家叫孩子父亲起名,程甘霖把这个"重任"转交给了父亲,程全贵思考了整整一天给孩子起了一个好听的名字"程皓然"。听到和皓月非常相近的名字,殷惠珍十分惊讶! 从此以后,全家人以小皓然为中心。白天,殷惠珍和保姆带孩子,晚上程甘霖小两口下班回来接班,早上临出门才把孩子交给保姆。程甘霖非常有耐心,经常半夜起来给孩子喂牛奶换尿片,他把对皓月的爱全都补偿到了皓然身上。

夜阑人静的一个晚上,有人轻轻敲响了殷惠珍的房门,打开门一看是程全贵穿着睡袍,抱着枕头。他难为情地对妻子说:"白天你带孩子辛苦了,我来给你捶捶腿。"

二

刘利铭的葬礼结束,寒冬过去了,凤曼村"喊山"的姑娘们脆生生的嗓音唤来了春天。刘利铭的离去令秦容香一蹶不振,她整天把自己关在房间里不跟人接触,等大俊接皓月放学回来的时候才出屋与孩子玩一会儿。

今春本该是喜悦的,自从去年夏天按照两位台湾专家的指导管理茶园,产量已经有所提高,何况茶树还没有生长到理想的状态。照这样的形势发展下去,到了丰产期产量可以提高一倍。新的生态茶园还安装上了太阳能灭虫灯,种上了许多与茶树共生的植物,至此茶园没再遭受过病虫害的侵犯。园区内鸟语花香、林木繁茂,采摘下来的新叶香气馨逸,秦原生苦心经营一辈子的"绿色生态茶园"终于盼来了名副其实的"春天"。

尽管大好的前景展现在眼前,秦家人却无法开心,一家人始终沉浸在阴郁的悲伤中,除了皓月天真无邪的笑声偶尔打破沉默之外,每个人的心上都压着一块石头。秦容香始终未能从失去刘利铭的悲痛中振作起来,拖到五一劳动节结束,依然没返校。有一天,她告诉家人自己的想法。之所以说"告诉",因为在她的语气语调里面没有半点"商量"的余地,她说:"研究生我读不下去了。"听到这个决定全家人都不惊讶,以她的脾气即便退学都不奇怪。接着,她又放出一料:"我要改医学专业,可能要用两年时间补习本科内容,然后复习考研。刘利锋哥哥已经帮我联系了医学院,我要去医学院做校外旁听生。"

大家都很清楚，一个人有限的青春时光中，花费几年时间改学毫无联系的专业，其难度之大，几乎是从头开始。

　　"我答应过刘利铭照顾妈妈，我要兑现承诺。学医是刘利铭的理想，他说当医生好，不仅可以照顾家人的身体，还可以为更多的人解除疾病之苦。回忆起那些话好像是跟我说的。这家伙把我撇下自己走了，弄丢了我的航天梦，破灭了我的理想，现在想想还不如做一名医生，像他说的那样。"

　　这时候谁能反对呢？如果容香能从刘利铭死去的痛苦中解脱出来已经是不幸中的万幸。老父亲最先表态，隐晦地说："闺女你休息一段时间看看，不要急着做决定。实在不行休学一年，等恢复了元气再去上课。"

　　大俊说："妹妹，秦伯说得对，到了研究生阶段改专业太可惜了，最好不要急着决定。"

　　秦容秋担忧的不是学业，因为她了解妹妹，学习上都不是问题，改专业也不要紧，要紧的是放弃自己的理想去走别人的路。一个失去自我的人是无法面对现实的，照这样下去，将来要想从刘利铭的阴影中走出来恐怕就更难了。但是，容香的态度很坚决，向大家宣布道："我刚才讲的不是为了征得同意，我后天就要走了，办好研究生退学手续就要搬到医学院去。以后的学习时间很紧，暑假也回不来了，你们不要惦记我。"

　　大家也都想得通，只要她振作起来，学啥都行。第二天早上，姐姐把准备好的行李和装着生活费的信封送到妹妹房间，约妹妹出去散步。走在铺着小石头的乡间小路上，不时有村民从她俩身边经过，向这对漂亮的姐妹花投去羡慕的目光。容香说："我以前不喜欢待在农村，总想着以后上大学成为大城市里的人。"

　　"是的，你是凤曼村飞出去的金凤凰，早已经是城里人了。"

　　"我现在觉得还是住在农村好。"

　　"呵呵，你小丫头忘记了。高二那年你跟阿爸说'反正我将来要上大学，好歹都不会回来守着这些茶树'，记得不？阿爸气得把筷子摔了。其实妹妹讲了实话，妹妹不属于这里，你应该飞得更高更远，去守住自己的梦想。"姐姐故意把"梦想"两个字说得很重。

　　妹妹问："你有梦想吗？"

　　"当然有，我的梦想就在这里，让凤曼村成为名副其实的生态园。"

　　"你是说把凤曼村的万亩茶园全都改成绿色生态种植园吗？"

　　"是的,种植无污染的茶是茶农的本分。茶叶是地球上亿万种植物中最具灵性的一种,生于青山绿水之间,吸收日月精华,与清风云雾为伴,与甘露细雨为侣。人类对待它不该草率,更不该滥用化学制剂,应以谦卑敬畏之心对待,就像对待大自然的态度一样。反过来,饮用有害物质超标的茶等同戕害我们的身体。虽然只是一杯饮品,在对他人生命健康负责的事情上没有小事。"

　　容香由衷地赞赏姐姐,夸奖道:"姐姐讲得句句是理。论读书,论掌握课本知识,我比姐姐多。姐姐每天与茶为伴,与自然为友,懂得的道理比我深刻,我支持你,姐姐!"

　　姐姐说:"参悟自然可不是那么容易的事,要真那样我岂不得道了? 其实我也看了不少书,是那次北京之行开始爱上读书的,那时候才发现读书能擦亮眼睛,拓宽视野,这个习惯一直坚持到现在。"不小心提及北京,容秋的脚步不由自主地放慢了,望着脚底下镶嵌在土里的各种形状的小石子,自言自语道:"不能说去北京没有收获,那段时间的经历改变了我的人生轨迹。如今同样是扎根农村,但是心境完全不同了。"然后,她大声对容香说:"妹妹,你的学业正是蒸蒸日上的时候,我希望妹妹的人生轨迹不要受到影响。"

　　容香没有回应姐姐的话,勉强地笑了笑,苍凉的笑容从她的嘴角一掠而过。经历失去刘利铭的重创后,以前那个调皮的丫头已经不见了。命运有时候太残忍,好花易折,好苗易摧,妹妹小小年纪哪堪一次次承受失去至亲的打击。

　　竹林涧的水依然清冽甘甜,山泉昼夜不息地从高山流下来与青石泉神奇地汇合在一起。泉眼一年四季水源充足,即使在干旱的季节也从未断过流。姐妹俩穿过竹林小路往山上走去,山上全是泥石路,越往上走,路越陡。潺潺的溪水顺溪而下,山林间密林交错,茂盛的林荫把天空切割成无数颗蓝色的钻石。阳光透过这些"钻石"照射下来全都破碎了,零落的光亮落在姐妹们身上,跟随她们的步伐或快或慢地移动着。差不多一个小时爬到山顶,在这里凤曼村的景色尽收眼底。

　　过度的悲伤伤害了容香的身体,到达山顶时姑娘累得气喘吁吁,掏出手绢先递给姐姐。姐姐摇摇头说:"我没怎么出汗。你快擦,山顶风大,别感冒了。"

　　这些日子妹妹消瘦了很多,脸色苍白面容憔悴。顶着吹来的风,姐姐终于道出憋在心里的话,说道:"妹妹,你还是把他忘了吧!"

　　秦容香没有听清姐姐的话,也许听到了,因为太突然而失神。

　　"还是把他忘了吧!"秦容秋重复了一次,又大声讲,"妹妹从小向往航空航天科学,你现在离理想越来越接近了,不要放弃啊!"

容香拿着手绢的手捏成拳头,呆呆地看着姐姐。山顶刮来一阵大风,说出来的每一个字都没能停驻,很快就随着逆行的风飘远了。容秋走过去,扶住妹妹的肩膀,重重地喊:"妹妹,醒醒吧,你听到姐姐讲的话没有? 你是秦容香,独一无二的秦容香。刘利铭已经不在了,永远也回不来了,人生是你的,你要走自己的路,寻求自己的幸福! 姐姐要你把他忘了!"

"不可能!"秦容香回答。

"你说什么?"

"不可能的,姐姐。"

"妹妹,面对现实吧!"

"你不也做不到吗?"

"你说什么?"

"姐姐,如果你已经忘了北京那个人为何不接受大俊哥? 这么多年了你不也在折磨自己吗?"

"你说什么?"

秦容秋无力地松开妹妹,一个经历过生死的人怎会不明白呢? 正因为自己做不到,所以才不希望妹妹重蹈覆辙。

"姐姐,你不要劝慰我,事实无法改变,劝我也没有用。"

两姐妹拥抱在一起……大风用力地吹来,掀起姐妹的衣边,撩起她们的发梢,吹干沾湿的脸庞。

三

五一劳动节皓然过周岁生日,生日晚宴安排在家里,邝副会长和韩雪琴也来参加了。因为秦容秋的缘故,邝副会长夫妇认为程家这件事处理得不"恰当",伤害了邝家人的感情,辜负了女方的诚意,从那以后跟程家有所疏远。后来,程家接二连三出事,殷惠珍再没有心情去韩雪琴那儿玩麻将。通过打麻将建立起来的感情和麻将牌筑起来的"长城"一样脆弱,通过联姻建立起来的关系也只在小夫妻的关系当中交好。

皓然食量很大,每天喝一大瓶牛奶,吃一个鸡蛋,每顿还能吃下一碗粥。孩子发育得也很好,周岁不到就能扶着墙壁走路了。孩子生日这天,家里着实热闹了一番。戴寿星帽、吃蛋糕、吹蜡烛、抓阄、拍照留念,这孩子成为全家的快乐中心。从外面回来的家庭成员不管是谁,第一句话一定问:皓然呢? 乖不乖? 连家里请来的两位保姆都起了妒忌之心,自己亲生的孩子都得不到这么多宠爱,这个捡来的孩子却过着王子般的生活,这就是命好啊! 可能因为当晚的生日蛋糕吃得有点儿多,皓然玩过于兴奋,整晚不好好睡觉。临近天亮,程甘霖把孩子抱给母亲,说孩子折腾一宿,请妈妈照看一下。殷惠珍把孩子抱在怀里晃悠,孩子嗷着小嘴咿咿呀呀跟奶奶说话。殷惠珍轻轻拍孩子的背,唱起摇篮曲:"婴仔婴婴困,一眠大一寸,婴仔婴婴惜,一眠大一尺……"

孩子在殷惠珍怀里睡着了,殷惠珍把孩子放在床上,自己也挨着躺下。突然,强烈的震动把她从浅睡中惊醒,地震了! 地震是她的第一直觉。当完全清醒才发现并不是地震,而是孩子在剧烈抽搐。可怜的孩子双腿机械地来回摩擦,小手紧握拳头,身体痉挛,口吐白沫。

"快来人啊!"殷惠珍打开房门,大声呼唤,"孩子病了,快来人啊!"

家人闻讯赶来,昨晚为皓然过周岁生日的甘露和曾帅也在家,殷惠珍的房间里塞满了人。

"是癫痫。"程全贵断言,"赶紧去医院。"

到了医院挂了急诊,检查结果下午才拿到。医生把一大摞检查单子拿在手上看,然后把脑部 CT 片子夹在投影上,说:"脑瘤,32mm×21mm,长在脑干处。"

程甘霖几乎没给医生缓冲的时间,焦急地问:"请问如何治疗?"

医生说:"先住院。"

程甘霖不甘心,换了个方式问:"大夫,这种情况通常如何处理?"

"这个问题很难回答,住进医院我们也要通过更详细的医学检查来诊断,经过会诊才能给出治疗方案。这么说吧,肿瘤长在脑干的位置通常是手术'禁区',脑干很小的范围内集中了许多神经核团,这个区域的手术难度很大,易造成脑干细胞损伤,手术致残及手术死亡率很高。"

"如果保守治疗呢?"邝美嘉迫不及待地问。

"不手术的话只能维持现状,通过药物控制来减轻症状,前提条件是肿瘤不再继续长。"

殷惠珍说:"还是住院吧。"

"回去观察观察。"邝美嘉说,"我倾向保守治疗。"

医生说:"保守治疗也行,我给你们开药拿回去按时服用,过一段时间再来复查。"

奶奶得知孩子病了着急上火，午饭没吃午觉也没睡，早早守在客厅等他们回来。"究竟是什么毛病啊。"大家还没进屋，奶奶就在一旁问。

"脑瘤。"殷惠珍边换鞋边说。

"脑瘤！这么小年纪脑子里怎么就长瘤子呢？"

"不好说，说不定娘胎里就有。"殷惠珍讲这话未免有埋怨的成分。当初儿媳妇不听话，自己早提醒过外面不明来历的孩子收养不得。

奶奶又问："能不能手术？"

邝美嘉说："医生讲也可以吃药观察，孩子的肿瘤长在脑干，那个部位有很多神经元，不能轻易手术。"

保姆已经把饭菜端上桌了，一家人围坐在餐桌旁吃饭，大家望着一桌菜没有胃口，谁都没有心情吃东西。程全贵对儿媳妇说："美嘉，我建议让孩子住院，在家里万一有什么状况怕来不及处理。"

殷惠珍趁热打铁说："你爸爸说的是，孩子在医院治疗可能会好些。"

"爸妈，药都拿回来了，按时服药和住院没多大区别。"邝美嘉说话时语调很强硬，"进医院无非是做手术，手术风险这么大，万一落下残疾怎么办？那样会痛苦一辈子。"

程甘露说："手术也有痊愈的可能，医生是这样说的。"

邝美嘉说："头颅一旦打开，人的魂就丢了一半。孩子还那么小，脑袋里每一根神经都很脆弱，如果保守治疗减少发病又避免了风险岂不更好？"

"美嘉说得也有道理。"程甘霖成为唯一的支持者，他支持的不是美嘉的道理，而是无条件支持妻子的决定。

"快来啊，孩子又抽了。"皓然被施了咒似的翻着白眼吐着沫子，他的身体像被蚕食般痛苦地抽搐着，经历了两三分钟，症状才慢慢缓解。醒过来的孩子软弱无力，别说像以前那样走路了，连站立都成问题。殷惠珍对保姆说："我们累了一天，特别是美嘉需要休息，今晚有劳阿姨带孩子了。"

程全贵对保姆说："孩子发病的时候尤其要小心，别让呕吐物呛到气管里面，手脚也要注意，别磕到碰到。"

邝美嘉没发表意见，扒拉了几口饭起身离开了。接连几天相安无事，孩子的体力恢复了，精神劲儿来了，又能扶着墙走路了，大家都以为大夫开的药起了作用。事实上并非如此，没消停多久，一次突如其来的爆发性发作使孩子陷入深度昏迷。经检查，脑瘤已经压迫到大脑中枢神经，必须立即手术。手术整整进行了六个小时,孩子从手术室推出来时小小的身体插满了管子,脑袋蒙着厚厚的纱布,只让家属看了一眼就被送进了监护室。医生说手术比预料的复杂得多,完全康复的可能性不大。

邝美嘉的担忧是对的,经历这么大的手术,不死也丢了半条命。出院后的皓然头上落了一块大伤疤,以前那双会说话的眼睛失去了灵性,双腿无法站立,吃喝拉撒都在床上,再也没能给这个家庭带来欢乐。皓然的生活由保姆照顾,美嘉回公司上班,她比以前更倾心于事业,经常和丈夫住在娘家。从那以后,小两口回来看皓然的次数越来越少,因为每次看到皓然躺在床上痴呆的样子就让人受不了。

四

皓然出院没多久奶奶生病了,老人不分白天黑夜地咳嗽,上吐下泻高烧不退。送往医院,确诊双肺纤维化。以这样的情形看,老人恐怕很难挺过这关。医生给她上了高压氧,顶多拖一些时日。病床上的老人艰难地发出含混不清的声音,氧气罩套在她的嘴部,氧气管哧哧地叫着,她说:"照片,照片……"

程全贵问:"妈妈要谁的照片?"

殷惠珍懂奶奶的意思,她知道皓月的照片一直放在奶奶房间。她让程全贵送自己回家,从奶奶的枕头下取出照片。殷惠珍像罪犯一样在程全贵面前忏悔,如实交代整件事的来龙去脉,说:"我去年九月初去的,骗你说走亲戚,其实去了云南找秦容秋。容秋怀孕这件事瞒着你也是不得已,当时甘霖已经和邝美嘉确立了关系。"

程全贵勃然大怒,痛心疾首地说:"你呀你,竟然干出这么混账的事!甘霖这小子,哎!还不是被你惯出来的,我这个当父亲的也难辞其咎,罪过啊!"

殷惠珍说:"我们的确对不住容秋姑娘,以后咱好好弥补行不行?"

程全贵说:"你忘了当初怎么对待人家容秋姑娘的!孩子都这么大了才想起来弥补,我都替你害臊!"

"你看这事该怎么办呢?"

"必须让那浑蛋小子负荆请罪!"

殷惠珍劝阻道:"事情都过去这么多年了,负荆请罪也于事无补,何况咱得考虑儿媳妇的感受。"她赶紧把照片塞到丈夫手上,指着照片上的孩子说,"你瞅瞅,多好的孩子,可是咱们的亲孙子啊。"

程全贵细细地端详照片，虽然还在气头上，但仍掩饰不住对孩子的喜爱。看到丈夫一脸慈爱，殷惠珍趁热打铁说："奶奶说像你，我看更像咱儿子，简直就是甘霖的翻版，看着心里都欢喜。"

程全贵品味了一番孩子的长相，说："奶奶说的没错，我小时候就长这样。不过我倒觉得有几分像容秋，容秋就是这么笑的。"

"我也这么看，这孩子真会长，综合了父母的优点。你给孩子起名皓然的时候我惊讶得不得了，心想这爷孙有感应呀。想不到吧，咱孙子叫'皓月'，听听'皓月''皓然'是不是兄弟俩？"

程全贵不停地点头，说："哎呀，真的是呀，太巧了。"

殷惠珍指着孩子脖子上戴的玉坠，问："你认出这块玉了吗？"

程全贵辨认了一下，摇摇头。殷惠珍说："嗨！这不是奶奶收藏的'小月牙'吗？她把这么好的玉送给了容秋，容秋又给了孩子。去年我把照片带回来翻拍了一张给奶奶，奶奶稀罕小孙子，把照片压在枕头下，不时拿出来看几眼。当时奶奶是不能下地走路的，我哄她说等保养好身体明年暑假就带她去云南看容秋和孙子，她相信了，坚持每天用助行器练习走路。这次突然病倒，哎！看来是没法实现愿望了。"

殷惠珍一番话说得丈夫泪眼婆娑。程全贵说："一旦知道这件事，我们作为家长的不能无动于衷。你上次去云南虽然没告诉我，但我认为做得很对，不管儿子造下什么孽，咱们都要勇敢面对，尽量去弥补。"

回到医院，夫妇俩把照片递到奶奶眼前，老人家看了又看，才放在枕头下面。程全贵走出病房，往办公室打了一个电话，跟秘书说："请帮我订一张飞往昆明的机票，明天就动身……"第二天下午，程全贵搭上飞往昆明的飞机，次日一早从昆明坐汽车来到云西县。由于云西县发往乡镇的班车不多，时间间隔较长，程全贵包了一辆车直达凤曼村。殷惠珍事先告诉过他到了村口该怎么走，描述过秦家小院的特征，他没向任何人打听就找到了秦家。当程全贵出现在小院时，秦容秋正陪着皓月画画。她万分惊讶，简直不敢相信自己的眼睛。程全贵愧对眼前这位姑娘，没有勇气再往前走，远远地问："容秋，你还好吗？"

"我好，我好。"秦容秋的眼睛红了，千言万语尽在一段长长的"无言以对"中。皓月趴在桌上画画，容秋让孩子放下蜡笔，指着程全贵说："宝贝，你看，谁来了？"

皓月眼里只有五颜六色的图案，望着陌生的面孔不知所措。容秋说："快点叫爷爷,爷爷看你来了。"

皓月莫名其妙地看看妈妈又看看程全贵。容秋说:"叫爷爷,傻儿子,你的亲爷爷。"

皓月的世界里只有外公和金爷爷,没有亲爷爷这样的概念,不过他还是顺从地叫了一声爷爷。这一声叫红了程全贵的眼睛,程全贵张开双臂抱住孩子,眼泪止不住地往下流。以往遇到陌生人孩子会躲闪,没料到皓月不仅乖乖让他抱,还好奇地打量这位慈祥的流着泪的"亲爷爷"。

多少话要说不知从何说起,程全贵的嗓音有点儿沙哑,不断对容秋说对不起。容秋抹掉眼角的泪珠,故作轻松地说:"过去的事不要再提了,我现在过得很好。"

听到村民传话,秦原生和大俊赶了回来,看到北京又来人了,秦原生气得又到处找他的水烟筒。程全贵将一个小红包送给孩子,里面装着一张十万元的现金支票。秦容秋还是同样的态度,说:"这钱不要。"

程全贵说:"请代孩子收下,这是爷爷奶奶给孙子将来上大学用的。"

容秋恭恭敬敬地把红包退给程全贵,说:"我们不缺钱,有能力供养孩子上大学。"

程全贵说:"这钱不是给你的,是给孩子的,请代孩子暂时保管。孩子身体里流着程家人的血,我们做不到不爱不疼,这是人之常情,请不要多心。同时也请放心,我们会把爱放在心里面,远远地关心他爱他,绝对不会觊觎。"

秦原生听到这番话正想反驳,动了动嘴唇干脆作罢。程全贵的话也不是没道理,只是心里面的怒火积压了这么多年,跃跃欲试又憋了回去。毕竟对方也是老人,况且是闺女一向尊敬的人。

秦容秋说:"程叔,这么多年过去,我一直牵挂你们,原以为再也见不到了,想不到您来看我们母子,谢谢!"

程全贵说:"不要谢我,我知道真相太晚,不然早就来了。说来都惭愧,我这个当父亲的教子无方,管教孩子不严,是我失职了。容秋,对不起!我们亏欠你太多,叔叔代表全家向你和你的家人道歉!"程全贵哽咽得说不下去。

不提还好,提起对容秋和孩子的亏欠,秦原生再也憋不住,"噢"地站起来,指着程全贵骂:"后悔没有用,道歉也没有用,早干啥去了!我问你,你不也养儿养女吗?当年我闺女怀着孩子被赶走,她一个姑娘家呀,你们的心肠真歹毒。你那狼心狗肺的儿子真该天打雷劈!不要以为拿点臭钱就心安理得,我们农村人穷是穷点,但骨头不软。还有你家那姓殷的老妖婆,当初死活拽我姑娘去堕胎,现在也有脸来认孙子,天底下哪儿有这么不要脸的人,简直是天理不容……"说着说着,老人全身筛糠似的抖起来,一口气上不来。容秋和大俊赶紧扶老人坐下,又是捶背又是揉心口。

无论容秋的老父亲骂什么,程全贵只能默默地承受。当初甘露受到伤害的时候,作为父亲的体会是同样的,那时候他恨不得把欺负女儿的人碎尸万段。为了不再刺激老人家,程全贵提出告辞。临出门,他再一次把孩子抱起来,亲亲孩子的脸蛋,说:"爷爷要走了,以后有机会来北京看望爷爷、奶奶、太奶奶好吗?"

皓月没有回答,他羞涩地望着自己母亲。秦原生还没缓过来,用尽全力说:"你打什么主意,想都别想!"

考虑到老人家的身体状况,程全贵随即辞行,说道:"这次见到你们心里很宽慰。虽然时间很短,看到你们好好的也就放心了。今后容秋有任何困难请务必告诉我,任何时候愿意来北京看我们,我们张开双臂欢迎。"

见程全贵要走,容秋极力挽留:"程叔,刚来就要走,不要那么辛苦,我们都希望你多住几日。"

程全贵说:"我得赶紧回去,因为奶奶恐怕——哎!恐怕就这几日了。奶奶病倒了,双肺严重纤维化,现在只能靠吸氧维持生命。奶奶想念你和皓月,皓月的照片是她最珍视的宝贝,病得这么重还要我们把孩子的照片压在枕头下面。她不知道自己起不来了,还盼望着身体好转坐飞机来云南看你们。"

容秋不知道奶奶病得这么重,想到奶奶对自己的种种好,泪如雨下。

程全贵再次跟容秋告别:"我这就走了。你自己也要保重身体,照顾好自己,现在叔叔唯一的愿望就是希望你找到自己的幸福。"

容秋点点头,依依不舍地看着程叔离去。

"等等!"程全贵走出去不远,秦容秋叫住他,说,"我想带孩子去北京看望奶奶。我想念她老人家,相信她老人家见到孩子一定会高兴的,请稍等一下。"

秦原生也听到女儿说的话,知道女儿又要来跟她讲好话求情,从凳子上起来,气呼呼地走了。女儿紧追到房间,无论说什么,他都不搭理。他太了解女儿了,谁要对她好点,她就记人家一辈子情,谁对她不好却从不往心里去,说得不好听叫好了疮疤忘了痛。

"你这个傻孩子啊!"秦原生真是恨铁不成钢。受了这么多苦,遭了那么多罪,差点儿连小命都赔上了,结果人家几句好话就把她给"收买了",这孩子经历了这么多,还是"没心没肺"。老人家气了一阵,过后,内心竟然莫名其妙涌起一丝欣慰和喜悦。女儿宽厚仁义,心地善良,养出这么好个闺女岂不是自己的福分?老人坐在床沿边沉默不语,女儿亲昵地伏在他膝上。不知不觉,眼睛竟然被泪水一样的东西滋润着,女儿身上有某种闪亮的东西,如同水一样温柔却不乏力量,想推推不开,想抵抗抵抗不了。此刻,老人既安慰又痛心。同意吧,心不甘情不愿;反对吧,活了这么大岁数还不如自己孩子。秦原生无可奈何,还是那句话:"你这孩子啊,二十好几的人了,让老爹省省心吧。你妹妹跑再远我都不会担心她,你要有你妹妹的一半就好了。哎!阿爸都不知怎么说你。"

由于临时买不到机票,程全贵也改坐火车,回北京的时间比预计晚了两天。第一天在火车上,北京打来电话说奶奶弥留了;第二天说奶奶知道儿子去云南接容秋和曾孙子,病情出现转机;第三天曾帅开车带着程甘露到火车站接人,之后驱车来到医院。奶奶见到容秋和皓月非常激动,握着容秋的手异常有力,干枯的眼睛也湿润了。谁也没注意到,一个瘦高的身影躲在病房外,像影子一样单薄,和影子一样准备随时消失。没错,程甘霖终于见到了容秋和自己的骨肉。

发生的这一切不可能对邝美嘉隐瞒,邝美嘉知道这件事后提出分居。当初被抛弃的女人迎了回来,程家人竟然骨肉相认。想到这些,邝美嘉就恨得咬牙切齿,无法生育的缺憾使她不堪重负,她觉得自己被嫌弃,被一群原本就没有资格拥有她的人抛弃了。有一次,她看着小床上躺着的呆傻儿子,突然产生掐死他的强烈冲动。可怕的妄想!等邝美嘉反应过来,自己被自己吓到了,大声呼喊阿姨过来,逃跑似的离开了。

几天后,奶奶的病情奇迹好转,高压氧的呼吸机换成了普通呼吸机,不仅如此还能吃下少量流食,也能讲话了。相聚总有离别时,有一天,秦容秋来到奶奶病床前向她告别,说:"我不能陪您了,奶奶。我把皓月留下来陪您过完九十大寿,明年大寿还把皓月给您老人家带来。"其实秦容秋暂时不会离开北京,离奶奶九十岁大寿只有十多天时间,她打算去秀梅那儿住几天,然后去医学院看看妹妹。她有顾忌,自己不方便总出现在程家人面前,于是把孩子留下来多陪他们几日。

奶奶的病情渐渐稳定,医院建议让老人回家休养。白天,大家都围着孩子转,晚上殷惠珍带皓月睡觉。从来不唱歌的爷爷居然也开口了,教会皓月好几首跑调的儿歌。《我爱北京天安门》是皓月最喜欢的,为了让皓月理解这首歌,祖孙约好半夜起床去天安门看太阳升起,看五星红旗迎风飘扬。八达岭长城是全家人一起去的,除了邝美嘉,其他成员都来了,连秀梅也来了。爬了长城又去香山,当天晚上一家人住在香山。

几日后,终于盼来奶奶九十大寿,庆寿宴在别墅附近的一家酒店举行。老人坐在轮椅上,神采奕奕地出现在众人面前。邝美嘉也来贺寿,宴会结束回了趟家,毕竟家里还有皓然,另外有一些私人物品需要带走。进家门,她没先去看儿子,而是回到房间收拾自己的物品。程甘霖跟随她进屋,恳求道:"美嘉不要走,皓然不能没有你,我不能没有你。"

邝美嘉冷冷地说:"那个女人带着你们的儿子回来了,这个家不是'不能没有我',而是'不该有我'。皓然有你们照顾我也放心,咱们暂时分开,大家都想清楚一点。"

程甘霖说:"过去我犯了大错,除了赎罪,除了珍惜你和皓然没有需要想清楚的。"

邝美嘉说:"你要跟谁赎罪那是你的事,我自己想不开是我自己的事。不过我可以表态,既然秦容秋还没结婚,又有那么可爱的儿子,我建议你们破镜重圆。"

程甘霖说:"你说到哪儿去了,我是个有罪之人,不可能再有什么想法。"

"你有罪跟她说去吧。"邝美嘉收拾好行李走出房间,上二楼的小房间看孩子。她走到房门外,听到里面有小孩的说话声。皓月站在小床边,一只手拿着小熊的玩具,另一只手握着布艺小狗,津津有味地讲小熊偷蜂蜜的故事给皓然听。"小熊最爱吃蜂蜜,他约小狗一起去小蜜蜂家偷蜂蜜,小狗不肯去因为小狗不喜欢吃蜂蜜,小狗喜欢啃肉骨头。"皓月声情并茂地讲,"小熊自己去偷蜜,可是蜂窝挂在高高的树上怎么偷得到呢?"皓月站到凳子上,学小熊爬树的样子,边做动作边讲:"小熊爬呀爬呀,终于爬上去了。"皓然躺在床上开始还呆呆地看小哥哥"表演",后来咯咯地笑起来。

"放哨的蜜蜂发现了小偷,于是吹起口哨,同伴们'嗡嗡嗡'飞来了,它们举起'刺刀'向小熊刺去,可怜的小熊呀,满身都是包。"

皓然又咯咯地笑了起来。

"下来吧,别摔到了。"站在门口的邝美嘉跟他说。

皓月乖乖地从凳子上下来,问:"阿姨,弟弟为什么一直躺在床上呢?"

邝美嘉回答:"弟弟生病了。"

"明天我们要出去玩,带弟弟一起去可以吗?"

"不可以,弟弟不能走路。"

皓月望了皓然一眼,想了想,说:"我可以背他。"

邝美嘉蹲下身,温柔地看着眼前这个漂亮的小男孩,回答道:"你还小,背不动。"

"这儿不是有小推车吗? 我可以推弟弟去玩。"小推车的确可以推孩子出去,不知道为何从来没人想过带孩子出去。也许是因为孩子呆傻怕被人看见,也许以为孩子什么都不懂,带他出去没有意义。

皓月说:"妈妈要接我回云南了,我要走了,我想带弟弟一起出去玩。"

殷惠珍不知何时出现在门外,对美嘉说:"我们明天打算去游乐园,美嘉一起去吧,把皓然也带上。"

邝美嘉说:"妈妈,我明天还有事。"

"美嘉……"

"妈妈,什么都不要说了,我和甘霖都需要时间冷静一下。皓然就拜托给你们了,有时间我会回来看他。"说完邝美嘉走了出去。

别墅外面,程甘霖再一次拦住她,说:"美嘉,不要走,明天我们一起去。"

"有没有搞错? 你让我去陪秦容秋的儿子!"

"我们还有皓然。"

"不要提皓然,皓然是我造的孽。你知道,我也想要自己的孩子,我也想给你生孩子,可是我办不到呀。现在好了,程家有后了,恭喜你们! 不过你们别忘记,你们获得的快乐是往我伤口上撒盐得到的。"

程甘霖很痛苦,对妻子说:"美嘉,事情不是你想象的那样,到现在为止我和秦容秋都没见过面。我对她亏欠太多,何况她永远都不会原谅我。美嘉,你是我妻子,我爱你! 别说有没有生育,即使没有孩子我也从未缺憾过。"

邝美嘉愤愤地说:"亏欠! 你早干吗去了? 我不愿意这样生活下去,我们的婚姻已经蒙上了一层阴影。这个孩子挡在我们中间,这是一条无法逾越的鸿沟,还是做你的好父亲去吧。"

程甘霖绝望地退让开,默默地看着妻子离家而去。

五

小吃街糯米巷靠里端的一个四合院里,一个蓬头垢面的女人蹲在自家门口磨刀,磨刀的刺耳声回响不止,弄得住在小院的人毛骨悚然。一位老太太往她那边泼了一盆污水,另一个中年妇女从屋子探出头喊道:"喂,修表的媳妇,你怎么又在磨刀了? 别吓唬人好不好?"

很显然女人不打算回答,她使劲地磨一把早已锋利光亮的菜刀,厚厚的磨刀石由于使用的年头太久,被刀子磨成了一把"镰刀"。小院子很杂,各种颜色的塑料雨棚歪歪斜斜拉扯在屋檐下,花色繁多的衣裤挂在雨棚下随风招展。

磨刀的女人头发胡乱地扎在脑后,前额的发丝散乱地遮挡了她的眼睛,她沉浸在自己的世界里,毫不在意身边的人和事。中年妇女缓步走到老太太身边咬耳朵,说:"她好像神经不对了。"

那老太太噘着嘴小声回答:"可不是,她男人在外面乱搞。"

"干脆离婚呗。"

"离啥婚呀,她就是那男的拐来的婆娘,都没领证呢。"

"她天天这么磨刀太吓人了,下次见到他男人得说说,得送医院。"

"我都好长时间没见到她男人了,谁知道啥时回来。"

"要不咱们报警吧,万一哪天要看咱们不顺眼——"

老太太想到刚才朝女人泼水,挺后怕的,伸伸舌头说:"你说的是,以后还是小心点,不要招惹她。"

刀磨得差不多了,女人用指尖试了试犀利的刀锋,脸上露出比刀锋更可怕的笑容。

糯米巷和往常一样热闹,巷子汇聚了全国各地的特色小吃,一家接一家的小吃铺子让人眼花缭乱。从游乐场出来,程甘霖带着家人驱车来到巷口的停车场。殷惠珍牵着皓月,程甘霖推着皓然,程全贵拎个不小的袋子,里面装着孩子们用的零零碎碎的东西。一辆破旧的摩托车停靠在巷子入口的马路边上,摩托车很脏,前后挡板糊满泥浆,牌照上的数字都无法分辨。一个胡子拉碴的中年男人和一个年轻女人背靠着摩托车说话,目光游移在来往的人群中,似乎在找人。

程家人从这对男女身边经过时,女的看到皓月脖子上晶莹剔透的玉坠,眼神贪婪了,凑到男的耳边说:"那块玉好货啊!"

男的肯定地点点头,说:"成色相当不错。"

女的又说:"我看小推车里的一定是个男孩。"

男的往她耳朵眼喷了一口带口臭的话:"蠢货婆娘,你没看到那孩子是傻子吗?"

女的不敢吭气,过了一会儿说:"那块玉要是拿到手别卖了,给我吧。"

男的看了她的一眼,嬉皮笑脸地往她肥硕的胸部抓了一把。他淫荡地笑了,露出一口肮脏的黑牙。女的恶心了一下,厌恶地扭过脸去。

接连吃了两家小吃,小皓月还不过瘾,拉着奶奶往小吃街里面走。殷惠珍牵着皓月的小手,一个劲儿提醒:"皓月,慢点,人多的地方藏着坏人,万一坏人把你抱走了就再也见不到了。"

皓月说:"我有小手枪,专门打坏人的。"皓月取下别在腰上的小木枪,在奶奶面前显摆。殷惠珍提议去王府井购物,给皓月买礼物带回去。一家人穿过拥挤的人群快到巷子口时,突然听到后面有人高声喊:"杀人了,杀人了。"不远处,一个女人挥舞着明晃晃的菜刀向一个男人砍去,那个呼救的男人被砍了数刀,血淋淋地倒在地上。丧心病狂的女人并没住手,疯狂地扑向人群,一对母女被砍倒,更多的人受伤。

尖叫和呼救声使这个拥挤的巷子陷入恐慌,人们并不清楚究竟发生了什么事,有人趁机添乱,高喊:"起火了!起火了!"骚乱的人群像受惊的野牛,疯狂往巷口奔去。有人跌倒,有人踩上去,更多人跌倒,更多人踩上去,狭窄的巷子堵塞了。程甘霖果断放弃推车抱起皓然,殷惠珍还没来得及反应过来,牵着皓月的手被狂野的人群冲开。程全贵扔下手里所有的东西钻入混乱的人流寻找孩子,被后面涌上来的人推倒,无数双脚从他的身上踩过。在大脑失去意识之前,他清晰地听到妻子发疯似的喊叫:"皓月,皓月……"这声音声嘶力竭,很快被各种恐怖的哭喊淹没。

男人飞快地骑摩托离开糯米巷,身后不仅带着年轻女子,他们中间还夹着一个小男孩。孩子时不时挣扎一下,嗓音因为哭喊的时间太长已经嘶哑了。男人恶狠狠地对小男孩说:"再不老实把你剁了拿去喂狗。"

孩子被吓着了,不敢大声哭,只能张着嘴巴一口一口抽噎,有哭的样子,没有哭的声音。也不知道拐了多少条巷子,穿过多少条街道,摩托车离出事地点很远了。女人摸出一把锋利的小刀割断孩子脖颈上的红绳子,"小月牙"璧玉落到她手里。她欣喜若狂,拿在手上翻来覆去地看,跟男人说:"好漂亮的玉,里面还有一块墨绿色飘花,是罕见的月牙形的。"

"是吗?"男的停下车从女的手里接过来,边欣赏边赞叹,"真的是好东西,比这孩子值钱多了。"男的又高举玉坠让它透过光线,说:"这是一块缅玉,没有一点杂质,神了神了,还是'冰种'带飘花的。"

"给我!"女的从男人手中夺了过来,撒娇说,"你答应给我的。"

聪明的皓月看到逃跑的机会来了,趁俩人说话往摩托车下跳,毕竟人太小摩托车太高,刚着地就摔倒了。男人气势汹汹地对准皓月的背又踢又踩,皓月痛得趴在地上起不来,悄悄取出别在身上的小木枪对准男人。男人更生气,扬起腿一脚把小木枪踢飞了,上去给他一顿揍。女的过来制止,说道:"傻呀,踢坏了怎么办?"

男人回答:"这孩子有点儿大了,不弄狠一点不听话。"

女的说:"算了,带着是个累赘,我们还是赶快出手吧。"

男人问:"送到文老九那儿去吗?"

女的把玩了一下玉坠,欢喜地戴在自己脖子上。男的不耐烦了,说:"你快点儿把他弄上车,还有心思玩。"

女的看着地上躺着的孩子发起慈悲,说:"还是别送文老九那儿了,他这人下手狠,掰胳膊断腿地弄了去要钱,长得这么干净的孩子弄折了可惜。"

"那就去火车站吧,熊家婆她们也要货。"

"这么大的孩子卖不出价钱,而且啥都懂了,我看还是把他放了吧。"女人摸了摸脖子上戴着的玉坠,对孩子并不感兴趣。男人回答:"你这没出息的婆娘,老子把他从人群中抢出来差点被踩死,就这么轻易把他放了?"

女的伸手在男人的胸膛上乱摸,挤眉弄眼地说:"哎呀,这块玉不是到手了嘛,回头一定好好犒劳你。"

想到犒劳,男人就心痒痒,便依了女的,发动摩托车带上女人走了。皓月从地上爬起来找到小木枪,重新把它别在腰上。摸摸脖子,脖子空空的。如果不是因为被坏人踩得身上好痛,他还以为这是一场噩梦。

孩子站在街边不知道该往哪儿去,周围是宽阔的街道,街道两旁有三三两两的行人。他顺着马路往前走,努力回忆刚才和爷爷奶奶失散的地方。不知走了多久,天蒙蒙黑,有个穿灰色衣服的中年男子走了过来,笑眯眯地对他说:"小朋友,你怎么一个人呀?"

皓月回答:"我找爷爷奶奶。"

男子又问:"他们去哪儿了?"

皓月终于忍不住哭了起来,说:"找不到他们了。"

男子说:"我知道他们在哪儿,我带你去找。"

皓月半信半疑地望着男子。男子说:"这儿是郊区,天黑了野狗就会来叼小孩,你赶紧跟叔叔走,叔叔帮你找爷爷奶奶。"

男子牵着皓月的手,往一辆老旧的没挂牌照的白色微型面包车走去。打开面包车的门,这个自称叔叔的男子强行把他推上车。车门"砰"的一声关上,车子立马发动开走了。

如果说这是盛夏,盛夏的天空不应该飘着雪花。如果说这是冬季,冬季的阳光不应该这么毒辣。丢失皓月的程家人没有白天也没有黑夜,没有四季,也没有冷暖。一条街从街头望到街尾,眼里除了孩子什么都看不到。程甘露和曾帅出入在市区各个派出所,其余的人奔走在车站、码头。程全贵被踩伤,严重脑震荡深度昏迷,亲人没能顾得上他,请来陪护照顾,还有自始至终守护在他身边的闵思全。秦原生和大俊从云南赶来,孩子丢了还有找回来的希望,女儿出事了再也无法挽回。

秦容秋的意志被彻底摧毁,她的精神状态出现严重问题,自从皓月丢掉再也没在床上睡过觉,秀梅和甘露轮流照看,她仍然不小心走失了。几天后,秦容秋被人发现,送进收容所,秦原生和大俊已经在北京,接到通知心急火燎地赶到。

一周又一周,孩子还是杳无音信,秦容秋仍然不能睡觉,白天黑夜都在大街上瞎走。无奈之下,大家只得将她送进医院精神科特殊病区治疗。

半个月过去,程全贵还没苏醒,医生建议家属多跟病人交谈,这样对于病人恢复意识有帮助。闵思全在医院照顾父亲,没事就趴在父亲耳边说话。有一天,他刚讲完小时候和妈妈的故事,看到父亲的眼角挂着眼泪。闵思全趴在父亲耳边轻声呼唤:"爸爸,你听到了,听到我说话了。爸爸,睁开眼睛看看儿子吧……"程全贵瘫软的手指动了动,轻轻搭在儿子的手背上。

月　光　白

一

连续三年了,每年春茶结束,大俊就陪着容秋出去找孩子,到秋天采摘谷花才回来。秦家这几百亩茶园产量很高,一年四季都要做茶,大俊和容秋顾不上这些,夏、冬两季都不在家。夏初出去秋天回,初冬出去过年回。秦容秋身边有一张中国地图,这张地图铺开足一米见方,上面画着许多红圆圈,圆圈代表去过的地方。圆圈以北京市为中心往南,天津、石家庄的大小城镇已经圈完了,下一站是济南。丢掉孩子的这几年,俩人走遍了千山万水。每当绝望的时候,大俊总能让容秋看到肥皂泡似的希望。大俊告诉她,四五岁的孩子有终生记忆,无论在哪儿,他的记忆里始终有我们的存在,等他长大了必定会回来找我们的。所以,我们要保重好身体,做好自己,等孩子回家。这些渺茫而美好的希望总能令秦容秋重树信心,她就是靠着这一点点的希冀的希望支撑着。

秦家的"绿色生态茶园"获得意想不到的经济效益,引起凤曼村不小的轰动,同村的包括金家纷纷找秦原生取经,大家有意愿学习秦家的"厂"字修枝法,也有向"绿色生态"模式转型的想法。但老乡们的现实顾虑始终没法解决,矛盾存在于大家只想卖鲜叶,因为卖鲜叶省事,农闲时还可以进城找零工干干。而秦家没有能力加工这么多茶叶,既然茶叶没人收购,村民们"一时的冲动"也就成"想想而已",最终没有一户行动起来。

终于有一天秦原生按捺不住了,一个"重大"的谋划悄悄爬上他的心头。他一大早起来就跟大俊和女儿倒心事,说:"有个想法搁在心里好久了,再不说睡不好觉。"当时容秋在打扫院子,大俊正在劈柴火,看父亲这么认真,停下手中的活洗耳恭听。老人说:"你们知道的,向我打听'生态园'的老乡越来越多,不仅我们凤曼村的,隔壁村的也有找上门的。"

容秋说:"阿爸,我们都知道,也正是我们所期待的,如果凤曼村和周围的村子都种绿色生态茶,咱家乡的生态环境不知会好上多少倍。"

"我也是这么想的。"秦原生说,"可他们问是否有地方收鲜叶?意思是既然是绿色生态的茶,不仅产量翻倍而且鲜叶的价格比原来高才合理。"

"其实本来就是这样。"大俊说,"我们也是这样跟大伙宣传的。"

"你妹妹现在读研究生,每个月国家有补贴,咱家不存在经济负担。"老人犹豫了一下又说,"如果说有负担那就是你们每年出去的花费,不过这个不能省。"

秦容秋问:"阿爸想说什么?"

"我想盖'大作坊',把他们的鲜叶全收过来加工。只要教会大家按照我们的要求种植,价格比别的厂家收的合理,用不了多久,全村全乡都可以带动起来。"

大俊欣赏秦老的想法,但觉得想法似乎有点儿不切实际。若是盖比现在大一点儿的作坊也派不上用场,如果像工厂那样的规模根本没有那样的经济实力。

秦原生却信心十足,说:"我这里攒下不少,加上以前皓月的爷爷留下的十万块,不够的还可以发动全村集资,咱们本村的顾家、陶家都很有钱,还有……"

"那也不够。"秦容秋反驳道,"差得太远了,盖厂房没有上百万想都别想,再说了——"秦容秋说话的声音突然很低:"况且那十万是给皓月将来上大学用的。"

"闺女,如果不够还可以跟银行贷款……"秦原生故意打断容秋,每当她陷入深思,脑袋里面又在胡思乱想。秦容秋没有表态,她觉得父亲不过是在做美梦,又沉浸到思念皓月的精神世界里去了。时间过得真快,一晃四年过去,皓月九岁了,该上四年级了吧。皓月这么聪明,四岁就认识不少字,那家人会不会让孩子读书呢?那家人待他好不好?皓月可得乖点,不要闹着回家,这样会惹他们不高兴,好汉不吃眼前亏,妈妈等你长大。

"闺女,你在听我说话吗?"秦原生再一次打断她,医生叮嘱过家属,尽量帮助病人减少妄想。于是,老人换了一个话题,说:"闺女,今年的'月光白'还有库存吗?"

容秋恍恍惚惚地说:"哦,好像没有了。"

"四年前加种了三十亩'长叶白毫',眼看就有产出了。"

一个村民从门外面探进来半个脑袋,对秦原生喊:"老秦头,北京来电话了。"

秦容秋第一反应是皓月来消息了,扔下扫帚发疯似的往外跑,她拼命地跑啊跑啊,脑子只有一个信念,那就是皓月找到了。村里的电话太远,急得她心脏怦怦乱跳。一秒钟都不可耽误,百分之一秒都来不及耽误,万分之一秒都耽误不起,她一个劲儿地催自己快点,跑得再快点儿!

刚开始大俊还跟在容秋后面,后来超过她站在路中间,张开双臂拦住去路,说:"不要这么急,先冷静下来。"

"快让开!"容秋不顾一切地推开大俊。大俊说:"先做好最坏的思想准备再去接电话,不要冲动……"

"你给我让开!"秦容秋完全丧失理智,哪里顾得上大俊说什么,没命地跑。心肌狂搏,血液倒流,灵魂飞离躯体……到服务社抓起"救命"的电话,那边传来熟悉的声音,说:"喂,是容秋姑娘吗?我是你何叔,我们在北京……我和朋友一行四人很快来云南了……"

一时间天昏地暗，容秋一头栽倒在地上。

两天以后，何正钦和另外三位客人来到凤曼村。何正钦毫不避讳地讲："我们从台湾来，先在北京待了几天。"

容秋问："他们可好？"

"哎！你程叔得了很严重的头疼病，我看他头发全白了，老了一大截。他很挂念你们，特地让我带个好。"

秦家人沉默了，痛苦的往事刺痛着每个人的心。秦原生不顾有客人在场，气愤地说："都是他们程家人作的孽，不提他们还好，一提我这气啊，哎！把我的心肝宝贝给弄丢了。"

何正钦说："秦老你别生气，他们的日子也很煎熬。我在北京时没见到程甘霖，听说又出去找孩子了。他很少着家，一年当中至少有大半年在外寻找。"

提起这个人的名字，秦原生更是气不打一处来："这挨雷劈的，活该！"

秦容秋问："家里还有一个叫皓然的孩子，孩子身体恢复了吗？"

何正钦惋惜地说："那孩子总犯病，一年前不在了。"

"那邝美嘉呢？"

"两年前邝美嘉去了美国没再回来，走的时候留下一封信和离婚协议，说茶叶贸易是她做的手脚，只要求解除婚姻，愿意净身出户。"

何正钦问容秋："你知道闽南吧？闽南就是画家闵思全的孩子。这孩子学习成绩特别好还非常懂事，平时都在他爷爷那儿。程全贵把三个茶庄都交给专人管理，自己很少操心生意上的事，还新买了一辆车接送闽南上学。他跟我说，自己老了，照顾孙子成为人生最大的乐趣。"

"那，那殷姨好吗？"

"惠珍信佛，每天吃斋念经，希望菩萨开恩，早日把孩子找回来。"

何正钦带来的朋友里面，有一位口音很重的客人打断他们，说："不要这么沉闷，我们换点轻松的话题讲好不好？"

何正钦说："忘了介绍，这位康先生是我的好朋友。其实康先生就是我以前提过的康德隆先生，德隆集团董事长。"

康德隆、德隆集团听起来耳熟，秦家人正在疑惑，何正钦揭开谜底："还记不记得'月光白'获奖的时候我介绍过的康德隆先生，那次德隆集团参评的'隆兴乌龙'屈居第二就是被咱们的'月光白'抢了风头。这两位是他的助理，这次他们来大陆考察，云南是第一站。"

"老何讲得不完全对。"康先生说,"不仅仅考察,我可是带着任务来的,你忘记了吗?"

"哦,没有忘记,怎会忘记,哈哈哈……"何正钦大笑不止。

"还是我自己来说好了。"康先生大方地对秦容秋说,"秦姑娘,我这次来还有一个小小的心愿,就是跟你'斗茶'。"

"斗茶?"秦家人不知其故。

康先生说:"那次参赛,'月光白'压在'隆兴乌龙'的头上,虽然习茶之人不应该去计较这个名次,不过心中还是不服气的。我估计茶艺师没把'隆兴乌龙'最好的状态泡出来,所以'月光白'才略胜一筹。这次来希望和秦姑娘一决高下,看看究竟是谁的茶好?"

"好!"听说"斗茶",大家来了兴致,异口同声答应下来。"斗茶"大会定在当天晚上,因为那时候乡亲们收工了,吃过饭,做了休整。再说,"月光白"神奇的传说只在月亮高悬的夜晚才有可能出现,晚上是最好的时机。

乡亲们见到秦家张灯结彩,纷纷来凑热闹,听说今晚"斗茶"更是兴奋不已。天还没暗下来,村民早早地进了秦家院子等着,大家嗑瓜子侃大山,嘈杂的说话声和笑声挤在高高的院墙内。好容易等到夜色暗淡,眼看"斗茶"大会就要开始了,阴郁的云朵不知什么时候布满天空,秦原生观察到天象担心有雨。这时,秦家的小院已经热闹非凡,凳子不够坐了,大家就自带小板凳插空坐,实在没空地了就站墙根下,反正没人顾忌是否会下雨。"凑热闹"是农村人最朴实的情感,虽然他们的生活条件很简陋,但获得快乐的方式很简单,所以总能得到很多欢乐。

趁雨还没下,秦原生宣布斗茶大会正式开始。热烈的掌声响起,首先迎来一身棉麻素装的康先生。一位自认为见多识广的老乡悄悄地说:"这是打太极拳的行头。"

院子安静了,大家目不转睛地欣赏台湾的康先生行茶。康先生使用的紫砂壶也是从台湾带来的,他先把茶叶摊放在一个微型的天平上称重量,一丝不苟地往上面增减茶叶。"烧水壶"使用秦家提供的不锈钢长嘴壶,这在当时已经相当好了。可康先生并不满意,因为这把烧水壶没有显示温度的功能,他拿出一根和筷子一般长的温度计放进水壶测试温度。康先生神态庄严,动作含蓄,大气不张扬,细腻不做作,运茶动作张弛有度。他对投茶量,浸泡时间和温度把握得非常精准,每一个环节都做到准确完美。康先生泡茶如此儒雅,其神韵真是常人难及,台下的乡亲们个个看得出神。大家都是农民,平时随便抓一把茶放杯子里,冲水过汤就开始喝,哪见过小秤称重量、温度计测水温这样的。看到台湾人的"表演",大家都觉得很有意思。第一泡茶"出宫"时茶香四溢,大家伸长颈脖子,渴望品尝到一口好茶。

乌龙系列的茶有一个共同的特点是香味馥郁,"隆兴乌龙"的香味更为独特,香气不分散不流失,奇妙的火香挟着丝丝缕缕的兰花香味往鼻孔钻,现场凡是品啜到一口香茗的村民都赞不绝口。

气候一刻一变,天空的云越积越厚,云彩快速卷舒翻滚,被某种看不见的巨大力量主宰着。在风的作用下,天上云卷云舒,奇妙的是地面感觉不到风来。

今夜没有月亮,秦容秋并不失望,她从容地使用一根竹制的长柄水勺从小木桶打出泉水倒入水壶加热。大家把目光全部集中在秦容秋一个人身上,没人注意到天上风起云涌。今天来的人多,姑娘用了一个特大号的盖碗。她没像康先生那样依靠小天平称量,也没用温度计测水温,自己亲手做的茶用多少分量全凭手感,温度则是根据沸水静置的时间掌握。待佳茗入杯正要举壶注水,突然刮来一阵大风直往她脸上扑,容秋下意识地躲避了一下,再次举壶,又一阵大风来袭,大风刮得睁不开眼。大家以为要下雨了,纷纷抬头望,漫天的厚积云在穹顶破开了一个窟窿,窟窿是圆形的,似茫茫雪原上一口深井。乡亲们从没见过这样的天象,指着天空纷纷议论。

风越来越猛,从四面八方刮来,往人们的胸膛上撞击,仿佛把每个人的胸怀都打开了。苍穹之上云卷云涌,犹如冰封万里。在大风的撕扯下,厚积云形成的窟窿比先前更大更圆,不一会儿,一轮明亮的月亮曜现其中。月光突然流泻而下,一束白炽的亮光行灌在大地上,疾快如风,澄清如水。大地亮了,小村也亮了,院子里所有人都被这束月光给震撼了。一位台湾客人慌忙取出相机拍照,不小心将相机摔地上。小孩子过节似的欢呼雀跃,再也没人聒噪,很多人双手合十虔诚地向月亮祈愿。

秦容秋离开大家的视线进了堂屋,在神龛前点燃一炷香。拜天地神明,拜茶神祖先,拜在场的宾朋好友,拜爱着她的人。她跪在蒲垫上,眼泪啪嗒啪嗒地滴落下来。经历的种种磨难像放电影一般一幕一幕地从脑海掠过,过去发生的能承载的、无法承载的,一切的一切在这时都放下了。风停了,时间也静止了,像一杯泡开的茶,沸腾、翻滚、沉淀、落定。这不正是疑惑了多年"月光手镯"所刻"元一"的答案吗?"元一"就是源泉,爱的起源。在她的人生走到绝境的时候，"元一"一刻都没有离开过她，是那么多爱她的人双手把她托起，也是内心从未泯灭的慈悲善意帮她蹚过一条条痛苦的河流，迈过了山跨过了坎，所以今天自己才能站在这里为大家泡茶。她体会到无时无刻的"爱"，就像空气和阳光对大地的眷顾，就像雨露霜雪无声润物的奉献。秦容秋悲悯喜泣好一阵，趴在蒲垫上没法起身。

大俊走进来，一双温暖的手搭在她的肩上，微笑着问："是不是紧张了，不要紧，输赢不重要。"

秦容秋望着大俊的眼睛，说："大俊哥，我不在乎输赢，现在只想为乡亲们泡一壶好茶。"

"来吧，大家在等你。"

回到小院，容秋恭恭敬敬地对待每一个步骤，没有特别的动作，只有一颗平静顺和的心。茶泡开，顿时花香四溢，小院顷刻间弥漫着百香奇魅。有花果的甜香、木料的檀香、打麦子远飘而来的稻谷香，还夹杂着青草鲜凉的清香。仅一泡"月光白"，把大家置身于蜂飞蝶舞的景象；仅一口茶汤，让大家感受到大自然美好的气息。茶，这生长在天地间的灵物，用一生来等待沥尽甘甜的时刻，不求永生，只缘为知己毫无保留地绽放一次。

老乡们啧啧称赞，都说秦家的茶之所以好，好得有道理。秦家人辛勤耕耘有目共睹，种瓜得瓜，种豆得豆，原因就在这里。有的村民嘴上夸奖心里并不服气，心想茶好又咋样，也没见他家富裕到哪儿去。也有老乡喝下这泡茶，打算今后跟秦家学做茶。

品到这泡"月光白"，康先生起身来到秦容秋的跟前鞠了一躬，又带领两位助手来到秦家的神龛前燃香敬拜，回到"赛场"郑重向乡亲们宣布："乡亲们，我康德隆认为斗茶的结果已经不重要了，重要的是容秋姑娘泡的茶让我口服心服。我正式宣布，从今以后我康德隆永不斗茶。"

掌声响起，掌声中夹杂着淳朴的笑声，康先生也不觉得尴尬，一面笑一面用力鼓掌，讲道："前面的确奔着与'月光白'一决高下来的。可容秋姑娘一泡'月光白'让我发现一款好茶包含着丰富的含义，它是茶人辛勤劳动和智慧传承的结晶。如果非要一比高下说明自己太浅薄，如果非要追逐一个结果说明本人根本不懂茶。感谢容秋，感谢凤曼村的各位父老乡亲，那我就即兴作诗一首表达此时的心情。"康先生举起茶杯，对月当空吟诗一首："一口香茗留舌尖，人生百味存其中。酸甜苦辣千帆过，淡泊处处明月心。"

康先生讲完，大家要求容秋姑娘也说几句。秦容秋羞于表达，只讲了简短的话，说："中国有着悠久的茶文化历史，每一款茶都像一面镜子，照映着一方水土的历史文化，当我们赋予它内涵的时候不要忘记我们喝茶的初衷。茶是老百姓的衣食，衣食不一定华丽昂贵，但是一定要健康！"

秦容秋的讲话得到热烈的掌声，掌声经久不息，响彻夜晚。

"斗茶"未决胜负，秦家传说中的"月亮"也没显现在杯中，大家一点儿都没感到失望，依然兴致高涨。一片茶叶采摘下来，经过烘炒晾晒，历经千揉百捻，制作成不同风味的健康饮品造福人类，本身就是大自然与人类智慧相结合的奇迹，不需要靠显现"神迹"来证明。"茶"，沐浴千年风雨，身披万里彩霞，是天地对人类无私的馈赠。当人们领悟到哪怕一口茶的真谛时，一轮皎洁的明月其实已经进入千家万户的茶杯中，悄悄地挂在了人们心间。

客人在凤曼村考察了几天就要离开，临走时康先生表示不去别的茶山了，他说直接回台湾和公司相关人员论证这次的考察结果，打算在此地投资开发更大的"生态茶叶基地"。

好消息这么传开，凤曼村的村民们翘首以盼，等待台湾那边传来佳音。秦家人就像一颗种子在凤曼村的土地上发芽开花，将丰收的果实馈赠给了大家，将美好和希望传播到更远的地方。

二

这年秦容秋和大俊没去济南找孩子，两人领了结婚证到昆明玩了几天算是度蜜月，也顺便拜访了顾有银。到了秋天，台湾德隆集团正式入驻凤曼村着手打造全中国最大的生态茶园基地。第二年春天，基地便开始修建园区，盖大厂房，招聘当地村民入厂。

基地以凤曼村为中心开展工作，实行包产到户多劳多得。农民只要按照要求种植茶树，就会得到无偿技术支持和服务。得了实惠，自愿转型的茶农越来越多，最后凤曼村的生态茶园成片成片连起来。基地建成后，大俊和秦容秋被德隆集团重用，大俊负责生产技术，秦容秋出任集团副总经理。

秦原生曾经一心想盖"大作坊"，没想到才几年工夫，这么气派的大厂房拔地而起。当初和大俊许愿的三楼一底的小楼盖起来了，除后院的古树和院门以及部分围墙保留原样，其余都焕然一新。秦原生终于从繁重的农活中解放出来，名副其实享清福了，没事儿听听收音机，哼哼云南小曲，站在楼上眺望。他见远处的厂房正常生产,比自己盖"大作坊"还高兴。

秦容香修完医学博士学位留在学院任教,同时在医学院附属医院出诊。她在医学院工作非常繁忙,除了出诊、任教,还得忙于学术研究,很难抽出时间回来。有一次,学院派她去美国进修,临走前才利用几天时间回家一趟。两姐妹又去了竹林涧,这一次的心境与多年前大不一样,两姐妹都年过三十了,少了年少时的青涩,多了成熟女性的稳重。如今,凤曼村盖起了厂房,各家各户盖起了小楼,村民们的生活发生了翻天覆地的变化。不过,在两姐妹眼里也有不变的,茶林还是那片茶林,小路还是那条小路,只不过引进了许多新品种,新栽种了更多辅助草木。如今的凤曼村鸟语花香,蜂飞蝶舞,生态更好了。

两棵乔木大茶树守护着这片茶园千百年了,大茶树看着姐妹俩长大,姐妹俩长大了也不见大茶树变老。茶树的枝丫里隐居着一群叫"米贵阳"的鸟儿,它们世世代代霸占这两棵树,从不择新居,也不允许别的鸟儿来栖息。秦容香说:"姐姐,你看这两棵树站立的姿态,像不像两姐妹。"

秦容秋回答:"还真有点儿像,咱姐妹生生世世也要这么相依相偎。"

秦容香伸手牵住姐姐的手,两姐妹向竹林涧走去。竹林涧的山泉自上而下不知流淌了多少年,可喜的是现在的泉水再也不会和以前一样白白流走。基地初建时,秦容秋建议将山泉与青石泉汇集的泉水引流到专用蓄水池。每天早晚,自动喷雾器将蓄积的泉水引出去,利用电子喷雾器喷洒滋润广阔的园林。秦容秋开玩笑说这叫"雨露均沾"。秦容香看到姐姐的"杰作"夸奖道:"姐姐,你将来一定会成为著名的女企业家。"

"真会抬举你姐姐。"秦容秋说。

"可不是抬举,你的潜能还没完全挖掘呢。"

姐妹愉快地笑了起来。姐姐关心妹妹的终身大事,问:"啥时跟刘利锋把事办了?"

容香回答:"办啥?人家已经结婚了。"

"结婚了?"秦容秋很惊讶。

"别这么大惊小怪好不好。"妹妹坦然地回答,"他总不能打一辈子光棍吧。"

"你这丫头,让我怎么说你好呢,多好的人被你错过了。"

秦容香毫不在意,说:"谁让我没这福分。"

姐姐无奈地摇摇头,说:"怎么没福分?是你不珍惜人家。"

"我珍惜,只是珍惜的不是他。"

秦容秋知道妹妹指的人是谁,痛心地说:"这可如何是好,你都过三十了。"

秦容香反过来安慰姐姐:"我过得挺充实,也没什么不好。"

"刘爸爸刘妈妈还跟你住在北京吗?"

"是的,他们这辈子跟我了。"

"你这次出国,老两口怎么办?"

"都要去,爸妈都办好签证了。"

"你这家伙都不把你老爹弄美国去开开洋荤。"

"别扯了!"秦容香诡黠地笑,"咱阿爸听说去美国,脑袋摇得跟拨浪鼓似的,说吃不惯面包,听不懂外文,中国老农民才不受那洋罪。"

秦容秋知道父亲的德性,忍不住大笑起来。秦容香问:"姐姐,你幸福吗?你和姐夫应该要个孩子。"

"我很幸福。"秦容秋把眼光投向深不可测的青石泉眼,眼眸像泉水一样清澈,"正因为我们过得幸福所以没想过要孩子。你知道,失去皓月的遗憾终生未了,我和你姐夫安心在这里等待皓月回家。"

说完这话,秦容秋取下手腕上的"月光手镯"往泉眼扔去。手镯沾水下沉,眨眼看不见了。秦容香一跃而上,伸手抓没抓到,眼见传家宝消失在深井里。她不死心,探着身子往泉眼望去,泉水依然清澈沉寂,好像什么事都没发生过。秦容香非常痛心,埋怨起姐姐:"我的老祖宗,手镯是咱家的宝贝,丢进去怎么捞啊!你这是哪根神经不对了?"

秦容秋平静地说:"从此之后,这里的泉水叫'月光泉',妹妹下次回来就能看到'月光泉'的碑雕。"

秦容香疑惑了,问:"姐姐这是?"

"我打算把泉眼封闭起来,专设分水台供大家取水,这样才能保证水源干净卫生。等凤曼村的生态旅游开发起来,'月光泉'就会成为一处景观供游人观赏。"

"那咱们的手镯怎么办?"

"咱们的手镯不是还在嘛。手镯戴在手上自家得益,放在泉水里全凤曼村得益,我觉得这是'月光手镯'最好的归宿。"

几年后,秦容秋的预言全实现了,"月光泉"真的成为"凤曼村生态茶园旅游基地"最富传奇的景点之一,每年春天姑娘们"喊山"前祭祀茶神的活动就在此处进行。不少人不顾路途遥远,慕名来取泉水,带回家医治小病小痛,当地村民保持着多年的习惯来这里取水泡茶,还有茶农取水回去做手工茶。大家都说神奇的"月光泉"有健身驱邪的功效,人们口口相传,越传越神奇。

不久,台湾德隆集团独资的基地得到了当地政府的资金支持,基地扩大了,厂房也扩建了。因为股份份额等因素,德隆集团撤走了台湾方面的负责人,政府任命秦容秋为总经理。新厂区挂牌仪式那天,曾经的"德隆生态茶厂"变为如今的"原生生态茶厂"。

三

二十三年后的春天,皓月真的回来了。正如大俊所言,皓月长大了一定会回家。皓月顺着小路拼命地跑呀,眼前的景物都甩在了身后。茶园、大茶树、"米贵阳"、小石路……为了等到今天,他把它们统统埋藏在心底,既不告诉别人,也不让时间夺走。与记忆中的景象不同的是,这里新修建了许多村舍,凤曼村这个西南富硕的村庄真的名不虚传,家家户户盖小楼,筑院墙,门前还停靠着小轿车。这么多家漂亮的乡村宅院,有一家最为特殊。院门围墙保留着几十年不变的原样,两扇笨重的木门布满虫蛀的小孔,门板杂痕斑驳,伤痕累累,仿佛每一块磨损的地方都在讲述它所经历的故事。皓月一眼就认出来,"扑通"一声跪倒在大门前,他很清楚他找到了,找到了日思夜想的家。他在老木门前久跪不起,泣不成声,泪水和汗珠一起滴落,浇湿了膝下的石坎。良久,他擦了无数次眼泪,稍微平息才站起身轻轻把门推开。眼前的一切把他惊呆了,院门里面是另一番迥然不同的景象,三楼一底的四层小洋楼,现代感十足的铁艺雕花栏杆,精致的绿化,漂亮的小花园。这么奇特的新旧组合只能说明一个问题,老门和围墙是专门为自己找到家而刻意保留下来的。

院里有位老态龙钟的老人悠闲地躺在摇椅上,椅子旁边放着一个小收音机,收音机的小喇叭正热热闹闹地唱着当地的花灯戏。老人一只手吊在胸前,一只手放在肚子上,跟着戏曲有一茬没一茬地哼唱。看到有人进来,老人揉了揉老花眼,赶紧把收音机关上。

皓月走了过去,说:"请问——"他似乎没想好怎么开口,从背包的侧面抽出那本杂志,打开封面给老人看。老人挺大方的,对小青年说:"哦,你是来应聘的吧。找错地方了,应聘要去厂区那边。"

皓月摇摇头,潸然泪下:"我——我是皓月,偶然在杂志上看到妈妈的照片就找来了。"

看到小青年这么动情，老人笑了笑，摸了一把稀疏的胡子，说："哎哟，小伙子，别着急哭嘛，年年有人来认亲，名字都叫皓月，说是找妈妈来了。哎呀呀，都是小毛孩的把戏，不过呢，你是最会表现的一个。别看我老得走不了路，可脑子并不糊涂。"

皓月问："请问您是？"

老人指指杂志上的照片回答："我是她爹。"

皓月扑上去抱住老人，激动地喊："你是我外公，外公啊……"

"等等……不急不急。"老人家不为所动，赶忙制止，说道，"先别激动，年轻人，既然喊我外公，那么请讲讲过去的事。"

皓月说："以前我家的院落没有这么大，我们住着小平房，后面还有三棵树。有一次我生病了，妈妈采树叶给我熬米粥喝。"

听到小青年讲得有那么点靠谱，老人坐直了身子，眼睛睁大了。皓月回忆道："外公您那时右手不好使，和现在一样，一只胳膊老吊着，不过您可以用另外一只手炒茶，炒很香的茶。"

听到这里，老人激动地站了起来，眼睛大放光彩，冲着楼上大声喊："二芹嫂，快把拐杖给我拿下来。"

皓月说："我小时候最喜欢的玩具是一把小木枪，是舅舅做的，很漂亮。"

老人激动地抖着双手，又冲着小楼喊："二芹嫂，快拿枪来！"

一个系着围裙、年纪不轻的女人拿来一根拐杖给老人挂上，还拎着一个布袋子。她不等老人指示，"咣当"一声将一袋子木头倒在地上，原来是各式各样木头做的枪。老人指着一堆长长短短的小木枪问："瞧瞧，哪把是你小时候玩过的？"

皓月没往里面扒拉，从身上摸出那把带在身边二十多年、已经摸得油光发亮的小木枪交到老人手里。老人接过小木枪大叫一声，放开拐扑了过来，抱着小青年放声大哭，边哭边说："你真的是我的皓月啊！外公想你想得好苦啊，等你等了二十年，怕你找不到家都不敢动这大门。我的老天爷啊，你终于回来了……"一旁的二芹嫂也感动得撩起围裙擦眼泪。老人家想到什么，急切地让二芹嫂赶快打电话，说："打给闺女，赶快赶快。"

二芹嫂掏出一个老人机，急急忙忙拨电话，电话还没拨通，老人一把抢过来放在耳朵边听，听到有人接电话喊道："闺女啊，快回来，咱们皓月回来了。"

那边说："老人家,秦总已经回来了,在路上。"

挂掉电话,老人对皓月说："快去接你妈,她已经下班了,出门左边那条道一直走。"

"好嘞!"皓月正要走,老人把小手枪交给他说,"别忘了带上这个,快去!"

皓月顺着老人指的方向狂奔,没跑出去多远,花园式的厂区远远映入眼帘。杂志上曾介绍,"原生生态茶基地"集茶厂、旅游、茶园种植一体,规模宏大福泽一方。不仅仅凤曼村,乡里这一带的农民也被招到厂里当职工。现在正值下班高峰,工人们脱下了工作服,踏着乡村小道走在回家的路上。

皓月跑了一截路,气喘吁吁地站在路边,焦急地在人流中搜寻母亲的面孔。一个气质优雅的女人和一大群人走在一起,她四十来岁,云鬓高悬,丹凤眼,尖下巴,眼神温和。女人一眼瞥见站在路边的年轻人,发现他满头大汗,眼眶发红,表情很奇怪,心里打鼓,明明是一张陌生的面孔,却为何这般熟悉? 她跟周围的人打了一声招呼,放慢脚步向年轻人这边走过来。走近了,再近一点,女人终于看清楚青年的长相,双腿一下子被什么束缚住了,沉重到无法抗拒地心引力。她站在离青年很近的地方,身体控制不住地颤抖,再也不敢向前一步。

"这分明是年轻时候的程甘霖,我第一次见到他的时候就是这个模样。二十多年过去了,我的天,是不是眼花了?"她提醒自己不要轻信,告诉自己这只不过是一场梦。

青年望着她,动了动嘴唇,喉结滚动了一下。

她终于开口,怯怯地问："你找我吗?"

青年咬着嘴唇,点点头。

她又问："你是来应聘吗?"

基地最近向社会发出招聘启事,招聘外语和营销专业的大学生。不过她明知道青年不是来应聘的,没有哪位应聘者会热泪盈眶地等候在这里。

年轻人一个劲儿地摇头,心窝一阵松一阵紧,双手颤抖着举起小手枪捧到女人面前,积攒二十多年的思念换成一声啼血的呼喊:"妈妈!"

青年的声音并不大,但这是女人一生中听到过最幸福的召唤。女人接过小木枪,一眼认出正是大俊当年做的那把,手柄上刻着"宝贝的"三个字。

堤坝决堤了,女人仰天哀号,天空的云彩高挂,淡泊而宁静地缓缓游走,鸟儿在天空自由地翱翔,只为自由歌唱。小木枪紧握在女人手里,沾满咸湿的泪。她颤抖着身体,一步一步靠近青年,自言自语道:"是真的,我的皓月回来了! 这不是做梦!"

如果世上终有奇迹,用二十多年的时间来等待够不够虔诚? 如果人的命运是被主宰的,那么上天已经给出了答案! 母子拥抱在一起泪流成河,这么多年来丢失儿子所承受的剜心的痛无法通过哭诉来宣泄,就算哭得六月飞雪也不能倾诉寻子的艰辛。就在这一刻,不敢相信的时候,幸福真的来了,来得热烈而沉重。听吧,世上再没比这更美好的哭声;看吧,没见过比这更幸福的泪流。

母子俩抱头痛哭了很长时间,围观的人越来越多,没有不被震撼、不被感动的。大家陪着哭,一时间哭得昏天黑地。有人跑到茶厂车间向金大俊报告喜讯,大俊来不及脱下工作服,疯狂地往外跑去。

皓月半蹲在母亲跟前,说:"妈妈,儿子长大了,让儿子背你回家吧。"

大家又是唏嘘,又是鼓掌。秦容秋有点儿难为情,不过她还是大大方方地让儿子背。背起母亲,皓月快乐地往家跑去。不远的身后,已过不惑之年的大俊体力不减当年,健步向母子追去。

四

皓月果然没有辜负未婚妻,婚礼在北京如期举行。外公坐着轮椅让大俊和容秋推着搭上飞机。小姨容香还孑然一身,不过她一直很忙,忙了医院忙上课,忙了病人忙学术,连孤独的时间都没有。欣慰的是刘妈妈和刘爸爸跟她同住,像亲生父母那样疼爱她、照顾她。小姨如今成为全国知名的肾内科专家,医学院著名教授,蜚声医学界。有这样一个医学权威的女儿关照妈妈的身体,刘妈妈保持着较好的健康状态。

婚礼上,秦家和程家两家人终于见面了,二十多年过去,所有的恩怨都烟消云散,最重要的原因是皓月回来了,大家被浓浓的喜悦包围着,再也不计较什么。这么喜庆的日子本不该流泪,当两家人相见时,多少酸楚涌上心头。一声简短的问候,一句祝福的话语,往往因哽咽而不能言语。

程家人到齐了,秀梅和她的警察先生也到了,唯独不见皓月的生父程甘霖。邝美嘉离开后他一直一个人,婚礼前跟儿子认过亲就离开了北京。大家都了解,程甘霖无颜面对秦容秋,做一个影子似的人是他这辈子的宿命。儿子婚礼这天,程甘霖背上行李又一次跋涉在长途旅行的路上。找儿子找了二十多年,因为这个原因,他养成了一个人出行的习惯,也因为这个缘故给了他充分的理由生活下去。老天有眼,儿子终于回来了,枷锁一旦解除,人生的价值仿佛也轻飘飘的。所以,他终究要为自己旅行一次,去西藏,去那雪域高原的圣地洗涤灵魂,寻找生命的真谛。

盛大的婚礼上,新郎皓月手持麦克风做了一番深情的表白。他说:"在今天这个特殊的日子里,我准备了一份特别的礼物送给我的新娘。请亲朋好友见证,这份礼物是'一辈子的幸福'!"台下掌声雷动,新娘幸福地流下眼泪。

"我一生幸福的时刻很多,最幸福的时刻莫过于现在,那就是在我拥有美满婚姻的同时寻找到至亲至爱的家人。我小时候是一个不省心的孩子,老天爷说你只可以不省心二十年,从今以后你要省心了。我的亲爱的家人,皓月省心了,再也不会让你们为我担忧了。"

新娘体贴地拿纸巾为新郎擦去泪水,满座宾朋也在掏纸巾拭泪。

"随着时间的推移,我忘却了许多,但是妈妈的笑颜在我脑海不曾模糊,我反反复复练习了很多年,我对自己说要记住妈妈的模样,永远不要忘记,忘记妈妈就找不到回家的路了。"皓月深情地对台下的母亲说,"亲爱的妈妈,是您把皓月找回来的,如果妈妈不是那么优秀,皓月永远没有机会见到您的容貌,是妈妈找到了皓月,为皓月铺上了回家的路。亲爱的妈妈,请让我再次拥抱您,我爱您,妈妈! 今后让儿子好好疼您,照顾您,我们再也不会分开了。"

秦容秋走上台,与新郎新娘抱在一起。台下的掌声经久不息,亲朋们波涛汹涌的掌声表达着对母子的祝福。笑容浸泡着泪水,泪水饱含幸福,哭和笑在这一刻多么的相似。止住了泪水,皓月继续说:"小时候,爷爷半夜把我叫起来,我们偷偷地跑出去看天安门的日出,那是一次多么刺激的行动啊! 舅舅送我小书包,和我比赛跑步,我至今还保留着背双肩包奔跑的习惯。舅舅,您送我的小木枪,我带在身边二十多年,当年没能用它打倒坏人,却时刻提醒自己做个好人。还有外公、小姨、奶奶、姑姑、姑父,还有秀梅阿姨,在这神圣庄严的时刻请允许我把这份礼物也送给你们,我一辈子爱你们。我能再次拥抱你们吗? 我最亲最爱的人……"

司仪小姐哭得稀里哗啦,泪水湿了她的眼圈,弄花了她的妆容。美丽的新娘一把鼻涕一把泪,哭得快要化了,像一个迎来春天的雪娃娃。再后来,两道黑色的泥沟挂在眼眶下面,假睫毛也失踪了一只。她不顾一张大花脸,深情地拥抱新郎,拥抱新郎的家人。就在这时,有人注意到,新娘脖子上挂着一块璧玉吊坠,玉坠剔透无瑕,一块墨绿色的"小月牙"静静地漂浮其中。